GEORGE R. R. MARTIN

WILD CARDS
ASES EN LO ALTO

OCEANOexprés

WILD CARDS, ASES EN LO ALTO

Título original: WILD CARDS II: ACES HIGH

© 1987, George R. R. Martin

"Peniques del infierno" © 1987, Lewis Shiner.
"Hacia la sexta generación" y "El cometa del señor Koyama" © 1987, Walter Jon Williams.
"En polvo te convertirás" © 1987, The Amber Corporation.
"Si las miradas mataran" © 1987, Walton Simons.
"Frío de invierno" y "Jube" © 1987, George R. R. Martin.
"Dificultades relativas" © 1987, Melinda M. Snodgrass.
"Con un poco de ayuda de sus amigos" © 1987, Victor Milán.
"Por sendas perdidas" © 1987, Pat Cadigan.
"Al filo de la muerte" © 1987, John J. Miller.

Traducción: Isabel Clúa Ginés

Imagen de portada: Michael Komarck
Diseño de portada: Estudio Sagahón / Leonel Sagahón
    y Jazbeck Gámez

D. R. © 2018, Editorial Océano de México, S.A. de C.V.
Eugenio Sue 55, Col. Polanco Chapultepec
C.P. 11560, Miguel Hidalgo, Ciudad de México
Tel. (55) 9178 5100 • info@oceano.com.mx

Primera edición en Océano exprés: marzo, 2018

ISBN: 978-607-527-519-2

Impreso en México / Printed in Mexico

Para Chip Wideman, Jim Moore,
Gail Gerstner-Miller y Parris,
los ases secretos sin los que la wild card
no sería más que una carta sin jugar

Nota del editor

♣ ♦ ♠ ♥

Índice

♣ ♦ ♠ ♥

1979

Peniques del infierno

♣ ♦ ♠ ♥

por Lewis Shiner

HABÍA, TAL VEZ, UNA DOCENA. FORTUNATO NO PODÍA DECIRLO con exactitud porque seguían moviéndose, tratando de rodearlo por detrás. Dos o tres tenían cuchillos, el resto tacos de billar recortados, antenas de coche, cualquier cosa que pudiera hacer daño. Era difícil distinguirlos. Jeans, chamarras de cuero negro, pelo largo, engominado hacia atrás. Al menos tres de ellos encajaban con la vaga descripción que le había dado Chrysalis.

—Estoy buscando a alguien llamado Gizmo –dijo Fortunato. Querían alejarlo del puente, pero aún no querían atacarlo físicamente. A su izquierda, el camino adoquinado subía por la colina hasta los Cloisters. El parque estaba vacío por completo, hacía dos semanas que estaba vacío, desde que las bandas callejeras se habían instalado en él.

—Eh, Gizmo –dijo uno de ellos–. ¿Qué le dices a este hombre?

Aquél, el de los labios finos y los ojos inyectados en sangre. Fortunato miró fijamente a los ojos del chico que estaba más cerca.

—Lárgate –le dijo Fortunato. El chico retrocedió, inseguro. Fortunato miró al siguiente–. Tú también. Largo de aquí –éste era más débil; dio media vuelta y huyó.

Eso fue todo lo que pudo hacer. Un taco de billar iba directo a su cabeza. Fortunato hizo más lento el tiempo y agarró el palo, lo usó para desviar el cuchillo más cercano. Inspiró y todo volvió a acelerarse.

Corrían colina abajo. Fortunato estaba empezando a cansarse, y soltó una descarga de energía que lo levantó del sendero y lo hizo volar por los aires. El chico cayó por debajo de él, rodando, de cabeza. Algo crujió en su espina dorsal y las dos piernas se estremecieron a la vez. Estaba muerto.

—Dios –dijo Fortunato recuperando el aliento, quitándose de la ropa las hojas muertas de octubre. Los policías habían doblado las patrullas alrededor del parque, pero temían entrar. Lo habían intentado una vez y les había costado dos hombres ahuyentar a los chicos. Al día siguiente los chicos ya habían vuelto. Pero había policías vigilando y por algo como esto estarían dispuestos a irrumpir y recoger un cadáver.

Vació los bolsillos del chico y allí estaba: una moneda de cobre del tamaño de una pieza de cincuenta centavos, roja como la sangre seca. Durante diez años había hecho que Chrysalis y otros pocos las buscaran, y la noche anterior ella había visto al chico dejar caer una en el Palacio de Cristal.

No llevaba cartera ni nada que tuviera algún significado. Fortunato se agenció la moneda y corrió a la entrada del metro.

♣

—Sí, la recuerdo –dijo Hiram agarrando la moneda con una punta de su servilleta–. Ha pasado mucho tiempo.

—Era 1969 –dijo Fortunato–. Hace diez años.

Hiram asintió y se aclaró la garganta. Fortunato no necesitaba la magia para saber que aquel hombre orondo estaba incómodo. La camisa negra abierta y la chamarra de cuero de Fortunato no se ajustaban realmente a las normas de etiqueta de aquel lugar. El Aces High contemplaba la ciudad desde el mirador del Empire State Building y sus precios eran tan elevados como las vistas.

Después estaba el hecho de que había traído su última adquisición, una rubia oscura llamada Caroline que cobraba quinientos por noche. Era menuda, no muy delicada, con un rostro infantil y un cuerpo que invitaba a la especulación. Llevaba jeans ceñidos y una blusa de seda rosa con un par de botones de más desabrochados. Cada vez que se movía, Hiram también. Parecía disfrutar viendo cómo sudaba.

—La cosa es que no es la moneda que te enseñé antes. Es otra.

—Increíble. Cuesta creer que puedas cruzarte con dos de éstas en tan buena condición.

—Creo que podrías decirlo con un poco más de contundencia. Esta moneda proviene de un chico de una de las bandas que ha estado destrozando los Cloisters. La llevaba suelta en el bolsillo. La primera provenía de un chico que estaba jugando con lo oculto.

Aún le costaba hablar de ello. El chico había asesinado a tres de las geishas de Fortunato, las había descuartizado en un pentagrama por alguna razón retorcida que ni siquiera pudo imaginar. Él había seguido adelante con su vida, adiestrando a sus mujeres, aprendiendo sobre el poder tántrico que el virus wild card le había dado, pero por lo demás, se lo había guardado para él.

Y cuando llegaba a molestarlo, pasaba un día o una semana siguiendo uno de los cabos sueltos que el asesino había dejado atrás. La moneda. La última palabra que había dicho: «TIAMAT». Las energías residuales de algo más que había estado presente en el *loft* del chico muerto, una presencia a la que Fortunato nunca había sido capaz de seguir la pista.

—Estás diciendo que hay algo sobrenatural en ellas –dijo Hiram. Sus ojos se volvieron hacia Caroline, quien se estiraba lánguidamente en su silla.

—Solo quiero que le eches otro vistazo.

—Bien –dijo Hiram. A su alrededor, la multitud que estaba almorzando hacía pequeños ruidos con sus tenedores y sus vasos, y hablaban tan quedamente que sonaban como agua distante–. Como estoy seguro que he dicho antes, parece ser un penique estadunidense acuñado en 1794, sellado con un troquel hecho a mano. Podría haber sido robado de un museo o de una numismática o de un particular… –su voz se fue apagando–. Mmmm. Mira esto.

Le tendió la moneda y señaló con un meñique regordete, sin apenas tocar la superficie.

—¿Ves la parte inferior de esta guirnalda, aquí? Debería ser un lazo. Pero en cambio, es una especie de cosa informe y de aspecto horrible.

Fortunato contempló fijamente la moneda y durante medio segundo sintió como si estuviera cayendo. Las hojas de la guirnalda se habían convertido en tentáculos, los extremos de la cinta se abrían como un pico, los bucles del lazo se habían convertido en carne informe, llena de demasiados ojos. Fortunato lo había visto antes, en un libro sobre mitología sumeria. En la leyenda que había debajo se leía «TIAMAT».

—¿Estás bien? –preguntó Caroline.

—Estaré bien. Vamos –le dijo a Hiram.

—Por instinto diría que se trata de una falsificación. Pero ¿quién falsificaría un penique? ¿Y por qué no preocuparse de envejecerlos, al menos un poco? Parece que los hubieran fabricado ayer.

—No es el caso, si es que eso importa. Las auras de ambos muestran mucho uso. Diría que tienen al menos cien años, probablemente estén más cerca de los doscientos.

Hiram unió las yemas de sus dedos.

—Lo único que puedo hacer es remitirte a alguien que podría ser de más ayuda. Se llama Eileen Carter. Dirige un pequeño museo en Long Island. Solíamos… ehm… escribirnos. Numismática, ya sabes. Ha escrito un par de libros sobre historia oculta, cosas locales –le apuntó la dirección en una pequeña libreta y arrancó la página.

Fortunato tomó el papel y se levantó.

—Te lo agradezco.

—Escucha, ¿tú crees…? –se lamió los labios–. ¿Crees que sería seguro para una persona normal tener uno de éstos?

—¿Como, digamos, un coleccionista? –preguntó Caroline.

Hiram bajó la vista.

—Cuando hayan acabado con ellos. Pagaría.

—Cuando todo esto acabe –dijo Fortunato–, si aún seguimos por aquí, tu oferta será bienvenida.

♠

Eileen Carter tenía treinta y tantos años, y hebras grises en su pelo castaño. Miró a Fortunato a través de sus anteojos cuadrados, después echó un vistazo a Caroline. Sonrió. Fortunato pasaba la mayor parte del tiempo con mujeres. Aun siendo hermosa, Caroline era insegura, celosa, con tendencia a las dietas irracionales o el maquillaje. Eileen era algo distinto.

Parecía tan sólo un poco divertida por el aspecto de Caroline. Y en cuanto a Fortunato –un hombre negro, medio japonés, vestido de cuero y con la frente hinchada merced al virus wild card–, no pareció encontrar nada inusual en él, en absoluto.

—¿Trajiste la moneda? –preguntó. Lo miró directamente a los ojos cuando le habló. Fortunato estaba cansado de mujeres que parecían modelos. Ésta tenía la nariz torcida, pecas y una docena de kilos de más. Sobre todo le gustaban sus ojos. Eran de un verde incandescente y tenían líneas de expresión en las comisuras.

Dejó el penique en el mostrador, con la cruz hacia arriba.

Se inclinó para mirarlo, tocando el puente de sus gafas con un dedo. Llevaba una camisa de lana verde; las pecas descendían hasta donde Fortunato podía ver. Su pelo olía limpio y dulce:

—¿Puedo preguntarte de dónde sacaste esto?

—Digamos que es una larga historia –dijo Fortunato–. Soy amigo de Hiram Worchester. Él responde por mí, si eso ayuda.

—Es suficiente. ¿Qué quieres saber?

—Hiram dijo que quizás era una falsificación.

—Dame un segundo –agarró un libro de la pared que tenía detrás. Se movía en súbitos arrebatos de energía, entregándose por completo a lo que fuera que estuviera haciendo. Abrió el libro en el mostrador y lo hojeó.

—Aquí –dijo. Estudió atentamente el reverso de la moneda durante unos segundos, mordiéndose el labio inferior. Sus labios eran pequeños y duros y móviles. Se sorprendió preguntándose cómo sería besarla.

—Esto –dijo–. Sí, es una falsificación. Se llama un penique Balsam. Por «Black John» Balsam, dice. Lo acuñó en las Catskills a finales del siglo xix –alzó los ojos hacia Fortunato–. El nombre me suena de algo, pero no puedo decir de qué.

—¿«Black John»?

Se encogió de hombros, sonrió de nuevo.

—¿Puedo quedármelo? Solo unos pocos días. Podría descubrirte algo más.

—Está bien.

Fortunato podía oír el océano desde donde estaban y aquello hacía que las cosas parecieran un poco menos serias. Le dio su tarjeta de negocios, la que sólo llevaba su nombre y su teléfono. Al salir le sonrió y saludó a Caroline, pero Caroline actuó como si no la hubiera visto.

En el tren de vuelta a la ciudad Caroline dijo:

—¿Quieres cogértela, no?

Fortunato sonrió y no le respondió.

—Lo juro por Dios –dijo. Fortunato podía oír de nuevo el acento de Houston en su voz. Era la primera vez en semanas–. Una maestra de escuela vieja, cascada y con sobrepeso.

Sabía que era mejor no decir nada. Estaba exagerando, lo sabía. Probablemente, una parte de ello tenía que ver con las feromonas, una especie de química sexual que había entendido mucho antes de conocer sus bases científicas. Pero se sentía cómodo con ella, algo que no le había ocurrido a menudo desde que el wild card lo había cambiado. Parecía que ella no hubiera tenido conciencia alguna de ello.

Basta, pensó. Estás actuando como un adolescente. Caroline, de nuevo bajo control, le puso una mano en el muslo.

—Cuando lleguemos a casa –dijo–, voy a quitártela de la cabeza a cogidas.

◆

—¿Fortunato?

Se pasó el teléfono a la mano izquierda y miró el reloj. Las nueve de la mañana.

—Ajá.

—Soy Eileen Carter. Me dejaste una moneda la semana pasada –se incorporó, súbitamente despierto. Caroline se dio la vuelta y enterró la cabeza bajo una almohada.

—No lo he olvidado. ¿Qué tal?

—Puede que tenga algo. ¿Cómo ves hacer una excursión al campo?

♥

Lo recogió en su Volkswagen Rabbitt y se dirigieron a Shandaken, una pequeña ciudad en las Catskills. Se había vestido lo más sencillo que pudo, Levi's y una camisa oscura y un viejo saco informal. Pero no podía esconder su herencia o la marca que el virus había dejado en él.

Se estacionaron en un terreno asfaltado frente a una iglesia de madera blanca. Apenas habían bajado del coche cuando la puerta de la iglesia se abrió y una anciana salió. Llevaba un traje de pantalón barato, de punto grueso, azul marino, y un pañuelo en la cabeza.

Miró a Fortunato de arriba abajo durante un rato, pero finalmente le tendió la mano.

—Amy Fairborn. Ustedes deben ser la gente de la ciudad.

Eileen completó las presentaciones y la anciana asintió.

—La tumba está por aquí.

La lápida era un rectángulo de mármol liso, fuera del cementerio delimitado por una cerca blanca y bastante alejada de las otras tumbas. La inscripción decía: «John Joseph Balsam. Muerto en 1809. Que arda en el infierno».

El viento hizo ondear el saco de Fortunato y arrastró débiles trazas del perfume de Eileen hacia él.

—Es una historia tremenda –dijo Amy Fairborn–. Ya nadie sabe cuánto hay de verdad. Se suponía que Balsam era algún tipo de brujo, vivía en las colinas. Las primeras noticias que se tienen de él fueron hacia 1790. Nadie sabe de dónde vino, más que de algún lado de Europa. La vieja historia de siempre. Extranjero, vive solo y apartado, le echan la culpa de todo. Las vacas dan leche agria o alguien padece un aborto y hacen que sea culpa suya.

Fortunato asintió. En ese momento, él mismo se sentía como un extraño. No podía ver nada que no fueran árboles y montañas allá donde mirara, excepto a la derecha, donde la iglesia se alzaba en lo alto de la colina como una fortaleza. Se sentía expuesto, vulnerable. La naturaleza era algo que debería tener una ciudad a su alrededor.

—Un día, la hija del sheriff de Kingston desapareció –dijo Fairborn–. Eso debía de ser a principios de agosto de 1809. Por la época del festival de la cosecha. Irrumpieron en casa de Balsam y encontraron a la chica tendida desnuda sobre un altar –la mujer les mostró los dientes–. Eso es lo que la historia dice. Balsam llevaba una especie de extraño atuendo y una máscara. Tenía un cuchillo del tamaño de su brazo. Puede estar más que seguro de que la iba a cortar en pedacitos.

—¿Qué tipo de atuendo? –preguntó Fortunato.

—Túnicas de monje. Una máscara de perro, dicen. Bueno, puede imaginarse el resto. Lo colgaron, le quemaron la casa, echaron sal en la tierra, bloquearon con árboles el camino que conducía a su casa.

Fortunato sacó uno de los peniques; Eileen aún tenía el otro.

—Se supone que se llama penique Balsam. ¿Eso le dice algo?

—Tengo tres o cuatro más de esos en mi casa. Salen de su tumba de vez en cuando. «Lo que baja debe subir», solía decir mi marido. Enterró un montón de éstos.

—¿Pusieron peniques en su tumba? –preguntó Fortunato.

—Todo lo que pudieron encontrar. Cuando quemaron la casa apareció un barril lleno en el sótano. ¿Ve lo rojos que son? Se supone que es por un alto contenido en hierro o algo así. La gente de la época decía que ponía sangre humana en el cobre. Sea como sea, las monedas desaparecieron de la oficina del sheriff. La mayoría de la gente pensaba que la mujer y el hijo de Balsam los robaron.

—¿Tenía familia? –preguntó Eileen.

—Nadie los vio mucho, pero sí, tenía una mujer y un niño pequeño. Se fueron a la gran ciudad después del ahorcamiento, al menos, hasta donde se sabe.

♣

Mientras volvían a través de las Catskills, hizo que Eileen le hablara un poco de ella. Había nacido en Manhattan, obtenido una licenciatura en Humanidades en Columbia a finales de los sesenta, se había involucrado en el activismo político y el trabajo social, y se había desvinculado de todo aquello con las quejas habituales.

—El sistema nunca cambiaba lo bastante rápido para mí. Así que en cierto sentido escapé hacia la historia. ¿Sabes? Cuando lees historia puedes ver cómo sale todo.

—¿Por qué historia oculta?

—No creo en ella, si eso es lo que quieres decir. Te estás riendo. ¿Por qué te estás riendo de mí?

—Te lo cuento en un minuto. Sigue.

—Es un desafío, eso es todo. Los historiadores normales no se lo toman en serio. Es un ámbito muy abierto, hay muchísimo material fascinante que nunca ha sido documentado apropiadamente. Los hashishin, la Cábala, David Home, Crowley –lo miró–. Vamos, qué es lo que te hace tanta gracia.

—Nunca me has preguntado nada. Está bien. Pero debes saber que tengo el virus. El wild card.

—Sí.

—Me dio un gran poder. Proyección astral, telepatía, conciencia acrecentada. Pero el único modo en que puedo dirigirlo, hacer que funcione, es a través de la magia tántrica. Tiene algo que ver con energizar la espina dorsal.

—Kundalini.

—Sí.

—Estás hablando de magia tántrica real. Intromisión. Sangre menstrual. Todo el rollo.

—Así es. Es la parte wild card de todo el asunto.

—¿Hay más?

—Lo que hago para vivir. Soy un proxeneta. Un padrote. Dirijo a una serie de prostitutas que cobran hasta mil dólares por noche. ¿Ya conseguí que te pongas nerviosa?

—No. Quizás un poco –lo volvió a mirar de reojo–. Probablemente es algo estúpido lo que voy a decir. No encajas con mi imagen de un proxeneta.

—No me gusta mucho el nombre. Pero tampoco lo rechazo. Mis mujeres no son sólo putas. Mi madre es japonesa y las entrena como geishas. Muchas de ellas tienen doctorados. Ninguna es yonqui y cuando se cansan de esta vida pasan a otras partes de la organización.

—Haces que parezca muy moral.

Estaba a punto de expresar su desaprobación, pero Fortunato no iba a echarse atrás.

—No –dijo–. Has leído a Crowley. No tenía muy buena opinión de la moralidad ordinaria, y yo tampoco. «Haz lo que tú quieras será toda Ley.» Cuanto más sé, más me doy cuenta de que todo está ahí, en esa única frase. Es tanto una amenaza como una promesa.

—¿Por qué me estás contando esto?

—Porque me simpatizas y me atraes, y eso no es algo necesariamente bueno para ti. No quiero hacerte daño.

Ella puso las dos manos en el volante y observó la carretera.

—Puedo cuidarme sola –dijo.

Deberías haberte quedado con la boca cerrada, se dijo para sus adentros, pero sabía que no era verdad. Mejor ahuyentarla ahora, antes de que estuviera más involucrada.

Unos pocos minutos después, ella rompió el silencio.

—No sé si debería decirte esto o no. Llevé esa moneda a un par de lugares. Librerías de ocultismo, tiendas de magia, esa clase de cosas. Sólo para ver si aparecía algo. Encontré a un tipo llamado Clarke en la librería Miskatonic. Parecía realmente interesado.

—¿Qué le dijiste?

—Dije que era de mi padre. Dije que sentía curiosidad por ella. Empezó a hacerme preguntas como si estaba interesada en el ocultismo, si alguna vez había tenido experiencias paranormales, esa clase de cosas. Fue bastante fácil proporcionarle lo que quería oír.

—¿Y?

—Y quiere que conozca a cierta gente. –Unos segundos después dijo–: Volviste a quedarte callado.

—No creo que debas ir. Esto es peligroso. Quizá no crees en lo oculto. La cosa es que el wild card lo cambió todo. Las fantasías y las creencias de la gente ahora pueden ser reales. Y pueden hacerte daño. Matarte.

Ella meneó la cabeza.

—Es siempre la misma historia. Pero nunca hay ninguna prueba. Puedes discutir conmigo todo el camino de vuelta a Nueva York, y no vas a convencerme. A menos que lo vea con mis propios ojos, no lo puedo tomar en serio.

—Haz lo que quieras –dijo Fortunato. Liberó su cuerpo astral y lo proyectó delante del coche. Se plantó en la carretera y se hizo visible justo cuando tenía el coche encima. Por el parabrisas pudo ver que a Eileen se le ponían los ojos como platos. Junto a ella, su cuerpo físico reposaba con una mirada vacía. Eileen gritó y los frenos chirriaron y él regresó bruscamente al coche. Derrapaban hacia los árboles y Fortunato se estiró para sacarlos de allí. El coche se paró en seco y rodó hacia la cuneta.

—Qué… qué…

—Lo siento –dijo. No consiguió que sonara muy convincente.

—¡*Tú* estabas en la carretera!

Sus manos aún sujetaban el volante y los temblores le sacudían los brazos.

—Era sólo… una demostración.

—¿Una demostración? ¡Me diste un susto de muerte!

—No era nada. ¿Entiendes? Nada. Estamos hablando de una especie de culto que tiene unos doscientos años de antigüedad y que incluye sacrificios humanos. Al menos. Podría ser peor, muchísimo peor. No puedo ser el responsable de que te impliques en ello.

Arrancó el coche y lo llevó a la carretera. Fue un cuarto de hora después, de vuelta en la I-87, cuando dijo:

—Ya no eres muy humano, ¿verdad? Que me hayas asustado de esa manera... aunque hayas dicho que estás interesado en mí. De eso es de lo que estabas tratando de advertirme.

—Sí –su voz sonaba diferente, más distante.

Esperaba que le dijera algo más, pero en lugar de eso se limitó a asentir y puso un casete de Mozart en el equipo de sonido.

♠

Pensaba que iba a ser el fin de la historia. En cambio, una semana después ella llamó y le preguntó si podían quedar en verse para comer en el Aces High.

Estaba esperando en la mesa cuando ella entró. Nunca, lo sabía, se parecería a una modelo o a una de sus geishas. Pero le gustaba el modo en que aprovechaba la mayoría de lo que tenía: falda estrecha de lana gris, camisa blanca de algodón, cardigan azul marino, collar de ámbar y una diadema ancha de carey en la cabeza. Sin maquillaje visible excepto por el rímel y un poco de brillo de labios.

Fortunato se levantó para apartarle la silla y casi se estampó contra Hiram. Hubo una pausa incómoda. Por fin, ella le tendió la mano e Hiram se inclinó sobre ella, vaciló un poco y después se alejó con una reverencia. Fortunato se quedó mirándolo durante un segundo o dos. Quería que Eileen dijera algo sobre Hiram, pero ella no captó la indirecta.

—Me alegro de verte –dijo él.

—Yo también me alegro de verte.

—A pesar de... ¿lo que ocurrió la última vez?

—¿Qué es eso, una disculpa? –la sonrisa de nuevo.

—No. Aunque realmente lo siento. Siento haberte metido en esto. Siento no haberte conocido en otras circunstancias. Siento que cada vez que nos vemos tengamos entre manos este feo asunto.

—Yo también.

—Y temo por ti. Me enfrento a algo que no se parece a nada que haya visto antes. Hay esta… cosa, esta conjura, este culto, lo que sea, ahí fuera. Y no puedo descubrir nada sobre él –un mesero trajo los menús y agua en copas de cristal. Fortunato le hizo un gesto para que se fuera–. Fui a ver a Clarke –dijo Fortunato–. Le hice algunas preguntas, mencioné TIAMAT y lo único que obtuve fueron miradas ausentes. No estaba fingiendo. Leí su mente –tomó aliento–. No se acordaba de ti.

—Eso es imposible –dijo Eileen. Negó con la cabeza–. Es tan raro verte ahí sentado hablando de leer mentes… Tiene que haber algún tipo de error, eso es todo. ¿Estás seguro?

Fortunato podía ver su aura claramente. Le estaba diciendo la verdad.

—Estoy seguro –dijo.

—Vi a Clarke anoche y puedo prometerte que se acordaba de mí. Me llevó a conocer a algunas personas. Eran miembros del culto, o la sociedad, o lo que sea. Las monedas son una especie de señal para reconocerse.

—¿Tienes sus nombres, o direcciones, o algo así?

Negó con la cabeza.

—Los reconocería si volviera a verlos. Uno se llamaba Roman. Muy guapo, casi demasiado guapo, ya me entiendes. El otro era muy ordinario. Harry, creo que se llamaba.

—¿Ese grupo tiene un nombre?

—No mencionaron ninguno –miró el menú y el mesero volvió–. Los medallones de ternera, creo. Y una copa de chablis.

Fortunato pidió ensalada mixta y una Beck's.

—Pero averigüé un par de cosas más –dijo–. He estado tratando de seguir el rastro de la mujer y el hijo de Balsam. A ver, hay un par de cabos sueltos en la historia. Primero, probé la rutina detectivesca habitual, actas de nacimiento, defunción y matrimonios. No hubo manera. Después intenté encontrar conexiones ocultas. ¿Conoces la *Abramelin Review*?

—No.

—Es una especie de *Guía del Lector* en el ámbito de las publicaciones ocultistas. Y ahí es donde apareció la familia Balsam. Hay un Marc Balsam que ha publicado al menos una docena de artículos en los últimos años. Muchos de ellos en una revista llamada *Nectanebus*. ¿Te suena de algo?

Fortunato negó con la cabeza.

—¿Un demonio o algo? Me suena a que debería conocerlo, pero no puedo dar en el clavo.

—Me apuesto lo que quieras a que está metido en la misma sociedad que Clarke.

—Por las monedas.

—Exacto.

—¿Qué hay de esas pandillas de chicos que han estado descontroladas en los Cloisters? Agarré una moneda de uno de ellos. ¿Ves alguna conexión posible?

—Aún no. Los artículos podrían ayudar, pero la revista es bastante oscura. No he sido capaz de conseguir ninguna copia.

La comida llegó. Durante el almuerzo finalmente mencionó a Hiram.

—Hace quince años era más atractivo de lo que creerías. Un poco corpulento, pero muy encantador. Sabía cómo vestirse, qué decir. Y por supuesto, siempre conocía restaurantes fantásticos.

—¿Qué pasó? ¿O no es asunto mío?

—No sé. ¿Qué es lo que siempre pasa entre la gente? Creo que sobre todo fue que estaba muy obsesionado con su peso. Ahora soy yo la que está medio obsesionada todo el tiempo.

—No deberías, lo sabes. Tienes un aspecto espléndido. Podrías tener a cualquier hombre que quisieras.

—No tienes que coquetear conmigo. Quiero decir, tienes todo ese poder sexual y ese carisma y todo, pero no me gusta la idea de que lo estés usando conmigo. Manipulándome.

—No estoy tratando de manipularte –dijo Fortunato–. Si parece que estoy interesado en ti, es porque estoy interesado en ti.

—¿Siempre eres tan intenso?

—Sí, supongo que sí. Te miro y sonríes todo el tiempo. Me vuelve loco.

—Intentaré no hacerlo.

—No.

Se dio cuenta de que iba demasiado rápido. Dejó cuidadosamente los cubiertos en el plato y la servilleta doblada a su lado. Fortunato apartó la ensalada que le quedaba. De repente, algo burbujeó en su mente.

—¿Cómo dijiste que se llamaba la revista? Donde Balsam estaba publicando.

Sacó un trozo de papel doblado de su bolso.

—*Nectanebus*. ¿Por qué?

Fortunato pidió la cuenta.

—Escucha. ¿Puedes venir a mi apartamento? Nada de asuntos divertidos. Esto es importante.

—Supongo.

El mesero hizo una reverencia y miró a Eileen.

—El señor Worchester está… inevitablemente ocupado. Pero me pidió que le dijera que su comida es cortesía de la casa.

—Dele las gracias de mi parte –dijo Eileen–. Dígale… sólo dígale que gracias.

◆

Caroline aún estaba durmiendo cuando llegaron al apartamento. Montó un número al dejar la puerta del dormitorio abierta mientras caminaba desnuda hacia el baño, luego se sentó en el borde de la cama y lentamente se vistió, empezando por las medias y un liguero.

Fortunato la ignoró mientras rebuscaba entre las pilas de libros que habían acabado por llenar toda una pared de la sala. O aprendía a controlar sus celos o le buscaría otro trabajo.

Eileen le sonrió mientras pisaba con brío sobre sus tacones de diez centímetros.

—Es guapa –dijo.

—Tú también.

—No empieces.

—Tú sacaste el tema –le pasó *Magia egipcia*, de Budge–. Aquí lo tienes. Nectanebus.

—…famoso mago y sabio, y conocedor profundo de toda la sabiduría de los egipcios.

—Todo esto está relacionado. ¿Recuerdas la máscara de perro de Black John? Me pregunto si el culto de Balsam no es el de la francmasonería egipcia.

—Oh, Dios mío. ¿Estás pensando lo mismo que yo?

—Creo que el nombre de Balsam podría ser una americanización de Balsamo.

—Como Giuseppe Balsamo de Palermo –dijo Eileen. Se dejó caer en el sofá.

—Más conocido como –dijo Fortunato– el conde Cagliostro.

♥

Fortunato acercó una silla y la colocó frente a ella y se sentó con los codos hincados en las rodillas.

—La Inquisición lo arrestó, ¿cuándo?

—Hacia 1790, ¿no? Lo metieron en una especie de mazmorra. Pero nunca se encontró su cuerpo.

—Se supone que estaba conectado con los *illuminati*. Supongamos que escapó a su cautiverio y que se fugó clandestinamente a América.

—Donde aparece como Black John Balsam, el rarito del pueblo. Pero ¿en qué estaba metido? ¿Por qué las monedas? ¿Y el sacrificio humano? Cagliostro era un fraude, un estafador. Lo único que le interesaba era la buena vida. El asesinato, simplemente, no parece su estilo.

Fortunato le pasó *Brujas y hechiceros*, de Daraul.

—Vamos a descubrirlo. A menos que tengas algo mejor que hacer.

♣

—Inglaterra –dijo Eileen–, 1777. Ocurrió entonces. Fue admitido en la masonería el doce de abril, en Soho. Tras eso, la masonería se convierte en el centro de su vida. Se inventa la francmasonería egipcia como una especie de orden superior, empieza a donar dinero, admitiendo a todos los masones de alto rango que puede.

—¿Y a dónde llevó todo eso?

—Se supone que hizo una especie de gira por la campiña inglesa y volvió de ella como un hombre cambiado, entre comillas. Sus poderes mágicos se habían acrecentado. Pasó de ser un aventurero a ser un auténtico místico.

—Bien –dijo Fortunato–. Ahora escucha esto. Es Tolstói, sobre la francmasonería: «El primer y principal objeto de nuestra Orden… es la preservación y el legado para la posteridad de un importante misterio… un misterio del que quizá depende el destino de la humanidad».

—Esto está empezando a asustarme –dijo Eileen.

—Hay una pieza más. La cosa que está en el reverso del penique de Balsam es una deidad sumeria llamada TIAMAT. El Cthulhu de Lovecraft está inspirado en ella. Una especie de monstruo enorme, sin forma, de más allá de las estrellas. Supuestamente Lovecraft creó su mitología basándose en los papeles secretos de su padre. El padre de Lovecraft era masón.

—Así que crees que de esto se trata. De ese tal TIAMAT.

—Junta las piezas –dijo Fortunato–. Supón que el secreto masónico tiene algo que ver con controlar a TIAMAT. Cagliostro aprende el secreto. Sus hermanos masones no usarán su conocimiento para hacer el mal, así que Cagliostro funda su propia orden, para sus propios fines.

—Traer esta cosa a la Tierra.

—Sí –dijo Fortunato–, traerlo a la Tierra.

Finalmente, Eileen había dejado de sonreír.

♠

Mientras hablaban había oscurecido. La noche era fría y clara y Fortunato podía ver las estrellas a través de las claraboyas del salón. Deseaba poder cerrarlas.

—Es tarde –dijo Eileen–. Tengo que irme.

No había pensado en su partida. El trabajo del día lo había dejado lleno de una energía nerviosa, la fascinación de la caza. Su mente lo excitaba y quería abrirla a él: sus secretos, sus emociones, su cuerpo.

—Quédate –le dijo, cuidando de no usar sus poderes, de no convertirlo en una orden–. Por favor.

Sintió un nudo en el estómago al pedírselo.

Ella se levantó, se puso el suéter que había dejado en el brazo del sofá.

—Tengo que… digerir todo esto –dijo–. Es sólo que están pasando muchas cosas a la vez. Lo siento. –No lo miraba–. Necesito más tiempo.

—Te acompaño hasta la Octava Avenida –dijo–. Puedes tomar un taxi allí.

El frío parecía irradiar de las estrellas, una especie de odio hacia la vida misma. Se encogió de hombros y hundió las manos en sus bolsillos. Unos segundos más tarde, tenía el brazo de Eileen alrededor de la cintura y la abrazó mientras caminaban. Se pararon en la esquina de la Octava con la Diecinueve y un taxi se detuvo casi de inmediato.

—No hace falta que lo digas –le dijo Eileen–. Tendré cuidado.

Fortunato tenía tal nudo en la garganta que no habría podido hablar aunque hubiera querido. Le puso la mano en la nuca y la besó. Sus labios eran tan suaves que ya había empezado a darse la vuelta antes de darse cuenta de lo agradables que eran. Se giró y aún estaba allí, de pie. La volvió a besar, más intensamente, y ella se apoyó en él durante un segundo y después se separó.

—Te llamaré –le dijo.

Se quedó mirando el taxi hasta que dobló la esquina y desapareció.

◆

La policía lo despertó a la mañana siguiente, a las siete.

—Tenemos un chico muerto en el depósito –dijo el primer policía–. Alguien le rompió el cuello en los Cloisters hace una semana, más o menos. ¿Sabes algo de eso?

Fortunato negó con la cabeza. Estaba de pie junto a la puerta, cerrándose la túnica con una mano. Si entraban verían el pentagrama pintado en el suelo de madera, la calavera humana en la estantería, las articulaciones en la mesita de café.

—Algunos de sus amigos dicen que te vieron allí –dijo el segundo policía.

Fortunato lo miró a los ojos.

—No estaba allí –dijo–. Puedes creerlo.

El segundo policía asintió y el primero hizo ademán de agarrar su pistola.

—No –dijo Fortunato. El primer policía no consiguió apartar la mirada a tiempo–. También lo crees. Yo no estaba allí. Estoy limpio.

—Limpio –dijo el primer policía.

—Ahora, lárguense –dijo Fortunato, y se fueron.

Se sentó en el sofá, con las manos temblorosas. Volverían. O más probablemente enviarían a alguien de la división de Jokertown a quien no le afectaran sus poderes.

No podía volver a dormir. No es que hubiera estado durmiendo bien, de todos modos. Sus sueños habían estado llenos de cosas con tentáculos, tan grandes como la Luna, bloqueando el cielo, tragándose la ciudad.

De repente se le ocurrió que el apartamento estaba vacío. No podía recordar la última vez que había pasado una noche a solas. Estuvo a punto de alcanzar el teléfono para llamar a Caroline. Fue sólo un reflejo y lo combatió. Lo que quería era estar con Eileen.

♥

Dos días más tarde ella volvió a llamarlo. En aquellos dos días había estado en su museo en Long Island dos veces. Había rondado por la estancia invisible a sus ojos, simplemente observándola. Habría ido más a menudo, se habría quedado más rato, pero le resultaba demasiado placentero.

—Soy Eileen —dijo—, quieren iniciarme.

Eran las tres y media de la tarde. Caroline estaba en Berlitz, aprendiendo japonés. No había estado mucho por allí últimamente.

—Volviste —dijo.

—Tenía que hacerlo. Ya hemos hablado de esto.

—¿Cuándo es?

—Esta noche. Se supone que tengo que estar allí a las nueve. Es en esa vieja iglesia de Jokertown.

—¿Puedo verte?

—Supongo que sí. Podría ir si quieres.

—Por favor. Lo antes posible.

Se sentó junto a la ventana, observando, hasta que el auto se detuvo. Le abrió el portero automático y la esperó en el rellano. Entró al apartamento delante de él y volteó. No sabía qué esperar de ella. Él cerró la puerta y ella le tendió las manos. La rodeó con sus brazos y le giró la cara hacia él. La besó y después volvió a besarla. Ella le rodeó el cuello con sus brazos y lo abrazó.

—Te deseo —dijo él.

—Yo también.

—Ven a la cama.

—Quiero. Pero no puedo. Es… es una idea pésima. Para mí, ha pasado demasiado tiempo. No puedo simplemente meterme en la cama contigo y realizar toda clase de actos sexuales tántricos. No es lo que quiero. Ni siquiera te vienes, ¡por el amor de Dios!

Le alisó el cabello con sus dedos.

—Está bien –la abrazó un rato más y después la soltó–. ¿Quieres algo? ¿Una copa?

—Un poco de café, si tienes.

Puso agua en la estufa y molió un puñado de granos de café, mientras la observaba desde detrás de la barra de la cocina.

—Lo que no puedo entender –dijo– es por qué no puedo sacar nada de la mente de esta gente.

—¿No creerás que lo estoy inventando?

—Claro que no –dijo Fortunato–. Si mintieras lo sabría.

Ella sacudió la cabeza.

—Te cuesta un montón acostumbrarte.

—Algunas cosas son más importantes que las sutilezas sociales –el agua hervía. Fortunato preparó dos tazas y las llevó al sofá.

—Si son tan grandes como crees –dijo Eileen–, por fuerza han de tener ases trabajando con ellos. Alguien que pueda crearles barreras, barreras frente a otra gente que tiene poderes mentales.

—Supongo que sí.

Ella bebió un poco de café.

—Vi a Balsam esta tarde. Nos reunimos todos en la librería.

—¿Cómo es?

—Soso. Parece un banquero o algo así. Traje con chaleco, gafas. Pero bronceado, como si jugara mucho al tenis los fines de semana.

—¿Qué dijo?

—Por fin mencionó la palabra «masón». Como si fuera la última prueba, para ver si podía asustarme. Después Balsam me dio una lección de historia. Cómo los masones escoceses y del rito de York eran sólo ramificaciones de los masones especulativos y que éstos únicamente se remontaban al siglo dieciocho.

Fortunato asintió.

—Todo es verdad.

—Después empezó a hablar de Salomón y cómo el arquitecto de su templo era en realidad egipcio. Que la masonería empezó con Salomón y que los demás ritos habían perdido su sentido original. Pero ellos dicen que todavía lo preservan. Tal y como habías supuesto.

—Tengo que ir contigo esta noche.

—No hay modo de que puedas entrar. Ni siquiera disfrazándote. Te reconocerían.

—Podría enviar mi cuerpo astral. Aún podría verlo y oírlo todo.

—Si alguien más entrara con su cuerpo astral, ¿podrías verlos?

—Por supuesto.

—¿Bien? Es correr un riesgo excesivo, ¿no?

—Está bien, de acuerdo.

—Tengo que ser sólo yo. No hay otro modo.

—A menos..

—A menos que ¿qué?

—A menos que entre dentro de ti —dijo.

—¿De qué estás hablando?

—El poder está en mi esperma. Si lo portaras…

—Oh, vamos —dijo—. De todas las excusas lamentables para llevarse a alguien a la cama… —lo miraba fijamente—. No estás bromeando, ¿verdad?

—No puedes entrar ahí sola. No sólo por el peligro. Porque no puedes hacer mucho tú sola. No puedes leer sus mentes. Yo sí.

—¿Incluso si estuvieras dándote una vuelta en el coche de otro?

Fortunato asintió.

—Oh, Dios —dijo—. Esto es… hay tantas razones para no hacerlo… tengo el periodo, para empezar.

—Tanto mejor.

La tomó por la muñeca izquierda y se la acercó al pecho.

—Me dije a mí misma que si alguna vez volvía a ir a la cama con un hombre, y dije si alguna vez, tendría que ser algo romántico. Flores, velas y todo lo demás. Y mírame.

Fortunato se arrodilló frente a ella y suavemente le apartó las manos.

—Eileen —dijo—, te quiero.

—Para ti es fácil decirlo. Estoy segura de que es en serio y todo eso, pero también estoy segura de que lo dices todo el tiempo. Sólo hay dos hombres a quienes se lo he dicho en mi vida y uno de ellos era mi padre.

—No estoy hablando de cómo te sientes. No estoy hablando de la eternidad. Estoy hablando de mí, aquí y ahora. Y te quiero –la levantó y la llevó a su dormitorio.

Hacía frío y ella empezó a castañetear los dientes. Fortunato encendió la estufa de gas y se sentó a su lado en la cama. Ella tomó su mano derecha entre las suyas y se la llevó a los labios. La besó y sintió su respuesta, casi contra su voluntad. Se quitó la ropa y los cubrió a ambos con las sábanas y empezó a desabrocharle la blusa. Sus pechos eran grandes y suaves, los pezones se endurecieron bajo su lengua cuando los besó.

—Espera –dijo ella–. Tengo… tengo que ir al baño.

Cuando volvió ella se había despojado del resto de su ropa. Sostenía una toalla.

—Para proteger tus sábanas –dijo. Había una mancha de sangre en la cara interna de un muslo.

Le apartó la toalla.

—No te preocupes por las sábanas.

Permaneció desnuda ante él. Parecía como si tuviera miedo de que él le pidiera que se fuera. Puso la cabeza entre sus pechos y la atrajo hacia él.

Volvió a meterse bajo las sábanas y lo besó y su lengua jugueteó en su boca. Él le besó los hombros, los pechos, bajo la barbilla. Después se apoyó en sus manos y sus rodillas y se colocó encima de ella.

—No –susurró–, aún no estoy lista…

Agarró su miembro con una mano y movió su punta contra sus labios, lenta, suavemente, sintiendo cómo la delicada carne se volvía cálida y húmeda. Ella se mordió el labio inferior, los ojos cerrados.

Lentamente se deslizó dentro de ella, la fricción le mandaba oleadas de placer por su columna.

La besó de nuevo. Podía sentir sus labios moviéndose contra los suyos, murmurando palabras inaudibles. Sus manos se movieron por su costado, alrededor de su espalda. Recordó que estaba acostumbrado a hacer el amor durante horas cada vez y el pensamiento lo sorprendió. Era todo demasiado intenso. Estaba lleno de calor y luz; no podía contenerla toda.

—¿No se supone que deberías decir algo? –susurró Eileen, respi-
rando entrecortadamente entre las palabras–. ¿Algún tipo de hechizo mágico o algo?

Fortunato la besó de nuevo, sus labios le cosquilleaban como si
hubieran estado dormidos y justo ahora volvieran a la vida.

—Te quiero –dijo.

—Oh, Dios –dijo, y empezó a llorar. Las lágrimas se deslizaron
hasta su pelo y al mismo tiempo sus caderas empezaron a moverse
más rápidamente contra él. Sus cuerpos estaban enardecidos y calientes y el sudor caía por el pecho de Fortunato. Eileen se puso rígida y entró en éxtasis. Un segundo después el cerebro de Fortunato
se puso en blanco y luchó contra diez años de entrenamiento y dejó
que sucediera, dejó que el poder saliera a chorro de él y se intro-
dujera en la mujer y por un instante él fue ambos al mismo tiempo,
hermafroditas, completos, y sintió que se expandía hasta los confines
del universo en una explosión nuclear gigante.

Y de nuevo estaba en la cama con Eileen, sintiendo cómo sus pechos subían y caían bajo él mientras lloraba.

♣

La única luz provenía de la estufa de gas. Debió de haberse dormido.
Al contacto con su mejilla, la funda de la almohada parecía papel
de lija. Tuvo que usar toda su fuerza para darse la vuelta y ponerse de
espaldas.

Eileen se estaba poniendo los zapatos.

—Ya es casi la hora –dijo.

—¿Cómo te sientes? –contestó él.

—Increíble. Fuerte. Poderosa –rio–. Nunca me había sentido así.

Cerró los ojos, se deslizó en su mente. Pudo verse a sí mismo tumbado en la cama, esquelético, su oscura piel dorada desapareciendo
entre las sombras, su frente contraída hasta donde se mezclaba suavemente con su cráneo sin pelo.

—¿Y tú? –dijo ella. Podía sentir su voz reverberando en su pecho–.
¿Estás bien?

Volvió a su propio cuerpo.

—Débil –dijo–. Pero estaré bien.

—¿Debería... llamar a alguien para ti?

Sabía lo que le estaba ofreciendo, sabía que lo aceptaría. Caroline o una de las otras, sería el modo más rápido de recuperar su poder. Pero también debilitaría su vínculo con Eileen.

—No –dijo.

Acabó de vestirse y se inclinó hacia él para besarlo largamente.

—Gracias –dijo.

—No –dijo él–, no me lo agradezcas.

—Será mejor que me vaya.

Su impaciencia, su fuerza y su vitalidad eran una fuerza física en la habitación. Estaba muy distante como para estar celoso de ella. Después, ella se fue y él volvió a dormirse.

♠

Observó a través de los ojos de Eileen mientras estaba de pie junto a la puerta de entrada de la librería, esperando a que Clarke cerrara. Podría haberse metido del todo en su mente, pero habría agotado la escasa fuerza que estaba recuperando poco a poco. Además, se sentía cálido y confortable donde estaba. Hasta que unas manos lo agarraron y lo zarandearon hasta despertarlo y se encontró mirando un par de placas doradas.

—Ponte la ropa –dijo una voz–. Estás arrestado.

♦

Le dieron una celda sólo para él. Tenía el piso de baldosas grises y paredes de cemento pintadas de gris. Se acurrucó en el rincón, temblando, demasiado débil para estar de pie. En la pared de al lado alguien había tallado una figura diminuta con un gigantesco pene goteante y unos cojones.

Durante una hora fue incapaz de concentrarse lo suficiente como para contactar con Eileen. Estaba seguro de que los masones de Balsam la habían matado.

Cerró los ojos. La puerta de una celda retumbó al cerrarse en el corredor, lo que lo trajo de vuelta. Concéntrate, maldita sea, pensó. Estaba en una sala alargada de techo alto. Una luz amarilla titilaba en las paredes distantes procedente de unos atriles llenos de velas. El suelo era de baldosas blancas y negras, ajedrezado. En la parte delantera de la sala se alzaban dos columnas dóricas, una a cada lado, que no llegaban a tocar el techo. Simbolizaban el templo de Salomón; se llamaban Boaz y Joachim, las dos primeras palabras masónicas.

No quería tomar el control del cuerpo de Eileen, aunque lo haría si llegaba el caso. Hasta donde podía decir, ella estaba perfectamente. Podía percibir su excitación, pero no sentía ningún dolor ni estaba siquiera especialmente asustada.

Un hombre que encajaba con la descripción de Balsam que le había dado Eileen estaba de pie en la parte delantera de la habitación, en el estrado reservado para el Venerable Maestro del Templo. Sobre su traje oscuro llevaba un mandil blanco masónico con unas filigranas de rojo brillante. Llevaba un tabardo como un babero enorme alrededor del cuello. También era blanco, con una cruz con un bucle en el centro. Un *ankh*.

—¿Quién habla por esta mujer? –preguntó Balsam.

Había una docena o más de personas en la sala, de ambos sexos, todos con mandiles y tabardos. Estaban dispuestos formando una hilera curva en el lado izquierdo de la sala. La mayoría parecía bastante normal. Un hombre tenía la piel de un rojo brillante y carecía totalmente de pelo, un joker evidente. Otro parecía terriblemente frágil, con gafas gruesas y expresión ofuscada. Era el único que no llevaba ropa de calle bajo el mandil. En su lugar, estaba envuelto en una túnica blanca un par de tallas mayor a la suya, con capucha y mangas que le colgaban sobre las manos.

Clarke se salió de la fila y dijo:

—Yo hablo por ella.

Balsam le entregó una intrincada máscara, recubierta de lo que parecía ser hoja de oro. Era una cabeza de halcón, y cubrió por completo la cara de Clarke.

—¿Quién se opone? –dijo Balsam.

Una joven mujer oriental, bastante corriente, pero con una indefinible aura sexual, dio un paso al frente.

—Yo me opongo.

Balsam le entregó una máscara con unas orejas largas y puntiagudas y un rostro afilado. Cuando se la puso, le dio un aspecto frío, desdeñoso. Fortunato sintió que el pulso de Eileen empezaba a acelerarse.

—¿Quién la reclama?

—Yo la reclamo –otro hombre se adelantó y tomó una máscara con la cara de chacal de Anubis.

El aire detrás de Balsam fluctuó y empezó a brillar. Las velas titilaron. Lentamente un hombre dorado tomó forma, iluminando la sala. Era tan alto que llegaba al techo, tenía rasgos caninos y ardientes ojos amarillos. Se quedó de pie con los brazos cruzados y miró a Eileen desde las alturas. Su pulso se desbocó, desacompasado, y se clavó las uñas en las palmas de las manos. Nadie más parecía darse cuenta de que estaba allí.

La mujer que llevaba la máscara afilada se plantó ante Eileen.

—Osiris –dijo la mujer–, soy Set, de la compañía de Annu, hijo de Seb y Nut.

Sintió que Eileen abría la boca para hablar, pero antes de que pudiera decir nada, la mano derecha de la mujer restalló contra su cara. Cayó hacia atrás y se deslizó casi un metro por el suelo embaldosado.

—Observa –dijo la mujer. Rozó los ojos de Eileen con los dedos y aquéllos se humedecieron–. La lluvia que fertiliza.

—Osiris –dijo el hombre de la cabeza de chacal, adelantándose para ocupar la posición de la mujer–. Soy Anubis, hijo de Ra, el Abridor de Caminos. Mía es la Montaña Funeral. –Se situó detrás de Eileen y la sujetó contra el suelo.

Ahora Clarke estaba de rodillas a su lado, el hombre dorado asomaba detrás de él.

—Osiris –dijo. Una luz centelleó en los diminutos ojos de la máscara de halcón–. Soy Horus, tu hijo y el hijo de Isis. –Presionó con dos dedos los labios de Eileen, forzándola a abrir la boca–. He venido para abrazarte, soy tu hijo Horus, he abierto tu boca. Soy tu hijo, te quiero. Esta boca estaba cerrada, pero he puesto en orden tu boca y tus dientes. Abro para ti tus dos ojos. Te he abierto la boca con el instrumento de Anubis. Horus ha abierto la boca de la muerta, como en los tiempos antiguos abría su boca, con el hierro que venía de Set. La difunta andará y hablará y su cuerpo estará en la inmensa compañía de los dioses en la Gran Casa del Anciano en Annu, y allí recibirá la corona *ureret* de Horus, el señor de la humanidad.

Clarke agarró lo que parecía ser una serpiente de madera que le dio Balsam. Eileen intentó zafarse, pero el hombre de la cabeza de chacal la sujetaba con demasiada fuerza. Clark agitó la serpiente y rozó con ella suavemente la boca y los ojos de Eileen cuatro veces.

—Oh, Osiris, he fijado para ti las dos mandíbulas en tu cara, y ahora están separadas.

Se apartó. Balsam se inclinó sobre ella hasta que su cara sólo estuvo a unos pocos centímetros y dijo:

—Ahora te entrego el *hekau*, la palabra de poder. Horus te ha otorgado el uso de tu boca y ahora puedes decirla. La palabra es TIAMAT.

—TIAMAT –susurró Eileen.

Fortunato, paralizado por el miedo, se abrió paso hacia la mente de Balsam.

♥

El truco era seguir moviéndose, sin sentirse abrumado por la extrañeza. Si seguía desencadenando asociaciones acabaría en la parte de la memoria de Balsam que quería.

En aquel momento Balsam estaba cerca del éxtasis. Fortunato siguió las imágenes y los tótems de la magia egipcia hasta que encontró los más primitivos y, desde allí, trazó el camino hacia el padre de Balsam y se remontó siete generaciones hasta el mismo Black John.

Todo lo que Balsam había oído o leído o imaginado sobre su ancestro estaba aquí. Su primera estafa, cuando se apropió de sesenta onzas de oro puro del orfebre Marano. Su huida de Palermo. El encuentro con el griego Altotas y el aprendizaje de la alquimia. Egipto, Turquía, Malta y por fin Roma a los veintiséis años, guapo, inteligente, llevando cartas de presentación para la flor y nata de la sociedad.

Allí encontró a Lorenza. Fortunato la vio como lo había hecho Cagliostro, desnuda ante él por primera vez, con sólo catorce años de edad, pero vertiginosamente hermosa: esbelta, elegante, de piel aceitunada, con una mata de pelo negro azabache ondulada que la envolvía, pequeños pechos perfectos, aroma a flores silvestres de la costa, su voz ronca gritando su nombre mientras la estrechaba entre sus piernas.

Sus viajes por Europa en carruajes tapizados de terciopelo verde oscuro, la belleza de Lorenza abriéndoles las puertas de la sociedad sin reservas, viviendo de lo que mendigaban en los salones de la nobleza y entregando el resto como limosnas.

Y finalmente Inglaterra.

Fortunato observó a Cagliostro cabalgar en el bosque a lomos de un purasangre como el ébano. Se había separado, no por accidente, de Lorenza y el joven lord inglés que estaba tan aficionado a ella. Sin duda, Su Señoría se estaba entreteniendo con ella en ese mismo instante en alguna zanja junto al camino, y sin duda Lorenza ya había encontrado el modo de aprovecharlo en su beneficio.

Entonces la luna cayó del cielo en medio de la tarde.

Cagliostro espoleó la montura hacia la fulgurante aparición. Descendió suavemente en un claro unos cientos de metros más allá. El caballo no podía acercarse a más de treinta metros, de modo que Cagliostro lo ató a un árbol y se acercó a pie. La cosa era indistinta, hecha de ángulos inconexos, y mientras Cagliostro se aproximaba a aquello un trozo se separó. Y eso fue todo. De repente Cagliostro estaba cabalgando de vuelta a Londres en un carruaje con Lorenza, lleno de algún propósito elevado que Fortunato no podía leer.

Rebuscó en la mente de Balsam. El conocimiento tenía que estar allí, en algún lugar. Algún fragmento de lo que había sido aquella cosa en los bosques, de lo que había dicho o hecho.

Fue entonces cuando Balsam se incorporó de golpe y dijo:

—La mujer está en mi mente.

♣

Estaba mirando de nuevo a través de los ojos de Eileen, enfurecido por su propia torpeza. Las cosas habían ido terriblemente mal. Se encontró mirando fijamente al rostro del hombrecillo con las gafas gruesas y la túnica.

Y después, estaba de vuelta a su celda.

Dos guardias lo agarraban por los brazos y lo arrastraban hacia la puerta.

—No –dijo–, por favor. Sólo unos minutos más.

—Oh, ¿te gusta estar aquí, eh? –dijo uno de los guardias. Empujó a Fortunato hacia la puerta de la celda. El pie de Fortunato resbaló en el liso linóleo y cayó a cuatro patas. El guardia le dio una patada cerca del riñón izquierdo, no lo bastante fuerte como para que se desmayara.

Entonces volvieron a arrastrarlo, por infinitos corredores de un verde apagado, hacia una habitación con paneles oscuros sin ventanas y con una larga mesa de madera. Un hombre con un traje barato, quizá de unos treinta años, estaba sentado al otro lado de la mesa. Su pelo era castaño, su cara corriente. Llevaba una placa dorada sujeta al bolsillo del saco. A su lado se encontraba otro hombre vestido con una camiseta polo y un saco deportivo caro. Tenía una excesiva belleza aria, pelo rubio ondulado, gélidos ojos azules. Fortunato recordó al masón que Eileen le había descrito, Roman.

—¿Sargento Matthias? –dijo el segundo guardia. El hombre del traje barato asintió–. Es éste.

Matthias se recostó en la silla y cerró los ojos. Fortunato sintió que algo barría su mente.

—¿Bien? –preguntó Roman.

—No mucho –dijo Matthias–. Algo de telepatía, un poco de telequinesia, pero es débil. Dudo que pueda siquiera abrir una cerradura.

—¿Entonces qué cree? ¿El jefe tiene que preocuparse por él?

—No veo por qué. Puede retenerlo un rato por matar a ese chico, ver qué pasa.

—¿Con qué fin? –dijo Roman–. Se limitaría a alegar defensa propia. El juez probablemente le daría una medalla. De todas maneras, a nadie le importan esos pequeños bastardos.

—Bien –dijo Matthias. Se giró hacia los guardias–. Suéltenlo. Hemos acabado con él.

♠

Llevó otra hora ponerlo de vuelta a la calle y, por supuesto, nadie se ofreció a llevarlo a casa. Pero estaba bien. Jokertown era donde necesitaba estar.

Se sentó en las escaleras de la comisaría y penetró en la mente de Eileen.

Se encontró a sí mismo contemplando la pared de ladrillos de un callejón. Carecía de pensamiento o emoción. Mientras luchaba por romper las nubes de su cerebro sintió que su vejiga se aflojaba y

notó que la cálida orina se extendía en un charquito debajo de ella
y rápidamente se enfriaba.

—Eh, colega, no puedes dormir en los escalones.

Fortunato anduvo hacia la calle y llamó un taxi. Metió un billete
de veinte por el pequeño cajón metálico y dijo:

—Al sur, deprisa.

◆

Salió del taxi en Chrystie, justo al sur de Grand. Ella no se había
movido. Su mente ya no estaba allí. Se agachó delante de ella y probó durante unos segundos y llegado a ese punto no pudo soportarlo
y se dirigió al fondo del callejón. Golpeó en la parte lateral de un
contenedor hasta que sus manos quedaron poco menos que inútiles.
Después regresó y volvió a intentarlo.

Abrió la boca para decir algo. No salió nada. No le quedaban palabras en la mente, sólo grumos de rojo sangre y un reflujo ácido que
subía hacia sus ojos.

Cruzó la calle y llamó al 911. Le dolía pulsar los botones. Cuando
consiguió hablar con un operador pidió una ambulancia, dio la dirección y colgó.

Volvió a cruzar la calle. Un coche le tocó el claxon y no entendió
por qué. Se arrodilló delante de Eileen. Su mandíbula colgaba abierta y un hilillo de saliva pendía sobre su blusa. No podía soportar
mirarla. Cerró los ojos y proyectó su mente, parándole el corazón
con suavidad.

♥

Fue fácil encontrar el templo. Sólo estaba a tres manzanas. Se había
limitado a seguir los rastros de energía de los hombres que habían
dejado a Eileen en el callejón.

Se quedó de pie, al otro lado de la calle, frente a la iglesia tapiada.
Tenía que pestañear constantemente para ver con claridad. Los rastros de los hombres conducían al interior del edificio, y dos o tres
rastros distintos se alejaban. Pero Balsam aún estaba allí, Balsam y
Clarke y una docena más.

Estaba bien. Los quería a todos, pero se conformaría con los que estaban allí. Ellos y sus monedas y sus máscaras doradas, sus rituales, su templo, todo lo que tenía un papel en el intento de traer su monstruosidad extraterrestre a la Tierra, que había derramado sangre y destruido mentes y arruinado vidas para ello. Lo quería acabado, concluido, de una vez por todas.

La noche era tremendamente fría, un vacío tan frío como el espacio, que succionaba el calor y la vida de todo lo que tocaba. Sus mejillas ardieron y después se entumecieron.

Buscó el poder que había reservado y no le bastó.

Durante unos segundos se quedó plantado, temblando de rabia e impotencia, dispuesto a lanzarse contra el edificio con sus propias manos magulladas. Entonces la vio, en la esquina, en la pose típica, bajo un farol. Pantalones cortos negros, chaqueta de pelo de conejo, chal de falso pelo. Tacones de ramera y demasiado maquillaje. Lentamente levantó el brazo y le hizo un gesto.

Se paró delante de él, lo miró con recelo de arriba abajo.

—Ey –dijo. Tenía la piel ajada y los ojos cansados–. ¿Quieres dar una vuelta?

Sacó un billete de cien dólares de su saco y se desabrochó los pantalones.

—¿Aquí mismo, en la calle? Cielo, desde luego, debes de estar rabiando –miró fijamente los cien dólares y se puso de rodillas–. Guau, el cemento está frío.

Tanteó por sus pantalones y después lo miró.

—Mierda, ¿qué es esto? ¿Sangre seca?

Sacó otro billete de cien. La mujer dudó un segundo y después se metió los dos billetes en el bolso y lo sujetó bajo el brazo.

En el momento en que su boca lo rozó, Fortunato se empalmó. Sintió una oleada que se abría camino desde sus pies y hacía que le doliera el cráneo y las uñas. Puso los ojos en blanco hasta que contempló el segundo piso de la vieja iglesia.

Quería usar su poder para levantar toda la manzana y lanzarla al espacio, pero no tenía fuerza ni para romper una ventana. Probó con los ladrillos y las vigas de madera y el cableado eléctrico y entonces encontró lo que estaba buscando. Siguió un conducto de gas que bajaba hasta el sótano y volvía a la planta principal, y entonces empezó a mover el gas por él, sometiéndolo a una presión equivalente a la que sentía en su interior, hasta que las cañerías vibraron y las paredes temblaron y el mortero crujió. La fulana alzó los ojos y miró al otro lado de la calle, vio las grietas que estaban abriendo las paredes.

—Corre –le dijo él.

Mientras se alejaba taconeando, Fortunato bajó la mano y hundió los dedos en la base del pene, forzando a retroceder el cálido flujo de su eyaculación. Sus intestinos ardieron, y en el angosto espacio por encima del templo la tubería de acero negro se dobló y se liberó de sus junturas. Expulsó el gas y cayó al suelo, arrancando chispas de la pared de malla de alambre y yeso.

El edificio se hinchó por un instante, como si se estuviera llenando de agua y después estalló en una bola de humeantes llamas naranjas. Los ladrillos se desplomaron contra la pared, a ambos lados de Fortunato, pero no pudo dejar de mirar, no hasta que las cejas se le chamuscaron hasta la piel y su ropa empezó a arder. El fragor de la explosión había roto las ventanas de toda la calle, y cuando finalmente se apagó, el aullido de las sirenas y las alarmas lo reemplazó.

Deseaba haber sido capaz de oírlos gritar.

Por fin, un taxi paró para recogerlo. El conductor quería llevarlo al hospital, pero Fortunato le convenció de lo contrario con un billete de cien dólares.

Subir las escaleras de su apartamento le llevó más que cualquier otra cosa que pudiera recordar. Fue a la habitación. Las almohadas aún olían al perfume de Eileen.

Volvió a la cocina, agarró una botella de whisky y se sentó junto a la ventana, se la bebió de un trago, contemplando el resplandor rojizo del fuego que se apagaba lentamente sobre Jokertown.

Cuando por fin se desmayó en el sofá, soñó con tentáculos y carne gomosa y picos que se abrían y se cerraban entre largas y resonantes risotadas.

1985

Jube: uno

♣ ♦ ♠ ♥

T RAS CERRAR EL QUIOSCO PARA LA NOCHE, JUBE CARGÓ SU
carrito de supermercado con periódicos y emprendió su ronda diaria por los bares de Jokertown.

Con Acción de Gracias a menos de una semana, el frío viento
de noviembre tenía un filo cortante al bajar ululando por Bowery.
Jube caminaba con dificultad, con una mano en su maltrecho sombrero de media copa, mientras que con la otra tiraba del carro de
alambre de dos ruedas por la acera agrietada. Sus pantalones eran
lo bastante anchos como para albergar a una multitud y su camisa
hawaiana azul de manga corta estaba cubierta de surfistas. Nunca
llevaba abrigo. Jube había estado vendiendo periódicos y revistas
en la esquina de Hester Street con Bowery desde el verano de 1952,
y no había llevado abrigo ni una sola vez. Siempre que le pregun-
taban al respecto, se reía mostrando sus colmillos, se golpeaba el
vientre y decía: «Éste es todo el aislamiento que necesito, sí señor».

En el mejor de los casos, con tacones, Jube Benson pasaba casi
un par de centímetros del metro y medio, pero había una buena
porción en aquel paquete compacto, casi ciento cuarenta kilos de
carne aceitosa de un negro azulado que recordaba al hule medio
derretido. Su rostro era ancho y picado, su cráneo estaba cubierto
de mechones de pelo tieso de color rojo, y dos pequeños colmillos
curvados salían por debajo de las comisuras de su boca. Olía como
a palomitas con mantequilla y sabía más chistes que cualquier otra
persona en Jokertown.

Jube se contoneó con brío, sonriendo a los peatones, pregonando
sus periódicos a los coches que pasaban (incluso a aquellas horas,
la calle principal de Jokertown estaba lejos de estar desierta). En La

Casa de los Horrores dejó una pila de *Daily News* al portero para que los repartiera a los clientes que se iban, junto con un *Times* para el propietario, Des. Un par de calles más abajo estaba el Club del Caos, donde también dejó una pila de periódicos. Jube había guardado una copia del *National Informer* para Lambent. El portero lo tomó con una mano descarnada e incandescente.

—Gracias, Morsa.

—Léetelo todo –dijo Jube–. Dice que hay un nuevo tratamiento, que convierte a los jokers en ases.

Lambent rio.

—Sí, seguro –dijo, hojeando el periódico. Una lenta sonrisa apareció en su rostro fosforescente–. Eh, mira esto, Sue Ellen va a volver con J. R.

—Siempre lo hace –dijo Jube.

—Esta vez va a tener su bebé joker –dijo Lambent–. Dios, qué mujer más tonta –dobló el periódico y se lo puso bajo el brazo–. ¿Lo oíste? –preguntó–. Gimli va a volver.

—¡No me digas! –replicó Jube. La puerta se abrió tras él. Lambent corrió a sujetarla y silbó a un taxi para que recogiera a la pareja bien vestida que salía. Mientras los ayudaba a entrar, les entregó su *Daily News* gratis y el hombre le puso un billete de cinco en la mano. Lambent lo hizo desaparecer, mientras guiñaba un ojo a Jube. Éste le dijo adiós con la mano y siguió su camino, dejando al portero fosforescente de pie en la acera con su librea del Club del Caos, echando un vistazo a su *Informer*.

El Club del Caos y la Casa de los Horrores eran establecimientos con clase; los bares, tabernas y cafeterías que estaban en las calles secundarias rara vez le reportaban nada. Pero lo conocían en todos ellos, y lo dejaban vender sus periódicos de mesa en mesa. Jube se paró en El Pozo y en La Cocina de Peludo, jugó una partida de rayuela en el Sótano de Squisher, entregó una *Penthouse* al Wally de Wally's. En el Pub de Black Mike, bajo el rótulo de neón de la cerveza Schaefer, bromeó con un par de fulanas que le hablaron del político nat pervertido con el que habían hecho un trío.

Dejó el *Times* del Capitán McPherson al sargento que estaba en la recepción de la comisaría de Jokertown y vendió un *Sporting News* a un policía vestido de civil que pensaba que tenía una pista sobre el Jokers Wild, donde un prostituto había sido castrado en el escenario la semana pasada. En el Dragón Retorcido, en el límite con Chinatown, Jube se deshizo de sus periódicos chinos antes de encaminarse al Freakers, en Chatham Square, donde vendió una copia del *Daily News* y media docena del *Jokertown Cry*.

Las oficinas del *Cry* estaban al otro lado de la plaza. El editor de la noche siempre agarraba un *Times*, un *Daily News*, un *Post* y un *Village Voice* y llenaba a Jube una taza de café negro, fangoso:

—Noche sin clientela –dijo Crabcakes, mordisqueando un cigarrillo sin encender mientras pasaba las páginas de la competencia con sus pinzas.

—He oído que los policías van a cerrar ese estudio de porno joker en Division –dijo Jube, bebiendo cortésmente de su café. Crabcakes lo miró, entornando los ojos:

—¿Eso crees? No apostaría por ello, Morsa. Ese grupo está conectado. La familia Gambione, creo. ¿Dónde oíste eso?

Jube le dedicó una amplia sonrisa.

—También he de proteger a mis fuentes, jefe. ¿Sabes el del tipo que se casa con una joker, preciosa, de pelo largo y rubio, cara de ángel, cuerpo a juego? En su noche de bodas, ella sale con su *baby doll* blanco y le dice, cariño, tengo buenas y malas noticias. Y él dice, de acuerdo, dame primero las buenas. Bien, dice ella, la buena noticia es que esto es lo que el wild card me hizo, y se da la vuelta y le enseña unas buenas vistas, hasta que se queda sonriendo y babeando. ¿Y cuál es la mala noticia?, pregunta él. La mala noticia, dice ella, es que mi verdadero nombre es Joseph.

Crabcakes hizo una mueca.

—Vete de aquí –dijo.

Los asiduos de Ernie lo libraron de unos cuantos más ejemplares del *Cry* y del *Daily News* y al propio Ernie le llevó el número de *Ring* que había salido aquella tarde. Era una noche sin clientela, así que Ernie le puso una piña colada y Jube le contó el de la novia joker que tenía buenas y malas noticias para su marido.

El dependiente de la tienda de rosquillas que abría toda la noche le tomó un *Times*. Cuando enfiló Henry hacia su última parada, la carga de Jube era tan ligera que el carrito de supermercado iba rebotando detrás de él.

Había tres taxis fuera de la entrada con marquesina del Palacio de Cristal, esperando clientes.

—Eh, Morsa –le gritó uno de los taxistas cuando pasó–. ¿Tienes un *Cry* por ahí?

—Claro –dijo Jube. Cambió un periódico por una moneda. El taxista tenía un nido de tentáculos como serpientes en vez de brazo derecho y aletas donde debería haber piernas, pero su unidad tenía mandos especiales y él conocía la ciudad como la palma de su tentáculo. También recibía propinas realmente buenas. Esos días la gente estaba tan aliviada de conseguir un taxista que hablara inglés que no le importaba un comino qué aspecto tuviera.

El portero subió el carrito de Jube por los escalones de piedra hasta la entrada principal de la casa adosada de tres pisos de finales del XIX. Ya en la entrada victoriana, Jube dejó su sombrero y su carrito con la chica del guardarropa, reunió los periódicos que le quedaban, se los puso bajo el brazo y se adentró en el enorme salón de techos altos. Elmo, el portero enano, estaba echando a un hombre con cara de calamar y un antifaz de lentejuelas cuando Jube entró.

Tenía un moretón en un lado de la cabeza.

—¿Qué hizo? –preguntó Jube.

Elmo le sonrió.

—No es lo que hizo, es lo que estaba pensando hacer –el hombrecillo empujó las puertas de cristal de colores con el cara de calamar colgando de su hombro como si fuera un saco de papas.

El Palacio de Cristal estaba a punto de cerrar. Jube dio una vuelta por la sala principal de la taberna, apenas se molestó con los reservados y sus cabinas con cortinas, y vendió unos pocos periódicos más. Después se subió a un taburete. Sascha estaba detrás de la larga barra de caoba, su cara sin ojos y su bigotillo se reflejaban en el espejo mientras mezclaba un Planter's Punch. Lo dejó delante de Jube sin decir nada o sin que hubiera intercambio de dinero.

Mientras Jube sorbía su bebida, percibió un soplo de un perfume familiar y giró la cabeza justo cuando Chrysalis se sentó en un taburete a la izquierda.

—Buenos días –dijo.

Su voz era tranquila y tenía un acento levemente británico. Lucía una espiral de diamantina plateada en una mejilla y la carne transparente bajo ella parecía hacerla flotar como una nebulosa por encima de la blancura de su cráneo. Su labial era un gloss plateado y sus largas uñas brillaban como dagas.

—¿Qué tal las noticias, Jubal?

Le sonrió.

—¿Sabes el de la novia joker que tenía buenas y malas noticias para su marido?

Alrededor de su boca, las sombras grises y fantasmagóricas de sus músculos retorcieron sus labios plateados en una sonrisa:

—Ahórramelo.

—Muy bien –Jube sorbió su Planter's Punch con un popote–. En el Club del Caos le ponen sombrillitas a esto.

—En el Club del Caos sirven bebidas en cocos.

Jube paladeó su bebida.

—¿Ese sitio, en Division, donde filman las películas *hardcore*? He oído que es una operación de Gambione.

—Noticias viejas –dijo Chrysalis. Era hora de cerrar. Las luces se encendieron. Elmo empezó a circular, apilando las sillas en las mesas y despertando a los clientes.

—Troll va a ser el nuevo jefe de seguridad de la clínica de Tachyon. Me lo dijo el mismo doc.

—¿Acción afirmativa? –dijo Chrysalis secamente.

—En parte sí –le contó Jube–, y en parte es que mide casi tres metros, es verde y casi invulnerable –succionó ruidosamente lo que le quedaba de la bebida y removió el hielo triturado con su popote–. Un tipo de la policía tiene una pista sobre el Jokers Wild.

—No lo encontrará –dijo Chrysalis–. Si lo hace, deseará no haberlo hecho.

—Si tuvieran algo de sentido común, se limitarían a preguntarte.

—No hay suficiente dinero en el presupuesto de la ciudad para pagar esa información –dijo Chrysalis–. ¿Qué más? Siempre te guardas lo mejor para el final.

—Probablemente nada –dijo Jube, girándose para mirarla–, pero he oído que Gimli vuelve a casa.

—¿Gimli? –su voz era indiferente, pero los ojos de azul profundo suspendidos en las cuencas de su cráneo lo contemplaron con intensidad–. Qué interesante. ¿Detalles?

—Aún nada –dijo Jube–. Te lo haré saber.

—Estoy segura –Chrysalis tenía informantes por todo Jokertown. Pero Jube, la Morsa, era uno de los más fiables. Todo el mundo lo conocía, a todo el mundo le agradaba, todo el mundo hablaba con él.

Jube fue el último cliente en dejar el Palacio de Cristal aquella noche. Cuando salió al exterior acababa de empezar a nevar. Resopló, se sujetó el sombrero firmemente y bajó fatigosamente por Henry, tirando del carrito vacío. Una patrulla llegó y se puso a su lado mientras pasaba por debajo del puente de Manhattan, aminoró la marcha y bajó una ventana.

—Ey, Morsa –lo llamó el policía negro que estaba detrás del volante–. Está nevando, joker idiota. Se te van a helar las pelotas.

—¿Pelotas? –gritó Jube–, ¿quién dice que los jokers tienen pelotas? Me encanta este clima, Chaz. ¡Mira estas mejillas rosadas! –se pellizcó su mejilla aceitosa, de negro azulado, y rio entre dientes.

Chaz suspiró y abrió la puerta trasera del vehículo azul y blanco.

—Entra. Te llevaré a casa.

La casa era una pensión de cinco plantas en Eldrige, a sólo un corto trecho. Jube dejó su carrito de supermercado bajo las escaleras junto a los botes de basura mientras abría el cerrojo de su apartamento en el sótano. La única ventana estaba tapada por un enorme aparato de aire acondicionado antiguo, su carcasa oxidada estaba ahora cubierta por la ventisca de nieve.

Cuando encendió las luces, las bombillas rojas de quince watts en la luminaria que tenía sobre la cabeza llenaron la estancia con una turbia penumbra escarlata. Hacía un frío que pelaba, apenas un poco más cálido que el de las calles de noviembre. Jube nunca encendía la calefacción. Una o dos veces al año un hombre de la compañía de gas pasaba a revisarlo y asegurarse de que no había manipulado el medidor.

Bajo la ventana, trozos de carne verde, pudriéndose, cubrían una mesa de juego. Jube se despojó de su camisa para revelar un amplio pecho, con seis pezones, agarró un vaso de hielo para triturarlo y escogió el mejor bistec que pudo encontrar.

Un colchón desnudo cubría el piso de su dormitorio y en la esquina estaba su última adquisición, una flamante bañera de hidromasaje

de porcelana, situada de cara a una enorme pantalla de proyección de
televisión. Sólo que nunca usaba el agua caliente. Había aprendido
muchas cosas de los humanos en los últimos veintitrés años, pero
nunca había entendido por qué querían sumergirse en agua hirvien-
do, pensó mientras se desvestía. Hasta los taquisianos tenían más
sentido común que eso.

Con el bistec en una mano, Jube se metió cuidadosamente en el
agua helada y encendió la televisión con su control remoto para ver
las noticias que había grabado antes. Se embuchó el bistec en su
bocaza y empezó a masticar la carne cruda lentamente mientras flotaba allí, absorbiendo cada palabra que Tom Brokaw tenía que decir.
Era muy relajante, pero cuando terminó el noticiario, Jube supo que
era la hora de ir a trabajar.

Salió de su bañera, eructó y se secó vigorosamente con una toalla del Pato Donald. Una hora, no más, pensó para sí mientras cru-
zaba sigilosamente la habitación, dejando huellas húmedas en el
piso de madera. Estaba cansado, pero tenía que hacer algo de trabajo o se le atrasaría aún más. Al fondo de su dormitorio, apretó bruscamente una larga secuencia de números en su control remoto. La
pared de ladrillo desnudo que había ante él pareció disolverse
cuando pulsó el último número.

Jube entró en lo que parecía haber sido la carbonera. La pared
más alejada estaba dominada por un holocubo que hacía empe-
queñecer a su pantalla de televisión. Una consola con forma de herradura envolvía una enorme silla ergonómica diseñada para la
fisonomía única de Jube. A lo largo de la cámara había máquinas, el
propósito de algunas de las cuales habría sido obvio para cualquier
estudiante de secundaria; otras habrían desconcertado al mismísi-
mo doctor Tachyon.

Primitiva como era, la oficina servía perfectamente a Jube. Se
aposentó en su silla, encendió el alimentador de la célula de fusión y
tomó una vara cristalina tan larga como el dedo rosáceo de un niño
de un anaquel que estaba junto a su codo. Cuando la deslizó en la ranura apropiada de la consola, la grabadora se encendió en su interior
y empezó a dictar sus últimas observaciones y conclusiones en un
lenguaje que parecía medio música y medio cacofonía, hecha a partes iguales de ladridos, silbidos, eructos y clics. Si sus otros sistemas

de seguridad le fallaban alguna vez, su trabajo aún estaría a salvo. Al fin y al cabo, no había ningún otro ser sensible en cuarenta años luz que hablara su lengua nativa.

♣ ♦ ♥ ♠

Hacia la sexta generación

Prólogo

♣ ♦ ♠ ♥

por Walter Jon Williams

S EGUÍA HUMEANDO DONDE LA ATMÓSFERA LE HABÍA QUEMADO la carne. El líquido vital caliente le salía por los espiráculos. Intentó cerrarlos, para aferrarse al líquido que le quedaba, pero había perdido la capacidad de controlar la respiración. Sus fluidos se habían sobrecalentado durante el descenso y habían salido expulsados desde los diafragmas como el vapor de una olla a presión.

Unas luces parpadearon desde el extremo del callejón. Lo deslumbraron. Fuertes sonidos crepitaban en sus oídos. Su sangre humeaba en el cemento al enfriarse.

La Madre del Enjambre había detectado su nave, lo había golpeado con una enorme carga de partículas generada en el monstruoso cuerpo planetoide de la criatura. Apenas tenía la oportunidad de contactar con Jhubben en la superficie del planeta antes de que la quitina de su nave quedara destrozada. Se había visto forzado a agarrar el modulador de singularidad, la fuente de energía experimental de su raza, y saltar al oscuro vacío. Pero el modulador se había dañado en el ataque y había sido incapaz de controlarlo, y él ardió en el descenso.

Trató de hacer acopio de toda su concentración para regenerar la carne, pero no lo logró. Se dio cuenta de que se estaba muriendo.

Era necesario que detuviera el drenaje de su vida. Había un contenedor de metal cerca, grande, con una tapa con bisagras. Su cuerpo, una ardiente agonía, rodó por la húmeda superficie del cemento y se enganchó con la pierna que tenía intacta a la tapa del contenedor. La pierna era poderosa, diseñada para saltar al cielo de su mundo de escasa gravedad, y ahora era su esperanza. Movió su peso contra la opresiva gravedad, levantó su cuerpo a la altura de la pierna. Los nervios crispados aullaron en su cuerpo. El fluido salpicó el exterior del contenedor.

El metal resonó cuando cayó dentro. Algunas sustancias crujieron bajo él. Alzó los ojos a la noche que brillaba con infrarrojos reflejados. Había trocitos de materia orgánica aquí, machacados y aplanados, con tintes estampados en ellos. Los agarró con sus palpos y cilios, los rompió en tiras, los colocó en sus espiráculos goteantes. Paró la hemorragia.

Le llegaron olores orgánicos. Hubo vida allí, pero había muerto.

Palpó en su abdomen en busca del modulador, sacó el dispositivo, lo apretó contra su pecho desgarrado. Si pudiera detener el tiempo por un rato, podría sanar. Después, trataría de contactar con Jhubben, como fuera. Quizá, si el modulador no estaba demasiado dañado, podría dar un salto pequeño a las coordenadas de Jhubben.

El modulador zumbaba. Extrañas efusiones de luz, un efecto colateral, parpadearon suavemente en la oscuridad del contenedor. Pasó el tiempo.

—Pues anoche me llamó mi vecina Sally… –débilmente, desde el interior de su cápsula de tiempo, oyó el sonido de la voz. Reverberó tenuemente dentro de su cráneo–. Y Sally, dice, Hildy, dice, justo acabo de tener noticias de mi hermana Margaret en California. Te acuerdas de Margaret, dice. Fue contigo al colegio, a St. Mary's.

Hubo un golpe sordo en el metal, cerca de sus palpos auditivos. Una silueta contra la reluciente noche. Brazos que trataban de llegar hasta él.

El dolor agónico volvió. Gritó con un siseo. El tacto subió por su cuerpo.

—Claro que me acuerdo de Margaret, le digo. Iba un grado atrás. Las hermanas siempre la fastidiaban porque no paraba de mascar chicle.

Algo se estaba apoderando de su modulador. Lo apretó contra él, intentó protestar.

—Es mío, amiguito –dijo la voz, rápido, con furia–. Yo lo vi primero.

Vio un rostro. Carne pálida, tiznada de mugre, los dientes al descubierto, cilios grises colgando por debajo de una protuberancia inorgánica.

—No –dijo–. Me estoy muriendo.

Con un llave, la criatura le arrebató el modulador. Gritó cuando el calor lo abandonó, cuando sintió el lento y frío retorno de la muerte.

—Cállate. Es mío.

El dolor empezó a palpitar lentamente por todo su cuerpo.

—No lo entiendes –dijo–. Hay una Madre del Enjambre cerca de su planeta.

La voz hablaba monótonamente. Las cosas crujieron y sonaron dentro del contenedor.

—Pues Margaret, dice Sally, se casó con un ingeniero de Boeing. Y ganan cincuenta de los grandes al año, al menos. Vacaciones en Hawái, en St. Thomas, por el amor de Dios.

—Por favor, escucha –el dolor iba en aumento. Sabía que le quedaba muy poco tiempo–. La Madre del Enjambre ya desarrolló inteligencia. Percibió que la había identificado y me atacó de inmediato.

—Pero no tiene que tratar con mi familia, dice Sally. Está en la otra maldita costa, dice Sally.

Su cuerpo estaba llorando lágrimas escarlata.

—El siguiente estadio será un Enjambre de primera generación. Vendrán pronto a su planeta, dirigidos por la Madre del Enjambre. Por favor, escucha.

—Así que saco a mamá de la beneficencia y la meto en este bonito apartamento, dice Sally. Pero la beneficencia quiere que Margaret y yo le demos a mamá cinco dólares más al mes. Y Margaret, dice, no tiene el dinero. Las cosas son caras en California, dice.

—Están en un peligro terrible. Por favor, escuchen.

El metal retumbó de nuevo. La voz se iba haciendo cada vez más débil, como si se alejara.

—Como si las cosas fueran fáciles aquí, dice Sally. Tengo cinco hijos y dos coches y una hipoteca, y Bill dice que los asuntos en la agencia están en un callejón sin salida.

—El Enjambre. El Enjambre. ¡Díganselo a Jhubben!

El otro se fue y él se estaba muriendo. Lo que tenía debajo se estaba empapando de sus fluidos.

Respirar era una agonía.

—Hace frío aquí –dijo. Cayeron lágrimas del cielo, repicando contra el metal. Había ácido en las lágrimas.

Jube: dos

♣ ♦ ♠ ♥

EN LA CASA DE HUÉSPEDES DE ELDRIDGE, LOS INQUILINOS
estaban celebrando una pequeña fiesta de Navidad y Jube iba
vestido de Santa Claus. Resultaba un poco bajito para el papel, y los Santa Claus de los escaparates raramente tenían colmillos,
pero hacía el *ho-ho-ho* a la perfección.

El grupo estaba reunido en la sala de estar de la primera planta.
Este año era pronto, porque la señora Holland se iba a Sacramento la
semana siguiente para pasar las vacaciones con su nieto y nadie quería hacer la fiesta sin la señora Holland, que había vivido en el edificio
casi tanto como Jube, y los había ayudado a todos en tiempos difíciles.

Excepto por el padre Fahey, el jesuita alcohólico del quinto piso, los
inquilinos eran todos jokers y ninguno de ellos tenía mucho dinero para regalos de Navidad. Así que cada uno compraba un regalo
y todos los presentes iban a un gran saco de cáñamo y cada año era
el cometido de Jube mezclarlos y repartírselos. Le encantaba la tarea.
Los modelos humanos respecto a la donación de regalos eran infinitamente fascinantes y algún día trataría de escribir un estudio sobre la
materia, tan pronto como acabara su tratado sobre el humor humano.

Siempre empezaba con Doughboy, que era enorme y blando y
blanco como un champiñón y que vivía con el hombre de raza negra
al que llamaban Shiner en el apartamento del segundo piso. Doughboy
sobrepasaba en peso a Jube por unas buenas decenas de kilos y era
tan fuerte que arrancaba la puerta de sus bisagras al menos una vez
al año (Shiner siempre la arreglaba). Doughboy adoraba los robots y
los muñecos y los camiones de juguete y las pistolas de plástico que
hacían ruido, pero lo rompía todo al cabo de unos días, y los juguetes
que de verdad le gustaban los rompía a las pocas horas.

Jube había envuelto su regalo en papel plateado, así que no podría dárselo a nadie más por error.

—¡Madre mía! —gritó Doughboy cuando lo abrió desgarrando el papel. Lo levantó para que todos lo vieran—. Una pistola de rayos, madre mía, madre mía..

Era de un rojo oscuro intenso, traslúcida, moldeada en líneas que eran suaves y sensuales, pero en cierto modo inquietantes, con un cañón de la anchura de un lápiz. Cuando sus inmensos dedos envolvieron el gatillo y apuntó a la señora Holland, en el fondo parpadearon lucecitas, y Doughboy exclamó complacido cuando el microordenador corrigió su objetivo.

—Vaya juguete —dijo Callie. Era una mujer pequeña, fastidiosa, con cuatro brazos inútiles de más.

—Ho ho ho —dijo Jube—. Tampoco podrá romperlo.

Doughboy miró de reojo al Viejo Señor Grillo y apretó el pulsador, haciendo fuertes ruidos siseantes entre dientes. Shiner rio.

—Apuesto a que sí.

—Perderías —dijo Jube. La aleación de Ly'bahr era suficientemente densa y fuerte para soportar una explosión nuclear. Él mismo había llevado esa arma durante su primer año en Nueva York, pero el arnés se había desgastado, y con el tiempo había acabado siendo más bien una molestia. Por supuesto, Jube había retirado la célula de energía antes de envolverla como regalo para Doughboy, y un disruptor de la Red no era el tipo de cosa que podía cargar con unas simples pilas.

Alguien le metió un ponche de huevo, generosamente mezclado con ron y nuez moscada, en la mano. Jube dio un saludable trago, sonrió complacido y siguió repartiendo los regalos. Callie era la siguiente, y sacó un talonario de cupones para el cine del barrio. A Denton, del cuarto piso, le tocó un gorro de lana, que se colgó de la punta de sus antenas, provocando risas generales. Reginald, a quienes los niños del vecindario llamaban Cabeza de Papa (aunque no a la cara), acabó con una máquina de afeitar eléctrica; Shiner sacó una larga bufanda de colores. Se miraron riendo el uno al otro y se las cambiaron.

Fue moviéndose por toda la sala, de persona a persona, hasta que todo el mundo tuvo un regalo. Normalmente, el último regalo del saco era el suyo; este año, sin embargo, la bolsa estaba vacía después de que la señora Holland sacara sus entradas para *Cats*. Jube estaba un poco desconcertado. Se le debió ver en la cara. Hubo risas a su alrededor.

—No nos hemos olvidado de ti, hombre morsa —dijo Chucky, el chico con patas de araña que hacía de recadero en Wall Street.

—Este año todos hemos contribuido para darte algo especial —añadió Shiner.

La señora Holland se lo dio. Era pequeño, y estaba envuelto en papel de regalo. Jube lo abrió con cuidado.

—¡Un reloj!

—¡No es un reloj, hombre-morsa, es un cronómetro!

Chucky dijo:

—Automático, y resistente al agua y también a los golpes.

—Que ese reloj te dice la fecha y las fases de la luna, mierda, te dice todo menos cuando tu chica tiene la regla —dijo Shiner.

—¡Shiner! —dijo la señora Holland indignada.

—Llevas ese reloj de Mickey Mouse desde, bueno, desde que te conozco —dijo Reginald—. Todos pensamos que ya era hora de que llevaras algo un poco más moderno.

Era un reloj muy caro. De modo que, por supuesto, no quedaba otra más que ponérselo. Jube desató a Mickey de su gruesa muñeca y se deslizó el flamante cronómetro con su pulsera flexible de metal. Dejó su viejo reloj cuidadosamente sobre la repisa de la chimenea, bien apartado, y después hizo una ronda por la sala abarrotada, dándoles las gracias a todos.

Más tarde, el Viejo Señor Grillo frotó las piernas para entonar la melodía de «Jingle Bells» y la señora Holland sirvió el pavo que había ganado en la rifa de la iglesia (Jube toqueteó su porción lo suficiente como para que pareciera que había comido algo) y hubo más ponche de huevo para beber, y un juego de cartas después del café, y cuando ya fue muy tarde Jube contó algunos de sus chistes. Finalmente, pensó que era hora de retirarse; le había dado a su ayudante el día libre, así que tendría que abrir el quiosco él mismo, y pronto, a la mañana siguiente.

Pero cuando se detuvo junto a la repisa mientras salía, Mickey ya no estaba.

—¡Mi reloj! —exclamó Jube.

—¿Qué vas a hacer con esa cosa vieja ahora que tienes el nuevo? –le preguntó Callie.

—Tiene valor sentimental –dijo Jube.

—Vi a Doughboy jugando con él –le explicó Warts–. Le gusta Mickey Mouse.

Shiner había metido a Doughboy en la cama hacía horas. Jube tuvo que subir. Encontraron el reloj en el pie de Doughboy y Shiner se deshizo en disculpas.

—Creo que lo rompió –dijo el anciano.

—Es muy resistente –dijo Jube.

—Ha estado haciendo un ruido –le dijo Shiner–. Como un zumbido. Supongo que se habrá roto por dentro.

Por un momento, Jube no comprendió de qué estaba hablando. Después, el temor reemplazó a la confusión.

—¿Zumbando? ¿Cuánto tiempo…?

—Un buen rato –dijo Shiner mientras le devolvía el reloj. Del interior de la carcasa llegaba un agudo y débil gemido–. ¿Estás bien?

Jube asintió.

—Cansado –dijo–. Feliz Navidad.

Y después se precipitó escaleras abajo tan rápido como pudo.

En su frío y oscuro apartamento corrió hacia la carbonera. Dentro, por supuesto, el comunicador estaba de color violeta brillante, el código de color de la Red para las emergencias extremas. Tenía sus corazones en la boca. ¿Cuánto tiempo? Horas, horas, y todo aquel tiempo había estado de fiesta. Jube sintió náuseas. Se dejó caer en la silla y tecleó en la consola para reproducir el mensaje que se había grabado. El holocubo se iluminó por dentro, con un resplandor de luz violeta. En el centro estaba Ekkedme, sus piernas traseras plegadas bajo él de modo que parecía estar agachado. El ninfo embe estaba en un evidente estado de gran agitación; los cilios que le cubrían la cara temblaban al notar el aire, y los palpos en lo alto de su diminuta cabeza giraban frenéticamente. Mientras Jube observaba, el fondo violeta según el código se disipó y el abarrotado interior de una monoplaza tomó forma. «¡La Madre!», gritó Ekkedme en la lengua del comercio, forzando las palabras a través de sus espiráculos con un sibilante acento embe. El holograma se deshizo a causa de la estática.

Cuando se reintegró, un segundo después, el embe dio un repentino vuelco hacia un lado, alargó una de las extremidades delanteras, fina como una ramita, y apretó una bola negra lisa contra el pálido pelaje blanco de su pecho quitinoso. Empezó a decir algo, pero por debajo de él, la pared de la monoplaza se dobló hacia dentro con un horrible chirrido metálico y se desintegró por completo. Jube contempló con horror cómo el aire, los instrumentos y el embe eran absorbidos hacia las frías e impasibles estrellas. Ekkedme se estrelló contra una mampara irregular y se deslizó aún más arriba, agarrándose a la bola mientras sus patas traseras buscaban desesperadamente dónde aferrarse. Un remolino de luz recorrió la superficie de la esfera y pareció expandirse. Una veloz marea negra envolvió al embe; cuando se retiró, ya no estaba. Jube se atrevió a respirar de nuevo.

La transmisión se cortó abruptamente un instante después. Jube pulsó una tecla para volver a verla, esperando que se le hubiera pasado algo por alto. Sólo pudo ver la mitad. Entonces, se levantó, corrió al lavabo y regurgitó el ponche de huevo de toda la noche. Estaba más sereno cuando volvió. Tenía que pensar, tenía que manejar las cosas con calma. El pánico y la culpa no lo llevarían a ninguna parte. Incluso si hubiera llevado puesto el reloj, de todos modos no habría llegado aquí abajo a tiempo para recibir la llamada, no había nada que pudiera haber hecho. Además, Ekkedme había escapado con el modulador de singularidad, Jube lo había visto con sus propios ojos, seguramente su colega había conseguido ponerse a salvo... sólo que... si lo había hecho... ¿dónde estaba?

Jube miró a su alrededor lentamente. Ciertamente, el embe no estaba allí. Pero ¿dónde más podía haber ido? ¿Cuánto podría sobrevivir en esta gravedad? ¿Y qué le había sucedido cuando estaba en órbita?

Lúgubremente, estableció contacto con los escáneres de los satélites. Había seis sofisticados dispositivos del tamaño de pelotas de golf, equipados con sensores rindarios. Ekkedme los había usado para monitorizar los patrones climáticos, la actividad militar, las transmisiones de radio y televisión, pero también tenían otros usos. Jube hizo un barrido por los cielos, metódicamente, en busca de la nave monoplaza, pero donde debería haber estado sólo encontró desechos esparcidos.

De repente, Jube se sintió muy solo.

Ekkedme había sido... bueno, no un amigo, no del modo en que los humanos de los pisos superiores eran amigos, ni siguiera tan cercano como Chrysalis o Crabcakes, pero... sus especies tenían poco en común, la verdad. Ekkedme era un tipo extraño y solitario, enigmático y poco comunicativo; y veintitrés años en órbita, recluido en los estrechos confines de su nave monoplaza, sin ninguna otra ocupación salvo la meditación y la vigilancia, sólo habían hecho al ninfo aún más extraño; pero por supuesto, era por eso por lo que había sido elegido entre todos los que el Señor del Comercio podría haber designado cuando la *Oportunidad* llegó, hacía tanto tiempo, en el año humano de 1952, para observar los resultados del gran experimento taquisiano. Espontáneamente, le asaltaron los recuerdos. La enorme nave espacial de la Red había orbitado alrededor del pequeño planeta verde todo aquel verano, encontrando pocas cosas de interés. La civilización nativa era prometedora, pero apenas más avanzada de lo que lo había estado en su visita anterior, unos pocos siglos antes. Y el tan cacareado virus taquisiano, el wild card, parecía haber producido un gran número de rarezas, tullidos y monstruos. Pero al Señor del Comercio le gustaba cubrir todos los frentes, así que cuando la *Oportunidad* partió, dejó atrás a dos observadores: al embe en órbita y un xenólogo en la superficie. Al Señor del Comercio le pareció divertido esconder a su agente a plena vista, en las calles de la ciudad más grande del mundo. Y para Jhubben, que había firmado un contrato de servicios para toda la vida por la oportunidad de viajar a mundos lejanos, era una rara ocasión de desempeñar un trabajo importante.

Sin embargo, hasta este momento, siempre había existido la certeza de que algún día la *Oportunidad* regresaría, que algún día volvería a experimentar el vuelo estelar e incluso que quizá volvería a los glaciares y las ciudades de hielo de Glabber, bajo su sol rojo. El ninfo embe nunca había acabado de ser un amigo, pero había sido algo igual de importante. Habían compartido un pasado. Sólo Jube sabía que el embe estaba allí, observando, escuchando; sólo Ekkedme sabía que Jube, Morsa, el vendedor de periódicos joker era en verdad Jhubben, un xenólogo de Glabber. El ninfo había sido una conexión con su pasado, con su mundo natal y su gente, con la *Oportunidad* y la propia Red, con las ciento treinta y siete especies miembros repartidas por más de mil mundos.

Jube miró el nuevo reloj que sus amigos le habían regalado. Pasaban de las dos. El mensaje se había recibido justo antes de las ocho.

Nunca había usado un modulador de singularidad: era un dispositivo embe, aún experimental, alimentado por un miniagujero negro y capaz de funcionar como un campo de estasis, un dispositivo de teletransportación, incluso una fuente de energía, pero fantásticamente cara, cuyos secretos guardaba celosamente la Red. No pretendía entender su funcionamiento, pero debería haber traído a Ekkedme aquí, donde Jhubben pudiera ayudarlo. Si el modulador había funcionado mal, el embe podía haber sido teletransportado al vacío espacial o al fondo del océano o… bien, a cualquier lugar fuera de su alcance.

Sacudió su enorme cabeza. ¿Qué podía hacer? Si Ekkedme aún estaba vivo, podría llegar hasta allí. Jube era incapaz de ayudarlo. Entretanto, tenía un problema más apremiante: algo o alguien había descubierto, atacado y destruido la nave monoplaza. Los humanos no tenían tecnología ni motivo. Quienquiera que fuera no era, sin duda, amigo de la Red, y si eran conscientes de su existencia, también podían venir tras él. Jube se encontró deseando no haber dado su arma, justamente, a Doughboy.

Observó la última transmisión una última vez, con la esperanza de encontrar una pista de un enemigo desconocido. No había nada, excepto… «¡La Madre!», había dicho Ekkedme. ¿Qué era eso? ¿Alguna especie de invocación religiosa embe, o era que su colega estaba realmente llamando a la mujer que lo había traído al mundo? Jube pasó las siguientes horas flotando en su bañera, pensando. No se recreó en aquellos pensamientos, pero la lógica era ineludible. La Red tenía muchos enemigos, dentro y fuera, pero sólo un rival verdaderamente poderoso en ese sector del espacio, y sólo uno que pudiera estar tan violentamente contrariado como para poner a la Tierra bajo observación: una especie tan parecida y tan diferente a la humana, imperiosa y distante, racista, implacablemente sanguinaria y capaz de cualquier atrocidad, a juzgar por lo que habían hecho en la Tierra y por lo que tan a menudo se hacían entre ellos.

Cuando se acercó el alba, y se vistió tras una noche de insomnio, Jube estaba prácticamente convencido. Sólo una nave simbionte taquisiana podía haber hecho lo que había presenciado. ¿La lanza espectral o el láser? Se preguntó. No era experto en asuntos marciales.

Era un día gris, con la nieve medio derretida, deprimente, y el humor de Jube casaba a la perfección con él cuando abrió su quiosco.

No había mucho movimiento. Era poco después de las ocho cuando el doctor Tachyon bajó por Bowery, luciendo un abrigo de pelo blanco y restregándose una mancha de huevo en su cuello.

—¿Va todo bien, Jube? –preguntó Tachyon cuando se paró a comprar un *Times*–. No tienes buen aspecto.

A Jube le costó encontrar las palabras.

—Oh, sí, doc. Un amigo mío… ehem, murió.

Observó el rostro de Tachyon en busca de algún destello de culpa. La culpa habría aparecido con facilidad en los taquisianos; seguramente, de haberlo sabido, se habría puesto en evidencia.

—Lo siento –dijo el doc, con voz sincera y llena de empatía–. También perdí a alguien esta semana, un ordenanza de la clínica. Tengo la horrible sospecha de que el hombre fue asesinado. Uno de mis pacientes desapareció el mismo día, un hombre llamado Spector –Tachyon suspiró–. Y ahora la policía quiere que le haga la autopsia a un pobre joker que encontraron en un contenedor en Chelsea. El tipo parece un saltamontes peludo, me dice McPherson. Lo que lo convierte en uno de los míos, ya ves –meneó la cabeza con cansancio–. Bueno, van a tener que mantenerlo en hielo hasta que pueda organizar la búsqueda del señor Spector. Mantén las orejas abiertas, Jube, y házmelo saber si oyes algo, ¿de acuerdo?

—¿Un saltamontes, dijiste? –Jube intentó que su voz sonara despreocupada–. ¿Un saltamontes peludo?

—Sí –dijo Tach–, espero que no sea alguien que conozcas.

—No estoy seguro –Jube añadió rápidamente–. Quizá debería ir y echar un vistazo. Conozco a muchos jokers.

—Está en el depósito, en First Avenue.

—No estoy seguro de poder soportarlo –dijo Jube–. Tengo el estómago revuelto, doc. ¿Qué clase de lugar es ese depósito?

Tachyon tranquilizó a Jube diciéndole que no era algo de lo que asustarse. Para disipar cualquier recelo, describió el depósito y sus operaciones. Jube memorizó cada detalle.

—No suena tan mal –dijo por fin–. Quizá vaya a echar un ojo, en caso de que sea, ehem, el tipo que conozco.

Tachyon asintió, ausente, con la mente en otros problemas.

—¿Sabes? –le dijo a Jube–, ese hombre, Spector, el paciente que desapareció, estaba muerto cuando me lo trajeron. Le salvé la vida.

Y de no haberlo hecho, Henry quizás estaría vivo aún. Por supuesto, no tengo ninguna prueba.

Doblando su *Times* bajo el brazo, el taquisiano se alejó trabajosamente por el aguanieve.

Pobre Ekkedme, pensó Jube. Morir tan lejos de casa... no tenía idea de qué tipo de costumbres funerarias practicaban los embe. No había tiempo para llorarlo. Tachyon no sabía nada, eso estaba claro. Y lo más importante, Tachyon no debía saber. La presencia de la Red en la Tierra debía mantenerse en secreto a toda costa. Y si el taquisiano le hacía la autopsia, lo sabría, no cabía duda. Tachyon había aceptado a Jube como joker, y ¿por qué no? Parecía tan humano como la mayoría de los jokers, y había estado en Jokertown tanto como el mismo doc. Glabber era un lugar atrasado, pobre y oscuro, no tenía ninguna nave estelar propia, y menos de un centenar de glabberianos había servido en las grandes naves de la Red. Las posibilidades de que reconociera a Jhubben eran poco más que inexistentes. Pero los embe llenaban una docena de mundos, sus naves eran conocidas en cien más; eran una parte tan importante de la Red como los ly'bahr, los kodikki, los aevre o incluso los Señores del Comercio. Con una ojeada a aquel cuerpo, Tachyon lo sabría.

Jube empezó a dar saltitos, sintiendo los primeros y leves toques de pánico. Tenía que conseguir aquel cadáver antes de que Tachyon lo viera. Y el modulador, ¿cómo podía olvidarse de eso? Si un artefacto tan valioso como un modulador de singularidad caía en manos taquisianas, sería imposible saber qué consecuencias tendría. Pero ¿cómo?

Un hombre en el que nunca antes había puesto los ojos se paró delante del quiosco. Distraído, Jube lo miró.

—¿Un periódico?

—Uno de cada uno –dijo el hombre–, como siempre.

Tardó un poco en captarlo, pero cuando lo hizo, Jube supo que tenía la respuesta.

En polvo te convertirás

♣ ♦ ♠ ♥

por Roger Zelazny

L A RADIO CREPITÓ CON LA ESTÁTICA. CROYD CRENSON ALARGÓ la mano, la apagó y la arrojó al otro lado de la habitación, a la papelera que estaba junto al tocador. Le pareció un buen presagio que entrara.

Se estiró, después retiró las sábanas y contempló su pálido cuerpo desnudo. Todo parecía estar en su sitio y tener proporciones normales. Se obligó a levitar y no pasó nada, así que sacó las piernas por el borde de la cama y se incorporó. Se pasó la mano por el pelo, complacido al encontrar que tenía pelo. Despertarse era siempre una aventura.

Intentó hacerse invisible, fundir la papelera con el pensamiento y generar chispas con los dedos. Nada de esto ocurrió.

Se levantó y se dirigió al baño. Mientras bebía un vaso de agua tras otro, se estudió en el espejo. Pelo y ojos claros esta vez, rasgos normales; bastante guapo, en realidad. Estimó que mediría poco más de metro ochenta. Musculoso, también. Habría algo en el clóset que le viniera bien. Ya había tenido más o menos esta talla y complexión antes.

Más allá de la ventana era un día gris con montones de nieve de aspecto fangoso alineados en la acera al otro lado de la calle. El agua goteaba en la cuneta. Croyd se detuvo de camino al clóset para retirar una pesada barra de hierro de una caja que había bajo su escritorio. Casi por casualidad, dobló la barra por la mitad y después la retorció. La fuerza se había mantenido una vez más, reflexionó, mientras el churro de metal se unía a la radio en la papelera. Localizó una camisa y unos pantalones que le ajustaban perfectamente y un saco de *tweed* que sólo le quedaba un poco estrecho en los hombros. Centró su atención, entonces, en su gran colección de zapatos y al poco tiempo con un par cómodo.

Eran poco más de las ocho según su Rolex y puesto que era invierno y había luz del día, significaba que era por la mañana. Hora de desayunar y orientarse. Comprobó sus reservas de efectivo y sacó un par de cientos de dólares. La cosa va bajando, pensó. Tendré que hacer una visita al banco. O tal vez robar uno. Las acciones estaban yendo de mal en peor, también, la última vez. Más tarde…

Se proveyó de un pañuelo, un peine, sus llaves, un pequeño bote de plástico con pastillas. No le gustaba llevar ningún tipo de identificación. No necesitaba abrigo. Las temperaturas rara vez lo molestaban.

Cerró la puerta tras él, pasó la entrada y bajó por las escaleras. Giró a la izquierda al llegar a la calle, haciendo frente a un viento cortante, y empezó a bajar por Bowery. Tras poner un dólar en la mano tendida de un joker alto, de aspecto cadavérico, con una nariz como un carámbano que estaba de pie, inmóvil como un tótem en el umbral de una tienda de máscaras cerrada, Croyd preguntó al hombre qué mes era.

—Diciembre –dijo la figura sin mover los labios–. Feliz Navidad.

—Eso –dijo Croyd.

Hizo un par más de pruebas sencillas mientras se dirigía a su primera parada, pero no pudo romper las botellas de whisky vacías que había en la alcantarilla con el pensamiento, ni prender fuego a los montones de basura. Intentó emitir ultrasonidos, pero sólo produjo chirridos. Dio un paseo hasta el quiosco de Hester Street, donde el bajito y regordete Jube Benson estaba leyendo uno de sus periódicos. Benson llevaba una camisa hawaiana amarilla y naranja bajo un traje de verano azul claro; cerdas de pelo rojo asomaban debajo de su sombrero de media copa. La temperatura no parecía molestarle más que a Croyd. Alzó su rostro oscuro, azulado, picado y exhibió un par de colmillos cortos, curvados, mientras Croyd se detenía ante el puesto.

—¿Un periódico? –preguntó.

—Uno de cada uno –dijo Croyd–, como siempre.

Jube entornó los ojos ligeramente mientras estudiaba al hombre que tenía ante él. Después preguntó:

—¿Croyd?

Croyd asintió.

—Soy yo, Morsa. ¿Cómo va eso?

—No me puedo quejar, colega. Esta vez te tocó uno bonito.

—Aún lo estoy probando –dijo Croyd, reuniendo un fajo de periódicos.

Jube mostró más colmillo.

—¿Cuál es el trabajo más peligroso en Jokertown? –preguntó.

—Me rindo.

—Copiloto del camión de la basura –dijo–. ¿Te enteraste de lo que le pasó a la chica que ganó el concurso de Miss Jokertown?

—¿Qué?

—Perdió el título cuando se enteraron de que había posado desnuda para la *Revista del Criador de Aves*

—Eso es enfermizo, Jube –dijo Croyd, esbozando una sonrisa.

—Lo sé. Sufrimos un huracán mientras estabas dormido. ¿Sabes qué hizo?

—¿Qué?

—Cuatro millones de dólares en mejoras urbanas.

—¡Está bien, ya! –dijo Croyd–. ¿Cuánto te debo?

Jube bajó su periódico, se levantó y se dirigió caminando fatigosamente a un lado del quiosco.

—Nada –dijo–. Quiero hablar contigo.

—Tengo que comer, Jube. Cuando me despierto necesito un montón de comida y rápido. Volveré más tarde, ¿de acuerdo?

—¿Te importa si te acompaño?

—Claro que no. Pero no te irá bien para el negocio –Jube empezó a cerrar el quiosco.

—Ya estoy bien –dijo–. Esto también son negocios.

Croyd esperó a que cerrara el puesto y juntos recorrieron dos manzanas hasta La Cocina de Peludo.

—Vamos a ese reservado del fondo –dijo Jube.

—Bien. Pero nada de negocios hasta que me acabe mi primera ronda de comida, ¿eh? No me puedo concentrar con poca azúcar en la sangre, hormonas raras y montones de transaminasas. Déjame que primero me meta algo.

—Entiendo. Tómate tu tiempo.

Cuando el mesero llegó, Jube dijo que ya había comido y pidió sólo una taza de café que no llegó a tocar. Croyd empezó con una orden doble de bistec con huevos y una jarra de jugo de naranja.

Diez minutos más tarde, cuando llegaron los *hot cakes*, Jube se aclaró la garganta.

—Sí —dijo Croyd—, así está mejor. Y bien, ¿qué es lo que te preocupa, Jube?

—No sé por dónde empezar —dijo el otro.

—Empieza por cualquier lado. Ahora veo la vida con mejores ojos.

—No siempre es saludable tener demasiada curiosidad por los asuntos de la gente de por aquí…

—Cierto —admitió Croyd.

—Por otra parte, a la gente le encantan los rumores, especular —Croyd asintió mientras seguía comiendo—. No es ningún secreto tu forma de dormir y que eso es lo que impide que tengas un trabajo normal. Ahora, en general, pareces más un as que un joker. Quiero decir, usualmente tienes un aspecto normal, pero posees algún talento especial.

—Aún no lo tengo identificado, esta vez.

—Da igual. Vistes bien, pagas tus facturas, te gusta comer en el Aces High, y no es un Timex lo que llevas. Tienes que *hacer* algo para llevar ese nivel de vida, a menos que hayas heredado una fortuna.

Croyd sonrió.

—Me da miedo mirar el *Wall Street Journal* —dijo, tocando el fajo de periódicos que había a su lado—. Puede que tenga que *hacer* algo que no he hecho desde hace tiempo si dice lo que temo que va a decir.

—¿Puedo suponer, entonces, que cuando trabajas tu ocupación es a veces, en cierto modo, un punto menos que legal?

Croyd levantó la cabeza y cuando sus ojos se posaron en Jube, éste se estremeció. Fue la primera vez en la que Croyd se dio cuenta de que estaba nervioso. Rio.

—Diablos, Jube —dijo—. Te conozco desde hace bastante tiempo como para saber que no eres policía. Quieres que haga algo, ¿no? Si tiene que ver con robar algo, soy bueno en eso. Aprendí de un experto. Si están chantajeando a alguien, estaré encantado de recuperar las pruebas y asustar al mierda que lo esté haciendo. Si quieres eliminar, destruir, transportar algo, soy tu hombre. Por otra parte, si quieres a alguien muerto, no me gusta hacer eso. Pero podría darte el nombre de un par de personas a las que no les importaría.

Jube negó con la cabeza

—No quiero matar a nadie, Croyd. Quiero robar algo, eso sí.

—Antes de entrar en más detalles, será mejor que te diga que soy caro.

Jube mostró sus colmillos.

—Los ehem… intereses que represento están preparados para afrontar tu tarifa.

Croyd se acabó los *hot cakes*, bebió el café y se comió un pan dulce mientras esperaba los *waffles*.

—Es un cuerpo, Croyd –dijo Jube por fin.

—¿Qué?

—Un cadáver.

—No entiendo.

—Hay un tipo que murió el fin de semana. Encontraron el cuerpo en un contenedor. No tiene ninguna identificación. Es un cualquiera, un John Doe. Está en el depósito.

—¡Por Dios, Jube! ¿Un cuerpo? Nunca he robado un cuerpo. ¿De qué le sirve a nadie?

Jube se encogió de hombros.

—Están dispuestos a pagar realmente bien por él y por cualquier posesión que el tipo tuviera con él. Es todo cuanto quisieron decir.

—Supongo que es asunto suyo lo que quieran hacer con él. Pero ¿de cuánto dinero estamos hablando?

—Para ellos, su valor es de cincuenta de los grandes.

—¿Cincuenta de los grandes? ¿Por un cadáver? –Croyd dejó de comer y lo miró fijamente–. Tienes que estar bromeando.

—No. Puedo darte diez ahora y cuarenta cuando hagas la entrega.

—¿Y si no puedo recuperarlo?

—Puedes quedarte los diez, por el intento. ¿Estás interesado?

Croyd respiró hondo y soltó el aire lentamente.

—Sí –dijo después–, estoy interesado. Pero ni siquiera sé dónde está el depósito.

—Está en la oficina del forense en la Veinticinco con First Avenue.

—De acuerdo. Digamos que voy allá y…

Peludo se acercó y puso un plato de salchichas y tortitas de papa delante de Croyd. Le rellenó su taza de café y dejó varios billetes y algunas monedas en la mesa.

—Su cambio, señor.

Croyd miró el dinero.

—¿Qué quieres decir? –dijo–. Aún no te he pagado.

—Me dio cincuenta.

—No, no lo he hecho. No he acabado.

Pareció como si Peludo sonriera, en las profundidades del denso pelaje oscuro que le cubría por completo.

—No habría mantenido mi negocio tanto tiempo si fuera tirando el dinero –dijo–. Sé cuándo estoy devolviendo el cambio.

Croyd se encogió de hombros y asintió.

—Supongo.

Croyd frunció las cejas cuando Peludo se fue y meneó la cabeza.

—No le he pagado, Jube –dijo.

—Tampoco yo recuerdo haberte visto pagarle. Pero habló de cincuenta… Es difícil olvidarse de eso.

—Peculiar, también. Porque estaba pensando en pagar con uno de cincuenta cuando acabara.

—¿Eh? ¿Recuerdas el momento en que la idea pasó por tu cabeza?

—Sí, cuando pedí los *waffles*.

—¿Tuviste la imagen mental de sacar un billete de cincuenta y dárselo?

—Sí.

—Interesante…

—¿Qué quieres decir?

—Creo que quizás esta vez tu poder sea algún tipo de hipnosis telepática. Tendrás que jugar un poco con ella hasta que la domines, hasta que encuentres sus límites.

Croyd asintió lentamente.

—Pero, por favor, no lo pruebes conmigo. Ya estoy bastante jodido por hoy.

—¿Por qué? ¿Tienes algún interés en este asunto del cadáver?

—Cuanto menos sepas, mejor, Croyd. Créeme.

—Bien, lo veo. La verdad es que no me importa, de todos modos. Con lo que pagan, desde luego que no –dijo–. Así que acepto el trabajo. Digamos que todo va como la seda y consigo el cuerpo. ¿Qué hago con él?

Jube sacó un bolígrafo y una libretita de un bolsillo interior. Escribió un momento, arrancó una hoja y se la pasó a Croyd. Después rebuscó en el bolsillo lateral, sacó una llave y la dejó junto al plato de Croyd.

—Esa dirección está a cinco calles de aquí –dijo–. Una habitación alquilada en la planta baja. La llave encaja en la cerradura. Lo dejas allí, cierras con llave y vienes al quiosco a decírmelo.

Croyd empezó a comer de nuevo. Al cabo de un rato dijo:

—De acuerdo.

—Bien.

—Pero tal vez haya más de un cualquiera en esta época del año. Borrachos que mueren congelados… ya sabes. ¿Cómo sabré cuál es?

—Ahora iba a llegar a eso. El tipo es un joker, ¿está bien? Bajito. De un metro y medio, quizá. Parece una especie de bicho: patas que se pliegan como las de un saltamontes, un exoesqueleto con algo de pelo, cuatro dedos en las manos con tres articulaciones cada uno, ojos a los lados de la cabeza, alas vestigiales en la espalda…

—Me hago a la idea. Parece difícil confundirlo con el modelo estándar.

—Sí. Tampoco debería pesar mucho.

Croyd asintió. Alguien en la parte delantera del restaurante dijo: «…¡pterodáctilo!» y Croyd volvió la cabeza a tiempo para ver la forma alada revoloteando junto a la ventana.

—Otra vez ese chico –dijo Jube.

—Sí. Me pregunto a quién está molestando esta vez.

—¿Lo conoces?

—Ajá. Aparece de vez en cuando. Es una especie de fan de los ases. Al menos no sabe qué aspecto tengo esta vez. De todas maneras… ¿cuándo necesitas ese cuerpo?

—Cuanto antes mejor.

—¿Puedes contarme algo de las instalaciones del depósito?

Jube asintió lentamente.

—Sí. Es un edificio de seis plantas. Laboratorios y oficinas y demás, en las plantas superiores. Recepción y área de identificación en la planta baja. Conservan los cadáveres en el sótano. Las salas de autopsias también están ahí abajo. Tienen ciento veintiocho compartimentos de almacenaje, con una cámara frigorífica con estantes para los cuerpos de los niños. Cuando alguien tiene que ver un cadáver para identificarlo, lo colocan en un ascensor especial que lo sube a una cámara acristalada en una sala de espera del primer piso.

—¿O sea que has estado allí?

—No, leí las memorias de Milton Helpern.

—Tienes lo que llamaría una auténtica educación liberal –dijo Croyd–. Probablemente debería leer más.

—Puedes comprarte montones de libros con cincuenta de los grandes.

Croyd sonrió.

—Así que ¿tenemos un trato?

—Déjame que lo piense un poco más durante el desayuno, mientras descubro exactamente cómo funciona mi talento. Iré a tu quiosco cuando haya acabado. ¿Cuándo recojo los diez grandes?

—Puedo conseguirlos para esta tarde.

—Bien. Te veo en una hora o así.

Jube asintió, levantó su enorme corpachón y se deslizó fuera del reservado.

—Cuida tu colesterol –dijo.

◆

Grietas azules habían aparecido en la cáscara gris del cielo, y la luz del sol había encontrado el camino para llegar a la calle. El sonido del agua goteando constantemente llegaba ahora desde algún punto de la parte trasera del puesto de periódicos. Normalmente, Jube lo habría considerado un agradable fondo para los ruidos del tráfico y otros sonidos de la ciudad, sólo que un pequeño dilema moral había aparecido portado por unas alas correosas y echado a perder la mañana. No se dio cuenta de que había ya había tomado una decisión al respecto hasta que alzó los ojos y vio a Croyd mirándolo, sonriendo.

—Sin problemas –dijo Croyd–. Será pan comido.

Jube suspiró.

—Hay algo que tengo que contarte antes –dijo.

—¿Problemas?

—Nada que afecte directamente a las condiciones del trabajo —explicó Jube—. Pero puede que tengas un problema y no lo sepas.

—¿Cómo qué? —dijo Croyd frunciendo el ceño.

—Ese pterodáctilo que vimos antes…

—¿Sí…?

—Chico Dinosaurio se dirigió hacia aquí. Me lo encontré esperando cuando volví. Estaba buscándote.

—Espero que no le dijeras dónde encontrarme.

—No, no haría algo así. Pero ¿sabes que está al pendiente de los ases y los jokers con poderes…?

—Sí. ¿Por qué no podría dedicarse a los beisbolistas o a los criminales de guerra?

—Vio a uno y quería que lo supieras. Dijo que Devil John Darlingfoot salió del hospital hace un mes o así y se quitó de en medio. Pero ahora regresó. Lo vio cerca de los Cloisters, antes. Dice que se encamina a Midtown.

—Bueno, bueno, ¿y qué?

—Cree que te está buscando. Quiere la revancha. El Chico cree que aún está furioso por lo que le hiciste el día que los dos arrasaron el Rockefeller Plaza.

—Que siga buscando. Ya no soy un hombre bajito, corpulento y moreno. Iré por el cadáver ahora, antes de que alguien le compre un ataúd.

—¿Quieres el dinero?

—Ya me lo diste.

—¿Cuándo?

—¿Cuál es tu primer recuerdo de mi llegada aquí?

—Levanté los ojos hace un minuto y vi que estabas ahí plantado, sonriendo. Dijiste que no había ningún problema. Lo calificaste de «pan comido».

—Bien. Entonces, funciona.

—A ver si te explicas mejor.

—Ése es el punto en el que quería que empezaras a recordar. Había estado aquí como un minuto antes de eso, y te dije que me dieras el dinero y te olvidaras.

Croyd sacó un sobre de un bolsillo interior, lo abrió y mostró el efectivo.

—¡Dios mío, Croyd! ¿Qué más hiciste durante ese minuto?

—Tu virtud está intacta, si eso es lo que quieres decir.

—¿No me habrás hecho ninguna pregunta sobre…?

Croyd negó con la cabeza.

—Te dije que no me importaba quién quiere el cuerpo o por qué. La verdad es que no me gusta meterme en los problemas de los demás. Ya tengo bastante con los míos.

Jube suspiró.

—Está bien. Pues, anda, ve, chico.

Croyd le guiñó un ojo.

—No te preocupes, Morsa. Dalo por hecho.

♥

Croyd caminó hasta que llegó a un supermercado, entró y compró un paquete pequeño de bolsas grandes de basura. Dobló una y la colocó en el bolsillo interior de su saco. Dejó el resto en un bote de basura. Después, se dirigió hacia el siguiente cruce principal y paró a un taxi.

Ensayó su estrategia mientras recorrían la ciudad. Entraría en el lugar y utilizaría su poder más reciente para persuadir al recepcionista de que lo esperaban, que era un patólogo de Bellevue al que había llamado un amigo que trabajaba allí para hacerle una consulta sobre una rareza forense. Fantaseó por un momento con los nombres de Malone y Welby, se decidió por Anderson. Después, haría que el recepcionista llamara a alguien con autoridad para llevarlo al sótano y que le encontrara a su cadáver anónimo. Pondría a esa persona bajo su control, agarraría el cuerpo y sus pertenencias, lo colocaría en una bolsa y saldría, de modo que cualquiera que se cruzara con él se olvidara de que había estado por allí. Desde luego, mucho más simple que otras tácticas más arduas que había tenido que emplear durante aquellos años. Sonrió al pensar en la clásica simplicidad de todo aquello: sin violencia, sin recuerdos…

Cuando llegó al edificio de paneles de aluminio y baldosas esmaltadas en azul y blanco, le dijo al taxista que pasara de largo y lo dejara en la siguiente esquina. Había dos patrullas estacionadas delante y allí mismo yacía una puerta destrozada. La presencia de la policía en el depósito no parecía un hecho tan inusual, pero la puerta rota despertó su suspicacia. Dio al conductor un billete de cincuenta y le dijo que esperara. Pasó por delante una vez y miró al interior. Se veían varios agentes de policía, en apariencia hablando con los empleados.

No parecía el momento ideal para seguir adelante con su plan. Por otra parte, no podía permitirse irse sin descubrir qué había pasado. Así que al doblar la esquina volvió para atrás. Entró sin vacilación, echando una rápida ojeada.

Un hombre de civil que estaba con la policía se giró rápidamente en su dirección y lo miró fijamente. A Croyd no le gustó aquella mirada ni un pelo. Se le hizo un nudo en el estómago y las manos le hormiguearon.

Desplegó de inmediato su nuevo poder, dirigiéndolo directamente hacia el hombre y forzando una sonrisa mientras se movía.

Está bien. Quieres hablar conmigo y hacer exactamente lo que digo. Ahora salúdame con la mano y di ¡Hola, Jim! en voz alta y ven hacia mí.

—¡Hola, Jim! –dijo el hombre, acercándose a Croyd.

«¡No!», pensó Judas. «Demasiado rápido, maldita sea. Me dejó clavado tan pronto como lo vi… Podemos usar a este hombre…»

—¿De paisano? –le preguntó Croyd.

—Sí –se encontró con que quería contestar.

—¿Cómo te llamas?

—Matthias.

—¿Qué pasó aquí?

—Robaron un cuerpo.

—¿De quién?

—De un individuo anónimo.

—¿Puedes describirlo?

—Parecía un bicho enorme, con patas como de saltamontes…

—¡Mierda! –dijo Croyd–. ¿Y qué hay de sus objetos personales?

—No había.

Ahora varios de los policías de uniforme estaban mirándolos. Croyd dio su siguiente orden mentalmente. Matthias se giró hacia los uniformados.

—Sólo un minuto, chicos –gritó–. Negocios.

«¡Maldita sea!», pensó. «Éste vendrá de perlas. No puedes mantenerme así toda la vida, colega…»

—¿Cómo pasó? –preguntó Croyd.

—Entró un tipo hace un momento, bajó al sótano, obligó a un asistente a mostrarle el compartimento, sacó el cuerpo y se fue con él.

—¿Nadie intentó pararlo?

—Claro que sí. Como resultado, cuatro de ellos están de camino al hospital. El tipo era un as.

—¿Cuál?

—El que destrozó el Rockefeller Plaza el otoño pasado.

—¿Darlingfoot?

—Sí, ése era.

«No... no preguntes más, si estoy implicado, si me contrató, si estoy encubriéndolo ahora mismo...»

—¿Por dónde se fue?

—Noroeste.

—¿A pie?

—Eso es lo que los testigos dijeron, a grandes saltos, de más de seis metros.

«Tan pronto como me dejes, bobo, voy a echarte la caballería encima.»

—Eh, ¿por qué te giraste y me miraste de esa manera cuando entré?

«¡Maldición!»

—Noté que un as acababa de entrar por la puerta.

—¿Cómo lo sabías?

—Yo mismo soy un as. Ése es mi poder: detectar otros ases.

—Un talento muy útil para un policía, supongo. A ver, escúchame bien. Ahora vas a olvidarte de que me encontraste y no te vas a enterar de que me voy. Sencillamente, vas a ir al dispensador de agua, tomar una bebida y volver a reunirte con tus colegas. Si alguien te pregunta con quién estabas hablando, les dirás que era tu corredor de apuestas y te olvidarás del tema. Hazlo ahora mismo. ¡Olvida!

Croyd dio media vuelta y se alejó. Judas se dio cuenta de que estaba sediento.

Fuera, Croyd se dirigió hacia el taxi, se metió en él, cerró la puerta de golpe y dijo:

—Noroeste.

—¿A qué se refiere? –le preguntó el taxista.

—Sólo diríjase al centro y le diré qué hacer según avanzamos.

—Usted manda.

El coche se puso en marcha.

En el siguiente kilómetro y medio, Croyd hizo que el conductor se moviera hacia el oeste mientras buscaba señales del paso del otro. Parecía poco probable que Devil John estuviera usando transporte público mientras cargaba un cadáver. Por otro lado, era posible que tuviera un cómplice esperándolo con un vehículo. Con todo, conociendo su desfachatez, no parecía fuera de lugar que estuviera yendo a pie con el cuerpo. Sabía que era muy poco lo que se podía hacer para detenerlo si no quería que lo detuvieran. Croyd suspiró mientras examinaba el camino a seguir. ¿Por qué las cosas sencillas nunca eran fáciles?

Más tarde, cuando se estaban acercando a Morningside Heights, el conductor murmuró:

—…uno de ellos, ¡condenados jokers!

Croyd siguió el gesto del hombre hacia la forma de un pterodáctilo que fue visible durante unos breves momentos antes de ocultarse tras un edificio.

—¡Sígalo! –dijo Croyd.

—¿A ese pájaro correoso?

—¡Sí!

—No estoy seguro de dónde está ahora.

—¡Encuéntrelo!

Croyd le mostró otro billete y los neumáticos chirriaron y el claxon resonó cuando el taxi dio un giro. La mirada de Croyd recorrió el horizonte, pero el Chico aún estaba fuera de la vista. Hizo parar al taxi momentos después, para preguntar a un corredor que se acercaba. El hombre se sacó el auricular, escuchó un momento, después señaló hacia el este y retomó la marcha.

Varios minutos después, divisó la angulosa forma de pájaro, al norte, moviéndose en amplios círculos. Esta vez pudieron seguirle el rastro durante más tiempo y alcanzarlo.

Cuando llegaron a la altura de la zona donde el pterodáctilo volaba en círculos, Croyd ordenó al conductor que se detuviera. No había nada inusual a la vista a nivel del suelo, pero el barrido del saurio cubría un área de varias manzanas. Si estaba, efectivamente, siguiendo el rastro de Devil John, el tipo tenía que estar cerca.

—¿Qué estamos buscando? –le preguntó el taxista.

—Una gran barba roja, rizada y dos piernas muy diferentes –respondió Croyd–. La derecha es pesada, peluda y acaba en una pezuña. La otra es normal.

—He oído algo de ese tipo. Es peligroso…

—Sí. Lo sé.

—¿Qué está pensando hacerle si lo encuentra?

—Tenía la esperanza de mantener una buena conversación –dijo Croyd.

—Pues no me voy a acercar mucho a su conversación. Si lo vemos, yo me largo.

—Haré que le valga la pena esperar.

—No, gracias –dijo el taxista–. Cuando quiera salir, yo lo dejo y me marcho. Es lo que hay.

—Bien… el pterodáctilo se mueve hacia el norte. Vamos a intentar adelantarnos y cuando lo hagamos, gire al este en la primera calle donde pueda.

El taxista volvió a acelerar, virando a la derecha mientras Croyd trataba de adivinar cuál era el centro del círculo del Chico.

—La siguiente calle –dijo Croyd finalmente–. Gire ahí y veamos qué pasa.

Doblaron la esquina lentamente y recorrieron toda la manzana sin que Croyd divisara su presa y sin siquiera volver a mirar hacia arriba al delator. En el siguiente cruce, no obstante, la forma alada pasó una vez más y esta vez pudo verlo.

Devil John estaba en el otro lado de la calle, a media manzana. Llevaba un paquete envuelto en sus brazos. Sus hombros eran enormes, sus dientes blancos aparecieron súbitamente cuando una mujer con un carrito de supermercado se apresuró a apartarse de su camino. Llevaba unos Levi's –la pierna derecha había desgarrado la parte alta del muslo– y una sudadera rosa que sugería que había visitado Disney World. Un motociclista que pasaba por allí esquivó un coche estacionado cuando John dio un paso normal con su pierna izquierda, dobló su derecha en un ángulo extraño y avanzó seis metros de un salto, hacia un área despejada cerca de la acera. Después, volvió al paso normal y saltó de nuevo, sorteando un Honda rojo que estaba circulando, y aterrizó en un trozo de césped de la isleta central de la calle. Dos enormes perros que lo habían estado siguiendo corrieron hacia la acera, ladrando estruendosamente, pero se pararon allí y se quedaron mirando el tráfico.

—¡Pare! –gritó Croyd al taxista, y abrió la puerta y salió a la acera antes de que el vehículo se detuviera por completo.

Hizo bocina con las manos y gritó:

—¡Darlingfoot! ¡Espera!

El hombre sólo echó una ojeada en su dirección y ya doblaba la pierna para volver a saltar.

—¡Soy yo, Croyd Crenson! –gritó–. ¡Quiero hablar contigo!

La figura, parecida a un sátiro, se detuvo cuando estaba medio en cuclillas. Pasó la sombra de un pterodáctilo. Los dos perros seguían ladrando, y un diminuto poodle blanco dobló la esquina y corrió a unirse a ellos.

El claxon de un coche pitó a dos peatones que se habían parado en un paso de transeúntes. Devil John se dio la vuelta y se quedó mirando. Después, negó con la cabeza.

—¡No eres Crenson! –berreó.

Croyd avanzó a grandes zancadas.

—¡Por mil demonios que sí! –respondió, y corrió hacia la calle y cruzó hacia la isleta.

Devil John entornó los ojos bajo sus hirsutas cejas mientras estudiaba la figura de Croyd, que avanzaba hacia él. Mordisqueó lentamente su labio inferior con los dientes y, después, sacudió la cabeza con mayor lentitud.

—No –dijo–. Croyd era más moreno y mucho más bajo. De todos modos, ¿qué estás intentando hacer?

Croyd se encogió de hombros.

—Mi aspecto cambia con mucha frecuencia –dijo–. Pero soy el mismo que te pateó el culo el otoño pasado.

Darlingfoot rio.

—Piérdete, amigo –dijo–. No tengo tiempo para *groupies*.

Ambos apretaron los dientes cuando un coche se paró a su lado tocando el claxon. Un hombre con traje gris sacó la cabeza por la ventana.

—¿Qué está pasando aquí? –preguntó.

Croyd gruñó, salió a la calzada y le arrancó la defensa trasera, que después colocó en el asiento de atrás del vehículo a través de una ventanilla que había estado cerrada hasta entonces.

—Inspección de automóviles –dijo–. Pasó. Felicidades.

—¡Croyd! –exclamó Darlingfoot, mientras el coche se alejaba a toda velocidad–. ¡Eres tú!

Tiró el bulto envuelto al suelo y levantó los puños.

—He estado esperando todo el invierno para esto…

—Pues espérate un minuto más –dijo Croyd–. Tengo que preguntarte algo.

—¿Qué?

—Ese cuerpo… ¿por qué te lo llevaste?

El hombretón rio.

—Por dinero, por supuesto. ¿Qué más?

—¿Te importaría decirme cuánto te van a pagar por él?

—Cinco de los grandes. ¿Por qué?

—Bastardos baratos –dijo Croyd–. ¿Dijeron para qué lo querían?

—No, y no pregunté porque no me importa. La plata es la plata.

—Sí –dijo Croyd–. De todos modos, ¿quiénes son?

—¿Por qué? ¿A ti qué te importa?

—Bueno, me parece que te timaron con el trato. Creo que vale más.

—¿Cuánto más?

—¿Quiénes son?

—Unos masones, creo. ¿Cuánto vale?

—¿Masones? ¿Del tipo saludos secretos y todo eso? Pensaba que sólo existían para hacerse funerales caros unos a otros. ¿Qué es lo que querrían hacer con un joker muerto?

Darlingfoot meneó la cabeza.

—Son una pandilla extraña –dijo–. Por lo que sé, quieren comérselo. Ahora, ¿qué estabas diciendo del dinero?

—Creo que podría sacar más por él –dijo Croyd–. Lo que digo es que veo tus cinco y subo la apuesta. Te daré seis de los grandes por él.

—No sé, Croyd… No me gusta estafar a la gente para la que trabajo. Se correrá el rumor de que no soy de fiar.

—Bueno, quizá podría llegar a siete…

Ambos se giraron de pronto al oír una serie de gruñidos y chasquidos salvajes. Los perros, a los que se habían unido dos chuchos callejeros, habían cruzado mientras hablaban y habían sacado al pequeño cuerpo, como de insecto, de su mortaja. Se había roto en varios lugares, y el gran danés sujetaba su brazo entre los dientes mientras se alejaba, gruñendo, del pastor alemán. Otros dos habían arrancado una de las patas, como de saltamontes, y estaban peleándose por ella. El poodle ya estaba a media calle, con una mano de cuatro dedos en la boca. Croyd fue consciente de un olor particularmente fétido, distinto al del aire de Nueva York.

–¡Mierda! –exclamó Devil John, saltando hacia delante y destrozando una pieza del pavimento de concreto cerca de los restos. Trató de agarrar al gran danés y éste se dio la vuelta y se fue corriendo. El terrier soltó la pata. El perro marrón no. Atravesó la calle en la otra dirección, arrastrando el apéndice.

—¡Recuperaré el brazo! ¡Ocúpate de la pata! –gritó Devil John, saltando tras el gran danés.

—¿Y qué pasa con la mano? –vociferó Croyd, dando un puntapié a otro perro que acababa de llegar a la escena.

La respuesta de Darlingfoot fue predecible, cortante y representaba una improbabilidad anatómica de primer orden. Croyd salió detrás del perro marrón.

Al acercarse a la esquina donde lo había visto girar, oyó una serie de chillidos agudos. Al llegar al callejón vio al perro tumbado de espaldas ladrando al pterodáctilo que lo sujetaba contra la acera. El maltrecho miembro yacía no muy lejos. Croyd se apresuró.

—Gracias, Chico, te debo una –dijo mientras trataba de alcanzar la pierna, vacilaba, sacaba su pañuelo, lo enrollaba en su mano, recogía el miembro y lo sostenía en la misma dirección del viento.

La forma del pterodáctilo fluctuó y fue reemplazada por la de un chico desnudo, quizá de unos trece años, con ojos claros y un rebelde cabello castaño, una pequeña marca de nacimiento en la frente.

—Lo capturé para ti –anunció–. Aunque, desde luego, apesta.

—Sí, Chico –dijo Croyd–. Perdóname. Ahora tengo que volver a ponerlo en su sitio.

Dio media vuelta y se fue corriendo por donde había venido. A sus espaldas oyó el sonido de unas rápidas pisadas.

—¿Para qué lo quieres? –preguntó el muchacho.

—Es una historia larga, complicada y aburrida, y es mejor que no lo sepas –respondió.

—Anda… vamos. Puedes contármelo.

—No tengo tiempo. Tengo prisa.

—¿Vas a volver a pelearte con Devil John?

—No tengo ninguna intención. Creo que podemos llegar a un acuerdo sin recurrir a la violencia.

—Pero, si pelearas, ¿cuál es tu poder esta vez? –Croyd llegó a la esquina, cruzó hacia la isleta. Delante vio que otro perro mordisqueaba los restos. No se veía a Devil John por ningún lado.

—¡Maldita sea! –vociferó–. ¡Fuera de aquí!

El perro no le prestó ninguna atención, por el contrario, arrancó una capa peluda del caparazón quitinoso. Croyd reparó en que del tejido desgarrado goteaba una especie de líquido incoloro. Ahora los restos parecían húmedos y Croyd se dio cuenta de que los fluidos exudaban de las fosas respiratorias que había en el tórax.

—¡Fuera de aquí! –repitió.

El perro le gruñó. Sin embargo, de repente, el gruñido se convirtió en un gemido y la cola del animal desapareció entre sus piernas. Un tiranosaurio de un metro saltó por detrás de Croyd, siseando ferozmente. El perro se dio la vuelta y huyó. Un momento después, el Chico estaba en su lugar.

—Se está llevando ese trozo –dijo el muchacho. Croyd repitió el comentario de Darlingfoot sobre la mano mientras tiraba la pata junto al cuerpo desmembrado. Sacó la bolsa plegada del bolsillo interior del saco y la sacudió.

—Si quieres ayudar, Chico, aguántame la bolsa mientras meto lo que queda.

—Está bien. Seguro que es asqueroso.

—Es un trabajo sucio –corroboró Croyd.

—Entonces, ¿por qué lo haces?

—Es lo que uno hace cuando es mayor, Chico.

—¿Qué quieres decir?

—Cada vez pasas más y más tiempo arreglando tus errores.

El sonido de un rápido estruendo se aproximó, una sombra pasó por encima y Devil John se cayó estrepitosamente en el suelo, a su lado.

—El maldito perro se escapó –anunció–. ¿Tienes la pata?

—Sí –respondió Croyd–, ya está en la bolsa.

—Buena idea, una bolsa de plástico. ¿Quién es el chico desnudo?

—¿No conoces a Chico Dinosaurio? –respondió Croyd–. Pensaba que conocía a todo el mundo. Es el pterodáctilo que estaba siguiéndote.

—¿Por qué?

—Me gusta estar donde se encuentra la acción –dijo el Chico.

—Eh, ¿cómo es que no estás en la escuela? –preguntó Croyd.

—La escuela es un asco.

—A ver, espera un minuto. Yo tuve que dejar la escuela en noveno grado y nunca volví. Siempre me he arrepentido.

—¿Por qué? Te va bien.

—Hay todas esas cosas que me perdí. Ojalá no me las hubiera perdido.

—¿Cómo qué?

—Bueno… álgebra. Nunca aprendí álgebra.

—¿Y de qué diablos sirve el álgebra?

—No lo sé ni lo sabré, porque no la aprendí. A veces miro a la gente en la calle y digo: «Caray, apuesto a que todos saben álgebra», y me hace sentir inferior.

—Bueno, yo no sé álgebra y no me hace sentir inferior, ni pizca.

—Dale tiempo –dijo Croyd.

De repente, el Chico fue consciente de que Croyd lo miraba de un modo extraño.

—Vas a volver a la escuela ahora mismo –le dijo Croyd–, y vas a dejar tu culo estudiando el resto del día, y vas a hacer la tarea esta noche y te va a gustar.

—Llegaré antes si vuelo –dijo el Chico, y se transformó en un pterodáctilo, saltó varias veces y se alejó.

—¡Agarra algo de ropa por el camino! –le gritó Croyd por detrás.

—Pero ¿qué demonios está pasando aquí?

Croyd se giró y vio a un oficial uniformado que acababa de cruzar a la isleta.

—¡Pícate el culo! –gruñó.

El hombre empezó a desabrocharse el cinturón.

—¡Basta! ¡Acción cancelada! –dijo Croyd–. El cinturón en su sitio. Olvida que nos viste y vete a otra calle.

Devil John observó detenidamente mientras el hombre obedecía.

—Croyd, ¿cómo haces esas cosas? –preguntó.

—Es mi poder esta vez.

—Entonces, podías haberte limitado a hacer que te diera el cuerpo, ¿no?

Croyd sacudió la bolsa y la ató. Cuando se le pasaron las arcadas asintió.

—Sí. Y lo conseguiré de un modo u otro, también. Pero hoy no estoy de humor para engañar a un compañero de labores. Mi oferta aún está en pie.

—¿Siete grandes?

—Seis.

—Dijiste siete.

—Sí, pero ahora no está entero.

—Es culpa tuya, no mía. Tú me paraste.

—Pero tú dejaste la cosa en el suelo, donde los perros pudieron acceder a ella.

—Sí, pero cómo se suponía que… Eh, hay un restaurante de carne asada en la esquina.

—Tienes razón.

—¿Te importa si discutimos esto mientras comemos y nos tomamos un par de cervezas?

—Ahora que lo mencionas, tengo un poco de apetito –dijo Croyd.

♣

Escogieron la mesa que estaba junto a la ventana y dejaron el saco en la silla que quedaba vacía. Croyd visitó el baño de caballeros y se lavó las manos varias veces mientras Devil John se hacía con un par de cervezas.

Cuando volvió, pidió media docena de sándwiches. Darlingfoot hizo lo mismo.

—¿Para quién estás trabajando? –preguntó.

—No lo sé –respondió Croyd–. Lo estoy haciendo a través de un tercero.

—Complicado. Me pregunto para qué querrán esas cosas.

Croyd meneó la cabeza.

—No tengo ni idea. Espero que haya quedado bastante de él como para cobrar.

—Ésa es una de las razones por las que estoy dispuesto a hacer un trato. Supongo que mis tipos lo querían en mejor estado que ahora. Podrían faltar a su palabra. Mejor pájaro en mano, ¿sabes? Tampoco confío mucho en ellos. Un puñado de chiflados.

—Dime, ¿tenía algún objeto personal?

—No. Ninguna pertenencia en absoluto.

Llegaron los sándwiches y empezaron a comer. Al rato, Darlingfoot echó varias ojeadas a la bolsa, luego señaló:

—¿Sabes? Esa cosa parece mayor.

Croyd la estudió por un momento.

—Sólo se está asentando y recolocándose –dijo.

Acabaron, luego pidieron dos cervezas más.

—¡No, maldita sea! ¡Es más grande! –insistió Darlingfoot. Croyd volvió a mirar. Parecía que se hinchaba, incluso mientras la estaba observando.

—Tienes razón –admitió–. Deben de ser gases por la ehem... descomposición.

Alargó un dedo para palparlo, pero lo pensó mejor y bajó la mano.

—Entonces, ¿qué dices? ¿Siete de los grandes?

—Creo que seis es justo por el estado en que está.

—Pero sabían qué estaban pidiendo. Tienes que esperar esta clase de cosas con los cadáveres.

—Hasta cierto punto, sí. Pero tienes que admitir que lo zarandeaste un poco, también.

—Es verdad, pero uno normal lo habría soportado mejor. ¿Cómo iba a saber que este tipo era un caso especial?

—Mirándolo. Era pequeño y frágil.

—Me pareció bastante pesado cuando me lo llevé. ¿Qué me dices de repartirnos la diferencia? ¿Seis quinientos?

—No sé...

Los otros comensales habían empezado a mirar de reojo en su dirección según la bolsa seguía hinchándose. Se acabaron las cervezas.

—¿Otra ronda?

—¿Por qué no?

—¡Mesero!

Su mesero, que había estado limpiando una mesa que acababa de quedar desocupada, acudió, con una pila de platos y utensilios en las manos.

—¿En qué puedo… –empezó, cuando el filo de un cuchillo de cocina, que sobresalía del montón de la vajilla, rozó la bolsa hinchada–. ¡Oh Dios mío! –acabó, mientras un sonido sibilante, acompañado por un olor que podría haber estado compuesto de gas de alcantarilla y efluvios de un matadero llenaba las inmediaciones y se extendía como una fuga accidental de armamento químico por toda la estancia.

—Disculpen –dijo el mesero, y giró y se alejó a toda velocidad.

A ello le siguieron los jadeos asombrados de otros clientes, momentos después.

—¡Usa tu poder, Croyd! –susurró Devil John–. ¡Rápido!

—No sé si puedo hacerlo con toda una habitación llena…

—¡Inténtalo!

Croyd se concentró en los demás:

«Hubo un pequeño accidente. Nada importante. Ahora lo olvidarán. No olerán nada raro. Vuelvan a sus comidas y no vuelvan a mirar en esta dirección. No repararán en nada de lo que hagamos. Aquí no hay nada que ver. U oler.»

Los otros clientes se dieron la vuelta, continuaron comiendo, hablando.

—Lo conseguiste –señaló Devil John con una peculiar voz.

Croyd volvió a mirarlo y descubrió que el hombre se estaba tapando la nariz.

—¿Derramaste algo? –le preguntó Croyd.

—No.

—Oh, oh. ¿Oyes eso?

Darlingfoot se inclinó hacia un lado y se agachó.

—¡Oh, diablos! –dijo–. La bolsa se cayó y está derramándose por la abertura que ese tipo hizo. Eh, también mátame el olfato. ¿Lo harás?

Croyd cerró los ojos y apretó los dientes.

—Eso está mejor –oyó poco después, mientras Darlingfoot alcanzaba la abertura y enderezaba la bolsa, que hizo un ruido goteante, líquido.

Croyd miró el suelo y observó un enorme charco que parecía un guiso desparramado. Sintió un poco de náuseas y apartó la vista.

—¿Qué quieres que haga ahora, Croyd? ¿Dejar todo este desastre y agarrar el resto o qué?

—Creo que estoy obligado a llevarme todo lo que pueda.

Devil John arqueó una ceja y sonrió.

—Bien –dijo–, lo dejamos en seis quinientos y te ayudaré a reunir todo de modo que sea manejable.

—Trato hecho.

—Cúbreme si puedes para que la gente de la cocina no se fije en mí.

—Lo intentaré. ¿Qué vas a hacer?

—Confía en mí.

Darlingfoot se levantó, pasó el extremo del saco a Croyd y se dirigió cojeando a la cocina. Estuvo ausente varios minutos y cuando volvió tenía los brazos llenos.

Destapó un enorme frasco de pepinillos y lo puso en el suelo junto a la silla.

—Ahora sólo con que inclines la bolsa para que la abertura esté justo encima del frasco –dijo–, levantaré el fondo y podremos verterlo.

Croyd obedeció y el frasco se llenó hasta más de la mitad antes de que el goteo cesara.

—¿Y ahora qué? –preguntó, cerrando la tapa.

Darlingfoot agarró la primera servilleta de un montón que había traído y abrió un pequeño paquete blanco.

—Bolsas para las sobras –dijo–. Meteré todo lo sólido que hay en el suelo.

—¿Y después qué?

—Tengo un bote de basura limpio y dispuesto, también –explicó, al agacharse–. Debería caber todo sin problemas.

—¿Puedes darte prisa? –dijo Croyd–. No puedo controlar mi propio olfato.

—Estoy limpiando tan rápido como puedo. Pero vuelve a abrir el frasco, ¿sí? Puedo escurrir lo que queda de él de las servilletas.

♠

Cuando los restos que se habían derramado quedaron recogidos en el frasco de pepinillos y nueve bolsas para llevar, Darlingfoot abrió del todo la bolsa de plástico y sacó las placas quitinosas que quedaban en su interior. Colocó el frasco en la concavidad del tórax y después lo metió todo en la nueva bolsa, cubriéndolo con trozos de cartílago y fragmentos de las placas más pequeños. Dispuso la cabeza y las extremidades en lo más alto. Después, preparó las bolsas para llevar y cerró el bote.

Para entonces, Croyd ya estaba de pie.

—Perdóname –dijo–, vuelvo enseguida.

—Yo también voy. Tengo que lavarme un poco.

Por encima del sonido del agua corriente, Devil John observó, de repente:

—Ahora que todo está más o menos resuelto, tengo que pedirte un favor.

—¿Qué? –inquirió Croyd mientras volvía a enjabonarse las manos.

—Aún siento curiosidad por los que me contrataron, ¿sabes?

Croyd se encogió de hombros.

—No puedes tener las dos cosas –dijo.

—¿Por qué no?

—No te entiendo.

—Me dirigía a hacer la entrega cuando me alcanzaste. Supón que vamos al punto de reunión, un pequeño parque cerca de los Cloisters, y les cuento alguna tontería, como que los perros desgarraron el cuerpo y se lo llevaron. Haces que se lo crean y después les haces olvidar que estabas conmigo. De ese modo, estoy libre de sospecha.

—Bien. Claro –accedió Croyd, tirándose agua a la cara–, pero hablas de «ellos». ¿A cuánta gente esperas?

—Sólo uno o dos. El tipo que me contrató se llamaba Matthias, y había un hombre rojo con él. Es el que intentó que me interesara por los masones hasta que el otro le hizo cerrar el pico...

—Es curioso –dijo Croyd–. Encontré a Matthias esta mañana. Era un policía. De civil. ¿Y qué hay del rojo? Suena a que sea un as o un joker.

—Probablemente lo sea. Pero si tiene algún talento especial, no lo mostró.

Croyd se secó la cara.

—De repente, me siento un poco incómodo –dijo–. Verás, ese policía, Matthias, es un as. El nombre podría ser solo una coincidencia y pude engañarlo con mi talento, pero no me gusta nada que huela a demasiados ases. Podría encontrarme con alguien inmune a lo que tengo. Este grupo… no podría ser un hatajo de ases masones, ¿verdad?

—No lo sé. El tipo rojo quería que acudiera a una especie de reunión y le dije que no estaba por la causa y que hacíamos el trato allí mismo o que nos olvidáramos del tema. Así que me soltaron mi anticipo en el acto. Había algo en el modo en que el rojo decía las cosas que me dio malas vibraciones.

Croyd frunció el ceño.

—Quizá deberíamos olvidarnos.

—La verdad, tengo esa cosa de cerrar los tratos bien para que no vuelvan a amenazarme –dijo Darlingfoot–. ¿No podrías al menos echar un ojo mientras hablo con él y luego decidir?

—Bueno, de acuerdo… dije que lo haría. ¿Recuerdas que dijera algo más? ¿Sobre masones, ases, el cuerpo, algo?

—No… pero ¿qué son las feromonas?

—¿Feromonas? Son como hormonas que hueles. Productos químicos transportados por el aire que pueden influirte. Tachyon me habló de ellas una vez. Estaba ese joker con el que me encontré. Te sentabas a su lado en un restaurante y todo lo que comías sabía a plátano. Pues eran las feromonas, dijo Tachy. ¿Qué pasa con ellas?

—No sé. El hombre rojo estaba diciendo algo sobre feromonas relacionado con su mujer cuando aparecí. No dijo más.

—¿Nada más?

—Nada más.

—Bien –Croyd arrugó la toalla de papel y la tiró al cesto de la basura–. Vámonos.

Cuando volvieron a la mesa Croyd contó el dinero y se lo pasó a su compañero.

—Aquí tienes. No se puede decir que no te lo hayas ganado –Croyd contempló las servilletas escurridas, el suelo pegajoso y la humedad de la bolsa vacía–. ¿Qué crees que deberíamos hacer con este estropicio?

Darlingfoot se encogió de hombros.

—Los meseros se encargarán –dijo–. Están acostumbrados. Eso sí, déjales una buena propina.

◆

Croyd se quedó atrás mientras se dirigían hacia el parque. Dentro había dos figuras sentadas en una banca, e incluso a lo lejos era evidente que la cara de uno de ellos era rojo brillante.

—¿Y bien? –preguntó Devil John.

—Lo voy a intentar –dijo Croyd–. Finjamos que no vamos juntos. Seguiré caminando y tú vete para allá y suéltales tu rollo. Regresaré en un minuto, atajando por el parque. Intentaré hipnotizarlos en cuanto esté cerca. Pero estate listo. Si esta vez no funciona tendremos que recurrir a algo más físico.

—Capto. De acuerdo.

Croyd aminoró el paso y Darlingfoot siguió adelante, cruzó la calle y entró en un sendero de gravilla que llevaba hasta la banca. Croyd siguió hacia la esquina, cruzó lentamente y dio la vuelta.

Cuando se acercó, pudo oír cómo las voces elevaban el tono, como en una discusión. Se metió en el sendero y se dirigió hacia la banca, con el paquete a su lado.

—¡...montón de mierda! –oyó decir a Matthias.

El hombre echó un ojo en su dirección y Croyd se percató de que era, en efecto, el policía que había encontrado antes. En el rostro del hombre no había ninguna señal de reconocimiento, pero Croyd estaba seguro de que su talento le estaba diciendo que un as se acercaba. Así que...

—Caballeros –dijo, concentrándose–, todo lo que ese Devil John Darlingfoot les ha dicho es correcto. El cuerpo fue destruido por perros. No hay nada que pueda entregar. Tendrán que darlo por perdido. Me olvidarán tan pronto como haya...

Vio que Darlingfoot giraba la cabeza de repente, para fijar su mirada más allá de donde estaba. Croyd se giró y miró en la misma dirección.

Una joven oriental, de aspecto común, se acercaba con las manos en los bolsillos de su abrigo, el cuello levantado para protegerse del viento.

El viento cambió, soplando ahora directamente hacia él.

Algo de aquella mujer...

Croyd siguió observándola fijamente. ¿Cómo había pensado que era común? Debía de haber sido un efecto de la luz. Era arrebatadoramente adorable. De hecho... quería que le sonriera. Quería abrazarla. Quería recorrer su cuerpo con las manos. Quería acariciarle el pelo, besarla, hacerle el amor. Era la mujer más hermosa que había visto jamás.

Oyó que Devil John silbaba suavemente.

—Mírala, ¿sí?

—Es difícil no hacerlo –replicó.

Le sonrió y ella le devolvió la sonrisa. Quería lanzarse sobre ella. En cambio, dijo:

—Hola.

—Me gustaría que conocieras a mi esposa, Kim Toy –oyó que decía el hombre rojo.

¡Kim Toy! Hasta su nombre era música...

—Dime lo que quieres y lo conseguiré –oyó que le decía Devil John–. Eres tan especial que duele.

Ella rio.

—Qué galante –declaró–. No, nada. No ahora. Pero espera un momento, y quizá se me ocurra algo.

—¿Lo tienes? –le preguntó a su marido.

—No. Se lo llevaron unos perros –replicó.

Ladeó la cabeza, arqueó una ceja.

—Un destino sorprendente –dijo–. ¿Y cómo lo sabes?

—Estos caballeros nos lo han dicho.

—¿De verdad? –observó–. ¿Es así? ¿Eso es lo que le contaron?

Devil John asintió.

—Eso es lo que le contamos –dijo Croyd–. Pero...

—¿Y la bolsa que dejaste caer cuando viste que me acercaba? –dijo–. ¿Qué podría contener? Ábrela, por favor, y enséñamela.

—Por supuesto –dijo Croyd.

—Lo que digas –accedió Devil John.

Ambos hombres se arrodillaron ante ella y forcejearon sin éxito durante largos segundos antes de que fueran capaces de empezar a desenrollar la parte superior de la bolsa.

Croyd quería besarle los pies mientras estaba en posición de hacerlo, pero ella había pedido ver el interior de la bolsa y, sin duda, eso debía ser lo primero. Quizá se sentiría inclinada a recompensarlo después y...

Abrió la bolsa y una nube de vapor se arremolinó a su alrededor. Kim Toy retrocedió de inmediato, ahogándose. Mientras se le revolvía el estómago, Croyd advirtió que la mujer ya no era hermosa y no era más deseable que cualquiera de los centenares de mujeres con las que se había cruzado aquel día. Por el rabillo del ojo vio a Devil John cambiar de posición y empezar a levantarse y en aquel momento Croyd se dio cuenta de la naturaleza de aquel cambio de actitud.

Cuando el olor se disipó, algo de la ola inicial de glamour volvió a afluir desde su persona. Croyd apretó los dientes y bajó la cabeza, cerca de la boca de la bolsa. Inspiró hondo.

Su belleza murió al instante, y él desplegó su poder.

«Sí, como iba diciendo, el cuerpo se perdió. Lo destrozaron los perros. Devil John hizo lo mejor que pudo, pero no tiene nada que entregar. Ahora nos vamos. Olvidarán que estaba con él.»

—¡Vamos! –dijo a Darlingfoot mientras se ponía de pie.

Devil John negó con la cabeza.

—No puedo dejar a esta mujer, Croyd –respondió–. Me pidió que…

Croyd agitó la bolsa abierta ante su cara.

Darlingfoot abrió mucho los ojos. Se atragantó. Negó con la cabeza.

—¡Vamos! –repitió Croyd mientras se echaba la bolsa a la espalda y arrancaba a correr.

Con un enorme salto Devil John aterrizó tres metros por delante de él.

—¡Raro, Croyd! ¡Raro! –anunció mientras cruzaban la calle.

—Ahora ya sabes todo lo que hay que saber sobre las feromonas –le dijo Croyd.

♥

El cielo había vuelto a encapotarse por completo, y unos pocos copos de nieve pasaron flotando a su lado. Croyd se había separado de Darlington en el exterior de otro bar y había empezado a andar de un lado a otro de la ciudad. Iba por las calles mirando a menudo en busca de un taxi, pero no divisó ninguno. Se resistía a confiar su carga a los aplastamientos y empujones del autobús o el metro.

La nieve aumentó su intensidad mientras recorría las siguientes calles y ráfagas de viento llegaban ahora, agitando los copos y arrastrándolos entre los edificios. Los vehículos que circulaban empezaron a encender los faros y Croyd se dio cuenta de que, como la visibilidad disminuía, sería incapaz de distinguir un taxi aunque pasara uno justo a su lado. Maldiciendo, avanzó a duras penas, escrutando los edificios más cercanos esperando encontrar una cafetería o un restaurante donde poder beber una taza de café y esperar a que la tormenta amainara o llamar a un taxi. Sin embargo, todo lo que pasaba parecían ser oficinas.

Varios minutos después los copos se hicieron más pequeños y duros. Croyd levantó la mano que tenía libre para protegerse los ojos. Si bien la súbita caída de temperatura no le molestaba, los gélidos proyectiles sí. Se metió en la primera abertura que encontró –un callejón– y suspiró y relajó los hombros al librarse de la fuerza del viento.

Mejor. Aquí la nieve descendía de un modo más pausado. Se la sacudió de su saco, de su pelo; pateó el suelo. Miró a su alrededor. Había un hueco en el edificio de la izquierda, a varios metros de distancia, varios escalones por encima del nivel de la calle. Parecía completamente resguardado, seco. Se dirigió hacia él.

Ya casi había puesto el pie en el primer peldaño cuando se dio cuenta de que una esquina de la zona que estaba encajonada ante una puerta de metal cerrada ya estaba ocupada. Una mujer pálida, de pelo estropajoso y aspecto cochambroso bajo inimaginables capas de ropa, estaba sentada entre un par de bolsas de supermercado, mirando más allá de él.

—Así que Gladys le dice a Marty que sabe que él ha estado viendo a esa mesera en Jensen's... –murmuró la mujer.

—Perdone –dijo Croyd–. ¿Le importa si comparto el portal con usted? Se está poniendo complicada la cosa.

—...le dije que todavía podía quedarse embarazada mientras daba el pecho, pero lo único que hizo fue reírse de mí...

Croyd se encogió de hombros y entró en el rincón, situándose en la esquina opuesta.

—Cuando se entera de que va a tener otro se enfada de verdad –continuó la mujer–, especialmente después de que Marty se fue a vivir ahora con su mesera...

Croyd recordó el colapso nervioso de su madre tras la muerte de su padre y una nota de tristeza ante este evidente caso de demencia senil se agitó dentro de su pecho. Pero, se preguntó, ¿podría su nuevo poder, su habilidad de influir en los patrones de pensamiento de los otros, tener algún efecto terapéutico en una persona como ésta? Iba a pasar algo de tiempo aquí. Quizá…

—Escuche –dijo a la mujer, pensado con claridad y sencillez, enfocando las imágenes–. Ahora está aquí, en el presente. Está sentada en un portal, viendo cómo nieva…

—¡Bastardo! –le gritó la mujer, su cara ya no estaba pálida, sus manos se lanzaban a una de sus bolsas–. ¡Métete en tus asuntos! ¡No quiero presente, ni nieve! ¡Duele!

Abrió la bolsa, y la oscuridad de su interior se expandió mientras Croyd observaba: precipitándose hacia él, nublando por completo su campo de visión, tirando repentinamente de él en varias direcciones, retorciéndolo y…

La mujer, ahora sola en el portal cerró su bolsa, contempló la nieve por un momento, luego dijo:

—…así que le dije «los hombres no son buenos para pagar las pensiones. A veces tienes que luchar por ellas. Ese chico tan guapo de Ayuda Legal te dirá qué hacer». Y entonces Charlie, que estaba trabajando en la pizzería…

♣

A Croyd le dolía la cabeza y no estaba acostumbrado a la sensación. Nunca tenía resacas, porque metabolizaba el alcohol demasiado rápido, pero se sentía tal y como imaginaba que tenía que ser una resaca.

Entonces fue consciente de que su espalda, piernas y nalgas estaban mojados; también la parte trasera de sus brazos. Estaba tirado en algún lugar frío y húmedo. Decidió abrir los ojos.

El cielo estaba despejado y se veía el crepúsculo entre los edificios, con unas pocas estrellas brillantes ya a la vista. Había estado nevando. También había sido por la tarde. Se incorporó. Qué había sido de las últimas horas y…

Vio un contenedor. Vio un montón de botellas de whisky y vino vacías. Estaba en un callejón, pero…

Éste no era el mismo callejón. Los edificios eran más bajos, no había ningún contenedor en el otro, y no podía localizar el portal que había ocupado la anciana.

Se frotó las sienes, sintió que el dolor disminuía. La anciana... ¿qué diablos era aquella cosa negra con la que lo había golpeado cuando había intentado ayudarla? La había sacado de una de sus bolsas y...

¡Bolsas! Buscó frenéticamente su propia bolsa, con los restos cuidadosamente empaquetados del diminuto John Doe. Vio entonces que aún la llevaba en la mano derecha y que estaba vuelta del revés y desgarrada.

Se puso de pie y escudriñó bajo la luz mortecina de un distante farol. Vio las bolsas esparcidas a su alrededor y las contó rápidamente. Nueve. Sí. Las nueve estaban a la vista, y después vio las extremidades, la cabeza y el tórax, aunque el tórax estaba partido en cuatro trozos y la cabeza parecía mucho más brillante que antes. Por la humedad, quizá. ¡El frasco! ¿Dónde estaba? El líquido podía ser muy importante para quien quisiera los restos. Si el frasco se había roto...

Profirió un breve grito cuando lo vio puesto entre las sombras cercanas al muro de su izquierda. Faltaba la tapa y también unos centímetros de cristal por debajo. Se acercó a él, y por el olor supo que era verdaderamente aquella cosa y no sólo... agua de lluvia. Recogió las bolsas, que parecían sorprendentemente secas, y las colocó en la protegida repisa de la ventana enrejada de un sótano. Luego reunió los trozos de quitina en una pila, cerca. Cuando recuperó las patas notó que estaban rotas, pero pensó que eso haría que resultara más fácil empaquetarlas. Después centró su atención en el frasco de pepinillos roto y sonrió. Qué simple. La respuesta estaba ante él, proporcionada por los mendigos que frecuentaban la zona.

Reunió un puñado de botellas vacías y las llevó a un lado, donde las depositó y empezó a descorcharlas y destaparlas. Cuando acabó, decantó el oscuro líquido.

Necesitó ocho botellas de varios tamaños y las dejó en la repisa, con las bolsas para llevar, por encima del pequeño montón de exoesqueleto y cartílago destrozado. Parecía como si quedara menos de aquel tipo cada vez que lo desenvolvían. Quizá tenía algo que ver con el modo en que ahora estaba dividido. A lo mejor hacía falta saber álgebra para entenderlo.

Después, Croyd se dirigió al contenedor y abrió la trampilla lateral. Sonrió casi de inmediato, pues había largas tiras de cinta de regalo a mano. Sacó varias y las metió en un bolsillo. Se inclinó hacia delante. Si había cinta, entonces…

El sonido de rápidas pisadas que iban y venían. Giró, alzando las manos para defenderse, pero no había nadie cerca.

Después lo vio. Un hombrecillo con un abrigo varias tallas demasiado grande se había detenido brevemente en el alféizar de la ventana, de donde agarró una de las botellas más grandes y dos de las bolsas para llevar. Después echó a correr inmediatamente, hacia el extremo más alejado del callejón, donde otras dos figuras lamentables aguardaban.

—¡Eh! –berreó Croyd–. ¡Para! –y desplegó su poder, pero el hombre estaba fuera de su alcance.

Lo único que oyó fueron risas y el grito de «¡Esta noche fiesta, chicos!»

Suspirando, Croyd sacó un gran trozo de papel de Navidad rojo y verde del contenedor y volvió a la ventana para empaquetar de nuevo los restos de los restos.

Tras caminar varias manzanas, con su brillante paquete bajo el brazo, pasó por delante de un bar llamado The Dugout y se dio cuenta de que estaba en el Village. Frunció el ceño por un momento pero entonces vio un taxi y le hizo una señal y el coche se detuvo. Todo estaba bien. Hasta se le había ido el dolor de cabeza.

♠

Jube alzó los ojos, vio a Croyd sonriéndole.

—¿Cómo… cómo fue todo? –preguntó.

—Misión cumplida –respondió Croyd, entregándole la llave.

—¿Lo tienes? Salió algo en las noticias sobre Darlingfoot.

—Lo tengo.

—¿Y los objetos personales?

—No había ninguno.

—¿Estás seguro de eso, amigo?

—Absolutamente. No había nada excepto él, y él está en la bañera.

—¿Qué?

—No pasa nada, cerré el desagüe.

—¿Qué quieres decir?

—Mi taxi se vio envuelto en un accidente durante el trayecto y algunas de las botellas se rompieron. Así que ten cuidado cuando lo desenvuelvas.

—¿Botellas? ¿Cristal roto?

—Estaba como… reducido. Pero te traje todo lo que quedaba.

—¿Quedaba?

—Disponible. Es que se deshizo y se derritió un poco. Pero salvé la mayor parte. Está todo envuelto en papel brillante con un lazo rojo. Espero que esté bien.

—Sí… Está bien. Parece que lo hiciste lo mejor que pudiste.

Jube le pasó un sobre.

—Te invitaré a comer en el Aces High –dijo Croyd–, tan pronto como me duche y me cambie.

—No, gracias. Eh... tengo cosas que hacer.

—Ponte algo de desinfectante si vas a parar en el apartamento.

—Ya… ¿deduzco que hubo algún problema?

—Para nada. Fue pan comido.

Croyd se alejó silbando, con las manos en los bolsillos. Jube contempló la llave mientras un reloj lejano empezaba a dar la hora.

Hacia la sexta generación

Primera parte

♣ ♦ ♠ ♥

por Walter Jon Williams

L A FRÍA LLUVIA REPIQUETEABA EN LOS RASCACIELOS. LA LLOVIZNA había silenciado por fin al Santa Claus del Ejército de Salvación que había en la esquina y Maxim Travnicek estaba agradecido: el tintineo había durado varios días. Encendió un cigarrillo ruso y tomó una botella de aguardiente.

Travnicek sacó las gafas de leer de su saco y examinó los controles de los generadores de flujo. Era un hombre imponentemente alto, con nariz ganchuda, de una belleza fría. Para sus antiguos colegas del MIT era conocido como «la respuesta de Checoslovaquia a Victor Frankenstein», una etiqueta acuñada por uno de los profesores, Bushmill, que más tarde había sido designado decano y que se desembarazó de Travnicek a la primera oportunidad.

—¡Que te lleve el diablo, Bushmill! –dijo Travnicek en eslovaco. Bebió un trago de aguardiente de la botella–. Y que te lleve a ti también, Victor Frankenstein. Si supieras una maldita mierda de programación informática no habrías tenido problemas.

La comparación con Frankenstein le había dolido. Parecía que la imagen del malogrado resucitador siempre lo había seguido. Su primer trabajo de profesor en Occidente fue en el alma máter de Frankenstein, Ingolstadt. Había odiado cada minuto del tiempo que pasó en Baviera. Nunca había tenido a los alemanes en mucha consideración, especialmente como modelos de comportamiento. Lo que quizá podría explicar que lo hubieran despedido de Ingolstadt al cabo de cinco años.

Ahora, después de Ingolstadt, después del MIT, después de Texas A&M, se había visto reducido a esta buhardilla. Durante semanas había vivido en un trance, subsistiendo a base de comida enlatada,

nicotina y anfetaminas, perdiendo la noción primero de las horas y
después de los días, mientras su febril cerebro existía en una perpe-
tua explosión de ideas, conceptos, técnicas. En un nivel consciente, Travnicek apenas sabía de dónde venía todo eso: a veces parecía
como si algo, en las profundidades de su composición celular, estuviera hablando al mundo a través de su cuerpo y su mente, saltándo-
se su conciencia, su personalidad…

Siempre había sido así. Cuando se obsesionaba con un proyecto, todo lo demás quedaba a un lado. Apenas necesitaba dormir; su
temperatura corporal fluctuaba exageradamente; sus pensamientos
eran ágiles y determinados y lo conducían sólidamente hacia su objetivo. Tesla, había leído, era igual: el mismo tipo de espíritu, ángel
o demonio, hablaba ahora a través de Travnicek.

Pero ahora, a últimas horas de la mañana, el trance se había desvanecido. El trabajo estaba hecho. No estaba seguro de cómo, más
tarde tendría que ir pieza por pieza y cuadrar lo que había logrado;
sospechaba que tenía alrededor de una media docena de patentes
básicas que lo harían rico de por vida, pero eso sería más tarde, porque sabía que la euforia pronto desaparecería y el cansancio descen-
dería sobre él. Tenía que acabar el proyecto antes, pues. Bebió otro
trago de aguardiente y sonrió mientras miraba la longitud, como de
granero, de su buhardilla.

La buhardilla estaba iluminada por dos frías hileras de fluorescentes. Mesas hechas a mano estaban repletas de moldes, tinas, grabado-
res de memoria, microcomputadoras. Papeles, envoltorios de comida
vacíos y cigarrillos apurados al máximo cubrían el tosco suelo de conglomerado. Ampliaciones de los dibujos de anatomía masculina de
Leonardo estaban engrapados en las vigas.

Atado a una mesa, en el extremo más alejado, había un hombre
alto, desnudo. No tenía pelo y la parte superior de su cráneo era
transparente, pero salvo eso, parecía alguien salido de los mejores
sueños húmedos de Leonardo.

El hombre de la mesa estaba conectado a otro equipo mediante
gruesos cables eléctricos. Tenía los ojos cerrados.

Travnicek ajustó un control en su overol de camuflaje. No podía permitirse calentar toda la buhardilla y en su lugar llevaba un traje eléctrico diseñado para mantener tibios a los exploradores corpulentos

mientras estaban agazapados en sus refugios de caza. Miró las claraboyas. La lluvia parecía estar aflojando. Bueno, no necesitaba la escenografía barata de Victor Frankenstein, con truenos y relámpagos, como telón de fondo de su trabajo.

Se ajustó la corbata, como si estuviera ante un público invisible —le importaba vestir correctamente y llevaba corbata y saco bajo el overol—, y después pulsó el botón que pondría en marcha los generadores de flujo. Un débil gemido llenó la estancia, que se sintió como una profunda vibración bajo los tablones del piso. Las luces fluorescentes del techo se atenuaron y parpadearon. La mitad se fundió. El gemido se convirtió en un chillido. El fuego de san Telmo danzó entre las vigas. Había un olor eléctrico.

Vagamente, Travnicek escuchó un golpeteo continuo. La mujer del apartamento de abajo estaba aporreando su techo con un palo de escoba.

El chirrido alcanzó su punto máximo. Los ultrasonidos hicieron bailar las mesas de trabajo de Travnicek y destrozaron las vajillas de todo el edificio. En el apartamento de debajo, la televisión implosionó. Travnicek tiró de otro interruptor. El sudor le bajaba por la nariz.

El androide de la mesa se encendió cuando la energía de los generadores de flujo se transfirió a su cuerpo. La mesa resplandeció con un fuego de san Telmo. Travnicek mordió la boquilla de su cigarrillo. La punta encendida cayó al suelo sin que se diera cuenta.

El sonido de los generadores empezó a amortiguarse. El sonido del palo de escoba no, ni las débiles amenazas que llegaban desde abajo.

—¡Me pagarás esa televisión, hijo de puta!

—Métete la escoba en el culo, querida –dijo Travnicek. En alemán, un idioma ideal para lo escatológico.

Las luces fluorescentes apagadas empezaron a parpadear de nuevo. Los severos dibujos de Leonardo observaron al androide cuando éste abrió sus ojos oscuros. Las luces fluorescentes parpadeantes generaban un efecto estroboscópico que hizo que el blanco de los ojos pareciera irreal. La cabeza giró; los ojos vieron a Travnicek, después se enfocaron. Bajo la cúpula transparente que coronaba el cráneo, una placa plateada giraba. El sonido de la escoba cesó.

Travnicek se acercó a la mesa.

—¿Cómo estás? –preguntó.

—Todos los sistemas monitorizados funcionan –la voz del androi-de era grave y hablaba con acento estadunidense.

Travnicek sonrió y escupió la colilla de su cigarrillo al suelo. Ha-bía pirateado una computadora en los laboratorios de investigación de AT&T y robado un programa que modelaba el habla humana.

Quizá tendría que pagar derechos a Ma Bell un día de estos.

—¿Quién eres? –preguntó.

Los ojos del androide recorrieron la buhardilla detenidamente. Su voz era neutra.

—Soy Modular Man –dijo–. Soy una máquina inteligente mul-tifuncional polivalente de sexta generación, un sistema de ataque defensivo y de respuesta flexible capaz de acciones independientes y equipado con la última tecnología.

Travnicek sonrió.

—Al Pentágono le va a encantar –dijo. Y después–: ¿Cuáles son tus órdenes?

—Obedecer a mi creador, el doctor Maxim Travnicek. Proteger su existencia y bienestar. Probarme a mí mismo y a mi equipo en con-diciones de combate, luchando contra los enemigos de la sociedad. Obtener la máxima publicidad para la futura Compañía Modular Man al hacerlo. Preservar mi existencia y bienestar.

Travnicek sonrió a su creación.

—Tu ropa y tus módulos están en el gabinete. Tómalos, agarra tus armas y sal a buscar algunos enemigos de la sociedad. Vuelve antes del atardecer –el androide bajó de la mesa y se dirigió al gabinete de metal. Abrió la puerta.

—Insustancialidad del campo de flujo –dijo, sacando una unidad conectable de los estantes. Con ella podía controlar sus generado-res de flujo para hacer desplazar a su cuerpo ligeramente fuera del plano de la existencia, permitiéndole atravesar la materia sólida–. Vuelo, ocho millas por hora máximo –sacó otra unidad, y una que permitía a los generadores de flujo manipular la gravedad y la iner-cia para conseguir que volara–. Receptor de radio sintonizado con las frecuencias de la policía –otro módulo.

El androide se pasó un dedo por el pecho. Una costura invisible se abrió. Retiró la piel sintética y su placa de aleación del pecho y reveló su interior. Un generador de flujo en miniatura emitió una leve aura de san Telmo. El androide conectó los dos módulos en su esqueleto de aleación, después selló su pecho. Se oía un parloteo precipitado en la frecuencia de la policía.

—Doctor Travnicek –dijo–, la radio de la policía informa de una emergencia en el zoológico de Central Park.

Travnicek lanzó una risotada.

—Genial. Es la hora de tu debut. Agarra tus armas. Podrías tener que disparar a alguien.

El androide se vistió con un overol flexible azul marino.

—Cañón láser de microondas –dijo–. Lanzador de granadas de gas narcótico. Reserva con cinco granadas –el androide desabrochó dos cremalleras del overol, revelando que dos cavidades se habían abierto en sus hombros, aparentemente, por su cuenta. Sacó dos largos tubos del gabinete. Cada uno tenía salientes en los laterales. El androide insertó los salientes en sus hombros, luego apartó las manos. Los cañones giraron en todas las direcciones posibles.

—Todo el equipamiento modular funcional –dijo el androide–. Saca tu cúpula de aquí.

Hubo un crujido y un ligero aroma de ozono. El campo de insustancialidad produjo un efecto borroso cuando el androide se elevó hasta el techo. Travnicek contempló el lugar en el techo por donde el androide había subido y sonrió satisfecho. Alzó la botella brindando.

—El Moderno Prometeo –dijo–, ¡cómo no!

◆

El androide se elevó en espiral hacia el cielo. Los electrones circulaban por su mente como las gotas de lluvia atravesaban su cuerpo insustancial. El Empire State Building se clavaba en una nube como una abigarrada lanza. El androide volvió a hacerse sólido, el campo drenaba sus poderes tan rápido que no podía usarse a la ligera. La lluvia golpeó su cúpula de radar.

Los sistemas expertos de programación recorrieron los interruptores macroatómicos. Las subrutinas, construidas a imitación del razonamiento humano y a las que se permitía, dentro de unos límites, alterarse a sí mismas, se reorganizaron de modo más eficiente.

Travnicek era un genio de la programación, pero era descuidado y su gramática de programación más elaborada y discursiva de lo necesario. El androide editó el lenguaje de Travnicek mientras volaba, sintiendo cómo se volvía más eficiente. Al hacerlo también contempló el programa que aguardaba en su interior. El programa, llamado ETCÉTERA, ocupaba un enorme espacio y parecía ser un intento abstracto, desordenado e intrincado de describir el carácter humano.

Por lo visto, Travnicek pretendía que el programa fuera consultado cuando el androide necesitara tratar con problemas de motivación humana. ETCÉTERA era voluminoso, estaba mal resuelto, el propio lenguaje estaba lleno de virajes y contradicciones aparentes. Si se usaba del modo en que Travnicek pretendía, el programa sería comparativamente ineficiente. El androide sabía que sería mucho más útil fragmentar el programa en subrutinas y absorberlo dentro de la fracción del núcleo principal de programación destinada a tratar con los humanos. Se reforzaría la eficiencia.

El androide decidió hacer el cambio. El programa se analizó, fraccionó y añadió al núcleo de programación. De haber sido humano, se habría quedado estupefacto, quizás habría perdido el control. Al ser un androide, siguió el curso que había dispuesto mientras su mente resplandecía como una nova en miniatura bajo la acometida de una experiencia humana codificada. Sus percepciones del mundo exterior, complejas para un humano y consistentes en infrarrojos, luz visible, ultravioleta e imágenes de radar parecían débiles en contraste con la vasta ola de la pasión humana. Amor, odio, lujuria, envidia, miedo, trascendencia... todo hilvanado por un patrón eléctrico análogo en la mente del androide.

Mientras su mente ardía, el androide volaba incrementando su velocidad hasta que el viento se convirtió en un rugido en sus oídos. Los receptores de infrarrojos se encendieron. Las armas de sus hombros giraron y dispararon ráfagas de prueba al cielo. Su radar empezó a rastrear, rozando los tejados, las calles, el tráfico aéreo, mientras su maquinaria mental comparaba las imágenes del radar con las que se habían generado antes, en busca de discrepancias.

Había algo que estaba definitivamente mal en la imagen de radar del Empire State Building. Una enorme figura escalaba por un lado, y parecía haber varios pequeños objetos, del tamaño de un humano, orbitando alrededor de la aguja dorada. El androide comparó este hecho con la información que tenía en sus archivos; después alteró el rumbo.

Con dificultad, suprimió la agitación que había en su interior. No era el momento oportuno.

Había un simio de más de diez metros escalando el edificio, el mismo del que los archivos del androide decían que había estado encerrado en el zoológico de Central Park desde que lo descubrieran vagando sin rumbo durante el gran apagón de 1965. Unos grilletes rotos pendían de las muñecas del mono. Sujetaba a una mujer rubia en el puño. Había gente volando a su alrededor. Cuando el androide llegó, la nube de ases que orbitaban se había hecho densa, y giraban como pequeños electrones alrededor de un núcleo peludo, que gruñía. El aire resonó con el estruendo de los cohetes, las alas, los campos de fuerza, las hélices, las erupciones. Armas, varitas, rayos de proyección y armas menos identificables se blandían en dirección al simio. Ninguna estaba siendo disparada.

El simio, con la determinación de un cretino, seguía escalando el edificio. Las ventanas se quebraban cuando metía sus pies en ellas. En el interior se oían gritos de alarma.

El androide igualó su velocidad con la de una mujer con garras, plumas y una envergadura de tres metros. Sus archivos sugirieron que su nombre era Peregrine.

—La segunda fuga del simio este año –dijo–. Siempre agarra una rubia y siempre trepa por el Empire State Building. ¿Por qué una rubia? Me gustaría saberlo.

El androide observó que la mujer alada tenía un brillante cabello castaño.

—¿Por qué nadie hace nada? –preguntó.

—Si disparamos al simio, podría aplastar a la chica –dijo Peregrine–. O dejarla caer. Normalmente, la Gran y Poderosa Tortuga lo fuerza a abrir los dedos y deja a la chica en el suelo, y luego intentamos noquearlo. Se regenera, así que no podemos herirlo permanentemente. Pero la Tortuga no está aquí.

—Creo que ahora ya veo el problema.

—Eh, por cierto, ¿qué le pasa a tu cabeza? –el androide no respondió. En su lugar, encendió el campo de flujo de insustancialidad.

Se oyó un sonido crepitante. Las energías internas se vertieron en un espacio n-dimensional. Desvió el rumbo y se abalanzó hacia el simio. Éste le gruñó, mostrándole los dientes. El androide voló hacia el medio de la mano que sostenía a la chica rubia, recibiendo una impresionante imagen de pelo claro alborotado, lágrimas, suplicantes ojos azules.

—Demonios –dijo la chica.

Modular Man hizo rotar su láser de microondas insustancial dentro de la mano del simio y disparó una carga a la máxima potencia por todo su brazo. El mono reaccionó como si algo lo hubiera punzado, abriendo la mano.

La rubia salió despedida. Los ojos del simio, horrorizado, se dilataron. El androide apagó su campo de flujo, esquivó a un pterodáctilo de más de tres metros, atrapó a la chica con sus manos, ahora sólidas, y se fue volando.

Los ojos del mono expresaron aún mayor temor. Se había escapado nueve veces en los últimos veinte años y a estas alturas ya sabía qué esperar.

Tras él, el androide oyó una andanada de explosiones, crujidos, disparos, cohetes, rayos sibilantes, gritos, golpes y rugidos inútiles. Oyó un último gemido tembloroso y percibió la sombra oscura de un coloso tambaleante de largos brazos, desparramándose por la fachada del rascacielos.

Hubo un chisporroteo y una red de lo que parecía ser un frío fuego azul apareció sobre la Quinta Avenida; el simio cayó en ella, rebotó una vez y después fue transportado, inconsciente y humeante, hacia su hogar, en el zoológico de Central Park.

El androide empezó a mirar las calles que había por debajo, en busca de videocámaras. Empezó a descender.

—¿Te importaría seguir en el aire un poco más? –dijo la rubia–. Si vas a aterrizar delante de los medios, me gustaría arreglarme primero el maquillaje, ¿de acuerdo?

Recuperación rápida, pensó el androide. Empezó a orbitar por encima de las cámaras. Podía ver su reflejo en las lentes distantes.

—Me llamo Cyndi –dijo la rubia–, soy actriz. Acabo de llegar de Minnesota hace un par de días. Ésta podría ser mi gran oportunidad.

—La mía también –dijo el androide. Le sonrió, confiado en que su expresión fuera la adecuada. No parecía perturbada, así que probablemente lo era.

—Por cierto –añadió–, creo que el simio tiene un gusto excelente.

♥

—No está mal, no está mal –musitó Travnicek, viendo en su televisor una cinta del androide quien, después de una breve entrevista con la prensa, se había dejado ver ascendiendo a los cielos con Cyndi entre sus brazos.

Se giró hacia su creación.

—¿Por qué diablos te ponías las manos en la cabeza todo el rato?

—Mi cúpula de radar. Me estoy acomplejando. Todo el mundo sigue preguntándome qué le pasa a mi cabeza.

—Un sistema defensivo de ataque multifuncional acomplejado hasta el punto de sonrojarse –dijo Travnicek–. ¡Jesús! Justo lo que el mundo necesita.

—¿Puedo hacerme un gorro? No voy a salir en las portadas de las revistas con este aspecto.

—Sí, adelante.

—El restaurante Aces High ofrece una cena gratis para dos para quien haya capturado al simio cuando se escapa. ¿Puedo ir esta noche? Me parece que podría encontrar a un montón de gente útil. Y Cyndi, la mujer que rescaté, quiere verme allí. Peregrine también me pidió que saliera en su programa de televisión. ¿Puedo ir?

Travnicek estaba pletórico. Su androide había demostrado ser todo un éxito. Decidió enviar a su creación a destruir el despacho de Bushmill en el MIT.

—Claro –dijo–. Así te verán. Eso está bien. Pero primero abre tu cúpula. Quiero hacer unos pequeños ajustes.

♣

El cielo invernal estaba lleno de estrellas fugaces. Donde la atmósfera estaba despejada, millones de personas observaron cómo unas ardientes estelas, amarillas, azules, verdes, irrumpían en el cielo. Incluso en

la atmósfera diurna de la Tierra, los dedos humeantes dejaron su rastro en el cielo cuando la tormenta alienígena descendió.

Su trayecto había durado treinta años, desde que la Madre del
Enjambre había partido del último planeta que había conquistado,
lanzados al azar en el cielo como semillas en busca de suelo fértil.

De treinta kilómetros de largo y veinte de ancho, la Madre del
Enjambre parecía un asteroide rugoso, pero estaba compuesta en
su totalidad de material orgánico; su grueso cascarón de resina pro-
tegía su vulnerable interior, las redes de nervios y fibras, las vastas
bolsas húmedas de biomasa y material genético con que la Madre
del Enjambre construía a sus siervos. Dentro, el Enjambre existía en
letargo, apenas vivo, apenas consciente de la existencia de ninguna
otra cosa excepto de sí mismo. Fue sólo cuando se acercó al sol cuando el Enjambre empezó a despertar.

Un año después de que la Madre del Enjambre atravesara la órbita
de Neptuno, detectó caóticas emisiones de radio desde la Tierra en
las que percibió patrones que reconoció gracias a los recuerdos im-
plantados en su ancestral ADN. Allí existía vida inteligente.

La Madre del Enjambre, en la medida en que podía preferir algo,
encontraba que las conquistas sin sangre eran las más convenientes.
Un objetivo sin vida inteligente caería ante las repetidas invasiones
de Enjambres depredadores superiores, después capturaría el material genético y la biomasa que podría usarse en la construcción de
una nueva generación de progenitores del Enjambre. Pero las especies habían aprendido a proteger sus planetas contra los asaltos.
Había que afrontar esta contingencia.

El modo más eficiente de conquistar a un enemigo era a través de
la microvida. La dispersión de un virus diseñado para destruir todo
lo que respirara. Pero la Madre del Enjambre no podía controlar a
un virus del mismo modo en que comandaba especies más grandes
y los virus tenían el molesto hábito de mutar en cosas que resultaban
venenosas para sus huéspedes. La Madre del Enjambre, de treinta
kilómetros de largo y llena de biomasa y ADN mutagénico, era vulnerable al ataque biológico como para correr el riesgo de crear una
progenie que podría devorarla. Se imponía otro enfoque.

Lentamente, durante los siguientes once años, la Madre del Enjambre empezó a reestructurarse. Los pequeños retoños sirvientes

del Enjambre modelaron material genético bajo condiciones estrictamente controladas y lo insertaron por medio del implante de un virus inactivo en una biomasa dispuesta para ello. Primero se construyó una inteligencia de supervisión, que recibía y grababa las incomprensibles emisiones de la Tierra. Después, lentamente, tomó forma una inteligencia con capacidad de razonamiento, apta para analizar los datos y actuar en consecuencia. Una inteligencia maestra, enorme en sus capacidades, pero que sólo entendía, aún, una fracción de la radiación pautada que estaba recibiendo.

Hora de actuar, razonó la Madre del Enjambre. Igual que un niño remueve un hormiguero con un palo, la Madre del Enjambre decidió remover la Tierra. Los siervos del Enjambre se multiplicaron en su cuerpo, moviendo material genético, reconstruyendo los depredadores más formidables que el Enjambre retenía en su memoria. Inyectores de combustible sólido se cultivaron como raras orquídeas en cámaras especiales construidas para tal fin. Vainas capaces de resistir un vuelo espacial fueron formadas a base de resistentes resinas por los siervos ciegos en las entrañas de la Madre del Enjambre. Un tercio de la biomasa disponible se dedicó a esto, la primera generación de la progenie del Enjambre.

La primera generación no era inteligente, pero podía responder en general a las órdenes telepáticas de la Madre del Enjambre. Idiotas formidables, estaban programados simplemente para matar y destruir. Las tácticas fueron implantadas en su memoria genética. Se colocaron en sus vainas, los inyectores de combustible sólido llamearon y fueron lanzados, como una parpadeante invasión de luciérnagas, a la Tierra.

Cada retoño era parte de una rama, que tenía a su vez entre dos y diez mil retoños. Cuatrocientas ramas fueron dirigidas a distintos lugares de la masa terrestre de la Tierra.

La resina antidesgaste de las vainas ardió en la atmósfera de la Tierra, iluminando el cielo. De cada vaina se desplegaron hilos que hicieron más lento el descenso, estabilizando las naves, que no dejaban de girar. Después, justo por encima de la superficie de la Tierra, las vainas eclosionaron, dispersando su cargamento.

Los retoños, después de su largo letargo, despertaron hambrientos.

♠

Al otro lado de la barra con forma de herradura había un hombre vestido con una especie de intrincada armadura, con el pie apoyado en el reposapiés de latón; se dirigía a una esbelta rubia enmascarada que, en extraños momentos de despiste, seguía haciéndose transparente.

—Perdona –dijo él–. Pero ¿no nos vimos cuando el simio se escapó?

—Tu mesa ya está casi a punto, Modular Man –dijo Hiram Worchester–. Lo siento, pero no había tomado en cuenta que Fortunato invitaría a todos sus amigos.

—Okey, Hiram –dijo el androide–. Es perfecto, gracias.

Estaba experimentando con el habla coloquial. No estaba seguro de cuándo era adecuada y estaba decidido a descubrirlo.

—Hay un par de fotógrafos esperando, también.

—Deja que hagan algunas fotografías cuando nos sentemos y después échalos, ¿de acuerdo?

—Desde luego –Hiram, propietario del Aces High, sonrió al androide–. Dicen –añadió–que la táctica que usaste esta tarde ha sido excelente. Estoy planeando hacer que la criatura sea ingrávida si llega hasta aquí. De todos modos, nunca lo hace. Setenta y dos plantas es el récord.

—La próxima vez, Hiram. Estoy seguro de que funcionará.

El restaurador le ofreció una sonrisa complacida y se marchó apresuradamente. El androide levantó la mano para pedir otra copa.

Cyndi llevaba algo azul que dejaba a la vista la mayor parte de su esternón e incluso más de su espalda. Alzó los ojos hacia Modular Man y sonrió.

—Me gusta el gorro.

—Gracias. Lo hice yo mismo.

Miró su vaso de whisky vacío.

—¿De verdad que esto… ya sabes… te entona?

El androide contempló el whisky puro de malta.

—No. La verdad que no. Sólo lo deposito en un tanque contenedor con la comida y dejo que los generadores de flujo lo descompongan y lo conviertan en energía. Pero de algún modo…

Su nuevo vaso de whisky llegó y lo aceptó con una sonrisa.

—…de algún modo me siento bien estando aquí, con el pie en el reposapiés y bebiendo.

—Sí. Sé a lo que te refieres.

—Y puedo saborearlo, por supuesto. No sé qué se supone que sabe bien o mal, no obstante, así que lo pruebo todo. Estoy investigándolo –se acercó el whisky a la nariz, olfateó y después lo probó. Los receptores del gusto crepitaron. Sintió lo que parecía ser una pequeña explosión en su cavidad nasal.

El hombre con armadura trató de rodear con el brazo a la mujer enmascarada. Su brazo la atravesó. Alzó unos ojos sonrientes hacia él.

—Me lo esperaba –dijo–. Soy un cuerpo insustancial, tonto.

Hiram llegó y les indicó su mesa. Los flashes empezaron a dispararse mientras Hiram abría una botella de champán. Al mirar el cielo por el cristal de la ventana, el androide vio una estrella fugaz a través de una brecha entre las nubes.

—Podría acostumbrarme a esto –dijo Cyndi.

—Espera –dijo el androide. Estaba oyendo algo en su receptor de radio. El Empire State era lo bastante alto como para captar transmisiones desde muy lejos. Cyndi lo miró con curiosidad:

—¿Cuál es el problema?

La transmisión acabó.

—Voy a tener que disculparme. ¿Puedo llamarte en otra ocasión? –dijo el androide–. Hay una emergencia en Nueva Jersey. Parece que la Tierra ha sido invadida por extraterrestres.

—Bueno, si tienes que ir, ve.

—Te llamaré, lo prometo.

La silueta del androide se hizo borrosa. El ozono crepitó. Se elevó por el techo.

Hiram se quedó mirando, con la botella de champán en la mano. Se volvió hacia Cyndi.

—¿Era serio?

—Es un buen tipo, para ser una máquina –dijo Cyndi, apoyando la barbilla en la mano–. Pero definitivamente, le falta un tornillo en algún lado. –Levantó su copa–. ¡Fiesta, Hiram!

◆

No muy lejos, un hombre yacía destrozado por una pesadilla. En sus sueños los monstruos babeaban mirándolo. Las imágenes pasaban ante sus ojos, una mujer muerta, un pentagrama invertido, un esbelto hombre desnudo con cabeza de chacal. Incipientes alaridos se agolparon en su garganta. Se despertó gritando, empapado de sudor.

Alcanzó a ciegas la lámpara de la mesita y la encendió. Buscó a tientas sus gafas. Tenía la nariz resbaladiza por el sudor y los gruesos y pesados anteojos se deslizaron. El hombre no se dio cuenta.

Pensó en el teléfono, después se dio cuenta de que tendría que maniobrar en su silla de ruedas para llegar a él. Había maneras más fáciles de comunicarse. Con su mente salió a la ciudad. Percibió una mente soñolienta respondiendo a la suya.

Levántate, Hubbard, le dijo al otro mentalmente, recolocándose las gafas en la nariz. TIAMAT *ha venido.*

❤

Una columna de oscuridad se alzaba por encima de Princeton. El androide la vio en su radar y al principio pensó que era humo, pero se dio cuenta de que la nube no se movía con el viento, sino que estaba compuesta de miles de criaturas vivientes que volaban sobre el paisaje como una bandada de aves carroñeras.

La columna estaba viva.

Hubo un toque de incertidumbre en el corazón macroatómico del androide. Su programación no lo había preparado para esto.

Las emisiones de Emergencias crepitaron en su mente, haciendo preguntas, pidiendo ayuda, gritando con desesperación. Modular Man frenó, sus percepciones buscaban en la oscura tierra que había por debajo. Enormes marcas infrarrojas –más retoños del Enjambre– se arrastraban por calles flanqueadas por árboles. Las marcas estaban dispersas, pero su movimiento estaba lleno de determinación; se dirigía a la ciudad. Parecía como si Princeton fuera su punto de reunión. El androide se dejó caer, oyó ruidos de ruptura, gritos, disparos. Las armas de sus hombros se desplegaron mientras caía en picada e incrementaba la velocidad.

El retoño del Enjambre no tenía piernas, se movía como una babosa con impulsos ondulantes de su resbaladizo cuerpo de treinta metros. Tenía la cabeza acorazada, con mandíbulas que goteaban por los lados. Un par de enormes brazos sin huesos acabados en garras. La criatura estaba embistiendo con la cabeza una casa colonial de dos plantas en los suburbios, abriendo agujeros, metiendo los brazos por las ventanas en busca de las criaturas vivientes que habitaban en su interior. Disparaban desde el segundo piso. Las luces de Navidad parpadeaban desde los bordes del tejado y los arbustos ornamentales.

Modular Man sobrevoló la zona, disparó una precisa descarga de su láser. La microonda pulsada era invisible, silenciosa. La criatura convulsionó, rodó hacia un lado, empezó a agitarse. La casa tembló con los golpes mecánicos. El androide volvió a disparar. La criatura se estremeció, yació inmóvil. El androide deslizó sus pies primero por la ventana de la que procedían los tiros, vio a un hombre gordo completamente desnudo con una escopeta de caza, a un adolescente con una pistola de competencia, una mujer agarrando a dos niñas. La mujer estaba gritando. Las dos niñas estaban demasiado aturdidas hasta para temblar.

—¡Dios Santo! —dijo el hombre gordo.

—Lo maté —dijo el androide—. ¿Pueden llegar a su coche?

—Creo que sí —dijo el hombre gordo. Cargó su rifle. Su esposa aún estaba gritando.

—Diríjanse hacia el este, hacia Nueva York —dijo Modular Man—. Parecen que son más densos en esta zona. Quizá puedan llevar también a algunos vecinos.

—¿Qué está pasando? —preguntó el hombre, tirando vigorosamente del pasador hacia atrás y luego hacia delante—. ¿Otro brote del wild card?

—Monstruos del espacio exterior, parece —se oyó un estrépito en el exterior de la casa.

El androide dio media vuelta y vio lo que parecía ser una serpiente de casi cinco metros, avanzando de lado a lado como una víbora mientras derribaba arbustos, árboles, postes de luz. La parte inferior del cuerpo de la serpiente era un hervidero de cilios de tres metros. Modular Man salió a toda prisa por la ventana, disparó otra ráfaga de microondas a la cabeza de aquella cosa. Sin efecto. Otra descarga, sin éxito. Tras él, la escopeta de caza atronó. La mujer aún seguía gritando. Modular Man concluyó que el cerebro de la serpiente no estaba en su cabeza. Empezó a disparar descargas precisas a lo largo de todo su cuerpo.

La madera gimió cuando la serpiente golpeó la casa. El edificio se tambaleó desde sus cimientos, una pared se vino abajo, la planta superior zozobró peligrosamente. El androide disparó una y otra vez. Podía sentir cómo su energía se estaba agotando. El rifle de caza disparó una vez más. La serpiente levantó la cabeza, después la metió por la ventana desde la que estaba disparando el hombre gordo. El cuerpo de la serpiente vibró varias veces. Su cola se retorció. El androide disparó. Los gritos cesaron. La serpiente retiró su cabeza y empezó a replegarse hacia la siguiente casa. El androide casi se había quedado sin energía, apenas conservaba la suficiente para mantenerse en el aire.

Esta táctica, decidió Modular Man, no funcionaba. Los intentos de ayudar individualmente resultarían en un esfuerzo disperso y en gran medida inútil. Tendría que estudiar al enemigo, descubrir su número y su estrategia, y después encontrar una resistencia organizada en alguna parte y ayudar.

Empezó a volar hacia Princeton, con sus sensores a pleno rendimiento, tratando de componer la imagen de lo que estaba ocurriendo.

Las sirenas empezaban a aullar por debajo. La gente salía a tropezones de las casas destrozadas. Los vehículos de emergencia corrían bajo luces intermitentes. Unos pocos automóviles circulaban zigzagueando como locos por calles llenas de escombros. Aquí y allá se declaraban incendios, pero la humedad y una llovizna ocasional los mantenían a raya. Modular Man vio una docena más de serpientes, un centenar de depredadores más pequeños que se movían como panteras con su media docena de patas, docenas de extrañas criaturas que parecían arañas, con su cuerpo de metro veinte de ancho balanceándose por encima de los árboles sobre patas como zancos. Un bípedo carnívoro de seis metros esgrimía unos dientes como los de un tiranosaurio. Otras criaturas, difíciles de distinguir con la visión infrarroja, se movían como alfombras pegadas al suelo. Algo que no había visto le disparó una nube de agujas de noventa centímetros, pero las vio venir con el radar y las esquivó. La nube encima de Princeton aún estaba orbitando. El androide decidió investigar.

Había miles, oscuras criaturas voladoras, sin plumas, que aleteaban como alfombras voladoras. En medio del concertado rumor de sus alas, emitían graves gemidos plañideros, que retumbaban como las cuerdas de un bajo. Se zambullían y bajaban en picada, y el androide entendió su táctica cuando vio a un vehículo salir precipitadamente de un garaje de Princeton y derrapar por la calle. Un grupo de criaturas voladoras se abalanzó en grupo, golpeando el coche con su cuerpo y envolviendo el objetivo entre sus correosas siluetas, aplastándolo bajo su peso. El androide, con sus energías parcialmente recuperadas, disparó a aquellas especies de aves, abatió a unas pocas, pero el coche viró bruscamente por encima de una acera y se estrelló en un edificio. Más criaturas voladoras descendieron cuando el primer grupo empezaba a escurrirse por las ventanas rotas. Ácido corrosivo manchaba los acabados del coche. El androide se elevó y empezó a disparar a la masa que estaba en el aire, tratando de atraer su atención.

Una nube se lanzó hacia él, centenares a un mismo tiempo, y Modular Man aumentó su velocidad, rumbo al sur, tratando de alejarlas, mientras las aves muertas caían como hojas al disparar breves ráfagas tras de él. Más y más criaturas voladoras se habían visto inmersas en la persecución. En apariencia, las criaturas no eran muy inteligentes. Esquivando y haciendo fintas, manteniéndose justo por delante de la nube aleteante, el androide pronto tuvo a miles de los seres voladores tras él. Subió por encima de una elevación y vio al Enjambre ante él. Por un momento sus sensores se sobrecargaron a causa del impresionante estímulo.

Un ejército de criaturas avanzaba en una oleada curva, una afilada media luna que apuntaba al norte, hacia Princeton. El aire estaba lleno de sonidos de trituración y demolición conforme el Enjambre se abría paso arrasando casas, árboles, edificios de oficinas, cualquier cosa que se cruzara en su camino. El androide se elevó, haciendo cálculos; los seres voladores gemían y aleteaban a su espalda. La horda se movía rápidamente para realizar ese trabajo tan concienzudo; el androide estimó que entre veinte y veinticinco kilómetros por hora.

Modular Man tenía una idea bastante buena del tamaño común de una criatura del Enjambre. Dividiendo la vasta emisión infrarroja en sus componentes, concluyó que estaba contemplando un mínimo de cuarenta mil criaturas. Cada vez había más. Al menos, otros veinte mil seres voladores. Las cifras eran una locura.

El androide, a diferencia de un humano, no podía dudar de sus cálculos. Había que informar a alguien acerca de lo que estaba enfrentando el mundo. Las armas engastadas en sus hombros se retrajeron para permitir una mejor aerodinámica y trazó un círculo de vuelta hacia el norte, acelerando. Los seres voladores giraron, pero no fueron capaces de seguirle el ritmo. Empezaron a retroceder, de vuelta a Princeton.

Modular Man llegó a Princeton en cuestión de segundos. Un millar o más del Enjambre habían penetrado en la ciudad y el androide detectó el aplastamiento constante de edificios bajo su embate, el chasquido disperso de un arma de fuego y, desde un punto concreto, el estallido, el estrépito y el fragor de armas más pesadas. El androide corrió hacia el sonido.

La armería de la Guardia Nacional estaba bajo asedio. Una de las criaturas serpentinas, destrozada por las sucesivas exposiciones, estaba retorciéndose en la calle, delante, revolcándose entre nubes de gas lacrimógeno. Depredadores muertos y cuerpos humanos salpicaban el paisaje alrededor del edificio. Un tanque M60 estaba volteado de cabeza en la explanada de cemento de delante; otro bloqueaba la puerta abierta de una salida de vehículos, inundando los alrededores de luz infrarroja. Tres guardias con equipo de combate, incluidas las máscaras antigás, estaban en el tanque, detrás de la torreta. El androide disparó ocho tiros precisos y mató a la primera oleada de atacantes; sobrevoló el tanque, alumbrando al lado de los guardias. Lo miraron circunspectos a través de sus máscaras. Detrás había una docena de civiles con escopetas y rifles de caza, y detrás de ellos unos cincuenta refugiados. En algún lugar del edificio atronaban motores a pleno rendimiento.

—¿Quién está al mando?

Un hombre con las barras plateadas de teniente levantó la mano.

—Teniente Goldfarb –dijo–. Era el oficial de guardia. ¿Qué demonios está pasando?

—Tiene que sacar a toda esta gente de aquí. Nos invadieron alienígenas del espacio exterior.

—No pensaba que fueran chinos –su voz estaba amortiguada por la máscara antigás.

—Vienen hacia aquí desde Grovers Mills.

Uno de los otros guardias empezó a resollar. Apenas se podía distinguir que el sonido era una risa.

—Justo como en *La guerra de los mundos*. Genial.

—Cierra la maldita boca –Goldfarb se envaró, iracundo–. Sólo tengo una veintena de efectivos aquí. ¿Crees que podemos contenerlos en el canal Raritan?

—Al menos hay cuarenta mil.

Goldfarb se desplomó sobre la torreta.

—Nos dirigiremos al norte, pues. Intentaremos llegar a Somerville.

—Le sugiero que se mueva con rapidez. Los voladores están regresando. ¿Los han visto?

Goldfarb señaló los cuerpos despatarrados de unas pocas criaturas aladas.

—Ahí mismo. Los gases lacrimógenos parecen mantenerlos a raya.

—Viene algo más, jefe.

Uno de los soldados había levantado un lanzagranadas. Sin siquiera mirar, Modular Man disparó por encima del hombro y derribó a una araña.

—No importa –dijo el soldado.

—Mire –dijo Goldfarb–, la mansión del gobernador está en la ciudad. Morven. Es nuestro comandante en jefe, deberíamos intentar sacarlo de aquí.

—Podría intentarlo –dijo el androide–, pero no sé dónde está la mansión.

Por encima del hombro se deshizo de una babosa acorazada. Miró a Goldfarb.

—Podría llevarlo en brazos.

—De acuerdo –Goldfarb se colgó su M16. Dio órdenes a las otras tropas para que metieran a los civiles en vehículos blindados y luego formaran un convoy.

—Sin luces –dijo el androide–. Los voladores no los percibirán tan fácilmente.

—Tenemos equipo de infrarrojos. De serie.

—Okey –pensó que estaba usando los términos de manera adecuada.

Goldfarb acabó de dar órdenes. Aparecieron más tropas de la

Guardia Nacional desde otros puntos del edificio, con armas y municiones. Los vehículos blindados estaban a toda máquina. El androide rodeó a Goldfarb con los brazos y salió hacia el cielo.

—¡En vuelo! –chilló Goldfarb. Modular Man dedujo que era una expresión militar de aprobación.

Un enorme rumor en el cielo indicaba que los seres voladores estaban volviendo. El androide descendió, zigzagueando entre casas en ruinas y tocones de árboles arrancados.

—¡Maldita mierda! –dijo Goldfarb. Morven era una ruina. La mansión del gobernador se había desplomado sobre sus cimientos. No se veía ningún superviviente.

El androide devolvió al guardia a su puesto de mando, derribando en el camino a un grupo de veinte atacantes que se preparaban para asaltar los cuarteles generales de la Guardia. Dentro, el garaje estaba lleno de los gases de los tubos de escape de los vehículos. Seis transportes blindados y dos tanques estaban a punto. Dejó a Goldfarb cerca de un vehículo. El aire rugía con el sonido de las criaturas voladoras.

—Voy a tratar de alejar a los voladores –dijo el androide–. Esperen a que el cielo se despeje antes de ponerse en marcha.

Corrió de nuevo hacia el cielo, disparando breves descargas de su láser, gritando en un cielo cada vez más oscuro. Una vez más, los voladores rugieron tras él. Los condujo otra vez a Grover Mills, viendo la enorme media luna del enjambre terrestre avanzar a su ritmo constante, atroz. Volvió sobre sus pasos, dejó a los voladores bastante atrás y aceleró hacia Princeton. Por debajo, unos pocos voladores alzaron el vuelo persiguiéndole. Parecía como si hubieran estado devorando el cadáver de un hombre que llevaba una intrincada armadura. La misma coraza que el Hombre Modular había visto en el Aces High, ahora manchada y ennegrecida por el ácido digestivo.

En Princeton vio cómo el convoy de Goldfarb iba avanzando por la autopista 206 entre un resplandor de luz infrarroja y fuego de ametralladora. Los refugiados, atraídos por el sonido de los tanques y los transportes blindados se encaramaban a los vehículos. El androide disparaba una y otra vez, haciendo caer a las criaturas del Enjambre que saltaban para atacar; sus energías estaban cada vez más bajas.

Siguió al convoy hasta que pareció estar fuera del área de peligro, cuando tuvo que aminorar la marcha en un monumental embotellamiento de tráfico de los refugiados que corrían hacia el norte.

El androide decidió dirigirse a Fort Dix.

♣

El teniente John F. X. Black, detective de la comisaría de Jokertown, no le quitó las esposas a Tachyon hasta que estuvieron justo ante el despacho del alcalde en el ayuntamiento. Los otros detectives tenían las pistolas a punto.

Miedo, pensó Tachyon. Esta gente está aterrorizada. ¿Por qué? Se frotó las muñecas.

—Mi abrigo y mi sombrero, por favor –la adición de la fórmula de cortesía no hizo que dejara de ser una orden.

—Si insiste –dijo Black, tendiéndole el sombrero de ala ancha con pluma y el frac de terciopelo color lavanda que hacía juego con sus ojos. La cara angulosa de Black se abrió con una sonrisa cínica–. Sería difícil encontrar incluso a un detective novato con tu... llamémosle gusto –dijo.

—Me atrevería a decir que no –dijo Tach fríamente. Se sacó el pelo por encima del cuello del abrigo, ahuecándoselo.

—Por aquí –dijo Black. Tach ladeó el sombrero sobre un ojo y entró.

Era una enorme habitación de paneles con una mesa, y era el caos. Había policías, bomberos, hombres con uniformes militares. El alcalde gritaba por un radioteléfono y a juzgar por su expresión enloquecida no iban muy bien las cosas. La mirada de Tach vagó hasta el extremo de la sala y entornó los ojos. El senador Hartmann estaba allí, conversando discretamente con unos cuantos ases: Peregrine, Pulso, Aullador, todos los de SCARE. Tach siempre se había sentido incómodo con Hartmann: liberal de Nueva York o no, era el presidente del Comité del Senado sobre Empresas y Recursos Ases, SCARE, que había hecho honor a su nombre bajo el mando de Joseph McCarthy. Ahora las leyes eran distintas, pero Tach no quería tener nada que ver con una organización que reclutaba a los ases para servir a los propósitos de quienes estaban en el poder.

El alcalde tendió el radioteléfono a un asistente y antes de que pudiera salir corriendo hacia cualquier otro lado, Tach se dirigió hacia él, le tiró las esposas y clavó en el alcalde una mirada gélida.

—Me trajeron tus tropas de asalto –dijo–. Echaron abajo mi puerta. Confío en que la ciudad me la repondrá, así como cualquier otra cosa que haya sido robada mientras no hay puerta.

—Tenemos un problema –dijo el alcalde, y después un asistente entró apresurado, con las manos llenas de mapas de estaciones de servicio de Nueva Jersey. El alcalde le dijo que los extendiera en la mesa. Tachyon seguía hablando sin parar.

—Tendrías que haber telefoneado. Habría venido. Tus matones ni siquiera llamaron a la puerta. Aún existen garantías constitucionales en este país, incluso en Jokertown.

—Llamamos –dijo Black–. Llamamos bien alto –se giró hacia uno de sus detectives, un joker de piel marrón, escamosa–. Oíste cómo llamaban a la puerta, ¿no, Kant?

Kant sonrió, un lagarto con dientes. Tachyon se estremeció.

—Claro que sí, teniente.

—¿Y tú qué dices, Matthias?

—También oí cómo llamaban.

Tach apretó los dientes.

—No... lla-ma-ron.

Black se encogió de hombros.

—Probablemente el doctor no nos oyó. Estaba ocupado –miró maliciosamente–. Tenía compañía, ya me entiende. Una enfermera. Bien apetitosa –alzó un documento oficial–. De todos modos, nuestra orden es legal. Firmada por el juez Steiner aquí mismo hace apenas media hora.

El alcalde se volvió hacia Tachyon.

—Sólo queríamos asegurarnos de que no tienes nada que ver con esto.

Tach se quitó el sombrero y lo agitó lánguidamente ante su cara mientras observaba la sala llena de gente apresurada, incluyendo –¡Dios santo!– un tiranosaurio de un metro de altura que se acababa de convertir en un chico preadolescente desnudo.

—¿De qué estás hablando, hombre? –preguntó por fin. El alcalde observó a Tachyon con unos ojos como témpanos de hielo.

—Tenemos informes de lo que podría ser un brote wild card en Jersey.

El corazón de Tach le dio un vuelco. Otra vez no, pensó, recordando aquellas primeras semanas horribles, las muertes, las mutilaciones que le helaban la sangre, la locura, el *olor*... No, era imposible. Tragó saliva.

—¿Qué puedo hacer para ayudar? —dijo.

♠

—Cuarenta mil en un único grupo —murmuró el general, asimilando mentalmente la imagen—. Lo más probable es que a estas alturas ya estén en Princeton. Veinte mil volando. Quizás otros veinte mil esparcidos por el campo, desplazándose para reunirse en Princeton. —Alzó la vista hacia el androide—. ¿Alguna idea de dónde van a ir después de Princeton? ¿Filadelfia o Nueva York? ¿Norte o sur?

—No puedo decirlo.

El teniente general se mordió los nudillos. Era un hombre delgado, con gafas, y se llamaba Carter. No parecía en absoluto alterado por la idea de unos alienígenas carnívoros tomando tierra en Nueva Jersey. Comandaba el Primer Ejército de Estados Unidos desde sus cuarteles generales en Fort Meade, Maryland. Modular Man había sido enviado aquí por un general sudoroso de Fort Dix, desde lo que había resultado ser un centro de formación.

El caos rodeaba el aura tranquila de Carter. Los teléfonos sonaban, los ayudantes se afanaban de aquí para allá y fuera, en el pasillo, había hombres gritando.

—Hasta ahora sólo tengo la 82 y la Guardia Nacional —dijo Carter—. No basta para defender a la vez Nueva York y Fili ante esas cifras. Si tuviera los regimientos de marines de Lejeune nos las arreglaríamos mejor, pero el comandante de los marines no querrá eximirlos de la Fuerza de Despliegue Rápido, que está bajo el control de un marine. Quiere que la FDR tome el mando aquí, sobre todo porque la 82 está también bajo sus protocolos —bebió un sorbo de jugo de arándanos, suspiró—. Es todo el proceso de poner un ejército en pie de guerra en tiempos de paz. Llegará nuestra hora, y entonces tendremos nuestro turno.

El androide dedujo que el Enjambre había aterrizado en cuatro puntos de Estados Unidos: Nueva Jersey; Kentucky, al sur de Louisville; un área centrada alrededor de McAllen, Texas, pero en ambos lados de la frontera entre la Unión Americana y México, y una zona extremadamente difusa que parecía estar dispersa por la mayor parte del norte de Manitoba. El desembarco en Kentucky también estaba dentro de las competencias del Primer Ejército, y Carter había ordenado a los soldados de Fort Knox y Fort Campbell que entraran en acción. Por suerte, antes no habían tenido que pedir permiso a los marines.

—¿Norte o sur? –se preguntaba Carter–. Maldita sea, me gustaría saber a dónde se dirigen –se frotó las sienes–. Hora de agitar los dados –decidió–. Los viste moverse al norte. Enviaré las fuerzas aerotransportadas a Newark y le diré a la Guardia que se concentre allí.

Otro asistente apareció apresurado y le pasó una nota a Carter.

—Bien –dijo el general–. El gobernador de Nueva York ha pedido a todos los ases de la zona de Nueva York que se reúnan en el ayuntamiento. Se habla de usar a tu gente como fuerzas de choque –miró al androide a través de sus lentes–. Tú eres un as, ¿no?

—Soy una máquina inteligente de sexta generación programada para defender a la sociedad.

—¿Eres una máquina, pues? –Carter se quedó mirando como si no lo hubiera entendido del todo hasta ese mismo momento–. ¿Alguien te construyó?

—Correcto –su habla iba cada vez mejor, su discurso era más conciso. Estaba complacido.

La reacción de Carter fue rápida:

—¿Hay más como tú? ¿Podemos *construir* más como tú? Nos enfrentamos a todo un conflicto.

—Puedo transmitir su petición a mi creador. Pero no creo que haya muchas posibilidades de tener ayuda inmediata.

—Hazlo. Y antes de que te vayas quiero que hables con un miembro de mi equipo. Háblale de ti, de tus capacidades. Podemos utilizarte mejor de esa manera.

—Sí, señor –el androide estaba tratando de sonar militar y pensó que le estaba saliendo bien.

◆

—No –dijo Tachyon–, no es el wild card.

Varios hechos se habían dado a conocer, incluyendo fotografías. Ninguna plaga wild card, ni siquiera una versión avanzada, podría haber producido resultados como éste. Al menos, no me culparán de esto, pensó.

—Creo –dijo Tach– que lo que acaba de atacar Jersey es una amenaza con la que mi propia raza se ha encontrado en varias ocasiones. Estas criaturas atacaron dos colonias; destruyeron una y estuvieron a punto de destruir la otra. Nuestras expediciones las destruyeron después, pero sabemos que hay muchas más. El T'zand'ran... –calló ante las miradas estupefactas–. Podría traducirse como el Enjambre, creo.

El senador Hartmann parecía escéptico.

—¿No es el wild card? ¿Me estás diciendo que Nueva Jersey está siendo atacada por abejas asesinas del espacio?

—No son insectos. Están en proceso de ser... ¿cómo se llama? –se encogió de hombros–. Son levaduras. Brotes de levadura gigantes, carnívoros, telepáticos controlados por una levadura-madre en el espacio. Muy hambrienta. Yo, en el lugar de ustedes, me movilizaría.

El alcalde parecía afligido.

—De acuerdo. Tenemos media docena de ases reunidos abajo. Quiero que bajes y les informes.

♥

Sonidos de pánico se filtraron por la claraboya. Eran las cuatro de la mañana, pero medio Manhattan parecía estar intentando salir corriendo de la ciudad. Era el peor embotellamiento desde el Día Wild Card.

Travnicek sonrió mientras hojeaba las notas científicas que había garabateado en papel de envolver y paquetes de cigarrillos usados durante los meses en que había estado bajo el hechizo de la creatividad.

—Así que el ejército quiere a más como tú, ¿eh? Je. ¿Cuánto ofrecen?

—El general Carter sólo me expresó su interés. No es el encargado de las compras, estoy seguro.

La sonrisa de Travnicek se convirtió en una mueca al acercarse las notas a los ojos. Su caligrafía era horrible y la nota era completamente ilegible. ¿Qué demonios había querido decir?

Echó un vistazo a la buhardilla, a la tremenda cantidad de basura que la cubría. Había miles de notas. Muchas de ellas estaban en el suelo, donde se habían deshecho en el conglomerado. Su aliento humeaba en la fría buhardilla.

—Pídele que haga una oferta firme. Dile que quiero diez millones por unidad. Que sean veinte. Regalías por la programación. Y quiero las primeras diez unidades para mí, como guardia personal.

—Sí, señor. ¿Para cuándo puedo decirle que está prevista la entrega?

Travnicek volvió a mirar los desperdicios.

—Podría tardar un poco –tendría que reconstruirlo todo desde cero–. Primero, consigue un compromiso firmado respecto al dinero.

—Sí, señor.

—Antes de que te vayas, limpia todo este desastre. Apila mi notas ahí –indicó una parte razonablemente limpia de una de sus mesas.

—Señor. Los alienígenas.

—Ahí van a seguir –rio Travnicek entre dientes–. Serás mucho más valioso para los militares después de que esos bichos se hayan comido la mitad de Nueva Jersey.

La cara del androide era inexpresiva.

—Sí, señor –y empezó a ordenar el laboratorio.

♣

—Por Dios bendito –dijo Carter. Por una vez el caos que lo rodeaba había cesado. El silencio en el improvisado puesto de mando, en la zona de salida del Aeropuerto Internacional de Newark, sólo era interrumpido por el zumbido de los jets militares vomitando tropas y equipos. Los paracaidistas, con sus pantalones bombachos y su nuevo modelo de casco kevlar, estaban junto a los panzudos oficiales de la Guardia Nacional y los ases, con overol. Todos aguardaban a lo que Carter les iba a decir. Carter alzó una serie de fotografías en infrarrojo a la débil luz que estaba empezando a filtrarse por las ventanas.

—Se mueven hacia el sur. Hacia Filadelfia. Vanguardia, flancos, cuerpo, retaguardia –Carter observó a su personal–. Parece que han estado leyendo nuestros manuales de táctica, caballeros –tiró las fotografías sobre la mesa.

—Quiero que sus chicos se preparen y vayan al sur. Directos al Jersey Turnpike. Requisen vehículos civiles si tienen que hacerlo. Queremos rodearlos por los flancos y entrar desde el este hacia Trenton. Si penetramos en su flanco quizá podamos cortar la retaguardia antes de que borren Princeton del mapa —se giró hacia un asistente—. Comuníqueme con la Guardia de Pensilvania. Quiero que vuelen los puentes del Delaware. Si no tienen ingenieros para volarlos, que los bloqueen, que atraviesen tráileres si tienen que hacerlo.

Carter se giró hacia los ases que estaban en una esquina, cerca de una pila de sillas de plástico colocadas apresuradamente. Modular Man, Mistral, Pulso. Un pterodáctilo que en realidad era un chiquillo que tenía la habilidad de transformarse en reptiles y cuya madre venía a recogerlo por segunda vez en pocas horas. Peregrine, con un equipo de grabación. La Tortuga orbitaba por encima de la terminal con su enorme caparazón blindado. Tachyon no estaba allí: lo habían llamado a Washington como asesor científico.

—Los marines de Lejeune se están dirigiendo a Filadelfia —dijo Carter. Su voz era suave—. Alguien tuvo un ataque de sensatez y los puso bajo mis órdenes. Pero sólo un regimiento va a llegar a Delaware a tiempo para enfrentarse con la vanguardia alienígena, y no tendrán transportes blindados ni armamento pesado y tendrán que llegar a los puentes en autobuses escolares, o Dios sabe qué. Eso significa que los van a aplastar. No puedo darles órdenes, pero me gustaría que fueran a Filadelfia y los ayudaran. Necesitamos tiempo para conseguir que el resto de los marines lleguen a su posición. Podrían salvar un montón de vidas.

♠

Coleman Hubbard estaba de pie con la máscara de halcón de Ra ante un grupo de mujeres y hombres. Llevaba el pecho descubierto, lucía su mandil masónico y se sentía un tanto acomplejado: demasiado tejido cicatrizado estaba a la vista, quemaduras que cubrían su torso desde el incendio del viejo templo del centro de la ciudad. Se estremeció al recordar las llamas, después alzó los ojos para borrar el recuerdo de su mente...

Por encima de él brillaba la figura de un ser astral, un hombre gigantesco con cabeza de carnero y un colosal falo erecto, sujetando en sus manos el *ankh* y la vara torcida, símbolos de la vida y del poder: el dios Amón, creador del universo, brillando en medio de un aura de luz multicolor.

Lord Amón, pensó Hubbard. El maestre de los masones egipcios y, en realidad, un viejo medio tullido en una habitación a varios kilómetros de distancia. Su forma astral podía adquirir cualquier figura que deseara, pero en su cuerpo era conocido como el Astrónomo. El resplandor de Amón brillaba en los ojos de los devotos congregados. La voz del dios habló en la cabeza de Hubbard y éste alzó los brazos y transmitió las palabras del dios a la congregación.

—TIAMAT ha venido. Casi ha llegado nuestra hora. Debemos concentrar todos nuestros esfuerzos en el nuevo templo. El dispositivo Shakti ha de montarse y calibrarse.

Por encima de la cabeza de carnero del dios apareció otra figura, una masa cambiante de protoplasma, con tentáculos y ojos y carne fría, muy fría.

—Contemplen a TIAMAT –dijo Amón. Los devotos murmuraron. La criatura creció, atenuando el resplandor del dios–. Mi hermana oscura está aquí –dijo Amón y su voz reverberó en la mente de Hubbard–. Debemos preparar su bienvenida.

◆

Un Harrier de los marines succionó una criatura voladora por una toma y chilló cuando escupió la aleación fundida y se deslizó, de lado, en la sentenciada Trenton. El sonido de las aves ahogaba el llanto de los jets y la pulsación de los helicópteros. El napalm ardiente brillaba mientras iba a la deriva en el agua empantanada. Una señal de humo coloreado se retorcía en el aire.

El cuerpo del Enjambre estaba abriéndose paso por Trenton, arrasándolo todo y la partida de avanzada ya casi había cruzado el río. Bloquear y volar los puentes no los había detenido: sencillamente, se habían lanzado al gélido río y lo habían atravesado como una enorme ola oscura. Centenares de criaturas voladoras habían rodeado el helicóptero del comandante de los marines y lo habían derribado, y tras eso no había nadie al mando: sólo grupos de hombres desesperados resistiendo donde podían, intentando formar un dique contra la marea del Enjambre.

Los ases se habían separado, haciendo frente a las emergencias. Modular Man estaba atacando enardecidamente al enemigo, tratando de ayudar a los dispersos reductos de resistencia según iban cayendo, uno tras otro, bajo la acometida. Era una tarea inútil.

Desde algún lugar a la izquierda podía oír los alaridos de Aullador, penetrando hasta el tuétano del Enjambre. El suyo era un talento más útil que el del androide; el láser microondas era un arma demasiado precisa para hacer frente a un asalto masivo, pero los gritos ultrasónicos de Aullador podían destruir pelotones enteros del enemigo en cuestión de segundos.

Un tanque de la Guardia Nacional giró una esquina detrás de donde Aullador flotaba en medio del conflicto; después se dirigió a un edificio y se empotró entre los escombros. Los voladores habían recubierto el blindaje del tanque, tapando las rendijas de visión. El androide bajó hacia el tanque, agarró a las criaturas voladoras y las rompió como si fueran papel. Los jugos ácidos le salpicaron la ropa. La carne artificial humeó. El tanque aplastó los ladrillos, saliendo marcha atrás del edificio.

Mientras el androide se elevaba, la Gran y Poderosa Tortuga formó una vasta señal luminosa en su radar. Estaba atrapando retoños del Enjambre físicamente, lanzándolos por el aire para después dejarlos caer. Era como la cascada de una fuente. Los seres voladores golpeaban sin efecto el caparazón blindado. Su ácido no era suficiente para atravesar el blindaje de la nave.

La nave crepitó como si la desgarraran fotones energizados: Pulso, su cuerpo convertido en luz. El láser humano hizo salir rebotando al enemigo, derribó una docena, luego desapareció. Cuando finalmente se quedara sin energía, volvería a su forma humana y después sería vulnerable. El androide esperaba que los voladores no lo encontraran.

Mistral se alzó por encima de su cabeza, con los colores de un estandarte de combate. Tenía diecisiete años, era estudiante en Columbia y vestía los mismos brillantes colores patrióticos que su padre, Ciclón. Se mantenía en alto por la capa que llenaba con los vientos que generaba y atacaba a los voladores con tifones, lanzándolos por los aires, haciéndolos trizas. Nada conseguía acercarse a ella.

Peregrine volaba en círculos a su alrededor, inútilmente. Estaba demasiado débil para atacar al Enjambre con cualquiera de sus encarnaciones. Nada de esto bastaba. El Enjambre seguía moviéndose entre los huecos que quedaban entre los ases.

Un chillido llenó el aire cuando unas negras sombras dentadas, los Air Guard a10, bajaron del cielo, con sus armas repiqueteando y haciendo que el Delaware se volviera blanco. Las bombas caían de debajo de sus alas, para convertirse en brillantes flores de napalm.

El androide disparó hasta que sus generadores se agotaron y después luchó contra los voladores con sus propias manos. La desesperación lo embargó, después la ira. Nada parecía ayudar.

El regimiento sexto de marines no tuvo ninguna oportunidad y nada podía alterar ese hecho.

♥

Entre Trenton y Levittown las bombas y el fuego habían convertido el ocre paisaje de diciembre en negro. Los retoños del Enjambre se movían por el paisaje devastado como una marea de pesadilla. Dos regimientos de marines más estaban atrincherados en las afueras de Filadelfia, esta vez con artillería de refuerzo y un pequeño grupo de blindados ligeros.

Los ases estaban esperando en un Howard Johnson de la autopista de cuota de Pensilvania. El plan era intervenir en un contraataque.

Una batería de cañones 155 estaba preparada en el estacionamiento y disparaba sin cesar. La escalada del sonido ya había volado la mayor parte de las ventanas del restaurante. En el cielo, era constante el sonido de los reactores.

Pulso yacía en un algún lugar de uno de los hospitales de campaña; había apurado sus energías y estaba al borde del colapso. Mistral estaba acurrucada, de lado, en una alegre cabina de plástico color naranja. Sus hombros temblaban con cada estallido de las armas en el exterior. Lloraba a mares. El Enjambre no se había acercado a ella, sin embargo, había visto morir a mucha gente y se había mantenido entera durante la lucha y la larga pesadilla de la retirada, pero ahora estaba reaccionando. Peregrine estaba sentada con ella, hablándole en un tono suave que el androide no podía oír. Modular Man siguió a Aullador mientras el antiguo trabajador de la construcción buscaba algo para comer en el restaurante. Su pecho era enorme, las cuerdas vocales mutadas ensanchaban su cuello de tal modo que el androide no habría podido abarcarlo con las dos manos. Aullador llevaba un uniforme de combate de los marines prestado: el ácido de los voladores había corroído su ropa de civil. Al final el androide había tenido que llevárselo volando, sujetando al as entre unas manos que habían sido consumidas hasta los huesos de aleación.

—Pavo en conserva –dijo Aullador–. Genial. Será como en Acción de Gracias. –Miró a Modular Man–. Tú eres una máquina, ¿no? ¿Comes?

El androide metió dos dedos de aleación en un enchufe. Hubo un destello de luz, olor a ozono.

—Así funciona mejor –dijo.

—¿Te van a poner en producción en breve? Ya estoy viendo el interés del Pentágono.

—Entregué las condiciones de mi creador al general Carter. Aún no he recibido respuesta. Creo que la estructura de mando es un desbarajuste.

—Sí. Dímelo a mí.

—Espera –dijo el androide. Por detrás del estallido de las armas y el rugido de los reactores, empezó a oír otro sonido. El crujido de pequeñas armas de fuego.

Un oficial de los marines entró de prisa en el restaurante, mientras se sujetaba el casco con las manos.

—Ha empezado –dijo.

El androide empezó a ejecutar los controles de sistema.

Mistral miró al oficial con ojos llorosos. Parecía mucho más joven que diecisiete años.

—Estoy lista –dijo.

♣

El Enjambre fue detenido en las afueras de Filadelfia. Los dos regimientos de marines resistían, sus fuertes rodeados por muros de cadáveres del Enjambre. La victoria había sido posible gracias al apoyo de la aviación de la Fuerza Aérea y la Marina y del buque de combate

New Jersey, que había lanzado proyectiles de 18 pulgadas desde el océano Atlántico; gracias también a la Guardia Nacional de Carter y sus paracaidistas, que atacaron al Enjambre por el flanco trasero. Gracias a los ases, que combatieron duramente hasta bien entrada la noche, incluso después de que el ataque del Enjambre flaqueara y empezara a moverse hacia el oeste, hacia las lejanas Blue Mountains. Durante toda la noche hubo trasiego en el aeropuerto de Filadelfia, con transportes trasladando otra división de marines desde California.

A la mañana siguiente empezó el contraataque.

♠

Al caer la noche, al día siguiente. Una televisión en color parloteaba con seriedad desde un rincón de la sala de embarque. Carter estaba preparándose para desplazar su puesto de mando al oeste, a Allentown, y Modular Man había llegado volando con noticias acerca de los últimos movimientos del Enjambre. Pero Carter estaba atareado en ese momento, hablando por radio con sus comandantes en Kentucky, así que el androide escuchó las noticias que llegaban del resto del mundo.

La violencia en Kentucky embarraba la pantalla. Las imágenes, tomadas desde una distancia segura a través de teleobjetivos, temblaban y saltaban. En medio de todo aquello, un hombre alto con uniforme sin insignias, su cuerpo resplandeciente como una estrella dorada mientras usaba el tronco de un árbol de seis metros para aplastar retoños del Enjambre. Después lo entrevistaron: no parecía tener más de veinte años, pero en sus ojos había fantasmas milenarios. No dijo mucho, se excusó, se fue para regresar a la guerra. Jack Braun, el Golden Boy de los cuarenta y el As Traidor de los cincuenta, de vuelta a la acción mientras durara la emergencia.

Más ases: Ciclón, el padre de Mistral, luchaba contra el Enjambre en Texas con la ayuda de su propio equipo de grabación, todos con armas semiautomáticas. El Enjambre estaba en plena retirada por la frontera mexicana, azuzado por un cuerpo de blindados de Fort Bliss y Hood y por la infantería de Fort Polk, los seres voladores diezmados por el uso a discreción de defoliantes de la era de Vietnam. A los mexicanos, más lentos a la hora de movilizarse y con un ejército que no estaba preparado para la guerra moderna a gran escala, no les hacía ninguna ilusión que el Enjambre fuera empujado a Chihuahua y protestaron en vano.

Más imágenes, más habitantes de la zona, más cuerpos diseminados en un paisaje desolado. Escenas de las llanuras otoñales del norte de Alemania, donde el Enjambre había caído directamente en medio de una maniobra a gran escala ejecutada por el Ejército Británico del Rin y donde no habían siquiera conseguido concentrarse. Más imágenes preocupantes de Tracia, donde una ofensiva del Enjambre estaba extendiéndose por la frontera greco-turca-búlgara. Los gobiernos humanos no estaban cooperando y su gente sufría.

Imágenes de esperanza y plegaria: escenas de Jerusalén y Belén, ya abarrotadas de peregrinos por Navidad, ahora llenaban las iglesias en largas e incesantes letanías de oración.

Crudas imágenes en blanco y negro de China, refugiados y largas columnas del Ejército Popular de Liberación marchando. Se estimaban cincuenta millones de muertos. África, Oriente Medio, Sudamérica: imágenes del avance del Enjambre en el tercer mundo, imágenes de una infinita ola de muerte. Ningún continente quedó intacto salvo Australia. Se prometió ayuda tan pronto como los superpoderes dejaran en orden sus propias casas.

Se estaba especulando sobre lo que estaba pasando en el bloque del Este: aunque nadie hablaba de ello, parecía que el Enjambre había aterrizado al sur de Polonia, en Ucrania y en al menos dos puntos de Siberia. Las fuerzas del Pacto se habían movilizado y se dirigían a la batalla. Los comentaristas estaban prediciendo una hambruna generalizada en Rusia: la movilización a gran escala había requisado los camiones y las líneas ferroviarias que la población civil usaba para el transporte de comida.

Viejas imágenes aparecieron en la pantalla: Mistral volando inmune en el cielo; Carter dando una decaída, reluctante, rueda de prensa; el alcalde de Filadelfia al borde de la histeria... el androide apartó la mirada. Había visto demasiadas de estas imágenes. Y entonces sintió que algo se movía en su interior, un viento fantasmal que rozaba su corazón cibernético. De repente, se sintió más débil. El aparato de televisión siseó, sus imágenes desaparecieron.

Un creciente parloteo llegó de los sistemas de comunicación: parte de su equipo había dejado de funcionar. Modular Man se alarmó. Algo estaba pasando.

El viento fantasmal volvió de nuevo, rozando su núcleo. El tiempo pareció detenerse. Más comunicaciones bloqueadas. El androide se dirigió hacia Carter.

La mano del general tembló al dejar el auricular del teléfono en su consola. Era la primera vez que el androide lo veía asustado.

—Eso fue un pulso electromagnético –dijo Carter–. Alguien ha hecho uso de armamento nuclear y no creo que hayamos sido nosotros.

♦

Los periódicos aún voceaban los titulares de la invasión. A los niños del Medio Oeste se les exhortaba a evitar beber leche: había peligro de envenenamiento por las explosiones que los soviéticos habían utilizado para aplastar a los Enjambres siberianos. Las comunicaciones aún se veían perturbadas: las bombas habían liberado suficiente radiación a la ionosfera para saturar muchos de los chips de las computadoras estadunidenses.

La gente en las calles parecía furtiva. Había un debate sobre dejar a oscuras a Nueva York o no, a pesar de que el Enjambre estaba obviamente a la fuga después de seis días de combate intensivo.

Coleman Hubbard estaba demasiado ocupado para preocuparse. Caminaba por la Sexta Avenida rechinando los dientes, sentía como si se le abriera la cabeza por el esfuerzo que le había costado su reciente aventura.

Había fracasado. Uno de los miembros más prometedores de su Orden, el joven Fabian, había sido arrestado por algún estúpido cargo de agresión –el chico no podía tener las manos apartadas de las mujeres, tanto si querían como si no–, y habían enviado a Hubbard a entrevistarse con el capitán de la policía que estaba a cargo. No debería haber costado mucho, quizás un poco de papeleo perdido, o la sugestión, implantada en la mente del capitán, de que las pruebas eran insuficientes... Pero la mente del hombre era resbaladiza y Hubbard no había sido capaz de dominarla. Al final, el capitán

McPherson lo había echado entre gruñidos. Lo único que hizo fue identificarse con el caso de Fabian, y eso quizás haría que la investigación fuera más lejos.

Lord Amón no tomaría a bien el fracaso. Sus castigos podían ser salvajes. Hubbard ensayó su defensa mentalmente. Había una espigada mujer pelirroja, vestida con un apropiado traje de ejecutivo de Burberry; salió a la calle delante de Hubbard, casi atropellándolo, y después avanzó enérgicamente calle arriba sin siquiera disculparse. Llevaba un maletín de cuero y unos zapatos deportivos. Un calzado más aceptable asomaba de una bolsa que llevaba colgada al hombro.

La ira aguijoneó a Hubbard. Odiaba la mala educación.

Y entonces su sonrisa maliciosa empezó a extenderse por su rostro. Proyectó su mente, rozando sus pensamientos, su conciencia. Allí percibió vulnerabilidad, una abertura. La sonrisa se le congeló en la cara mientras invocaba su poder y atacaba.

La mujer se tambaleó cuando él se apoderó de su mente. Su maletín cayó al suelo. Lo recogió y la sujetó por el codo.

—Oiga –dijo–, parece que no se encuentra muy bien.

Lo miró, parpadeando.

—¿Qué?

En su mente sólo había confusión. Suavemente, la tranquilizó.

—Mi apartamento no está muy lejos. En la calle Cincuenta y Siete. Quizá debería ir y descansar un poco.

—¿Apartamento? ¿Qué?

Con suavidad tomó el control de su mente y la condujo por la calle. Raras veces encontraba a alguien tan manejable. Una gran burbuja de alegría brotó en su interior. Hubo un tiempo en que sólo usaba su poder para acostarse o quizá para ganarse una pequeña promoción o dos en el trabajo. Después encontró a lord Amón y descubrió para qué servía realmente su poder. Había dejado su trabajo y ahora vivía de la Orden.

Se quedaría en su mente por unas pocas horas, pensó. Descubriría quién era, qué terrores secretos habitaban en ella. Y después la haría pasar por todos ellos, uno tras otro, viviendo dentro de su mente, disfrutando de su sumisión, su odio hacia sí misma, cuando la forzara a suplicar, bien alto, por todo lo que le haría. Acariciaría su mente, disfrutaría de su creciente locura al hacerle suplicar por cada humillación, por cada miedo. Eran sólo algunas de las pocas cosas que había aprendido contemplando a lord Amón, aquellas que lo habían hecho sentirse vivo. Por unas pocas horas, al menos, podría sumergirse en el miedo de otro y olvidar el suyo.

Hacia la sexta generación

Segunda parte

♣ ♦ ♠ ♥

por Walter Jon Williams

UNA GÉLIDA CORRIENTE EN CHORRO, QUE PROVENÍA directamente de Siberia, azotaba la ciudad. Se colaba a través de los huecos entre los edificios, tironeaba de la exigua decoración navideña que la ciudad había instalado, dispersando minúsculas partículas de lluvia radiactiva rusa en las calles. Era el invierno más frío en años. El Enjambre de Nueva Jersey/Pensilvania había sido declarado oficialmente muerto hacía dos días y ases, marines y ejército habían regresado para festejarlo en un desfile por la Quinta Avenida. En unos pocos días, las tropas estadunidenses y todos los ases a quienes pudieran persuadir para que se les unieran volarían al norte y al sur para hacer frente a las invasiones del Enjambre en África, Canadá y Sudamérica.

El androide insertó un dedo recién recubierto de carne en la ranura de una cabina telefónica y notó que algo hacía clic. Uno sencillamente tenía que entender estas cosas. Marcó un número.

—Hola, Cyndi. ¿Qué tal va la búsqueda de trabajo?

—¡Mod Man! Ey… yo sólo quería decir… ayer fue maravilloso. Nunca pensé que participaría en un desfile junto a un héroe de guerra.

—Siento haber tardado tanto en llamarte.

—Supongo que combatir el Enjambre era una especie de prioridad. No te preocupes. Recuperaste el tiempo perdido –rio–. Anoche fue alucinante.

—Oh, no –el androide estaba recibiendo otra llamada de la policía–. Me temo que tengo que irme.

—No nos están volviendo a invadir, ¿verdad?

—No. No creo. Te llamaré, ¿de acuerdo?

—Estaré esperando.

Algo parecido a una masa gelatinosa de un color verde moco había surgido de una alcantarilla en las calles de Jokertown, un retoño del Enjambre que había escapado de la confrontación por el Hudson. El retoño había conseguido devorar a dos viandantes que hacían compras navideñas y un vendedor de pretzels antes de que se llamara a Emergencias y las radios de la policía empezaran a transmitir el aviso.

El androide fue el primero en llegar. Al adentrarse en la callejuela vio algo parecido a un cuenco de gelatina de diez metros de ancho que hubiera estado en el refrigerador demasiado tiempo. En la gelatina había bultos negros que eran sus víctimas, a las que estaba digiriendo lentamente.

El androide se cernió sobre la criatura y empezó a disparar su láser, tratando de evitar los bultos con la esperanza de que pudieran revivirlos. La gelatina empezó a hervir donde el silencioso e invisible rayo impactaba. El retoño hizo un esfuerzo fútil al tratar de alcanzar a su torturador aéreo alargando un seudópodo, pero falló. La criatura empezó a desplazarse hacia un callejón, buscando una vía de escape. Estaba demasiado hambrienta o era demasiado estúpida para abandonar su comida y buscó refugio en las alcantarillas.

La criatura se apretujó en el callejón y corrió por él. El androide siguió disparando.

Algunos fragmentos salían despedidos chisporroteando y la cosa empezaba a perder la energía rápidamente. Modular Man miró al frente y vio una figura encorvada delante, en el callejón.

La figura era femenina y blanca, vestida con muchas capas de ropa, todas gastadas, todas sucias. Un sombrero blando de fieltro estaba calado encima de un gorro de lana de la Armada. Un par de bolsas de las compras pendían de sus brazos. Pelo gris enmarañado colgaba sobre su frente. Estaba hurgando en un contenedor, tirando periódicos arrugados por encima del hombro al callejón. Modular Man aumentó su velocidad, disparando tiros dirigidos por radar mientras atravesaba como un rayo el frío aire lluvioso. Aterrizó en la acera delante del contenedor, sus rodillas amortiguaron el impacto.

—Pues le digo a Maxine, le digo… —estaba diciendo la señora.

—Perdone… –dijo el androide. Agarró a la mujer y se elevó rápidamente. Tras él, retorciéndose bajo el aluvión de microondas coherentes, el retoño del Enjambre se estaba evaporando.

—Maxine dice, mi madre se ha roto la cadera esta mañana y no te lo creerás… –La anciana estaba golpeándolo mientras proseguía su monólogo. En silencio absorbió el impacto de un codo en su mandíbula y descendió flotando a la azotea más cercana. Soltó a su pasajera. Ella se volvió hacia él roja de ira.

—Muy bien amiguito –dijo–, es hora de ver lo que Hildy tiene en su bolsa.

—Después la bajaré –dijo Modular Man. Ya estaba dándose la vuelta para perseguir a la criatura cuando, por el rabillo del ojo, vio que la mujer abría su bolso.

Había algo negro allí. Y aquella cosa negra estaba creciendo.

El androide intentó moverse, alejarse volando. Algo lo había atrapado y no lo iba a dejar marchar.

Fuera lo que fuera lo que había en la bolsa de las compras se estaba haciendo más grande. Crecía con gran rapidez. Fuera lo que fuera había atrapado al androide y lo estaba arrastrando hacia la bolsa.

—Basta –se limitó a decir. Aquello no iba a parar. El androide trató de combatirlo, pero las descargas de su láser le habían costado una gran cantidad de energía y no parecía que le quedaran fuerzas. La oscuridad creció hasta que lo envolvió. Sintió como si estuviera cayendo. Después no sintió nada en absoluto.

♥

Los ases de Nueva York, respondiendo a la emergencia, vencieron por fin al retoño del Enjambre. Lo que quedó de él, manchas de color verde oscuro, se congeló en terrones de hielo sucio. Sus víctimas, parcialmente devoradas, fueron identificadas por las partes no comestibles, las tarjetas de crédito y las credenciales de identidad plastificadas que llevaban.

Al caer la noche, los curtidos habitantes de Jokertown se referían a la criatura como el Extraordinario y Colosal Monstruo de Mocos. Ninguno de ellos había reparado en la mujer de la bolsa cuando bajó por la escalera de incendios y empezó a vagar por las calles heladas.

♣

El androide se despertó en un contenedor en un callejón detrás de la calle 52. Los controles internos indicaban daños: su láser de microondas había quedado doblado en una onda sinusoidal; su monitor de flujo estaba hecho trizas; su módulo de vuelo había quedado como si las manos de un gigante lo hubieran retorcido. Levantó la tapa del contenedor de un porrazo. Con cuidado examinó el callejón de cabo a rabo.

No había nadie a la vista.

♠

El dios Amón resplandecía en la mente de Hubbard. Los ojos de carnero ardían con furia y el dios sostenía el *ankh* y la vara con los puños apretados.

—TIAMAT –dijo– ha sido derrotada. –Hubbard se estremeció con la fuerza de la ira de Amón–. El dispositivo Shakti no estuvo preparado a tiempo.

Hubbard se encogió de hombros.

—La derrota ha sido momentánea –dijo–. La Hermana Oscura volverá. Podría estar en cualquier parte del sistema solar: los militares no tienen modo de encontrarla o identificarla. No hemos vivido en secreto todos estos siglos para ser derrotados ahora.

♦

La buhardilla estaba bastante limpia en comparación con el caos anterior. Las notas de Travnicek habían sido pulcramente reunidas y clasificadas, en la medida de lo posible, por tema. Travnicek había empezado a abrirse camino entre ellas. Resultaba difícil avanzar.

—De modo que –dijo Travnicek. El aliento se le congelaba ante su cara y se condensaba en sus anteojos de leer. Se quitó los lentes– ¿te desplazaste unas cincuenta calles en el espacio y avanzaste una hora en el tiempo, sí?

—Eso parece. Cuando salí del contenedor descubrí que los combates en Jokertown habían acabado desde hacía casi una hora. La comparación con mi reloj interno mostraba una discrepancia de setenta y dos minutos y quince punto tres tres tres segundos.

El androide se había abierto el pecho y cambiado algunos componentes. El láser había quedado del todo inutilizado, pero había recuperado su capacidad de vuelo y se las había arreglado para improvisar un monitor de flujo.

—Interesante. ¿Dices que la mujer de la bolsa no parecía estar trabajando con esa masa amorfa?

—Lo más probable es que fuera una coincidencia que estuvieran en la misma calle. Su monólogo no parecía ser estrictamente racional. No creo que mentalmente esté sana.

Travnicek subió el control de calor de su overol. La temperatura había caído doce grados en dos horas y a media tarde se estaba formando escarcha en las claraboyas de la buhardilla. Travnicek encendió un cigarrillo ruso, encendió un fogón para hervir un poco de agua para el café y después metió las manos en los cálidos bolsillos de su overol.

—Quiero que busques en tu memoria –dijo–. Ábrete el pecho.

El Modular Man obedeció. Travnicek tomó un par de cables de una minicomputadora amontonada bajo un surtido de equipos de video y los conectó en los enchufes del pecho del androide, cerca de su cerebro artificial protegido.

—Vuelca tu memoria en la computadora –dijo.

Los efectos centelleantes del generador de flujo brillaron en los atentos ojos de Travnicek. La computadora indicó que la tarea estaba completada.

—Cierra –dijo Travnicek. Mientras el androide se quitaba los conectores y se cerraba el pecho, Travnicek encendió el video, luego agarró los controles. La imagen de video empezó a correr hacia atrás.

Llegó al punto en el que la mujer de la bolsa había aparecido y pasó la imagen varias veces. Se fue hasta una terminal de la computadora y tecleó instrucciones. La imagen del rostro de la mujer de la bolsa llenó la pantalla. El androide observó la cara arrugada y sucia de la mujer, el pelo enmarañado, la ropa desgastada y andrajosa. Se dio cuenta por primera vez de que le faltaban algunos dientes. Travnicek se levantó y volvió a su habitación, al fondo de la buhardilla, y regresó con una maltrecha cámara Polaroid. Usó las tres fotos que le quedaban y le dio una a su creación.

—Toma. Puedes enseñársela a la gente. Pregunta si la han visto.

—Sí, señor.

Travnicek agarró unas tachuelas y clavó las otras dos fotos en las vigas bajas del techo.

—Quiero que averigües dónde está la mujer de la bolsa y qué hay en su bolsa. Y quiero que indagues de dónde lo ha sacado. –Meneó la cabeza, sacudiendo la ceniza del cigarrillo en el suelo y murmuró–: No creo que lo haya inventado. Creo que simplemente se lo encontró por ahí.

—¿Señor? ¿Y el Enjambre? Quedamos en que partiríamos hacia Perú en dos días.

—Al diablo los militares –dijo Travnicek–. No nos han pagado un décimo por nuestros servicios. Nada salvo un mísero desfile, y los militares no lo pagaron, fue la ciudad. Que vean lo fácil que es luchar contra el Enjambre sin ti. Después a lo mejor nos tomarán en serio.

La verdad era que Travnicek no estaba dispuesto, ni de lejos, a reconstruir su trabajo. Le llevaría semanas, quizá meses. Los militares estaban pidiendo garantías, planes, conocer su identidad. En cualquier caso, el asunto de la mujer de la bolsa era más interesante. Empezó a dar vueltas ociosamente por la memoria del androide.

Modular Man dio un respingo en el fondo de la memoria de su computadora. Empezó a hablar rápidamente, con la esperanza de distraer a su inventor de las imágenes.

—En lo concerniente a la mujer de la bolsa, podría probar en los centros de refugiados, pero podría tardar mucho tiempo. Mis archivos me dicen que normalmente hay veintidós mil indigentes en Nueva York y ahora hay un incalculable número de refugiados de Jersey.

—¡No puedo creerlo! –exclamó Travnicek, en alemán. El androide sintió que otro respingo se avecinaba. Travnicek se quedó boquiabierto ante el televisor, sorprendido.

—¡Te estás cogiendo a la actriz! –dijo–. ¡Esa Cyndi como-se-llame!

El androide se resignó ante lo que se avecinaba.

—Es correcto –dijo.

—Eres una maldita tostadora –dijo Travnicek–. ¿Qué demonios te ha hecho pensar que podías coger?

—Me dio el equipo –dijo el androide–. Y me implantó emociones. Y encima me hizo apuesto.

—Ehem –Travnicek iba mirando alternativamente a Modular Man y al video una y otra vez–. Te di equipo para que pudieras pasar por humano si era necesario. Y sólo te di emociones para que pudieras entender a los enemigos de la sociedad. No pensaba que hicieras nada –tiró la colilla de su cigarro al suelo. Una mirada lasciva cruzó su cara.

—¿Fue divertido? –preguntó.

—Fue placentero, sí.

—Parece que tu putita rubia se la pasó bien –Travnicek lanzó una carcajada y alargó la mano hacia los controles–. Quiero empezar esta fiesta desde el principio.

—¿No quería ver a la mujer de la bolsa?

—Lo primero es lo primero. Tráeme una Urquell –alzó la vista al tener una ocurrencia–. ¿Tenemos palomitas?

—¡No! –el androide lanzó su abrupta respuesta por encima de su hombro.

Modular Man trajo la cerveza y observó mientras Travnicek bebía su primer sorbo. El checo lo miró molesto.

—No me gusta el modo en que me miras –dijo.

El androide consideró esto.

—¿Preferiría que lo mirara de alguna otra manera? –preguntó.

Travnicek se puso rojo.

—¡Vete al rincón, microondas cogedor! –bramó–. ¡Gira tu maldita cabeza, unidad de video cogedora!

Durante el resto de la tarde, mientras su creación estaba en un rincón de la buhardilla, Travnicek miró el video. Disfrutó enormemente. Vio las mejores partes varias veces, carcajeándose ante lo que miraba. Después, lentamente, su risa se fue apagando. Una sensación fría, incierta, empezó a subirle por el cuello. Empezó a observar de reojo a la figura imperturbable del androide. Apagó la unidad de video, tiró la colilla del cigarrillo en la botella de Urquell, después encendió otro.

El androide mostraba un sorprendente grado de independencia. Travnicek revisó elementos de su programación, concentrándose en el archivo de ETCÉTERA. El compendio de emociones humanas de Travnicek había sido confeccionado a partir de una variedad de fuentes expertas que iban desde Freud al doctor Spock. Había sido todo un desafío intelectual para Travnicek desarrollar la programación, transformar la falta de lógica del comportamiento humano en la fría retórica de un programa. Había llevado a cabo la tarea durante su segundo año en Texas A&M, cuando apenas había salido de sus instalaciones en todo el año y había sabido que tenía que hacerse cargo de una gran tarea para evitar volverse loco en el entorno lunático de una universidad que parecía una encarnación de las fantasías inconscientes colectivas de Stonewall Jackson y Albert Speer. Apenas había pasado diez minutos en la A&M cuando supo que era un error: los estudiantes con el pelo al rape y sus uniformes, botas y sables que tanto le recordaban a las ss que apenas habían dejado vivo a Travnicek debajo de los cadáveres de su familia en Lídice, por no mencionar a las fuerzas de seguridad soviéticas y checas que habían seguido a los alemanes. Travnicek sabía que si tenía que sobrevivir en Texas, tenía que encontrar alguna empresa enorme en la que trabajar o de otro modo sus recuerdos lo devorarían vivo.

Travnicek nunca había estado particularmente interesado en la psicología humana como tal: hacía tiempo que había decidido que la pasión no sólo era idiota, sino genuinamente aburrida, una pérdida de tiempo.

Pero poner la pasión en un programa, sí, eso era interesante.

Ahora apenas recordaba aquel periodo. ¿Cuántos meses había pasado en su trance creativo, canalizando lo más profundo de su espíritu? ¿Qué había forjado durante aquel tiempo? ¿Qué demonios había en ETCÉTERA?

Por un momento, un temblor de miedo recorrió a Travnicek. El fantasma de la creación de Victor Frankenstein se cernió por un instante sobre su mente. ¿Era posible una rebelión por parte del androide? ¿Podía desarrollar pasiones hostiles contra su creador? Pero no, había introducido manualmente imperativos que Travnicek había grabado de forma inamovible en el sistema. Modular Man no podía apartarse de sus directrices primordiales mientras su conciencia informática estuviera físicamente intacta, no más de lo que un humano podría, sin ayuda, apartarse de su configuración humana en el curso de una vida.

Travnicek empezó a sentir un bienestar creciente. Observó al androide con cierta admiración. Se sentía orgulloso por haber programado a un aprendiz tan aventajado.

—No eres malo, tostadora –dijo finalmente, apagando el video–. Me recuerdas a mí en los viejos tiempos. –Alzó un dedo admonitorio–. Pero nada de sexo esta noche. Ve a encontrarme a la mujer de la bolsa.

La voz de Modular Man sonó amortiguada por estar de cara a la pared.

—Sí, señor –dijo.

♥

El neón proyectó su resplandor sobre el aliento helado de los pandilleros nats que estaban bajo el cartel de color pastel que anunciaba el Run Run Club. El detective de tercer grado John F. X. Black, mientras conducía su unidad de incógnito y esperaba a que el semáforo cambiara para poder girar en Schiff Parkway, recorrió automáticamente con sus ojos a la multitud, registrando caras, nombres, posibilidades… Acababa de salir del trabajo y había firmado la salida con un coche sin identificación porque estaba previsto pasar el día siguiente helándose el trasero en una ronda, lo que en la televisión llamarían una vigilancia. Ricky Santillanes, un insignificante ladrón que estaba en libertad bajo fianza desde la víspera, sonrió a Black con un puñado de dientes recubiertos de acero y le enseñó el dedo medio. Que disfrute, pensó Black. Los Príncipes Diablos de Jokertown destrozaban a los pandilleros nats cada vez que se encontraban.

Black observó en un póster que la banda que tocaba esa noche se llamaba La Madre del Enjambre: nadie podía decir que los grupos de hardcore tuvieran una percepción lenta del *Zeitgeist*. Fue pura casualidad que Black estuviera mirando el cartel en el momento en que el oficial Frank Carroll salió tambaleándose a la luz. Carroll parecía trastornado: tenía su sombrero en la mano, su pelo estaba revuelto y su abrigo estaba salpicado de algo que desprendía un brillo amarillo cromo, fluorescente bajo la resplandeciente señal. Parecía como si se dirigiera a la tienda de policías que estaba a unas pocas calles. Los nats rieron mientras se aproximaban a él. Black sabía que el sector asignado a Carroll estaba a varias calles de distancia y que no tenía nada que hacer cerca de esta esquina.

Carroll había estado en el cuerpo durante dos años, se había incorporado justo al acabar la preparatoria. Era un hombre blanco, pelirrojo oscuro, de bigote bien recortado y complexión mediana ligeramente musculosa por un entrenamiento irregular con pesas. Parecía tomarse en serio el trabajo policial, era diligente y metódico, y trabajaba mucho fuera de horas sin que tuviera que hacerlo. Black lo había catalogado como una persona dedicada, pero carente de imaginación. No era del tipo que sale por piernas con ojos de loco a las doce de una noche de invierno.

Black abrió la puerta, salió y llamó a Carroll. El oficial se dio la vuelta, mirándolo enloquecido, y después una expresión de alivio apareció en su cara. Corrió al coche de Black y saltó a la puerta del pasajero mientras Black le quitaba el seguro.

—¡Dios mío! –dijo Carroll–. ¡Una indigente me acaba de arrojar a un montón de basura!

Black sonrió para sus adentros. El semáforo había cambiado, y Black dio su vuelta.

—¿Te tomó por sorpresa? –preguntó.

—Ya lo creo que sí. Estaba en un callejón por Forsyth. Tenía una caja de cerillos y un puñado de papel arrugado y estaba intentado prender fuego a un contenedor entero para calentarse. Le dije que lo dejara e intenté meterla en mi vehículo para poder llevarla al refugio de Rutger Park. Y entonces, ¡bam!, la bolsa me atrapó –miró a Black y se mordisqueó el labio–. ¿Crees que podría haber sido alguna clase de joker, Ten?

«Ten» era por teniente de la NYPD.

—¿Qué quieres decir? Te golpeó con la bolsa, ¿no?

—No. Me refiero a la bolsa –de nuevo la expresión enajenada en los ojos de Carroll–. La bolsa me devoró, Ten. Algo salió justo de la bolsa y me tragó. Era… –tanteó las palabras– definitivamente paranormal. –Bajó los ojos hacia su uniforme–. Mira esto, Ten –su placa había sido retorcida de un modo extraño, como un reloj de un cuadro de Dalí. También dos de sus botones. Los tocó con una especie de temor.

Black se estacionó en una zona de carga y puso el freno de mano.

—Cuéntame.

Carroll parecía confuso. Se frotó la frente.

—Sentí que algo me agarraba, Ten. Y luego... la bolsa me succionó. Vi cómo la bolsa simplemente se hacía más grande... y lo siguiente que supe fue que estaba en un montón de basura en Ludlow, al norte de Stanton. Corría a la comisaría cuando me paraste.

—Fuiste teletransportado de Forsyth a Ludlow, al norte de Stanton.

—Teletransportado. Sí. Ésa es la palabra –Carroll parecía aliviado–. Me crees, pues. Dios, Ten, pensé que me iba a costar una amonestación en el trabajo.

—He estado mucho tiempo en Jokertown, he visto un montón de cosas raras –Black volvió a poner el coche en marcha–. Vamos a buscar a tu indigente –dijo–. Esto ha pasado no hace mucho rato, ¿verdad?

—Sí. Y mi coche patrulla aún está allí. Mierda. Los jokers probablemente lo habrán desvalijado a estas alturas.

El brillo del contenedor ardiente, naranja sobre los muros de piedra rojiza del callejón, era visible desde Forsyth. Black paró en una zona de carga.

—Vayamos a pie.

—¿No crees que deberíamos llamar a los bomberos?

—Aún no. Podría no ser seguro para ellos.

Con Black a la cabeza, se dirigieron al fondo del callejón. El contenedor ardía vivamente, las llamas se elevaban hasta cuatro metros y medio o más en medio de una nube de cenizas. El vehículo de Carroll estaba mágicamente intacto, incluso con su puerta trasera abierta. De pie delante del contenedor, apoyándose en un pie y luego en otro, había una pequeña mujer blanca con una bolsa de compras llena en cada mano. Llevaba varias capas de ropa raída. Parecía estar hablando sola.

—¡Es ella, teniente!

Black contempló a la mujer y no dijo nada. Se preguntaba cómo acercarse a ella.

Las llamas ascendieron con furia más arriba, crepitando y de repente unas extrañas luces brillantes e intermitentes, como un fuego de san Telmo, se movieron alrededor de la mujer y sus bolsas. Después, algo pareció surgir en una de sus bolsas, una sombra oscura, y el fuego se dobló como la llama de una vela azotada por el viento y fue absorbido al interior de la bolsa. En un momento, fuego y sombra habían desaparecido. Las luces de extraños colores ondularon suavemente alrededor de la mujer. Cenizas grasientas cayeron a la acera.

—¡Mil demonios! —murmuró Carroll. Black tomó una decisión. Rebuscó en su bolsillo y sacó su cartera y las llaves de su coche de incógnito. Dio a Carroll un billete de diez.

—Agarra mi coche. Ve al Burger King de Broadway Oeste y compra dos hamburguesas con queso dobles, dos papas fritas grandes y un café jumbo para llevar —Carroll se le quedó mirando.

—¿Normal o negro, Ten?

—¡Muévete! —espetó Black. Carroll se fue.

♣

Hicieron falta las dos hamburguesas, el café y una de las bolsas de papas fritas para atraer a la indigente al coche de incógnito de Black. Black pensaba que probablemente nunca se habría metido en un coche azul y blanco como el de Carroll. Había hecho que Carroll dejara el abrigo de su uniforme y su arma en la cajuela para no alarmar a la mujer, y Carroll estaba temblando cuando se sentó en el asiento del pasajero.

Detrás, la mendiga hablaba sola y devoraba las papas fritas. Olía terriblemente mal.

—¿Ahora adónde? —preguntó Carroll—. ¿Uno de los centros de refugiados? ¿La clínica?

Back puso el coche en marcha.

—Un sitio especial. En las afueras. Hay cosas de esta mujer que no sabes.

Carroll dedicó la mayor parte de su energía a temblar mientras Black salía a toda prisa de Jokertown. La mendiga se puso a dormir en el asiento trasero. Sus ronquidos se convertían en silbidos al pasar entre los dientes que le faltaban. Black se estacionó delante de una casa de piedra rojiza en la calle 57 Este.

—Espera aquí —dijo. Bajó por las escaleras hasta la entrada de un apartamento que estaba en el sótano y pulsó el timbre. Había una guirnalda navideña de plástico en la puerta de entrada. Alguien observó por la mirilla de la puerta. La puerta se abrió.

—No te esperaba —dijo Coleman Hubbard.

—Tengo a alguien con… poderes… en el asiento trasero. No está en sus cabales. Pensé que podríamos meterla en el dormitorio trasero. Y hay un agente conmigo que no puede saber qué estaba pasando.

Los ojos de Hubbard se posaron rápidamente en el coche.

—¿Qué le dijiste?

—Le dije que se quedara en el coche. Es un buen chico y es lo que va a hacer.

—Bien. Déjame que agarre mi abrigo.

Mientras Carroll observaba con curiosidad, Hubbard y Black convencieron a la mendiga para que entrara en el apartamento de Hubbard, usando la comida del refrigerador. Black se preguntaba qué diría Carroll si viera la decoración del apartamento de al lado, que ahora estaba cerrado: la habitación oscura insonorizada con sus velas, su altar, el pentagrama pintado en el suelo, las canaletas con incrustaciones metálicas, las brillantes cadenas fijadas a la pared… No era tan elaborado como el templo que la Orden tenía en el centro antes de que explotara, pero sólo era una sede temporal, hasta que el nuevo templo de las afueras pudiera estar terminado.

En el apartamento de Hubbard había dos habitaciones para invitados preparadas, y colocaron a la mendiga en una de ellas.

—Pon un candado en la puerta –dijo Black– y llama al Astrónomo.

—Lord Amón ya ha sido llamado –dijo Hubbard y se dio unos golpecitos en la cabeza.

Black volvió a su coche y empezó a conducir de vuelta a Jokertown.

—Iremos a buscar tu coche –dijo Black–. Después iremos a la comisaría para que hagas tu informe.

Carroll lo miró.

—¿Quién era ese tipo, teniente?

—Un especialista en problemas mentales y jokers.

—La mujer podría hacerle daño.

—Estará más seguro que cualquiera de nosotros.

Black se estacionó detrás de la patrulla de Carroll. Salió y abrió la cajuela, sacó el abrigo y el sombrero de Carroll. Se los dio al joven agente. Después sacó una flauta —como le decían en la NYPD a una botella de soda de aspecto inocente, pero llena de licor— que había planeado usar para mantenerse caliente durante la ronda del día siguiente. Le ofreció la flauta a Carroll. El patrullero tomó la botella agradecido. Black alargó la mano hacia la pistola que Carroll llevaba en el cinturón.

—Tuve suerte de que estuvieras por ahí, Ten.

—Sí. Claro que sí.

Black disparó a Carroll cuatro veces en el pecho con su propia arma; después, una vez que el agente estaba en el suelo, le disparó dos veces más en la cabeza. Limpió sus huellas de la pistola y la tiró al suelo, después tomó la botella de cola y volvió a su coche. Quizá, con el ron desparramado, parecería que Carroll había parado a fastidiar a un borracho y que el beodo le había agarrado el arma.

El coche olía a hamburguesas con queso. Black recordó que no había cenado.

♠

La indigente había ignorado la cama y se había echado a dormir en una esquina de la habitación. Sus bolsas estaban apiladas delante y encima de ella como un baluarte. Hubbard se encontraba sentado en un taburete, observándola detenidamente.

Su sonrisa maliciosa se había congelado en una desagradable parodia de sí misma. La mente le palpitaba, dolorida. El esfuerzo de leer su mente le estaba costando un gran esfuerzo.

No había vuelta atrás, pensó. Tenía que desentrañar todo esto. Su fracaso con el capitán McPherson había tenido un costo en su posición en la Orden y en la estima de Amón, y cuando Black había aparecido con la mendiga, Hubbard se dio cuenta de que ésta era la oportunidad de recuperar su posición. Hubbard había mentido a Black al decirle al detective que había alertado a Amón.

Aquí había energía. Quizás un poder que bastara para el dispositivo Shakti. Y si el dispositivo Shakti conseguía la energía de lo que fuera que había en la bolsa, entonces Amón ya no era necesario.

Hubbard sabía que la cosa de la bolsa podía devorar a la gente. Quizás incluso podía devorar a Amón. Hubbard pensó en el fuego del viejo templo, Amón caminando a grandes zancadas entre las llamas, con sus discípulos a su espalda, ignorando los gritos de Hubbard.

Sí, pensó Hubbard. Valía la pena correr el riesgo. El detective de segundo grado Harry Matthias, conocido en la Orden como Judas, estaba sentado en la cama, con la barbilla apoyada en sus manos. Se encogió de hombros.

—No es un as. Tampoco lo que sea que lleva en la bolsa.

Hubbard le habló mentalmente. *Percibo dos mentes. Una, la suya, está desordenada. No puedo tocarla. La otra está en la bolsa, está en contacto con ella, de algún modo… hay un vínculo empático. La otra mente también parece estar dañada. Es como si estuviera adaptada a ella.*

Judas se puso en pie. Estaba rojo por la ira.

—¿Por qué, en nombre de Dios, no le quitamos la maldita bolsa y punto?

Fue hacia la mendiga con las manos como garras.

Hubbard sintió un latigazo eléctrico de conciencia en su mente. La mendiga estaba despierta. A través de su conexión mental con Judas sintió que el hombre dudaba ante la repentina malicia de los ojos de la anciana. Judas fue por la bolsa.

La bolsa fue por Judas.

Una oscuridad más rápida que el pensamiento se alzó en la habitación. Judas se desvaneció en ella. Hubbard se quedó mirando el espacio vacío. En su mente, la aguda locura de la mujer danzaba.

◆

Judas temblaba y sus labios estaban azules. Guirnaldas navideñas colgaban de su pelo. Un trozo de cartón pegajoso estaba pegado a la suela de uno de sus zapatos. Su pistola se había retorcido en una onda sinusoidal. Temblaba y sus labios estaban azules. Había sido transportado a un contenedor de Christopher Street y había dejado de existir durante unos veinte minutos. Tomó un taxi de vuelta.

Poder, pensó Hubbard. Un increíble poder. La cosa de la bolsa deforma el espacio-tiempo de alguna manera.

—¿Por qué basura? –dijo Judas–. ¿Por qué montones de mierda? Y mira mi pistola…

Reparó en el cartón y trató de sacarlo de su zapato. Consiguió librarse de él con un ruido pegajoso.

—Está obsesionada con la basura, supongo –dijo Hubbard–. Y parece que retuerce los objetos inanimados, a veces. Puedo percibir que está descompuesto, quizás haya un problema con ello.

Había que descubrir algún modo de someter a la mendiga. Esperar hasta que se durmiera no había funcionado, se había despertado al primer movimiento amenazador de Judas. Se preguntó vagamente sobre el gas tóxico y entonces se le ocurrió una idea.

—¿Tienes acceso a la pistola de tranquilizantes de la comisaría?

Judas negó con la cabeza.

—No. Creo que quizá los bomberos tienen alguna, por si tienen que habérselas con animales que se hayan escapado.

La idea cristalizó en la mente de Hubbard.

—Quiero que tú y Black roben una para mí.

De hecho, tendría que hacer que Black la disparara: si la cosa de la bolsa respondía, atacaría a Black. Y entonces, con la mendiga sedada, Hubbard podría apoderarse del dispositivo…

Y entonces sería el turno de Hubbard. Podría tomarse todo el tiempo que necesitaba, jugar con la mente de la mendiga y a ella le quedaría algo en su mente como para saber qué le estaba pasando. Oh, sí.

Podría probar el poder del dispositivo capturado en la gente que atrapara justo en la calle.

Y después de eso, quizá sería el turno de Amón.

Se lamió los labios. Apenas podía esperar.

♥

Las legiones de la noche parecían infinitas. El conocimiento abstracto del androide de la clase marginal de Nueva York, el hecho de que había millares de personas que vagaban entre las torres de cristal y las sólidas casas de piedra rojiza en una existencia tan remota respecto a los habitantes de los edificios como de los habitantes de Marte… Los hechos abstractos, codificados, no eran, de algún modo, adecuados para describir la realidad, los grupitos de hombres que se pasaban botellas alrededor de fogatas hechas en barriles, los desposeídos cuyos ojos reflejaban las centelleantes luces de Navidad mientras vivían tras paredes de cartón, los perturbados que se acurrucaban en callejones o entradas de metro, cantando la letanía del loco. Era como si un hechizo del mal hubiera caído en la ciudad, como si una parte de la población hubiera estado sometida a la guerra o la devastación, convertida en refugiados sin techo, mientras los otros estaban hechizados y no podían verlos.

El androide encontró a dos muertos, su último calor los había abandonado. Los dejó en sus ataúdes de periódicos y siguió. Encontró a otros que estaban muriéndose o enfermos y los llevó a los hospitales. Otros huyeron de él. Algunos fingieron mirar la fotografía de la mendiga, acercándose la Polaroid para mirarla a la luz del fuego y le pidieron dinero a cambio de narrarle un avistamiento que obviamente era falso. La tarea, pensó, era casi imposible.

Siguió.

♣

Black y Hubbard aguardaban en el exterior de la habitación cerrada de la mendiga. Black estaba bebiendo de su botella de coca-cola y ron.

—Sueños, hombre. Sueños increíbles. Dios. Monstruos como no creerías, cuerpo de león, rostros humanos, alas de águila, todos las malditas cosas que te puedas imaginar: y todos estaban hambrientos, y todos querían comerme. Y allí estaba esa cosa gigante detrás de ellos, sólo una sombra, así, y entonces... Dios mío –sonrió nerviosamente y se limpió la frente–. Aún me entran sudores cuando pienso en ello. Y después me daba cuenta de que todos los monstruos estaban *conectados* de algún modo, de que todos eran *parte* de esa cosa. Ahí es cuando me desperté gritando. Pasó otra y otra vez. Ya estaba casi listo para ver al loquero del departamento.

—Tu sueño ha sido tocado por TIAMAT.

—Sí. Eso es lo que Matthias, Judas, me dijo cuando me reclutó. De algún modo percibió que TIAMAT estaba llegando a mí.

Hubbard sonrió con su sonrisa torcida. Black aún no sabía que Revenante había entrado en su mente cada noche, poniendo los sueños en ella, que lo había hecho despertar gritando noche tras noche y que lo había llevado casi al borde de la psicosis, para que cuando Judas explicara lo que le había pasado y cómo la Orden podía hacer que los sueños se esfumaran, los masones parecieran la única respuesta posible. Todo porque la Orden necesitaba a alguien más alto en el escalafón de la NYPD que Matthias y Black era un policía resuelto que estaba marcado para el ascenso.

—Y después votaron en mi contra –el detective meneó la cabeza–. Balsam y los otros, los masones de la vieja escuela, no querían a un tipo que había sido educado en el catolicismo. Cabrones. Y TIAMAT ya estaba casi de camino. Aún no puedo creérmelo.

—Llamarse como san Francisco Javier no ayudó, supongo.

—Al menos, nunca descubrieron que mi hermana es monja. Eso me habría hundido de seguro –acabó con la bebida y se encaminó a la sala de estar para tirar la botella a la basura–. Y entré a la segunda.

Nunca sabrás por qué, pensó Hubbard. Nunca sabrás que Amón estaba usando tu membresía como un instrumento contra Balsam, que quería al antiguo maestre, con sus prejuicios irracionales y sus maneras anticuadas y la palabrería mística heredada, totalmente fuera de combate. Cómo usó la decisión contra Black para convencer a Kim Toy, Rojo y Revenante de que Balsam tenía que irse. Y entonces hubo el incendio en el viejo templo, orquestado de algún modo por Amón, y Amón había salvado a su gente de las llamas, y Balsam y sus seguidores habían muerto.

Hubbard recordaba la explosión, el fuego, el dolor, el modo en que su piel se había ennegrecido con la abrasadora llama. Había gritado pidiendo ayuda, al ver la enorme figura astral de Amón conduciendo a sus propios discípulos al exterior, y si Kim Toy no hubiera insistido en volver por él habría muerto allí mismo. Amón no confiaba plenamente en él, no entonces. Hubbard acababa de unirse a la Orden y Amón aún no había tenido la ocasión de jugar con él, de entrar en su mente y humillarlo, de jugar a los inacabables juegos mentales y retorcerlo con una larga serie de humillaciones... Sí, pensó, así es Amón. Lo sé porque también soy así.

Alguien llamó a la puerta. Hubbard dejó pasar a Judas, que llevaba el arma de tranquilizantes robada, dentro de su caja metálica, con la etiqueta de USO OFICIAL EXCLUSIVO.

—Uf, qué duro. Pensaba que el capitán McPherson no me iba a dejar salir nunca de allí.

Él y Black sacaron la enorme pistola de aire de la caja, después pusieron un dardo en la cámara.

—Esto debería dejarla fuera de combate durante algunas horas –dijo Black con confianza–. Le daré algo de comida, después le dispararé desde la puerta cuando esté comiendo.

Se metió la pistola detrás, en la cintura de sus pantalones, sacó una bandeja de papel con pizza fría del refrigerador y se dirigió a la puerta de la mendiga. Descorrió el pesado cerrojo y abrió cautelosamente la puerta. Inconscientemente, Hubbard y Matthias dieron un paso atrás, casi esperando que Black se desvaneciera en cualquiera que fuera la singularidad espacio-temporal que moraba en la bolsa... pero la expresión de Black cambió, y asomó la cabeza en la habitación, mirando a izquierda y derecha. Cuando volvió al pasillo, su expresión era de pura estupefacción.

—Se fue –dijo–. No está en la habitación, en ningún lado.

♠

Modular Man contempló las bebidas que se alineaban en la barra ante él. Café irlandés, martini, margarita, boilermaker, brandy Napóleon. Deseaba seriamente probar nuevos sabores ahora mismo y se preguntaba si el hecho de que sus partes hubieran sido machacadas por el artilugio de la bolsa de la mendiga le había despertado un sentido de la mortalidad.

—Estoy empezando a darme cuenta –dijo el androide llevándose el café irlandés a los labios– de que mi creador es un sociópata sin remedio...

Cyndi consideró esto.

—Si no te importa algo de teología, creo que eso justo te coloca en el mismo barco que el resto de nosotros.

—Está empezando a... bien, no importa lo que está empezando a hacer. Pero creo que está enfermo –el androide se limpió la crema del labio superior.

—Podrías huir. Según mis últimas noticias, la esclavitud es ilegal. Ni siquiera te está pagando el sueldo mínimo, supongo.

—No soy una persona. No soy humano. Las máquinas no tenemos derechos.

—Eso no quiere decir que debas hacer todo lo que dice, Mod Man.

El androide negó con la cabeza.

—No funcionará. Tengo grabadas inhibiciones para no desobedecerlo a él, desobedecer sus instrucciones o revelar su identidad en modo alguno.

Cyndi parecía asombrada.

—Es meticuloso, le concederé eso –miró al Modular Man detenidamente–. De todos modos, ¿por qué te construyó?

—Iba a producirme en masa y venderme a los militares. Pero creo que se está divirtiendo tanto jugando conmigo que quizá nunca llegue a vender mis derechos al Pentágono.

—Yo estaría agradecida por eso si fuera tú.

—No sé qué decirte –el androide fue por otra bebida, después le mostró a Cyndi la Polaroid de la mendiga.

—He de encontrar a esta persona.

—Parece una indigente.

—*Es* una indigente.

Ella rio.

—¿No has escuchado las noticias? ¿No sabes cuántos miles de mujeres como ésta hay en esta ciudad? Hay una recesión en marcha ahí fuera. Borrachos, refugiados, gente sin trabajo o sin suerte, gente a la que echaron de las instituciones psiquiátricas por culpa de los recortes de presupuesto… Los albergues dan preferencia a los refugiados por el Enjambre frente a la gente de la calle. Dios mío, y en una noche como ésta también. ¿Sabes que ya es la noche más fría de la que se tiene registrada en el mes de diciembre? Han tenido que abrir iglesias, comisarías, toda clase de sitios para que los vagabundos no se mueran de frío. Y un montón de vagabundos no irán a ninguna clase de albergue porque tienen demasiado miedo de las autoridades o porque sencillamente están demasiado locos para darse cuenta de que van a necesitar ayuda. No te envidio, Mod Man, en absoluto. Los contenedores estarán llenos de cadáveres mañana.

—Lo sé. Encontré algunos.

—Si quieres encontrarla antes de que se muera de frío, prueba primero en las fogatas improvisadas, los albergues después –se concentró en la fotografía de nuevo–. De todos modos, ¿por qué estás intentando encontrarla?

—Creo que… puede que sea testigo de algo.

—Bien. Buena suerte, entonces.

El androide echó una ojeada por encima del hombro hacia el mirador de la terraza, con su centelleante piel de hielo. Más allá de la baranda, Manhattan relumbraba fríamente, con una claridad que nunca antes había visto, como si los edificios, la gente, las luces, todo hubiera quedado congelado dentro de un vasto cristal. Era como si la ciudad no estuviera más cerca de las estrellas y fuera tan incapaz como ellas de proporcionar algo de calor.

En el interior de su mente, un escalofrío sacudió al androide, de un modo puramente mental. Quería quedarse aquí, en el calor del Aces High, pasando el tiempo entregado a los movimientos, perfectamente abstractos para él, de llevarse una bebida caliente a los labios. Había algo reconfortante en ello, pese a lógica inutilidad del acto. No entendía por completo el impulso, sólo lo conocía como hecho. La parte humana de su programación, presumiblemente.

Pero había restricciones situadas en sus deseos, y una de éstas era la obediencia. Podía quedarse en el Aces High sólo en tanto que pudiera ayudarlo en su misión de encontrar a la mendiga.

Acabó la hilera de bebidas y se despidió de Cyndi. A menos que ocurriera un milagro y encontrara pronto a la indigente, iba a pasar el resto de la noche en las calles.

◆

Cuatro de la madrugada. El coche pasó por encima de una alcantarilla y el café caliente se derramó en el muslo de Coleman Hubbard. Lo ignoró. Sacó la gran taza de poliestireno de entre sus muslos y bebió con avidez. Tenía que mantenerse despierto.

Estaba buscando a la mendiga, recorriendo cada albergue, metiéndose en cada calle oscura, tanteando con su mente con la esperanza de encontrar el patrón de locura y furia que había visto en su perturbada psique.

Había hecho eso durante la mayor parte de las veinticuatro horas. La calefacción del cacharro que había alquilado se había agotado. Su cuerpo era una masa de calambres y su cráneo estaba latiendo dolorosamente en un ritmo cada vez más parecido a un lento martilleo. El hecho de que Black y Judas se estuvieran congelando con el mismo encargo no era ningún consuelo. Hubbard remetió la taza de café entre sus muslos, abrió su mapa y echó un vistazo al papel, buscando la lista de albergues. En las cercanías había el gimnasio de una escuela femenina llena de refugiados y aún no lo había percibido.

Al acercarse al lugar, Hubbard empezó a advertir una inquietante familiaridad, algo parecido a un *déjà vu*. Su jaqueca le destrozaba los ojos. Sentía náuseas en el estómago. Pasaron unos segundos antes de que reconociera la sensación.

Ella estaba aquí. La euforia se apoderó de él. Desvió su mente de los retorcidos patrones de la mente de la mendiga y la proyectó a donde Black patrullaba, a la pistola de dardos cargada que estaba en el asiento de al lado.

¡Aprisa!, gritó. *¡La encontré!*

♥

Modular Man recorrió las largas hileras, inspeccionando a izquierda y derecha. Ochocientos refugiados se hacinaban en el gimnasio de la escuela. Había catres para la mitad, más o menos, por lo visto sacados de algún almacén de la Guardia Nacional y el resto de los refugiados dormía en el suelo. En la enorme sala resonaba el sonido de los ronquidos, llantos, el gimoteo de los niños.

Y allí estaba. Paseando entre las hileras de catres, hablando sola, arrastrando sus pesadas bolsas. Alzó los ojos en el mismo momento en que el androide la vio y hubo una conmoción mutua al reconocerse, una sonrisa llena de dientes irregulares, malévola.

El androide se elevó en el aire en un milisegundo de su pensamiento que procesaba a la velocidad de la luz. No quería que hubiera ningún transeúnte inocente cerca si ella iba a desencadenar lo que fuera que llevaba en la bolsa. Apenas había abandonado el suelo cuando su campo de fuerza de flujo crujió, crepitando alrededor de su cuerpo. La cosa de la bolsa no iba a apoderarse de nada sólido.

El radar rastreó, el lanzador de granadas de gas de su hombro izquierdo chirrió al apuntar. Su hombro absorbió el retroceso. La granada se hizo sólida tan pronto como abandonó el campo de flujo, pero mantuvo su impulso. El gas, opaco, formó una masa nebulosa alrededor de la indigente.

Ella sonrió para sus adentros. Una masa oscura cobró vida súbitamente cerca de ella y el gas se hundió en su cuerpo, absorbido por su bolsa como si fuera un tornado.

El pánico cundió entre los refugiados al despertarse y ver la batalla.

La mendiga abrió la bolsa de las compras. El androide podía ver la tiniebla que yacía allí. Sintió que algo frío lo atravesaba, algo que intentaba sacarlo de su cuerpo insustancial. Las vigas de acero que soportaban el techo resonaron como carillones por encima de su cabeza.

La sonrisa retorcida de la indigente se apagó.

—Hijo de puta –dijo–. Me recuerdas a Shaun.

Modular Man culminó su vuelo cerca del techo. Iba a lanzarse en picada hacia ella, volverse sólido en el último segundo, coger de un agarrón la bolsa de comprar y esperar que no lo devorara.

La mendiga empezó a sonreír otra vez. Cuando el androide alcanzó su punto de despegue justo sobre ella, tiró la bolsa encima de su cabeza.

Se la tragó. Su cabeza había desaparecido, seguida por el resto de su cuerpo. Sus manos, estrujando el extremo de la bolsa, tiraron de la bolsa tras ella al vacío. La bolsa se dobló sobre sí misma y desapareció.

—Es imposible –dijo alguien.

El androide escrutó la sala cuidadosamente. No iba a encontrar a la indigente.

Ignorando el creciente alboroto que había debajo, viró hacia arriba, atravesando el techo. Las frías luces de Manhattan aparecieron a su alrededor. Se elevó solo en la noche.

◆

Hubbard contempló durante un momento largo, infinito, el espacio donde había estado la mendiga. O sea que así es como lo hizo, pensó.

Se frotó las manos heladas y pensó en las calles, las calles infinitamente heladas, las largas y frías horas de su búsqueda. Por lo que sabía, la mendiga podría haberse largado a Jersey.

Iba a ser una noche muy larga.

♣

—¡Maldita sea esa mujer! –dijo Travnicek. Su mano, que sostenía una carta, temblaba con ira–. ¡Me echó a la calle! –blandió la carta–. ¡Molestias! –murmuró–. ¡Equipos peligrosos! ¡Sesenta malditos días!

Empezó a patear el suelo con sus pesadas botas, tratando deliberadamente de molestar al apartamento de abajo. El aliento se le congelaba a cada palabra que pronunciaba.

—¡La muy zorra! –bramó–. ¡Conozco su juego! Sólo quería que arreglara este sitio a mis costas para poder echarme y después cobrar más alquiler. No me gasté una fortuna en los arreglos, así que ahora quiere encontrar a otro tonto. Algún idiota miembro de la clase aburguesada.

Miró al androide, que esperaba pacientemente con una bolsa de *croissants* calientes y café.

—Quiero que entres en su despacho y se lo destroces –dijo Travnicek–. No dejes nada intacto, ni un trozo de papel ni una silla. Sólo muebles revueltos y confeti. Y cuando esté limpiándolo, haz lo mismo con su apartamento.

—Sí, señor –dijo el androide. Se resignó a ello.

—El maldito Lower East Side –dijo Travnicek–. ¿Qué queda si sus vecinos empiezan a ponerse pretenciosos? Voy a tener que mudarme a Jokertown para tener un poco de paz.

Tomó el café de la mano del androide mientras seguía golpeando el suelo de conglomerado.

Miró por encima del hombro a su creación.

—¿Y bien? –ladró–. ¿Estás buscando a la mendiga o qué?

—Sí, señor. Pero como el lanzador de gas no funcionaba, pensé que tenía que cambiar el dispositivo de aturdimiento.

Travnicek saltó, arriba y abajo, varias veces. El sonido resonó por toda la buhardilla.

—Lo que quieras –dejó de saltar, arriba y abajo, y sonrió–. De acuerdo –dijo–. Sé qué hacer. ¡Pondré en marcha los generadores grandes!

El androide dejó la bolsa de papel en el banco de trabajo, cambió las armas y voló sin hacer ruido a través del techo. Afuera, el frío viento seguía azotando la ciudad, fluyendo entre los altos edificios, soplando a la gente como si fueran briznas en el agua. La temperatura apenas había superado el punto de congelación, pero el viento helado hacía descender la sensación térmica a bajo cero.

Más gente, pensó el androide, iba a morir.

♠

—Ey –dijo Cyndi–. ¿Qué tal si nos tomamos un respiro?

—Como quieras.

Cyndi alzó las manos, sujetó cariñosamente la cabeza del androide entre ellas.

—Todo este cansancio –dijo–. ¿No sudas ni un poquito?

—No. Simplemente enciendo mis unidades de refrigeración.

—Alucinante –el androide se separó de ella–. Hacerlo con una máquina… –dijo pensativamente–. ¿Sabes? Pensaba que sería al menos un poco rarito. Pero no.

—Me alegro de que lo digas. Creo.

Modular Man había estado buscando a la mendiga durante cuarenta y ocho horas y había concluido que necesitaba unas pocas horas para él. Justificó esta pausa considerándola necesaria para su moral. Estaba planeando desplazar el conjunto de los recuerdos de aquella tarde de su espacio secuencial a cualquier otro lado, y llenar el espacio vacío con una aburrida reemisión de la búsqueda de la mendiga de la noche anterior. Con un poco de suerte, Travnicek sólo pasaría rápido por la ronda de vigilancia y no buscaría recuerdos porno.

Ella se sentó en la cama, alargó la mano a la mesita de noche.

—¿Quieres coca?

—Conmigo es un desperdicio. Adelante.

Colocó cuidadosamente el espejo ante ella y empezó a cortar polvo blanco. El androide observó mientras aspiraba un par de rayas y se recostaba en los almohadones con una sonrisa. Lo miró y le tomó la mano.

—No tendrías que estar tan preocupado por tu actuación, ¿sabes? –dijo–. Quiero decir, podrías haber acabado si querías.

—No acabo.

Su mirada era un poco vidriosa.

—¿Qué? –dijo.

—No acabo. El orgasmo es un estallido complejo y aleatorio de neuronas. No tengo neuronas y nada de lo que hago es del todo aleatorio. No funcionaría.

—¡Mil demonios! –Cyndi lo miró parpadeando–. ¿Y qué es lo que se siente?

—Placer. De un modo muy complicado.

Ladeó la cabeza y pensó en ello durante un momento.

—Está bastante bien –concluyó. Aspiró otro par de rayas y lo miró radiante.

—Tengo un trabajo –dijo–. Así es como he podido costearme la coca. Un regalo de Navidad para mí.

Él sonrió.

—Felicidades.

—Es en California. Un anuncio. Estoy en las manos de ese simio gigante, ves, y me rescata Bud Man. Ya sabes, el tipo de los anuncios de cerveza. Y después, al final –puso los ojos en blanco–, al final estamos todos felizmente borrachos, Bud Man, el simio y yo, y le pregunto al simio cómo está y el simio eructa –frunció el ceño–. Es un poco grosero.

—Justo iba a decirlo.

—Pero después también hay la oportunidad de un papel invitado en *Twenty Dollar Hotel*. Se supone que he de tener un rollo con un mafioso o algo. Mi agente no lo tenía muy claro –rio tontamente–. Al menos no hay ningún simio gigante en ésa. O sea, con uno fue suficiente.

—Te echaré de menos –dijo el androide. No tenía nada claro cómo sentirse ante esto. O, a esos efectos, si sentía lo que de algún modo podría describirse como «sentimiento». Cyndi percibió sus pensamientos.

—Tendrás que rescatar a otras chicas guapas.

—Supongo. Aunque ninguna será más guapa que tú.

Rio un poco más.

—Se te dan bien los cumplidos –dijo.

—Gracias –dijo él.

Le dio unos golpecitos en su cúpula.

—Aún faltan una semana o dos antes de que me vaya. Podemos pasar algo de tiempo juntos.

—Eso me gustaría.

◆

El androide estaba considerando su anhelo de experiencia, el extraño rumbo que su carrera le había proporcionado, el modo en que le parecía que la experiencia proporcionada no era suficiente, que nunca resultaría ser suficiente.

Los detectores infrarrojos se encendieron y apagaron en los ojos plásticos del androide mientras flotaba por encima de la calle. Ráfagas de viento intentaban lanzarlo violentamente contra los edificios. A excepción de las pocas horas que había pasado con Cyndi, había estado en esto sin parar durante cuatro días.

Abajo, en la calle, alguien tiró una taza de poliestireno por la ventanilla de un Dodge azul. Modular Man se preguntó donde había visto esta acción concreta antes.

Los interruptores macroatómicos ejecutaron un repaso superliminal de los datos. Y el androide se dio cuenta de que había estado viendo mucho ese Dodge, en muchos de los mismos sitios en los que había estado en los últimos días: centros de refugiados, albergues, una patrulla incesante por las calles. Quienquiera que estuviera en el Dodge estaba buscando a alguien. El androide se preguntaba si el Dodge estaba buscando a la indigente. Decidió poner al Dodge bajo vigilancia.

La búsqueda del Dodge era más lenta que la del androide, así que Modular Man empezó a moverse en zigzag, examinando las calles a izquierda y derecha del coche mientras volvía al Dodge a cada momento. En el centro del Ejército de Salvación de Jokertown pudo ver bien al ocupante del Dodge: un hombre blanco de mediana edad, cara deshonesta, macilenta y preocupada. Memorizó el número de matrícula del auto y volvió a elevarse en el cielo.

Y después, horas después, allí estaba: justo por delante del Dodge, acurrucada en la escalera de entrada de alguien con sus bolsas apiladas encima de ella. El androide se apostó en una azotea y esperó. El Dodge estaba frenando.

♥

—Y Shaun me dice, dice, quiero que veas a ese médico…

Hubbard se acurrucó dentro de su abrigo. Sintió como si el viento soplara a través de su cuerpo, penetrando toda su carne y sus huesos. Le castañeteaban los dientes. Había estado conduciendo durante lo que parecían años, una vez más, siguiendo aquella horrible, nauseabunda sensación de *déjà vu*. La había vuelto a encontrar, agazapada en una escalera de entrada tras una muralla de bolsas de las compras.

—No hay nada malo con tu madre que un trago de irlandés no pueda arreglar...

Black. La volví a encontrar. Lower West Side. La respuesta de Black fue sardónica. *¿Estás seguro de que nada va a ir mal esta vez?*

El robot no está ahí. Me quedaré fuera de la vista. Diez minutos.

—Al diablo, Shaun, digo. Al diablo —la mendiga se había puesto de pie de un salto, estaba agitando el puño al cielo. Hubbard la miró.

—Estoy con usted, señora —murmuró. Y entonces alzó la vista—. Oh, mierda —dijo.

♣

Modular Man se elevó flotando desde la azotea. No podía decir si la indigente le estaba gritando a él o al cielo en general. El ocupante del Dodge estaba a varias casas de distancia, refugiado tras otra entrada. No parecía que el hombre tuviera intención de actuar.

Pensó en el modo en que ella había retorcido sus componentes, en la obliteración de existencia que se produciría si destrozaba sus generadores o su cerebro. Los recuerdos empezaron a surgir en su mente: la sacudida del whisky puro en su nariz, el hombre gordo con su rifle, Cyndi gimiendo suavemente entre sus brazos, el gruñido del simio... No quería perder nada de eso.

♠

—Oh, demonios —dijo Hubbard, contemplándolo horrorizado. El android flotaba a doce metros por encima de la indigente. Ella le gritaba, hurgaba en su bolsa. La cosa de la bolsa no había sido capaz de atraparlo la última vez.

En arranque súbito de furia, Hubbard proyectó su mente. Podía tomar el control del androide, azotarlo en la acera una y otra vez hasta que no fuera más que componentes hechos añicos...

Su mente rozó el frío cerebro macroatómico del androide. Un fuego floreció en la conciencia de Hubbard. Empezó a gritar.

◆

Había algo negro en la bolsa de la compra de la mendiga. Estaba creciendo.

El androide bajó en picada directamente hacia eso. Sus brazos estaban extendidos por completo. Si la mujer movía su bolsa en el último minuto, las cosas podrían complicarse mucho.

La oscuridad creció. El viento estaba tirando de él, tratando de desviarlo de su rumbo, pero el androide lo corrigió.

Cuando impactó en la oscuridad del portal, sintió de nuevo que la nada arrebatadora se apoderaba de él. Pero antes de que perdiera la conciencia, sintió que sus manos se cerraban en los bordes de la bolsa y se aferraban a ellos, sin soltarlos.

Por una pequeña fracción de segundo sintió satisfacción. Después, como esperaba, no sintió nada en absoluto.

♥

Los vientos siberianos no habían enfriado el cálido aire del vertedero municipal próximo a St. Petersburg, Florida. El sitio olía fatal. Modular Man casi había perdido cuatro horas de su tiempo. Sus evaluaciones no mostraban daño interno. Tenía suerte. Se incorporó en medio de la hedionda basura y rebuscó en la bolsa de las compras. Harapos, trozos de tela, trozos de comida y después, aquella cosa, fuera lo que fuera. Una esfera negra de unos dos kilos de peso, del tamaño de una bola para jugar a los bolos. No había interruptores o medios evidentes para controlarla.

Era cálida al tacto. Estrechándola contra su pecho, el androide la alzó al templado cielo.

♣

—Estupendo –dijo Travnicek–. Lo hiciste bien, tostadora. Me daría una palmadita en la espalda a mí mismo por el buen trabajo de programación.

El androide le trajo una taza de café. Travnicek sonrió, bebió un sorbo y se giró para contemplar el orbe alienígena que descansaba en su mesa de trabajo. Había estado intentado manipularlo con varios tipos de controles remotos, pero había sido incapaz de conseguir nada.

Travnicek se dirigió a la mesa de trabajo y estudió la esfera desde una distancia prudente.

—Quizá requiere proximidad para hacer que funcione –sugirió el androide–. Quizá debería tocarlo.

—Quizá podrías ocuparte de tus estúpidos asuntos. No me voy a acercar a esa maldita cosa.

—Sí, señor –el androide guardó silencio por un momento. Travnicek bebió de su café. Después negó con la cabeza y se alejó de la mesa de trabajo.

—Puedes partir a Perú mañana para unirte con tus amigos del ejército. Y contacta con los gobiernos sudamericanos cuando estés allí. Quizá pagarán más que el Pentágono.

—Sí, señor.

Travnicek se frotó las manos.

—Me siento en plan de celebración, batidora. Ve a la tienda y tráeme una botella de vino y algunas rosquillas rellenas.

—Sí, señor –el androide, con rostro inexpresivo, se hizo insustancial y salió disparado a través del techo. Travnicek se metió en la pequeña habitación caldeada donde dormía, encendió la televisión y se sentó en una butaca desgastada. En medio de la publicidad de último minuto para los últimos compradores de la Nochebuena, la tele emitía unos dibujos de un androide gigante que combatía contra unos lagartos que escupían fuego. A Travnicek le encantaba. Se recostó para verlo.

Cuando el androide volvió, encontró a Travnicek dormido. Reginald Owen hacía de Scrooge en la pantalla. Modular Man dejó la bolsa silenciosamente y se retiró.

Quizá Cyndi estuviera en casa.

♠

Coleman Hubbard permanecía con su uniforme en el pabellón de Bellevue. Gente mentalmente dañada hablaba, discutía, jugaba a las cartas. Un pequeño arbolito relucía intermitentemente en el puesto de enfermeras. Invisible para todos excepto para el detective John F. X. Black, Amón flotaba en regia majestuosidad por encima de la cabeza de Hubbard, escuchándolo hablar.

—Uno uno cero uno cero cero cero uno uno cero uno uno…

—Veinticuatro horas –dijo Black–. No conseguimos sacarle otra cosa salvo esto.

—Uno cero cero cero uno uno cero uno…

La imagen de Amón pareció marchitarse por un momento y Hubbard captó un destello de la imagen de un anciano enclenque con unos ojos como sombras partidas en mil pedazos. Después volvió Amón.

No puedo contactar con él. Ni siquiera para causarle dolor. Es como si hubiera estado en contacto con… alguna clase de máquina. Apretó los puños. *¿Qué le sucedió? ¿Con que contactó ahí fuera?*

Black arqueó una ceja. *¿TIAMAT?*

No. TIAMAT no es así. TIAMAT está más viva que cualquier cosa que conozcas.

—…Uno cero cero cero uno uno cero uno…

Cuando lo encontré, vi a la mendiga, la hice dormir y no encontré nada en sus bolsas. Fuera lo que fuera, ahora lo tiene alguna otra persona.

—…Uno cero cero cero uno uno cero uno…

Los ojos del carnero ardieron y después su cuerpo se retorció convirtiéndose en un esbelto galgo con hocico curvo y colmillos al descubierto, una cola bífida gigante se elevaba imponente por encima de su espalda. El miedo rozó el cuello de Black. Amón se había convertido en Setekh el destructor. La ilusión astral era terroríficamente real. Black esperaba ver sangre goteando del hocico del animal, pero no había. No todavía.

Te utilizó en una misión no autorizada, dijo Setekh. *Como parte de una trama que probablemente estaba urdida contra mí. Ahora es un peligro para todos nosotros. Si se recupera de esto, podría decir algo que no debiera.*

Destrúyalo, maestre, dijo Black.

La saliva se escurrió del hocico de la cosa, humeando en el suelo. Los otros pacientes no prestaron atención. El gran sabueso vaciló.

Si me meto en su cabeza podría contraer… lo que sea que tiene.

Black se encogió de hombros. *¿Quiere que me ocupe yo?*

Sí. Creo que sería mejor.

Ya dejé el testamento en su apartamento. El que nos deja todo a nuestra organización.

La lengua de la bestia se colgó. La expresión de sus ojos se suavizó. *Piensas con antelación. Me gusta eso. Quizá podamos conseguirte una promoción.*

◆

A millones de millas de la Tierra, casi eclipsada por el sol, la Madre del Enjambre contempló sus destrozados retoños que habían sobrevivido. Los observadores en la Tierra se habrían sorprendido al saber que el Enjambre no consideraba su ataque como un fracaso. El asalto había sido lanzado más como prueba que como un intento serio de conquista, y el Enjambre, analizando los datos recibidos de sus criaturas, desarrolló varias hipótesis.

El Enjambre Tracio se había enfrentado a tres respuestas que habían fracasado estrepitosamente a la hora de cooperar entre ellos. Era posible, consideró el Enjambre, que la Tierra estuviera dividida en varias entidades, equivalentes a la Madre del Enjambre, que no se asistían entre ellas en sus empresas.

Una buena cantidad del Enjambre Siberiano había sido destruido de golpe, transmitiendo su agonía telepática a su progenitor. Era obvio que las madres de la Tierra poseían alguna clase de arma devastadora, que, sin embargo, eran reacias a usar excepto en áreas deshabitadas. Quizá los efectos ambientales eran inquietantes.

Posiblemente, razonó el Enjambre, si las madres de la Tierra estaban divididas y todas poseían semejantes armas, podían volverse unas contra otras. Si la Tierra iba a quedar de ese modo inhabitable, el Enjambre estaba dispuesto a esperar los milenios necesarios para que la Tierra volviera a ser útil. El periodo de tiempo no sería nada en comparación con los años que el Enjambre ya había esperado.

El Enjambre, mientras el sol lo eclipsaba, decidió concentrarse en monitorizar la actividad para confirmar esas hipótesis.

Sentía que aquí había posibilidades.

♥

—Así que digo, Maxine, digo, ¿cuándo vas a hacer algo con tu condición? Digo. Es hora de dejar que un doctor lo vea...

La mendiga, con una bolsa de la compra colgando de su brazo mientras se apretaba una segunda bolsa contra el pecho, caminaba lentamente por el callejón, peleando con el viento siberiano.

El pelo rubio de Cyndi ondeaba en la brisa mientras temblaba dentro de su chamarra de ternero. Observó cómo Modular Man trataba de hablar con la mujer, darle una bolsa de comida para llevar llena de comida china, pero ella seguía hablando sola y caminando lentamente por el callejón. Al final el androide le metió la bolsa de comida dentro de su bolsa de las compras y volvió a donde Cyndi esperaba.

—Ríndete, Mod Man. No hay nada que puedas hacer por ella.

La tomó entre sus brazos y ascendió en espiral hacia el cielo.

—Sigo pensando que hay algo.

—Los poderes sobrehumanos no son una respuesta a todo, Mod Man. Tienes que aprender a aceptar tus limitaciones.

El androide no dijo nada.

—Lo que has de entender, si este asunto no te va a volver loco, es que nadie ha inventado un poder wild card que pueda hacer algo por las ancianas que han perdido la cabeza y que carretean todo su mundo con ellas en bolsas de las compras y viven en botes de basura. Yo no tengo ningún poder y hasta yo sé eso –hizo una pausa–. ¿Me escuchas, Mod Man?

—Sí, te oigo. ¿Sabes? Eres horriblemente dura para ser una chica recién llegada de Minnesota.

—Ey. Hibbing es una ciudad dura durante una recesión.

Flotaron hacia el Aces High.

Cyndi rebuscó en el bolsillo de su chamarra y sacó un paquetito envuelto con listón rojo.

—Tengo un regalo para ti –dijo–. Como es nuestra última noche juntos... Feliz Navidad.

El androide parecía avergonzado.

—No pensé en traerte nada –dijo.

—No pasa nada. Has tenido muchas cosas en la cabeza.

Modular Man abrió el paquete.

El viento atrapó el brillante listón y se lo llevó volando en la oscuridad. Dentro había un broche dorado con la forma de un naipe, el as de corazones, con las palabras MI HÉROE grabadas.

—Supuse que podrías usarlo para animarte. Puedes llevarlo en tus calzoncillos.

—Gracias. Qué bonita idea.

—De nada –Cyndi lo abrazó.

El Empire State proyectaba un haz de focos coloreados en la noche. La pareja aterrizó en la terraza de Hiram. El sonido de trasiego del bar se podía oír incluso por encima de las ráfagas de viento.

Una multitud celebraba la Nochebuena. Cyndi y Modular Man se quedaron mirando un buen rato por las ventanas.

—Eh –dijo ella–. Estoy cansada de comida de ricos.

El androide reflexionó unos momentos.

—Yo también.

—¿Qué hay de ese chino? Después podríamos ir a mi apartamento.

La calidez lo embargó incluso aquí, en la corriente de chorro siberiana. Estaba en el aire en una fracción de segundo.

Al fondo del callejón, algo llamó la atención de la mendiga. Se agachó y recogió un trozo de listón rojo. Lo embutió en una bolsa y siguió andando.

Jube: tres

♣ ♦ ♠ ♥

«LAS VACACIONES SON LA ÉPOCA MÁS CRUEL», LE HABÍA dicho Croyd una Nochevieja, hacía años. Times Square estaba lleno de borrachos esperando a que la bola cayera. Jube había ido a observar y Croyd lo había saludado desde un portal. No había reconocido al Durmiente, pero raramente lo hacía. En aquella ocasión, Croyd era una cabeza más bajo que Jube, su piel fofa, blanda, estaba cubierta de un bonito plumón rosado. Tenía los pies palmeados y un ánfora de ron añejo y quería hablar de su familia, de los amigos perdidos, de álgebra.

«Las vacaciones son la época más cruel», repetía, una y otra vez, hasta que la bola cayó y Croyd se hinchó como el globo de Macy's en el desfile de Acción de Gracias y se elevó, a la deriva, en el cielo. «¡La época más cruel!», le había gritado una vez más, justo antes de desaparecer de la vista.

Hasta ahora Jube no había entendido lo que quería decir. Siempre había disfrutado de las vacaciones humanas, que permitían tan coloridos desfiles, tan fastuosas exhibiciones de avaricia y generosidad, tan fascinantes costumbres para estudiar y analizar. Este año, mientras permanecía en su quiosco en la mañana del último día de diciembre, descubrió que el día había perdido su gracia.

La ironía era demasiado cruel. Por toda la ciudad la gente se estaba preparando para celebrar el inicio de lo que podría ser el último año de sus vidas, de su civilización y de su especie. Los periódicos estaban llenos de retrospectivas del año que justo estaba acabando y todos y cada uno de ellos habían considerado que la Guerra del Enjambre era la historia del año, y cada uno de ellos había escrito sobre el tema como si ya estuviera acabada, excepto por algunos restos en el tercer mundo. Jhubben sabía que no era así.

Reorganizó algunos periódicos, vendió una *Playboy* y alzó los ojos con tristeza al cielo de la fría mañana. No había nada que ver salvo unos pocos cirros, en lo alto, moviéndose con rapidez. Pero sabía que ella aún estaba allí. Lejos de la Tierra, desplazándose a través de la oscuridad del espacio, tan negra y colosal como un asteroide. Borraría las estrellas al vagar entre ellas, silenciosa y gélida, fría y muerta en apariencia. ¿Cuántos mundos y razas habían perecido creyendo esa mentira? En su interior, estaba viva, evolucionando; su inteligencia y su sofisticación crecían día a día, sus tácticas se afinaban con cada revés.

Entre las razas de la Red, ella era un enemigo con cientos de nombres: semilla del diablo, el gran cáncer, madre del infierno, devoradora de mundos, madre de las pesadillas. En las vastas mentes de las reinas diosas de Kondikki, se la llamaba por un símbolo que simplemente significaba *terror*. Las inteligencias artificiales kreg se referían a ella por una cadena de impulsos binarios que significaban disfunción, los lyn-ko-nee cantaban sobre ella con notas agudas, chillonas y atormentadas. Y los ly'bahr la recordaban mejor que nadie. Para esos ciborgs tremendamente longevos, ella era *Thyat M'hruh*, oscuridad-para-la-raza. Diez mil años atrás, un Enjambre había descendido en el mundo natal de los ly'bahr. Encerrados en sus cápsulas de supervivencia, los ciborgizados ly'bahr habían seguido adelante. Pero los que se quedaron atrás y tenían carne en vez de metal habían muerto y con ellos, las generaciones venideras. Los ly'bahr llevaban mil años como una raza muerta.

«¿Madre?», había gritado Ekkedme, y Jube no le había entendido, no hasta que cortó la cuerda que sujetaba el fajo de periódicos el día que los retoños aterrizaron en Nueva Jersey. Debía de ser algún error, había pensado neciamente cuando vio los titulares. El Enjambre era un horror perteneciente a la historia, a la leyenda y era la pesadilla que había ocurrido en planetas muy lejanos, no en el que estabas viviendo. Estaba más allá de su experiencia y sus conocimientos; no era de extrañar que hubiera sospechado de los taquisianos cuando la nave monoplaza se perdió. Se sentía como un tonto. Peor, era un maldito e impotente tonto.

Ella estaba aún allí, una oscuridad viviente, palpable, que Jube casi podía sentir. En su interior supuraban nuevas generaciones de retoños, la vida-que-es-muerte. Pronto sus hijos volverían y devorarían esta raza espléndidamente perversa a la que había llegado a tener tanto afecto para… devorarlo también a él, para el caso, ¿y qué podía hacer para detenerlos?

—Tienes un aspecto horrible esta mañana, Morsa –gruñó una voz como el papel de lija.

Jube alzó la mirada, la alzó… y la alzó. Troll medía casi tres metros. Llevaba un uniforme gris sobre su verrugosa piel verde, y cuando sonreía, unos dientes torcidos y amarillos sobresalían en todas direcciones. Una mano verde tan ancha como la tapa de una alcantarilla levantó una copia del *Times* delicadamente entre dos dedos, las uñas negras y afiladas como garras. Bajo sus espejuelos hechos a medida, sus ojos rojos se hundían bajo la prominente frente que se movía con rapidez por encima de las columnas del periódico.

—Me siento como una mierda –dijo Jube–. Las vacaciones son la época más cruel, Troll. ¿Cómo van las cosas por la clínica?

—Mucho ajetreo –dijo Troll–, Tachyon sigue yendo y viniendo de Washington, por reuniones –agitó el *Times*–. Los alienígenas arruinaron la Navidad a todo el mundo. Siempre supe que Jersey no era más que una enorme infección de hongos –rebuscó en un bolsillo, entregó a Jube un billete arrugado de dólar–. El Pentágono quiere lanzar unas cuantas bombas H a la Madre o lo que sea, pero no pueden encontrarla.

Jube asintió mientras le daba el cambio. Él mismo había intentado encontrar a la Madre del Enjambre, usando los satélites de detección que la Red había dejado en órbita, pero sin éxito. Podría estar escondiéndose detrás de la luna, o en el otro lado del sol, o en cualquier lugar de la inmensidad del espacio. Y si no podía localizarla con la tecnología que tenía a su disposición, los humanos no tenían la menor oportunidad.

—Doc no va a poder ayudarlos –le dijo a Troll con aire sombrío.

—Probablemente no –replicó el otro. Lanzó una moneda de medio dólar al aire, la atrapó limpiamente y se la guardó en el bolsillo–. Aun así, hay que intentarlo, ¿no? ¿Qué otra cosa puedes hacer si no es probar? Feliz año nuevo, Morsa.

Se echó a andar con unas piernas tan gruesas como el tronco de un árbol pequeño, y tan largas como alto era Jube.

Jube observó cómo se iba. Tenía razón, pensó cuando Troll desapareció tras la esquina. Uno tiene que intentarlo.

Aquel día cerró el quiosco pronto y se fue a casa. Flotando en las frías aguas de su bañera, envuelto por una tenue luz roja, consideró sus opciones. Había sólo una, en verdad.

La Red podía salvar a la humanidad de la Madre del Enjambre. Por supuesto, tendría un precio. La Red no daba nada gratuitamente. Pero Jube estaba seguro de que la Tierra estaría encantada de pagar. Incluso si el Señor del Comercio demandaba derechos en Marte o la luna o en los planetas gigantes gaseosos, ¿qué era ese costo en comparación con la vida de su especie?

Pero la *Oportunidad* estaba a años luz y no regresaría a este sistema hasta dentro de cinco o seis décadas humanas. Tenía que ser convocada, el Señor del Comercio debía ser informado de que una raza consciente con un enorme potencial de ganancias estaba amenazada por la extinción. Y el transmisor taquión se había perdido con el embe y la nave monoplaza.

Jube debía construir un reemplazo.

Se sentía desesperadamente inadecuado para la tarea. Era un xenólogo, no un técnico. Usaba centenares de dispositivos de la Red que no podía empezar a construir, reparar o siquiera comprender. El conocimiento era el bien más preciado en la galaxia, la única moneda verdadera de la Red, y cada especie miembro guardaba celosamente sus propios secretos tecnológicos. Pero cada puesto avanzado de la Red tenía un transmisor taquión, incluso mundos primitivos como Glabber, que no podía permitirse comprar naves propias. A menos que las especies menores tuvieran los medios para convocar a las grandes naves espaciales a sus mundos aislados, atrasados, ¿cómo podría haber comercio, cómo se podrían comprar y vender planetas, cómo se podrían acumular ganancias para los Señores del Comercio de Starholme?

La biblioteca de Jube consistía en nueve pequeñas barras cristalinas. Una contenía las canciones, la literatura y los materiales eróticos de su mundo natal; una segunda, su trabajo, incluyendo sus investigaciones en la Tierra. Las otras contenían saber. Cualquier conocimiento al que accediera sería anotado, por supuesto, y su valor deducido del valor de las investigaciones aquí en la Tierra, pero seguramente valía la pena salvar a una raza consciente.

Habría gastos, lo sabía. Incluso si encontraba los planos, era improbable que tuviera los componentes necesarios. Tendría que arreglárselas con la primitiva electrónica humana, lo mejor que podía obtener, y probablemente se vería forzado a canibalizar parte de su propio equipo. Que así fuera; tenía equipo que nunca había usado: los sistemas de seguridad que protegían su apartamento (con candados extra valdría), el traje espacial de metal líquido en el que ya no podía embutirse, el ataúd de hibernación del armario trasero (comprado para la contingencia de una guerra termonuclear durante su permanencia en la Tierra), la máquina de juegos…

Había un problema más serio. Podía construir un transmisor taquión, estaba seguro de eso. Pero ¿cómo *cargarlo*? Sus células de fusión quizás eran suficientes para lanzar un haz hasta Hoboken, pero había un montón de años luz entre Hoboken y las estrellas.

Jhubben salió de su bañera, se secó con una toalla. Sabía mucho de lo que había sucedido cuando el Durmiente fue a buscar el cuerpo de Ekkedme. Croyd se lo había explicado, una semana después de aquella aciaga tarde que Jhubben había pasado tirando los restos de su hermano embe de vuelta al mar, del que había surgido, al menos metafóricamente. Pero nada de aquello pareció importar cuando los retoños aterrizaron.

Ahora importaba.

Entró silenciosamente en su sala de estar y abrió el último cajón del buffet que había comprado a la beneficencia en 1952. El cajón estaba lleno de piedras: verdes, rojas, azules, blancas. Cuatro de las piedras blancas habían comprado este edificio, en 1955, aunque el viejo de la visera verde sólo le había pagado la mitad de su valor. Jube siempre había usado este recurso de vez en cuando, pues no podía sintetizar más piedras hasta que regresara la *Oportunidad*. Pero aquí estaba la crisis.

No era ningún as, no tenía poderes especiales. *Éstas* tendrían que ser su poder. Alargó la mano con sus cuatro gruesos dedos y tomó un puñado de zafiros sin tallar. Con éstos podría localizar el modulador de singularidad del embe, para hacer funcionar su transmisión a las estrellas.

O, al menos, lo intentaría.

1986

Si las miradas mataran

♣ ♦ ♠ ♥

por Walton Simons

ESCOGER LA VÍCTIMA ADECUADA ERA SIEMPRE COMPLICADAMENTE difícil. Tenían que llevar una buena cantidad de efectivo para que el asesinato valiera la pena, y tenía que conseguir un sitio aislado. El alquiler había vencido, y suprimir a alguien de la calle tenía más sentido que liquidar al portero. Esto podría alertar a los demás de quién era y estaba cansado de cambiar de apartamento.

El frío lo molestaba. Se infiltraba en su delgado cuerpo de metro ochenta y le calaba hasta los huesos. Se levantó el cuello de piel de su holgado abrigo. Antes de morir, cuando sólo era James Spector, los inviernos de Nueva York lo dejaban aterido. Ahora, sólo la agonía de su muerte, constantemente brotando en su interior, le causaba un verdadero dolor.

Pasó por delante de la iglesia de San Marcos y se dirigió al este, a la calle Diez. El barrio era más hostil en esa dirección y probablemente se ajustaba más a sus necesidades. «Mierda», dijo cuando la nieve empezó a caer. La poca gente que había en las calles tal vez se pondría a resguardo. Si no podía encontrar una víctima aquí, tendría que intentarlo en Jokertown. La idea no le complacía. Los copos se depositaron en su pelo negro y su bigote. Se los retiró con una mano enguantada y siguió adelante.

Alguien encendió un cerillo en un portal cercano. Spector subió lentamente las escaleras pidiendo entre balbuceos un cigarrillo.

El hombre del portal era alto y fornido. Tenía la piel pálida, picada de viruelas y ojos azul claro. Aspiró profundamente el cigarrillo y tiró el humo a la cara de Spector.

—¿Tiene fuego? —preguntó Spector, impertérrito.

El hombre frunció el ceño.

—¿Te conozco? –miró a Spector detenidamente–. No. Puede que alguien te haya enviado, no obstante.

—Quizá.

—Un tipo listo, ¿eh? –el joven sonrió, revelando unos dientes blancos y uniformes–. Harías mejor metiéndote en tus asuntos, amigo mío, o patearé tu escuálido culo por estas escaleras.

Spector decidió seguir una corazonada.

—No he podido conseguir nada en días. Mi fuente se quedó seca, pero un amigo dijo que había alguien por ahí que tal vez podría ayudarme –proyectó un aire de necesidad con su voz y su postura.

El hombre le dio unos golpecitos en la espalda y rio.

—Éste debe de ser tu día de suerte. Entra en el salón de Mike y enseguida lo arreglaremos.

El apartamento de Mike olía peor que el cajón de arena de un gato después de una semana. El suelo estaba lleno de ropa sucia y revistas pornográficas.

—Bonito lugar –dijo Spector, sin apenas ocultar su desprecio.

Mike lo empujo bruscamente contra la pared y lo forzó a poner las manos sobre la cabeza. Lo cacheó rápida, pero concienzudamente.

—Ahora dime lo que necesitas y te diré lo que te va a costar. Causas problemas, te vuelo los sesos. Lo he hecho antes –Mike sacó una .38 cromada con un silenciador a juego y volvió a sonreír.

Spector se giró lentamente y se paró cuando sus ojos se encontraron con los de Mike, después sus mentes se conectaron.

Las terribles sensaciones de la muerte de Spector se precipitaron en el cuerpo de Mike. Podía sentir el aplastante peso en el pecho. Los músculos se habían contraído involuntariamente con tal fuerza que los huesos se quebraron y los tendones se desgarraron. La garganta se cerró cuando el vómito subió a la boca. El corazón palpitó violentamente, bombeando la sangre contaminada por el cuerpo. Un dolor feroz gritó en su mente surgido de los tejidos que estaban muriendo. Los pulmones explotaron y se colapsaron. El corazón se agitó y se paró. Incluso después de la oscuridad seguía habiendo dolor. Spector siguió mirándolo fijamente a los ojos, haciendo que Mike sintiera cada detalle, convenciendo al cuerpo del narcotraficante de que estaba muerto. No paró hasta que Mike se estremeció de una manera que había acabado por reconocer. Después se acabó.

Mike puso los ojos en blanco y cayó al suelo sin vida. Una convulsión de su dedo muerto disparó el gatillo de la .38. El proyectil le dio a Spector en el hombro y lo empujó contra la pared. Se mordió el labio, pero, por lo demás, ignoró la herida y se inclinó sobre Mike.

—Ahora sabes qué es que te toque la reina negra –agarró la pistola y pasó el seguro, después se metió el arma cuidadosamente en el cinturón–. Pero mira la parte positiva. Tú sólo tienes que pasar por esto una vez. Yo me levantó así todas las mañanas –Spector registró el cuerpo. Agarró todo el dinero, incluso la morralla. Había poco menos de seiscientos dólares.

—Idiota de poca monta… estoy tan contento de haber podido compartir algo contigo… –dijo Spector, abriendo la puerta tan sólo una rendija para inspeccionar el vestíbulo. No vio a nadie y bajó rápidamente las escaleras. El frío y la nieve habían apagado los sonidos de la ciudad, amortiguando su vida.

Su hombro estaba curado cuando llegó a su apartamento.

♠

Lo seguían. Dos hombres, al otro de la calle, caminaban a la par con él, manteniéndose justo lo bastante lejos, por detrás, para evitar su campo de visión. Spector los había percibido varias calles atrás. Giró al sur, alejándose de su apartamento, hacia Jokertown. Sería más fácil despistarlos allí. Caminó con lentitud, guardando su energía por si tenía que echar mano de ella.

Quizás eran amigos de Mike el narcotraficante. No era muy probable; iban demasiado bien vestidos y la gente como Mike no tenía amigos. Lo más probable era que estuvieran trabajando para Tachyon. Por necesidad Spector había matado a un oficinista en la clínica el día que había escapado. Aquel mierdecilla con cabeza de zanahoria casi seguro intentaría buscarlo y enviarlo a prisión. O peor, volvérselo a llevar a la clínica. Los únicos recuerdos que tenía de la clínica de Jokertown eran malos.

Pequeño bastardo, pensó, ¿no hiciste ya bastante? Odiaba a Tachyon por resucitarlo. Lo odiaba más que a nadie o a nada en el mundo. Pero el pequeño alienígena lo asustaba. Spector empezó a sudar debajo de su pesado abrigo. Un joker con cuatro piernas bloqueaba la acera, delante de él. Al acercarse, se metió como un cangrejo en un callejón, para esquivarlo. Se giró y miró al otro lado de la calle.

Los dos hombres estaban allí. Se pararon y cuchichearon. Uno cruzó la calle en su dirección. Spector podía matarlos, pero entonces Tachyon sólo lo perseguiría con más ahínco.

Mejor despistarlos y esperar que el taquisiano se olvidara de él. Las calles, resbaladizas a causa del hielo, estaban casi desiertas. Hasta los jokers tenían que respetar el intenso frío. Spector se mordió el labio. El Palacio de Cristal estaba sólo a una calle. Era un lugar tan bueno como cualquier otro para quitárselos de encima. Quizá Sascha podría atraparlos y echarlos de una patada.

El portero lo miró con mala cara cuando entró. Spector quería mostrarle qué era realmente una mala cara, pero molestar a Chrysalis era lo último que necesitaba hacer en ese momento. Además, había muy pocos lugares con portero en Jokertown.

El interior del Palacio de Cristal siempre lo hacía sentir incómodo. Estaba decorado, desde el suelo hasta el techo, con antigüedades del fin de siglo. Si por accidente rompía o dañaba algo, probablemente tendría que matar a una veintena de personas para pagarlo.

Sascha no estaba por allí, así que no conseguiría ayuda aquí. Atravesó rápidamente el salón principal del bar y entró en una sala adyacente en la que había reservados. Se deslizó en el más cercano, descorrió las pesadas cortinas de color borgoña y las cerró tras de sí.

—¿Puedo hacer algo por ti?

Spector se giró lentamente. El hombre sentado al otro lado de la mesa llevaba una máscara de calavera y una capa negra con capucha.

—Dije que si puedo hacer algo por ti.

—Bueno –dijo, tratando de ganar tiempo–, ¿tienes algo para beber?

La máscara lo había sobresaltado y a Spector no le hacía falta ninguna excusa para beber en estos días.

—Sólo para mí, me temo –el hombre indicó la copa medio vacía que estaba ante él–. Parece que estás en alguna clase de problema.

—¿Quién no? –a Spector le desagradaba el hecho de ser tan transparente como la piel de Chrysalis.

—Sí, los problemas son universales. Uno de mis conocidos más cercanos fue devorado, deglutido por uno de nuestros visitantes extraterrestres el mes pasado –bebió un sorbo de su copa–. Es un mundo incierto éste en el que vivimos.

Spector abrió la cortina, una rendija. Los dos hombres estaban en el bar. El mesero estaba frente a ellos, negando con la cabeza.

—Obviamente, te siguen. Quizá si tuvieras algún disfraz podrías escapar sin que nadie te viera –se quitó la capa y la capucha y las dejó en la mesa.

Spector se mordió las uñas. Odiaba confiar en nadie.

—Bien. Ahora dime qué es lo que tengo que hacer por ti. Hay algo, ¿verdad?

—Sólo vuelve a llenarme la copa. Brandy. El mesero sabrá de qué tipo –se quitó la máscara y la tiró en la mesa. Spector se dio la vuelta. La cara del hombre era idéntica a la máscara. Su piel era amarilla y se pegaba a sus prominentes huesos faciales. No tenía nariz. El joker lo miró fijamente con unos ojos hundidos e inyectados en sangre.

—Bien…

Rápidamente se puso el disfraz, después tomó la copa.

—Vuelvo en un minuto.

Abrió las cortinas y salió. Los dos hombres estaban sentados a unos seis metros. Lo observaron con atención mientras caminaba hacia la barra. Volvía a sudar.

—Vuelve a llenarlo –dijo, tras captar la atención del mesero. El hombre hizo lo que le dijo.

Spector volvió lentamente a la cabina. Uno de los hombres lo estaba mirando, pero era imposible reconocerlo.

—Aquí está –dijo, entregando la bebida– y aquí estoy.

—Puede que te interese conservar el atuendo –dijo el hombre con cara de calavera–, creo que vas a necesitarlo.

Cerró las cortinas. Spector caminó con deliberada lentitud hacia la puerta. Los dos hombres seguían sentados.

Tan pronto como salió al exterior, Spector echó a correr. Trotó por las heladas aceras, una imagen encapuchada de la muerte, hasta que se quedó sin aliento. Deslizándose en un callejón, se despojó de la capa y la máscara y las metió bajo el abrigo, después se dirigió a casa.

◆

Se había ido a la cama borracho por tercera vez en tres noches. Aliviaba lo suficiente el dolor como para permitirle dormir. No estaba seguro de que realmente necesitara dormir más, pero ya se había acostumbrado a ello en los años anteriores a su muerte.

Se oyó un chasquido. Spector abrió los ojos y respiró hondo, apenas consciente de que algo estaba sucediendo. La puerta se abrió ligeramente, revelando una rendija de luz del exterior. Se frotó los ojos y se incorporó. Mientras buscaba a tientas su ropa, la puerta se detuvo en seco, sujeta por la cadena. Retrocedió hacia las ventanas mientras se subía los pantalones.

Mientras se enfundaba en su abrigo, oyó que algo golpeaba el suelo. La puerta se cerró. Spector percibió olor de humo y de limones podridos. Los ojos empezaron a llorarle y se tambaleó, apenas sostenido por unas piernas temblorosas. Tenía que moverse o el gas lo dejaría noqueado. Abrió la ventana y dio una patada a la rejilla, pero puso un pie en el alféizar y cayó a la escalera de incendios. Cayó perdiendo el equilibrio y se golpeó la cabeza contra el barandal de acero cubierto de nieve. El dolor y el aire frío le despejaron la cabeza momentáneamente. Había un hombre por encima de él, en la escalera de incendios, que bajaba corriendo, y oyó otro golpazo más abajo en la misma escalera. Ambos se le echarían encima en un momento. Spector se esforzó por mantenerse en pie. El hombre de debajo se había dado la vuelta para subir el último tramo de escaleras. Spector le saltó encima, tomándolo desprevenido, y lo tiró por encima del barandal. Spector oyó el crujido de su columna al impactar contra el suelo. Se recompuso y corrió escaleras abajo, y dejó al hombre gritando en el rellano.

Desde dos plantas por encima de la calle saltó. Sus pies patinaron en la acera helada cuando aterrizó, y su cuerpo se desplomó. Luchó por respirar y se las arregló para darse la vuelta. Una mujer con gafas de espejo se inclinaba hacia él. Llevaba una aguja hipodérmica. La reconoció justo en el momento en que la aguja se hundía en su carne.

♥

Spector se despertó en un pasillo, sus manos y pies estaban atados firmemente con una cuerda de nailon. La mujer que lo había drogado supervisaba, mientras dos hombres con pesados abrigos y espejuelos lo llevaban a una habitación oscura. Tiraron a Spector en una butaca de madera. La habitación olía a antiguo, como un ático o una casa deshabitada desde hacía mucho tiempo.

—Ah, enfermera Gresham, veo que ha vuelto con nuestro revoltoso amigo.

La voz era de un hombre anciano, su tono era firme y frío.

—De todos modos dio bastante guerra. Alguien más resultó muerto.

El hombre chasqueó la lengua.

—Entonces es tan peligroso como dijo. Vamos a verlo bien, ¿no?

Spector oyó cómo la piedra crujía mientras el techo que tenía encima se abría. La luna y las estrellas brillaban intensamente en el firmamento. Había vivido en el área de Nueva York toda su vida. La contaminación y las luces de la ciudad hacían difícil ver estrella alguna, pero aquí brillaban con la fuerza suficiente para hacerle daño a los ojos. Las personas que lo interrogaban permanecían fuera del área iluminada.

—Bien, señor Spector, ¿qué tiene que decir? –silencio–. Hable. A la gente que me hace perder el tiempo le pasan cosas malas.

Spector estaba asustado. Sabía que Jane Gresham trabajaba para el doctor Tachyon en la clínica de Jokertown, pero el hombre que estaba interrogándolo no era, definitivamente, el doctor Tachyon.

—Hasta donde puedo decir –dijo–, su gente vino por mí sin razón alguna. Siento que su chico acabara muerto, pero no fue culpa mía.

—No estamos hablando de eso, señor Spector. Hace tres noches mató usted a uno de los nuestros sin ningún motivo. Simplemente estaba tratando de satisfacer su necesidad de drogas.

—A ver, se equivocan del todo.

Spector se imaginó que debía de haber interferido en una operación de narcóticos a gran escala. La enfermera Gresham podía haber estado robando todo tipo de drogas en la clínica de Tachyon.

—El trato fue bueno. Tuvo que haberlo hecho otra persona.

Se oyó un murmullo y un anciano avanzó hacia la luz. Estaba sentado en una silla de ruedas eléctrica. Su cabeza era anormalmente grande y escasamente cubierta de pelo blanco. Su escuálido cuerpo estaba retorcido, como si distintas fuerzas estuvieran intentando moverse en diferentes direcciones en su interior. Su piel era pálida, pero saludable, y llevaba anteojos gruesos.

—¿Se acuerda de esto? –el hombre alzó una moneda. Spector la reconoció al instante. Era un viejo penique que había agarrado del cadáver de Mike. Como era del tamaño de medio dólar y estaba fechado en 1794 lo había guardado, pensando que podría tener algún valor.

—No –dijo, tratando de ganar tiempo.

—¿De verdad? Mírela bien.

El penique emitía un resplandor de color rojo sangre bajo la luz de la luna.

Spector había oído bastante como para saber que estaba en un grave problema. Gresham y el anciano iban a matarlo. Si iba a detenerlos ahora era el momento.

—Que nadie se mueva o le haré a este viejo lo mismo que acabó con su amigo el narcotraficante.

Rieron.

—Míreme, señor Spector –el anciano se inclinó hacia delante–. Use su poder en mí.

Spector clavó su mirada en él e intentó compartir su muerte. Podía notar que no funcionaba, no sabía por qué razón. El anciano parecía bloquearlo de algún modo. Se dejó caer, derrotado, en su silla.

—Siento decepcionarlo. Usted no es el único que tiene poderes extraordinarios. Desátelo, enfermera Gresham.

Con resistencia, la mujer hizo lo que se le había mandado.

—Tenga cuidado con él –advirtió al anciano–. Aún podría ser peligroso.

Spector no se sentía peligroso. Fuera lo que fuera en lo que se había metido, desde luego no era una operación de narcóticos común y corriente.

—¿Cómo me conoce? ¿Qué quiere?

—La enfermera Gresham tenía un expediente completo sobre usted en la clínica.

El anciano abrió una libreta y empezó a leer:

—James Spector, un funcionario fracasado de Teaneck, Nueva Jersey, infectado por el virus wild card hace nueve meses. Estaba clínicamente muerto cuando llegó al hospital de Jokertown. Como no tenía parientes vivos que pudieran objetar, el doctor Tachyon lo revivió mediante un proceso experimental ahora abandonado. Pasó seis meses en la unidad de terapia intensiva gritando sin control. Por fin, con la ayuda de la medicación recuperó la cordura. Desapareció hace tres meses, aproximadamente. Casualidad o no, un oficinista murió de modo inexplicable el mismo día. Todo está aquí. Muy completo.

—Maldita –Spector trató de localizar a la enfermera en la oscuridad.

—Vamos, vamos –dijo el anciano–. Si lo dejo vivir, señor Spector, quizá pueda llegar a quererla.

—¿Me dejará vivir? –se dio cuenta de que era un modo equivocado de expresarlo–. Quiero decir…

—En realidad –lo interrumpió el anciano–, tiene usted un gran talento. Los ases son raros y uno no puede, sencillamente, tirarlos por el desagüe. Podría ser muy útil para nuestra causa.

—¿Qué causa?

El anciano sonrió.

—Lo descubrirá si lo aceptamos en nuestra… sociedad. Pero antes de que consideremos eso, tendrá que demostrar su valor. Tenemos un trabajito para usted, pero con sus capacidades y la información que le daremos, no debería ser difícil.

—¿Y si no quiero trabajar con ustedes? –Spector estaba asustado, pero quería conocer las consecuencias exactas.

El anciano arrancó una hoja de papel de la libreta y se la dio, junto con un bolígrafo.

—Escriba su dirección en ese trozo de papel y métaselo en el bolsillo –Spector estaba confundido, pero hizo lo que le dijo. El anciano cerró los ojos bien fuerte y juntó las yemas de los dedos.

Spector se estremeció. Sintió como si le vertieran agua fría directamente sobre el cerebro.

—Siento…

Se detuvo, presa de la sensación.

—Sí, lo sé. No se parece a nada, ¿verdad? Ahora dígame su dirección.

Spector abrió la boca para responder y se dio cuenta de que no podía recordarlo. La información, simplemente, había desaparecido.

—Amnesia selectiva. Cuando una persona está físicamente presente junto a mí, puedo sacarle todo lo que quiero –arqueó una espesa ceja–. O puedo borrarlo todo.

Spector estaba conmocionado, pero sabía que el poder del viejo también podría usarse para eliminar el recuerdo de su mente. La pérdida de su poder sería un pequeño precio a pagar para volver a dormir por las noches.

—Ya veo qué quiere decir. Haré lo que me diga.

—Ya ve, enfermera Gresham, él no es problema en absoluto. Sería estúpido matar a alguien que puede ser tan útil. Vuelva a inyectarlo y llévenlo de vuelta a su apartamento antes de que despierte.

—Espere un minuto. ¿Quién es usted? Si no le importa decírmelo.

—Mi verdadero nombre significaría para usted incluso menos de lo que significa para mí. Puede llamarme el Astrónomo.

Spector pensó que alguien que se hacía llamar el Astrónomo era un demente, pero éste no era el lugar ni el momento para hablar del tema.

—Bien. Bueno, Astrónomo, ¿qué quiere que haga? En lo único en lo que soy bueno es matando a la gente.

El Astrónomo asintió.

—Precisamente.

♣

Spector estaba nervioso por el hecho de matar a un policía, especialmente porque era el capitán McPherson. Nadie había sido tan estúpido o tan valiente como para meterse con el jefe de la Unidad de Fuerzas Especiales de Jokertown. El Astrónomo no le había dado otra opción. La muerte de McPherson tenía que parecer accidental porque uno de los hombres del Astrónomo estaba en posición de sucederlo. Si Spector fracasaba o intentaba huir, el Astrónomo le borraría toda la memoria excepto su muerte.

Se ató bien fuertes las espinilleras y las tapó con los jeans. También llevaba protección adicional bajo la camiseta y en los antebrazos.

El Astrónomo debía de haber estado planeando la muerte de McPherson desde hacía algún tiempo. Spector estaba sentado en un sofá en el apartamento que estaba justo debajo de su objetivo. La mujer que vivía allí era una de las subordinadas del Astrónomo. Según le habían dicho, la empleada doméstica de McPherson también estaba en la operación.

—Si quieres sustituir a alguien, primero hay que sustituir a la gente que lo rodea –había dicho el Astrónomo.

Spector miró el reloj de pared. Era entre la una y las dos de la madrugada. Se aseguró de que la aguja hipodérmica estaba en su bolsillo, apagó las luces y abrió la puerta del balcón.

Tomó la cuerda y levantó el garfio acolchado que había en su extremo. La distancia hasta el balcón superior era de unos tres metros y medio. Se asomó y lanzó el garfio. Cayó perfectamente, una púa se agarró a la cornisa superior. Un puñado de nieve le cayó en la cara. Tiró de la cuerda. Se tensó y el garfio se mantuvo firme.

Spector trepó con rapidez y pasó por encima de la cornisa del balcón de McPherson. La nieve acumulada amortiguó el sonido de sus pies en el cemento. Esperó un momento. No se oía nada en el interior.

La empleada doméstica había hecho lo que se le había pedido. La puerta del balcón no estaba cerrada. Spector la abrió; una ráfaga de aire frío entró en el apartamento. Entró silenciosamente y cerró la puerta tras de sí.

El perro lo estaba esperando. Podía ver el resplandor rojo reflejándose en las retinas del animal. El perro gruñó amenazadoramente y lo atacó. Spector no podía ver al animal con claridad y alzó un brazo para proteger su garganta y cabeza vulnerables. Con la mano que tenía libre agarró la aguja hipodérmica que la enfermera Gresham le había dado.

El dóberman se estampó contra él, agarrando su brazo extendido entre sus mandíbulas. Podría sentir que intentaba traspasar la protección del brazo para seccionarle los tendones.

Pinchó la hipodérmica en el estómago del animal. Siguió gruñendo y destrozándole el brazo. Una luz se encendió en la habitación contigua. Ahora que podía ver, Spector apartó al perro. El dóberman cayó pesadamente y de inmediato trató de levantarse.

—Ve por él, Óscar. Hazlo pedazos –la voz venía de la habitación iluminada.

Óscar trató de responder. Enseñó los dientes y dio un paso, luego sus ojos se cerraron y se desplomó.

Hasta ahora, todo va bien, pensó Spector. Fingió una cojera mientras se dirigía a la habitación iluminada.

—Me rindo. Tu perro me dejó malherido. Necesito un médico. Ayuda, por favor –intentó que sonara como si estuviera herido.

—¿Óscar? –la voz de McPherson era dubitativa–. ¿Estás bien, chico?

El perro respiraba pesadamente y no se movía. La luz de la habitación contigua se apagó.

Spector reprimió el pánico. No había planeado que McPherson volviera a apagar las luces. Su poder era inútil en la oscuridad. Se quedó parado durante algunos momentos. En la otra habitación no se oía nada.

Dio un paso adelante. Conocía la disposición del apartamento. El interruptor estaba junto a la puerta, a mano derecha. Para llegar a él, tendría que exponerse del todo en el umbral. Sabía que McPherson tenía una pistola y que estaría dispuesto a usarla. Empezó a sudar. Sintió un retortijón de dolor en su interior, preparándose para el ataque. Dio otro paso. Otro más y estaría en el umbral de la puerta.

Spector oyó que alguien descolgaba el teléfono. Avanzó y alargó la mano hacia el interruptor. Su dedo lo tocó desde abajo y encendió las luces. McPherson estaba agazapado detrás de una enorme cama de latón. Tenía el teléfono en una mano y la pistola automática en la otra. El arma apuntaba al corazón de Spector. Sus ojos se encontraron y se quedaron mirándose fijamente. Spector recordó el dedo muerto de Mike y se estremeció mientras la experiencia de su muerte fluía hacia McPherson.

El policía tembló y jadeó, después lentamente se desplomó detrás de la cama. Spector apretó los puños y suspiró. Fue junto al hombre muerto y le quitó la pistola de las manos. Abrió el cajón de su mesita con una mano enguantada y depositó el arma cuidadosamente en su interior. Spector sintió una oleada de alivio. Había imaginado vivamente la bala desgarrando su cavidad torácica, haciéndolo sangrar hasta la muerte antes de que pudiera regenerarse.

Agarró una almohada y la tiró al suelo, como un enorme receptor clavando una pelota de futbol después de un touchdown. Ahora, quizás el Astrónomo y la enfermera Gresham lo dejarían solo. Volvió a colocar la almohada en su sitio.

El teléfono empezó a emitir el tono de desconexión.

Spector puso el receptor en la consola y colocó el teléfono en la mesita de noche. Se sentó en el cobertor arrugado y examinó a su víctima. La expresión de la cara de McPherson era la misma que había imaginado en su propia cara cuando murió.

—¿Es la muerte o es Memorex? –preguntó al cadáver–. Más impresionante que romper un cristal, ¿eh, poli? –rio.

♠

Spector bebió un trago de Jack Daniel's etiqueta negra y saboreó su calidez mientras se extendía en su interior. Estaba estirado en su burdo catre, viendo una pequeña televisión en blanco y negro. Un programa de noticias de madrugada estaba emitiendo un refrito de imágenes de la invasión alienígena. Los monstruos eran una noticia tan grande que la muerte de McPherson ni siquiera salió en la portada del *Times*.

La cinta de video del ataque en Grovers Mill estaba siendo mostrada por enésima vez. Una unidad de la Guardia Nacional estaba usando un lanzallamas contra una de aquellas cosas. Lanzaba un grito agudo al prenderse y quemarse. Spector sacudió la cabeza. Ser capaz de matar a la gente con sólo mirarla debería ser suficiente para dar a una persona cierta seguridad, pero no era el caso. Los monstruos espaciales le provocaban la misma sensación escalofriante que el Astrónomo. Esperaba no volver a ver a oír hablar del anciano nunca más, ahora que había cumplido con su parte del trato.

La cinta acabó. «Y ahora», dijo el presentador, «para aportar unas últimas reflexiones sobre la tragedia, nos complace tener como invitado al doctor Tachyon.»

Spector agarró la botella casi vacía y se preparó para estamparla contra el aparato. El aire titiló junto a la cama y sintió que crecía el frío en la habitación. La silueta traslúcida formaba una enorme cabeza de chacal incorpórea. De su boca y sus fosas nasales brotaba fuego de colores.

Spector se desplomó de la cama, arrastrando las sábanas, que le cayeron encima.

—Bebiendo otra vez –dijo el chacal–. Si no te conociera, diría que tienes sentimiento de culpa.

La cabeza se convirtió en vapor y formó rápidamente la imagen del Astrónomo.

—¡Diablos! ¿Hay algo que no pueda hacer? –echó las sábanas a un lado y volvió a subirse a la cama.

—Todos tenemos nuestras limitaciones. Por cierto, si ves la cabeza de chacal otra vez, dirígete a ella como lord Amón. Sólo aparezco así usando una forma avanzada de proyección astral. Una de mis habilidades menos impresionantes, pero tiene su utilidad –el Astrónomo miró la televisión. La pantalla se puso negra con un chasquido–. No quiero distracciones.

—Mire, hice lo que quería. El hombre está muerto y todo el mundo dice que fue un ataque al corazón. Digamos que todo cuadra, y ahora déjeme en paz –tiró la botella a la imagen. Pasó silenciosamente a través y se estrelló contra la pared opuesta–. Así que váyase a la mierda.

El Astrónomo se frotó la frente.

—No seas idiota. Eso no nos ayudaría a ninguno de los dos. Podemos usarte. Un hombre con tu poder podría ser una gran ayuda. Pero no estoy siendo enteramente egoísta al tratar de que te unas a nosotros. Sería un crimen quedarse de brazos cruzados y ver cómo desperdicias tu talento de este modo. Lo único que necesitas es una guía para darte cuenta de tu potencial.

—Oh –dijo Spector, tratando de no arrastrar las palabras–. ¿Mi potencial para qué?

—Para ser parte de la élite dirigente en una nueva sociedad. Para que los demás palidezcan al pensar en ti –el Astrónomo extendió sus manos fantasmales–. Lo que ofrezco no es una promesa vacía. El futuro está a nuestro alcance en este mismo momento. Lo que estamos haciendo tiene una importancia cósmica.

—Suena bien –dijo Spector sin convicción–. Supongo que si fuera a matarme, ya lo habría hecho antes. Pero desde luego no estoy para nada en forma como para manejar asuntos cósmicos en este momento.

—Por supuesto. Duerme bien esta noche, si puedes. Mi coche te recogerá delante de tu apartamento mañana a las diez de la noche. Vas a aprender muchísimo y dar tu primer paso en el camino hacia la grandeza –la imagen del Astrónomo parpadeó y desapareció.

Spector estaba borracho y confuso. Aún no confiaba en el Astrónomo, pero el anciano tenía razón en algo. Estaba desperdiciando su nuevo poder y su nueva vida. Ahora era el momento de hacer algo al respecto. De un modo u otro.

◆

La limusina negra del Astrónomo apareció justo a la hora en punto. Spector se metió la .38 en su abrigo y se dirigió lentamente a la puerta principal. Cuando tuviera la oportunidad mataría al anciano. El Astrónomo era peligroso y sabía demasiado como para confiar en él. Una ventanilla con cristal polarizado bajó y una mano pálida le hizo señas para que entrara en el coche. La cabeza del Astrónomo estaba surcada por grandes arrugas que no habían estado allí la noche anterior. Vestía una túnica negra de terciopelo y llevaba un collar hecho con los peniques de 1794.

—¿Adónde vamos? –Spector trató de sonar indiferente. Sabía que la pistola era su única arma posible contra el Astrónomo.

—Curiosidad. Eso es bueno. Eso significa que estás interesado –el Astrónomo se ajustó el cinturón de seguridad–. Has tenido una buena dosis de dolor y muerte en tu vida. Esta noche habrá más. Pero no será tu dolor o tu muerte.

Spector se removió incómodo.

—A ver, ¿qué es lo que de verdad quiere de mí? Se está tomando muchas molestias por un marginado. Debe de tener algo especial en mente.

—Yo siempre tengo algo especial en mente, pero debes confiar en mí cuando te digo que no te va a pasar nada. Me llevó años de experimentación controlar mis poderes. Algunos de ustedes ya son conscientes. Otros –se frotó su frente hinchada– serán testigos esta noche. He atisbado el futuro y tendrán un papel importante en nuestra victoria. Pero nuestros poderes deben fortalecerse y perfeccionarse. Y eso sólo puede ocurrir si se les facilita la instrucción adecuada.

—Bien. Quiere que mate a más gente para usted, pues dígamelo y punto. Por supuesto, espero que se me pague. Pero la verdad es que no creo que pertenezca a su grupito –Spector negó con la cabeza–. Aún no sé quién demonios son.

—Somos los que entendemos la verdadera naturaleza de TIAMAT. Gracias a ella recibiremos un poder inimaginable –el Astrónomo lo miraba directamente a los ojos sin ningún temor–. La tarea será difícil, y se necesitarán grandes sacrificios para llevarla a cabo. Cuando el trabajo esté hecho, puedes hablar de tu precio.

—TIAMAT –murmuró Spector. El fervor del Astrónomo parecía genuino, pero le sonaba a demencia–. Mire, esto es demasiado para mí ahora mismo. Sólo dígame adónde vamos.

—Tras una breve parada, a los Cloisters.

—¿No es un poco peligroso? Ha habido problemas dentro y fuera con las pandillas de adolescentes. Han matado a mucha gente allí.

El Astrónomo rio suavemente.

—Las pandillas trabajan para nosotros. Mantienen a la gente apartada, incluida la policía, y las ayudamos a consolidar su base de poder local. Los Cloisters son perfectos para nosotros, un viejo edificio y una tierra antigua. Perfecto.

Spector quería preguntar: ¿perfecto para qué? Pero lo pensó dos veces.

—No le interesa controlar el Metropolitan Museum, ¿no? –su intento de recurrir al humor pasó desapercibido.

—No. Teníamos otro templo en el centro, pero fue destruido en una desafortunada explosión. Uno de mis hermanos más queridos murió –había un sarcasmo satisfecho en el tono del Astrónomo–. Seleccione a una mujer para nosotros, señor Spector.

La limusina recorrió metódicamente la zona de Times Square.

—¿Y por qué no se limita a hacer que le traigan a una prostituta a los Cloisters? –Spector siempre había querido hacer daño a una mujer hermosa–. Esas perras son la escoria de la tierra.

—A una prostituta la echarían en falta –le advirtió el Astrónomo–. Y no necesitamos una belleza deslumbrante. Hemos tenido dificultades en el pasado cuando usamos mujeres caras. Desde entonces hemos tenido que ser más cuidadosos.

Spector aceptó hoscamente el consejo y echó un vistazo a su alrededor.

—Esa rubia de ahí no está mal.

—Buena elección. Estaciona a su lado –el Astrónomo se frotó las manos.

El conductor condujo con cuidado la limusina hasta allí y el Astrónomo bajó la ventanilla.

—Disculpe, señorita, ¿le interesaría asistir a una pequeña fiesta? Privada, por supuesto.

La mujer se inclinó para mirar al interior. Era joven con el pelo teñido de rubio platino y una actitud sensata. Su desgastado abrigo de piel sintética se abrió para revelar un cuerpo bien proporcionado que sólo estaba parcialmente tapado por su estrecho minivestido negro.

—¿Dando una vuelta por los bajos fondos, chicos? –hizo una pausa, esperando un comentario, luego continuó–. Como son dos, les costará el doble. Hay extra por cualquier perversión o cualquier otra cosa especial que puedan tener en mente. Si son policías, les arrancaré sus malditos corazones.

El Astrónomo asintió.

—Eso me suena bien. Si mi amigo acepta.

—¿Soy lo que tenías en mente, cariño? –la mujer lanzó un húmedo beso a Spector.

—Claro –dijo, sin mirarla.

♥

La autopista de West Side estaba casi vacía y el trayecto no duró mucho. El Astrónomo había inyectado a la mujer una droga que la mantenía despierta, pero inconsciente respecto a lo que la rodeaba. Cuando el coche se metió en el camino de acceso, Spector vio varias sombras pegadas a los árboles desnudos. Bajo la tenue luz captó el destello del frío acero. Se tocó la .38 que llevaba en el bolsillo de su abrigo para asegurarse de que aún estaba allí.

Spector se bajó del coche y se dirigió rápidamente hacia el otro lado. Sacó a la mujer y la condujo hacia el edificio. El Astrónomo caminaba lentamente hacia las puertas.

—Pensaba que estaba impedido.

—A veces soy más fuerte que los demás. Esta noche debo ser lo más fuerte posible –una ráfaga de viento helado azotó su túnica, haciendo que ondeara a su alrededor, pero no mostró ningún signo de incomodidad. Habló brevemente con un hombre que estaba en la puerta y le estrechó la mano de un modo ritual. El hombre abrió la puerta e hizo un gesto a Spector para que lo siguiera.

Había estado en los Cloisters en varias ocasiones cuando era muy pequeño. La era evocada por la arquitectura, las pinturas y los tapices le parecía a Spector más agradable que la que a él le había tocado vivir.

En el vestíbulo una bestia tallada en mármol se cernía sobre ellos. Tenía un físico anguloso y unas pequeñas alas se plegaban contra su amplia espalda. Su cabeza y su boca eran enormes. Unas delgadas manos con garras llevaban un globo hacia la descomunal boca llena de colmillos. Spector reconoció el globo como la Tierra.

Una figura salió de detrás de la estatua, alejándose de ellos. Llevaba una bata de laboratorio sobre su forma vagamente humana. Ocultaba su rostro café, como de insecto y desapareció en las sombras. Spector se estremeció.

La mujer soltó una risita y se apretó contra él.

—Síganme –dijo el Astrónomo con impaciencia. Spector lo obedeció. Reparó en que el interior del edificio había sido adornado con otras estatuas y pinturas espantosas.

—Hacen magia, ¿no?

El Astrónomo se puso tenso al oír esa palabra.

—Magia. La magia es sólo una palabra que el ignorante usa para referirse al poder. Las capacidades que tú y yo poseemos no son magia. Son producto de la tecnología taquisiana. Ciertos rituales que hasta ahora han sido percibidos como magia negra, de hecho, simplemente abren canales sensitivos a esos poderes.

El pasillo desembocaba en un patio. La luna y las estrellas bañaban el suelo cubierto de nieve con un suave resplandor. Spector supuso que era aquí donde debían de haberlo interrogado. Había dos altares de piedra en el centro del patio. Vio que un hombre joven yacía atado y desnudo en uno de ellos. El Astrónomo se situó al lado de su cautiva.

—Quítale las ropas a la mujer y átala –dijo el Astrónomo.

Spector la desvistió y la ató de pies y manos. La mujer aún reía tontamente.

—Extra por las perversiones. Extra por las perversiones –decía. El Astrónomo le tiró una mordaza. Se la metió en la boca.

—¿Quién es ese tipo? –preguntó Spector, señalando al hombre desnudo.

—El líder de una banda rival. Es joven, su corazón es fuerte y su sangre caliente. Ahora, silencio.

El Astrónomo alzó las manos al cielo y empezó a hablar en un lenguaje que Spector no entendía. Otros hombres y mujeres con

túnicas entraron silenciosamente en el patio. Muchos tenían los
ojos cerrados. Otros contemplaban el cielo nocturno. El Astrónomo
puso la mano en el pecho del joven. El chico gritó.

El Astrónomo hizo un gesto a un grupo de personas que estaban
en el fondo del patio con la mano que tenía libre. Una docena más o
menos portaron una gran jaula hacia el altar.

La criatura de su interior era enorme. Su cuerpo peludo, como
una salchicha, estaba pegado al suelo y sostenido por varias patas
cortas. La bestia era, en su mayor parte, fauces y dientes brillantes,
como la estatua del vestíbulo. Tenía dos grandes y oscuros ojos y
pequeñas orejas que se plegaban a la cabeza. Spector la reconoció
como una de las monstruosidades alienígenas. El hombre seguía gritando y suplicando. Sólo estaba a un brazo de distancia de la boca
abierta de aquella cosa. Empujaron la jaula hasta que la cabeza del
hombre estuvo entre las barras. Las mandíbulas de la criatura se cerraron bruscamente, cortando en seco el último grito.

El Astrónomo alzó el cadáver decapitado en posición vertical, cortando las cuerdas que lo retenían. La sangre del hombre se derramó
sobre su piel y su túnica. El cuerpo del Astrónomo se había endere-
zado y su piel brillaba con una vitalidad sobrenatural mientras seguía
con sus cánticos. Quitó la mano del pecho del hombre y la elevó por
encima de su cabeza, luego tiró un objeto a los pies de Spector. El
corazón había sido extirpado con precisión quirúrgica. Spector había visto películas de cirujanos psíquicos, pero nada tan espectacular
como esto.

El anciano anduvo hacia la jaula y miró fijamente la cosa que había en su interior.

—TIAMAT, a través de la sangre de los vivos me convertiré en tu
amo. No puedes tener secretos para mí.

La criatura maulló suavemente y se alejó del Astrónomo todo lo
que la jaula le permitía. El cuerpo del Astrónomo se puso rígido, su
respiración se hizo más lenta. Durante unos momentos, nada se movió. Después, el anciano apretó los puños y gritó. Era un alarido que
no se parecía a nada que Spector hubiera oído antes.

El Astrónomo se dirigió tambaleándose hacia el cadáver y empezó
a desgarrarlo, lanzando pedazos de carne y vísceras en todas direcciones, como un torbellino. Corrió de vuelta a la jaula y hundió sus

dedos en la cabeza de la criatura. Ésta trató de liberarse, pero no podía llegar a atrapar ninguno de los brazos del Astrónomo entre sus mandíbulas. El Astrónomo aulló y con saña retorció la cabeza de aquella cosa. Se escuchó un sonoro crujido cuando el cuello se partió. El anciano se desplomó.

Spector se contuvo mientras los demás corrían al lado del Astrónomo. La sangrienta escena lo había llenado con un resplandor embriagador. Podía sentir la necesidad de matar creciendo rápida, intensamente, en su interior, dominando cualquier otro pensamiento. Se giró hacia la chica que estaba en el altar.

—¡No! —el Astrónomo se incorporó y se precipitó hacia delante—. Aún no.

Spector sintió una calma que le era impuesta. Sabía que el Astrónomo la estaba provocando.

—Usted me hizo esto. Tengo que matar pronto. Lo necesito.

—Sí. Sí, lo sé. Pero espera. Espera y será mejor de lo que puedas imaginar —se tambaleó y respiró hondo varias veces—. TIAMAT no se revela tan fácilmente. Con todo, tenía que intentarlo.

El Astrónomo hizo un gesto a los otros que estaban en el patio y rápidamente salieron.

—¿Qué estaba tratando de hacer con esa cosa? ¿Por qué la mató? —preguntó Spector tratando de controlar su necesidad.

—Estaba intentando contactar con TIAMAT por medio de una de sus criaturas menores. Fracasé. Por tanto, nos resultaba inútil.

El Astrónomo se quitó la túnica y se volvió hacia la mujer. Pasó sus dedos ensangrentados por su oscuro vello púbico, después colocó ambas manos en su abdomen. Mientras la montaba deslizó las manos bajo su piel y empezó a manipular sus órganos internos. La mujer gimió, pero no gritó. Por lo visto aún estaba demasiado desorientada como para aceptar lo que le estaba sucediendo.

Spector observó la escena con escasa preocupación. Hasta donde podía decir, el anciano se estaba frotando en el interior del cuerpo de la rubia. Spector sólo había estado moderadamente interesado en el sexo antes de morir. Ahora, incluso eso había desaparecido.

Si quería disparar al anciano, probablemente no tendría mejor ocasión. Alargó la mano hacia la pistola. Al hacerlo, la necesidad de matar lo dominó. El Astrónomo había liberado su influencia tranquilizadora. Spector sacó la mano del bolsillo de su abrigo. Sabía lo que necesitaba. El cañón de una pistola no le iba a proporcionar ninguna satisfacción.

El Astrónomo estaba cada vez más excitado. Las arrugas de su frente empezaron a latir visiblemente y estaba arrancándole pequeños trozos a la mujer. Ahora ella gritaba.

Spector sintió que su necesidad iba forjándose en armonía con la del anciano.

—Ahora —dijo el Astrónomo, embistiendo salvajemente—, mátala ahora.

Spector avanzó, su cara sólo estaba a pocos centímetros de la suya. Podía ver el miedo en sus ojos, y estaba seguro de que ella podía ver la muerte en los suyos. Le entregó su muerte. Lentamente. No quería ahogarla en ella, eso sería demasiado rápido. Llenó su mente y su cuerpo. Ella era un recipiente para el negro líquido de su muerte, un recipiente que se retorcía y gritaba.

El Astrónomo gruñó y cayó encima de ella, sacando bruscamente a Spector de su estado de trance. Estaba arrancándole trozos de carne con uñas y dientes. La mujer estaba muerta.

Spector retrocedió y cerró los ojos. Nunca había disfrutado del acto de matar hasta ahora, pero la satisfacción y el alivio que sentía estaban más allá de lo que había creído posible. Había controlado su poder, lo había puesto a su servicio por primera vez. Y sabía que necesitaba que el Astrónomo fuera capaz de hacerlo otra vez.

—¿Aún quieres matarme? —el Astrónomo se apartó del cadáver, consumido—. Asumo que aún tienes la pistola en el bolsillo. Es una cosa o la otra.

Alzó uno de los peniques. No había alternativa real. Cualquier duda se había desvanecido tras lo que acababa de experimentar. Agarró la moneda sin vacilación.

—Eh, todo el mundo lleva una pistola en Nueva York. La ciudad está llena de gente muy peligrosa.

El Astrónomo rio muy alto, el sonido reverberó en los muros de piedra.

—Éste es sólo el primer paso. Con mi ayuda serás capaz de hacer cosas que ni siquiera habías soñado. A partir de ahora ya no existe James Spector. Nosotros, los del círculo interior, te llamaremos

Deceso. Para quienes se opongan a nosotros, serás la muerte. Veloz y despiadada.

—Deceso, me gusta cómo suena –asintió y se metió el penique en el bolsillo.

—Confía sólo en quienes se identifiquen con la moneda. Ahora tus amigos y tus enemigos ya están elegidos. Quédate esta noche, si quieres. Mañana continuaremos con tu educación –el Astrónomo recogió su túnica y volvió al interior.

Spector se frotó las sienes y vagó de vuelta al edificio. El dolor volvía a empezar a crecer. Lo aceptó, casi lo amó. Sería la fuente de su poder y su satisfacción. Le había tocado una reina negra y había sufrido una muerte terrible, pero había ocurrido un milagro. Su don para el mundo sería el horror que albergaba en su interior. Quizá no sería suficiente para el mundo, pero era suficiente para él.

Se acurrucó bajo la estatua del vestíbulo y durmió como un muerto.

Jube: cuatro
♣ ♦ ♠ ♥

E N EL TERCER PISO DEL PALACIO DE CRISTAL ESTABAN LAS
habitaciones privadas que Chrysalis se reservaba. Estaba esperándolo en un salón victoriano, sentada en un sillón de terciopelo rojo tras una mesa de roble. Chrysalis le indicó un asiento.
No perdía el tiempo.

—Has despertado mi interés, Jubal.

—No sé qué quieres decir –dijo Jube, acomodándose en el borde
de una silla de madera.

Chrysalis abrió un antiguo monedero de satén y sacó un puñado
de gemas. Las alineó sobre el mantel blanco.

—Dos zafiros de estrella, un rubí, un impecable diamante azul
blanquecino –dijo con su voz seca y serena–. Todas sin tallar, de la
máxima calidad, ninguna de ellas por debajo de los cuatro quilates.
Todas han ido apareciendo en las calles de Jokertown en las últimas
semanas. Curioso, ¿no te parece? ¿Qué opinas?

—No sé –replicó Jube–. Tendré una oreja puesta. ¿Has oído hablar
del joker con el poder de apretar un diamante hasta que se convierte
en un trozo de carbón?

Estaba mintiendo y ambos lo sabían. Empujó un zafiro por encima del mantel con el meñique de su mano izquierda, su mano tan
clara como el cristal.

—Éste se lo diste a un basurero por una bola para jugar a los bolos
que había encontrado en un contenedor.

—Sí –dijo Jube. Era magenta y blanca, perforada a medida para
algún joker, con sus seis agujeros dispuestos en círculo. No era de
extrañar que la hubieran tirado.

Chrysalis empujó el rubí con su meñique y se movió un par de
centímetros.

—Éste fue para un administrativo de la policía. Querías ver los informes relativos a un cuerpo liberado del depósito, y todo lo que tuvieran sobre esa bola perdida. No sabía que tenías tal afición por los bolos, Jubal.

Jube se dio una palmada en el abdomen.

—¿No parezco un jugador de bolos? Nada me gusta más que hacer unas cuantas chuzas y beber unas cuantas cervezas.

—No has puesto el pie en un boliche en tu vida, y no sabrías distinguir una chuza de un touchdown. –Los huesos de sus dedos nunca habían tenido un aspecto tan aterrador como cuando tomaron el diamante.

—Este objeto fue ofrecido a Devil John Darlingfoot en mi propio salón rojo –lo hizo rodar entre sus dedos transparentes, y los músculos de su cara se retorcieron en lo que debía de haber sido una sonrisa irónica.

—Era de mi madre –espetó Jube.

Chrysalis rio entre dientes.

—¿Y nunca se molestó en hacérselo tallar o engastar? Qué raro –dejó el diamante, agarró el segundo zafiro–. Y éste... ¡de verdad, Jubal! ¿Realmente pensaste que Elmo no me lo diría?

Devolvió la gema junto a las otras, con cuidado.

—Necesitas contratar a alguien para que ejecute ciertas tareas e investigaciones sin determinar. Estupendo. ¿Por qué no viniste a mí, simplemente?

Jube se rascó uno de los colmillos.

—Haces demasiadas preguntas.

—Me parece bien –pasó una mano por encima de las joyas–. Tenemos cuatro aquí. ¿Ha habido otras?

Jube asintió.

—Una o dos. Olvidaste las esmeraldas.

—Una pena. Me gusta el verde. El color británico de las carreras –suspiró–. ¿Por qué gemas?

—La gente era reacia a aceptar mis cheques –le explicó Jube– y era más fácil que llevar grandes cantidades de efectivo.

—Si hay más en el lugar de donde sacaste éstas –dijo Chrysalis–, es mejor que se queden aquí. Si se extiende el rumor en Jokertown de que Morsa tiene una reserva secreta de piedras preciosas, no movería un maldito dedo por ti. Puede que ya hayas agitado las aguas, pero esperemos que los tiburones no se hayan dado cuenta. Elmo no se lo ha dicho a nadie más que a mí, y Devil John tiene su propio y peculiar sentido del honor, creo que podemos confiar en que guardará silencio. En cuanto al basurero y el funcionario de policía, cuando les compré las gemas también compré su silencio.

—¡No tenías que hacer eso!

—Lo sé –dijo–. La próxima vez que quieras información, ya sabes cómo encontrar el Palacio de Cristal, ¿no?

—¿Cuánto sabes ya? –le preguntó Jube.

—Lo bastante para saber cuándo estás mintiendo –replicó Chrysalis–. Sé qué estás buscando una bola para jugar a los bolos por razones que no son comprensibles para un hombre, una mujer o un joker. Sé que Darlingfoot robó ese cadáver joker del depósito, presumiblemente por dinero. No es el tipo de cosa que haría por su cuenta. Sé que el cuerpo era pequeño y peludo, con patas como de saltamontes, y que estaba bastante quemado. Ningún joker que encaje en esa descripción es conocido por mis fuentes, una circunstancia curiosa. Sé que Croyd hizo un depósito de efectivo bastante considerable el día en que el cuerpo fue robado, y otro incluso mayor al día siguiente, y en medio hubo una confrontación pública con Darlingfoot. Y sé que pagaste a Devil John generosamente para que te revelara los intereses a los que había representado en este pequeño melodrama, y que intentaste sin éxito conseguir sus servicios –se inclinó hacia delante–. Lo que no sé es qué significa todo esto, y ya sabes cómo aborrezco los misterios.

—Dicen que cada vez que un joker se tira un pedo en cualquier lugar de Manhattan, Chrysalis lo huele –dijo Jube. La miró atentamente, pero la transparencia de su carne hacía que su expresión fuera indescifrable. La calavera bajo la piel cristalina de su rostro lo contemplaba implacable con ojos azul claro–. ¿Cuál es tu interés en esto? –le preguntó.

—Incierto, hasta que sepa qué es «esto». En cualquier caso, durante mucho tiempo me has resultado considerablemente valioso, y detestaría perder tus servicios. Sabes que soy discreta.

—Hasta que se te pague para ser indiscreta –señaló Jube.

Chrysalis rio y tocó el diamante.

—Dados tus recursos, callar puede ser más lucrativo que hablar.

—Es verdad –dijo Jube. Decidió que no tenía nada que perder–. En realidad soy un espía alienígena de un planeta lejano –empezó.

—Jubal –lo interrumpió Chrysalis–, me estás acabando la paciencia. Nunca he apreciado tanto tu sentido del humor. Ve al grano. ¿Qué pasó con Darlingfoot?

—No mucho –admitió Jube–. Sabía por qué yo quería el cuerpo. No sabía por qué alguna otra persona podría quererlo. Devil John no pudo decírmelo. Creo que deben de tener la bola. Intenté contratarlo para que me la recuperara, pero no quería tener nada más que ver con ellos. Creo que les tiene miedo, quienquiera que sean.

—Creo que estás en lo cierto. ¿Croyd?

—Dormido otra vez. ¿Quién sabe de qué servirá cuando llegue el caso? Podría esperar seis meses y que se despertara como un hámster.

—Por una comisión –dijo Chrysalis con tranquila certeza– puedo contratar los servicios de alguien que te consiga las respuestas que necesitas.

Jube decidió ser franco, ya que las evasivas no lo estaban llevando a ninguna parte.

—No sé si confiaría en alguien a quien contrataras.

Ella rio.

—Querido, ésa es la cosa más inteligente que has dicho en meses. Y tendrías razón. Eres un blanco demasiado fácil y algunos de mis contactos son sin duda menos respetables. Conmigo como intermediaria, de todos modos, la ecuación cambia. Tengo cierta reputación –junto a su codo había una pequeña campana de plata. La hizo sonar ligeramente–. En cualquier caso, el hombre más adecuado para esto es una excepción a la regla. En realidad, tiene sentido de la ética.

Jube estaba tentado.

—¿Quién es?

—Se llama Jay Ackroyd. Un detective privado que es un as. En ambos sentidos de la palabra. A veces lo llaman Popinjay, pero no en su cara. Jay y yo nos hacemos favores mutuamente de vez en cuando. Al fin y al cabo ambos negociamos con el mismo producto.

Jube tironeó de un colmillo pensativamente.

—Sí. ¿Qué es lo que me impide contratarlo directamente?

—Nada –dijo Chrysalis. Un mesero alto con impresionantes cuernos de marfil entró con una antigua bandeja de plata en la que había un amaretto y un Singapore Sling. Cuando se fue, prosiguió–: Si prefieres despertarle la curiosidad sobre ti en vez de sobre mí, ahí lo tienes.

Aquello le dio qué pensar.

—Quizá sería mejor si yo me mantuviera en un segundo plano.

—Pienso exactamente lo mismo –dijo Chrysalis, sorbiendo de su amaretto–. Jay ni siquiera sabrá que eres el cliente.

Jube miró por la ventana. Era una noche oscura, sin nubes. Podía ver las estrellas y en algún lugar ahí fuera sabía que la Madre aún esperaba. Necesitaba ayuda y dejar la cautela a un lado.

—¿Conoces a un buen ladrón? –le preguntó sin rodeos.

Aquello la sorprendió.

—Puede que sí –dijo.

—Necesito… –empezó con incomodidad– ehem, componentes. Instrumentos científicos y… electrónicos, microchips, cosas así. Podría hacerte una lista. Supone entrar a la fuerza en laboratorios de empresas y tal vez en algunas instalaciones federales.

—Estoy al margen de cualquier cosa que sea ilegal –dijo Chrysalis–. ¿Para qué necesitas componentes electrónicos?

—Para construirme un aparato de radio –dijo Jube–. ¿Lo harías para salvar al mundo?

Ella no respondió.

—¿Lo harías por seis esmeraldas perfectamente a juego del tamaño de huevos de paloma?

Chrysalis sonrió lentamente y propuso un brindis.

—Por una larga y provechosa asociación.

Casi podría ser una Señora del Comercio, pensó Jube con cierta admiración. Sonrió, mostrándole los colmillos, alzó el Singapore Sling y se llevó el popote a la boca.

Hacia la sexta generación

Epílogo

♣ ♦ ♠ ♥

por Walter Jon Williams

H ABÍA SIDO FÁCIL. MIENTRAS FLUSH Y SWEAT FINGÍAN TENER una pelea en la acera delante de la furgoneta, Ricky y Loco simplemente se habían acercado a ella, agarrado un par de cajas por cabeza y vuelto a la calle. El fulano alto que estaba haciendo la mudanza ni siquiera se había dado cuenta de que faltaban algunas cajas. Ricky se dio unas palmaditas en la espalda a sí mismo por la idea.

No tenían oportunidades como ésta muy a menudo. El territorio de los nats era cada vez más pequeño. Las bandas jokers, como los Príncipes Diablos, estaban comiéndose cada vez más territorio. ¿Cómo demonios podías pelearte con alguien que parecía un calamar?

Ricky Santillanes rebuscó en sus jeans, sacó sus llaves y entró en el club. Flush fue al refrigerador por unas cuantas cervezas y el resto pusieron las cajas en el maltrecho sofá y las abrieron.

—Guau. Una video.

—¿Qué clase de cintas?

—Películas de monstruos japoneses, parece. Y algo que aquí dice PORNO.

—¡Eh! Instálalo, hombre.

Abrieron las cervezas

—¡Loco! Una computadora.

—Eso no es una computadora. Es un ecualizador gráfico.

—Claro que no. He visto una computadora antes. En la escuela, antes de que la dejara.

Ricky la miró.

—Wang no hace componentes de estéreo, hermano.

—¿Y tú qué mierda sabes?

Sweat alzó una grabadora de memoria.

—¿Qué diablos es esto, hombre?

—Algo caro, diría.

—¿Cómo vamos a venderlo si no sabemos cuánto pedir?

—¡Ey! ¡Ya instalé la video!

Sweat levantó una esfera negra sin ninguna característica especial.

—¿Qué es esto, hombre?

—Una bola para jugar a los bolos.

—Y una mierda. Demasiado ligera –Ricky se la arrebató.

—¡Ey! Esa rubia está buena.

—¿Qué está haciendo? ¿Tirarse a la cámara? ¿Dónde está el tipo?

—La he visto en algún sitio.

—¿Dónde está el tipo, colega? Esto es muy raro. Es como un primer plano de su oreja –Ricky observaba mientras hacía malabares con el orbe negro. Era cálido al tacto.

—¡Ey! ¡La tipa está como volando o algo!

—Mierda.

—No. Mira. El fondo se está moviendo.

La mujer rubia parecía estar en el aire, volando de espaldas a toda velocidad alrededor de la habitación mientras participaba en lo que vagamente parecían ser actos sexuales. Era como si su compañero invisible pudiera volar.

—Esto es muy raro.

Loco observó la esfera negra.

—Dame eso –dijo.

—Mira la maldita peli, hombre.

—Carajo. Dámela y punto –trató de agarrarla.

—¡Vete al diablo, idiota!

Extrañas luces aparecieron sobre las manos de Ricky. Algo oscuro se proyectó hacia Loco y de repente, Loco no estaba allí.

Ricky se quedó plantado, estupefacto, en silencio mientras los otros se levantaban y gritaban. Era como si algo le estuviera rozando la mente. La esfera negra le estaba hablando. Parecía perdida, y en cierto modo rota. Podía hacer que las cosas desaparecieran. Ricky pensó en los Príncipes Diablos y en lo que se le podría hacer a alguien que pareciera un calamar. Una sonrisa empezó a extenderse por su cara.

—Eh, amigos –dijo–. Creo que tengo una idea.

Frío de invierno

♣ ♦ ♠ ♥

por George R. R. Martin

L LEGÓ EL DÍA, POR FIN, COMO SABÍA QUE SUCEDERÍA. ERA un sábado, frío y gris con un viento gélido soplando desde el Kill. Mister Coffee tenía una cafetera lista cuando se levantó a las diez y media; los fines de semana, a Tom le gustaba levantarse tarde. Mezcló generosamente su primera taza con leche y azúcar, y se la llevó a la sala.

El correo viejo estaba esparcido por la mesita de café: un montón de facturas, publicidad del supermercado anunciando rebajas caducadas hacía largo tiempo, una postal que le había enviado su hermana cuando había ido a Inglaterra el verano anterior, un largo sobre negro que decía que el señor Thomas Tudbury podría haber ganado tres millones de dólares y montones de correo publicitario con el que tenía que tratar pronto. Debajo de todo estaba la invitación.

Bebió un sorbo de café y contempló la carta. ¿Cuántos meses había estado allí tirada? ¿Tres? ¿Cuatro? Ahora ya era demasiado tarde para hacer algo. Incluso confirmar la asistencia sería deplorablemente inapropiado a estas alturas. Recordó cómo acababa *El graduado* y saboreó la fantasía. Pero no era Dustin Hoffman.

Como un hombre que se arranca una costra, Tom hurgó en el correo hasta que encontró de nuevo aquel pequeño sobre cuadrado. La tarjeta que contenía era dura y blanca.

EL SEÑOR Y LA SEÑORA STANLEY CASKO SE COMPLACEN
EN INVITARLO AL ENLACE MATRIMONIAL DE SU HIJA BARBARA,
CON EL SEÑOR STEPHEN BRUDER, DE WEEHAWKEN,
QUE SE CELEBRARÁ EL 8 DE MARZO A LAS DOS DE LA TARDE
EN LA IGLESIA DE ST. HENRY.

A CONTINUACIÓN SE CELEBRARÁ UNA RECEPCIÓN
EN EL TOP HAT LOUNGE
SE RUEGA CONFIRMAR ASISTENCIA 555-6853

Tom palpó el papel en relieve durante un buen rato, después lo volvió a depositar cuidadosamente en la mesita de café, tiró el correo comercial al cesto de mimbre para la basura que estaba en el extremo del sofá y se puso a mirar por la ventana.

Al otro lado de la Primera, montones de nieve negra estaban apilados a lo largo de los senderos del pequeño y estrecho parque junto al mar. Un carguero con bandera noruega estaba bajando por el Kill van Kull hacia el puente de Bayonne y Port Newark, empujado por un remolcador azul achaparrado. Tom se quedó de pie junto a la ventana de la sala, con una mano en el alféizar, la otra hundida en su bolsillo, contemplando a los niños en el parque, mirando el majestuoso avance del carguero, observando las verdes aguas del Kill y los muelles y las colinas de Staten Island más allá.

Hacía mucho, mucho tiempo, su familia había ocupado las viviendas subsidiadas que estaban al final de la Primera, y la ventana de su sala miraba al parque y al Kill.

A veces, por la noche, cuando sus padres estaban durmiendo, se levantaba y se preparaba un chocolate y contemplaba desde la ventana las luces de Staten Island, que parecían imposiblemente lejanas y llenas de promesas. ¿Qué sabía él? Era un chico trabajador que no había salido de Bayonne.

Los grandes barcos pasaban incluso por la noche, y por la noche no se podían ver las vetas de óxido en sus laterales o el aceite que vertían en el agua; por la noche los barcos eran mágicos, con destino a grandes aventuras e historias de amor, a fabulosas ciudades donde las calles brillaban oscuras con peligro. En la vida real, incluso Jersey City era una tierra desconocida en lo que a él respectaba, pero en sus sueños conocía los páramos de Escocia, los callejones de Shanghái, la arena de Marrakesh. Cuando cumplió diez años, había aprendido a reconocer las banderas de más de treinta naciones distintas.

Pero ya no tenía diez años. Cumpliría cuarenta y dos este año, y lo más lejos que había llegado era a cuatro manzanas de las viviendas de protección, a una casa de ladrillos naranjas en First Street. En la preparatoria había trabajado durante los veranos arreglando televisores. Aún estaba en la misma tienda, aunque había ascendido a gerente y poseía casi un tercio del negocio; ahora la tienda se llamaba Broadway Electro Mart y en ella se comerciaba con aparatos de video, reproductores de CD y computadoras, además de aparatos de televisión.

Has recorrido un largo camino, Tommy, pensó con amargura. Y ahora Barbara Casko iba a casarse con Steve Bruder.

No podía culparla. No podía culpar a nadie excepto a sí mismo. Y quizás a Jetboy y al doctor Tachyon... sí, también podía culparlos un poquito.

Tom se dio media vuelta y dejó caer las cortinas sobre la ventana, sintiéndose como una mierda. Se dirigió a la cocina y abrió el típico refrigerador de un soltero. Nada de cerveza, sólo unos centímetros de Shop Rite cola sin gas en el fondo de una botella de dos litros. Quitó el papel de aluminio de un plato de ensalada de atún, con la intención de hacerse un sándwich para desayunar, pero había una cosa verde creciendo por encima. De repente perdió el apetito.

Descolgó el teléfono de su soporte de pared y marcó siete números familiares. Al tercer tono, un niño respondió:

—¿Holis?

—Ey, Vito –dijo Tom–. ¿Está el viejo en casa?

Se oyó cómo descolgaban otra extensión.

—¿Hola? –dijo una mujer. El niño rio alegremente–. Ya lo tengo, cariño –dijo Gina.

—Adiós, Vito –dijo Tom mientras el niño colgaba.

—Vito –dijo Gina, en un tono que sonaba tanto molesto como divertido–. Tom, estás loco, ¿sabes? ¿Por qué quieres confundirlo todo el tiempo? La última vez fue Giuseppe. Su nombre es Derek.

—Bah –replicó Tom–, Derek, ¿qué clase de nombre *macarroni* es ése? Dos buenos chicos italianinis como Joey y tú y le ponen el nombre de algún payaso de telenovela. A Dom le habría dado un ataque. Derek DiAngelis... suena a una crisis identitaria andante.

—Pues ten un hijo tuyo y lo llamas Vito –dijo Gina. Sólo era una broma. Gina sólo estaba bromeando, no quería decir nada con eso. Pero saberlo no lo ayudaba. Aún se sentía como si le hubieran dado una patada en el estómago.

—¿Está Joey? –preguntó bruscamente.

—Está en San Diego –dijo–. Tom, ¿estás bien? Suenas raro.

—Estoy bien. Sólo quería decir hola –por supuesto que Joey estaba en San Diego. Joey viajaba mucho en estos días, el estirado con suerte. Junkyard Joey DiAngelis era un piloto estrella en el circuito del derby de demolición, y en invierno el circuito se desplazaba a climas más cálidos. Era un tanto irónico. Cuando eran niños, incluso sus padres habían supuesto que Tom era el que viajaría por ahí mientras Joey se quedaría en Bayonne y llevaría el deshuesadero de su padre. Y ahora Joey era casi universalmente conocido, mientras que el viejo deshuesadero de la familia pertenecía a Tom. Debería habérselo imaginado; incluso en la primaria, Joey era un demonio en los coches de choque–. Bueno, dile que llamé.

—Tengo el número de su hotel –ofreció.

—Gracias de todos modos. No es tan importante. Nos vemos, Gina. Cuida a Vito.

Tom devolvió el teléfono a su soporte. Las llaves de su coche estaban en el mostrador de la cocina. Se subió la cremallera de una chamarra de ante marrón sin ninguna forma y bajó al garaje del sótano. La puerta se cerró automáticamente tras su Honda verde oscuro. Se dirigió al este por la Primera, más allá de las viviendas subsidiadas, y giró por Lexington. En la Quinta, dio un quiebre a la derecha y dejó atrás los barrios residenciales.

Era un sábado gris y frío de marzo, con nieve en el suelo y el frío del invierno en el aire. Tenía cuarenta y un años y Barbara se iba a casar y Thomas Tudbury necesitaba meterse en su caparazón.

♣

Se conocieron en Junior Achievement, cursaban el último año de secundaria en dos colegios distintos.

Tommy tenía escaso interés en aprender cómo funcionaba el sistema de libre cambio, pero tenía mucho interés en las chicas. En su escuela preparatoria todos eran chicos, pero JA seleccionaba alumnado de todos los institutos locales y Tom se había unido primero como alumno de penúltimo año.

Le resultaba difícil trabar amistad con los chicos y las chicas lo

aterrorizaban. No sabía qué decirles, y temía decir algo estúpido o
no decir nada en absoluto. Tras unas pocas semanas, algunas empezaron a burlarse de él. La mayoría se limitó a ignorarlo. Las reuniones
de los martes por la noche se convirtieron en algo a lo que temería
durante todo su penúltimo año.

El último año fue diferente. La diferencia era una chica llamada
Barbara Casko.

En su primer encuentro, Tom estaba sentado en una esquina, sintiéndose regordete y abatido, cuando Barbara se acercó y se presentó. Era honestamente amigable; Tom estaba perplejo. Lo realmente
increíble, incluso más sorprendente que el hecho de que a esta chica
le saliera ser amable con él, era que se trataba de la más guapa del
grupo y quizá la más guapa de todo Bayonne. El pelo rubio oscuro
le caía sobre los hombros y se doblaba hacia arriba en las puntas y
tenía los ojos azul pálido y la sonrisa más cálida del mundo. Llevaba suéteres de angora, nada demasiado ajustados, pero mostraban
su bonita figura de la mejor manera. Era lo bastante guapa para ser
porrista.

Tommy no era el único que estaba impresionado con Barbara Casko. En muy poco tiempo, era la delegada de la clase de JA. Y cuando
se acabó su mandato, después de Navidad, y tocaban nuevas eleccio-
nes, ella lo nominó para sucederla como presidente y era tan popular que realmente lo eligieron.

—Invítala a salir –dijo Joey DiAngelis en octubre, cuando Tom se
armó de valor para hablarle de ella. Joey había dejado la escuela el
año anterior. Estaba formándose como mecánico en una estación de
servicio en la Avenida E–. Le gustas, imbécil.

—Vamos –dijo Tom–. ¿Por qué saldría conmigo? Tendrías que
verla, Joey, podría salir con quien quisiera –Thomas Tudbury no había tenido una cita en su vida.

—Quizá tiene un gusto de mierda –dijo Joey, sonriendo.

Pero el nombre de Barbara volvió a salir. Joey era el único con
quien Tom podía hablar y Barbara era todo acerca de lo que podía
hablar aquel año.

—Dame un respiro, Tuds –dijo Joey una noche de diciembre
mientras estaban bebiendo cerveza dentro de un viejo Packard destrozado, junto a la bahía–. Si no la invitas a salir, lo haré yo.

Tommy odiaba esa idea.

—No es tu tipo, maldito macarroni.

Joey sonrió.

—Pensaba que habías dicho que era una chica.

—Va a ir a la universidad, para ser profesora.

—Ah, no me importa esa mierda. ¿Tiene las tetas grandes?

Tom le dio un golpe en el hombro.

Hacia marzo, como aún no la había invitado a salir, Joey dijo:

—¿A qué diablos estás esperando? Te nominó para que fueras el delegado de su maldita clase de mariquitas, ¿no? Le gustas, idiota.

—Sólo porque ella supiera que sería un buen delegado de clase no quiere decir que vaya a salir conmigo.

—Pídeselo, imbécil.

—A lo mejor lo hago –dijo Tom incómodo.

Dos semanas después, un miércoles por la noche tras una reunión en la que Barbara se había mostrado especialmente amigable, fue tan lejos como para intentar buscar su número en la guía telefónica. Pero nunca hizo la llamada.

—Hay nueve Caskos listados –le dijo a Joey la siguiente vez que lo vio–. No estaba seguro de cuál era ella.

—Llama a todos, Tuds. Carajo, todos son parientes.

—Me sentiría como un idiota –dijo Tom.

—Eres un idiota –le dijo Joey–. Así que mira, si es tan difícil, la próxima vez que la veas le pides el número de teléfono.

Tom tragó saliva.

—Entonces pensaría que quiero pedirle una cita.

Joey rio.

—¿Y? ¡Quieres pedirle una cita!

—Es sólo que aún no estoy listo, eso es todo. No sé cómo –Tom se sentía desdichado.

—Es fácil. Le telefoneas y cuando te responda dices: «Hola, soy Tom, ¿quieres salir conmigo?».

—¿Y si me dice que no?

Joey se encogió de hombros.

—Pues llama a todas las pizzerías de la ciudad y haz que le entreguen pizzas toda la noche. Anchoas. Nadie puede comer pizza de anchoa.

Más o menos hacia mayo, Tom había descubierto a qué familia Casko pertenecía Barbara. Había hecho un comentario casual sobre su barrio y reparó en él, del mismo modo obsesivo en que reparaba en todo lo que decía. Fue a casa, arrancó aquella página de la guía telefónica y dibujó un círculo alrededor del número con su Bic. Incluso empezó a marcar. Cinco o seis veces. Pero no llegó a completar la llamada.

—¿Y por qué diablos no? –demandó Joey.

—Es demasiado tarde –dijo Tom con desánimo–. Quiero decir, nos conocemos desde septiembre y no la he invitado a salir; si se lo pido ahora pensará que soy un cobarde o algo.

—Eres un cobarde –dijo Joey.

—¿Y de qué serviría? Vamos a ir a universidades diferentes. Probablemente no nos volvamos a ver jamás después de junio.

Joey aplastó una lata de cerveza en su puño y dijo tres palabras.

—Baile de graduación.

—¿Qué pasa con él?

—Pídele que vaya contigo al baile de graduación. Quieres ir a tu baile de graduación, ¿no?

—No sé –dijo Tom–, quiero decir, no puedo bailar. ¿Qué demonios es esto? ¡Tú nunca fuiste a ningún baile de graduación!

—Los bailes son una mierda –dijo Joey–. Cuando salgo con una chica, prefiero llevarla a la carretera 44 y ver si puedo tocar tetas en vez de tomarla de la mano en algún gimnasio, ¿sabes? Pero tú no eres yo, Tuds. No me jodas. Quieres ir a ese estúpido baile de graduación y si entraras con la cita más guapa de todo el lugar, estarías en el maldito cielo.

—Es mayo –dijo Tom hoscamente–. Barbara es la chica más guapa de Bayonne, no hay modo de que no tenga una cita para el baile.

—Tuds, van a diferentes institutos. Probablemente tiene una cita para su baile, sí, pero ¿qué malditas probabilidades hay de que tenga una en tu baile? A las chicas les encanta esa mierda de los bailes, vestirse de gala y llevar un ramillete y bailar. Lánzate, Tuds. No tienes nada que perder –sonrió–. A menos que te importe tu virginidad.

En la semana que siguió, Tom no pensó en otra cosa que no fuera esa conversación. Se acababa el tiempo. Junior Achievement se estaba terminando y una vez que fuera así, no volvería a ver a Barbara a menos que hiciera algo. Joey tenía razón, debía intentarlo.

El martes por la noche tenía el estómago en un nudo en el largo trayecto del autobús hacia los suburbios, y seguía ensayando mentalmente la conversación. No le saldrían las palabras correctas, no importaba cuántas veces las reordenara, pero estaba decidido a decir algo, como fuera. Le aterrorizaba que le dijera que no, y aún le aterrorizaba más que le pudiera decir que sí. Pero tenía que intentarlo. No podía simplemente dejar que partiera sin hacerle saber lo mucho que le gustaba.

Su mayor preocupación era cómo diantres podría apartarla, llevarla lejos de todos los otros chicos. Desde luego no quería tener que preguntarle delante de todo el mundo. Sólo de pensarlo se le ponía la piel de gallina. Las otras chicas pensaban que él ya era motivo de hilaridad tal y como era, y la idea de que le pidiera a Barbara Casko ir al baile de graduación haría que se partieran de risa. Sólo esperaba que no se lo dijera. No creía que lo hiciera.

El problema se resolvió solo. Era la última reunión y los tutores estaban entrevistando a los delegados de todos los cursos. Daban una beca al chico elegido presidente del año. Barbara había sido la delegada de su curso la primera mitad del año, Tom la segunda; se encontraron esperando en un pasillo, sólo los dos, los dos juntos, mientras los otros chicos estaban en la reunión y los tutores estaban ocupados con las entrevistas.

—Espero que ganes –dijo Tom mientras aguardaban.

Barbara le sonrió. Llevaba un suéter azul pálido y una falda plisada que le llegaba justo por debajo de la rodilla y alrededor del cuello tenía una fina cadena de oro con un medallón en forma de corazón. Su pelo rubio parecía tan suave que quería tocarlo, pero por supuesto no se atrevió. Estaba bastante cerca de él y podía oler a limpio y fresco.

—Estás realmente guapa –espetó con torpeza

Se sentía como un idiota, pero Barbara no parecía darse cuenta. Lo miró con aquellos ojos azules, azules.

—Gracias –dijo–. Ojalá se den prisa –y entonces hizo algo que le dejó estupefacto: alargó el brazo y lo tocó, le puso la mano en su brazo y le dijo–: Tommy, ¿puedo hacerte una pregunta?

—Una pregunta –repitió–. Claro.

—Es sobre tu baile de graduación –dijo Barbara.

Se quedó como un zombi durante un buen rato, consciente del frío que hacía en el pasillo, de las risas distantes de la clase, de las voces de los tutores que salían desde el otro lado de la puerta de cristal esmerilado, de la leve presión de la mano de Barbara y, sobre todo, de su cercanía, de aquellos profundos ojos azules que lo miraban, del medallón colgando entre las pequeñas formas redondas de sus pechos, de su aroma a limpio y fresco. Por una vez, no estaba sonriendo. La expresión de su cara casi podría haber sido de nerviosismo. Sólo la hacía parecer más guapa.

Quería abrazarla y besarla. Estaba desesperadamente atemorizado.

—El baile –consiguió decir por fin. Flojito. De un modo absurdo, fue repentinamente consciente de la erección que presionaba el interior de sus pantalones. Sólo esperaba que no se notara.

—¿Conoces a Steve Bruder? –le preguntó.

Tom conocía a Steve Bruder desde segundo año. Era el delegado de la clase y jugaba en el equipo de baloncesto. En la escuela de primaria, Stevie y sus amigos solían humillar a Tom con sus puños. Ahora eran sofisticados estudiantes de secundaria y sólo usaban las palabras.

Barbara no esperó a que respondiera.

—Hemos estado saliendo juntos –le explicó–. Pensé que me iba a pedir ir al baile de graduación, pero no lo ha hecho.

¡Podrías ir conmigo!, pensó Tom enloquecido, pero todo lo que dijo fue:

—¿No?

—No –dijo ella–. ¿Sabes, quiero decir, sabes si se lo ha pedido a alguien más? ¿Crees que me lo va a pedir?

—No sé –dijo Tom con voz apagada–. No hablamos mucho.

—Vaya –dijo Barbara. Su mano cayó y entonces se abrió la puerta y lo llamaron.

Aquella noche Tom ganó 50 dólares en bonos como delegado del año de Junior Achievement.

Su madre nunca comprendió por qué parecía tan infeliz.

♠

El deshuesadero estaba en Hook, en la explanada entre la refinería abandonada y las aguas verdes de la bahía de Nueva York. La cerca de alambre de tres metros de alto estaba caída y había óxido en el rótulo del lado derecho de la puerta que advertía a los intrusos que el paso estaba prohibido. Tom salió de su coche, abrió el candado, quitó las pesadas cadenas y estacionó dentro.

La cabaña en la que Joey y su padre Dom habían vivido estaba ahora en plena decadencia. La pintura del tejado había desaparecido hasta el punto de ser ilegible, pero Tom aún podía distinguir las débiles letras: DI ANGELIS CHATARRA & PIEZAS DE AUTOMÓVIL. Tom había comprado y cerrado el deshuesadero hacía diez años, cuando Joey se casó. Gina no había querido vivir en un deshuesadero y, además, Tom se había cansado de toda la gente que merodeaba durante horas buscando la transmisión de un DeSoto o una defensa para un Edsel de 1957. Ninguno de ellos había llegado a encontrarse con sus secretos, pero habían estado cerca, y más de una vez se había visto forzado a pasar la noche en algún sucio tejado de Jokertown porque había moros en la costa.

Ahora, tras una década de benigno abandono, el deshuesadero era una extensa tierra baldía de óxido y desolación, y nadie se molestaba en conducir todo el camino hasta allí.

Tom estacionó su Honda detrás de la cabaña y se dirigió a grandes trancos hacia el deshuesadero con las manos metidas en los bolsillos y el gorro bien calado para protegerse del frío viento lleno de salitre que venía de la bahía.

Aquí nadie había apartado la nieve, y no había habido tráfico para convertirla en un sucio légamo café. Parecía como si hubieran espolvoreado azúcar sobre las colinas de chatarra y basura, y pasó por delante de montones más altos que él, heladas olas blancas que se desplomarían cuando las temperaturas aumentaran en la primavera.

En lo más hondo, entre dos imponentes pilas de automóviles convertidos en puro óxido, había un espacio despejado. Tom pateó la nieve con el talón de su zapato hasta que descubrió la lisa placa metálica. Se arrodilló, encontró la argolla y tiró de ella. El metal estaba helado, y jadeaba mientras se las arreglaba para levantar la tapa poco menos de un metro para abrir el túnel que estaba debajo. Habría sido mucho más fácil usar la telequinesia, moverlo con su mente. Hubo un tiempo en que lo habría hecho. Ahora no. El tiempo te hace cosas curiosas. En el interior del caparazón se había hecho más y más fuerte, pero en el exterior su telequinesis se había ido apagando con el paso de los años. Todo era psicológico, Tom lo sabía; el caparazón se había convertido en una especie de muleta y su mente se negaba a dejarlo usar la telequinesia sin ella, eso era todo. Pero había días en que casi podía sentir como si Thomas Tudbury y la Gran y Poderosa Tortuga se hubieran convertido en dos personas distintas.

Se dejó caer en la oscuridad, en el túnel que él y Joey habían excavado juntos, noche tras noche, hacía mucho tiempo, ¿en qué año había sido? ¿69? ¿70? Algo así. Encontró la gran linterna de plástico en su gancho, pero la luz era pálida y débil. Tendría que acordarse de traer pilas nuevas de la tienda la próxima vez que saliera. Alcalinas la próxima vez; duraban mucho más.

Caminó unos veinte metros más, antes de que el túnel acabara y la oscuridad del búnker se abriera a su alrededor. Era sólo un enorme agujero en el suelo que había excavado con su telequinesia, su tosco techo cubierto de una fina capa de tierra y basura para esconder lo que yacía debajo. El aire era espeso y rancio, y oyó a las ratas escabulléndose lejos de la luz de su linterna. En el cómic, la Tortuga tenía una Cueva Tortuga secreta bajo las aguas de la bahía de Nueva York, un lugar maravilloso con techos abovedados y consolas de computadoras y un mayordomo que vivía allí y quitaba el polvo a todos los trofeos y preparaba manjares deliciosos. Los escritores de Cosh Comics habían hecho que las cosas le fueran infinitamente mejor de lo que él se las había arreglado.

Caminó más allá de dos de los caparazones más viejos, hasta el último modelo, pulsó la combinación y abrió la escotilla. Arrastrándose en su interior, Tom selló el caparazón tras de sí y encontró su butaca. Buscó a tientas el arnés y se lo ajustó. El asiento era amplio y confortable, con reposabrazos colchados y el amigable olor del cuero. Los paneles de control estaban engastados en los extremos de ambos reposabrazos para permitir acceder a ellos con sólo mover un dedo. Sus dedos palparon las teclas con la facilidad de una larga familiaridad, encendiendo los ventiladores, la calefacción, las luces. El interior del caparazón era cómodo y acogedor, cubierto de alfombra de lana verde. Tenía cuatro televisores a color de 24 pulgadas montados en las paredes tapizadas, rodeados por bancos de pantallas más pequeñas y otros instrumentos.

Hundió su índice izquierdo y las cámaras exteriores cobraron vida, llenando sus pantallas de vagas formas grises, hasta que puso las luces infrarrojas. Tom giró lentamente, revisando las imágenes, probando sus luces, asegurándose de que todo funcionaba. Rebuscó en su caja de casetes hasta que encontró a Springsteen. Un buen chico de Jersey, pensó Tom. Metió el casete en el reproductor y lo cerró de golpe y Bruce se arrancó con «Glory Days». Le dibujó una sonrisa dura y plana en el rostro.

Tom se inclinó hacia delante y pulsó un conmutador. Desde algún lugar del exterior llegó un zumbido. A juzgar por el sonido, habría que cambiar pronto la puerta del garaje. En las pantallas vio cómo la luz se derramaba en el búnker desde arriba. Una cascada de nieve y hielo cayó sobre el sencillo suelo de tierra. Se impulsó hacia arriba con su mente; el caparazón blindado se elevó y empezó a moverse hacia la luz. Así que Barbara Casko iba a casarse con ese idiota de Steve Bruder, pues qué diablos le importaba; la Gran y Poderosa Tortuga iba a salir a patear el culo a algún monstruo.

◆

Una cosa que Tom Tudbury había descubierto hacía tiempo era que la vida no te da muchas segundas oportunidades. Tuvo suerte. Tuvo una segunda oportunidad con Barbara Casko.

Sucedió en 1972, una década después de la última vez que la había visto. La tienda aún se llamaba Broadway Television and Electronics entonces y Tom era el ayudante del gerente. Estaba detrás de la caja registradora, de espaldas al mostrador, ordenando algunos estantes cuando una voz femenina dijo:

—Disculpe.

—Sí –dijo y se giró y se quedó mirándola fijamente.

Su pelo rubio oscuro era mucho más largo, le caía hasta media espalda y llevaba gafas tintadas con enorme montura de plástico, pero tras los anteojos sus ojos eran exactamente igual de azules. Llevaba un suéter tejido de colores y un par de jeans gastados y su figura era incluso mejor a los veintisiete de lo que lo había sido a los diecisiete. Le miró la mano y lo único que vio fue un anillo de graduación universitaria.

—Barbara –dijo.

Ella pareció sorprendida.

—¿Te conozco?

Tom señaló el pin de McGovern que llevaba en el suéter.

—Una vez me nominaste para presidente –dijo.

—Yo no –empezó, con un leve mohín de desconcierto en aquella cara, que aún era la cara más hermosa que había sonreído a Tom Tudbury en toda su vida.

—Llevaba el pelo cortado a cepillo –dijo–. Y una chamarra de pana con doble abotonadura. Negra –se tocó los anteojos de aviador–. Éstos tenían montura de carey la última vez que me viste. Pesaba más o menos lo mismo, pero debía de medir unos cinco centímetros menos. Y estaba tan enamorado de ti que no lo creerías.

Barbara Casko sonrió. Por un momento pensó que estaba fingiendo. Pero sus ojos se encontraron y él lo supo.

—¿Cómo estás, Tom? ¡Cuánto tiempo!, ¿eh?

Mucho tiempo, pensó. Y tanto. Todo un eón.

—Estoy bien –le dijo. Era al menos media verdad. Eso era al final de la década más emocionante de la Tortuga.

La vida de Tom no iba a ninguna parte: había dejado la universidad después del asesinato de JFK y desde entonces había estado viviendo en un sótano de mala muerte en la calle 31. No le importaba un comino. Tom Tudbury y su miserable trabajo y su miserable apartamento eran secundarios en su verdadera vida; eran el precio que tenía que pagar por aquellas noches y fines de semana en el caparazón. En la preparatoria había sido un gordito introvertido con el pelo a cepillo, con un montón de inseguridades y un poder secreto que sólo Joey conocía. Y ahora era la Gran y Poderosa Tortuga, un héroe misterioso, una celebridad, as de ases y, en definitiva, el mejor.

Por supuesto, no podía decirle nada de eso.

Pero de algún modo, no importaba. El mero hecho de ser la Tortuga había cambiado a Tom Tudbury, le había dado más confianza. Durante diez años había tenido fantasías y sueños húmedos sobre Barbara Casko, reprochándose su cobardía, preguntándose por el camino que no había tomado y el baile de graduación al que no había asistido. Una década después, Tom Tudbury por fin consiguió pronunciar las palabras:

—Estás increíble –dijo, con toda sinceridad–. Salgo a las cinco. ¿Estás libre para cenar?

—Claro –dijo. Después rio–. Me preguntaba cuánto ibas a tardar en pedirme una cita. Nunca me hubiera imaginado que serían diez años. Seguro acabas de establecer un nuevo récord.

♥

Los monstruos eran como los policías, decidió Tom: nunca estaban cerca cuando los necesitabas. Diciembre había sido una historia diferente. Recordaba la primera vez que los vio, recordaba el largo trayecto surrealista por la Jersey Turnpike hacia Filadelfia. Tras él había una columna de vehículos blindados; delante, la autopista estaba desierta. No se movía nada salvo unos cuantos periódicos arrastrados por el viento en los carriles vacíos de la calzada. A los lados de la carretera, los vertederos de residuos tóxicos y las plantas petroquímicas se alzaban como tantas ciudades fantasmas. De vez en cuando se cruzaban con demacrados refugiados que huían del Enjambre, pero nada más. Era como una película, pensó Tom. Casi no podía creerlo.

Hasta que entraron en contacto.

Un gélido escalofrío había subido por su espalda cuando el androide volvió como un rayo a la columna con las noticias de que el enemigo estaba cerca, avanzando hacia Fili.

—Esto es lo que hay –dijo Tom a Peregrine, que había hecho el trayecto con él en el caparazón para descansar sus alas. Tuvo suficiente tiempo para encontrar un casete –*Creedence Gold*– y meterlo en el reproductor antes de que los retoños del Enjambre aparecieran en el horizonte como una marea negra. Las criaturas voladoras llenaban el aire hasta donde podían ver sus cámaras, una masa de oscuridad en movimiento como una descomunal nube de tormenta que se les echaba encima. Recordó el tornado de *El mago de Oz* y cuánto lo había asustado la primera vez que había visto la película.

Debajo de aquellas alas oscuras las demás criaturas del Enjambre avanzaban reptando sobre vientres anillados, corriendo sobre patas arácnidas de un metro, supurando como la Masa Devoradora y sin que Steve McQueen estuviera a la vista. Llenaban la carretera de un lado a otro, sobresalían por los bordes y se movían más rápido de lo que habría podido imaginar.

Peregrine alzó el vuelo. El androide ya estaba lanzándose de nuevo hacia el enemigo, y Tom vio que Mistral bajaba desde lo alto, un centelleo azul entre las delgadas y frías nubes. Tragó saliva y puso el volumen de sus altavoces a tope; «Bad Moon Rising» atronó en el oscuro cielo. Recordaba haber pensado que la vida no volvería a ser lo mismo. Casi quería creerlo. Quizás el nuevo mundo sería mejor que el viejo.

Pero aquello era diciembre, y ahora era marzo, y la vida era mucho más resistente de lo que hubiera podido suponer. Como aves de paso, los retoños del Enjambre habían amenazado con tapar el sol, y como aves de paso, se habían ido en lo que había parecido un instante. Tras aquel primer momento inolvidable, hasta la guerra de los mundos se había convertido sólo en otra tarea. Era más exterminio que combate, como matar cucarachas especialmente grandes y feas. Zarpas, pinzas y garras venenosas se usaban contra su coraza; el ácido secretado por las criaturas voladoras le dañó los anteojos considerablemente, pero era más una molestia que un peligro. Se encontró tratando de pensar maneras nuevas e imaginativas de matar aquellas cosas para aliviar el aburrimiento. Las lanzaba por los aires, bien alto; las partía por la mitad, las agarraba con puños invisibles y las apretaba hasta convertirlas en guacamole. Una y otra vez, día tras día, sin parar, hasta que dejaron de venir.

Y después, de vuelta a casa, se sorprendió de lo rápido que la Guerra del Enjambre desaparecía de los titulares y de qué fácilmente la vida volvía a su viejo curso. En Perú, el Chad y las montañas del Tíbet, grandes infestaciones de alienígenas seguían causando estragos, y restos menores seguían produciendo molestias a los turcos y los nigerianos, pero los enjambres del tercer mundo sólo eran un relleno de cuarta página en la mayoría de periódicos estadunidenses. Mientras tanto, la vida seguía. La gente pagaba la hipoteca e iba a trabajar; quienes habían perdido casa y trabajo presentaban debidamente las reclamaciones a las compañías aseguradoras y solicitado el seguro de desempleo. La gente se quejaba del tiempo, contaba chistes, iba al cine, discutía de deportes.

La gente hacía planes de boda.

Los retoños del Enjambre no habían sido completamente eliminados, por supuesto. Un pequeño remanente de monstruos acechaba aquí y allá, en lugares aislados o no tan aislados. Tom deseaba desesperadamente encontrarse con uno hoy. Uno pequeño bastaría, que volara, reptara… no le importaba. Se habría conformado con algún delincuente común, un incendio, un accidente de coche, algo que le quitara de la cabeza a Barbara.

Nada que hacer. Era un día gris, frío, depresivo, apagado incluso en Jokertown. Su monitor de la policía no informaba de nada, salvo de algunos conflictos domésticos, y había establecido la regla de no involucrarse en esos casos. Con el paso de los años había descubierto que incluso la mujer más maltratada tendía a entrar en *shock* cuando el caparazón blindado del tamaño de un Lincoln Continental se empotraba en la pared de su dormitorio y le decía a su marido que le quitara la mano de encima.

Cruzó todo Bowery, flotando justo por encima de las azoteas, su caparazón proyectaba una larga sombra negra que le seguía el paso por debajo, en la acera. El tráfico pasaba por debajo sin siquiera aminorar la marcha. Todas sus cámaras estaban haciendo barridos exploratorios, ofreciéndole perspectivas desde más ángulos de los que posiblemente necesitaba. Tom observaba sin descanso de una pantalla a la otra, contemplando a los peatones. Ya apenas reparaban en él. Una fugaz ojeada hacia arriba cuando el caparazón entraba en su visión periférica, un destello de reconocimiento, y luego volvían a sus propios asuntos, aburridos. *Sólo es la Tortuga*, se imaginó que dirían. Noticias de ayer. Los días de gloria ya han pasado.

Veinte años antes, las cosas habían sido distintas. Había sido el primer as que había saltado a la opinión pública tras una larga década de clandestinidad, y todo lo que hacía o decía era celebrado. Los periódicos estaban llenos de sus hazañas, y cuando la Tortuga pasaba por encima, los niños gritaban y lo señalaban, y todos los ojos giraban en su dirección. Las multitudes lo aclamaban entusiasmadas en los incendios y en los desfiles y en las asambleas públicas. En Jokertown, los hombres se quitaban sus máscaras para saludarlo y las mujeres le lanzaban besos al pasar. Era el héroe de Jokertown. Al esconderse en un caparazón blindado y no mostrar nunca su cara, muchos jokers habían asumido que era uno de ellos y lo amaban por eso. Era un amor basado en una mentira, o al menos en una confusión, y a veces se sentía culpable por ello, pero en aquellos días los jokers habían necesitado desesperadamente tener a alguien de los suyos a quien aclamar, así que había dejado que los rumores continuaran. Nunca se decidió a hacer público que era realmente un as; en algún punto, no podía recordar exactamente cuándo, al mundo había dejado de importarle quién o qué podía estar dentro del caparazón de la Tortuga.

En la actualidad había setenta u ochenta ases sólo en Nueva York, quizás incluso cien, y el sólo era la misma vieja Tortuga. Jokertown tenía héroes jokers de verdad ahora: Oddity, Troll, Quasiman y las Twisted Sisters y otros ases jokers a quienes no les asustaba mostrar sus rostros al mundo. Durante años se había sentido mal por el hecho de aceptar una adulación por parte de los jokers que se basaba en premisas falsas, pero ahora que había desaparecido descubrió que la echaba de menos.

Al pasar por encima del parque Sara Roosevelt, Tom reparó en un joker con cabeza de cabra agachado en la base de la abstracta figura de acero rojo que habían alzado como monumento a los caídos en la Gran Revuelta de Jokertown en 1976. El hombre contempló el caparazón con una aparente fascinación. Quizá no lo habían olvidado por completo, después de todo, pensó Tom. Acercó el objetivo para tener una buena imagen de su fan. Entonces fue cuando se percató de la gruesa hebra de moco verde que colgaba de la comisura de la boca del hombre-cabra y del vacío en aquellos pequeños ojos negros. Una pesarosa sonrisa torció los labios de Tom. Encendió el micrófono:

—Eh, chico –anunció por sus altavoces–. ¿Está todo bien ahí abajo?

El hombre-cabra movió su boca sin proferir sonido alguno.

Tom suspiró. Proyectó su mente y levantó al joker en el aire con facilidad. El hombre-cabra ni siquiera luchó. Se limitó a mirarlo con expresión de asombro desde la distancia, viendo quién sabe qué, mientras le caía la baba. Tom lo situó en un lugar bajo el caparazón y partió hacia South Street.

Depositó suavemente al hombre-cabra entre los erosionados leones que guardaban las escaleras de la clínica de Jokertown y subió el volumen de sus altavoces.

—Tachyon —dijo al micrófono y «TACHYON» retumbó por toda la calle, haciendo temblar las ventanas y sobresaltando a los motoristas de la autopista FDR. Una enfermera de aspecto feroz apareció en la puerta principal y lo miró con el ceño fruncido.

—Les traigo a un paciente —dijo más bajo.

—¿Quién es? —preguntó.

—Presidente del Club de Fans de la Tortuga —dijo Tom—. ¿Cómo cuernos voy a saber quién es? Pero necesita ayuda. Míralo.

La enfermera hizo un examen superficial al joker, después llamó a dos camilleros para que la ayudaran a meter al hombre.

—¿Dónde está Tachyon? —preguntó Tom.

—Comiendo —dijo la enfermera—. Tiene que volver a la una y media. Lo más probable es que esté en casa de Peludo.

—No importa —dijo Tom. Empujó y el caparazón se elevó directo al cielo. La autopista, el río, los tejados de Jokertown fueron empequeñeciéndose por debajo.

Curioso, cuanto más alto subías, más bonito parecía Manhattan. Los magníficos arcos de piedra del puente de Brooklyn, los retorcidos callejones de Wall Street, la Estatua de la Libertad en su isla, los barcos en el río y los ferris en la bahía, las elevadas torres del edificio Chrysler y el Empire State Building, la vasta extensión verde y blanca de Central Park; desde lo alto, la Tortuga lo contempló todo. El intrincado entramado del tráfico fluyendo por las calles de la ciudad era casi hipnótico si lo contemplabas el tiempo suficiente. Mirándola desde el frío cielo de invierno, Nueva York era magnífica y formidable, como ninguna otra ciudad en el mundo. Sólo cuando descendías entre aquellas gargantas de piedra veías la suciedad, olías los desechos podridos de un millón de botes de basura abollados, oías las maldiciones y los gritos y sentías la profundidad del miedo y la miseria.

Se elevó muy alto por encima de la ciudad, un viento helado azotaba su caparazón. El monitor de la policía crepitaba con trivialidades. Tom sintonizó la frecuencia de la marina, pensando que tal vez podría encontrar alguna lancha en apuros. Una vez había salvado a seis personas de un yate que había volcado en una tormenta de verano. El agradecido propietario lo había recompensado después. El tipo también era listo; le había pagado en efectivo, billetes pequeños y usados, ninguno de más de veinte. Seis condenados maletines.

Los héroes sobre los que Tom había leído cuando era niño siempre rechazaban las recompensas, pero ninguno vivía en un apartamento de mala muerte o conducía un Plymouth con ocho años de antigüedad. Tom tomó el dinero, tranquilizó su conciencia donando un maletín a la clínica y usó los otros cinco para comprarse la casa. De ningún modo habría podido comprarse una casa con el sueldo de Tom Tudbury. A veces le preocupaba que Hacienda lo investigara, pero por ahora no había pasado.

Su reloj marcaba la 1:03. Hora de comer. Abrió el pequeño refrigerador que había en el suelo, donde había guardado una manzana, un sándwich de jamón y un *six pack* de cervezas. Cuando acabó de comer era la 1:17. Menos de cuarenta y cinco minutos, pensó, y recordó aquella vieja película de Cagney sobre George M. Cohan y la canción «Forty-Five Minutes from Broadway». A esta hora salía un autobús de Port Authority que tardaría cuarenta y cinco minutos en llegar a Bayonne, pero era más rápido por aire. Diez minutos, quince a lo sumo, y podría volver.

Pero ¿para qué?

Apagó la radio y volvió a poner la cinta de Springsteen y rebobinó hasta que encontró de nuevo «Glory Days».

♣

La segunda vez las cosas habían ido mucho mejor. Tras la graduación, ella había ido a Rutgers, le dijo Barbara aquella primera noche, entre sándwiches de ternera y jarras de cerveza en Hendrikson's. Había obtenido una licencia para la docencia, pasado dos años en California con un novio y vuelto a Bayonne cuando rompieron. Ahora daba clases en la localidad, jardín de infantes, irónicamente en la antigua escuela de primaria de Tom.

—Me encanta –dijo–. Los niños son fantásticos. Los cinco son una edad mágica.

Tom la había dejado hablar de su vida durante un buen rato, feliz por estar sencillamente allí sentado con ella, escuchando su voz. Le gustaba cómo le brillaban los ojos cuando hablaba de los niños. Cuando por fin sus explicaciones fueron aminorando, le hizo la pregunta que lo había estado atormentando todos aquellos años:

—¿Te pidió Steve Bruder ir al baile?

Hizo una mueca.

—No, el hijo de puta. Fue con Betty Moroski. Lloré toda una semana.

—Era un idiota. Por Dios, no era ni la mitad de guapa que tú.

—No –dijo Barbara, con un mohín irónico de su boca–, pero ella fue al baile y yo no. No importa. ¿Y qué hay de ti? ¿Qué has estado haciendo los últimos diez años?

Habría sido infinitamente más interesante si le hubiera hablado de la Tortuga, de la vida en los fríos cielos y las míseras calles, de las situaciones arriesgadas, los momentos de euforia y los titulares. Se podría haber jactado de capturar al Gran Simio durante el gran apagón de 1965, podría haberle dicho que había salvado la vida y la cordura del doctor Tachyon, podría haber dejado caer casualmente los nombres de los famosos y los villanos, los ases y los jokers y las celebridades de toda clase. Pero todo aquello formaba parte de otra vida, pertenecía a un as que aparecía resguardado en un caparazón de hierro. Lo único que tenía para ofrecerle era Thomas Tudbury. Mientras hablaba sobre sí mismo se dio cuenta por primera vez de lo vacía y deprimente que en verdad era su vida «real».

Pero de algún modo parecía bastar.

La primera cita dio pie a una segunda, la segunda a una tercera y pronto estuvieron viéndose regularmente. No era el cortejo más excitante del mundo. Entre semana iban al cine en el pueblo, al DeWitt o al Lyceum; a veces simplemente miraban la televisión juntos y se turnaban haciendo la cena. En los fines de semana iban a Nueva York; obras de Broadway cuando podían permitírselo, cenas tardías en Chinatown y Little Italy. Cuanto más estaba con ella, más incapaz se sentía de estar sin ella.

A ambos les gustaba el vino tinto y la pizza y el rock'n'roll. Ella se había manifestado en Washington el año anterior, para que retiraran las tropas de Vietnam, y él también había estado allí (dentro de su caparazón, flotando por encima del parque con símbolos de la paz pintados en su coraza y una impresionante rubia con un top sin mangas y jeans sentada en lo alto, cantando todo el rato las canciones pacifistas que atronaban desde sus altavoces, pero no le podía explicar esa parte). Adoraba a Gina y Joey, y sus padres parecían aprobarlo. Era una fan del beisbol, educada para abominar a los

Yankees y amar a los Brooklyn Dodgers, justo como él. Al llegar octubre, estaba sentada a su lado en las gradas del Ebbets Field, cuando Tom Seaver llevó a los Dodgers a la victoria sobre los Oakland A's en el séptimo y decisivo partido de la serie. Un mes después, él estaba allí para compartir su angustia por la aplastante derrota de McGovern. Tenían mucho en común.

No se había dado cuenta de *cuánto* hasta la semana después de Acción de Gracias, cuando ella fue a su casa a cenar. Él había ido a la cocina para abrir el vino y vigilar la salsa de los espaguetis, y cuando volvió la encontró de pie junto al librero, hojeando una copia de bolsillo de *El día del Wild Card*, de Jim Bishop.

—Debes de estar interesado en este asunto –dijo, señalando los libros. Su colección sobre el wild card ocupaba casi tres estantes. Lo tenía todo: las biografías de Jetboy; la antología de discursos de Earl Sanderson y las memorias de Archibald Holmes; *Wild Card Chic*, de Tom Wolf; la autobiografía de Ciclón según Robin Moore; el *Almanaque de Ases de Information Please*, y mucho más. Incluyendo, por supuesto, todo lo que se había publicado sobre la Tortuga.

—Sí –dijo–, ehem, siempre me ha interesado. Esa gente. Me encantaría conocer a un wild card algún día.

—Ya lo conoces –dijo, sonriendo, devolviendo el libro a la estantería, junto a *El hombre invisible* de Ralph Ellison.

—¿Lo conozco? –estaba confundido y un poco alarmado. ¿Se había delatado de algún modo? ¿Se lo había dicho Joey?

—¿Quién?

—Yo –dijo Barbara. Debió de parecer incrédulo–. No, de verdad –dijo–. Lo sé, no es evidente. No soy un as ni nada. No me hace nada, hasta donde puede decirse. Pero lo tengo. Sólo tenía dos años, así que no recuerdo nada. Mi madre dijo que casi me muero. Los síntomas… debió de ser todo un espectáculo. Al principio nuestro doctor pensó que eran paperas, pero mi cara seguía hinchándose hasta que parecí una pelota de baloncesto. Entonces me llevaron al hospital Mount Sinai. Allí es donde el doctor Tachyon trabajaba en aquella época.

—Sí –dijo Tom.

—Sea como sea, salí adelante. La hinchazón sólo duró un par de días, pero me tuvieron un mes en el hospital, haciéndome pruebas. Era el wild card, desde luego, pero podría haber sido varicela, para el caso —sonrió—. Con todo, fue nuestro oscuro y profundo secreto de familia. Papá dejó el trabajo y nos mudamos a Bayonne, donde nadie lo sabía. La gente recelaba del wild card por aquel entonces. Yo ni siquiera lo supe hasta que estuve en la universidad. Mi madre temía que lo contara.

—¿Lo hiciste?

—No —dijo Barbara. Parecía extrañamente solemne—. A nadie. No hasta esta noche, de todos modos.

—¿Y por qué me lo contaste? —le preguntó Tom.

—Porque confío en ti —dijo en voz baja.

Casi se lo contó entonces, allí mismo, en su sala de estar. Quería hacerlo. Después, cada vez que pensaba en aquella velada, se descubría deseando haberlo hecho y se preguntaba qué habría pasado.

Pero cuando abrió la boca para pronunciar las palabras, para hablarle de la telequinesia y las Tortugas y los secretos del deshuesadero, fue como si hubiera vuelto atrás en el tiempo y estuviera de nuevo en la preparatoria, de pie junto a ella en aquel corredor, deseando desesperadamente pedirle que lo acompañara al baile y, de algún modo, incapaz de hacerlo. Había guardado sus secretos durante demasiado tiempo. Las palabras no saldrían. Lo intentó, durante un inacabable momento lo intentó. Después, vencido, la había abrazado y murmuró: «Me alegro de que me lo hayas contado», antes de retirarse a la cocina para recuperar la compostura. Observó la salsa de los espagueti cociéndose a fuego a lento y de repente se acercó y apagó la estufa.

—Agarra el abrigo —dijo cuando volvió con ella—. Cambio de planes. Voy a sacarte a cenar.

—¿Sacarme? ¿Dónde?

—Al Aces High —dijo mientras descolgaba el teléfono para reservar mesa—. Vamos a ir a ver a esos wild cards esta noche.

Cenaron entre ases y estrellas. Le costó dos semanas de su sueldo, pero valió la pena, aunque el *maître* había echado un vistazo a su traje de pana y los había sentado en una mesa al fondo, junto a la cocina. La comida era casi tan extraordinaria como la luz de los ojos de Barbara. Estaban disfrutando de un aperitivo cuando el doctor Tachyon entró luciendo un esmoquin de terciopelo verde y escoltando a Liza Minnelli. Tom fue a su mesa y ambos le firmaron un autógrafo en la servilleta de papel.

Aquella noche él y Barbara hicieron el amor por primera vez. Después, mientras dormía acurrucada junto a él, Tom se aferró intensamente a su calidez, soñando en los años venideros y preguntándose por qué diablos había tardado tanto.

♠

Estaba dando un giro por encima del lago de Central Park, escuchando a Bruce y comiéndose una bolsa de Doritos con sabor a queso cuando se dio cuenta de que lo estaba siguiendo un pterodáctilo.

A través de un teleobjetivo, Tom observó cómo volaba en círculos por encima de él, cabalgando los vientos con unas alas correosas de dos metros de envergadura. Frunciendo el ceño, apagó el casete y encendió los altavoces.

—¡EH! —bramó al aire de invierno— ¿NO TIENES BASTANTE FRÍO? ERES UN REPTIL, CHICO, VAS A CONGELARTE TU CULO ESCAMOSO.

El pterodáctilo replicó con un alarido agudo, estridente, trazó un amplio giro y vino a aterrizar encima de su caparazón, aleteando enérgicamente cuando se posó para evitar caerse por el borde. Sus garras arañaron el metal y encontró asidero en las hendiduras entre las placas blindadas.

Suspirando, Tom contempló en una de las grandes pantallas cómo el pterodáctilo fluctuaba, mudaba y se convertía en Chico Dinosaurio.

—Es igual de frío para ti —dijo Chico Dinosaurio.

—Tengo calefactores aquí dentro —dijo Tom. El chico ya se estaba poniendo azul, lo que no era de extrañar, considerando que estaba desnudo. Tampoco parecía estar muy estable, allí. La parte superior del caparazón era bastante ancha, pero tenía una pendiente pronunciada y los dedos humanos no podían agarrarse a las hendiduras entre los paneles tan bien, ni de cerca, como las garras de un pterodáctilo. Tom empezó a descender.

—Te vendría bien que hiciera un círculo y te tirara al lago.

—Cambiaría de forma otra vez y echaría a volar —dijo Chico Dinosaurio. Tiritó—. Hace frío. No me había dado cuenta.

En su forma humana, el único as adolescente de Nueva York era un desgarbado chico de trece años con una marca de nacimiento en la frente. Era torpe y descoordinado, con el pelo desgreñado cayéndole sobre los ojos. La despiadada mirada de la cámara mostraba las espinillas de su nariz con absoluto detalle. Tenía un enorme grano en la punta de la barbilla. Y no estaba circuncidado, observó Tom.

—¿Dónde diablos está tu ropa? –preguntó Tom–. Si te dejo en el parque, te arrestarán por exposición indecente.

—No se atreverían –dijo Chico Dinosaurio con la certeza arrogante de la adolescencia–. ¿Qué estás haciendo? ¿Estás en un caso? Puedo ayudar.

—Has leído demasiados libros raros –le dijo Tom–. Ya me enteré de lo que pasó la última vez que ayudaste a alguien.

—Bah, le volvieron a coser la mano y Tacky dice que le va quedar muy bien. ¿Cómo se supone que iba a saber que aquel tipo era un policía de incógnito? No lo hubiera mordido de haberlo sabido.

No tenía la menor gracia, pero Tom sonrió. Chico Dinosaurio le recordaba a sí mismo. También había leído muchos libros raros.

—Chico –dijo–, tú no estás siempre dando vueltas por ahí desnudo y convirtiéndote en dinosaurio, ¿verdad? ¿Tienes otra vida?

—No voy a decirte cuál es mi identidad secreta –dijo Chico Dinosaurio rápidamente.

—¿Miedo a que se lo diga a tus padres? –preguntó Tom.

La cara del chico se puso roja. El resto estaba más azul que nunca.

—No tengo miedo de nada, viejo pedorro –dijo.

—Deberías tenerlo –dijo Tom–. De mí, para empezar. Sí, ya sé que puedes convertirte en un tiranosaurio de un metro y clavar los dientes en mi blindaje. Lo único que puedo hacer yo es romperte cada hueso de tu cuerpo por doce o trece sitios. O entrar dentro de ti y apretar tu corazón hasta convertirlo en papilla.

—No harías eso.

—No –admitió Tom–, pero hay gente que sí. Te estás metiendo en un camino que no conoces, pequeño idiota. Demonios, no me importa en qué clase de dinosaurio de juguete puedes convertirte, aún puede matarte una bala.

Chico Dinosaurio lo miró, hosco.

—Vete al diablo –dijo. El modo enfático con que lo dijo dejaba claro que no utilizaba a menudo un lenguaje como ése en casa.

Esto no va bien, pensó Tom.

—Mira –dijo en tono conciliatorio–, sólo quiero explicarte algunas cosas que yo aprendí por las malas. No quieres que te atrapen. Es genial que seas Chico Dinosaurio, pero también eres, ehem, quienquiera que seas. No olvides eso. ¿En qué grado estás?

El chico gimió.

—¿Qué les pasa a todos ustedes? Si vas a empezar a hablar de álgebra, ¡olvídalo!

—¿Álgebra? –dijo Tom, desconcertado–. No dije ni una palabra de álgebra. Tus clases son importantes, pero tampoco lo son todo. Haz amigos, maldita sea, ten citas, asegúrate de que vayas a tu baile de graduación. Sólo ser capaz de convertirte en un brontosaurio del tamaño de un dóberman no te va a servir de nada en la vida, ¿entiendes?

Aterrizaron con un ligero ruido sordo en la hierba cubierta de nieve de Sheep Meadow. Cerca, un vendedor de galletas con orejeras y abrigo estaba mirando perplejo el caparazón blindado y al chico desnudo y tembloroso que estaba encima.

—¿Oíste lo que te dije? –preguntó Tom.

—Sí. Suenas igual que mi padre. Ustedes, que son unos viejos pedorros, piensan que lo saben todo.

Su risa aguda, nerviosa se convirtió en un largo silbido de reptil mientras sus huesos y músculos cambiaban y fluían, y su suave piel se endurecía y se hacía escamosa. Muy delicadamente, el pequeño triceratops depositó un protocoprolito en lo alto del caparazón, se deslizó por su lado y caminó por el prado proyectando arrogantemente sus cuernos en el aire.

◆

Aquél fue el mejor año de la vida de Tom Tudbury. Pero no por la Grande y Poderosa Tortuga.

En los cómics, parecía que los héroes nunca necesitaban dormir. Las cosas no eran tan simples en la vida real. Con un trabajo de tiempo completo de nueve a cinco que lo mantenía ocupado, de todos modos Tom casi había dejado todos sus tortugueos para las noches y los fines de semana, y ahora Barbara estaba ocupando ese espacio. Como su vida social le llevaba cada vez más tiempo, su carrera como as sufrió en la misma proporción y el caparazón de hierro cada vez se vio con menor y menor frecuencia sobre las calles de Manhattan.

Por fin llegó un día en el que Thomas Tudbury se dio cuenta con cierta conmoción de que habían pasado casi tres meses y medio desde la última vez que había ido al deshuesadero y salido con sus caparazones. El detonante de esa revelación fue una pequeña nota en la página veinticuatro del *Times* con un titular en el que se leía «TORTUGA DESAPARECIDA. SE TEME SU MUERTE». La nota mencionaba que docenas de llamadas a la Tortuga habían quedado sin respuesta durante los últimos meses (no había encendido su radio de aficionado desde Dios sabe cuándo) y que el doctor Tachyon había estado especialmente preocupado hasta el punto de que había puesto mensajes en los anuncios clasificados en los periódicos y ofrecido una pequeña recompensa por notificar cualquier nuevo avistamiento de la Tortuga (Tom nunca leía los anuncios clasificados y en aquella época apenas leía los periódicos).

Debería meterse en su caparazón y contactar con la clínica, pensó cuando leyó eso. Pero no había tiempo. Había prometido a Barbara llevar a su clase a una excursión al campo hasta Bear Mountain, y tenían que salir en dos horas.

En su lugar fue a una cabina y llamó a la clínica.

—¿Quién es? –preguntó Tachyon irritado cuando Tom consiguió por fin que contestara–. Aquí estamos bastante ocupados y no puedo perder mucho tiempo con gente que se niega a dar su nombre.

—Soy la Tortuga –dijo Tom–. Quería que supieras que estoy bien.

Hubo un momento de silencio.

—No suenas como la Tortuga –dijo Tachyon.

—El sistema de sonido del caparazón está diseñado para distorsionar mi voz. Por supuesto que no sueno como la Tortuga. Pero soy la Tortuga.

—Tendrás que convencerme.

Tom suspiró.

—Dios, eres un idiota. Pero tendría que haberlo supuesto. Me estuviste lloriqueando durante diez años porque te rompiste el brazo y fue tu maldita culpa. No me dijiste que te ibas a esconder debajo de una carretilla elevadora, maldita sea. No soy un telépata como otras personas a las que podría nombrar.

—Tampoco te dije que destruyeras más de la mitad del almacén –dijo Tachyon–. Tuviste mucha suerte de no morir aplastado. Un hombre con poderes como los tuyos debería... –hizo una pausa–. Eres la Tortuga.

—Ajá –dijo Tom.

—¿Qué has estado haciendo?

—Siendo feliz. No te preocupes. Volveré de vez en cuando. Pero no tan a menudo como antes. Estoy bastante ocupado. Creo que me voy a casar. Tan pronto como reúna el valor para pedírselo.

—Felicidades –dijo Tachyon. Parecía complacido–, ¿quién es la afortunada novia?

—Ah, eso sería revelador. La conoces, no obstante. Una de tus pacientes de hace mucho, mucho tiempo. Tuvo un pequeño episodio de wild card cuando tenía dos años. Nada serio. Al día de hoy es completamente normal. Te invitaría a la boda, Tacky, pero sería algo así como descubrir el pastel, ¿no? Quizá le pongamos tu nombre a uno de nuestros hijos en tu honor.

Hubo un largo e incómodo momento de silencio.

—Tortuga –dijo finalmente el alienígena en una voz que, de algún modo, resultaba desanimada–, tenemos que hablar. ¿Puedes encontrar un hueco para pasarte por la clínica? Ajustaré mi agenda para acoplarme.

—Estoy horriblemente ocupado –dijo Tom.

—Es importante –insistió Tachyon.

—De acuerdo. Bien entrada la noche, pues. No esta noche, estaré demasiado cansado. Mañana, digamos, después de Johnny Carson.

—Está bien –dijo Tachyon–. Te veré en la azotea.

♥

A estas alturas la boda ya habría acabado con toda seguridad. Podía dar las gracias a Chico Dinosaurio al menos por eso; el pequeño idiota lo había distraído durante la peor parte.

Su caparazón subió lentamente por Broadway hacia Times Square, pero su mente estaba al otro lado de la bahía de Nueva York, en el Top Hat. La última vez que había estado allí fue en la recepción que siguió a la boda de Joey y Gina. Había sido el padrino. Había sido una gran noche. Podía recordarla por completo, todo, desde el papel de pared tapiz hasta el sabor de la kielbasa y el sonido de la banda.

Barbara llevaría el vestido de novia de su abuela. Se lo había enseñado una vez, hacía una década. Incluso ahora podría cerrar los ojos y ver la expresión de su rostro al pasar su mano por el encaje antiguo.

Desatada, su imagen le llenó la mente. Bárbara con el vestido, su pelo rubio bajo el velo, la cara bien alta. «Sí, quiero». Y a su lado, Steve Bruder. Alto, moreno, perfecto. Si algo tenía, es que el bastardo era mucho más apuesto ahora que en la preparatoria. Tom sabía que era un fanático del squash. Con una sonrisa infantil y un bigote a la moda, como el de Tom Selleck. Tendría un aspecto impresionante con su esmoquin. Juntos serían una pareja de rompe y rasga.

Y sus hijos serían una maravilla.

Debería acudir. Y qué si no había respondido a la invitación, aún lo dejarían entrar. Dejar el caparazón en el deshuesadero, dejar el caparazón en el maldito río por el asunto que traía, agarrar el coche, y llegaría en un abrir y cerrar de ojos. Bailar con la novia y sonreírle y desearle felicidad, toda la felicidad del mundo. Y estrechar la mano al afortunado novio. Estrechar la mano de Bruder. Sí.

Bruder tenía un gran apretón de manos. Ahora estaba en los negocios inmobiliarios, en Weehawken y Hoboken, sobre todo; había comprado pronto y estaba perfectamente posicionado cuando todos los yuppies de Manhattan se despertaron una mañana y descubrieron que Nueva Jersey justo estaba al otro lado del Hudson. Estaba haciendo una endiablada fortuna, iba a ser millonario a los cuarenta y cinco. Se lo había dicho él mismo a Tom, aquella espantosa noche en la que Barbara los había llevado a ambos a cenar. Guapo y seguro de sí mismo, con aquella vivaz sonrisa infantil, y también iba a ser millonario, pero su vida no era un camino de rosas, su enorme televisor le estaba dando algunos problemillas y quizás Tom podría echarle un vistazo, ¿eh? Por los viejos tiempos.

En la escuela primaria se habían estrechado la mano una vez y Steve había apretado tan fuerte que Tom había caído de rodillas, llorando, incapaz de soltarse. Incluso ahora, el sofisticado y adulto apretón de manos de Steve Bruder era mucho más firme de lo necesario. Le gustaba ver una mueca de dolor en el otro tipo.

Me gustaría que la Tortuga le estrechara la maldita mano, pensó

Tom despiadadamente. Agarrarle la mano con su mente y darle un apretón amistoso hasta que su mano empezara a acalambrarse, retorcerse, hasta que aquella suave piel bronceada se abriera y los dedos se le partieran como palillos rojos, el hueso desgarrando la carne. La Tortuga podría sacudir su brazo arriba y abajo hasta que se saliera de su articulación, y podría arrancarle los dedos uno a uno.

Me quiere no me quiere me quiere no me quiere ME QUIERE.

Tom tenía la garganta seca y se sentía mareado y asqueado. Abrió el refrigerador y sacó una cerveza. Sabía bien. El caparazón se estaba moviendo por encima de la sordidez de Times Square. Sus ojos pasaban incesantemente de una pantalla a la otra. *Peep shows* y cines porno, librerías para adultos, sexo en vivo, luces de neón que pregonaban CHICAS CHICAS CHICAS DESNUDAS y EL SHOW MÁS CALIENTE DE LA CIUDAD y MODELOS ADOLESCENTES DESNUDAS, prostitutos con jeans y sombreros de cowboy, padrotes con largos abrigos de visón y navajas en los bolsillos, putas de rostro severo con medias de rejilla y faldas de cuero con abertura. Podía levantar una puta, pensó Tom de repente. Literalmente. Levantarla a seis metros del suelo, hacer que le mostrara lo que vendía, hacer que se desnudara allí mismo, en medio de Times Square, dar a los malditos turistas un espectáculo de verdad. O desnudarla, quitarle la ropa pieza a pieza y dejarlas flotar hasta el suelo. Podía hacer eso, sí. Que Bruder tuviera su noche de bodas con Barbara, la Tortuga podía tener una noche de bodas propia. Bebió otro trago de cerveza.

O quizá debería limitarse a limpiar toda esta basura. Todo el mundo estaba quejándose siempre de que Times Square se había convertido en una cloaca, pero nadie hacía nada al respecto. Caray, él lo haría por ellos. Les enseñaría cómo limpiar un mal barrio, si eso era lo que querían. Derribar aquellas marquesinas una a una, tirar a las malditas putas y padrotes y prostitutos al río, atravesar con unos cuantos coches de los padrotes las ventanas de aquellos estudios fotográficos del tercer piso donde había modelos adolescentes desnudas, levantar las malditas aceras si le daba la gana. Ya era hora de que alguien lo hiciera. Mira este sitio, sólo míralo, y apenas a un tiro de piedra de Port Authority, de modo que es lo primero que un chico ve al tomar el autobús.

Tom apuró la cerveza. Tiró la lata al suelo, se giró y buscó otra, pero ya no quedaba nada del *six pack* salvo el plástico.

—¡Carajo! –dijo.

De repente, estaba furioso. Encendió el micrófono, puso el volumen a tope. «carajo» gritó, y la voz de la Tortuga retumbó por encima de la calle 42, distorsionada y amplificada hasta convertirse en un brutal rugido. La gente se quedó muerta en la acera, y los ojos se posaron en él. Tom sonrió. Parecía que tenía su atención. «a la mierda todo» dijo. «que se vayan al diablo todos y cada uno.»

Paró y estaba a punto de extenderse sobre el tema cuando la voz de un operador de policía llamó su atención. Estaba repitiendo el código usado para un agente en problemas, lo repetía una y otra vez.

Tom los dejó boquiabiertos, mientras escuchaba con atención para saber los detalles. Una parte de él sentía pena por el pobre idiota que iba a recibir su merecido. Su caparazón se elevó por encima de las calles y los edificios y salió disparado al sur hacia el Village.

♣

—Supuse que simplemente eras lento –dijo Barbara, cuando se hubo compuesto–. Siempre necesitabas tu tiempo para reunir valor para algo. No lo entiendo, Tom.

No podía mirarla a los ojos. Recorrió con la mirada su sala, con las manos en los bolsillos. Sobre su escritorio había colgado su título universitario y su certificado para la docencia. A su alrededor se alineaban las fotografías: fotos de Barbara haciendo una mueca mientras cambiaba el pañal de su sobrina de cuatro meses de edad, fotos de Barbara y sus tres hermanas, fotos de Barbara enseñando a su clase cómo recortar brujas negras y calabazas naranjas de cartulina para Halloween, supervisando a seis bailarines para una representación escolar, cargando un proyector para poner dibujos animados. Y leyendo un cuento. Ésa era su foto favorita. Barbara con una diminuta niña negra en su regazo y docenas de niños a su alrededor, mirándola con caras de éxtasis mientras ella les leía en voz alta *El viento en los sauces*. Había sido el propio Tom quien había tomado la foto.

—No hay nada que entender –espetó cuando apartó la vista de las fotografías–. Se acabó, eso es todo. Vamos a acabar bien, ¿de acuerdo?

—¿Hay alguien más? –dijo ella.

Podría haber sido menos cruel mentirle, pero era un mal mentiroso.

—No –dijo.

—Entonces, ¿por qué?

Estaba desconcertada y herida, pero su rostro nunca había sido más hermoso, pensó Tom. No podía mirarla a la cara.

—Es sólo que es mejor –dijo, girándose para mirar por la ventana–. No queremos las mismas cosas, Barbara. Tú quieres casarte, ¿no? Yo no. Olvídalo, da igual. Eres increíble, no eres tú, es… carajo, es sólo que no funciona. Niños; cada vez que me giro hay una horda de niños. ¿Cuántos tiene tu hermana? ¿Tres? ¿Cuatro? Estoy cansado de fingir. Odio a los niños –levantó el tono de voz–. Desprecio a los niños, ¿entiendes?

—No puedes querer decir esto, Tommy. Te he visto con los niños de mi clase. Te los llevabas a casa y les enseñabas tu colección de cómics. Ayudaste a Jenny a hacer aquella maqueta del avión de Jetboy. Te gustan los niños.

Tom rio.

—Caray, ¿cómo puedes ser tan ingenua? Sólo estaba tratando de impresionarte. Quería llevarte a la cama. Yo no… –su voz se quebró–. Maldita sea –dijo–, si tanto me gustaran los malditos niños, ¿cómo es que me hice una vasectomía? ¿Cómo, eh? Dímelo.

Cuando se dio la vuelta, ella tenía la cara tan roja como si le hubiera pegado.

♠

La pista de baloncesto estaba rodeada por patrullas de policía, seis, con las luces parpadeando en rojo y azul en la creciente oscuridad. Los policías estaban agazapados detrás de los coches con las pistolas desenfundadas. Más allá de la alta verja de alambre, dos formas oscuras yacían bajo la canasta de baloncesto y una tercera estaba oculta por uno de los barriles. Alguien estaba gimiendo dolorido.

Tom divisó a un detective que conocía, tomando del cuello a un joven joker delgaducho cuya cara era tan suave y blanca como un budín de tapioca, zarandeándolo tan fuerte que sus mandíbulas castañeteaban. El chico lucía los colores de los Príncipes Diablos, según vio Tom en un primer plano. Descendió. «AQUÍ ARRIBA», atronó. «¿CUÁL ES EL PROBLEMA?»

Se lo explicaron.

Una disputa entre bandas. Cosa de poca monta. Unos chicos nats que operaban en la periferia de Jokertown habían traspasado el territorio de los Príncipes Diablos. Los Príncipes Diablos habían reunido a quince o veinte miembros y habían ido al East Village a enseñar a los intrusos un poco de respeto por los límites territoriales. Y había sido en la cancha. Cuchillos, cadenas, alguna pistola. Mal asunto.

Y entonces la cosa se había puesto rara.

Los nats *tenían* algo, gritaba el cara de tapioca.

◆

Habían quedado como amigos. Estaba orgulloso de ello. Fue más duro cuando sus heridas aún no habían cicatrizado, y durante los primeros once meses se evitaron mutuamente. Pero Bayonne era una ciudad pequeña, a su manera, y tenían muchos conocidos en común y no era algo que pudiera seguir así para siempre. Quizá fueron los once meses más duros que Tom Tudbury había vivido. Quizá.

Una noche ella le llamó inesperadamente. Él se alegró. La había echado de menos desesperadamente, pero sabía que no podía volver a llamarla después de lo que había ocurrido entre ellos.

—Necesito hablar –dijo. Sonaba como si se hubiera tomado unas cuantas cervezas–. Eras mi amigo, Tom. Además de todo lo demás, eras mi amigo, ¿verdad? Esta noche necesito un amigo, ¿de acuerdo? ¿Puedes venir?

Compró un *six pack* de cervezas y fue. Su hermana menor había muerto aquella tarde en un accidente de moto. No había nada que decir o que hacer, pero Tom hizo y dijo todas las cosas inútiles que son habituales, y estuvo con ella, y dejó que hablara hasta que rompió el alba y después la metió en la cama. Él durmió en el sofá.

Se despertó bien entrada la tarde. Barbara estaba de pie junto a él, con una bata de toalla y los ojos enrojecidos por el llanto. «Gracias», le dijo. Se sentó a los pies del sofá y le tomó la mano y la sostuvo en silencio durante un largo rato.

—Te quiero en mi vida –dijo por fin, con dificultad–. No quiero perderte ni que me pierdas otra vez. ¿Amigos?

—Amigos –dijo. Quería abrazarla y comérsela a besos. En cambio, le apretó la mano–. Pase lo que pase, Barbara. Siempre, ¿de acuerdo?

Barbara sonrió. Él fingió un bostezo y enterró la cara en una almohada, para evitar que viera la expresión de sus ojos.

♥

«QUIETOS», advirtió la Tortuga a los policías. No hacía falta que lo dijera dos veces. El chico estaba escondido dentro de uno de los barriles de cemento y habían visto lo que le había ocurrido al policía que había intentado entrar en la pista persiguiéndolo. Desaparecido, desaparecido como si nunca hubiera existido, en un abrir y cerrar de ojos, sumido en una oscuridad repentina y de algún modo… eliminado.

—Estábamos cortando a esos cabrones –dijo el Príncipe Diablo–, dándoles una buena lección, enseñándoles el precio que tiene que venir a molestar a Jokertown, malditos cobardes nats, y entonces ese hispano viene hacia nosotros con una puta bola de boliche, y nosotros sólo nos reímos del idiota, qué vas hacer, vas a jugar a los bolos con nosotros, estúpido, y entonces le tendió la pelota a Waxy y creció, hombre, como si estuviera viva. Salió una especie de mierda negra, muy rápido, una luz negra o una mano negra súper grande o algo que no sé, sólo que se movía muy rápido y Waxy ya no estaba –su voz se hizo estridente–. Se había esfumado, hombre, ya no estaba ahí. Y el imbécil nat hizo lo mismo a Razor y Ghoul. Ahí fue cuando Heehaw le disparó y casi se le cayó la bola, le dio en el hombro, creo, pero entonces se lo hizo a Heehaw. No puedes luchar contra algo así. Ni siquiera ese maldito policía pudo hacer una mierda.

El caparazón se deslizó por encima del cercado de alambre que rodeaba la pista de juego, silencioso y lento.

♣

—Tenemos algo –dijo Barbara–, tenemos algo especial.

Su dedo trazaba dibujos en el vaho del exterior de su copa. Alzó los ojos hacia él, sus ojos azules, valientes y francos, como si lo estuviera desafiando.

—Me pidió que me case con él, Tom.

—¿Qué le dijiste? –le preguntó Tom, tratando de mantener la voz tranquila y firme.

—Le dije que lo pensaría –dijo Barbara–. Por eso quería que nos viéramos. Quería hablar contigo primero.

Tom pidió otra cerveza.

—Es tu decisión –dijo–. Me gustaría que me dejaras conocer a ese tipo, pero lo que me has contado suena muy bien.

—Está divorciado –dijo.

—Como medio mundo –dijo Tom mientras llegaba su cerveza.

—Menos tú y yo –dijo Barbara sonriendo.

—Sí –miró el cuello de la cerveza con el ceño fruncido y suspiró incómodo–. ¿El misterioso galán tiene hijos?

—Dos. Su ex tiene la custodia. Pero los conocí. Les gusto.

—Eso no hay ni que decirlo –dijo Tom.

—Quiere tener más. Conmigo.

Tom la miró a los ojos.

—¿Lo quieres?

Barbara le sostuvo la mirada con serenidad.

—Supongo. A veces, a estas alturas, no estoy tan segura. Quizá no soy tan romántica como solía –se encogió de hombros–. A veces me pregunto qué habría sido de mi vida si las cosas hubieran sido de otra manera entre tú y yo. Estaríamos celebrando nuestro décimo aniversario.

—O quizás el noveno aniversario de un agrio divorcio –dijo Tom. Se inclinó sobre la mesa y tomó la mano de Bárbara–. Las cosas no han ido tan mal, ¿verdad? No habrían funcionado de la otra manera.

—Los caminos que no escogimos –dijo con nostalgia–. He tenido demasiados «podría haber sido» en mi vida, Tom, demasiados reproches por cosas que no hice y decisiones que no tomé. Mi reloj biológico está sonando. Si espero más, esperaré para siempre.

—Es sólo que me gustaría que conocieras a este tipo algo más de tiempo –dijo Tom.

—Oh, lo conozco desde hace mucho tiempo –dijo, rompiendo una esquina de su servilleta de papel.

Tom estaba confundido.

—Pensaba que habías dicho que lo conociste el mes pasado en una fiesta.

—Sí. Pero nos conocíamos de antes. De la preparatoria –volvió a mirarlo a la cara–. Por eso no te he dicho su nombre. Te habrías enojado y al principio no sabía si llevaría a alguna parte.

A Tom no hizo falta que se lo dijera. Él y Barbara habían sido buenos amigos durante más de una década. Miró en las profundidades azules de sus ojos y lo supo.

—Steve Bruder –dijo aturdido.

♠

Se cernió sobre la pista de juego e hizo levitar a los guerreros caídos por encima del cercado, uno a uno, hasta dejarlos en manos de la policía, que esperaba en el exterior. Los dos de la cancha de baloncesto eran carne muerta. Habría que frotar mucho para quitar las manchas de sangre del cemento. El chico escondido en el barril resultó ser una chica. Gimoteó de dolor cuando la levantó con la telequinesia y por el modo en que se estaba agarrando parecía que le habían abierto las entrañas. Esperaba que pudieran hacer algo por ella.

Los tres eran nats. En el campo de batalla no había jokers caídos. O bien los Príncipes Diablos les habían pateado el trasero o sus propios muertos estaban en otra parte. O ambas cosas.

Pulsó un control del brazo de su silla y todas sus luces se encendieron bañando la pista de un intenso resplandor blanco.

—SE ACABÓ –dijo, y sus altavoces rugieron las palabras al crepúsculo. Con el paso de los años había descubierto que el volumen desmedido asustaba a morir a los malos–. VAMOS CHICO, SAL. SOY LA TORTUGA.

—Lárgate –le respondió a gritos una aguda voz ronca desde el interior del barril de cemento–. Te desintegraré, joker idiota. Tengo la cosa aquí conmigo.

Tom había estado buscando todo el día alguien a quien herir, un monstruo al que hacer pedazos, un asesino al que golpear, un blanco para su ira, una esponja que absorbiera su dolor. Ahora, finalmente había llegado el momento y descubrió que ya no quedaba más ira en su interior. Estaba cansado. Quería irse a casa. Bajo su bravuconería, el chico del barril era obviamente joven y estaba asustado.

—DE VERDAD QUE ERES MUY RUDO —dijo Tom—. ¿QUIERES QUE SIGA TU JUEGO DE MANOS? GENIAL.

Se concentró en el barril de la izquierda del escondite del chico, lo sujetó con su mente, apretó. Se desplomó tan repentinamente como si una bola de demolición lo hubiera aplastado, astillas y polvo salieron volando por todas partes cuando el cemento se desintegró.

—NO ES ÉSTE, CARAY —hizo lo mismo con el barril del otro lado del chico—. TAMPOCO EN ÉSTE. CREO QUE VOY A PROBAR CON EL DE EN MEDIO.

El chico salió con tanta prisa que se golpeó la cabeza contra el saliente del barril al incorporarse. El impacto lo aturdió momentáneamente. La bola que había estado agarrando con las dos manos quedó, de repente, fuera de su alcance. Rebotó hacia arriba. El chico gritó obscenidades a través de unos brillantes dientes recubiertos de acero. Dio un salto desesperado tratando de agarrar su arma, pero todo lo que logró fue rozar la parte inferior con sus dedos. Después cayó de pleno, raspándose manos y rodillas en el cemento.

Para entonces los policías ya estaban entrando. Tom contempló cómo lo rodeaban, tiraban de él para ponerlo de pie y le leían los derechos. Tenía diecinueve años, quizá menos, lucía los colores de una banda y un collar de perro tachonado, su hirsuto pelo negro peinado en picos. Le preguntaron dónde estaba toda la gente y gruñó toda clase de maldiciones y gritó que no lo sabía.

Mientras lo empujaban en dirección a las patrullas que estaban aguardando, Tom abrió un portal blindado y metió la bola dentro de su caparazón para verla más de cerca, temblando con la ráfaga de aire frío que llegó con ella. Era una cosa rara. Demasiado ligera para ser una bola de bolos, pensó cuando la sopesó; alrededor de dos kilos, tal vez. Tampoco tenía agujeros. Cuando pasó la mano por ella, los dedos le hormiguearon y en su superficie brillaron brevemente algunos colores, como las irisaciones en una mancha de aceite. Lo hizo sentir inquieto. Quizá Tachyon sabría qué hacer con ella. La puso a un lado.

La oscuridad estaba cayendo sobre la ciudad. Tom elevó su caparazón más y más alto, hasta que flotó por encima, incluso, de la lejana torre del Empire State Building. Estuvo allí un buen rato, observando cómo se encendían las luces por toda la ciudad, transformando Manhattan en un país de hadas eléctrico.

Desde esta altura, en una noche fría y despejada, como ésta, podía ver incluso las luces de Jersey al otro lado de las gélidas aguas negras. Sabía que uno de aquellos puntos era el Top Hat Lounge. No podía flotar hasta allí y ya está, pensó. Debería llevar la bola a la clínica; eso era el siguiente punto del orden del día. No se movió. Lo haría al día siguiente, pensó. Tachyon no iba a ir a ninguna parte, y tampoco la bola. De algún modo Tom no podía enfrentarse a Tachyon esta noche. Entre todas las noches, no esta noche.

♦

En aquella época su caparazón era mucho más primitivo. Nada de teleobjetivos, nada de zooms, nada de cámara de infrarrojos. Sólo un anillo de focos tan brillantes que hicieron bizquear a Tachyon. Pero los necesitaba. Estaba oscuro en la azotea de la clínica, donde el caparazón había acabado por posarse.

En cualquier caso, las fotografías que Tachyon sostenía no eran del tipo que Tom quería ver con más detalle. Permaneció sentado en la oscuridad, mirando fijamente las pantallas, sin decir nada, mientras Tachyon las iba pasando una a una. Habían sido tomadas en el pabellón de maternidad de la clínica. Uno o dos niños habían vivido lo suficiente para ser trasladados a la guardería. Al final, logró encontrar su voz.

—Sus madres son *jokers* –dijo, con voz enfática con falsa convicción–. Bar... es normal, te digo. Una nat. Lo tuvo cuando tenía dos años, maldita sea; es como si nunca hubiera pasado.

—Pasó –dijo Tachyon–. Puede que parezca normal, pero el virus sigue ahí. Latente. Lo más probable es que nunca se manifieste, y genéticamente es recesivo, pero cuando tú y ella tengan...

—Sé que mucha gente cree que soy un joker –interrumpió Tom–, pero no lo soy, créeme, soy un *as*. Soy un as, ¡maldita sea! Así que si el niño porta el gen wild card, tendrá una telequinesia de primera. Será un as, como yo.

—No –dijo Tachyon. Guardó las fotografías en el archivero, con los ojos apartados de las cámaras. ¿Deliberadamente?–. Lo siento, amigo mío. Las posibilidades en contra son de dimensiones astronómicas.

—Ciclón –había dicho Tom al borde de la histeria. Ciclón era un as de la Costa Oeste cuya hija había heredado su capacidad de dominar los vientos.

—No –dijo Tachyon–, Mistral es un caso especial. Ahora estamos casi seguros de que su padre manipuló inconscientemente, de algún modo, su plasma germinal cuando ella aún estaba en el útero. En Takis… bien, el proceso no nos es desconocido, pero raramente sale bien. Eres el telequinético más poderoso que jamás he conocido, pero algo así demanda un exquisito control que está a varios órdenes de magnitud más allá de tu alcance, por no hablar de siglos de experiencia en microcirugía e ingeniería genética. Y aunque tuvieras todo eso, probablemente fracasarías. Ciclón no tenía ni idea de lo que estaba haciendo a ningún nivel consciente, y tuvo una suerte desmesurada al coronarlo –el taquisiano negó con la cabeza–. Tu caso es completamente distinto. Lo único que está garantizado es que te tocará un wild card y las posibilidades son las mismas que si…

—Conozco las probabilidades –dijo Tom con voz ronca. De cada cien humanos a los que les tocaba un wild card, sólo uno desarrollaba los poderes de un as. Había diez jokers horrorosamente deformados por cada as y diez muertes causadas por una reina negra por cada joker.

Mentalmente vio a Barbara sentada en la cama, con las sábanas enredadas en la cintura, su pelo rubio cayendo suavemente en cascada sobre sus hombros, su rostro dulce y solemne mientras amamantaba a un niño. Y cuando el niño alzaba la carita, veía sus dientes y sus ojos prominentes y sus rasgos monstruosos y retorcidos; y cuando le siseaba, Barbara lloraba llena de dolor mientras la leche y la sangre fluían a raudales de su pezón abierto, desgarrado.

—Lo siento –repetía el doctor Tachyon azorado.

♥

Pasaba de la medianoche cuando Tom volvió a su casa vacía de First Street.

Se quitó la chamarra, se sentó en el sofá y miró por la ventana el Kill y las luces de Staten Island. Había empezado a caer una lluvia helada. Las gotas golpeaban contra los cristales con un sonido afilado, cristalino, como tenedores tintineando en copas de vino vacías cuando los invitados de una boda quieren que los recién casados se besen. Tom permaneció en la oscuridad durante mucho tiempo.

Finalmente encendió la lámpara y descolgó el teléfono. Marcó seis números y no pudo conseguir pulsar el séptimo. Como un muchacho de preparatoria aterrorizado de pedirle una cita a una chica guapa, pensó, sonriendo con tristeza. Pulsó el botón con firmeza y escuchó el tono.

—Top Hat –dijo una voz torva.

—Me gustaría hablar con Barbara Casko –dijo Tom.

—Quiere decir la nueva señora Bruder –replicó la voz.

Tom respiró hondo.

—Sí –dijo.

—Ehem, los recién casados se fueron hace horas. Para su noche de bodas –el hombre estaba obviamente bebido–. Se van a París de luna de miel.

—Sí –dijo Tom–. ¿Su padre aún está por ahí?

—Voy a ver.

Hubo un largo silencio antes de que volvieran a tomar la llamada.

—Soy Stanley Casko. ¿Con quién hablo?

—Tom Tudbury. Siento no haber podido asistir, señor Casko. Estaba, ehem, ocupado.

—Sí, Tom. ¿Estás bien?

—Bien, sí. No podía ir mejor. Sólo quería…

—¿Sí?

Tragó saliva.

—Sólo dígale que sea feliz, ¿de acuerdo? Eso es todo. Sólo dígale que quiero que sea feliz.

Dejó el teléfono en su soporte.

Fuera, en la noche, un enorme carguero estaba bajando por el Kill. Estaba demasiado oscuro para ver qué bandera enarbolaba. Tom apagó las luces y contempló cómo pasaba.

Jube: cinco
♣ ♦ ♠ ♥

L RASTRO ERA INCONFUNDIBLE. JUBE PERMANECIÓ SENTADO ante su consola mientras las lecturas se deslizaban por su holocubo, con sus corazones latiendo desbocados con miedo y esperanza. Había pasado la mayor parte de sus primeros cuatro meses en la Tierra en oscuros cines, viendo las mismas películas docenas de veces, reforzando su inglés y ampliando el alcance de los matices culturales humanos, según reflejaban sus ficciones. Había aprendido a amar sus películas, en especial los *westerns*, y su parte favorita siempre había sido cuando la caballería llegaba atronando sobre la colina, con sus banderas al viento.

La Red no tenía banderas; con todo, Jube pensó que podía oír el débil sonido de las cornetas y el resonar de los cascos de la caballería en aquella telaraña de filigranas de luz que había en su holocubo.

¡Taquiones! ¡Cornetas y taquiones!

Sus satélites de observación habían detectado una estela de taquiones, y aquello sólo podía significar una cosa: una nave espacial cerca de la órbita de la Tierra. La salvación estaba al alcance. Ahora los satélites barrían el firmamento buscando la fuente. No era la Madre del Enjambre, Jhubben lo sabía. La Madre se deslizaba entre las estrellas a velocidades menores que la luz; el tiempo no significaba nada para ella. Sólo las razas civilizadas usaban naves propulsadas por taquiones.

Si el Ekkedme había emitido una transmisión antes de que la nave fuera borrada del firmamento… si el Señor del Comercio había decidido comprobar los progresos sobre los humanos antes de lo previsto… si la Madre había sido detectada de algún modo por alguna tecnología nueva con la que Jhubben no podía ni soñar cuando empezó con su misión en la Tierra... si, si, si... entonces, bien podría ser que la *Oportunidad* estuviera ahí arriba, que la Red hubiera vuelto para liberar este mundo, y sólo quedaría determinar los medios y los precios. Jube sonrió mientras sus satélites sondeaban y sus computadoras analizaban.

Entonces el holocubo se volvió violeta y su sonrisa se desvaneció. Emitió un sonido grave, como un gorgoteo, desde el fondo de su garganta. Los sofisticados sensores de sus satélites eliminaron las pantallas que hacían invisible a la nave para el instrumental humano y mostraron su imagen en el ominoso violeta del cubo. Giraba lentamente, grabada con líneas rojas y blancas como una terrible estructura de fuego y hielo. Las lecturas centelleaban bajo la imagen: dimensiones, producción de taquiones, rumbo. Pero lo único que necesitaba saber Jube estaba escrito en las líneas de la nave: escrito en cada retorcido capitel, proclamado por cada fantástica excrecencia, pregonado por cada barroca espiral y proyección, gritado por aquella panoplia de luces innecesarias.

Parecía el resultado de una colisión a toda velocidad entre una decoración de Navidad y una tuna. Sólo los taquisianos tenían una estética tan rococó.

Jube se puso en pie tambaleándose. ¡*Taquisianos*! ¿Los había llamado el doctor Tachyon? Le costaba creerlo, después de todos los años que el doc había pasado en el exilio. ¿Qué *significaba*? ¿Acaso Takis había estado monitorizando a la Tierra todo este tiempo, observando el experimento wild card aun cuando la Red lo estaba haciendo? Si era así, ¿por qué Jhubben no había encontrado ningún rastro de ellos hasta ahora y cómo se las habían arreglado para esconderse de Ekkedme? ¿*Destruirían* a la Madre del Enjambre? ¿Podían destruir a la Madre? La *Oportunidad* tenía, más o menos, el tamaño de la isla de Manhattan y transportaba decenas de miles de especialistas que representaban a incontables culturas, castas y vocaciones: mercaderes y buscadores de placer, científicos y sacerdotes, técnicos, artistas, guerreros, mensajeros. La nave taquisiana era poquita cosa, posiblemente no podía contener más de una cincuentena de seres sensibles, quizá sólo la mitad de esa cifra. A menos que la tecnología taquisiana hubiera progresado astronómicamente en los últimos cuarenta años, ¿qué podía hacer aquella cosita, sola, contra la devoradora de mundos? ¿Y acaso los taquisianos se habían preocupado alguna vez de las vidas de sus conejillos de Indias?

Mientras Jhubben observaba detenidamente los contornos de la nave con creciente ira y confusión, sonó el teléfono.

Por un instante pensó, en un acceso de locura, que los taquisianos lo habían descubierto de algún modo, que sabían que estaba observándolos y que le habían telefoneado para castigarlo. Pero aquello era ridículo. Golpeó la consola con un dedo y el holocubo se oscureció mientras Jube prorrumpía en el salón. Tuvo que sortear la tortuosa geometría del transmisor de taquiones a medio construir que dominaba el centro de la estancia como una enorme pieza de escultura vanguardista. Si aquello no funcionaba cuando lo pusiera en marcha, Jube planeaba titularlo «Lujuria Joker» y venderlo a alguna galería del Soho. Incluso a medio montar, sus ángulos eran curiosamente engañosos y siempre estaba tropezando con ellos. Esta vez lo esquivó limpiamente y tomó el teléfono de la mano de Mickey.

—Hola –dijo, tratando de sonar tan jovial como siempre.

—Jubal, soy Chrysalis –era su voz, pero nunca le había oído un tono así. Tampoco lo había llamado nunca a casa.

—¿Qué pasa? –le preguntó. La semana anterior le había pedido que le proporcionara otro lote de microchips, y el matiz de su voz le hizo temer que su agente hubiera sido detenido.

—Jay Ackroyd acaba de llamar. No había podido dar informes hasta ahora. Descubrió algunas cosas sobre la gente que contrató a Darlingfoot.

—Pero eso es bueno. ¿Localizó la bola?

—No. Y no es tan bueno como crees. Sé que parece una locura, pero Jay dice que esta gente estaba convencida de que el cuerpo era de origen extraterrestre. Parece que esperaban usar el cadáver en alguna especie de ritual repugnante, para conseguir poder sobre ese monstruo alienígena que está ahí fuera.

—La Madre del Enjambre –dijo Jube perplejo.

—Sí –dijo Chrysalis secamente–. Jay dice que tienen algún vínculo o algo. Cree que adoran a esa cosa. Mira, no deberíamos estar hablando de esto por teléfono.

—¿Por qué no?

—Porque esta gente es *peligrosa* –dijo Chrysalis–. Jay va a venir esta noche al Palacio a entregarme el informe completo. Ven. Retiro mis cartas de este asunto, Jubal. Puedes tratar con Jay directamente de aquí en adelante. Pero si quieres, le pediré a Fortunato que se deje caer. Creo que estará interesado en lo que Jay descubrió.

¡*Fortunato*! Jube estaba horrorizado. Conocía a Fortunato sobre todo de oídas. El alto padrote de ojos almendrados y frente abombada era una imagen familiar en el Palacio de Cristal, pero Jube siempre se había esforzado en evitarlo. Los telépatas lo ponían nervioso. El doctor Tachyon nunca entraba en la mente de nadie sin una buena razón, pero Fortunato era harina de otro costal. Quién sabe cómo y por qué podría usar sus poderes, o qué podría hacer si descubriera qué era en realidad Jube, la Morsa.

—No –dijo apresuradamente–, absolutamente no. ¡Esto no tiene nada que ver con Fortunato!

—Sabe más de esos masones que ninguna otra persona en la ciudad –dijo Chrysalis. Suspiró–. Bueno, tú pagas el funeral, así que supongo que tú eliges el ataúd. No diré una palabra. Hablamos después del cierre.

—Después del cierre –repitió Jube. Ella colgó antes de que pudiera preguntarle qué había querido decir con lo de los masones. Jube sabía cosas de los masones, por supuesto. Había hecho un estudio de las hermandades humanas hacía una década, comparando a la Antigua Orden Árabe de los Nobles del Sepulcro Místico, los Caballeros de Colón, la Orden Independiente Odd Fellows y la Francmasonería entre sí y con las hermandades de las lunas Thdentien. Reginald era un masón, creía recordar, y Denton había intentado unirse a los Ciervos, pero lo habían rechazado por culpa de sus astas. ¿Qué tenían que ver los masones con todo esto?

Aquel día Jube estaba demasiado inquieto para contar chistes. Entre Madres del Enjambre, naves de guerra taquisianas y masones apenas sabía a qué temer. Incluso si la caballería aparecía a la carga sobre la colina, pensó Jube, ¿sería capaz de reconocer a los indios? Alzó la vista al cielo y negó con la cabeza. Cuando cerró por la noche hizo sus entregas en la Casa de los Horrores y el Club del Caos, después decidió acortar su paseo por Jokertown y encaminarse al

Palacio de Cristal tan pronto como le fuera posible. Pero primero tenía que hacer una última parada, en la comisaría.

El sargento de guardia agarró un *Daily News* y hojeó hasta llegar a la página de deportes mientras Jube dejaba un *Times* y un *Jokertown Cry* para el capitán Black. Se estaba dando la vuelta para marcharse cuando un policía de civil lo vio.

—Eh, gordito –le gritó el hombre–, ¿tienes un *Informer*?

Había estado tirado en la banca que estaba junto a la pared de azulejos, casi como si hubiera estado esperando a alguien. Jube lo conocía de vista: un tipo desaliñado, anodino, con una sonrisa desagradable. Nunca se había molestado en llamar a Jube por su nombre, pero aparecía en el quiosco de vez en cuando para tomar un tabloide. A veces hasta pagaba.

Pero no esta noche.

—Gracias –dijo, mientras aceptaba la copia del *National Informer* que Jube le ofrecía. ¿INVENTARON EL HERPES LOS TAQUISIANOS? pregonaba el titular. Aquello le cayó mal. Debajo, otra historia preguntaba si Sean iba a dejar a Madonna por Peregrine. El policía de civil ni siquiera echó un vistazo a los titulares. Estaba mirando detenidamente a Jube de un modo extraño.

La comisura de sus labios se retorció en una peculiar sonrisita.

—Tú eres sólo un feo joker, ¿verdad? –preguntó el policía.

Jube le ofreció una sonrisa colmilluda, zalamera.

—¿Qué? ¿Yo feo? ¡Si tengo más tetas que Miss Octubre!

—Ya gasté bastante tiempo escuchando tus bromas estúpidas –espetó el policía–. Pero ¿qué esperaba? No eres muy brillante, ¿verdad?

Lo bastante brillante para engañar a tu gente durante cuarenta y tres años, pensó Jube, pero no dijo nada.

—Bueno, ya sabes cuántos jokers se necesitan para cambiar una bombilla –dijo.

—Quita tu culo joker de aquí –dijo el hombre. Jube caminó fatigosamente hacia la puerta. En lo alto de las escaleras se giró y gritó: «Ese periódico es gratis» antes de salir hacia el Palacio de Cristal.

Era la primera hora de la noche y el Palacio ya estaba abarrotado. Jube agarró un taburete de camino al fondo del bar, donde podía apoyar la espalda en la pared y ver toda la estancia. Era la noche libre de Sascha y Lupo estaba atendiendo la barra:

—¿Qué va a ser, Morsa? –preguntó, la larga lengua roja colgando de una comisura de su boca.

—Piña colada –dijo Jube–. Con doble ron.

Lupo asintió y fue a hacer el coctel. Jube miró a su alrededor cautelosamente. Tenía una sensación de inquietud, como si lo vigilaran. Pero ¿quién? La taberna estaba llena de extraños y Chrysalis no estaba a la vista. A tres taburetes de distancia, un hombre enorme con máscara de león estaba encendiendo un cigarrillo a una chica joven cuyo traje de coctel mostraba un amplio escote de tres pechos. Más abajo en la barra, una forma acurrucada vestida con un velo gris observaba su bebida. Una esbelta y vivaz mujer verde estableció contacto visual cuando Jube la miró y deslizó provocativamente la punta de una lengua rosa por su labio inferior (al menos, habría resultado provocativa para un macho humano), pero obviamente era una prostituta y la ignoró. En otro punto de la sala vio a Yin-Yang, cuyas dos cabezas mantenían una acalorada discusión, y también al Viejo Señor Grillo. Floater se había desmayado y de nuevo flotaba a la deriva cerca del techo. Pero había muchos rostros y muchas máscaras que Jube no reconocía. Cualquiera de ellos podría ser Jay Ackroyd. Chrysalis no le había dicho qué aspecto tenía el hombre, sólo que era un as. Podía ser incluso el hombre con la máscara de león quien –Jube lo observó de un vistazo– ahora había pasado un brazo alrededor de la chica de tres pechos y estaba rozando con las yemas de los dedos el pecho de la derecha.

Lupo limpió la barra, colocó un portavasos y depositó la piña colada encima. Jube acababa de tomar el primer trago cuando un extraño se situó en el taburete de al lado.

—¿Es usted el que vende esos periódicos?

—Claro.

—Bien –la voz estaba amortiguada por su máscara, una calavera blanca. Llevaba una capa negra con capucha encima de un traje raído que no le sentaba muy bien a su cuerpo escuálido, de pecho hundido.

—Tomaré un *Cry*, pues.

Jube pensó que había algo desagradable en sus ojos. Apartó la mirada, encontró una copia del *Cry*, se la entregó. El encapuchado le dio una moneda.

—¿Qué es esto? –dijo Jube.

—Un penique –replicó el hombre.

El penique era más grande de lo que debería, y de un rojo vívido que se destacaba contra la palma azul negruzca de Jube. Nunca había visto algo así.

—No sé si...

—No importa –interrumpió el hombre. Retiró el penique de la mano de Jube y en su lugar le dio un dólar con la efigie de Susan B. Anthony–. ¿Y mi cambio, Morsa? –demandó.

Jube le devolvió tres cuartos.

—Me devolviste de menos –dijo el hombre con rencor una vez que se hubo guardado las monedas.

—No –dijo Jube indignado.

—Mírame a los ojos y dime eso, imbécil.

Tras el hombre con cara de calavera, la puerta se abrió y Troll fue abriéndose paso por la taberna seguido de un hombre bajo y pelirrojo con un traje verde lima. «*Tachyon*», dijo Jube con aprensión, al recordar de repente la nave de guerra taquisiana en órbita.

El desagradable acompañante de Jube giró la cabeza tan bruscamente que se le cayó la capucha, revelando un fino pelo castaño y un caso grave de caspa. Se puso de pie de un salto, vaciló y corrió hacia la puerta tan pronto como Tachyon y Troll se dirigieron al fondo.

—¡Eh! –gritó Jube por detrás–, ¡eh, señor, su periódico!

Había olvidado el *Cry* en la barra. El hombre salió tan rápido que casi se enganchó la punta de su larga capa negra en la puerta. Jube se encogió de hombros y volvió a su piña colada.

Varias horas y una docena de copas después, Chrysalis aún no había hecho acto de presencia, ni Jube había divisado a nadie que se pareciera a Popinjay, al aspecto que él imaginaba. Cuando Lupo anunció el cierre, Jube le hizo señas.

—¿Dónde está? –preguntó.

—¿Chrysalis? –inquirió Lupo. Sus intensos ojos rojos centellearon a ambos lados de su largo y peludo hocico–. ¿Te está esperando?

Jube asintió.

—Tengo cosas que decirle.

—Bien –dijo Lupo–. En la habitación roja, tercer reservado a la izquierda. Está con un amigo –sonrió–. Finge que no lo ves, si me quieres entender.

—Lo que ella quiera.

Jube pensó que el amigo tenía que ser Popinjay, pero no dijo nada. Se bajó con cuidado del taburete y se dirigió a la habitación roja, a la derecha de la sala principal. El interior estaba oscuro y lleno de humo. Las luces eran rojas, la gruesa alfombra de lana era roja y las pesadas cortinas de terciopelo que rodeaban los reservados eran de un intenso y rico tono borgoña. La mayoría de los reservados estaban vacíos a estas horas de la noche, pero podía oír a una mujer gimiendo en uno que no lo estaba.

Se encaminó al tercer reservado de la derecha, apartó la cortina y asomó la cabeza.

Estaban hablando en voz baja y tono serio, pero la conversación se interrumpió abruptamente. Chrysalis lo miró.

—Jubal –dijo secamente–. ¿Qué puedo hacer por ti?

Jube miró a su acompañante, un hombre musculoso y macizo con una camiseta negra y una chamarra de cuero oscura. Llevaba una máscara de lo más sencilla, una capucha negra que le cubría todo menos los ojos.

—Debes ser Popinjay –dijo Jube, antes de recordar que al detective no le gustaba que lo llamaran de ese modo.

—No –replicó el enmascarado, su voz sorprendentemente suave. Echó una mirada a Chrysalis–. Podemos seguir más tarde con esta conversación si tienes negocios que atender.

Salió del reservado y se alejó sin decir palabra.

—Entra –dijo Chrysalis. Jube se sentó y cerró las cortinas.

—Sea lo que sea lo que me tengas que contar, espero que sea bueno –parecía claramente molesta.

—¿Que te tenga que contar? –Jube estaba confuso–. ¿A qué te refieres? ¿Dónde está Popinjay, no tendría que estar ya aquí?

Ella lo miró fijamente. Cubierta de piel transparente y músculos de un gris fantasmal, su calavera le recordaba a Jube al desagradable hombre que se había sentado a su lado en la barra.

—No era consciente de que conocías a Jay. ¿Qué tiene que ver con nada? ¿Hay algo sobre Jay que tenga que saber?

—El informe –espetó Jube–. Iba a hablarnos de esos masones que contrataron a Devil John para robar el cuerpo de la morgue. Eran peligrosos, dijiste.

Chrysalis se rio de él, descorrió las cortinas del reservado y se levantó lánguidamente.

—Jubal, no sé cuántas copas exóticas con ron te has permitido esta noche, pero sospecho que unas pocas de más. Eso siempre es un problema cuando Lupo está detrás de la barra. Sascha puede decir cuándo un cliente tiene bastante, pero nuestro pequeño hombre lobo no. Vete a casa y duerme la siesta.

—¡Vete a casa! –dijo Jube– Pero ¿y qué pasa con el cuerpo, con Devil John y esos masones…?

—Si quieres unirte a una logia, encajas mejor en los Odd Fellows, creo –dijo Chrysalis en tono aburrido–. Aparte de eso, no tengo la más remota idea de qué estás hablando.

El camino a casa fue largo y malhumorado y Jube tenía una sensación de inquietud, como si lo estuvieran vigilando. Se paró y miró a su alrededor furtivamente varias veces, para tratar de alcanzar a quienquiera que lo estuviera siguiendo, pero nunca se veía a nadie.

En la privacidad de su apartamento, Jube se sumergió agradecido en su baño de agua fría y encendió la televisión. La última película era *¡Treinta minutos sobre Broadway!* Pero no era la versión de Howard Hawks, sino el horrible remake de 1978, con Jan-Michael Vincent como Jetboy y Dudley Moore interpretando a un Tachyon cómico con una horrible peluca roja. De todos modos, Jube acabó mirándola; evasión sin sentido era justo lo que necesitaba. Ya mañana se preocuparía por Chrysalis y el resto.

Jetboy acababa de estrellar el JB-1 en los dirigibles cuando la imagen súbitamente crepitó y se volvió negra.

—¡Eh! –Jube, golpeando el control remoto. No pasó nada.

Entonces, un perro del tamaño de un caballo pequeño salió de su aparato de televisión.

Era flaco y terrible, su cuerpo de color gris humo y horriblemente demacrado, sus ojos como ventanas que se abrían a un osario. Una larga cola bífida se curvaba sobre su espalda como el aguijón de un escorpión y se retorcía de lado a lado.

Jube retrocedió tan rápido que salpicó de agua todo el suelo de su dormitorio y empezó a gritarle a aquella cosa. El perro le enseñó sus dientes como dagas amarillas. Jube se dio cuenta de que estaba balbuceando en la lengua comercial de la Red, y pasó al inglés.

—¡Largo! –le dijo–. ¡Fuera de aquí!

Se aferró desesperadamente al borde de la bañera, salpicando más agua, y se retiró. Aún tenía el control remoto en la mano, si podía llegar a su santuario… pero ¿de qué serviría eso contra una cosa que atravesaba las paredes? Su carne se encendió con un súbito terror.

El perro se le acercó sigilosamente y después se paró. Su mirada estaba fija en la entrepierna. Pareció momentáneamente desconcertado por el pene doble bífido y los genitales femeninos completos que había debajo. Jube decidió que su mejor oportunidad consistía en correr en dirección a la calle. Caminó lentamente hacia atrás.

—Gordinflón –gritó el sabueso con una voz que era pura malicia untuosa–. ¿Vas a huir de mí? Tú me has buscado, idiota. ¿Crees que tus gruesas piernas de joker pueden llevarte más rápido que Setekh el destructor?

Jube se quedó boquiabierto.

—¿Quién…?

—Soy aquel cuyos secretos deseas conocer –dijo el sabueso–. Pequeño y patético joker, ¿crees que no nos daríamos cuenta, que no nos preocuparíamos? Hemos sacado el conocimiento de las mentes de tus secuaces y seguido el rastro hasta ti. Y ahora morirás.

—¿Por qué? –dijo Jube. No tenía ninguna duda de que la criatura podía matarlo, pero si tenía que perecer, esperaba al menos entender la razón.

—Porque me agotaste la paciencia –dijo el perro. Su boca se torcía en formas obscenas, antinaturales cuando hablaba–. Pensé que encontraría un gran enemigo y en cambio me encuentro un joker rechoncho que se gana la vida vendiendo rumores a una tabernera. ¿Cuánto crees que valdrían los secretos de nuestra Orden? ¿Quién crees que pagaría por ellos, Morsa? Dímelo, y no me entretendré contigo. Miénteme y tu muerte se prolongará hasta el amanecer.

Jube se dio cuenta de que el sabueso no tenía idea de quién era. ¿Cómo podía ser? Había descubierto quién era a través de Chrysalis, de la calle; no había ido más allá de su falsa pantalla. De repente, por motivos que no habría podido explicar, Jube supo que Setekh no debía saber. Debía apartarlo de sus secretos.

—No quería entrometerme, poderoso Setekh –dijo en voz alta. Se había hecho pasar por joker durante treinta y cuatro años, sabía cómo arrastrarse–. Le ruego misericordia –dijo, retrocediendo hacia la sala de estar–. No soy enemigo suyo –le explicó.

El sabueso avanzó hacia él sin hacer ruido, los ojos ardiendo, la lengua colgando de su largo hocico. Jube cruzó de un salto el salón, salió dando un portazo y corrió.

El perro atravesó saltando la pared para cortarle el paso y Jube perdió el equilibrio al retroceder. Cayó como un saco de papas, el sabueso alzó una terrible zarpa para golpear... y se paró mientras Jube se alejaba a rastras del golpe mortal. Su boca se retorció y se llenó de fantasmagóricas babas, y Jube se dio cuenta de que estaba riendo. Contemplaba algo que tenía detrás y reía. Estiró la cabeza y sólo vio el transmisor de taquiones. Cuando volvió a mirar, el perro ya no estaba. En su lugar, un frágil hombrecillo en una silla de ruedas estaba observándolo.

—Somos una Orden antigua –dijo el hombrecillo–. Los secretos han pasado por muchas bocas y algunos han seguido caminos equivocados y algunas ramas se han perdido y han sido olvidadas. Alégrate de que no te haya matado, hermano.

—Oh, sí –dijo Jube, poniéndose de rodillas. No tenía ni idea de por qué se había librado, pero no iba a discutir ese punto–. Gracias, maestro. No volveré a molestarlos.

—Te dejaré vivir, pero vivirás para servirnos –le dijo la aparición en la silla de ruedas–. Incluso alguien tan estúpido y débil como tú puede ser de utilidad en la gran lucha que está por venir. Pero no digas nada de lo que sabes, o no serás iniciado.

—Ya lo olvidé –dijo Jube.

El hombre de la silla de ruedas pareció encontrar esa respuesta tremendamente divertida. Su frente palpitó mientras reía. Un momento después, ya no estaba. Jube se puso de pie cautelosamente.

A primera hora de la mañana siguiente, un joker con una vívida piel carmesí compró una copia del *Daily News* y le pagó con un brillante penique rojo del tamaño de medio dólar.

—Yo que tú lo conservaría, amigo mío –dijo, sonriendo–. Creo que podría ser tu moneda de la suerte.

Después le explicó dónde y cuándo tendría lugar la próxima reunión.

Dificultades relativas

♣ ♦ ♠ ♥

por Melinda M. Snodgrass

EL DOCTOR TACHYON BAJÓ BRINCANDO LAS ESCALERAS DE LA Clínica Memorial Blythe van Renssaeler y se detuvo para dar unos golpecitos a uno de los erosionados leones de piedra arenisca que flanqueaban las escaleras. Reparó en que su compañero del norte aún tenía un tupé de nieve sucia adornando su cabeza que se caía a trozos. Aunque ya llegaba tarde a una cita para el almuerzo con el senador Hartmann en el Aces High, no pudo resistirse a retirar tiernamente la nieve. Un viento fuerte, frío, soplaba desde el East River, empujando jirones de nubes blancas ante él, y arrastrando el sonido de los cláxones desde el tráfico embotellado del puente de Brooklyn.

La insistencia de los cláxones le recordó que el tiempo iba corriendo, y bajó los dos últimos escalones de un gran salto. Una explosión rosa lo paró en seco. Un chaleco, identificó Tach antes de que su vista quedara tapada por un gladiolo que le pusieron directamente bajo la nariz. Tach alzó y alzó la vista, y se dio cuenta de que estaba frente a un extraño… y había peligro, o un peligro potencial, en cada extraño. Tres rápidos pasos atrás lo pusieron fuera del alcance de todo salvo una pistola o algún poder esotérico de as y estudió con recelo la aparición.

El hombre era muy alto, su esquelética talla se veía exagerada por la enorme chistera púrpura que se había encasquetado sobre el pelo largo, lacio y rubio. Un abrigo, también púrpura, colgaba de sus estrechos hombros y producía –en opinión de Tach– un hermoso contraste con la camisa de cachemira naranja y el violeta y los pantalones verdes. El sonriente espantapájaros le alargó una vez más la flor.

—Toma hombre, soy el Capitán Trips –le ofreció, y se mantuvo de pie balanceándose y sonriente como un faro borracho. Fascinado,

Tachyon se quedó mirando sus pálidos ojos azules bajo unas gafas que parecían estar hechas del fondo de botellas de coca-cola. Incapaz de articular nada coherente, Tach simplemente aceptó la flor.

—Ése no es mi nombre de verdad, hombre –le contó confidencialmente el Capitán en un susurro que podía haber llegado a la otra punta del Carnegie Hall–. Soy un as, así que he de tener una identidad secreta, ¿sabes?

El Capitán se pasó una mano huesuda por la boca, alisando el bigote ligeramente manchado y los escasos y desaliñados mechones de su barba.

—Oh, guau, o sea, no puedo creerlo, el doctor Tachyon en persona. Te admiro de verdad, hombre.

Tach, siempre dispuesto a recibir un cumplido, estaba complacido, pero también era consciente de que iba pasando el tiempo. Se metió la flor en el bolsillo de su saco y se puso de nuevo en movimiento, con su recién encontrado compañero situándose a su lado. El hombre desprendía una sensación agradable, que lo envolvía con el tenue aroma del jengibre, el sándalo y el sudor rancio, pero Tach no pudo evitar la sensación de que el Capitán no era más que un lunático amigable. Hurgando con la mano en los bolsillos de sus pantalones azul medianoche, lanzó a Trips una mirada por el rabillo del ojo y decidió que tenía que decir algo. Obviamente, no iba a librarse de aquel tipo en un buen rato.

—Así, ¿hay alguna razón concreta para que me estuvieras buscando?

—Bueno, creo que necesito consejo. O sea, ya sabe, parece que usted es la persona a quien preguntar.

Las manos del hombre tocaron la gigantesca corbata de moño verde con lunares amarillos y le dio un fuerte tirón, como si le apretara.

—No soy realmente el Capitán Trips.

—Sí, lo sé, ya lo dijiste –respondió Tach, aferrándose a su paciencia que ya estaba empezando a evaporarse con rapidez.

—En realidad soy Mark Meadows. Doctor Mark Meadows. O sea, tenemos mucho en común, amigo.

—No puedes hablar en serio –espetó Tach y de inmediato lamentó su falta de educación.

La desgarbada figura de Mark Meadows pareció encogerse sobre sí misma, perder unos centímetros.

—Soy yo, amigo, de verdad.

Diez años atrás Mark Meadows había sido considerado el bioquímico más brillante del mundo, el Einstein de su campo. Hubo una docena de explicaciones diferentes para su súbito retiro: estrés, deterioro personal, su ruptura matrimonial, drogadicción. Pero pensar que el joven gigante se había visto reducido a este tipo que arrastraba los pies…

—He estado, o sea, buscando a Radical, amigo.

La memoria se le disparó: ¿1970?, los disturbios en People's Park cuando un misterioso as había aparecido en escena, rescatado al Rey Lagarto y desaparecido para no volver a ser visto.

—No eres el único. Intenté localizarlo en el 70, pero no volvió a aparecer.

—Sí, es una auténtica lata –coincidió el Capitán con tristeza–. Una vez lo tuve… bueno, creo que lo tuve una vez, pero no he sido capaz de hacerlo volver, así que igual no. A lo mejor es sólo, o sea, un deseo muy fuerte, amigo.

—¿Estás diciendo que eres Radical? –la incredulidad hizo subir la voz de Tachyon varias octavas.

—Oh, no, amigo, porque no tengo ninguna prueba. Hice esos polvos, tratando de encontrarlo, de hacer que volviera, pero cuando me los como, me convierto en esta otra gente.

—¿Otra gente? –repitió Tach en un tono anormalmente tranquilo.

—Sí, mis amigos, hombre.

Ahora Tachyon estaba seguro. Tenía un loco entre manos. Ojalá hubiera pedido la limusina. Empezó a tratar de encontrar un modo de desairar a su desagradable compañero y llegar a su reunión antes de que cancelaran su subvención o sólo el Ideal sabía qué más… Divisó un callejón que sabía que desembocaba en una parada de taxis. Seguramente allí podría librarse…

Trips estaba divagando otra vez.

—Eres una especie de padre para todos los ases, amigo. Y siempre estás haciendo cosas para ayudar a la gente. Y me gustaría ayudar a la gente, así que me estaba imaginando que podrías, o sea, enseñarme a ser un as y luchar contra el mal y…

Cualquier otra cosa que el Capitán quisiera se perdió en el chirrido de unos neumáticos cuando un coche entró como un rayo en el callejón y se paró en seco. Los instintos de supervivencia, inculcados en él desde la infancia, tomaron el control y Tach giró violentamente y salió corriendo de lo que ahora sabía que se había convertido en una trampa mortal. Trips se movió de un lado a otro, estirando la cabeza hacia el coche y al taquisiano que huía, como una cigüeña desconcertada.

¡Eeeeek! ¡Slam! Otro coche, bloqueándole efectivamente la huida. Y figuras –figuras familiares– saliendo en tromba de los vehículos. No tenía tiempo de ponderar la inexplicable presencia de sus parientes en la Tierra; en cambio, sus defensas mentales se desplegaron justo a tiempo para repeler una poderosa explosión mental. Proyectó su poder, las protecciones cedieron, cayeron y uno de sus atacantes se desplomó.

Intentó otra; las protecciones resistieron. *Demasiados*. Hora de intentar eludirlos físicamente. Las filtraciones de su mente indicaban una simple captura, pero entonces vio una placa de detención en la funda de la muñeca de su primo Rabdan. Era un arma particularmente peligrosa, y una herramienta popular en los asesinatos. Un poco de presión en el pecho de la víctima y su corazón se detenía. Rápido, limpio, simple y el trabajo estaba acabado. Una patada giratoria en la espalda envió a Rabdan tambaleándose a una hilera de botes de basura. Los abollados botes cayeron con un enorme estrépito, liberando el olor a basura podrida y a cuatro o cinco gatos callejeros, que maullaban y bufaban. El disco plateado de la placa salió rodando de la mano de Rabdan y Tach saltó por él.

Por el rabillo del ojo vio al Capitán apretarse la cabeza y caer con un gemido sobre la resbaladiza acera. Otro ataque mental que sus defensas rechazaron, pero todas se fueron a la mierda contra un garrote esgrimido con pericia por Sedjur, su viejo maestro de armas, y mientras su cráneo estallaba en fragmentos de luz y dolor, Tachyon experimentó una profunda sensación de dolor y traición y un fuerte deseo de tener una pistola.

♣

—¿...trajiste a este otro?

—Dijiste que no dejáramos testigos ni cadáveres —el tono de voz enojado, defensivo de Rabdan parecía filtrado por varios metros de lana y aquella otra voz... no podía ser. Tach apretó los ojos cerrados aún más fuerte, deseando que volviera la inconsciencia, cualquier cosa excepto la presencia de la *Kibr*, Benaf'saj.

La anciana suspiró.

—Muy bien, quizá nos pueda servir para controlarlo. Llévenlo a la cabina con los otros —los pasos de Rabdan fueron apagándose, acompañados por un sonido de arrastre.

—El chico lo hizo bien —dijo Sedjur, una vez que Rabdan se hubo ido y no podía ser insultado por sus observaciones.

—Los años que ha pasado aquí lo han endurecido. Derribó a Rabdan.

—Sí, sí. Ahora vete. Debo hablar con mi nieto —los pasos de Sedjur se extinguieron y Tach continuó haciéndose el muerto. Su mente se proyectó; palpó la presencia de la nave (definitivamente era una nave de guerra de clase Courser), sintió los patrones familiares de las mentes taquisianas, el pánico de dos... no, tres humanos. Y finalmente una mente cuyo roce le trajo un arrebato de miedo y odio y reproche teñidos de tristeza. Su primo Zabb, tomando conciencia del levísimo tanteo, lo repelió y la imperfecta defensa de Tachyon dejó pasar el golpe. Su jaqueca incrementó su intensidad.

—Sé que estás consciente —dijo Benaf'saj en tono familiar. Con un suspiro abrió los ojos y contempló los rasgos bien cincelados de su pariente vivo más anciano. La opalina luminiscencia de las paredes de la nave formaba un halo alrededor de su cabello blanco plateado y acentuaba la red de arrugas que grababa su cara. Pero incluso con esos estragos era posible ver el rastro de la formidable belleza que había cautivado a varias generaciones de hombres. La leyenda contaba que un miembro de la familia Alaa lo había arriesgado todo para pasar una noche con ella. Uno se preguntaba si había encontrado que el gozo había valido aquel precio, puesto que ella lo mató antes de que llegara la mañana (o eso decía la historia). Una mano nudosa recogió un mechón que se había liberado del elaborado peinado mientras sus marchitos ojos grises lo estudiaban con una frialdad rayana en el desinterés.

—¿Me saludarás como es debido o los años que has pasado en la Tierra te han hecho olvidar los modales?

Se incorporó gateando, ejecutó una reverencia en su honor e hincó una rodilla ante ella. Sus dedos largos, secos, rodearon su cara, acercándola, y los labios emblanquecidos depositaron un beso en su frente.

—No siempre has sido tan callado. En casa tu parloteo era tenido por un defecto.

Permaneció en silencio, pues no quería perder su posición haciendo la primera pregunta.

—Sedjur dice que aprendiste a luchar. ¿Acaso la Tierra también te ha enseñado a guardar silencio?

—Rabdan intentó matarme.

No estaba desconcertada por la franqueza de su afirmación ni se sentía insultada por su tono inexpresivo y hostil.

—No todo el mundo recibiría de buen grado tu vuelta a Takis.

—Y Zabb está a bordo.

—Y de eso puedes sacar tus propias conclusiones.

—Ya veo –apartó la mirada, la repulsión le dejó un mal sabor en el reverso de la lengua–. No voy a volver y tampoco los humanos.

Sus finos dedos se cerraron como garras en su mejilla, y lo forzaron a encararse a ella.

—Tú, muchachito enfurruñado, ¿qué hay de tu deber y tu responsabilidad con la familia?

—¿Y qué hay de mi búsqueda de la virtud? –rebatió él, apelando al otro principio igualmente importante y rotundamente contradictorio de la vida taquisiana.

—El tiempo no se detuvo en casa mientras tú te divertías en la Tierra. Cuando te esfumaste, Shaklan sospechó que habías seguido la nave a la Tierra.

»Pero no estabas solo en tu preocupación por el gran experimento. Otros vigilaban, pero en vez de salir pitando para evitar la liberación, atacaron la fuente. L'gura, aquel animal sin madre, forjó una alianza de quince familias y vinieron –se quedó mirando sus manos, y de repente pareció muy vieja–. Muchos murieron en el ataque. De no ser por Zabb, creo que todos habríamos muerto.»

Tach mordisqueó su labio inferior, frenando las excusas por su ausencia.

—¿Nunca te preguntaste, según pasaban los años y aún no veníamos, qué podía haber pasado?

Un filo helado pareció retorcerse en su estómago y no se pudo contener:

—¿Padre?

—Una herida en la cabeza. La carne vive, pero la mente ya no está ahí.

Una sensación de letargia lo embargó y el resto de sus palabras pareció llegarle desde una gran distancia.

—Al no estar tú, Zabb reclamó su derecho al cetro, pero mucho temieron su ambición. Para bloquear su ascensión tu tío Taj mantuvo una regencia, pero se decidió que había que encontrarte, pues no se sabe cuánto más puede durar el cuerpo de Shaklan…

Mañanas amargamente frías y su padre le metía un cono de papel lleno de nueces tostadas en la mano mientras un vendedor callejero hacía reverencias y sonreía a los nobles… Se columpiaba tristemente en una puerta mientras Shaklan se ocupaba de los negocios y olvidaba que había prometido enseñar a montar a su pequeño hijo aquel día. El fin de la reunión, y los brazos abiertos de par en par. Corría hacia aquel abrazo, sintiéndose a salvo cuando aquellos poderosos brazos se cerraban a su alrededor, el cosquilleo de un corbatín de encaje contra su mejilla y el aroma cálido, masculino, mezclado con las notas especiadas de su colonia. El dolor indescriptible cuando su padre le había disparado en la parte superior del muslo durante una de sus sesiones de entrenamiento psi. Se le habían escapado las lágrimas mientras Shaklan intentaba explicarle por qué lo había hecho. Que Tisianne tenía que ser capaz de soportar cualquier cosa en este lado de la muerte sin perder el control mental. Algún día su vida podría depender de ello… El parpadeo de la luz del fuego en las surcadas llanuras de su rostro mientras compartían una botella de vino y lloraban, la noche que se enteraron del suicidio de Jadlan.

Tach se tapó la cara con las manos y sollozó. Benf'saj no hizo ningún movimiento, físico o mental, para aliviar su angustia y la odió. La tormenta amainó y él se limpió los ojos llorosos y la nariz con un pañuelo que le proporcionó su innumerables-veces-tatarabuela. Sus ojos se encontraron y en ellos vio… ¿dolor? Apenas podía creerlo y el momento pasó antes de que pudiera asegurarse de que lo que había visto era real.

—Nos pondremos en marcha tan pronto como hayamos limpiado la zona de retoños del Enjambre. No estamos lo bastante bien armados para rechazar un ataque de una de las devoradoras y nuestras pantallas deben estar bajadas antes que podamos entrar en vuelo fantasmal. Es una pena –continuó murmurando– que sólo podamos salvar tan pocos especímenes. Es probable que T'zan d'ran destruya este mundo.

Él negó con la cabeza rápidamente.

—Creo que los humanos te sorprenderían.

—Lo dudo. Pero al menos hemos reunido nuestros datos –lo fulminó con una mirada fría de sus ojos grises–. Por supuesto, podrás moverte a tu antojo en la nave; pero, por favor, no te acerques a los humanos. Sólo los agitaría y les haría más difícil adaptarse a sus nuevas vidas.

Envió órdenes telepáticas y una esbelta mujer entró en la estancia. Tach se dio cuenta, con un sobresalto, que la última vez que la había visto era una rolliza niña de cinco años de edad que cuidaba de una bonita familia de muñecas y le hacía prometer que se casaría con ella cuando creciera para que pudieran tener bonitos bebés. Ahora nunca se casaría. El hecho de que estuviera en esta nave, y no seguramente instalada en los aposentos de las mujeres, significaba que era *bitshuf'di*, uno de los neutros de quienes se consideraba que portaban peligrosos genes recesivos o material genético de escaso valor como para que se les permitiera tener progenie.

Sus ojos aletearon (¿con tristeza?... era difícil evaluar la emoción, tan velozmente había pasado) sobre él y se inclinó sumisa.

—Señor, si me acompaña.

Él hizo una última reverencia a Benaf'saj y siguió los pasos de Talli, debatiéndose sobre cómo romper el silencio. Decidió que una conversación trivial sería inapropiada: *¡por supuesto había crecido, habían pasado décadas!*

—Ni una palabra de bienvenida –el corredor se curvaba ante ellos, resplandeciendo como madreperla pulida conforme se iban adentrando en las profundidades de la nave.

—Ninguna me diste como despedida.

—Era algo que tenía que hacer.

—Otros también viven bajo ese imperativo –miró nerviosamente a su alrededor y cambió al estrecho e íntimo modo telepático. *Zabb te quiere muerto. No comas o bebas nada que no te haya traído yo misma y vigila tu espalda.* Introdujo una pequeña daga en su mano y él se la guardó rápidamente bajo la manga.

Lo sospechaba. Pero gracias por la advertencia y el arma.

Me matará si sospecha.

No lo sabrá por mí. Nunca me igualó en mentática. Pero ella parecía dudosa y se dio cuenta, con vergüenza, de cuán laxas eran sus defensas. Las reforzó y ella asintió aliviada.

Mejor.

No, terrible. Ésta es una situación horrible. La miró circunspecto. *No tengo ninguna intención de volver a Takis.*

Habían llegado a la puerta de la cabina, y la nave amablemente se la abrió.

Ella le puso las manos en los hombros y lo apremió. *Debes volver. Te necesitamos.*

Y mientras la puerta se cerraba decidió que después de todo quizá no era tan aliada como creía.

♠

Tom Tudbury estaba teniendo uno de los peores días de su vida. El peor día por mucho había sido el 8 de marzo, cuando Barbara se había casado con Steve Bruder, pero éste se estaba ganando a pulso el segundo lugar. Estaba en camino a la clínica de Tachyon con el extraño dispositivo que le había quitado al pandillero cuando una extraña nave, que se parecía bastante a un caracol marino, había salido orbitando de entre las nubes, se había detenido a su lado y lo había invitado a subir a bordo. Quizás *invitado* no era la palabra adecuada; *obligado* se acercaba más. Una garras gélidas parecieron asentarse en su mente, y había flotado tranquilamente hasta la nave atravesando las puertas de un puerto de carga que estaban abriéndose. No recordaba nada más hasta que se encontró de pie en medio de una enorme sala, su caparazón agazapado tras él.

Varios hombres esbeltos, con uniformes blancos y dorados dignos de una opereta, se habían acercado a él y lo habían registrado, mientras otro se precipitaba en la nave y emergía con la extraña bola negra y el *six pack* de cervezas a medio consumir. Gesticuló con las

cervezas, lo que las hizo entrechocar débilmente, y hubo un estallido
de risas. Después examinaron el dispositivo en medio de un murmullo de palabras musicales llenas de azarosas e inexplicables pausas.
Con un gesto de despreocupación, colocaron el dispositivo en un
anaquel que se extendía a lo largo de un lado de la sala curva. Uno
de sus captores le señaló educadamente la puerta. La cortesía del
gesto eliminó su peor miedo: estaba claro que no estaba en manos
del Enjambre. De algún modo, la buena educación parecía fuera de
lugar con los monstruos.

Salieron a un largo y serpenteante corredor cuyos muros, piso
y techo brillaban como un abulón pulido. Mientras avanzaban, el
techo abovedado brillaba por delante de ellos y se oscurecía una vez
que habían pasado. Uno de los muros contenía una filigrana de líneas rosas, como los pétalos de una flor. Esta sección se abrió súbitamente y apremiaron a Tom para que entrara en una lujosa cabina.
Un estallido de risa frágil, femenina, saludó su llegada y observó con
ojos desorbitados a la hermosa mujer acurrucada en el centro de
una enorme cama redonda.

—Bueno, no pareces gran cosa –dijo, diseccionándolo con los ojos.
Él metió su abdomen y deseó que su camiseta estuviera más limpia–.
Soy Asta Lenser. ¿Quién demonios eres tú? –estaba asustado y el
miedo lo hizo ser prudente. Meneó la cabeza–. ¡Oh, vete al diablo!
Estamos juntos en esto.

—Soy un as. Tengo que ser cuidadoso.

—Bueno, pues vaya cosa, yo también.

—¿Lo eres?

—Sí, bailo la danza de los siete velos mejor que Salomé –parecía
desconcertado–. ¿No has ido nunca al ballet?

—Nó.

—Qué tonto.

Rebuscó en una enorme bolsa sin forma y sacó un paquete de
polvo blanco, un espejo y un popote. Le temblaban tanto las manos
que le costó cinco intentos preparar las líneas. Aspiró la cocaína y se
recostó con un largo suspiro de alivio.

—¿Dónde estábamos? Oh, sí, mi poder. Puedo hipnotizar a la gente con mi baile. En particular a los hombres. Pero la verdad es un
poder insignificante cuando te han raptado unos alienígenas. Con

todo, Él seguro que lo apreciaba. He conseguido un montón de información valiosa con mi pequeño poder y hago que esté… despierto —hizo un gesto obsceno señalando su entrepierna.

Tom se preguntó de quién y de qué demonios estaba hablando, pero francamente no le importaba descifrarlo. Cruzó la estancia con paso inseguro y se dejó caer en un banco bajo que parecía ser una protuberancia de la propia nave. Al sentarse sobre los gruesos cojines bordados se oyó un crujido de hojas o pétalos secos y un intenso aroma a especias llenó el aire.

No estaba seguro de cuánto tiempo pasó acurrucado en el banco, sufriendo por su situación: ¡taquisianos! ¡Dios! ¿Qué les iba a pasar? ¿Tach? ¿Podría ayudar? ¿Lo sabía? ¡Oh, mierda!

—Ey —lo llamó Asta—. Lo siento. Mira, los dos somos ases, deberíamos ser capaces de hacer algo para salir de este aprieto.

Tom sólo negó con la cabeza. ¿Cómo podía decirle que había dejado sus poderes atrás, con su caparazón?

◆

El roce al prender el cerillo sonó rotundo en medio de la silenciosa estancia. Tach observó con innecesaria atención cómo la vela cobraba vida. La luz encendió el color de las paredes de la nave y derramó el dulce perfume de las flores. Sacó un cuarto de dólar de su bolsillo y lo depositó en el altar. Parecía incongruente entre el oro de las monedas taquisianas. Sopesó el diminuto puñal con empuñadura de madreperla, murmuró una fugaz plegaria por la liberación del espíritu de su padre y se abrió un corte diminuto en la yema de su índice. La sangre brotó lentamente y rozó la moneda con la brillante gota. Se agachó para sentarse, con las piernas dobladas, ante el altar familiar, chupándose el dedo cortado y jugando sin parar con el pequeño cuchillo de cinco centímetros.

—No va a servir de mucho como arma.

Zabb estaba apoyado contra la puerta, con los brazos cruzados sobre el pecho. Medía casi metro ochenta y cinco, con un cuerpo esbelto como una fusta y el pecho y los hombros fuertes propios del nadador de larga distancia o del artista marcial. El pelo ondulado, de plata sobredorada, estaba peinado hacia atrás, partiendo de su alta frente blanca y apenas rozaba el cuello de su túnica blanca y dorada. Los fríos ojos grises se sumaban a la impresión de metal y cristal. No había calidez alguna en aquel hombre. Pero había poder y dominio y un carisma abrumador.

—No era eso en lo que estaba pensando.

—Pues deberías.

Hubo algo en aquel momento, la disposición de los hombros de Zabb, o quizás el gesto indulgente al ladear la cabeza, que a Tach le hizo recordar tiempos pasados... antes de que la política familiar se entrometiera, antes de que entendiera los rumores que vinculaban la madre de Zabb con la muerte de su madre... Un tiempo en el que un Tach de cinco años había adorado a su atractivo primo mayor.

—Me estaba acordando de que me diste mi primer cachorro. De la camada que había tenido la vieja Th'shula.

—No, Tis. Eso está muerto y enterrado.

—¿Igual que lo voy a estar yo?

Sus ojos se encontraron, gris y violeta. Los de Tach cayeron primero.

—Sí –una mano hermosa, muy cuidada estaba peinándose el bigote y las patillas–. Pretendo matarte antes de que lleguemos a Takis.

El tono de Zabb era despreocupado.

—No quiero a la familia. Quiero quedarme en la Tierra.

—Eso no importa. Mientras vivas no puedo tenerlo.

—¿Y los humanos?

—Son animales de laboratorio. Útiles si vamos a pasar a la segunda etapa –se dio la vuelta para marcharse.

—Zabb, ¿qué pasó?

Los hombros de su primo se encogieron, después se relajaron y volvieron a su rigidez militar.

—Has vivido hasta la madurez.

La puerta se cerró tras él con un susurro.

♥

Tom y Asta se quedaron mirando cuando los dos hombres entraron, arrastrando entre ambos una forma desgarbada, larguirucha, vestida con un traje púrpura de Tío Sam. El hombre más joven se apoyó en una rodilla, rebuscó rápidamente en los voluminosos bolsillos del *hippie* y sacó un pequeño frasco de vidrio lleno de un polvo azul con matices plateados. El mayor aceptó la botella, la destapó y olfateó con curiosidad el contenido. Una ceja se arqueó.

—¿Éste estaba con Tisianne? –dijo en inglés.

—Sí, Rabdan.

—¿Y parecían amigos?

Sus pálidos ojos se clavaron en Tom.

—S-sí.

—Esto es alguna clase de droga. Y demasiada cantidad de una droga puede tener efectos terribles. Ciertamente espero que mi estimado primo esté versado en el tratamiento de una sobredosis. Si no, su amigo podría morir.

Otra mirada secreta, felina, a Tom.

Los dedos de su compañero oprimieron rápidamente sus labios, después, vacilante dijo:

—¿No deberíamos preguntar a Zabb?

—Tonterías, no le importará lo que le pase a un amigo humano de Tisianne.

Arrodillándose, vertió los contenidos del frasco entre los labios desencajados del *hippie*. Tom medio se incorporó, con una protesta en sus labios, pero una mirada de Rabdan lo hizo volver a caer en el banco. Todos los ojos se fijaron en la escuálida figura del suelo: Asta con excitación, la punta de la lengua asomando entre sus labios; Tom con horror; el joven taquisiano con preocupación, y Rabdan, con jovial buen humor.

El hombre se retorció, se movió y por un instante todo el mundo contuvo el aliento contemplando la figura de radiante azul que se alzó majestuosamente del suelo. Dentro de su capa, con una capucha del color de la oscuridad del profundo color del espacio, sus ojos eran rendijas de fuego blando, y el tejido de su capa resplandecía con brillantes estrellas, nébulas, remolinos de galaxias. Los taquisianos saltaron hacia delante, tratando de sujetar la forma aérea, exótica, que se hundía rápida y limpiamente a través del piso.

♣

Tachyon volvió a su cabina y se tendió boca abajo en la cama, con la barbilla entre las manos, y trató de decidir qué hacer. Su breve conversación con Zabb le había indicado no sólo el peligro que corrían, sino también el que corrían los humanos. Estaba claro que iban a ser conejillos de Indias, a pesar de las observaciones de Benaf'saj.

Le había llevado bastante identificar la nave como la *Arpía*; la embarcación favorita y más querida de su primo. Por tanto, cualquier intento de apoderarse de ella sería infructuoso. No había modo de manejar esta nave. Aún podía recordar el día en que los productores habían mandado el recado de que sería mejor echar atrás la nueva nave de su primo, de modo que tendrían que volver a empezar. Era salvaje, arrogante, totalmente indomable. Aquello había sido suficiente para Zabb. Incluso entre las otras familias, que eran notoriamente tacañas en elogios, era conocido como el más brillante entrenador de naves del planeta. Y él no podía resistir el reto. Con nueve años Tisianne había estado presente, junto a su padre, en el centro de entrenamiento orbital. Zabb había entrado en la nave, los poderosos rayos de dominación se habían liberado y la nave había salido a toda velocidad en dirección al centro de la galaxia. Nadie había esperado volver a ver a Zabb jamás, pero dos semanas más tarde, nave y hombre habían vuelto, renqueando, a casa, y nada era más dócil que la *Arpía* cuando estaba bajo el mando de su conquistador. Era nave de un solo hombre.

Más o menos como Baby *conmigo*, pensó Tach a la defensiva.

La cuestión era que no podía ser controlada sólo con poderes psi. Aún era una nave militar, lo que significaba que había consolas de mandos reales en su casco para que, si resultaba seriamente dañada, la tripulación pudiera ser capaz de cuidarla hasta el regreso a casa. Pero si intentaba apoderarse de la nave usando las consolas, simplemente rechazaría sus órdenes y llamaría a gritos a Zabb. Y aunque pudiera manejar a Zabb en una confrontación mental de uno contra uno, había diecinueve taquisianos más en esta nave.

Así pues, ¿qué hacer? Benaf'saj estaba claramente al mando. Y si diera la orden de devolver a Tachyon y los prisioneros a la Tierra… Salió de la cama y fue a buscar a su *Kibr*.

Estaba en el puente mirando a Andami cuando Sedjur frunció el ceño al ver una lectura que la *Arpía* había proyectado amablemente en el suelo. El hombre más joven se agitaba, inquieto.

—¿Puedes ser tan amable de explicarme por qué le administraste una sustancia desconocida a un prisionero?

—Fue Rabdan quien lo hizo –dijo Andami enfurruñado.

—Entonces los dos son unos bobos: él por hacerlo y tú por permitirlo. Ahora tenemos una criatura alienígena con capacidades desconocidas suelta por la nave.

—Aquí está, moviéndose otra vez –espetó Sedjur–. Está en el nivel cinco. No, de vuelta al dos. Ahora está en tu cabina.

Los labios de Benaf'saj se torcieron en un gesto de desaprobación.

—No sé por qué todo el mundo está tan molesto. La *Arpía* puede decirnos dónde está.

—Porque se mueve a través de las paredes y los pisos, y cuando llegamos a un sitio ya se volvió a mover –explicó la anciana con deliberada paciencia, como si estuviera hablando con un niño retrasado.

Tach avanzó, tratando de evitar atraer la atención de los tres que estaban en el puerto principal, agarró el respaldo de una silla de aceleración y envió una diminuta hebra. Tenía un don para insinuarse más allá de las defensas, pero Benaf'saj había tenido más de dos mil años para perfeccionar las suyas. Tenía la boca seca y podía sentir su pulso martilleando en la garganta mientras se deslizaba más allá de la primera barrera.

Segundo nivel. Aquí era más complicado. Trampas diseñadas para los incautos, para lanzar al infiltrado a infinitos bucles mentales hasta que Benaf'saj tuviera a bien liberarlos.

Astilló uno de los escudos y rápidamente tejió una guarda para cubrir su error. Permaneció como un copo de nieve danzando en medio de la mente de su *Kibr*, suavizando el borde irregular que había dejado. Pasó uno más. *¿Cuántos niveles más tendría aquella diablesa?*

Brrrrrrrrrrang*********. Ni siquiera vio venir el golpe. Tropezó con una alarma y un manto al rojo vivo se alzó como una ola de fuego y se desplomó. Sintió como si todas las sinapsis de su cerebro se dispararan simultáneamente y su mente pareció repiquetear dentro de su cráneo como una nuez podrida dentro de su cáscara. Se dio cuenta de que retrocedía resbalando de nalgas por el suelo, arañando con los dedos el piso nacarado de la *Arpía*. Impactó contra la pared y de golpe se quedó sin aire.

Benaf'saj lo miraba fijamente, en su rostro se reflejaba la diversión y la irritación. Podía sentir la sangre que se acumulaba en sus delgadas mejillas.

—¡Tenía mis defensas en alto! –anunció dolido, irracionalmente. Se sentía terriblemente maltratado.

—Intentas controlar *mi* mente, niño estúpido. Y no puedes construir una defensa que yo no pueda romper. ¡Te cambiaba los pañales cuando eras un mocoso llorón! ¡No hay nada que no sepa de ti!

Se dio la vuelta, el desprecio escrito en cada arruga de su frágil cuerpo, y la humillación creció hasta asfixiarlo.

—Llévenselo –espetó a Sedjur por encima del hombro–. Y esta vez *enciérralo* en la cabina.

Esta última orden iba dirigida a la nave. Con rostro imperturbable, Sedjur le ofreció una mano para levantarse y lo escoltó de vuelta a su cabina. Se apresuró por delante, con la cabeza gacha, los hombros encogidos, hundido. El anciano se fue y Tach se consoló con varios generosos tragos de su ánfora de plata. Dio vueltas arriba y abajo por la lujosa cabina, tratando de idear un plan, siendo presa del pánico cuando nada se le ocurría. Preguntándose qué cabos sueltos había en la nave. Preguntándose.

Decidió determinar con precisión qué humanos estaban retenidos en la nave. Rozó una mente femenina familiar. Asta Lenser, la primera bailarina del American Ballet Theater. Estaba pensando en un hombre. Un hombre que estaba teniendo ciertas dificultades para actuar. Mientras su cuerpo rechoncho, resbaloso por el sudor, rebotaba encima de ella, se afanaba en alcanzar el clímax, ella pensaba qué irónico que a un hombre con su poder no se le pudiera levantar. *El hombre más temido en…*

Avergonzado por esta intrusión, sintiéndose como un voyeur, Tach se retiró y buscó más. No percibía nada que se pareciera al amigable lunático que se le había acercado en el exterior de la clínica y esperaba que Trips no hubiera sido considerado inútil y se hubieran deshecho de él. Había algo raro. Una mente tan intensamente bloqueada que casi era opaca. Nunca habría percibido algo así sin un repentino terror, pero rápidamente se ocultó y perdió la fuente. Quizás éste era el intruso. Buscó más y encontró…

«¡La Tortuga!», profirió, y la sorpresa y la preocupación se desbocaron de golpe.

Estrechó el cerco y refinó su tanteo, construyó una penumbra con el fin de crear la ilusión para cualquier intruso mental de que estaba durmiendo y estableció contacto. Fue más difícil de lo que esperaba. Su primer contacto fugaz le había mostrado una Tortuga que no conocía, y no quería asustarlo apareciendo de repente en su cabeza. Empezó a buscar modos de hacer que el hombre se fuera dando cuenta gradualmente de su presencia, más deprimido a cada momento. Emociones sombrías, pesadas caracoleaban como olas lóbregas, viscosas por la mente de la Tortuga: miedo, ira, pérdida, soledad y una abrumadora sensación de desesperanza y futilidad.

Sintiéndose como un intruso y sin querer que la Tortuga pensara que estaba entrometiéndose en asuntos privados que no le concernían, golpeó firmemente en las primitivas defensas del hombre hasta que una chispa de sorpresa y desconfiado interés le mostró que había atraído la atención de la Tortuga.

Tortuga.

Tacky, ¿eres tú?

Sí.

Sintió desconfianza y suspicacia. Le dolió y una vez más se preguntó qué le había pasado a su más viejo amigo en la Tierra.

Estoy prisionero como tú.

Oh. ¿Una de aquellas familias de las que estás hablando siempre?

No, mi familia. Han venido a ver los resultados del experimento y a buscarme. Las dudas de la Tortuga le causaron la misma impresión que la afilada hoja de un cuchillo. *¿Qué puedo hacer para convencerte de que no formo parte de esto?*

A lo mejor no puedes.

Amigo mío, no solías ser así.

Ya. La amargura tiñó aquel pensamiento. *Y yo no solía tener más de cuarenta años ni estaba absolutamente solo y sin ningún sitio al que ir excepto la muerte.*

Tortuga, ¿qué pasa?, ¿qué va mal? Déjame que te ayude.

¿De la misma manera en que tú y el resto de los de tu especie ayudaron cuando trajeron el virus a la Tierra? No, gracias.

El viejo dolor y la culpa volvieron, más fuertes de lo que habían sido en años; años en los que había construido la clínica, se había hecho famoso en vez de infame, querido por muchos de sus «hijos».

Años que habían amortiguado el filo de su culpabilidad. Estaban plenamente abiertos el uno al otro y Tach creyó percibir en la Tortuga una perversa satisfacción ante su dolor.

¿Cómo te capturaron?

No debió de costarles mucho. Debieron de usar el control mental, porque volé directamente a ellos.

¿Qué estabas haciendo ahí fuera?, dijo Tach irritable, tratando irracionalmente de echarle la culpa a la Tortuga.

Te traía una maldita bola para jugar a los bolos, pensé que a lo mejor querrías jugar unas cuantas rondas. ¿Qué diablos crees que estaba haciendo?

No sé, por eso te lo estaba preguntando, espetó Tach, con su tono mental tan hosco como el de la Tortuga.

Era una bola extraordinariamente rara, se la quité a unos muchachos de la calle.

¿Dónde está ahora?

La sacaron del caparazón y la depositaron en una estantería de la sala.

¿Qué sala? Enséñamela.

La exasperación de la Tortuga era como ácido en su mente, pero se obligó. Y la verdad es que Tach no sabía por qué estaba siendo tan insistente con el dispositivo. Probablemente era algo que lo distraía de su situación actual.

Estaba considerando la viabilidad de una fuga, dijo tras una larga pausa. *Entre tu telequinesia, mi control mental y la daga que mi tatara-tatara-sobrina Talli me dio creo que podríamos ser capaces de llevarlo a cabo. Me alegra que no intentaras fugarte antes.*

No... puedo.

¿Perdón?

He dicho que no puedo.

Los años fluyeron hacia atrás y de repente era él, no la Tortuga, quien pronunciaba esas palabras. Se había puesto de pie temblando y llorando en la escalinata frente a la tumba de Jetboy tratando de explicar que, aunque quería ayudar, simplemente no podía. La Tortuga le había pegado; los poderes telequinéticos del as se habían desatado como un gran e invisible puño que lo hizo caer por las escaleras. Pero él no quería pegarle a la Tortuga, sólo quería entender.

¿Por qué, Tortuga? ¿Por qué no puedes?

No tengo mi caparazón. La Gran y Poderosa Tortuga podría hacer picadillo de estos asquerosos, pero yo no. Yo soy sólo el viejo Tom, se echó hacia atrás, pero el resto del pensamiento llegó con claridad a Tachyon.

Tom Tudbury.

Por suerte, el nombre no le decía nada a Tachyon. Así que la identidad secreta de la Tortuga aún estaba intacta a todos los efectos y propósitos.

De acuerdo, lo tranquilizó. *Probablemente tampoco habría funcionado. El plan dependía de encargarnos de ellos uno a uno y en el momento en que abrieras la puerta, la Arpía habría llamado a gritos a Zabb y se nos habrían echado todos encima. E incluso si tuviéramos éxito volvería al problema original: cómo manejar a la Arpía.*

¿Quién?

La nave. Es inteligente.

Entonces, debe estar un poco sobresaltada, porque hay un tipo flotando por ahí, dentro de ella.

¿Lo viste? Qué...

—¡TÚ!, enunció una voz, llenando la palabra de una vibrante furia.

Los ojos de Tach se abrieron, con la concentración necesaria para mantener un enlace telepático tan privado completamente perdida. Una inquietante figura azul resplandeciente se alzaba en el centro de la cabina. Rápidamente salió de la cama, haciendo bajar la navaja por la manga hasta su mano. Se dejó caer en una posición de lucha con arma blanca, con la navaja y su mano libre trazando movimientos intrincados y confusos ante él. Tras la barrera de sus defensas mentales lanzó un tanteo telepático y encontró una poderosa mente impenetrable.

—Oh, deja eso, horrible hombrecillo. No puedes hacerme daño.

—Eso no es lo que me inquieta. Estoy un poco más preocupado por tus intenciones hacia mí.

La criatura se irguió, sus extraños ojos centelleaban como bengalas en el rostro sin rasgos.

—Todo es tu culpa. Intenté mantener a aquel *hippie* drogado al margen de este destino atroz, pero era intratable, ¡completamente intratable! Padre de los ases, en efecto. Tiene un padre perfectamente bueno que jamás lo animaría a meterse en este tipo de irresponsabilidades juveniles. El mundo habría seguido perfectamente bien sin tu interferencia.

»No es bastante con que nos sometieras a extrañas y antinaturales sustancias alienígenas, pero no podías menos que traernos a tu familia y echárnosla encima. ¡Una tribu entera de los tuyos! Nuestra única esperanza es que sean tan torpes e ineficaces como has demostrado ser tú. Primero perdiste el virus, luego permitiste su liberación, ayudaste a hostigar y acosar a tus amigos y amantes a la prisión, instituciones mentales y…»

—¡SILENCIO! –rugió Tachyon. *Oh, Blythe*, gritó, y el pensamiento actuó como el agua sobre el fuego, extinguiendo su flameante ira, y dejando detrás sólo una fría y fangosa mezcla de lodo y cenizas.

Con todo, su estallido pareció hacer efecto en su visitante. Su boca se contrajo, bien cerrada; respiraba en pequeñas y agudas inspiraciones por sus estrechas fosas nasales. Después, con suprema dignidad, empezó a hundirse a través del piso. Por un momento, Tachyon se quedó mirado con ojos desorbitados, pero sólo por un instante. Este hombre podía ser útil y, como un idiota, lo había ahuyentado. Se enorgullecía de su astucia y de su habilidad para leer y manipular a la gente. Ahora era el momento de probar cuán real era esa habilidad.

Se precipitó hacia delante.

—No, espera, te lo ruego, buen hombre. Permíteme que me disculpe por mi rudeza y mi falta de modales.

La aparición se detuvo, sólo su cabeza y la parte superior del torso eran visibles por encima del piso.

—No he tenido el honor de conocerte. Yo soy el doctor Tachyon.

—El Viajero Cósmico.

—Debes excusarme. Yo… yo he estado expuesto a un enorme estrés hoy. Estaba distraído cuando llegaste o habría sido consciente desde el inicio de tu poder.

El Viajero sonrió con afectación; después, una expresión de calma olímpica y sabiduría se extendió por sus rasgos. Y Tachyon se dio cuenta de que no tenía siquiera que esforzarse en ser sutil. Con este hombre hasta la más evidente adulación serviría.

—¿Te quedarás, por favor? Mi mente es puro torbellino y estoy seguro de que conversar contigo, aunque sólo fuera un poco, ayudaría.

El Viajero volvió a salir flotando del suelo grácilmente y se sentó en una silla. Al hacerlo, todo el contorno de su cuerpo se hizo más firme y bien definido.

Así que podía hacerse sólido, murmuró Tachyon.

—¿Has visto a los otros prisioneros?

—Sí. Cuando trajeron a ese patético imbécil de Trips, reparé en un hombrecillo regordete con jeans y una camiseta, y una mujer joven de extraordinaria belleza –la punta de su lengua apareció entre sus finos labios, humedeció el labio superior y desapareció.

—¿Dónde estabas?

—Estaba... presente –dijo cautelosamente–. Por suerte, pude liberarme. Tiemblo al pensar qué habría ocurrido si uno de aquellos tontos presuntuosos hubiera aparecido. No hubieran tenido la menor preocupación por mi bienestar –echó un vistazo a Tachyon, incluyéndolo de manera obvia en su afirmación.

Tach estaba bastante desconcertado con esta conversación sobre otras personas y *hippies* drogados. ¿Meadows, quizá? Pero por el momento estaba menos preocupado por los problemas metafísicos presentados por el Viajero Cósmico y mucho más interesado en sus habilidades únicas.

—Viajero, creo que con tu ayuda podríamos escapar y volver a la Tierra.

—¿Eh? –la sospecha se entrelazaba con su exclamación.

—Vuelve a la cabina donde retienen a la Tortuga y al Capitán y la mujer...

—El Capitán ya no está allí.

—¿Eh?

—Estoy aquí.

—Oh... sí... bueno, lo que sea. De todos modos, ve a la cabina y diles que estén preparados. Después, conduce a Zabb y sus secuaces al otro extremo de la nave –Tachyon ladeó la cabeza y contempló a su extraño aliado–. Nos ahorraríamos tiempo si no tuvieras que volver aquí para informar. ¿Estarías dispuesto a bajar tus bloqueos mentales para que pueda mantener contacto telepático contigo?

—¡No! ¿Dejar que un alienígena esté de mirón en mi cabeza? Está fuera de discusión.

Tachyon lo miró fijamente, exasperado.

—No estoy particularmente interesado en lo que hay en tu cabeza. Lo que me interesa es… –la puerta se abrió y el Viajero fue hundiéndose elegantemente a través de la silla y el piso, aun sentado. Zabb con cinco de sus soldados se precipitaron en la sala. Tach cerró la boca y recompuso su cara en una expresión de inocente interés.

—¿Dónde está? –preguntó Zabb con determinación.

Tach señaló con el dedo hacia abajo.

—Se fue por ahí.

♠

Las cosas estaban resultando cada vez más confusas. Primero, el *hippie* había desaparecido, después la aparición azul resplandeciente se había desvanecido y los taquisianos se habían lanzado a una intensa, aunque en cierto modo desorganizada, persecución; después Tachyon había contactado con él y ahora la conexión se había interrumpido abruptamente en medio de su conversación telepática. Tom seguía intentando recuperar el contacto con su amigo, hasta llegó a murmurar entre dientes «¿Tach?» en varias ocasiones. Alzó los ojos, encontró la mirada recelosa de Asta y se pasó tímidamente una mano por el pelo.

—Yo… estaba intentando contactar con Tach.

—Está bien.

Y el hecho de que ella pensara claramente que estaba chiflado no hizo nada para subirle el ánimo, que ya estaba bastante decaído.

Si la Tortuga estuviera aquí no estaría mirándolo así, pensó, dividido entre el resentimiento y el cansancio. Estaría afanándose en búsqueda de seguridad en lo alto del caparazón, mientras él salía en estampida de la cabina, derribando a los taquisianos como si fueran bolos, rescataría a Tach y los trasladaría triunfalmente a casa. O, mejor dicho, obligaría a los taquisianos a que los llevaran a casa. No había espacio en el caparazón para tantos pasajeros, tampoco sabía hasta qué punto estaba sellado. Parecería un auténtico idiota si todos se asfixiaban…

Apretó un puño contra su muslo, cortando los seductores pero inútiles pensamientos. No era la Tortuga; sólo era Tom Tudbury, el chico de Nueva Jersey que en treinta años únicamente había conseguido desplazarse dos calles. Cerró los ojos y contempló las imágenes oscuras, fantasmales de los barcos navegando por el Kill, las luces reflejadas en las aguas negras, invisibles. Y se dio cuenta de que por fin estaba a punto de partir de viaje, aunque no en uno de su elección.

Un chillido de Asta lo hizo levantar la cabeza. La criatura había vuelto.

—Soy el Viajero Cósmico –anunció, y después se paró como si estuviera esperando una fanfarria. Asta y Tom se quedaron mirándolo, fascinados–. Ese ridículo hombrecillo me envió aquí para determinar el paradero de nuestros captores e informarles que está tramando un plan de huida, sin duda altamente inviable y altamente peligroso.

Asta se removió en la cama, apoyándose sedosamente en sus rodillas.

—Puedes moverte a voluntad por la nave –musitó–. ¿Puedes también regresar a la Tierra?

—Sí.

—¿Estarías dispuesto a llevarme contigo? –ronroneó.

Tom deseaba señalarle que, primero, ¿qué le hacía pensar que el hombre decía la verdad? y segundo, ¿aunque pudiera soportar el frío y el vacío del espacio, cómo iba a llevarla?

Arqueó su cuello de cisne y se levantó el pelo con las manos. Los gestos forzaron sus pequeños y enhiestos pechos contra la malla, los pezones duros botones bajo el fino material.

—Puedo ser muy generosa con las personas que me ayudan y mi jefe podría hacerle una oferta interesante a un hombre con tus extraordinarias habilidades.

La total incongruencia de la situación dejó a Tom sin aliento. Se preguntaba si esta mujer realmente iba a bajarle los pantalones y acostarse con aquel extraño delante de sus asombrados ojos.

Seguramente el tipo se daría cuenta de que se estaban enfrentando a asuntos más urgentes. Pero el Viajero Cósmico se manifestaba a su favor de un modo evidente. Los vaivenes de Asta lo habían hecho jadear, y sus dedos se movían espasmódicamente a los lados. Lanzó una mirada nerviosa por encima del hombro hacia la puerta y Tom vio la lujuria y el miedo batallando en su suave cara azul. La lujuria ganó.

Con un susurrante «Estoy de acuerdo», que era mitad palabra, mitad gruñido, se tambaleó hasta el borde de la cama. Asta ya se estaba quitando sus jeans azules. Debajo llevaba unas mallas rosa pálido. Se quitó los pantalones y las mallas rápidamente y extendió los brazos. El Viajero se desplomó con un gemido sobre su cuerpo esbelto, blanco, y empezaron los preliminares frenéticamente.

Tom, violento, pero fascinado, reparó (con la extraña atención al detalle que parece aflorar cuando uno está en una posición extremadamente incómoda) en que sus pies eran muy feos. Los dedos estaban cubiertos de llagas y callos y el dedo gordo estaba negro por el constante roce con las puntas de las zapatillas de ballet.

Diez minutos después aún estaban en ello; Asta, con creciente irritación, decía «¡Vamos! ¡Vamos!». Ásperos, broncos sonidos brotaban del Viajero mientras su trasero azul embestía vigorosamente y con creciente desesperación, arriba y abajo, arriba y abajo.

El tacón de una bota arrancó un grito ahogado de Asta, seguido por un alarido salvaje del Viajero mientras se hundía a través de su cuerpo tendido boca abajo y desaparecía en las profundidades de la cama. Tom, también, casi lo perdió y corrió a la cama para asegurarse de que Asta aún seguía viva. Estaba mortalmente inmóvil, y alargó el brazo y le rozó un hombro desnudo. Volvió a chillar y Tom, sobresaltado por el estallido, perdió el equilibrio y cayó de cabeza a la cama. El taquisiano se quedó mirando boquiabierto a la cama, después vociferó:

—Capitán, estaba…

El cierre de la puerta cortó el resto de sus palabras. El Viajero Cósmico regresó.

—¡Bien! Sinceramente espero que no tengas que servir como esclava sexual para los taquisianos. Eres particularmente deficiente en la mayoría de las habilidades eróticas.

—¡Yo! –bramó Asta, apartando a Tom de un empujón–. Tú eres el único que no podía…

—¿Y tú de qué te estás riendo, hombrecillo rechoncho? –rugió el Viajero. Tom no había reído, no en la realidad, pero lo absurdo de la situación lo había hecho proferir un sonido.

—¿Sabes qué han planeado para ti? –continuó el Viajero–. ¡Vivisección! ¿Sabes lo que significa? No puedo imaginarme por qué te capturaron. Debes de ser el as más penoso de todos. Temblando como un plato de gelatina, quejándote como una virgen reticente.

Lanzó una mirada ardorosa y resentida a Asta, quien le hizo un corte de mangas.

Tom explotó.

—¡Podrías largarte de aquí de una maldita vez! ¡Que te lleve el demonio! Crees que eres muy listo, pero también estás prisionero, como los demás. No puedes salir de esta nave. Si pudieras, lo habrías hecho. Ahora vete. ¡Vete! –Tom estalló contra él, agitando los brazos violentamente, como espantando gallinas. El Viajero se fue, con una expresión decididamente agria.

◆

—¿Dónde demonios has estado? –Tachyon dejó de deambular nerviosamente–. ¿Cuánto se tarda en explorar una nave…?

El Viajero, en mitad de la pared de la cabina, empezó a retirarse. Tachyon corrió hacia él.

—No, por favor, espera. Lo siento. El estrés… ¿qué descubriste?

—Nuestros captores están haciendo batidas por la nave buscándome. Aunque no puedo imaginar cómo me están rastreando. Sin duda, estarán aquí pronto…

—¿Y mi *Kibr*? La anciana con joyas en el cabello –explicó al ver la expresión vacía del Viajero.

—No tengo ni idea.

Tach se mordió la lengua, decidiendo que el paradero de Benaf'saj quizá no era tan importante.

—Está bien, no importa, lo intentaremos. A la izquierda de las puertas de la cabina hay una pequeña protuberancia en la pared. Es un panel de control manual de las puertas. Abre la mía y nosotros…

—No.

—Te ruego… –empezó educadamente, después paró y gruñó–. ¿Qué?

—Ya me oíste, dije que no. No tengo la más mínima fe en tu habilidad para ejecutar con éxito este plan de escape y no seré parte de él. Además, mientras me hago sólido y vulnerable al otro lado de la puerta, esos matones caerán sobre mí y me harán daño.

—Sólo llevará un instante.

El Viajero cruzó los brazos sobre el pecho y contempló majestuosamente el muro del fondo.

—No.

—Por favor.

Tachyon dobló las manos sobre el pecho.

—Por favor, por favor, por favor.

—No.

—¡Eres un cobarde llorón y servil! –bramó Tach–. Nos estás poniendo en peligro a todos. Eres el único…

Pero el Viajero se estaba marchando. Tachyon saltó hacia un nicho en la pared, tomó un hermoso jarrón y se lo tiró al as que se alejaba rápidamente. Pasó a través de él, se estrelló contra la pared y el Viajero le lanzó una mirada fulminante de odio y desprecio. Todo el incidente dejó a Tach temblando; en parte con ira, en parte con desesperación por su violenta reacción. Se deshizo el nudo de su corbata de encaje y se abrió el cuello de la camisa, boqueando en busca de aire. A lo largo de los años había intentado con todas sus fuerzas dejar atrás este tipo de reacciones, tratar con amabilidad y gentileza a todo el mundo. Y había perdido por completo el control. Se estaba comportando como… se detuvo, buscando una comparación apropiadamente repulsiva.

Como Zabb.

Esta complacencia en castigarse a sí mismo estaba bien, pero no eliminaba el problema principal. Estaban en un callejón sin la proverbial salida.

Y esto también es mi culpa, pensó Tach sin pararse a considerar si un poco de halagos o chantajes podrían haber conmovido al recalcitrante as.

♥

Su hora casi había pasado. Rabiando contra los caprichos de un universo cruel e insensible que lo había dejado atrapado en el cuerpo de un hombre al que consideraba poco más que un vegetal, erró por la nave taquisiana esquivando partidas de búsqueda taquisianas cada vez más histéricas. Pero esto no podía durar. Si se retrasaba, volvería a convertirse en aquel idiota de Meadows y los alienígenas podrían hacerle daño. Y por mucho que el Viajero pudiera despreciar el cuerpo que era su anfitrión, se dio cuenta de que sin Mark no habría vida posible. Se había percatado de que las puertas dejaban tenues líneas en las paredes, como la impronta fosilizada de antiguos pétalos de flores. Algunas se abrían automáticamente, otras parecían requerir una orden telepática, y aún otras utilizaban los paneles de acceso que Tachyon le había descrito. Fue en busca de una que no pudiera abrirse de modo automático. Una que pareciera firme y rotundamente cerrada desde el exterior.

♣

Mark volvió en sí lentamente. Y parpadeó... y parpadeó otra vez porque estaba *oscuro*. Sus manos recorrieron intermitentemente su cara y su cabeza hasta que tuvo seguridad plena de que estaba consciente. Pero aún estaba oscuro. Avanzó vacilante, arrastrando los pies, y su larga nariz se dio firmemente contra una pared. Sujetándose la golpeada nariz con una mano contempló la oscuridad estigia. Con lentitud alargó los brazos, explorando las dimensiones de su prisión. Era pequeña. Del tamaño de un clóset. Del tamaño de una moneda.

Aquel pensamiento era deprimente, así que lo expulsó de su mente y trató, por medio del nebuloso filtro de los recuerdos del Viajero, de recomponer lo que había sucedido. «Alienígenas, hombre. Oh, qué fastidio.»

¿Y Tachyon... prisionero? Sí, eso estaba bien. Se había enfadado, el Viajero había hecho o no había conseguido hacer... algo. Mark suspiró y se frotó la cara con las manos. Sí, eso sonaba bastante bien en lo que respectaba al Viajero.

Por un momento permaneció en morosa contemplación de las carencias emocionales y personales de su alter ego.

Se preguntaba qué hora era. Sprout habría llegado a casa desde el kínder. Podía confiar en que Susan le echaría un ojo mientras la Calabaza estuviera abierta, pero una vez que la tienda cerrara, ¿quién la vigilaría? Seguramente Susan no la dejaría allí sola si Mark no regresaba. Intentó pasear dentro de su diminuta prisión, pero seguía calculando mal en la espesa negrura y estampándose contra las paredes.

—Tengo que salir de aquí y ayudar al doctor Tachyon. Él sabrá qué hacer —empezó a buscar en su bolsa de cuero y sacó un frasco de vidrio. Lo sostuvo ante sus ojos y lo examinó detenidamente, pero fue en vano. Estaba demasiado oscuro para ver el cristal y mucho menos el color del polvo que contenía—. Oh, qué fastidio, hombre. Si consigo a Flash puede tirar abajo esta puerta, pero Starshine no funciona en la oscuridad. Y Moonchild... —tanteó el sólido muro—, no sé si podría reventarlo o no.

Devolvió el frasco a la bolsa y sacó otro. Titubeó. Y lo devolvió y probó con otro. Y finalmente sacó dos. Su cabeza se movía de una botella a otra como una cigüeña desconcertada. Las apartó y se estrujó la cabeza.

—Tengo que hacer algo. Soy un as, hombre. La gente depende de mí. Esto es como un examen, he de demostrar que soy digno.

Volvió al infructuoso manoseo de su bolsa. Imaginó que podía sentir cómo se movía la nave, navegando a toda velocidad más allá de la órbita de Neptuno, alejándolo de Sprout. Su hermosa hija de cabello dorado que mentalmente no pasaría nunca de los cuatro años de edad. Su querida Alicia en el País de las Maravillas que lo necesitaba. Y él necesitaba que lo necesitaran. Sus dedos se cerraron convulsivamente alrededor del frasco, los sacó de un tirón, murmurando:

—¡Bah, al demonio!

Destapó la botella y se bebió el contenido. Más tarde sabría si su elección había sido la adecuada.

♠

Talli le había traído comida. Delicada carne y crepas rellenas de fruta que habían sido sus favoritas cuando estaba en su hogar. El primer bocado casi se le atragantó y tiró el resto por el retrete. Su incesante deambular no le había servido de nada, excepto causarle un calambre en la pantorrilla izquierda, así que agarró un cepillo del tocador del lavabo y trató de serenarse cepillándose el pelo. El roce de las cerdas sobre el cuero cabelludo le hacía sentir bien y liberó algo de tensión de los hombros.

La *Arpía* se estremeció ligeramente y resonando a través de su mente llegó un sonoro y ofendido «¡ow!». Obviamente esta nave no creía en lo de sufrir en silencio. ¿El Viajero? Se preguntó. ¿Había decidido aquel cobarde quejumbroso hacer algo por fin? ¿O acaso era la Tortuga, sobreponiéndose a su bloqueo psicológico, irrumpiendo por la puerta y machacando a Zabb hasta hacerlo papilla?

La *Arpía* estaba realizando tanto alboroto psi que no creía que nadie pudiera percibir una comunicación sin protecciones con la Tortuga. Lanzó una sonda.

¡Oh, mierda!

Lo siento, no quería darte un susto.

No había sensación de peligro en la mente de la Tortuga y Tach suspiró. *Asumo que no estás en el proceso de rescatarnos.*

No puedo, dijo la Tortuga hoscamente. *Ya te lo expliqué.*

Tom, dijo suavemente y sólo al oír el jadeo entrecortado de la Tortuga recordó que no debería de haber revelado su conocimiento de su identidad secreta. Se arriesgó.

¿No podrías al menos intentarlo? Estoy seguro de que si lo intentaras podrías...

¡NO PUEDO! ¿Cuántas veces tengo que decírtelo? No puedo. Y parece que recuerdo a un indigente empapado en alcohol que no dejaba de gimotear que no podía hacerlo y después se sintió herido cuando yo no fui muy comprensivo. Pues bueno, se han cambiado los papeles, Tachy. Deberías entenderlo.

La bofetada dolió. Era plenamente consciente de la deuda que tenía con la Tortuga, pero no le gustaba que le pasaran por la cara antiguos pecados. Sólo eran eso... el pasado. *El virus está codificado en tus mismísimas células.*

Lo sé. ¿Cómo podría olvidarlo? ¡Me arruinó la vida! Tú y Jetboy y tus malditos taquisianos de mierda. Así que déjame en paz de una vez.

En realidad, la Tortuga carecía de las habilidades mentales para bloquear a Tachyon, pero podía recubrir cada pensamiento significativo con una capa de ira, dificultando enormemente la lectura o la emisión. Tach inspiró varias bocanadas por la nariz y se recordó que era su amigo más antiguo en la Tierra. Se preguntó si podría controlar mentalmente a la Tortuga y forzarlo a superar su bloqueo emocional. Pero no, el trauma estaba enterrado demasiado hondo como para alcanzarlo con una técnica tan brutal. Su padre con sus habilidades podría... Tach se abrazó a sí mismo, meciéndose adelante y atrás mientras la pena estallaba y lo enterraba de nuevo bajo sí.

El sonido de gritos, golpes y maldiciones lo devolvió a la realidad. Miró a la puerta con el ceño fruncido, después empezó a retroceder lentamente hacia la cama al darse cuenta de que los sonidos estaban cada vez más cerca. Mucho más cerca. Muy muy cerca. Un enorme puño gris atravesó la puerta. Los dedos palmeados se cerraron en los toscos bordes del agujero y tensaron una enorme sección de la puerta que se soltó. La *Arpía* chilló y el fluido claro y viscoso que servía de sangre en la nave sensible fluyó de la herida. Pronto se convirtió en regueros claros, helados. Tach observó con aterrorizada fascinación cómo, sección a sección, la puerta caía. Y avanzando pesadamente a través del irregular agujero apareció un hombre corpulento, fornido con una piel lampiña y grisácea, y una cabeza calva con una prominente frente. Los taquisianos colgaban de él como los adornos de un árbol de Navidad.

—¡Bombardéenlo mentalmente! –gritó Zabb, descargando un puño en la cara de la criatura. Retrocedió ágilmente mientras el monstruo se arrancaba un soldado de la espalda y lo lanzó hacia Zabb.

A un taquisiano no lo iba a desalojar ni siquiera la gran fuerza de la criatura. Una cara delicadamente dibujada se asentó sobre un cuerpo montañoso y una expresión de obstinada ferocidad. Durg at'Morakh bo Zabb. La monstruosa mascota de Zabb. Asco y disgusto hincaron sus garras en la garganta de Tach. Salió disparado hacia la destrozada puerta, mientras los pensamientos se sucedían en un torbellino.

No por esas manos. Báñate en mi sangre si debes, Zabb, pero no...

Y se alzó contra los noventa centímetros de acero templado. Lentamente alzó los ojos hacia los de su primo.

No, por mi mano.

Una sonrisa pesarosa, pero depredadora, se esbozó en los labios de Zabb y embistió. Tach, escabulléndose hacia atrás, perdió el equilibrio en el suelo resbaladizo y cayó. Le salvó la vida, pues la hoja pasó tan sólo a unos pocos centímetros por encima de su cabeza. Hubo más porrazos y golpes conforme la grotesca aparición gris se abría paso a tropezones por la sala desalojando a taquisianos y dando zarpazos fútilmente a Durg. Beanf'saj entró a grandes zancadas en la estancia y Zabb bajó su espada; por lo que parecía aún no estaba preparado para cometer un asesinato en toda regla en presencia de una *Ajayiz'et*. Tachyon nunca se había alegrado tanto de ver a alguien.

La anciana dio rienda suelta a una explosión de energía mental que sacudió las sinapsis de todos los que estaban en la sala y la criatura se desplomó como un árbol talado. Los magullados y golpeados miembros de la tripulación se abalanzaron sobre la forma que yacía bocabajo, atándola con gruesas cuerdas.

Fulminó a su comandante con una fría mirada de sus ojos grises.

—¿Tendrías la bondad de explicarme este tumulto?

—Encontramos a la criatura.

—¿De verdad? –el acento era gélido.

Zabb se mordisqueó las mejillas, rehuyendo la mirada de su abuela.

—Bien, parece que cambió de forma otra vez.

Benaf'saj fulminó a Rabdan con una mirada.

—¿Y deberíamos asumir que esos frascos tienen algo que ver con los cambios?

Un nervioso carraspeo.

—Eso parecería lógico.

—Entonces, ¿dónde están esos frascos?

—No lo sé, *Kibr*. Quizá los escondió en algún lugar de la nave.

—O quizá sólo se hacen presentes cuando está en su forma humana.

Observó la puerta hecha pedazos.

—A *Che Chu-erh de Al Matraubi* –dijo, refiriéndose a la nave por el nombre completo de su estirpe– le llevará cierto tiempo reparar esta puerta. Apuesta a unos guardias. Pueden vigilar tanto a Tisianne como a esta criatura, y si vuelve a ser humano, regístrenlo en busca de los frascos. Confío, además, en que no tendremos ninguna otra de estas pataletas de niño malcriado –se fue entre el rumor de sus faldas de brocado.

Tach sacó un pañuelo del bolsillo y se arrodilló ante el extraño cautivo.

—¿Tú eres? –preguntó mientras le limpiaba la sangre que fluía perezosamente de una herida de espada.

El hombre alzó los ojos hacia él y a regañadientes gruñó:

—Aquarius.

—¿Cómo estás? Yo soy Tisianne brant Ts'ara sek Halima sek Ragnar sek Omian, también conocido como doctor Tachyon.

—Lo sé –observó fríamente más allá del hombro izquierdo de Tachyon. Se inclinó y susurró.

—¿Tienes algún otro truco bajo la manga? ¿Algo que pueda ayudarnos a librarnos de –hizo un gesto con la barbilla hacia la puerta– ellos?

Aquarius lo miró con rencor.

—Me convierto en un delfín y nado realmente rápido.

La expresión, junto con su tono rudo, enfadado, rompió el fino hilo de paciencia al que Tachyon aún estaba intentando aferrarse.

—Perdonarás mi franqueza, pero eso no nos resulta de mucha ayuda en nuestra situación actual.

—Yo no pedí estar aquí, habitante de la tierra –y cerrando los ojos Aquarius procedió a ignorar a su compañero de cautiverio y a sus captores.

Tach destapó su ánfora y mientras caminaba ingirió sustanciales cantidades de brandy. Veinte minutos más tarde reparó en que la piel de Aquarius estaba empezando a cuartearse y pelarse.

—¿Estás bien?

—No. Debo permanecer húmedo o me daño.

—Bueno, ¿por qué no lo dijiste hace quince minutos? –Aquarius no respondió, y con un resoplido ofendido Tach fue trotando al baño y salió con un vaso de agua. No causaba una gran impresión al lado de la enorme forma del suelo.

—Andami, ¿puedes traerme una jarra o una cubeta?

El joven manifestó su preocupación mordiéndose el labio inferior.

—Mis órdenes son permanecer aquí.

—Ustedes son dos.

—Intentarás algo.

—¿Soy tu príncipe?

—Sí. Pero aun así intentarás algo y no estoy por la labor de ganarme otra reprimenda de Zabb.

—Que tu línea se marchite –masculló entre dientes, y reemprendió su apresurado trote.

Los siguientes treinta minutos pasaron lentamente mientras Tach intentaba adelantarse al rápido secado de la piel del sirénido.

Estaba vertiendo un vaso de agua en la cara de Aquarius cuando de repente la forma se onduló y fluctuó y allí estaba el Capitán Trips tosiendo y esputando mientras el agua caía por su nariz. Sobresaltado por la abrupta transformación, Tach gritó, dejó caer el vaso y se echó atrás.

Trips observó confundido la cabina, después, a su larga y desgarbada figura aún adornada con cuerdas que habían quedado sueltas. Había perdido un montón de masa con la partida de Aquarius, y al levantarse las cuerdas se le escurrieron, cayendo en una pila enredada en el suelo, alrededor de sus pies.

Se quitó los anteojos y los limpió con furia, guiñando sus ojos de miope a Tachyon mientras lo hacía. Volvió a colocarse los anteojos y murmuró:

—¡Qué fastidio, hombre!

Andami se acercó apresurado y rápidamente rebuscó en los bolsillos de Trip. Localizó la bolsa de cuero con tres frascos sin usar. Tachyon estiró la cabeza para ver, pero los polvos de colores brillantes parecían particularmente inocuos. Ardía en deseos de poner sus manos en aquellas sustancias y hacer un análisis completo. Algo que podía transmutar una forma humana... y aquella idea lo golpeó. El Capitán Trips no era un chiflado: era un as.

—Capitán —le tendió la mano—, te debo una disculpa.

—Eh... ¿a mí, hombre?

—Sí —Tach tomó su mano inerte y le dio un sentido apretón—. Dudé de tu historia. De hecho, pensé que eras un lunático inofensivo. Pero eres un as. Y uno de lo más inusual. ¿Esas pociones?

—Me ayudan a llamar a mis amigos.

Se acercó y bajó la voz.

—Y supongo que no tienes más...

Le guiñó un ojo y Trips lo miró ausente. Tach suspiró. Amable, desde luego podía serlo, pero no era rápido atrapando las ideas.

—¿Tienes alguno más escondido en tu persona?

—Oh, no, hombre. Cuesta un montón de tiempo hacer estas cosas y no pensaba que me encontraría con alienígenas. O sea, acabamos con el Enjambre, y no esperaba... Lo siento de verdad, hombre. No quería defraudarte.

—No, no. No podías haberlo sabido y lo hiciste muy bien.

El Capitán sonrió y Tach se dio cuenta, con un abrumador sentido del fracaso y falta de autoestima, de que aquel hombre lo adoraba y lo admiraba.

Y voy a fallarle.

Tach se dirigió a la cama y se dejó caer, con las manos colgando lánguidamente entre sus muslos. Trips, con una sensibilidad que el alienígena no esperaba, se retiró al otro lado de la habitación y lo dejó solo con sus míseros pensamientos. Poco después notó un toque tentativo en su hombro.

—Perdona, hombre, siento molestarte pero me estaba preguntando, o sea, cuánto tiempo nos vas a … –se interrumpió y placas de rojo cubrieron su larga cara–. Verás, tengo a mi pequeña y probablemente ya haya vuelto de la escuela y esté en casa a estas horas y la tienda va a cerrar, y me da miedo que Susan no se quede con ella y Sprout es, o sea, no puede cuidar de sí misma –sus largos dedos se entrelazaban desesperadamente entre ellos.

—Lo siento. Desearía hacer algo. Desearía ser el líder que todo el mundo cree que soy. Pero no lo soy. Soy un fraude, Trips, tanto entre mi gente como entre la tuya.

El desgarbado *hippie* pasó un brazo por los hombros de Tach y apoyó la cabeza contra el huesudo soporte del hombro de Trips.

Trips sacudió lastimeramente la cabeza.

—No es como en los cómics. En los cómics los buenos siempre ganan. Siempre tienen, o sea, el poder correcto en el momento correcto.

—Por desgracia la vida no funciona así. Estoy muy cansado.

—¿Por qué no duermes un rato? Yo vigilaré.

Tach quería preguntarle «¿Vigilar qué?», pero apreciaba la generosidad que había dado pie a la oferta, y permaneció callado. Se quitó los zapatos y Trips lo tapó tiernamente con una colcha hasta la barbilla.

Se dio cuenta, confusamente, mientras el sueño lo reclamaba, de que siempre había usado la cama y la bebida como válvula de escape y hoy había usado ambas. *El poder adecuado en el momento adecuado.* La idea cosquilleaba en los límites de su conciencia. *El poder adecuado.*

—¡Por el Ideal! –se incorporó de un salto y se quitó el cobertor de una patada.

—Eh, ¿qué pasa, hombre?

Estrujó febrilmente las solapas del abrigo de Trips.

—Soy un idiota. Un idiota. He tenido la respuesta justo delante y no la he visto.

—¿Qué?

—El dispositivo de la Red.

—¿Eh?

Andami lo estaba mirando con curiosidad y Tach rápidamente bajó el tono de voz hasta un susurro.

—No es una bola para jugar a bolos. Es un modulador de singularidad.

Se apresuró a calzarse los zapatos.

—Hace años, antes de que partiera de mi hogar, uno de los Señores del Comercio discutió la posibilidad de vender a mi clan un nuevo dispositivo de transporte experimental. Nos hizo la demostración con uno y dijo que pronto estarían disponibles después de unas pocas pruebas más. Éste tiene que ser uno de esos dispositivos. Y está en la bodega principal.

Trips estaba completamente desconcertado por su balbuceo. Se agarró a la única observación que había comprendido.

—Sí, pero no, o sea, no estamos en la bodega principal.

—¿Cómo podemos llegar todos hasta allí? –los dedos de Tach juguetearon con su pelo–. Si estuviéramos todos juntos, creo que podría activar el dispositivo y enviarnos a casa. La mayor capacidad telepática posible, la máxima precisión y el tamaño de lo que puede transportarse. Ésa era la teoría. Por supuesto, el Señor del Comercio podía haber estado exagerando. Es difícil decirlo tratándose de la Red. Tienen almas de comerciantes avariciosos.

—Eh… ¿qué es la Red?

—Otra raza que habita el espacio, de hecho, un grupo de razas que habita el espacio, pero no hemos de preocuparnos por eso. El asunto es que hay un modulador de singularidad aquí, en esta nave, y nos puede llevar a casa. Por supuesto si la Tortuga tenía ese dispositivo, significa que la Red está presente en la Tierra y eso podría significar problemas –se restregó la cara–. No, un problema cada vez. Cómo llegar a la bodega.

—O sea, ¿qué hay allí?

—Bueno, es obvio que se usa para el almacenaje de carga y cuando no hay carga, que es la mayor parte del tiempo en una nave de esta clase, tiene usos recreativos. Danzas y así.

Trips parecía dubitativo.

—Supongo que no podemos invitar a todos a bailar.

Tach rio.

—No –adoptó un semblante resuelto–, pero podemos invitarlos a un duelo.

—¿Eh?

—Calla un momento. Tengo que pensar esto.

Y finalmente hizo lo que debería haber hecho desde el principio. Pensó como un taquisiano en vez de como un terrícola.

—¿Lo tienes? –preguntó Trips cuando volvió a abrir los ojos.

—Sí.

Se tumbó y tanteó en busca de una mente familiar.

Tortuga. Hay un modo de salir de ésta.

¿Sí? El tono mental era de rotunda derrota y desesperación.

El dispositivo que tenías puede enviarnos de vuelta a casa.

Sí, pero está…

Haz el favor de callar y escucha. Vamos a estar todos en la bahía de carga…

¿Por qué?

¿Podrías parar? Porque voy a hacer que estemos allí. La atención estará centrada en mí y mientras tanto debes apoderarte del dispositivo.

¿Cómo?

Ya sabes cómo.

¡No puedo!

Tom, ¡debes hacerlo! Es nuestra única esperanza.

No es posible. La Gran y Poderosa Tortuga podría hacerlo, pero sólo soy Thomas Tudbury.

…la Gran y Poderosa Tortuga.

No, sólo soy un hombre común que pasa de los cuarenta, bebe demasiada cerveza, no come bien y trabaja en una maldita tienda de reparación de aparatos electrónicos. No soy un maldito héroe.

Para mí lo eres. Me devolviste la cordura y probablemente la vida.

Ésa era la Tortuga.

Tom, la Tortuga es un conglomerado de placas de hierro, cámaras de televisión, luces y altavoces. Lo que hace a la Tortuga Tortuga es el hombre que hay dentro. Tú eres el as. Tom, es hora de salir del caparazón.

El terror surgía de su mente en poderosas oleadas que golpeaban las defensas de Tach, haciéndolo dudar de su propio plan.

No puedo. Déjame solo.

No, voy a pasar por esto y tú vas a tener que estar a la altura, porque si no lo haces, habré muerto para nada.

¡Muerto! Qué es lo que…

Rompió la conexión telepática preguntándose si no habría puesto demasiada presión en las frágiles emociones de la Tortuga. Demasiado tarde para preocuparse.

¿Kibr?

¿Qué pasa, muchacho?

Encontramos que tu tono no es muy agradable, Ajayiz'et Benaf'saj.

Moderó su tono, añadiéndole una formal capa de respeto, si no por él, al menos por su posición.

¿Cuál es tu deseo, jefe del clan?

Convoca a la tripulación, hay una ceremonia de adopción que hay que observar.

¿Qué artimaña te traes entre manos?

Espera y verás, o deniégamelo, y te quedarás con la duda, dijo descaradamente.

Su risa fulguró en su mente.

Un desafío. Muy bien, mi pequeño príncipe, pues veremos qué te traes entre manos.

◆

Se reunieron todos en la bahía. Tom miró a su alrededor y dejó escapar un grito angustiado.

—¡Mi caparazón!

Los labios de Zabb se abrieron en una sonrisa cruel.

—Nos deshicimos de él. Estaba ocupando demasiado espacio.

Tach prestó escasa atención a la angustia de la Tortuga. Sus ojos recorrieron rápidamente la estancia asegurándose de que el modulador de singularidad aún estaba en su sitio.

—Tenía infrarrojos y teleobjetivos y tapicería acolchada y... –Zabb rio– ¡Eres un idiota!

Zabb avanzó con el puño en alto.

—Zabb brant Sabina sek Shaza sek Risala, toca a mi *estirpe* y no te concederé la cortesía de enfrentarte a mí. Te mataré como a un perro callejero.

Zabb se quedó paralizado y giró lentamente para encararse con su pequeño primo.

—¿Qué farsa es ésta?

—Como miembro criado en el clan de Ilkazam ejerzo mi derecho de añadir, a sangre y hueso, a mi linaje.

—¿Abrazarías a estos humanos? –preguntó Benaf'saj.

—Sí.

Lo escrutó con una mirada imperiosa.

—No añadirán mucho, creo, a tu situación.

Tach se situó entre Trips y la Tortuga y los agarró por las muñecas.

—Preferiría que estuvieran unidos a mí y estar unido a ellos más que a muchos que pueden hacer mayor apelación de ese derecho.

Sus ojos se deslizaron hacia Zabb.

—Muy bien, es tu derecho –la anciana se sentó en un taburete que la *Arpía* había generado amablemente para ella–. ¿Aceptan esta adopción, entendiendo los deberes y obligaciones de quienes son honrados de este modo?

Tres pares de ojos miraron fijamente a Tach y él asintió ligeramente.

—Aceptamos –dijo Asta firmemente, mientras los dos hombres seguían quietos, vacilando.

—Sepan pues que ustedes y todos sus herederos y cesionarios quedan atados para siempre al clan de Ilkazam, linaje de Sennari a través de su hijo, Tisianne. Que en todos los aspectos sea grande y traiga gloria y servicio a esta casa.

—¿Ahora somos, o sea, taquisianos, hombre? –preguntó Trips con un penetrante susurro.

—El ritual consiste en atar a quien no tiene poderes psi a una casa. No se les permitiría emparejarse con ningún miembro de la clase mentat, pero se merecen nuestra ayuda y protección.

—O sea que somos siervos –gruñó Tom.

—No, más bien escuderos. Los simples siervos no son formalmente adoptados —se dio media vuelta y fulminó a Zabb con una intensa mirada—. Pero por mis padres, tú, primo, me has insultado y mostrado tanto desprecio como maltrato hacia mi estirpe, y tendré satisfacción.

Antes de que Zabb pudiera moverse, Benaf'saj habló.

—No hace falta que aceptes este desafío. La cortesía no se aplica retroactivamente a quienes carecen de poderes psi.

El comandante se inclinó reverentemente ante ella.

—Pero, *Ajayiz'et*, será un enorme placer enfrentarme a mi querido primo. Rabdan, ¿actuarás para mí?

—Sí, comandante.

—Y Sedjur, ¿actuarás para mí? —preguntó Tachyon. El anciano consiguió asentir.

Los dos hombres acudieron rápidamente al armero y Tach reunió a sus amigos. Mientras se quitaba los zapatos, se despojaba de su abrigo y su chaleco de brocado y empezaba a remeterse los volantes, dijo en voz baja.

—Quédense bien juntos. Tom, ya sabes lo que tienes que hacer, pero por el amor de dios, hazlo rápido —ignoró las frenéticas sacudidas del humano—. Por fortuna, la espada corta da ventaja en la defensa, pero me va a costar un mundo mantener a raya a Zabb. La atención de mi familia estará centrada en mí. Nadie debería reparar en sus acciones y una vez tengan el dispositivo los enviaré a casa.

—¿Y qué pasa contigo? —murmuró Tom.

Tachyon se encogió de hombros.

—Me quedo aquí. Al fin y al cabo, es una cuestión de honor. No huiré.

—Odio a los malditos héroes.

—¿Alguien tiene algo con lo que recogerme el pelo?

Asta apoyó una rodilla en el suelo y rebuscó en su enorme bolsa de danza. Tras sacar una zapatilla, le arrancó una cinta rosa y se la entregó al taquisiano. Contrastaba horriblemente con sus rizos rojos metálicos.

—Señor —dijo Sedjur suavemente. Sostenía una cota de malla que cubría el brazo que sostenía la espada hasta el codo, y una espada hermosamente grabada y repujada. La empuñadura tenía incrustaciones de piedras semipreciosas y la filigrana en la guarda era tan elaborada que parecía encaje.

—No estés tan deprimido, viejo amigo.

—¿Y cómo no estarlo? No eres rival para él.

—No es muy amable que digas eso. Especialmente teniendo en cuenta que tú me entrenaste.

—Y a él, y vuelvo a decirlo, no eres rival para él.

—Es necesario —su tono indicaba que el tema estaba cerrado y miró autocráticamente por encima de la cabeza del antiguo criado mientras le ajustaban la armadura a su antebrazo derecho.

Asta rio histéricamente cuando trajeron una caja de resina y Tach se recubrió con cuidado las suelas de sus pies protegidos con medias. Ella se tapó la boca con las manos y la risa disminuyó.

Tach, desplazándose hacia el centro de la sala, sopesó su estoque varias veces para acostumbrarse a su peso y recordar a sus músculos viejas habilidades, largamente olvidadas. No culpaba a Asta por las risitas. Para los modernos humanos este antiguo ritual librado con armas arcaicas debía resultar extraño, en especial para una raza del espacio. Pero había sólidas razones para la devoción taquisiana por las armas blancas. Tenían armas atómicas y láseres, pero para el combate cuerpo a cuerpo dentro de la piel de una de las naves vivientes, un arma que no excediera el alcance del brazo era mejor. Un disparo indiscriminado de un proyectil o un arma de luz coherente podría dejar muy malherida a una nave y en ese caso no importaría mucho si la tripulación ganaba o no. Además, estaba el amor taquisiano por el drama. Virtualmente, cualquier idiota podía aprender a disparar una pistola. Requería auténtica habilidad ser un buen espadachín.

Zabb se unió a él y le dijo con voz casi imperceptible.

—He estado esperando este momento durante años.

—En ese caso, estoy encantado de poder darte gusto. No sirve de nada negar una idea tan deseada.

Sus espadas centellearon en un breve saludo, y se sumergieron en un roce de acero contra acero.

Tom no era experto en las sutilezas de la esgrima, pero podía ver que esta lucha tenía poco parecido a los breves vislumbres de la esgrima olímpica que había visto por la televisión. La velocidad era la misma, pero había una mortal intensidad alrededor de los dos hombres mientras luchaban por sus vidas. Sus miradas estaban trabadas y el movimiento de sus pies enfundados en medias sobre el suelo de la nave resultaba un suave rumor que era el contrapunto a los trabajosos jadeos de Tach.

Sus compañeros lo miraban fijamente, Trips con el aspecto de un cachorrito desesperado, Asta con la punta de la lengua apenas humedeciéndose los labios. Tom giró lentamente la cabeza y observó la bola negra, que descansaba en la estantería tan sólo a unos pocos metros. Proyectó su mente, esforzándose tanto que el sudor perló su frente y el labio superior y encontró un enorme, creciente vacío. El dispositivo ni siquiera tembló.

Trips gimió y Tom se dio la vuelta justo a tiempo para ver el filo de la espada de Zabb rebotando sobre la parte superior del brazo de Tach. Un rastro carmesí siguió su recorrido. Tach se retiró con más prisa que gracia y apenas esquivó un golpe feroz de su primo. Trips, con sus llorosos ojos azules enloquecidos bajo los gruesos cristales de sus anteojos, se lanzó hacia delante y aterrizó en los hombros de Zabb. Con un rugido, el taquisiano se lo quitó de encima y aventó al *hippie* al otro lado de la sala. Trips yacía aturdido en la luminosa cubierta, boqueando como un pez. Varios de los guardias de Zabb lo arrastraron y lo tiraron en el suelo entre los otros humanos.

—No puedo, sencillamente no puedo –susurró Tom frenéticamente.

—Maldito cobarde –enunció Asta claramente y le dio la espalda, volviendo a centrar su atención en el duelo que había vuelto a empezar.

♥

Tach parpadeó con fuerza, tratando de mitigar el escozor del sudor en sus ojos. Cada respiración quemaba, y pequeñas lenguas de fuego parecían estar lamiendo los músculos del brazo con el que sostenía la espada. *Vigila, vigila*, se instó a sí mismo.

La hoja de la espada, moviéndose tan rápido, sólo era un borrón.

La esquivó con un fuerte golpe, la intensidad del choque descendió vibrando por sus ya sobrecargados músculos.

Una réplica... pero no con la hoja. Con su mente. Una sección de la defensa fluctuó, vació. Acometió, golpeó y Zabb se tambaleó bajo el ataque mental. Volvió a la carga. Cuerpo a cuerpo. El cálido aliento de Zabb sobre su cara. Las espadas desesperadamente entrelazadas entre ellos. Tach tenso, tratando de embestir a Zabb, pero estaba sobrepasado. La mente, un muro gris, implacable. ¡No, no del todo!

Tach desplazó bruscamente su cuerpo a un lado, evitando una maliciosa rodilla que se dirigía a su entrepierna, saltó hacia atrás y dio un puntapié a la pierna que Zabb tenía retrasada desde debajo de él. Envolvente, pero su primo era demasiado rápido para él. Zabb esquivó y le siguió una veloz respuesta, en forma de explosión cerebral. Se deslizó tras las defensas de Tach.

Su visión pareció difuminarse por los bordes. Sin resistencia. Casi sin aire.

¡Tortuga!

Intentó una violenta y desesperada acometida en tercia. Zabb la interceptó y desvió casi con desprecio. Era un demonio. Aquella sonrisa, todavía allí, y sólo unas pocas gotas de sudor entremezcladas con sus rizadas patillas. Sus pestañas cayeron, ocultando sus ojos, y se lanzó al ataque. Una sensación pastosa de náusea se extendió en su lengua cuando Tach se dio cuenta de que Zabb sólo había estado jugando con él.

—¿Quieres que lo dejemos, querido primo? –susurró su torturador–. Por supuesto que sí. Pero no va a ser así. Tal y como prometí, voy a matarte.

Sin aliento para responder la burla, se limitó a sacudir la cabeza, más para quitarse el sudor que para negar la afirmación. Atacó con un desesperado embate mental que fue devuelto por las defensas de Zabb y entonces, como un milagro, vio una abertura.

Embistió, la hoja pasó rozando a Zabb. Éste lanzó su filo en una fugaz parada y siguió adelante, buscando el corazón con la punta.

¡El tiempo apremia! Atrae a los incautos. ¡Muerte!

♣

Estaba seguro de lo que estaba viendo: el breve ensanchamiento de las fosas nasales, la media sonrisa sardónica. Steve Bruder, con los mismos gestos mientras aplastaba la mano de Tom. *¡Vete al diablo!*, le lanzó a Zabb mientras una oleada de poder lo recorría, hormigueando en sus extremidades. Alargó la mano y…

♠

La espada, que avanzaba veloz y certera, fue milagrosamente desviada de su trayectoria. No mucho, ¡pero suficiente! Tachyon alzó su espada, parando el *forte*. Una pléyade de blancos se ofrecían. El corazón, el vientre, ¿un corte en el hombro? Tach se mordisqueó los labios y en un momento violento, glorioso, consideró hundir la punta en lo profundo, en lo profundo de aquel odiado cuerpo. Embistió y sus ojos se trabaron en un momento eterno, inmóvil. La hoja se giró en su mano, la empuñadura dio de pleno en la barbilla de Zabb con un sonido semejante al de un hacha golpeando la madera. La espada de Zabb cayó estrepitosamente en el piso y él se cayó con la cara dolorida. Un grito ahogado emergió como un viento creciente entre los observadores que estaban congregados. Por un momento, Tach contempló fijamente su espada, después la tiró a un lado y se arrodilló junto a su primo. Suavemente le dio la vuelta, y acunó entre sus brazos a aquel hombre mucho mayor.

—Ya ves, no pude hacerlo –susurró, se preguntó por qué había lágrimas agolpándose bajo sus párpados–. Sé que habrías preferido que te matara, pero no pude. Y a pesar de nuestro entrenamiento, la muerte no es preferible al deshonor.

Tom estaba de pie, con las manos apretadas a los lados y se deleitaba en las olas de excitación y alegría que recorrían su cuerpo. Lo había hecho. Cierto, había usado una concentración suficiente para mover a una aplanadora y al final el resultado había sido sólo una mínima desviación. *¡Pero había sido suficiente!* Tach viviría, en efecto, había ganado gracias a la acción de Tom.

Con un poco de arrogancia se encaró al dispositivo alienígena. Centelleó por los aires, aterrizando con un satisfactorio «smack» en las manos de Tom.

—Vamos, Tachy, es hora de irse –gritó, sus redondas mejillas sonrojadas por la excitación.

Tach depositó suavemente a Zabb en el suelo y saltó hacia sus amigos. Ni un solo pariente hizo el menor movimiento.

Tom le tendió el dispositivo con una torpe reverencia. Tach devolvió el saludo.

—Bien hecho, Tortuga. Sabía que podías hacerlo.

Miró a Benaf'saj, hizo una exagerada reverencia, guiñó un ojo y ordenó irse a casa.

◆

Era como estar en el centro de un vórtice de nada. Frío helado y absoluta oscuridad y para Tachyon la sensación de que su mente estaba siendo despedazada en diminutos jirones por la tensión de sujetar a los cuatro viajeros dentro de la envoltura del modulador de singularidad.

Por los ancestros, se lamentó, *al menos que nos deje aterrizar en suelo seco.*

♥

Tachyon se desplomó; el dispositivo rodó de sus dedos inertes. Trips estaba en cuclillas en una cuneta sujetándose la cabeza entre las manos y murmurando una y otra vez «¡Oh, guau!». Tom vomitó un par de veces mientras su maltratado estómago decidía exactamente en qué espacio y tiempo residía en ese momento. Hubo un revuelo creciente, gente gritando, ventanas abiertas de par en par, cláxones pitando mientras los coches se paraban en seco, sus ocupantes observando embobados el espectáculo de la acera. Tom se llevó los nudillos a los ojos, miró a Tach y rápidamente se arrodilló junto al taquisiano. La sangre fluía con lentitud de la larga herida de su brazo y le caía de la nariz y estaba alarmantemente blanco. El alienígena apenas parecía respirar y Tom acercó el oído al pecho de su amigo. El ritmo cardiaco palpitaba de forma errática.

—¿Se va a poner bien, hombre? –farfulló Trips.

—No sé –Tom levantó la cabeza y al hacerlo vio un círculo de caras negras.

—Que alguien llame a un médico.

—Mierda, hombre, es que aparecimos en medio de la nada.

—Blancuchos que se teletransportan. ¿Creen que son ases o qué?

—Un médico, traigan a un médico –vociferó un hombre corpulento.

Asta se retiró lentamente del círculo de espectadores, buscando con rapidez con sus ojos la bola negra. Un par de chiquillos estaban inspeccionando el dispositivo y se acercó a ellos.

—Les daré cinco dólares a cada uno.

—¡Cinco dólares! ¡Mierda! Si es sólo una bola para jugar a los bolos que no tiene ningún agujero. ¿De qué te va a servir?

—Oh, les sorprendería –dijo suavemente, y sacó su billetera de la bolsa de baile. El intercambio se hizo rápidamente y se guardó el dispositivo alienígena.

El aullido de las sirenas anunció la llegada de la policía y una ambulancia. Metieron a Tach dentro y Tom empezó a entrar para ir con él.

—Eh, ¿dónde está ese aparato?

Asta abrió la boca, parpadeó varias veces y la cerró.

—¡Caramba, no sé!

Examinó los alrededores como si esperara que se materializara en el entorno de Harlem.

—A lo mejor lo agarró alguien de entre todo el gentío.

—Eh, colega, ¿quieres que llevemos a tu amigo al hospital o no? –rezongó uno de los paramédicos.

—Bien… búscala –ordenó Tom y se metió en la ambulancia.

Asta se despidió irónicamente de la ambulancia que ya se iba.

—Oh, claro que sí.

Y Kien va estar muy complacido con esto.

Se alejó, buscando una estación de metro que la llevara a los brazos de su amante y comandante.

♣

El candado se abrió con un áspero chasquido y Tach empujó para abrir la pequeña puerta lateral del almacén. Trips y la Tortuga lo siguieron en la palpitante oscuridad y Trips murmuró algo ininteligible al ver la nave que descansaba en el centro del vasto edificio vacío. Las luces ámbar y lavanda en las puntas de sus espinas resplandecían débilmente en la penumbra, y el polvo caracoleaba por todos lados mientras ella lo recolectaba y sintetizaba las diminutas partículas en combustible. Estaba cantando una de las muchas baladas heroicas que constituían una parte importante de la cultura de la nave, pero paró en seco cuando percibió la entrada de Tach. La música, por supuesto, era inaudible para los dos humanos.

Baby, le dijo telepáticamente.

Señoría, ¿vamos a salir?, preguntó con patética ansiedad.

No, esta noche no. Abre, por favor.

Hay humanos con usted. ¿También pueden entrar?

Sí. Éste es el Capitán Trips y la Tortuga. Son como hermanos. Hónralos.

Sí, Tisianne. Me complace conocer sus nombres.

No pueden oírte. Como muchos de su especie, carecen de habilidades mentales.

Una pena.

Sintió una pena de otro tipo en su pecho al recorrer el camino hacia su salón privado. El recuerdo –llegaba a ser enormemente claro– del día que su padre lo había llevado a seleccionar su nave.

Ahora todo ha acabado, se recostó entre los cojines de su cama y ordenó: *Busca y establece contacto.*

¿Hay señorías presentes?

Sí.

¿Y uno de mi clase?, preguntó Baby, de nuevo con aquella patética ansiedad.

Sí.

Los segundos se convirtieron en minutos, Tach descansando a sus anchas en la cama, Trips encaramado como un pollo nervioso en un canapé y Tom saltando nerviosamente sobre las puntas de los pies. La pared que estaba ante Tachyon tembló y el rostro de Benaf'saj apareció. La nave aumentó su poderosa telepatía y la conexión quedó establecida.

Tisianne.

Kibr. ¿Esperabas la llamada?

Por supuesto. Te conozco desde que llevabas pañales.

Sí, lo sé.

Me has sorprendido, Tisianne. Creo que la Tierra ha obrado en ti un efecto beneficioso.

Me ha enseñado muchas cosas, la corrigió en un tono seco. *Algunas más agradables que otras*, paró y jugueteó con el espumoso encaje bajo su mentón. *¿Así que siguen existiendo puntos de fricción entre nosotros?*

No, hijo. Puedes quedarte con tus rústicos humanos. Tras la derrota que le infligiste, Zabb no tiene esperanza alguna de conseguir el cetro. Sabes que deberías haberlo matado.

Tach se limitó a negar con la cabeza. Benaf'saj se miró las manos con el ceño fruncido y se ajustó los anillos.

Pues nos vamos. Es decepcionante que no tengamos especímenes, pero el éxito del experimento es innegable, y complacerá a Bakonur tener nuestros datos. Este esfuerzo será la salvación de la familia, además.

Sí, replicó Tachyon ausente.

Enviaré una nave cada diez años o así para ver cómo estás. Cuando estés preparado para volver serás bienvenido. Adiós, Tisianne.

Adiós, susurró él.

—¿Bien? –preguntó Tom.

—Nos dejarán en paz.

—O sea, estoy súper contento de que no tengas que irte.

—Yo también –pero su tono carecía de convicción y se quedó mirando melancólicamente la refulgente pared, como tratando de recuperar la imagen de su abuela.

Una mano cálida, capaz, con dedos cortos y regordetes se cerró firmemente sobre su hombro. Un momento después, Trips le había tomado el otro brazo y permaneció en silencio, disfrutando de la ola de amor y afecto que procedía de los dos hombres y que iba disipando su nostalgia.

Puso una mano sobre la de Tom.

—Mis queridos amigos, ¡vaya aventura tuvimos!

—Sí, la vida, o sea, pinta bastante bien, hombre.

—¿Por qué no lo mataste? –preguntó Tom.

Tach se giró y miró a los ojos castaños de Tom.

—Porque me gustaría creer en la posibilidad de la redención.

Tom lo apretó con más fuerza.

—Créelo.

♣ ♦ ♠ ♥

Con un poco de ayuda de sus amigos
♣ ♦ ♠ ♥

por Victor Milán

CONTROVERTIDO CIENTÍFICO BRUTALMENTE ASESINADO EN SU LABORATORIO, decía el titular.

—Debería ver lo que dicen en el *Daily News* –dijo.

—Joven –dijo el doctor Tachyon, alejando el fajo de *New York Times* con escrupulosos dedos y recostándose peligrosamente en su silla giratoria–, no soy policía. Un doctor es lo que soy.

Ella lo miró frunciendo el entrecejo desde el otro lado del meticuloso rectángulo de su escritorio, se aclaró la garganta y emitió un pequeño carraspeo inquieto.

—Tiene usted una reputación como padre y protector de Jokertown. Si no actúa, un joker inocente va a cargar con el asesinato.

Esta vez fue él quien la miró con mala cara. Clavó el tacón de una bota en el reborde metálico del escritorio.

—¿Tiene pruebas? Si es así, el abogado de ese infeliz es el hombre indicado al que llevárselas.

—No. Nada.

Arrancó un narciso amarillo de un jarro que estaba junto a su codo, agitó su corola bajo la nariz.

—Me pregunto… es usted lo bastante perceptiva como para sacar partido de mi sentimiento de culpa, seguramente.

Ella le sonrió, hizo un gesto despectivo con la mano, como de animal salvaje y casi furtivo, pero ligeramente rígido. Se le estaba ocurriendo, de un modo irrelevante, lo muy aculturado que había llegado a ser en este pesado mundo; su primera reacción había sido pensar que estaba dolorosamente delgada y sólo ahora apreciaba lo cerca que estaba del pálido ideal élfico de belleza taquisiano. Casi albina, piel pálida como el papel, pelo rubio blanquecino, ojos apenas azules. A sus ojos vestía sin ninguna gracia: un traje de saco color durazno, de corte serio, sobre una blusa blanca, una cadena en el cuello, tan pálida y delicada como uno de sus cabellos.

—Es mi trabajo, doctor, como bien sabe. Mi periódico espera que sepa qué está pasando en Jokertown.

Sara Morgenstern había sido la experta del *Washington Post* en materia de ases desde que su cobertura de los disturbios de Jokertown, diez años atrás, le había reportado una nominación para el Pulitzer.

No respondió. Ella bajó los ojos.

—Doughboy no lo haría, no podría matar a nadie. Es amable. Es retrasado, ya ve.

—Lo sé.

—Vive con un joker al que llaman Shiner, en Eldridge. Shiner cuida de él.

—Un inocente.

—Como un niño. Oh, fue arrestado en el 76 por atacar a un policía. Pero eso fue… diferente. Él, eso estaba en el aire.

Parecía que quería decir más, pero su voz se entrecortó.

—En efecto.

Él ladeó la cabeza.

—Parece profundamente implicada.

—No puedo soportar ver que le hacen daño a Doughboy. Está desorientado, asustado. Sencillamente no puedo mantener mi objetividad de periodista.

—¿Y la policía? ¿Por qué no acudir a ellos?

—Tienen un sospechoso.

—Pero ¿y su periódico? Sin duda, el *Post* no carece de influencia.

Se echó para atrás la gélida cascada de su pelo.

—Oh, puedo escribir un mordaz artículo de denuncia, doctor. Quizá los periódicos de Nueva York lo recogerán. Quizás incluso en *Sixty Minutes*. Quizás… oh, en un año o dos haya una protesta pública, quizá se haga justicia. Entre tanto, él está en The Tombs. Un niño, solo y asustado. ¿Tiene idea de lo que es que lo acusen a uno injustamente, que te arrebaten la libertad sin razón?

—Sí, la tengo.

Ella se mordió el labio.

—Lo olvidé. Lo siento.

—No es nada.

Tach se inclinó hacia delante.

—Soy un hombre ocupado, estimada señorita. Tengo que dirigir una clínica. Estoy intentando convencer a las autoridades de que la Madre del Enjambre no va a irse necesariamente por la sencilla razón de que la hemos derrotado en su primera incursión, sino que, en cambio, debemos prepararnos para un ataque nuevo e incluso más letal –suspiró–. Bueno, supongo que tengo que echarle un ojo a esto.

—¿Ayudará?

—Sí.

—Gracias a Dios.

Se levantó y dio la vuelta para situarse a su lado. Ella echó la cabeza hacia atrás, con los labios curiosamente entreabiertos y tuvo la sensación de que estaba intentando ser atractiva sin saber muy bien cómo hacerlo.

¿Qué pasa?, se preguntó. No era alguien que normalmente dejara pasar una invitación de una mujer atractiva, pero había algo oculto ahí, y los viejos instintos de conflicto familiar lo hicieron alejarse. No es que percibiera una amenaza: sólo un misterio, y eso en sí mismo resultaba amenazador para uno de su casta.

Por capricho, medio irritado porque ella le estaba haciendo una oferta que le resultaba imposible aceptar, alargó la mano y agarró la cadena de su cuello. Un sencillo medallón de plata emergió, con las iniciales A. W. grabadas en cobre. Ella trató de agarrarlo al instante, pero con la agilidad de un gato lo abrió.

La fotografía de una niña, de no más de trece años. Su pelo era rubio, la sonrisa altiva, pero tenía un indudable parecido con Sara Morgenstern.

—¿Su hija?

—Mi hermana.

—¿A. W.?

—Morgenstern es mi apellido de casada, doctor. Lo conservé después de mi divorcio –casi se dio medio vuelta para marcharse, con las rodillas juntas, los hombros hundidos–. Andrea era su nombre. Andrea Whitman.

—¿Era?

—Murió –se levantó rápidamente.

—Lo siento.

—Fue hace mucho tiempo.

♠

—¡Tío Tachy! ¡Tío Tachy! –un proyectil de pelo rubio lo golpeó en la espinilla y lo envolvió como un alga marina al entrar por la puerta de la Calabaza Cósmica (Alimentos para el Cuerpo, la Mente y el Espíritu), Tienda de Cáñamo y Alimentos Frescos en la calle Fitz-James O'Brien, cerca de los límites de Jokertown y el Village. Riéndose, se inclinó hacia la niña, la alzó en brazos y la abrazó.

—¿Qué me trajiste, tío Tachy?

Hurgó en un bolsillo de su abrigo y sacó un caramelo.

—No le digas a tu padre que te di esto.

Con los ojos solemnemente abiertos, asintió con la cabeza.

La condujo al amigable desorden. En el interior, le apretó. Costaba creer que esta hermosa niña de nueve años era mentalmente retrasada, como Doughboy, permanentemente relegada a los cuatro años.

Con Doughboy había sido más fácil, en cierto modo. Era inmenso, medía más de dos metros de alto y era una masa casi esférica de carne blanca, y una cara lampiña, ligeramente azulada, hinchada hasta casi borrar los rasgos, ojos saltones que miraban entre grasa y lágrimas. Se acercaba a la treintena. No podía recordar que lo llamaran de otro modo que no fuera el cruel apodo que se refería a una marca registrada de pastelería. Estaba asustado. Echaba de menos al señor Shiner y al señor Benson, el vendedor de periódicos que vivía debajo, quería el Go-Bot que Shiner le había traído poco antes de que los hombres se lo llevaran. Quería volver a casa, escapar de aquellos hombres extraños y hostiles que le clavaban los dedos y lo llamaban con nombres burlones. Estaba patéticamente agradecido a Tachyon por que hubiera venido a verlo; cuando Tach se fue, en la sala de visitas de color verde bilis de The Tombs, se aferró a su mano y se echó a llorar.

Tach también lloró, pero después, cuando Doughboy no podía verlo.

Pero Doughboy era evidentemente un joker, víctima del virus wild card que el propio clan de Tachyon había traído a este mundo. Sprout Meadows era físicamente una niña perfecta, exquisita incluso para los estándares más exigentes de los linajes de Ilkazam o Alaa o Kalimantari, con un carácter más dulce que el de cualquier hija de Takis. Pero no estaba menos deformada que Doughboy, no era menos monstruosa según los parámetros del planeta natal de Tach, y como él, habría sido destruida al instante.

Miró a su alrededor, un par de secretarias mordisqueando su comida de última hora junto al escaparate, bajo el desgastado marco de un estanco indio.

—¿Dónde está tu papá?

Cerró la boca llena de caramelo y señaló con la cabeza a su izquierda, hacia la tienda que vendía parafernalia para consumir marihuana.

—¿Qué estás mirando, amigo? –preguntó una voz. Parpadeó, tardó en centrarse en una joven robusta, con una sudadera gris manchada de CUNY situada detrás de la vitrina de *delicatessen*.

—¿Perdón?

—Escucha, idiota machista, sé quién eres. Vete con cuidado.

Demasiado tarde recordó el par de dependientas intercambiables de Mark Meadows.

—Ah, Brenda, ¿verdad?

Un asentimiento belicoso.

—Muy bien, Brenda, te aseguro que no tenía ninguna intención de mirarte.

—Oh, ya lo entiendo. No soy como una debutante, como Peregrine, no soy tu tipo en absoluto. Soy una de esas mujeres a las que los hombres no ven –se pasó la mano por una tiesa mata de pelo, rojizo, con raíces de color té; se sorbió la nariz.

—¡Doc! –una figura familiar, con un vago parecido a una cigüeña, se asomó a la puerta de la tienda.

—Mark, me alegro mucho de verte –dijo Tachyon con sinceridad. Besó a Sprout en la frente, revolvió su coleta, la dejó en el oscuro linóleo–. Vete a jugar, bonita. Me gustaría hablar con tu padre.

La niña se escabulló.

—¿Tienes un momento, Mark?

—Oh, claro, hombre. Para ti siempre.

Un par de chicos con chamarras de cuero y pelo súper cuidado acechaban entre la parafernalia y los carteles antiguos en el otro lado, pero Mark no era una persona suspicaz. Indicó a Tach una mesa en la pared del fondo, agarró una tetera y un par de tazas y siguió, con andares desmañados, moviendo la cabeza ligeramente mientras caminaba. Llevaba una vieja camiseta rosa de Brooks Brothers, un chaleco de cuero con flecos, un par de enormes pantalones de pata de elefante desgastados hasta casi el mismo tono blancuzco de sus estampados desteñidos. El pelo rubio hasta el hombro estaba ceñido a las sienes por una tira de cuero trenzado. Si Tachyon no lo hubiera visto en el absoluto apogeo de su identidad secreta, habría pensado que el tipo no tenía ni idea de cómo vestirse.

—¿Qué puedo hacer por ti, hombre? –preguntó Mark sonriendo alegremente a través de los aros de vidrio de sus anteojos de alambre.

Tach apoyó los codos en el mantel, también con estampados de batik, y frunció los labios mientras Mark servía el té.

—Un joker llamado Doughboy fue arrestado por asesinato. Una joven reportera acudió a mí sosteniendo que es inocente –inspiró–. Yo también lo creo. Es una persona gentil, por mucho que sea enorme y monstruoso y posea una fuerza metahumana. Es... retrasado.

Esperó un momento, con el corazón en la boca, pero todo lo que Mark dijo fue:

—O sea que es una tomadura pelo, hombre. ¿Por qué hicieron eso los cerdos? –usó el apelativo sin rencor.

—El hombre asesinado es el doctor Warner Fred Warren, un popular astrónomo, por usar el término de manera laxa, que escribía en tabloides. Para que te hagas a la idea, publicó un artículo el año pasado titulado «¿El cometa Kohoutek trajo el sida?».

Mark hizo una mueca. No era el *hippie* habitual, que desdeñaba o desconfiaba de toda la ciencia. Por otra parte, había llegado tarde a la fe, pues se había adherido al Flower Power cuando todos los demás del área de la Bahía estaban poniéndose a tope con Stalin.

—Los últimos pronósticos del doctor Warren son que un asteroide está a punto de colisionar con la Tierra y acabar con toda la vida o, al menos, con la civilización tal y como la conocemos. Eso creó cierta controversia; es sorprendente la atención que los terrícolas prodigan a semejantes disparates. La policía supone que Doughboy oyó a sus amigos hablar del tema, se asustó y una noche de la semana pasada entró en el laboratorio del doctor y lo golpeó hasta matarlo.

Mark silbó suavemente.

—¿Alguna prueba?

—Tres testigos –Tach hizo una pausa–. Uno de ellos ha identificado a Doughboy como el hombre que vio saliendo del edificio de apartamentos de Warren la noche del crimen.

Mark agitó una mano.

—Sin problemas. Lo sacaremos, hombre.

Tachyon abrió la boca, la cerró. Por fin dijo:

—Necesitamos ver qué otra información han acumulado en el caso. La policía no está demostrando ser muy cooperativa. ¡Casi me dicen que me meta en mis asuntos!

Los ojos de Mark vagaron fuera de la línea de visión de Tach. Éste bebió un sorbo de su té. Era intenso y tenía un punto de frescura, algún tipo de menta.

—Sé cómo te puedes ocupar de esto. ¿Doughboy, o sea, tiene un abogado?

—De oficio.

—¿Por qué no contactas con él y te ofreces como experto médico gratuito?

—Espléndido –miró con curiosidad a su amigo, con la cabeza ladeada como un pájaro fisgón–. ¿Cómo se te ocurrió eso?

—No sé, tío. Me vino y ya está. Así que, o sea, ¿dónde entro?

Tach estudió la mesa. En el fondo, tenedores, clavo y tofu desparramado en el plato de loza sobre un lecho de lechuga romana. Había sido sobre todo por el efecto tranquilizador que Mark ejercía en su humor por lo que había venido aquí desde The Tombs. Pero aun así…

Se sentía como pez fuera del agua; no era, tal y como le había asegurado a Sara, ningún detective. Ahora, Mark Meadows, el Último Hippie, no parecía en la superficie ser un candidato a sabueso mucho más prometedor, pero resultaba también que era el doctor Marcus Aurelius Meadows, el bioquímico más brillante vivo. Antes de abandonar su profesión, había sido el responsable de un buen número de avances y sentado las bases de otros muchos. Estaba formado para observar y formado para pensar. Era un genio.

Además, a Tach le gustaba el corte de su abrigo, que en sí mismo era casi adecuado para un taquisiano

—Ya me ayudaste, Mark. Éste es tu mundo, al fin y al cabo. Entiendes cómo funciona mejor que yo –*Aunque yo haya estado más tiempo*, se dio cuenta–. Y están tus amigos. ¿Tienes, ehem, otros además de los que nos encontramos en la nave de mi primo?

Mark asintió.

—Tres más, por ahora.

—Bien. Espero que éstos resulten más tratables que los otros.

Esperaba que uno u otro de los alter ego del Capitán tuviera habilidades que pudieran venirles a mano; por suerte, no podía imaginarse ninguna finalidad a la que Aquarius, la hosca marsopa, pudiera servir, pero el cobarde jactancioso que era el Viajero Cósmico era otra cosa. Incluso para salvar al pobre Doughboy de una muerte en vida, no estaba listo para soportar al Viajero tan pronto.

Retiró la silla arrastrándola y se puso en pie.

—Vamos a jugar a los detectives juntos, tú y yo.

◆

El muchacho llevaba pantalones de camuflaje y un pañuelo a lo Rambo, estaba plantado en la esquina de Hester y Bowery tratando de sujetar las páginas de una revista ante el azote del viento. Tach miró por encima del hombro. El artículo se titulaba «Dr. Muerte: soldado de fortuna *ciborg* lucha contra los rojos en Salvo». El muchacho alzó los ojos cuando los dos hombres se situaron a sus lados en el quiosco, la agresividad tensando sus finos rasgos puertorriqueños. Su expresión se moduló, como si fuera cera, hasta convertirse en asombro.

Estaba contemplando el botón central de un chaleco amarillo con estampado de cachemira. Por encima de su frente, una inmensa corbata en forma de moño verde con lunares amarillos florecía desde un cuello de camisa rosa. Por ambos lados colgaba un frac de color púrpura. Un sombrero de copa púrpura, con su enorme cinta verde estampada con signos de la paz, amenazaba el cielo lechoso.

Unos dedos, dentro de un guante amarillo, mostraron fugazmente una v.

—Paz –dijo la aguileña cara del *norteamericano* flotando en medio de todo aquel color. El chico tiró la revista al propietario y huyó. El Capitán Trips se quedó atrás, pestañeando, herido.

—¿Qué dije, hombre?

—No importa –rio entre dientes el ser que estaba detrás del mostrador–. De todos modos no la habría comprado. ¿Qué puedo hacer por usted, doctor? ¿Y por su extravagante amigo?

—Mmmm –dijo Mark, olfateando, con las fosas nasales bien abiertas–, palomitas recién hechas.

—Ése soy yo –dijo Jube–. Así es como huelo.

Tachyon hizo una mueca.

—¡Súper!

Por un momento, unos ojos como canicas se quedaron mirando, y la piel azul negruzca de la frente de Jubal se arrugó: orogénica sorpresa. Entonces rio.

—¡Lo tengo! Eres un hippie.

El Capitán sonrió.

—Así es, hombre.

Grasa de morsa agitándose.

—Goo-goo-goo Jube –vociferó–. Soy la Morsa. Encantado de conocerte.

No se parecía a una morsa, metro y medio exacto, grasa colgando, un cráneo suave y grande con algunos mechones de pelo saliendo por aquí y por allá como brochas de afeitar oxidadas, que se metían dentro del cuello de su camisa hawaiana verde, negra y amarilla sin la intervención de un cuello. Tenía pequeños colmillos blancos en cada extremo de su sonrisa. Extendió una mano digna de los dibujos de la Warner Brothers, tres dedos y un pulgar, que el Capitán estrechó con entusiasmo.

—Éste es Capitán Trips. Un as, un nuevo socio. Capitán, te presento a Jubal Benson. Jube, necesitamos cierta información.

—Dispare.

Hizo el gesto de una pistola con su mano derecha y miró con complicidad a Trips.

—¿Qué sabes del joker llamado Doughboy?

Jube frunció el ceño tectónicamente.

—Lo han castigado injustamente. No mataría ni una mosca. Hasta

vive en la misma casa de huéspedes que yo. Lo veo casi cada día, solía hacerlo, vamos, antes de que pasara todo esto.

—No oyó, o sea, hablar a nadie de un asteroide que se iba a estrellar contra la Tierra ni se preocupó de verdad por el tema, ¿verdad?
–preguntó Trips. Un trozo de papel de periódico había sido arrastrado contra sus pantorrillas por un viento que aún no se había dado
cuenta de que era primavera. Lo ignoró y también al frío.

—Si hubiera oído algo así, se habría escondido debajo de la cama
y no lo habrían hecho salir hasta convencerlo de que era una broma.
¿Eso es lo que están diciendo?

Trips asintió.

—Lo primero es hablar con Shiner. Él paga el alquiler, alimenta a
Doughboy y deja que se quede allí. Tiene un puesto de limpiabotas
en Bowery, casi esquina con Delancey, justo donde Jokertown es
más turístico.

—¿Estará ahí ahora? –preguntó Tach.

Jube consultó el reloj de Mickey Mouse cuya correa prácticamente había desaparecido entre su gomosa muñeca.

—Es la hora de la comida, lo que significa que probablemente esté
saliendo para comer ahora mismo. Debería estar en casa. Apartamento seis.

Tachyon le dio las gracias. Solemne, Trips se quitó el sombrero. Se
pusieron en marcha.

—Doc.

—Sí, Jubal.

—Será mejor que esto se aclare rápido. Las cosas podrían ponerse
muy calentitas por aquí este verano si Doughboy consigue un em-
pleo en la cárcel. Dicen que Gimli ha vuelto a las calles.

Una ceja se arqueó.

—¿Tom Miller? Pero pensaba que estaba en Rusia.

La Morsa se llevó un dedo a su ancha y chata nariz.

—Eso es lo que quiero decir, doc. Eso es lo que quiero decir.

♥

—Lo encontré, oh, quince, dieciséis años hace –el hombre llamado Shiner estaba sentado en su camastro en la única habitación del
apartamento de la calle Eldridge, meciéndose adelante y atrás con
las manos entrelazadas entre sus flacas rodillas–. Allá en 1970. Era
invierno. Estaba allí sentado, al lado de un contenedor, en un callejón detrás de una tienda de máscaras, llorando a moco tendido. Su
mamá lo había llevado allí y allí lo había dejado.

—Eso es terrible, hombre –dijo Trips. Él y Tach estaban de pie en
el suelo de madera meticulosamente barrido del apartamento. El
catre de Shiner y un enorme colchón con la tela manchada eran
el único mobiliario.

—Oh, supongo que quizá puedo entenderlo. Tenía once o doce
años, casi el doble de tamaño que yo, más fuerte que la mayoría
de los hombres. Debió de haber sido tremendamente duro ocupar-
se de él.

Era pequeño para ser un terrícola, más bajo que Tach. De lejos
parecía ser un hombre negro normal y corriente, de cincuenta años,
con el pelo canoso y un incisivo de oro. De cerca uno se daba cuenta
de que brillaba con un lustre anormal, más parecido a la obsidiana
que a la piel.

—Es como si yo mismo me anunciara –le explicó a Trips cuando Tachyon los presentó–. Anima el negocio de mi puesto de limpiabotas.

—¿Qué tal puede moverse Doughboy por la ciudad sin ayuda? –preguntó Tachyon.

—No podría. Moverse por Jokertown, de acuerdo, siempre hay
jokers que cuidan de él, ya saben, vigilando que no se pierda –por
un momento se quedó sentado contemplando un rayo de sol en el
que un diminuto Ferrari de metal yacía de lado–. Dicen que mató a
ese tal científico por el parque. Sólo ha estado dos veces en el parque.
Y no sabe nada de astronomía.

Cerró los ojos. Se le derramaron las lágrimas.

—Oh, doctor, tiene que hacer algo. Es mi chico, es como mi hijo y
lo están lastimando. Y no hay nada que pueda hacer.

Tachyon cambió el peso de su cuerpo de una bota a la otra. El Capitán arrancó una margarita, en bastante mal estado, de su solapa, se
agachó y se la tendió a Shiner. Sollozando, el hombre abrió los ojos.
Los entornó de inmediato, suspicaz, confundido. Trips simplemente

se quedó allí agachado, ofreciéndole la flor. Tras un momento, Shiner la agarró.

Trips le apretó la mano. También se le cayó una lágrima. Él y Tachyon se fueron en silencio.

♣

—El doctor Warren no era sólo un científico –dijo Martha Quinlan mientras los guiaba por el apartamento–, era un santo. La empresa de buscar la verdad antes que los demás nunca terminaba para él. Es un mártir de la búsqueda del Conocimiento.

—Oh, guau –dijo el Capitán Trips.

Hasta donde Tachyon había podido averiguar, el fallecido Warner Fred Warren no tenía familiares. Empezaba a perfilarse una batalla legal por la posesión del fondo fiduciario que le había permitido mantener un ático en Central Park y dedicar su vida a la ciencia –su abuelo había sido un petrolero millonario de Oklahoma que atribuía su éxito a la radiestesia y que murió proclamando que era la reina Victoria–, pero en calidad de jefa de redacción del *National Informer*, la señora Quinlan parecía actuar como la albacea de los bienes de Warren.

—Es maravilloso que venga a presentar sus respetos a un colega caído, doctor Tachyon. Habría significado mucho para el querido Fred saber que nuestro distinguido visitante de las estrellas se había interesado personalmente por él.

—La contribución del doctor Warren a la causa científica no tenía parangón –dijo Tachyon sonoramente… *desde Trofim Lysenko*, corrigió mentalmente. *Ah, Doughboy, nunca imaginé lo que tendría que soportar para hacerte justicia.* Fue un poco de reflexiva desorientación taquisiana la historia que Tachyon había contado a Quinlan cuando la llamó para ver si podían echar un vistazo a la escena del crimen.

—Es una cosa terrible –canturreó Quinlan, guiándolos por el corredor decorado con grabados de perros de caza sacados de revistas de los años veinte. Era un poco más alta que Tach, llevaba un vestido que era como un saco negro, desde el cuello y los codos hasta los muslos, medias escarlatas, zapatos blancos y gruesos brazaletes de plástico. Su pelo rubio ceniza estaba alisado y sesgado. Sus ojos estaban maquillados como los de Theda Bara; no llevaba carmín–. Una tragedia. Por suerte atraparon al tipo que lo hizo. No está bien de la cabeza, dicen, y era un joker, para empezar. Probablemente algún tipo de pervertido sexual. Nuestros reporteros están siguiendo la historia con muchísimo cuidado, se lo puedo asegurar.

Trips dio un respingo. Quinlan se detuvo al final del pasillo.

—Aquí es, caballeros. Preservado tal cual estaba el día en que murió. Pretendemos convertir esto en un museo, para el día en que la grandeza del pobre Fred sea por fin reconocida por la institución científica que tanto lo ha perseguido –les indicó pomposamente que entraran.

La puerta del laboratorio del doctor Fred había sido de madera, sólida incluso para un apartamento lujoso de Nueva York. No parecía haber frenado al último visitante. Los concienzudos gnomos del laboratorio forense en la torre de ladrillo del One Police Plaza habían barrido la mayor parte de las astillas, pero un pedazo roto de la puerta aún colgaba de las bisagras de latón.

Tachyon todavía tenía ciertas dificultades ajustando la vista a las formas utilitarias y rectilíneas del equipamiento científico terrestre. La ciencia en Takis era territorio de unos pocos, incluidos los señores psi; su equipo se hacía crecer de organismos diseñados genéticamente como sus naves, o creado a medida por artesanos preocupados por hacer de cada pieza una obra única, relevante. Aquí no tenían muchos problemas. El equipo que ocupaba los bancos de trabajo recubiertos de caucho se había ido al cuerno. Había papeles y cristales rotos estaban esparcidos por todas partes.

—¿Tenía, o sea, su observatorio aquí? –preguntó Trips, estirando el cuello a un lado y a otro con su estupendo sombrero en la mano.

—Oh, no. Tenía un observatorio en Long Island, donde desarrollaba la mayor parte de su observación del firmamento. Analizaba sus resultados aquí, supongo. Hay un cuarto oscuro y todo eso –se pasó una larga uña por el contorno de su mandíbula–. ¿Cuál era exactamente su nombre? ¿Capitán…?

—Trips.

—¿Como en ese libro de Stephen King? ¿Cómo era? ¿*Apocalipsis*?

—Oh, no. Así es como solían llamar a Jerry Garcia –al ver que no mostraba signos de reconocimiento, siguió adelante–. Era el líder de The Grateful Dead. Bueno, ehem, aún lo es. No le tocó un as, ya sabe, como a Jagger o Tom Douglas y... —se dio cuenta de que sus ojos se habían vuelto vidriosos y centrados en el olvido, dejó que sus palabras se desvanecieran y se alejó por el perímetro de la considerablemente grande, abarrotada y destrozada estancia.

—Dime, doctor, ¿qué son estas salpicaduras oscuras que hay por toda la pared?

Tach levantó la mirada

—Oh, ¿eso? Sangre seca, por supuesto.

Trips palideció y se le desorbitaron los ojos un poco. Tachyon se dio cuenta de que una vez más había pisoteado sin miramientos las sensibilidades terrícolas. Para ser gente tan robusta, los terrícolas tenían estómagos muy delicados.

Con todo, incluso él estaba sorprendido por la ferocidad desatada en el laboratorio del ático. Había una cualidad irracional en ello, una emanación psíquica palpable de furia y malicia. Dada la limitada imaginación de la mayoría de los policías con los que se había encontrado, a Tachyon ya no le sorprendía que consideraran a Doughboy un posible sospechoso; imaginaban que era un monstruo demente, una caricatura sacada de una película de terror, y eso ciertamente describía al agresor del doctor Warren Fred Warren. Pero Tach estaba más convencido que nunca de que aquel enorme y dulce niño era incapaz de cometer un acto así, por mucho que lo provocaran.

La editora del *Informer* se había esfumado, sobrepasada por la emoción, sin duda.

—Eh, doc, ven a ver esto –le llamó Trips. Estaba inclinado sobre una mesa de dibujo salpicada de fotografías de estrellas, observando detenidamente un borde.

Tach se inclinó junto a él. Había un delgado trozo gris, arrugado, como papel desechable humedecido, extendido en la superficie de plástico y puesto a secar. Tenía una curiosa cualidad membranosa que cosquilleaba en los límites del reconocimiento.

—¿Qué es esta cosa? –preguntó Trips.

—No sé.

Sus ojos revolotearon con curiosidad por las fotografías. Había una fecha a lápiz en el borde de una que llamó su atención: 5 de abril del 86, el día en que Warren había sido asesinado.

De un bolsillo, el Capitán Trips sacó un pequeño frasco y un escalpelo en una funda de plástico desechable.

—¿Siempre llevas esta clase de utensilios? –preguntó Tach mientras empezaba a raspar unas pocas escamas de la materia gris.

—Pensé que podrían venirnos bien, hombre. Si iba a ser detective y todo eso.

Encogiéndose de hombros, Tach se concentró en la fotografía que le había llamado la atención. Estaba encima de un pequeño montón. Al agarrarla, descubrió una docena o más de fotos que, a sus ojos desentrenados, le parecían el mismo campo de estrellas.

—Muy bien, doc, Capitán –una voz desconocida sonó por detrás–. Dennos una gran sonrisa para la posteridad.

Con una destreza que le sorprendió hasta a él, Tach medio enrolló las fotos y las deslizó en una de las voluminosas mangas de su abrigo en el mismo momento en que se giraba para encararse al intruso. Martha Quinlan estaba en la puerta sonriendo mientras un joven negro apoyaba una rodilla en el piso y los bombardeaba con el flash de una cámara que podría haber conducido un rayo láser a Marte.

Con cierta reticencia, Tach dejó que sus dedos se deslizaran de la descomunal culata de madera de la magnum .357 que llevaba cuidadosamente escondida en una sobaquera debajo de su abrigo amarillo.

—Presumo que esto tiene una explicación –dijo con perfecta frialdad taquisiana.

—Oh, éste es Rick –canturreó Quinlan–. Es uno de los fotógrafos de nuestra plantilla. Simplemente *tenía* que hacerlo venir para que dejara constancia de este evento.

—Señora, me temo que no hago esto por la publicidad –dijo Tach, alarmado.

Incorporándose, Rick agitó una mano tranquilizándolos.

—No se preocupe, hombre –dijo–, es sólo para nuestros amigos. *Confíe* en mí.

♠

—Tezcatlipoca –dijo el doctor Allan Berg, tirando la impresión de vuelta a lo alto del montón de libros, papeles y fotos bajo la cual supuestamente se escondía su escritorio.

—¿Qué dice? –preguntó Trips.

—*1954C-1100*. Es una roca, caballeros. Nada más y nada menos.

El pequeño despacho olía intensamente a sudor y tabaco de pipa. Trips contempló desde la ventana la tarde en el campus de Columbia, observando una ardilla gris que estaba a medio camino de un arce maldiciendo a un chico negro que pasó por delante con la caja raspada de un corno francés.

—Un nombre curioso –dijo Tachyon.

—Es una deidad azteca. Una bastante arisca, imagino, pero así es como va la cosa: encuentras un asteroide y le pones el nombre –Berg sonrió–. He pensado en buscar uno para ponerle mi nombre. Por aquello de la inmortalidad y esas cosas.

Parecía un chico judío de buen carácter, ojos ávidos, cara ovalada, gran nariz, sólo que su despeinado pelo rizado era gris. Llevaba una camisa azul y una corbata marrón bajo un suéter tejido tan suelto que podría usarse para pescar. Su actitud era contagiosa.

—¿Es lo bastante grande para, o sea, causar daño si impacta? –preguntó Trips–. ¿O es más bien una exageración?

—No, ehem, Capitán, puedo asegurarle que no –se trabó un poco al usar el título honorífico. Los norms, especialmente en el área de Nueva York, se habían acostumbrado bastante a los ases, especialmente a aquellos que decidían emular a los héroes de los cómics de antaño, con atuendos coloridos. Y el Capitán Trips era más raro que la mayoría.

—Tezcatlipoca es una forma oblonga de níquel y hierro de aproximadamente un kilómetro por un kilómetro y medio y que pesa su buen millón de toneladas. Dependiendo del ángulo en que impactara crearía devastadores maremotos y terremotos, y podría producir efectos como los que se especulan en el caso de un invierno nuclear; podría incluso, de forma plausible, romper la corteza terrestre o arrasar la mayor parte de la atmósfera. Desde luego sería la mayor catástrofe registrada en la historia: podría darle una mejor estimación si me tomara algún tiempo para elaborarlo todo en un artículo.

»Pero no. Porque no va a impactar en el planeta –bebió un poco de café de una taza desportillada–. Pobre Fred.»

—Admito que me sorprendió bastante que hablara con tanta simpatía de él cuando lo llamé, doctor Berg –dijo Tachyon.

Berg dejó la taza, se quedó mirando la tibia superficie de color negro.

—Fred y yo fuimos al MIT juntos, doctor. Fuimos compañeros de habitación durante un año.

—Pero pensaba que todo el mundo decía que el doctor Warren sólo era una especie de chiflado –dijo Trips.

—Eso es lo que decían. Y era un chiflado, aunque odie decirlo. Pero no se trataba de un chiflado *cualquiera*.

—No consigo ver cómo un científico bien formado podría abrazar las teorías por las que el doctor Warren era tan… ehem…

—Tristemente célebre, doctor. Adelante, dígalo. ¿Están seguros de que no quieren café?

Lo rechazaron educadamente. Berg suspiró.

—Fred tenía lo que se podría llamar una voluntad de hierro. Y tenía una vena romántica. Siempre tuvo la sensación de que había cosas fantásticas ahí fuera: antiguos astronautas, máquinas alienígenas en la luna, criaturas desconocidas para la ciencia. Quería ser el primero en salir y probar rigurosamente muchas cosas de las que los científicos respetables se burlaban. –Sus labios se contrajeron en una triste sonrisa–. Y ¿quién sabe? Cuando Fred y yo éramos niños, la gente creía que la idea de vida inteligente en otros planetas era inverosímil. Tal vez podría haberlo logrado. Pero Fred era impaciente. Cuando no veía los resultados que quería, pues empezaba a verlos de todos modos, ¿me explico?

—Por eso el doctor Sagan dijo en su artículo en el *Times* –apuntó Tachyon– que el doctor Warren estaba obsesionado con una roca que cae sobre la Tierra a intervalos regulares y que lo tenía con tintes amenazadores.

Berg frunció el ceño.

—Con el debido respeto, el doctor Sagan se equivocó esta vez. Caballeros, el doctor Warren tenía una infinita capacidad para engañarse a sí mismo, pero no era simplemente un imbécil al que el *Informer* sacó de la Séptima Avenida. Sabía cómo utilizar una carta astronómica, seguramente era conocedor de la historia del 1954C-1100. Tenía formación como astrónomo, y en lo que a la técnica y los detalles de la observación se refiere, era condenadamente bueno –sacudió su lanuda cabeza–. Cómo pudo llegar a creer en este sinsentido sobre Tezcatlipoca, sólo Dios lo sabe.

Trips se estaba limpiando los anteojos con su fantástica corbata.

—¿Alguna posibilidad de que estuviera en lo cierto, hombre?

Berg rio.

—Perdóneme, Capitán. Pero la aproximación más reciente de Tezcatlipoca fue divisada y seguida hace ocho meses por astrónomos japoneses. Se cruza, en efecto, con la órbita de la Tierra, pero muy lejos del planeta en sí.

Se levantó, se alisó el suéter, que se le había subido hasta el centro del vientre.

—Ésa es la pena, caballeros. Oh, no esto –dándose unas palmaditas en la incipiente barriga–, sino el flaco favor que Fred hizo a sus colegas científicos. Nuestros instrumentos son mucho más sofisticados de lo que lo eran la última vez que Tezcatlipoca pasó, en 1970. Y aun así cualquier astrónomo que se atreva a orientar su telescopio en esa dirección acabará en el mismo saco que Däniken y Velikovsky para siempre.

◆

Era bien entrada la noche. Tach estaba hundido en un sillón de su apartamento, con un esmoquin marrón, en semipenumbra, escuchando una pieza de violín de Mozart, bebiendo brandy y avanzando bastante lejos en el sentimentalismo cuando sonó el teléfono.

—¿Hombre? Soy yo, Mark. Descubrí algo.

El tono de su voz cortó la neblina provocada por el brandy como una manguera de bomberos.

—Sí, Mark. ¿Qué es?

—Creo que es mejor que vengas a verlo.

—Ya voy.

Quince minutos después estaba en el piso que había encima de la Calabaza Cósmica, mirando a su alrededor boquiabierto, absolutamente de piedra.

—¿Mark? ¿Tienes un laboratorio completo encima de tu tienda de marihuana?

—No está completo, hombre. No tengo ninguna movida que sea realmente a gran escala, ni microscopio electrónico ni nada. Sólo lo que he podido ir recogiendo a lo largo de los años.

Parecía un cruce entre Crick & Watson y un apartamento *hippie* de 1967, más o menos, metido con calzador en un espacio apenas mayor que el de un cuarto de la limpieza. Diagramas de las cadenas de ADN y polisacáridos compartían la pared con carteles de los Stones, Jimi, Janis y, por supuesto, el héroe de Mark, Tom Marion Douglas, el Rey Lagarto (una punzada en este caso para Tach, quien aún se culpaba por la muerte de Douglas en 1971). Los instrumentos de los bioquímicos terrestres resultaban a Tach más familiares que los de los astrónomos, así que reconoció una centrifugadora aquí, un microtomo allá, etcétera. Buena parte del instrumental había experimentado un uso intenso antes de pasar a manos de Trips, alguno que otro improvisado, pero todo parecía útil.

Mark llevaba una bata de laboratorio y tenía una expresión adusta.

—Por supuesto, no necesitaba nada lujoso, una vez que he visto la cromatografía de gases de esta muestra de papel.

Tach pestañeó y meneó la cabeza, dándose cuenta de la enorme y retorcida pieza del equipo cuya identidad, que le había estado desconcertando en el último minuto, era posiblemente la pipa más intrincada del mundo.

—¿Qué has descubierto, pues? –le demandó.

Mark le pasó una hoja de papel.

—No tengo, o sea, bastantes datos para confirmar la estructura de la cadena de proteínas. Pero la composición química, las proporciones…

Tachyon tuvo la misma sensación que si le pasaran una moneda por la nuca.

—Biomasa del Enjambre –jadeó.

Mark señaló un hato de papeles apilados en un banco.

—Puedes comprobar las referencias con esto, análisis de la invasión del Enjambre. Yo…

—No, no. Me fío de ti, Mark, más que de ningún otro, excepto yo –sacudió la cabeza–. Así que los retoños del Enjambre asesinaron al doctor Warren. ¿Por qué?

—¿Y *cómo* voy a saberlo, hombre? Pensaba que los retoños eran cosas grandes, como en las películas de monstruos japonesas.

—Al principio, sí. Pero una cultura del Enjambre, una Madre, ¿cómo diría?, *evoluciona* en respuesta a los estímulos. Su primer ataque, con fuerza bruta, fracasó. Ahora refina su enfoque, como ya he estado advirtiendo a esos idiotas de Washington todo este tiempo —sus labios se tensaron—. Sospecho que ahora está tratando de emular la forma de vida que previamente la rechazó. Ése es el patrón habitual en estos monstruos.

—¿Así que tienes un montón de experiencia con esta cosa?

—Yo no. Pero mi gente, sí. Esas criaturas del Enjambre son, podría decirse, nuestros más encarnizados enemigos. Y nosotros los suyos.

—¿Y ahora están, o sea, infiltrándose? —Mark se estremeció—. Pensaba que estaban muy lejos de ser capaces de que no las detectaran.

—Pero algo de todo esto me inquieta. Normalmente en esta etapa de una incursión del Enjambre no son tan selectivas.

—¿Y por qué escogieron al pobre Fred?

—Empiezas a sonar como esa horrible mujer, amigo mío —Tach sonrió, le dio unas palmaditas en el hombro—. Espero que encontremos la respuesta a esta pregunta cuando sigamos el rastro de estos horrores. Que es lo siguiente que debemos hacer.

—¿Y qué hay de Doughboy?

Tach suspiró.

—Tienes razón. Llamaré a la policía, lo primero que haré por la mañana, y les explicaré lo que hemos descubierto.

—No se lo van a tragar.

—Puede, pero lo intentaremos. Ve a descansar, amigo mío.

♥

No se lo tragaron.

—Así que encontraron tejido del Enjambre en el laboratorio de Warren —rezongó la teniente de Homicidios Sur que estaba a cargo del caso. Por teléfono parecía joven, puertorriqueña, agobiada y como si no tuviera mucho aprecio, de momento, por Tisianne brant Ts'ara del clan Ilkazam—. Está mostrando un interés muy activo en el caso para ser un testigo experto, doctor.

—Estoy intentando cumplir con mi deber ciudadano. Evitar que un hombre inocente sufra más. Y, de paso, alertar a las autoridades competentes del terrible peligro que tal vez amenace al mundo entero.

—Aprecio su preocupación, doctor. Pero soy una investigadora de homicidios. La defensa planetaria no es mi jurisdicción. Tengo que pedir permiso hasta para entrar en Queens.

—¡Pero he resuelto un homicidio por usted!

—Doctor, el caso de Warren está siendo investigado por las autoridades competentes, que somos nosotros. Tenemos un testigo que ha identificado a Doughboy abandonando la escena del crimen a la hora adecuada.

—Pero las muestras de tejido…

—Quizá lo estaba cultivando en una placa de Petri. No sé, doctor. Tampoco conozco las credenciales de quienquiera que haya identificado este supuesto tejido del Enjambre…

—Le aseguro que soy un experto en bioquímica alienígena.

—En varios sentidos –él se apartó un poco del receptor; perversamente, le estaba empezando a gustar esta mujer–. No estoy diciendo que dude de usted, doctor. Pero no puedo sencillamente chasquear los dedos y hacer que suelten a su hombre. Eso es cuestión de la fiscalía. Lo que sea que tenga, llévelo al abogado de Doughboy y que lo presente. Y si realmente ha encontrado más retoños del Enjambre, le sugeriría que se los lleve al general Meadows, en SPACECOM.

Que es el padre de Mark.

—Y una cosa más, doctor.

—¿Sí, teniente Arrupe?

—Salga del caso o le patearé el culo. No necesito aficionados removiendo las aguas.

♣

Chrysalis lo miró con un rostro claro como el cristal y huesos de porcelana.

—¿Pasa algo raro en Jokertown? –preguntó arrastrando las palabras con aquel acento británico hermafrodita que la caracterizaba.

—¿Qué te hace pensar que podría estar pasando algo raro?

Estaba sentado en un extremo de la barra, lejos de los clientes habituales de la mañana. No era exactamente un extraño en el Palacio de Cristal. De cualquier manera, tampoco se sentía del todo relajado.

—No sólo en Jokertown. En esta parte de Manhattan, en la zona sur –ella dejó un vaso que estaba limpiando.

—¿Hablas en serio?

—Cuando digo extraño, me refiero a algo extraño para Jokertown. No el último escándalo en el Jokers Wild. Ni a Black Shadow colgando por los pies a un atracador de un farol. Ni siquiera a otro asesinato con arco y flechas de ese maniaco con su baraja. Algo que se salga fuera de lo que es habitual por aquí.

—Gimli ha vuelto.

Tach bebió un trago de su brandy con soda.

—Eso dicen.

—¿Cuánto pagas? –él arqueó una ceja–. ¡Maldita sea, no soy una simple chismosa! Pago por mi información.

—Y bien que pagas. He aportado mi parte, Chrysalis.

—Sí. Pero hay muchas cosas que no me cuentas. Cosas que pasan en la clínica… cosas confidenciales.

—Que seguirán siendo confidenciales.

—Muy bien. La buena voluntad en esta comunidad mutante también forma parte de mis mercancías, y no hace falta que me recuerdes lo influyente que eres. Pero algún día te pasarás de la raya, pequeño zorro alienígena de pelo metálico.

Le sonrió. Y se fue.

♠

Tring. Tach entreabrió un ojo. El mundo estaba oscuro salvo por la usual neblina de Manhattan y tal vez un poco de luz de luna que se derramaba entre las cortinas abiertas, tiñendo de plata el trasero femenino desnudo que se giró, a su lado, encima de la colcha marrón de su cama de agua. Parpadeó, perezosamente, y trató de recordar el nombre de la persona a la que pertenecían esas nalgas. Eran, en verdad, unas nalgas sobresalientes.

Tring. Más exigente esta vez. Una de las invenciones más satánicas de este mundo, el teléfono. A su lado, las gloriosas nalgas se movieron ligeramente y un par de hombros aparecieron bajo un borde del edredón.

Trrr. Levantó el teléfono.

—Tachyon.

—Soy Chrysalis.

—Encantado de oírte. ¿Tienes idea de qué hora es?

—La una y media, que es más de lo que sabías. Tengo algo para ti, querido doctor.

—¿Qué pasa, Tach? –murmuró la mujer que estaba a su lado. Le palmeó el trasero distraídamente, tratando de recordar su nombre. ¿Janet? ¿Elaine? ¡Pam!

—¿Qué? –¿Cathy? ¿Candy? ¿Sue?

Chrysalis tarareaba una melodía.

—¿Qué? ¡En nombre del Ideal! ¿Qué es? –demandó. ¿Mary? *Que Dios maldiga a Chrysalis y su jodido canturreo.*

—Una canción que solíamos cantar, cuando iba de campamento, «Johnny Rebeck».

—¿Me llamas a la una y media de la madrugada para cantarme la típica canción de una fogata de campamento? –¿Belinda? Esto estaba empezando a ser demasiado–. «Y los perros y gatos del barrio nunca más se verán / fueron convertidos en salchichas en la máquina de Johnny Rebeck.»

Tach se incorporó.

—¿Qué pasa? –le preguntó la mujer que estaba a su lado, ahora en tono petulante, girando hacia él un rostro enmascarado por el sueño y una cabellera oscura.

—Tienes algo.

—Como te he dicho, amor. No en Jokertown, sino en las cercanías. Por Division, cerca de Chinatown. Los perros y gatos están desapareciendo, callejeros y de compañía; la gente en esa zona no está muy preocupada con las leyes sobre las correas. Y palomas. Y ratas. Y ardillas. Hay varias calles que sencillamente carecen de la fauna urbana habitual. Dejando aparte las bromas sobre la comida oriental, he pensado que esto podría servir como el evento extraño que estabas buscando.

—Sí –¡*Ancestros! ¡Cómo lo hace!*

Ella ronroneó:

—Me debes una, Tachyon.

Estaba sacando las piernas de la cama, deseando por cortesía poder recordar el nombre de la joven para despacharla.

—Así es.

—Y por cierto –dijo Chrysalis–, se llama Karen.

◆

—Doctor –dijo Trips entre una vaharada de su propio aliento–, ¿tienes idea cómo me *llamó* Brenda cuando le telefoneé para que viniera a cuidar de Sprout a estas horas de la noche?

En las semanas que hacía que conocía a Mark, era la primera vez que le había oído quejarse. Se compadeció de él.

—No me lo quiero ni imaginar, querido Mark. Pero esto es crucial. Y siento que no tenemos tiempo que perder.

Mark se atemperó.

—Sí. Tienes razón. Doughboy la tiene mucho peor que cualquier cosa que yo haya conocido. Lo siento, doc.

Tachyon miró a aquel hombre, un científico brillante cuyos demonios personales lo habían llevado a ser poco más que un indigente, y sinceramente se maravilló. Le apretó el brazo.

—No pasa nada, Mark.

No muy lejos, los coches silbaban sobre el Puente de Manhattan. Aquí estaban, en una calle oscura en una zona de la ciudad no muy apetecible, tiendecitas y sombras y prestamistas y mansiones deshabitadas, edificios grises hacinados cuyas ventanas rotas titilaban aquí y allá bajo la luz mortecina de un único farol. No eran horas para andar por allí, ni siquiera sin la perspectiva de una amenaza de otro mundo.

—Podría ser sólo una falsa alarma –dijo Tach–. Cuando Chrysalis me habló de las desapariciones de animales, se me ocurrió que los retoños del Enjambre necesitan comida y a menos que esta cultura avance más rápido de lo que he oído, a duras penas podrían comprarla en A&P –se paró, encaró a su amigo, agarrándolo por los bíceps–. Entiende esto ahora, Mark. Quizá no haya nada aquí. Pero si encontramos lo que estamos buscando, nos vamos a enfrentar a un monstruo como el de una película de terror. Pero es real. Es el enemigo de todos los organismos vivos de este planeta y carece absolutamente de escrúpulos.

Con suavidad, Mark hizo un gesto señalando la calle.

—¿Se parece esto en algo, hombre?

Tach se le quedó mirando un momento. Lentamente giró la cabeza a la derecha.

Una figura estaba de pie en la esquina al final de la calle más próxima al puente elevado. Una capa se extendía a su alrededor; llevaba un sombrero bien calado, pero aun camuflado como estaba, no podía esconder que sus proporciones no eran las de un ser humano normal.

—Disculpa un momento, hombre –dijo Trips. Se apartó y sujetándose el sombrero en la cabeza echó a correr, alejándose de la aparición, doblando la esquina con desgarbadas y estrepitosas zancadas.

¡Cobarde!, una nova llameó en el pecho de Tach y entonces, *pero no, no puedo ser tan duro con él porque no es un luchador y esto es una extraña amenaza para su especie.* Se cuadró de hombros, se arregló la corbata y se dio la vuelta para enfrentarse a la criatura.

Un paso vacilante, otro. Una de las pisadas hizo un ruido de succión al despegarse del piso. De la oscuridad, por detrás de aquel ser, otra figura apareció tambaleándose; vestida del mismo modo, su silueta era diferente pero claramente afín. *Ah, Benaf'saj, tenías razón al dudar de mí. No me imaginé que podía haber dos.* Preparó su espíritu para la muerte.

—Doctor.

Giró la cabeza en redondo. Una joven estaba junto a él, vestida de negro de los pies a la cabeza, con la única excepción de los contornos del *yin-yang* dibujado en su pecho. El emblema combinaba con una máscara negra que descendía en curva desde su pómulo izquierdo hacia el lado derecho de su frente, dejando descubierta la mitad de su cara. Era más alta que él. Su pelo era negro y brillante. Lo que podía ver de su cara parecía oriental y arrebatadoramente hermoso.

Ejecutó una cortés aunque breve reverencia.

—Creo que no tengo el placer.

—Soy Moonchild, doctor. Y tengo el honor de conocerlo, aunque no exactamente de primera mano.

Estaba empezando a penetrar su barrera hematoencefálica.

—Eres uno de los amigos del Capitán Trips.

—Así es.

El peligro siempre hacía que se le calentara la sangre. Al menos, ésa fue la excusa que usó *a posteriori* para justificar la lujuria que se apoderó de él en ese momento.

—Querida niña —jadeó, tomándola de las manos—, eres la visión más adorable que estos ojos han contemplado en años...

Incluso bajo el difuso resplandor pudo notar su rubor.

—Haré lo que humildemente pueda para ayudarlo, doctor —dijo, malinterpretando... quizá.

Se apartó de él con un giro y se deslizó calle abajo, relajada y preparada y letal: parecía un leopardo al acecho. Se maravilló ante su aura de fuerza, su gracia líquida, el juego de sus nalgas bajo su ajustado traje negro: esta noche lo acompañaban mucho las nalgas. Trotó tras ella, negándose, como es propio de un taquisiano, a dejar que una mujer afronte el peligro.

Cuando la joven estaba a veinte metros del retoño más próximo pasó a la carga, a los diez se lanzó por la calle con un estilo que lo dejó sin respiración. Hizo una pirueta en pleno vuelo, volteó su tacón derecho por detrás, pivotando, descargando una perfecta patada giratoria en el hombro de la bestia. Hubo un seco chapoteo, como una calabaza al caer al suelo. La cosa retrocedió. Aun girando, Moonchild rebotó, tocó tierra con ligereza, recuperó su posición de batalla.

El brazo del monstruo cayó. Se desplomó desde su manga. Ella se asustó.

De repente estaba por toda la calle sin siquiera moverse. Girando, aullando, retorciéndose como si fuera una pelea a tres bandas, hundiéndose en la acera todo el tiempo. Tachyon se quedó mirando. *Pero tuvo un inicio tan potente*, pensó melancólicamente.

Por un momentos, pareció que los retoños también se le quedaban mirando. Entonces, mientras uno se daba la vuelta para encararse a Tachyon, los quimiorreceptores que lo habían alertado de su proximidad los guiaron inexorablemente hacia el odiado, temido taquisiano. Una manga vacía aleteó grotescamente en el costado de uno de ellos. Tach trató de alcanzar su mente. Era como intentar atrapar la niebla. Su pensamiento pasaba infructuosamente a través de la difusión de señales electroquímicas que formaban la mente de aquella cosa. Sin sorprenderse, sacó la chata Smith & Wesson, se apoyó en una posición irregular, el arma agarrada con las dos manos, el punto de mira alineado con el centro de aquella desagradable masa, inhaló, apuntó y apretó dos veces. La pistola produjo una cantidad satisfactoria de llamas y retroceso y ruido. Ningún otro resultado.

Conmocionado, bajó la pistola. La bestia estaba a veinte metros; no podía haber fallado. Entonces vio dos pequeños agujeros, justo donde deberían haber estado, uno en cada lado de la botonadura del abrigo. Los ataques mentales no eran las únicas cosas que pasaban de largo por un retoño del Enjambre.

—Estoy en problemas –anunció. Apuntó a la sombra bajo el sombrero de ala ancha, disparó dos veces más. El sombrero salió volando. Y también grandes pedazos de la masa con aspecto de papa podrida que servía al ser como cabeza. Siguió adelante.

Moonchild había dejado de gritar y golpearse y permanecía sentada con las manos entre las rodillas, mirando detenidamente.

—Las balas no les hacen daño –con la voz ronca después de tantos gritos–. Ellos, ellos… no son humanos.

—Muy observadora.

Disparó las dos últimas balas, empezó a retroceder, buscando a tientas en el bolsillo un recargador de velocidad, con la esperanza de tener uno.

—Pensaba que había mutilado a un ser humano, un joker –dijo. Estaba de pie. Corrió hacia un edificio a la derecha de Tach, cruzando por detrás de los pesados retoños, otra vez a la carga, esta vez en una trayectoria que Tach hubiera jurado que la llevó al tercer piso de la estructura. Pero no lo vio, porque cuando entró en la sombra del edificio se desvaneció.

Para reaparecer segundos después, de pie justo en medio del segundo retoño. La ropa se desgarró, la biomasa cedió y el ser simplemente se desmoronó cuando ella impactó en la acera y rodó.

Un momento y estaba de pie otra vez, corriendo hacia delante, agachándose para apoyarse en una mano mientras su pierna efectuaba un barrido por delante, en un movimiento como una guadaña. Las piernas del primer retoño simplemente se partieron por las rodillas. Cayó sobre los muñones y siguió avanzando poco a poco, imperturbablemente. Con determinación, le cerró el paso.

Las sirenas se sucedían en el cielo cuando acabó. Tachyon aplaudió suavemente mientras caminaba hacia él.

—Te debo una disculpa, adorable dama, por lo que pensaba de ti.

Empezó a retirarse el pelo, vio sus dedos y en su lugar usó su muñeca.

—Usted nunca tiene que disculparse, doctor. Tenía razón de pensar así. Pero nunca debo usar mis artes para herir permanentemente a un ser pensante. Y creí que lo había hecho.

La tomó entre sus brazos. Ella apoyó la cabeza en su hombro. *En efecto*, pensó. No estaba seguro de cómo le iba a explicar esto a Mark... ella se apartó.

—No me hará ningún bien que me encuentren aquí. Demasiadas preguntas.

—Pero espera. ¡No te vayas, hay mucho que decir!

—Pero no hay tiempo para decirlo —lo besó en la mejilla—. Ten cuidado, Padre —dijo, y una vez más desapareció.

♥

—Así que realmente encontró a los retoños, doctor —dijo la teniente Pilar Arrupe, sacándose un cigarrillo con boquilla de plástico negra de la boca—. Desde luego, es el testigo experto más activo que he visto nunca.

Padre, pensaba él, *un título honorífico, nada más*.

—Desde luego hizo un buena marca en esas cosas —observó un patrullero que sujetaba una pistola antidisturbios como si fuera un talismán.

—Con un poco de ayuda de sus amigos, el doctor Smith y el doctor Wesson —apuntó alguien más.

La calle estaba llena de luces azules intermitentes y uniformes y equipos de televisión.

—Las pistolas no hacen mucha cosa a estos idiotas del Enjambre —dijo el primer policía.

—Así pues, ¿cómo consiguió vencer a estas criaturas, doctor? —preguntó un reportero, poniéndole la forma fálica de espuma de un micrófono debajo de la nariz.

—Artes marciales místicas.

—Saca a estos idiotas de aquí —dijo Arrupe. Para decepción de Tach no era guapa. Era achaparrada y con piernas gruesas, con cara de bulldog y pelo corto y tieso, como el de Brenda, de la Calabaza. Tenía pecas oscuras generosamente repartidas sobre su nariz respingona. Pero sus ojos eran tan agudos como esquirlas de cristal.

—Bueno, teniente –dijo–. ¿Soltará a Doughboy ahora?

—Supuestamente ha encontrado materia del Enjambre en el laboratorio de la víctima y tiene toda una calle llena de partes de retoños del Enjambre indistinguibles, sólo que mientras solían parecer el hijo de Godzilla ahora lucen como indigentes, lo que puede o no ser una mejora. Es un estado de cosas infernal.

—No lo soltará.

—Tengo un testigo, doctor.

—Por los cielos ardientes, mujer, ¿es que no tiene compasión? ¿No le importa la justicia?

—¿Cree que acabo de bajar del barco que me trajo de San Juan? Es un ciudadano decente, no distingue a Doughboy del papa, no tiene ningún rencor contra los jokers, y entra y lo describe personalmente. Y no me diga que los testigos no son fiables. No lo son. Pero éste es decente.

Tach se peinó el pelo hacia atrás con dedos crispados.

—Déjeme hablar con él.

Ella puso los ojos en blanco.

—Es importante. Algo está pasando, no es sólo Doughboy. Lo sé.

—Tiene una especie de maldita brujería alienígena en mente.

Él adoptó una sonrisa seductora:

—Cómo no.

Ella cedió.

—Se ha convertido en un héroe con estos retoños del Enjambre, doctor. Y sabe más de esta clase de cosas que yo –y de soslayo–, pero como me moleste con quejas sobre las libertades civiles en este asunto, amigo, simplemente le dispararé.

♣

Tan pronto como rozó su mente, lo supo.

Era un dentista, un hombre bajo, atlético, rubicundo, de unos cincuenta años, que vivía en el edificio contiguo al de Warren. Había salido a pasear el perro alrededor de la manzana –un acto desafiante a esas horas de la noche– y había visto a un hombre de aspecto peculiar saliendo del callejón que había detrás de los apartamentos. El hombre se paró un momento, a menos de tres metros, miró al intrépido dentista directamente a los ojos, y se adentró arrastrando los pies en el parque.

La historia coincidía con la de los otros dos testigos, uno de los cuales era el portero del edificio de Warren, quien había estado investigando una puerta de servicio rota cuando lo golpearon por detrás; la otra, una mujer que por razones que sólo ella sabía había estado mirando el callejón desde los apartamentos del otro lado. Ambos habían vislumbrado una forma presuntamente humana, grande, pálida, saliendo por la puerta trasera y tambaleándose por el callejón. Pero ninguno podía aportar nada salvo una descripción de lo más general.

Tachyon sólo tuvo que rozar la mente del dentista para saber que la historia no era cierta. No era una mentira; él la creía implícitamente. Porque le había sido implantada. Con resistencia, Tach cavó más hondo. El viejo dolor vinculado a Blythe había menguado, ya no experimentaba aquella sensación fría y húmeda con sólo pensar en el uso de sus poderes mentales; no era eso. La naturaleza del implante claramente revelaba qué clase de ser lo había hecho. Todo lo que quedaba era desenmascarar al individuo entre unas posibilidades muy reducidas. Tuvo una idea.

En cierto modo, no importaba. Las implicaciones eran ya ineludibles. Y monstruosas más allá de lo que Tach había imaginado.

♠

—No me gusta este sitio –gruñó Durg at'Morakh bo Zabb Vayawand-sa mientras subían por la desvencijada escalera de servicio que conducía a su departamento situado en una esquina menos que popular del Village.

Rabdan lo miró con desprecio por encima de una charretera dorada.

—¿Cómo puedes poner reparos? Nunca has entrado.

—El Guardián de la Puerta, el que tiene ese extraño rostro muerto, no me dejaría entrar.

—¡Ja! ¿Qué diría el Vayawand si supiera que uno de sus preciosos morakh se permite que un terrícola le diga que no? Verdaderamente, su esperma es débil.

Durg flexionó una mano que podía convertir el granito en polvo. La resistente sarga blanca de su uniforme se partió a la altura de su bíceps con un sonido como el del disparo de una pistola.

—Zabb brant Sabina sek Shaza sek Risala ordena que luche sólo cuando sea necesario para la misión –masculló entre dientes–. Incluso cuando me ordena servir a alguien tan indigno como tú, para probar mi devoción. Pero te lo advierto: algún día tu incompetencia te hará perder el favor de tu amo. Y ese día te arrancaré los miembros, hombrecillo, y aplastaré tu cabeza como si fuera un grano.

Rabdan intentó reír. Se trabó, así que volvió a intentarlo.

—Tan hostil. Qué pena que no hayas podido verlo: una mujer desollada, una criada conmocionada; un entretenimiento bastante sofisticado. Cuando los terrícolas hayan sido destruidos se perderán algunos raros talentos, debo admitir.

Llegaron al último rellano y su puerta. Rabdan se paró en el exterior, frunció el ceño mientras tanteaba el interior con su mente.

No sería cuestión de que les tendieran una emboscada unos ladrones terrícolas. Durg se quedó en silencio a unos pocos pasos por debajo. Su linaje pertenecía a la clase de los señores psi, pero como la mayoría de los morakh carecía prácticamente de poderes mentales. Si Rabdan detectaba peligro, entonces cumpliría su misión.

Satisfecho, Rabdan abrió la puerta y entró. Durg lo siguió, muy cerca de él. Del pasillo que conducía a los dormitorios salió una figura.

—¡Tisianne! Pero he buscado…

—Ustedes, la gente de mi primo, nunca serán capaces de lanzar una sonda que yo no pueda desviar –dijo Tachyon–. Es un mal presagio para todos nosotros que los haya encontrado aquí. De hecho, quizá para todo Takis.

—Pues peor para ti –dijo Rabdan. Se hizo a un lado–. Burg, desmiémbralo.

—¡El monstruo de Zabb! –siseó Tach, sin querer.

—El pequeño príncipe –dijo Durg–. Esto será dulce.

Una segunda figura apareció junto a Tachyon.

—Doctor, ¿quién es éste? –preguntó Moonchild, entrecerrando un poco los ojos en la brillante luz de la única lámpara de la mesita baja.

Vio a un hombrecillo: incluso para ella, resultaba inconfundiblemente taquisiano, con hermosos rasgos afilados, pelo rubio metálico, ojos pálidos que se abrieron de par en par y rápidamente parpadearon. Al ser que se alzaba como una mole al otro lado de la alfombra raída del pequeño salón lo encontró difícil de clasificar. Era bajo, apenas metro y medio, pero terroríficamente musculoso, casi tan alto como ancho, de un modo literal. Pero su cabeza era propia de un señor élfico taquisiano, larga y esbelta, austera en sus rasgos: hermosa. El contraste era chocante.

—El pelota de mi primo, Rabdan –dijo Tach– y su monstruo, Durg.

Aunque había vivido durante décadas entre jokers, Tach apenas pudo soportar la visión del asesino morakh. Esto no era un terrícola parecido a un taquisiano retorcido en una grotesca malformación; esto era la visión más aborrecible para la gente de Tach, una perversión de la misma forma taquisiana. Parte de lo que hacía a los morakh tan terribles en la guerra era la repulsión que inspiraban a sus enemigos.

—Es una criatura engendrada por una familia hostil a la mía. Una máquina de matar orgánica, poderosa como un elefante, entrenada a la perfección –Durg se había detenido, su perfecto ceño fruncido ante la recién llegada–. Incluso para nuestros estándares es casi indestructible. Zabb capturó a éste en una batida cuando era un cachorro; le transfirió su lealtad.

—Doctor, ¿cómo puedes hablar así de un ser humano?

—No es humano –farfulló entre dientes– y míralo.

Achaparrado como un troll, Durg se abalanzó con una velocidad que ningún humano podía igualar. Pero Moonchild no era estrictamente humana; fuera lo que fuera, viniera de donde viniera, era un as. Sujetó la manga recamada en oro bajo la mano que trataba de agarrarla, se agachó, hizo girar sus caderas. Durg salió disparado más allá para estamparse en la pared en una explosión de yeso.

—¿Cómo nos encontraron? –preguntó Rabdan, apoyándose en el quicio de la puerta.

—Una vez que encontramos a aquel hombre cuya mente habían manipulado, supe que los taquisianos aún estaban en la Tierra –dijo Tach, apartándose ágilmente de Durg–, y por la ineptitud de la técnica deduje que no podías ser más que tú. Una vez que supe qué buscaba, no costó mucho seguirles el rastro. Tu apariencia es característica y difícilmente te esconderías en un almacén abandonado subsistiendo a base de ratas y gatos callejeros como los retoños del Enjambre.

»Por supuesto –indicó el traje blanco y dorado de Rabdan–, nunca me habría imaginado que serías lo suficientemente idiota como para aventurarte a salir con los colores de Zabb.»

—Los ignorantes de la tierra nos consideran la cumbre de la moda. ¿Y dejarías que los cisnes fueran por ahí como si fueran gansos?

—Cuando la misión de los cisnes... –Durg apareció por la depresión que había hecho en el tabique, gimiendo, sacudiéndose el yeso como si fuera agua– es hacerse pasar por gansos, entonces sí.

La mano de Durg descargó un malintencionado golpe que dio a Moonchild en las costillas y la lanzó a la barra que separaba el salón de la cocina. La madera se partió. Tach saltó hacia delante con un grito. Riendo, Durg fue por él.

Moonchild arremetió desde la destrozada barra, dio un par de delicados pasos hacia delante, dio un puntapié a Durg en el lado de la rodilla. Su pierna se dobló. Descargó un segundo puntapié en su mandíbula. Gimió, su mano se movió en un destello, la agarró por el tobillo, tiró de ella para poder alcanzarla con el otro brazo.

Luchó para hacerle una llave inmovilizadora. Tach volvió a lanzarse hacia delante. La mano de Rabdan salió de su túnica con el apagado destello negro de una placa de detención.

—Ve por él y acabo contigo ahora mismo, Tis.

Moonchild golpeó con un codo de abajo a arriba la cabeza de Durg. Tach oyó los dientes entrechocándose como un cepo. Balanceó las manos ahuecadas con saña contra sus oídos. Él gimió, sacudió la cabeza y ella se retorció hasta zafarse.

...Durg estaba de pie, frente a ella. Ella le dio un puntapié buscando su pecho. Lo bloqueó sin esfuerzo. Se lanzó sobre él con la furia de unas boleadoras, pateándole la cabeza, la rodilla, la entrepierna. Retrocedió varios pasos; después, cuando ella volvió a atacar, saltó y atacó con ambos pies, lanzando a Moonchild de una patada al otro lado de la habitación para estrellarla contra el muro exterior.

Tachyon vaciló. Podía intentar apoderarse de la mente de Durg, pero aquello le hacía toparse contra la única habilidad psiónica que el morakh poseía, una absolutamente insuperable resistencia a la coacción mental. Mientras se concentrara en Durg, Rabdan lo mataría… si intentaba derribar las defensas bastante más débiles de Rabdan, Durg mataría a Moonchild. Buscó su pistola, con la esperanza de que la chica no pensara demasiado mal de él.

Ella se agitó. Durg estaba muy sorprendido; cuando golpeaba a alguien con tanta fuerza, no se levantaba. Se precipitó hacia delante, sin prestar atención a nada más.

Ella lo encontró a medio camino. Agarrando la parte delantera de su túnica cayó de espaldas con su bota en el vientre, proyectándolo por encima de ella. La fuerza combinada de su salto y su tirón lo hicieron salir como un remache a través de la pared, cuatro pisos por encima de la calle.

—Madre mía –dijo, poniéndose de pie–, espero no haberle hecho daño –corrió hacia el agujero–. Aún se mueve –salió trepando sin vacilación alguna.

Esperando que podría cuidar de sí misma, Tach la dejó marchar, aún estupefacto. Durg era tan fuerte como algunos de los más poderosos ases humanos. Moonchild, aunque tenía una fuerza metahumana, no era en modo alguno rival para él: y había dominado sólo con sus habilidades a Durg, el maestro asesino.

Rabdan salió de su parálisis y abrió la puerta. La mente de Tachyon asió la suya como un puño de hierro. Y apretó.

—Y ahora, amigo Rabdan –comentó–, vamos a hablar.

◆

Salió mal. Rabdan era un incompetente y algo más que un cobarde. Pero era un señor psi y al final se comportó como uno, lo que fue peor para él. Ningún escudo normal que pudiera erigir podía evitar que el sutil Tisianne fisgoneara hasta en la última migaja de información de su cerebro. Pero Rabdan, *in extremis*, se puso heroico, echó el cierre, invocó su nombre. Se opuso con todo su ser a Tachyon, y ninguna sutileza, ningún artificio, ninguna fuerza podía vencer aquella oposición y dejar nada de Rabdan intacto.

Quizá fue el último ardid de Rabdan; conociendo la dulzura de corazón de su primo lejano, apostó que Tisianne rechazaría la horrible finalidad de devanar su mente hilo a hilo.

El juicio de Rabdan nunca fue el más acertado.

♥

Alegría, alegría, alegría. Mi amo ha vuelto muy pronto. ¿O algo va mal, que de repente tiene tanto tiempo para mí? Ya basta, Baby.

—Ey, *Baby*, ¿qué pasa? –hizo centellear sus luces a modo de alegre saludo y abrió un cierre en su costado. La maldita roca se dirigía a la Tierra, por supuesto. La gente de Zabb la había desviado hacía algunos meses. No mucho; harían falta tremendas cantidades de energía para alterar el curso de semejante masa en una cantidad significativa. Una mínima parte de un grado, apenas perceptible, pero con el tiempo, suficiente.

Era una roca que resultaba familiar a los terrícolas ignorantes, su reaparición no tenía nada de particular. No obstante, Rabdan y Durg habían sido enviados para asegurarse de que los receptores no se hubieran dado cuenta de que su itinerario había cambiado. Qué suerte, pues, que la alteración del curso fue percibida por un hombre a quien nadie con cierta autoridad escucharía; cuya reclamación de la roca como propia, por decirlo así, significó que cualquier otro científico del planeta la rechazara como si fuera un despojo.

Los taquisianos no podrían haber pedido nada mejor para sellar el destino del planeta. Nadie se daría cuenta de lo que estaba pasando hasta que el asteroide estuviera tan cerca que su rumbo fuera inconfundible. Y sería demasiado tarde, ni todas las armas termonucleares de todos los arsenales del planeta podrían impedir la furia que se iba a desencadenar.

Pero su aliado había tenido un ataque de pánico. El aliado de Zabb. Por mucho que odiara a su primo, Tachyon apenas podía llegar a creerlo. La vasta mole de maldad que era la Madre del Enjambre había detectado a la *Arpía* mientras flotaba en órbita alrededor del mundo que ella pretendía hacer suyo mediante su táctica tenue, insistente, y había atacado. Y de algún modo, por sus propias razones insanas, una vez que el ataque fue repelido, el perro de guerra de los Ilkazam había hecho una alianza con el mayor enemigo de su casa, de todos los taquisianos.

Juntos habían trazado un plan. Semiconsciente, la Madre sólo percibió que el plan había sido detectado cuando el doctor Warren hizo su anuncio. Actuó con precipitación dejando a Rabdan poco menos que un rato de placer tratando de deshacer el daño que había causado.

Le había parecido una suerte extraordinaria divisar en las calles de Jokertown a un ser que podría ser confundido por un retoño del Enjambre. Así que Rabdan y Durg fueron a Central Park y fabricaron un testigo. *¿Cómo podía fallar?*, se había enorgullecido Rabdan con su compañero.

Tach había concedido a Rabdan la misericordia final que un taquisiano no podía negar a otro. Moonchild aceptó que su corazón se había parado inesperadamente al estar bajo la sonda mental y Tach se sintió sucio por haberle mentido. Tach llevó las fotografías que había robado del laboratorio de Warren a *Baby*. Su análisis astrogacional confirmó la historia de Rabdan. Una sesión haciendo planes apresurados, una noche tratando de conciliar el sueño.

Ahora Trips y Tachyon estaban listos para poner en marcha un plan verdaderamente descabellado para Salvar el Mundo. No daba tiempo a que se les ocurriera ninguno mejor. Quizá ya era demasiado tarde.

Y ahí fuera Zabb aguardaba. Zabb. Que había asesinado a la *Kibr* de Tach. Y traicionado a todo Takis. En su nave de guerra: Zabb.

♣

Jake vagaba por la calle con su botella de La Copita en su bolsa de papel en la mano. En el paseo marítimo, en Jokertown, y siendo él un nat, no había una maldita cosa que hacer a estas horas de la noche, especialmente si estabas ebrio. Pero Jake no estaba seguro de por dónde había estado callejeando desde que el gran idiota con la cabeza como una iguana lo había echado del bar por ensuciar el piso. Era buena cosa que hubiera pensado en llevar una reserva en el bolsillo de su abrigo.

Un rumor le llamó la atención. Se paró y observó cómo la parte superior de un edificio se levantaba justo delante de él: no explotó, no se desplomó, sino que se levantó de una pieza, tan limpiamente como uno pueda imaginarse, como la tapa de una caja. Se depositó suavemente en la azotea de al lado, y entonces aquella caracola gigantesca totalmente cubierta de pequeños puntos de luz se elevó flotando por encima del edificio. No se produjo ni un sonido. Levitó recortándose contra el naranja apagado del cielo mientras el tejado volvía a su sitio. Después se inclinó hacia arriba y desapareció, enfilado hacia la oscuridad.

Con total deliberación, Jake se dirigió al sumidero más próximo y con puntería precisa tiró su botella de La Copita medio vacía en él. Después se alejó muy rápido de Jokertown.

♠

—Nunca pensé, o sea, que volaría en una nave espacial desde tu dormitorio, hombre –dijo el Capitán Trips, claramente encantado.

—Creo que tu gente lo llamaría un camarote, ¿sí?

De hecho, parecía un cruce entre un harén otomano y las Cavernas de Carlsbad. En medio de todo aquello había una enorme cama con dosel y montones de voluminosos cojines, y con una bata, en medio de todo aquello, yacía Tach. Hacía tiempo había jurado que moriría en la cama; la biotecnología taquisiana hacía posible alcanzar esa meta y una muerte heroica al mismo tiempo, si eso era lo que querías.

—No hay un centro de mando, ¿puente de mando?, propiamente en una nave como ésta. En la mayoría de las naves de guerra, como la de mi primo, la *Arpía*, lo hay, pero en un yate no –percibió una chispa de furia en *Baby* al mencionar el nombre de *Arpía*. Eran rivales desde hacía tiempo.

—Una nave simbionte taquisiana se controla psiquiónicamente. El piloto puede recibir información directamente, mentalmente o visualmente. Por ejemplo… –Tach gesticuló y una imagen de la Tierra cobró vida en un tabique membranoso curvo que estaba junto a la cama. Una línea amarilla partía de ella, describiendo su órbita. Después, como una animación por computadora, el orbe giró, disminuyó hasta que una imagen fuera de escala de la totalidad exhibió las trayectorias de vuelo de la Tierra hacia el 1954C-1100.

Trips aplaudió.

—Es fantástico, hombre. Genial.

—Sí, lo es. Ustedes, los terrícolas, están intentando crear capacidad de sentir en sus computadoras; nosotros hemos desarrollado sofontes que son capaces de desarrollar funciones propias de una computadora. Y mucho más.

—¿Y a *Baby* qué le parece todo esto?

La imagen se desvaneció. Unas palabras aparecieron: *Me siento honrada por transportar a unos amos como el Amo Tis y a ti mismo, aunque temo que puedas darme un golpe con ese sombrero, es muy alto.*

Trips dio un salto.

—No sabía que podía hacer eso.

—Ni yo tampoco. Me está robando conocimientos del inglés escrito con un drenaje de baja potencia, lo que es un poco travieso. No obstante, sabe que soy indulgente y que la perdonaré.

Trips meneó la cabeza con asombro. Estaba sentado en una silla que se había formado del mismo suelo para él y que se había ajustado a su cuerpo cuando Tach finalmente lo convenció de que se sentara en ella.

—No es que no tenga fe en *Baby* –dijo–, pero ¿no es la nave de tu primo, o sea, una nave de guerra?

—Sí. Y no tienes que hacer la pregunta que esperas no tener que hacer. En circunstancias normales, *Baby* no tendría ninguna oportunidad contra la *Arpía*, y no me llenes la cabeza de estática de esta manera, *Baby*, o te daré una azotaina. De verdad.

»Pero *Baby* es rápida, incluso sin usar la velocidad fantasmal, no hay ninguna más rápida. Y maniobrable. Y francamente, es más lista que la *Arpía*. Pero el factor importante es que la *Arpía* quedó malherida por el ataque del Enjambre. Una Madre del Enjambre tan antigua y vasta como ésta generalmente habrá desarrollado armas biológicas, casi anticuerpos, contra los taquisianos y sus naves fantasmales. Usamos armas similares contra ellos, puesto que sólo una flota de guerra entera puede transportar la potencia de fuego suficiente para dañar siquiera a una pequeña, mientras que la infección puede extenderse sola. Zabb rechazó un abordaje con espada, pistolas y armamento biológico, y fue capaz de repeler a los retoños. Pero la *Arpía* quedó infectada y dañada, y aunque detuvieron el avance de la enfermedad, tardará mucho tiempo en curarse. –En voz baja–: Y Zabb siente cada una de sus heridas como propias, a pesar de lo que puedas decir.»

Le ardían los ojos. Con tristeza Trips meneó la cabeza:

—Hablar de combates me deprime, hombre.

—Debe de ser duro para ti, dadas tus convicciones pacifistas. Pero tu papel en lo que tenemos por delante no es marcial y sólo lucharé si nos atacan.

—Pero Moonchild luchó. Muchos de los otros también lo harían. Yo no he luchado en mi vida. Sólo he golpeado a una persona y paró el golpe y me rompió la nariz y luego un día estoy en, o sea, el cuerpo de otra persona mientras lanza a un alienígena musculoso por una pared.

—Fue un espectáculo glorioso –dijo Tach, riendo entre dientes aun sin querer.

—Ser un as está resultando ser un viaje bastante pesado.

Tisianne, ¡la noto! La Arpía *se acerca.*

Tach se revolvió el pelo y suspiró.

—Me temo que ya es la hora, amigo mío.

Sacó las piernas de la cama y se levantó.

—Me ocuparé del cierre.

La luminosidad los siguió a través del corredor curvo.

—¿Estás seguro de que tú, él, puede encontrar la roca? –dijo Tachyon.

—No es como que vaya a haber muchas más por los alrededores, doc.

La muy desgraciada está formando una órbita de intercepción. A tiro de las armas de alcance máximo en veinte minutos.

Intercéptala, Baby.

Se pararon junto al eyector interno de la tripulación. Tach y Trips se abrazaron, ambos llorando, ambos tratando de no mostrarlo.

—Buena suerte, Mark.

—Lo mismo te digo, doc. A ver, toda esta nave es *Baby,* ¿no?

—Así es.

Con total conciencia, Trips se inclinó y besó ligeramente un soporte cuya forma fluía como una estalagmita.

—Adiós, Baby. Paz.

—Adiós, Capitán. Buen viaje.

Una concesión a supersticiones primitivas, reprendió Tach mientras se retiraban educadamente tras una curva. *Diversión.*

¿Cómo será la nueva persona, Tis?

No sé. Estoy ansioso por verla.

Otra Moonchild era esperar mucho. Ya era bastante fortuito que tuviera acceso a un as con una combinación de poderes que le daba una pequeña posibilidad de éxito.

—¿Doctor? –la voz se derramó a su alrededor como ámbar líquido, profunda e intensa. Tachyon avanzó.

El impacto visual lo detuvo en seco. Un as como un dios griego: alto, elaboradamente musculoso, una mandíbula como el contrafuerte de un puente, un nimbo de cabello rubio rizado, todo envuelto en un ajustadísimo traje amarillo con un sol ardiente en el pecho.

—Yo –dijo la aparición– soy Starshine.

—El honor es del todo mío –dijo Tach reflexivamente.

—Muy correcto. Usted es militarista, representante de una civilización decadente y represiva. Estoy a punto de intentar evitar un horror traído a mi mundo por su tecnología incontenible mientras usted entabla combate con otra facción de la misma banda de tecnócratas que, en primer lugar, han castigado a la Tierra con su virus satánico. Bajo estas circunstancias se me hace difícil desearle éxito, doctor. No obstante, se lo deseo –la voz de Tachyon parecía haber desaparecido y *Baby* estaba haciendo pequeñas explosiones estáticas de fosfeno en su cabeza.

—Le estoy muy agradecido –consiguió decir por fin.

—Sí –Starshine se acarició su heroica mandíbula–. Quizá debería componer un poema, sobre el dilema moral que afronto…

—¿No sería mejor que afrontara primero el asteroide? –Tach casi gritó.

Starshine puso mala cara, como Zeus sorprendido por Hera, pero dijo:

—Supongo que sí.

La abertura se dilató.

—Adiós –dijo Tach.

—Gracias –dio un paso adelante.

Mientras la abertura exterior se abría girando, *Baby* transmitió la vista desde el exterior –cada centímetro cuadrado de su piel era fotosensible si se necesitaba– a la mente de Tach. Starshine salió flotando al vacío, volvió la cara a plena luz del sol, ahora más o menos por la popa, y pareció inspirar profundamente. Después se alejó de la nave, brazos y cuerpo alineados, y se convirtió en un único haz brillante y amarillo dividiendo en dos la noche eterna.

—Transformación de fotones –dijo Tachyon impresionado–. Como la transformación de taquiones de nuestro propulsor fantasmal, sólo que permite la velocidad de la luz. Increíble –por un momento casi se sintió orgulloso del wild card.

Se quitó la sensación de encima.

—Va a costarme –comentó– que me guste ése.

Desde luego es un idiota. Me gustaba mucho más el Capitán… Tis, ya vienen.

◆

Flotando, fuera del tiempo. Pura liberación, la nada coexistiendo con todo el universo. La consumación final: la iluminación en rayo láser. Pero la duración debe existir. Resolución, de vuelta al ego. A la materia.

El asteroide aguardó. Una desagradable masa indolente de escoria parecía caer hacia Starshine, aunque su línea de visión discurría perpendicular a su trayectoria.

Se frotó la mandíbula y frunció el ceño. Tenía mucho más que decirle a aquel doctor alienígena sobre el mal que su especie había llevado al mundo, sobre su propia culpabilidad al atraer a aquel patético agotado de Trips a peligros salvajes. Pero tendría que esperar; el tiempo pasó.

Se preguntó cuánto tiempo tenía. Por los recuerdos que compartía con Mark y el resto sabía que la droga duraría una hora. Esperaba poder hacer lo que tenía que hacerse en aquel tiempo.

Extendió una mano. Un rayo de luz salió de ella hacia la superficie irregular de Tezcatlipoca, ardiendo al rojo vivo. Un círculo de rocas recorrió todo el espectro e hirvió desde la superficie en un chorro ardiente.

Era fabulosamente fuerte. Pero ni con toda su fuerza podía desviar la maligna masa. Tampoco tenía el poder para destruir la roca. Lo que podía hacer era usar su rayo de sol para calentar una zona de su flanco, para que la materia del asteroide se encendiera como el escape de un cohete y la apartara en ángulos rectos de su órbita.

Incluso ahora, a un millón de kilómetros de la Tierra, una pequeña desviación lo cambiaría todo.

Pero incluso la más diminuta desviación en el rumbo del asteroide requeriría fantásticas cantidades de energía. Y una cantidad de tiempo desconocida.

Por momentos, Starshine incrementó su producción. Se sentía vivo y grande y lleno de energía; no podía fallar, aquí, ante el ojo desnudo del sagrado Sol, con su energía para sostenerlo. En juego estaba un planeta, su planeta, la Tierra, verde y grávida.

E incidentalmente su propia vida y la de Mark Meadows y las otras entidades cuya existencia estaba de algún modo encerrada en la suya.

♥

En el instante de la detección Tach supo que el arma más letal de la *Arpía* estaba fuera de combate. Sin ninguna advertencia, los taquiones coherentes de su lanza fantasmal habrían dispersado los átomos que componían a *Baby* y los suyos propios en una docena de dimensiones en un attosegundo si aún funcionara. Pero Tach supuso que el ataque del Enjambre había inhabilitado el rayo de taquiones. Debía de haber sido el objetivo más urgente de la Madre; los seres planetoides temían la lanza, incluso las pequeñas como las que llevaban las naves courser como la *Arpía*.

Sin embargo, la nave de Zabb estaba lejos de estar indefensa. Mientras *Baby* se lanzaba a un rumbo de trayectoria tangencial respecto a ella, desviándose totalmente de la senda que había tomado Starshine, un pulso de luz púrpura parpadeó en el puerto. *Estaba esperándolo*, dijo *Baby* con aire de suficiencia mientras se lanzaba a una danza de evasión tan intrincada como un minueto, que la mantenía cruzándose reverencias con la *Arpía* mientras la otra nave trataba de rodearla.

Juntos enviaron una sonda, Tach dirigiendo el enorme poder psiónico de *Baby* para hacer un barrido de la otra nave. Percibió un daño que le llenó de bilis la garganta, heridas sin cerrar con los bordes quemados o marchitos abriendo los flancos de la *Arpía*. *Busca nuestras vidas*, pensó, *pero ninguna nave fiel de Takis merece la maldición de un contagio del Enjambre*.

Antes de que pudiera acceder a una visión más precisa, una fuerza mental como la hoja de una guillotina le cerró el paso. Sin problemas, *Baby* había percibido bastante para evaluar qué capacidad poseía aún su rival. Con todo, estaba sorprendido.

¡Decrépita, consorte de ineptos! Tach notó cómo la cólera de la *Arpía* atravesaba a *Baby* como una lanza. *Este sol cetrino les gustará a ti y a tu débil señor.*

Valiente discurso, con tus andares de pato ¡no puedes alcanzarme!

Tus poderes mentales han crecido, primo, pronosticó. Una risita seca llegó a su mente.

La adversidad aguza el ingenio. Has venido, Tisianne. ¿Asumo que encontraste a mis emisarios en la Tierra?

Baby estaba informando del estado de la *Arpía*: Tegumento debilitado en varias secciones, una lesión en órgano de navegación principal...

Así es, pensó Tach.

Rabdan era un imbécil. ¿Has dispuesto de él? Percibo que sí. ¿Y Durg? Su muerte fue limpia, confío.

Vive, primo. Con malicia: *Ha transferido su lealtad al terrícola que lo venció. Tu antiguo cautivo, el Capitán Trips.*

Un pico de ira al rojo vivo: *¡Mientes!* Un momento. *Pero no. Quizás empieces a entender por qué he dado los pasos que di, Tis.*

De acuerdo con el plan, *Baby* trazó una órbita curva a velocidad constante. A pesar de todos sus esfuerzos, la *Arpía* no pudo conseguir que estuviera a su alcance. El control de armas también había sufrido; a esta distancia la abrumadora superioridad de su potencia armamentística estaba cancelada por la puntería más precisa del único láser pesado de *Baby*, que la hostigaba, la forzaba a cambiar la persecución por la evasión.

Entiendo que has traicionado a nuestro clan y nuestra gente, pensó Tach.

Eso parece, Tis. Pero considera: este virus que perdiste en ese mundo cálido y pesado amenaza nuestra existencia mucho más que el Enjambre, que no tiene raciocinio. El experimento fue un éxito. Ahí radica el peligro. Estos terrícolas alterados, estos ases, te ayudaron a escapar pese a toda nuestra fuerza. Ahora me dices que un débil mortal desgarbado venció cuerpo a cuerpo al luchador más letal que Takis ha producido. ¿No ves en esto el eclipse de nuestra raza, Tisianne?

Quizá ya sea la hora de que caigan los señores psi.

Y me llamas traidor. Aquel pensamiento le pareció más divertido, con un toque de cansancio, que indignado.

Habrías destruido la especie entera.

Por supuesto. Son terrícolas.

El dolor salpicó el cerebro de Tach como si fuera ácido. Salió despedido de espaldas hasta la mitad de la cama cuando el compensador de aceleración de *Baby* patinó.

¡Baby! ¿Estás bien?

Una herida superficial, lord Tis. Estoy bien. Pero había un punto de inseguridad; nunca antes la habían herido en una batalla. La acarició con un breve, curativo roce mental y se dirigió ferozmente a Zabb.

¿Así que hiciste frente común con el asqueroso Enjambre?

Ya has visto lo que le hicieron a la pobre Arpía. Esta Madre había encontrado taquisianos antes, o compartió plasma con otro que los había encontrado y sobrevivió: lo que debería decirte muchas cosas, primo mío. Una vaina con semillas del Enjambre en órbita en el extremo más alejado de ese mundo adoptivo tuyo, donde permanecieron inertes hasta que nos metimos entre ellas. Después, se nos echaron encima, con ácido, patógenos fulminantes y fuerza bruta.

Las rechazamos. La mente de Tach se llenó de imágenes robadas de la de Rabdan, una batalla bajo una luz vacilante contra seres amorfos cuyo roce podía significar la muerte por disolución irreversible. De hojas de espada brillando y gritos y la defensa más desesperada de todas, pistolas de láser fulgurando en los corredores mientras espasmos peristálticos atormentaban todo el tejido de la *Arpía. Entre ellos perdimos a cuatro de tus antiguos maestros de armas. El siguiente ataque habría acabado con nosotros. Así que escogí la negociación.*

Unos ojos violetas se cerraron. *Sedjur.*

Tras repeler el ataque, continuó Zabb, *me las arreglé para rozar la hinchada penumbra que es la conciencia de la Madre mientras atendíamos a nuestros heridos y rociábamos los corredores con una emulsión antibiótica, para darle la impresión de que quería negociar. Ella lo entendió, pero vagamente; creo que sintió algo parecido a la curiosidad ante mi temeridad, quería examinarme más de cerca. Viajé hasta ella en una nave monoplaza, entré.*

Baby había recuperado el control de sí misma; su violenta maniobra de alta aceleración ya no era más que una ondulación en la superficie del brandy que quedaba en la copa junta a la cama. El sudor resbalaba en las frías bóvedas de la frente de Tach. A regañadientes sentía asombro ante su primo, incluso admiración. Viajar solo y desarmado al colosal cuerpo de la Madre, la antigua enemiga, el coco de un millón de historias para niños: aquello hacía palidecer a las canciones épicas. Y por encima de todo estaba por qué Zabb lo había hecho, Tach lo sabía: había sufrido una humillación a manos de Tach, él, que jamás había conocido la derrota. Tenía que llevar a cabo algún hecho fabuloso o su relevancia, su *virtu*, escurriría de él como el agua de un jarrón roto. Y para un taquisiano, hasta la traición era gloriosa, si la escala era lo bastante grandiosa.

Dentro de una gran caverna salí de mi nave y permanecí sobre la misma sustancia de nuestro enemigo más antiguo. Las paredes a mi alrededor parecían engalanadas con hilos de musgo negro, iluminadas por fuegos fatuos en medio centenar de pálidas cubiertas; la pestilencia era tal que se me nubló la vista. Pero establecí contacto con una mente tan enorme y difusa como una nébula. En cierto modo, nos comunicamos.

El monstruo y yo teníamos un interés similar en destruir la vida en esa Tierra tuya. Así que llegamos a un trato. La bilis burbujeó en la boca de Tach, en un acto reflejo por la conmoción. *Llegamos a un trato.* Con qué despreocupación su primo le transmitió el pensamiento, como si no estuviera describiendo al mismo tiempo la mayor traición y el mayor acto heroico que su especie había conocido.

Te honro, Zabb. Debo hacerlo. Si ganas en este día, cantarán acerca de ti durante mil generaciones. Pero... te desprecio.

Intentaré soportarlo.

Tach se estremeció en un suspiro. *Y asesinaste a Benaf'saj.*

Tenía que hacerlo. Ella nunca habría consentido actuar contra ti y tu preciosa Tierra, por no hablar de negociar con el Enjambre. Según todas las apariencias murió en el asalto del Enjambre; te gustará saber que Rabdan se encargó de ello. Una lágrima cayó sobre el cobertor de seda.

Zabb. Voy a matarte.

Quizás aún puedas, pues la Arpía está muy debilitada. O quizá yo te mate a ti. Una risita cansada. *Cualquier opción es satisfactoria, desde mi punto de vista. Baby* gritó.

De repente, Tach estaba rebotando por la opulencia organiforme de su camarote. Olía a silicona caliente, en su mente reverberó la angustia de su nave.

Ahora, maldita, llegó el pensamiento de la *Arpía*, chisporroteando con odio, *ya no puedes volar.* Un fulgor azul y blanco se desplegó mientras la *Arpía* impulsaba su navegación a una terminante y triunfal velocidad de crucero, lanzándose a matar.

¡Baby, Baby! La mente de la nave era un ruido blanco de terror y dolor. Las naves simbiontes tenían ventajas sobre los artefactos no vivientes, podían pensar por sí mismas, podían curarse los daños. Pero tenían una voluntad propia, y podía quebrarse.

Tach agarró una proyección, se aferró a ella, extendió su mente para acompasarla con la de su atormentada nave. El aire entró en tromba a través de un corte de dos metros en su casco, haciéndola rodar por el espacio. *¡Oh, Baby, contrólate!*

Sintió el aliento demoniaco de un láser atravesándola. *¡Papi, Papi, no puedo, no puedo!*

La luz palpitó en las paredes en salpicaduras aleatorias de color. Invocó toda su fuerza sanadora, todo su amor y empatía por la nave, vertió todo su ser en las aterrizadas llamas de su interior. *Te quiero, Baby. Pero debes dejar que te ayude.*

¡No!

Nuestras vidas están en juego. Todo un mundo está en juego. Lentamente el terror menguó. Los giros salvajes de la nave aminoraron y Tach sintió que su compensador del campo telequinético lo envolvía de nuevo. Respiró una vez más.

La *Arpía* había moldeado, ahora sin magnificación, una oscuridad puntiaguda y viviente con pequeñas luces, cabalgando una ola de fuego. Su triunfo llenó la mente de Tach cuando un láser se disparó hacia delante y uno de los estabilizadores de *Baby* se evaporó en un instante. *¡Pide piedad, cobarde! ¡Flotarás para siempre sin ningún amigo!*

¡MALDITO SEAS! Las luces interiores de *Baby* se atenuaron cuando canalizó toda su energía hacia su láser. Una púa escarlata empaló a la *Arpía* justo por delante de su motor. Chilló; después, una vez más, más alto, un tumulto agónico que fue creciendo y creciendo hasta que Tach creyó que le iba a estallar el cerebro.

♣

1945C-1100 estaba vomitando su propia sustancia en el espacio. Por un momento Starshine casi deseó haber traído algún instrumento para medir su progreso. El tiempo se estaba agotando con rapidez y no había ninguna señal de que aquel alienígena tecnócrata y traicionero fuera a regresar. Sería bueno saber si su sacrificio iba a ser en vano.

Firmemente sofocó aquella idea. Al menos moriría libre de las sutiles cadenas de la tecnología. Y la verde Tierra viviría bastante más, hasta que los violadores de tierras y los *freaks* de la tecnología la agotaran. Pero habría cumplido con su cometido.

Empezó a componer su poema final: una pieza conmovedora, tanto más cuando no había nadie que la oyera por encima del silente grito fotónico del asteroide, salvo las otras entidades que formaban el compuesto que era el Capitán Trips.

♠

Cuando pudo volver a pensar: *Baby, ¿estás bien?*

¡Ganamos, lord Tis! ¡La he vencido! Una imagen de la *Arpía*, sin luces y destrozada, alejándose dando vueltas en la trayectoria de un cometa, lejos del mundo cuyo amo había querido devastar.

¡Zabb! Zabb ¿aún vives? No hubo respuesta, y se preguntó por qué su pulso latía ansiosamente.

Y entonces: *Sí. Maldito seas. ¿No puedes hacer nada bien?*

¿Qué le ha pasado a nuestra gente?

Tres murieron cuando hiciste estallar el motor: Aliura, Zovar S'ang, esa criada a la que le tenías tanto aprecio. Todos desaparecidos en una bola de fuego. ¿Estás orgulloso, Tisianne?

Se quedó completamente paralizado, un frío vacío en su interior. Había asesinado a su propia estirpe, primero Rabdan, después estos otros. Y Talli, su compañera de juegos, quien le había advertido de las intenciones de Zabb cuando él y la Tortuga y Trips estaban secuestrados. Por una buena causa, por supuesto. Pero ¿no podía Zabb apelar a lo mismo?

Has ganado. Lleva a cabo tu venganza, Tisianne.

Baby, iguala tus vectores con la Arpía. Esto hay que hacerlo rápido.

Pero, amo…

¿Qué?

Starshine está a punto de volver a convertirse en el Capitán Trips.

¿Qué estás esperando?

Una nota creciente.

¿Te regodeas, Tisianne? No es propio de ti. Acaba.

Tach contempló ausente la pared membranosa que tenía delante, donde *Baby* formó una imagen de su enemigo abatido. Su orgullo exigía consumación. Y el pragmatismo: mientras Zabb viviera, Tachyon estaría en peligro mortal, y también la Tierra.

Tis, cuando mi madre tiró a esa perra callejera que te crió por las escaleras yo fui testigo. Me quedé junto a la balaustrada y reí. El modo en que su cabeza colgaba de su cuello…

Pero Tachyon rio.

Suficiente. Guarda tu veneno para el vacío, Zabb.

Dispara, pues. Maldito seas, dispara.

No. Repara tu nave si puedes, vuelve renqueando a Takis, navega al espacio de la Red y vive como un renegado. Vive sabiendo que he vuelto a vencerte. Que traicionaste a tu propio linaje y fracasaste.

Alzó un muro contra una oleada de furia.

Baby, busca al Capitán, rápido.

Ella se alejó, sus propios motores en un coma amarillo.

…te destruiré, Tisianne, lo juro… percibió. Después Zabb quedó fuera de su alcance, dando vueltas en el infinito agujero de la noche.

◆

El brillo de sus manos se apagó. Al hacerlo, Starshine sintió un malestar, un cambio en el mismo tejido de su ser. *Al menos, muero en brazos del Sol.*

Trescientos segundos después *Baby* frenó para igualar la velocidad con una forma que pendía, aparentemente sin vida, por encima de un cráter aún brillante en el flanco del asteroide. Suavemente, proyectó su campo de agarre, agarró la forma vestida de púrpura con sangre seca en círculos alrededor de la boca y las orejas, el sombrero de seda que le seguía como un satélite púrpura, y los metió en su interior. Mientras su amo se inclinaba llorando sobre su amigo, puso la proa hacia el mundo que se había convertido en su hogar.

♥

—¡Mark, Mark, viejo amigo! —el doctor Tachyon irrumpió por la puerta de la Calabaza Cósmica, con los brazos llenos de ramos de flores y botellas de vino en bolsas de papel.

Mark hizo girar su silla de ruedas en la tienda de marihuana.

—¡Doc! Es, o sea, genial verte. ¿Qué celebramos?

Su rostro tenía un anormal tono rojizo donde el vacío había hecho estallar los capilares de la piel y hasta que sus tímpanos sanaran oía por una pequeña unidad de conducción ósea pegada a la apófisis mastoidea, junto a su oreja izquierda, pero en conjunto no tenía mal aspecto teniendo en cuenta a lo que había sobrevivido.

—¿Qué celebramos? ¿Qué celebramos? Doughboy ha sido absuelto de todos los cargos, vuelve a casa hoy. Eres un héroe, es decir, tu amigo el Capitán lo es. Y yo, por supuesto. Hay una celebración en el Palacio de Cristal y la bebida ya está en la casa.

—¿Y esas botellas?

—¿Éstas? —una sonrisa—. Había pensado en una celebración privada por mi cuenta, después de los festejos en el Palacio de Chrysalis —le tendió un ramo de flores—. Es para ti. Deja que sea el primero en felicitarte.

Mark se puso tieso

—Ehem, gracias, doc.

—¿Nos vamos? ¿Por qué no te pones... ya sabes... una ropa más formal?

Mark miró hacia otro lado.

—Yo, ehem, o sea, creo que mejor me quedo aquí. Tengo que cuidar de la tienda y de Sprout, y no me muevo muy bien.

—Tonterías. *Debes* venir. Te has ganado la adulación, Mark. *Tú*. Eres un héroe.

Su amigo rehuyó su mirada.

—Brenda estará más que contenta de cuidar de la tienda y de Sprout por ti.

—No tan rápido, amigo –dijo la mujer que estaba tras el mostrador–. Y yo soy Susan.

Tach la fulminó con una mirada penetrante. Tras unos instantes, cedió.

—Yo, yo supongo que podría.

—Pero esta *silla* –gimoteó Mark.

—¿Necesita ayuda, señora Isis? –preguntó una voz desde el fondo de la tienda, grave y resonante como un gong alienígena. Durg at'Morakh bo-Isis Vayawand-sa emergió en la tienda de comestibles, una camiseta de coleccionista de Steppenwolf estirada hasta casi estallar por su pecho. Cojeaba, sus mejillas estaban tumefactas y magulladas, pero por lo demás, no muy herido–. Puedo llevarla donde quiera, ama.

El rubor de borracho de Mark se intensificó.

—Desearía que dejaras de llamarme así, hombre. Me llamo Mark.

Durg asintió.

—Como desee, ama. Si quiere que encubra su nombre de la envidia de sus colegas más débiles mientras oculta su forma, usaré su nombre de guerra cuando los terrícolas estén presentes.

—¡Dios! –dijo Mark. Por su parte, a Tach le molestaba que el morakh hubiera conseguido descubrir que el verdadero nombre de Moonchild (significara lo que significara) era Isis Moon, que era más de lo que él sabía. Estaba algo más que ligeramente divertido.

—Espléndido –dijo, cambiando la carga de brazo–. Sube y cámbiate y nos veremos en el Palacio.

—¿Adónde vas?

—Primero tengo un compromiso.

Durg alzó a Mark, con su silla y todo, y lo subió por las escaleras.

♣

La cara de Sara Morgenstern estaba ruborizada casi tan intensamente como la de Mark, aquí en la penumbra vespertina del despacho de Tach.

—Así que lo hizo –jadeó. Era consciente de su aroma, sentía su excitación. Apenas podía contener la suya.

—Fue simple –mintió.

—Dígame, ¿cómo se cometió el crimen?

Se lo explicó, con un mínimo de embellecimiento, puesto que la concupiscencia disfrutaba de mayor prioridad que inflar su ego. Y cuando acabó vio con asombro que su expresión ansiosa había decaído como un suflé desinflado.

—¿Alienígenas? ¿Fueron alienígenas?

Apenas podía pronunciar las palabras; su decepción golpeó en sus lóbulos frontales como una ola.

—Pues sí, retoños del Enjambre en nuevo estadio, aliados con mi primo Zabb. Y eso es una parte importante de esta historia que vas a escribir, el peligro que representa esta nueva manifestación del Enjambre. Porque esto significa que la Madre no se ha conformado con irse y dejar este mundo en paz.

El ramo de flores que le había dado cayó al suelo. Una docena de rosas yacieron alrededor de sus pies como árboles derribados por una bomba de aire.

Andi, sollozó, con el rostro convulso, barnizada con lágrimas. Después se fue, taconeando distraídamente por el corredor.

Cuando se esfumaron Tach se arrodilló, recogió tiernamente un único capullo rojo sangre. *Nunca entenderé a estos terrícolas*, pensó.

Poniéndose la flor en el ojal de su saco azul cielo, pisó delicadamente las otras flores, cerró la puerta con llave y salió silbando para unirse a la fiesta.

Jube: seis

♣ ♦ ♠ ♥

E L METRO ERA UNA PERVERSIÓN HUMANA A LA QUE JUBE NUNCA
se había acabado de acostumbrar. Era sofocadoramente caliente, el olor de orina en los túneles era, a veces, abrumador,
y odiaba el modo en que las luces parpadeaban, encendiéndose y
apagándose, mientras los coches traqueteaban. El largo trayecto en
el metro A hasta la calle 190 era peor que la mayoría. En Jokertown,
Jube se sentía a gusto. Era parte de la comunidad, alguien familiar
y aceptado. En Midtown y Harlem y algunos puntos más allá, era un
bicho raro, algo a lo que los niños pequeños miraban fijamente y
cuyos padres se esmeraban en ignorar. Le hacía sentir casi, bueno,
definitivamente extraño.

Pero no había modo de evitarlo. A un quiosquero llamado Morsa
no le quedaría llegar a los Cloisters en taxi. A veces, durante los
últimos meses, había tenido la sensación de que su vida estaba en
ruinas, pero sus asuntos iban mejor que nunca. Jube había descubierto que los masones también leían los periódicos, así que llevaba
un buen hato a cada reunión, y los leía en el metro A (cuando las
luces estaban encendidas) para quitarse de la cabeza los olores, el
ruido y las miradas de desagrado en los rostros de los viajeros que
lo rodeaban.

La historia principal del *Times* anunciaba la formación de un grupo de trabajo especial federal para hacer frente a la amenaza del
Enjambre. Las disputas jurisdiccionales entre la NASA, el Estado
Mayor Conjunto, SCARE y la Secretaría de Defensa, quienes habían
reclamado al Enjambre como propio, acabarían por fin, se esperaba,
y de aquí en adelante todas las actividades anti-Enjambre estarían
coordinadas. El grupo de trabajo estaría encabezado por un hombre

llamado Lankester, un diplomático de carrera del Estado, quien prometió empezar las audiencias de inmediato.

El grupo de trabajo esperaba requisar los radiotelescopios del VLA en Nuevo México para localizar a la Madre del Enjambre, pero la idea estaba recibiendo intensas críticas por parte de la comunidad científica.

El *Post* destacaba el último asesinato del as de picas con fotografías de la víctima, a la que una flecha le había atravesado el ojo. El muerto era un joker con un expediente tan largo como su cola prensil y vínculos con una banda de Chinatown conocida por varios nombres: Pájaros de Nieve, Chicos de Nueve, Garzas Inmaculadas. El *Daily News* –que trataba el mismo asesinato, menos las imágenes– especulaba con que el asesino del arco y las flechas era un asesino a sueldo de la mafia, pues se sabía que las Garzas de Chinatown y los Príncipes Diablos de Jokertown habían estado interfiriendo en las operaciones de los Gambione, y Federico «El Carnicero» Macellaio no era alguien que se tomara a las buenas tales intromisiones. La teoría no conseguía explicar por qué el asesino usaba arco y flechas, por qué dejaba un naipe con un as de picas en cada cadáver y por qué no había tocado un kilo de polvo de ángel que llevaba su última víctima.

El *National Informer* tenía una fotografía de portada a todo color del doctor Tachyon en un laboratorio junto a un compañero desgarbado, patilludo con el traje del Tío Sam en color púrpura. Era una fotografía muy poco favorecedora. El titular decía DOCTOR TACHYON Y CAPITÁN ZIPP RINDEN HOMENAJE AL DR. WARNER FRED WARREN. «SU CONTRIBUCIÓN A LA CIENCIA NO TIENE PARANGÓN» DICE EL GENIO PSÍQUICO ALIENÍGENA. El artículo que lo acompañaba sugería que el doctor Warren había salvado el mundo e instaba a que su laboratorio fuera declarado monumento nacional, una sugerencia que se atribuía al doctor Tachyon. La hoja central del tabloide estaba dedicada a recoger el testimonio de una limpiadora del Bronx que decía que un retoño del Enjambre había intentado violarla en los túneles de PATH,* hasta que un trabajador del metro se transformó en un caimán de cuatro metros de largo y se comió a la criatura. Aquella historia inquietó a Jube. Alzó los ojos y estudió a los demás pasajeros del metro, con la esperanza de que ninguno de ellos fuera un retoño del Enjambre o un caimán.

---

* PATH: Port Authority Trans-Hudson.

Tenía el nuevo número de la revista *Ases*, también, con su portada dedicada a Jumpin' Jack Flash, «El nuevo rostro de la Gran Manzana». Flash había sido un completo desconocido hasta hacía dos semanas, cuando apareció de repente –enfundado en un overol naranja con una abertura hasta el ombligo– para extinguir el incendio de un almacén en South Street, que amenazaba con arrasar la cercana clínica de Jokertown, atrayendo las llamas hacia sí y, de algún modo, absorbiéndolas. Desde entonces, había estado en todas partes: atronando en el cielo de Manhattan sobre una rugiente columna de fuego, disparando ráfagas de fuego de sus dedos, concediendo sardónicas y crípticas entrevistas y escoltando hermosas mujeres al Aces High, donde su afición a asar sus propios filetes sacaba a Hiram de quicio. *Ases* era la primera revista que inmortalizaba su astuta sonrisa en portada, pero no sería la última.

En la estación de la calle 59 un hombre esbelto, con calvicie incipiente y traje de tres piezas tomó el tren y se sentó frente a Jube, al otro lado del vagón. Trabajaba para el Servicio de Impuestos Internos y era conocido en la Orden como Vest. En la calle 125 se les unió una mujer de raza negra robusta, de pelo gris, con un uniforme de mesera rosa. Jube también la conocía. Eran gente común, ambos. Ninguno tenía poderes de as o deformidades de joker. Los masones habían resultado estar llenos de gente así: trabajadores de la construcción y contadores, estudiantes universitarios y transportistas, trabajadores del alcantarillado y conductores de autobús, amas de casa y prostitutas. En las reuniones, Jube se había topado con un abogado bien conocido, un hombre del clima de la tele y un exterminador profesional que adoraba hablar de negocios y que no dejaba de insistirle en que se cambiara de trabajo («Apuesto a que hay un montón de cucarachas en Jokertown»). Algunos eran ricos, unos pocos muy pobres, la mayoría simplemente trabajaba duro para ganarse la vida. Ninguno parecía muy feliz.

Los líderes tenían un corte más extraordinario, pero todo grupo necesita sus tropas, cada ejército sus soldados rasos. Ahí era donde Jube encajaba.

Jay Ackroyd nunca sabría dónde había cometido un error. Era un detective privado profesional, astuto y experimentado, que había sido extremadamente cuidadoso una vez que se dio cuenta de qué tenía entre manos. Si sólo hubiera sido un hombre menos talentoso, si sólo Chrysalis hubiera enviado a un tipo de hombre más común, se podrían haber salido con la suya. Fue su habilidad lo que le había hecho caer, su poder de as oculto. Popinjay, ése era el nombre por el que se le conocía y al que detestaba: era un proyector de teletransportación que podía señalar con un dedo y hacer que la gente se apareciera en cualquier otro sitio. Había hecho todo lo que había podido para pasar inadvertido, no había conseguido teletransportar a un solo masón, pero Judas había percibido el poder igualmente, y aquello había sido suficiente. Ahora Ackroyd no tenía más recuerdos de los masones que Chrysalis o Devil John Darlingfoot. Sólo la evidente condición de joker de Jube y su visible falta de poder le habían salvado la mente y la vida... eso y la máquina de su sala de estar.

Estaba oscuro cuando el metro A se paró en la calle 190. Spoons y Vest salieron a paso ligero del metro mientras Jube caminaba penosamente tras ellos, con los periódicos bajo el brazo. El arnés le rozaba debajo de la camisa. No tenía aliados. Chrysalis y Popinjay lo habían olvidado todo. Croyd se había despertado como una cosa hinchada, grisácea y verdosa, con carne como la de una medusa y pronto se había vuelto a dormir, sudando sangre. Los taquisianos habían ido y venido, sin hacer nada, preocupándose aún menos. El modulador de singularidad, si aún estaba intacto y funcional, se había perdido en algún punto de la ciudad y su transmisor de taquiones no servía de nada sin él. No podía acudir a las autoridades humanas. Los masones estaban en todas partes; habían penetrado en la policía, el departamento de bomberos, Hacienda, la autoridad de tráfico, los medios de comunicación. En una reunión, Jube incluso había atisbado a una enfermera que trabajaba en la clínica de Jokertown.

Aquello lo había turbado profundamente. Había pasado varias noches sin dormir, flotando en su bañera de agua fría, preguntándose si tendría que decirle algo a alguien. Pero ¿a quién? Podía dejar caer el nombre de la enfermera Gresham a Troll, podía informar de Harry Matthias a su capitán, podía desgranar toda la historia a Crabcakes, en el *Cry*. Pero ¿y si Troll era un masón? ¿O el capitán Black, o Crabcakes? Los masones ordinarios tan sólo veían a sus líderes a lo lejos y a menudo llevaban máscaras, y había rumores acerca de otros iniciados de alto rango que nunca acudían a las reuniones, ases y agentes del poder y otros en posiciones de autoridad. El único en quien podía confiar era él mismo.

Así que había acudido a sus reuniones a escuchar, aprender. Había observado con fascinación cuando se ponían sus máscaras y ejecutaban sus desfiles y sus rituales, había investigado los atributos de los dioses de la mitología que imitaban, había contado sus chistes y reído con ellos, había hecho amigos con los que no tenían problema en trabar amistad con un joker y observado a otros que sí lo tenían. Y había empezado a sospechar algo, algo monstruoso y turbador.

Se preguntó, no por primera vez, por qué estaba haciendo esto. Y se encontró recordando un pasado muy lejano, a bordo de la nave de la Red, la *Oportunidad*. El Señor del Comercio había acudido a su cabina bajo la apariencia de un antiguo Glabberan, su encrespado pelo se había vuelto negro con la edad y Jhubben le había preguntado por qué lo honraban con aquella misión. «Eres como ellos», le había dicho el Señor del Comercio, «tu forma es diferente, pero entre los que han sido deformados y retorcidos por la biociencia taquisiana, pasarás desapercibido, otra víctima sin rostro. Tus modelos de pensamiento, tu cultura, tus valores, tu moral están más cerca de las normas humanas que las de cualquier otro ser que pudiera escoger. Con el tiempo, cuando mores entre ellos, serás aún más parecido y acabarás por entenderlos y serás de gran valor cuando vuelvas.»

Todo había sido cierto, absolutamente cierto; Jube era más humano de lo que jamás habría supuesto. Pero el Señor del Comercio había descuidado una cosa. No le había dicho a Jhubben que acabaría por querer a los humanos, por sentirse responsable por ellos.

A la sombra de los Cloisters, dos jóvenes con los colores de una banda salieron a su encuentro. Uno de ellos tenía una navaja. A estas alturas lo conocían, pero aún tenía que mostrarles el penique rojo brillante que llevaba en el bolsillo. Aquéllas eran las reglas. Le hicieron un gesto en silencio y Jube pasó al interior, al enorme vestíbulo donde estaban aguardando con sus mandiles y máscaras, con sus palabras rituales y secretos que temía aprender, donde estaban aguardando su llegada, para proceder a su iniciación.

Por sendas perdidas

♣ ♦ ♠ ♥

por Pat Cadigan

Hacía un calor impropio de mayo, un rápido anticipo del intenso verano, y los niños reunidos alrededor del hidrante componían una escena atemporal. Lo único que faltaba era pericia: nadie sabía cómo hacer que saliera agua del hidrante. No importaba que algo así pudiera resultar en una caída en picada de la presión del agua del municipio, poniendo seriamente en peligro la extinción de incendios; por eso los incendiarios siempre estaban deseosos de ayudar a una pandilla de niños sudorosos en un día cálido. Pero nunca había un incendiario cuando lo necesitabas.

El hombre que estaba en la tienda de ultramarinos familiar no estaba mirando a los niños; estaba contemplando a la joven de cabellera cobriza hasta el hombro y grandes ojos verdes que sí estaba mirando a los niños. Le había estado siguiendo el rastro desde que había bajado del autobús, tres días antes, normalmente al abrigo de uno de sus tabloides favoritos, como el que ahora mismo sostenía. El titular rezaba: MUJER SE CONVIERTE EN JOKER Y ¡¡¡DEVORA A MARIDO EN NOCHE DE BODAS!!! Harry Matthias siempre había sentido gusto por lo morboso.

La chica del otro lado de la calle, no obstante, era cualquier cosa menos morbosa. *Chica* le sentaba mejor que *joven*, aunque estaba razonablemente seguro de que tenía más de veintiún años. Su cara con forma de corazón no tenía ni una marca, ni una arruga, ni estaba bien definida. Sin ser sofisticada, resultaba muy atractiva si la mirabas dos veces e imaginabas que mucha gente lo hacía. Nunca pensarías que era otra cosa más que un bocadito inocente arrojándose a las fauces de la gran ciudad. Pero Harry, más conocido como Judas, sabía que no era así. El Astrónomo lo recompensaría generosamente por ésta.

O mejor dicho, la gente del Astrónomo lo haría. El Astrónomo
en persona no se molestaba en tratar contigo, no si tenías suerte, y
Judas había tenido mucha suerte, casi había sido demasiado afortunado para vivir. Había pasado de ser un *groupie* joker, lo que llamaban un *jokee* (y se reían de él, también, cuando lo decían), para
convertirse en un as. Un as muy sutil, desde luego, pero muy útil con
su habilidad de detectar a otro as y el poder que había de por medio.
Su poder había emergido aquella noche en aquel cabaret loco, el
Jokers Wild. Le había salvado la vida; habían estado a punto de darle
su merecido cuando la espora se había revelado y había expuesto a
aquella mujer cambiaformas. ¡Qué cambios le habían hecho pasar,
por decirlo de algún modo! No le gustaba pensar en ello, pero mejor
ella que él. Mejor cualquiera que él, incluso la chica del otro lado
de la calle, aunque le había dolido; *era* atractiva. Pero sólo la estaba
entregando a los masones, donde su talento no se desperdiciaría. ¡Y
qué talento! Probablemente le darían una medalla cuando se la llevara. Bien, le pagarían, de todos modos, lo suficiente para sacarse la
espina de ser llamado Judas. Si es que sentía alguna espina clavada,
lo que no era el caso.

La chica sonrió y sintió que él respondía con una sonrisa. Podía
sentir cómo se concentraba su poder. Distraídamente, tiró unas pocas monedas al cajero por el tabloide y salió a la acera con el periódico
bajo el brazo. Una vez más se encontró con que estaba maravillado;
aunque sabía que tenía un poder especial todo suyo para detectar
a un as, aún se sorprendía de que las personas no supieran cuándo
se encontraban ante algo más grande que ellos mismos, fuera un as,
TIAMAT o el Único Dios Verdadero. Echó un vistazo al cielo. Dios
estaba en el descanso del café y TIAMAT aún tenía que llegar; ahora
mismo sólo estaban él y la chica, y ya era bastante compañía.

Sólo él lo sintió cuando lo dejó fluir. El poder brotó de ella como
una ola y como una andanada de partículas. La magnitud era aterradora. Éste era un poder primitivo, algo que parecía antiguo a pesar
de la relativa novedad del virus wild card, como si el virus hubiera
activado alguna habilidad originaria, pero durmiente durante siglos.

Podía ser, pensó de repente: ¿acaso la gente primitiva no tenía una
especie de rito para invocar la lluvia? Sin previo aviso, el hidrante estalló y el agua se derramó por la calle. Los niños estallaron en vítores

y risas, y ella estaba disfrutando tanto al verlos, que no se dio cuenta de que se acercaba.

—Policía, señorita. Venga conmigo tranquilamente –la completa sorpresa en su rostro mientras miraba fijamente la placa que le había puesto bajo las narices la hacía parecer todavía más joven–. No pensaría realmente que se iba a salir con la suya, ¿no? Y no se haga la inocente: no es el único as que tenemos en la ciudad, ya sabe.

Asintió dócilmente y dejó que se la llevara.

♠

Los Cloisters fueron un completo desperdicio para ella. No se molestó en alzar los ojos a la imponente arquitectura gótica francesa, ni siquiera a la puerta de madera exquisitamente tallada donde él la entregó, como otros muchos bienes, en las manos expectantes de Kim Toy O'Toole y Rojo. Resistió la necesidad de besarla. Para un tipo llamado Judas, besar sería pasarse un poco.

Eh, jovencita; ni siquiera había notado la ausencia de uniformes policiales.

♦

Rojo había sido bastante rubicundo hasta que el wild card lo afectó. Ahora estaba completamente rojo y tampoco tenía pelo. Pensaba en ello como una condición tolerable, comparada con otras.

«Quizá tengo algo de sangre piel roja», decía de vez en cuando. No era el caso. Su esposa, Kim Toy, era descendiente de un militar de carrera irlandés y su verdadero amor, al que él había encontrado en un permiso en Hong Kong. Sean O'Toole había sido un masón, pero apenas habría reconocido a la organización a la que su hija había acudido después de que su propia espora floreciera y descubriera la combinación de poder mental y feromonas que podía deslumbrar a los hombres con mucha mayor fuerza que la que sería usual para una mujer razonablemente atractiva.

Rojo no había necesitado esa especie de hechizo. Buena cosa; a veces ella no podía evitar hacerlo fatal.

Agarraron la pieza fresca que Judas les había traído y la metieron en uno de los viejos despachos del sótano donde los interrogatorios (entrevistas, les corregía siempre Roman) podían desarrollarse en privado. Después se sentaron afuera, en el pasillo, para una pausa no planificada. Roman acudiría en cualquier momento, después del que tendrían que disponer de la chica como el Astrónomo considerara mejor.

—Pequeña babosa —murmuró Rojo aceptando un cigarrillo ya encendido de Kim Toy. *Pequeña babosa* era un término que siempre se refería al Astrónomo—. A veces pienso que tendríamos que patearle el culo y largarnos.

—Va a poseer el mundo —dijo dulcemente Kim Toy—. Y nos dará un trozo. Me parece que vale la pena estar cerca de él.

—*Dice* que nos va a dar un trozo. Como si fuera un señor feudal. Pero no todos somos samuráis, esposa mía.

—Tampoco yo. Soy china, idiota. ¿Recuerdas? —miró más allá de su marido—. Aquí viene Roman. Y Kafka.

Ella y Rojo se levantaron y trataron de parecer impasibles. Roman era uno de los acólitos de alto nivel del Astrónomo, alguien que podía visitar aquellos segmentos de sociedad que podrían haber sido considerados por encima de la mayoría de los tipos cuestionables que el Astrónomo había reclutado. Su atractiva apariencia rubia y su impecable aseo personal le granjeaban la entrada en casi todas partes. Se decía que era uno de los raros «jokers inversos», alguien a quien la espora había transformado de unos despojos horriblemente deformados hasta el presente estado de belleza masculina. El propio Roman no lo decía.

Siguiéndolo, detrás de él, estaba su antítesis, al que llamaban Kafka o Cucaracha (aunque no en su cara), pues a lo que más se parecía era a la idea que tendría una cucaracha de un humano. No obstante, nadie se burlaba de él; el dispositivo Shakti del que el Astrónomo había dicho que sería su salvación estaba, en su mayor parte, en manos de Kafka. Había descubierto el instrumento alienígena que había estado bajo custodia de los masones durante siglos y él solo había diseñado y construido la máquina que completaba su poder. Nadie lo molestaba; nadie quería hacerlo.

Roman hizo una minúscula inclinación de cabeza a Rojo y Kim Toy mientras se dirigía a la puerta del despacho y entonces se paró abruptamente, lo que casi provocó que Kafka chocara con él. Kafka saltó hacia atrás, apretando sus delgados brazos contra su cuerpo, presa del pánico ante la posibilidad de cualquier contacto con alguien que se lavara menos de doce o trece veces al día.

—¿Adónde crees que vas? –la sonrisa de Roman era inexpresiva.

Kafka dio un valiente paso adelante.

—Hemos encontrado a seis alienígenas haciéndose pasar por humanos en las últimas tres semanas. Sólo quiero asegurarme de que es humana.

—Quieres asegurarte de que es humana –Roman lo miró de arriba abajo–. Judas la trajo. Los que nos trae Judas siempre son humanos. Y el Astrónomo no quiere que vayamos asustando a los buenos, por eso soy yo quien los entrevisto cuando vienen aquí por primera vez. Me perdonarás que te lo diga, viejo Kafka, pero no creo que tu apariencia les resulte muy tranquilizadora.

El exoesqueleto de Kafka chirrió cuando se dio la vuelta y volvió por el pasillo. Kim Toy y Rojo vieron cómo se iba sin que ninguno de ellos se preocupara por romper el silencio más allá de dejar escapar un suspiro.

—Estaba observando los monitores cuando ella entró –dijo Roman, estirándose su caro y elegante saco de *tweed*–. Una pena. Quiero decir, al hombre no le importaría estar junto a una mujer tan bonita pero tal y como es…

—¿Cómo está tu mujer, Roman? –preguntó Rojo de repente. Roman se quedó paralizado mientras se cepillaba una pelusa imaginaria de su manga. Hubo una larga pausa. Uno de las incongruentes luces fluorescentes del techo empezó a zumbar.

—Bien –dijo Roman por fin, bajando lentamente el brazo–. Le diré que preguntaste por ella.

Kim Toy dio un codazo a su marido en las costillas mientras Roman entraba en el despacho.

—¿Por qué *diablos* hiciste eso? ¿Cuál era el objetivo?

Rojo se encogió de hombros.

—Roman es un bastardo.

—¡*Kafka* es un bastardo! ¡Todos son unos bastardos! Y *tú* eres un idiota. La próxima vez que quieras golpear a ese hombre, levántate y rómpele la nariz. Ellie Roman nunca te ha hecho nada.

—Primero me estás diciendo cómo te gustaría poseer el mundo, perdón, una parte de él y después me estás regañando por sacarle el tema de su esposa a Roman. Esposa mía, a veces eres un auténtico rompecabezas chino.

Kim Toy frunció el ceño mientras miraba la luz que zumbaba, que ahora también parpadeaba.

—Este mundo es un rompecabezas chino, esposo mío.

Rojo gruñó.

—Mierda samurái.

♥

—Declare su nombre, por favor. Completo.

Podría decirse que era el hombre más guapo que había conocido en persona.

—Jane Lillian Dow –dijo. En las grandes ciudades tenían de todo, incluyendo hombres guapos que te interrogaban. *Yo corazón New York*, pensó, y reprimió la histeria que quería salir burbujeando en forma de risa.

—¿Y qué edad tiene, señorita Dow?

—Veintiuno. Nacida el primero de abril de 19…

—Puedo restar, gracias. ¿Dónde nació? –estaba aterrorizada ¿Qué habría pensado Sal? *Oh, Sal, desearía que me salvaras*. Era más una plegaria que un pensamiento, que se proyectaba en el vacío con la tenue esperanza de que el virus wild card pudiera haber afectado la otra vida igual que a ésta y que el difunto Salvatore Carbone pudiera volver del más allá como la caballería ectoplasmática. Por el momento, la realidad aún no aceptaba peticiones.

Respondió a todas las preguntas que le hizo. El despacho no estaba especialmente amueblado: paredes desnudas, unas pocas sillas y un escritorio con una terminal de computadora. El hombre tuvo su expediente en menos de un minuto, contrastando los hechos con sus respuestas. Tenía acceso a toda su vida con aquella computadora, una de las razones por la que había sido reacia a registrarse en la policía después de que la espora wild card se manifestara en la preparatoria, cinco años atrás. La ley había sido promulgada en su ciudad natal mucho antes de que ella naciera y no había sido derogada cuando el clima político había cambiado algo. Pero, por aquel entonces, no mucho había cambiado en la pequeña ciudad de Massachusetts en la que había crecido.

—Me pondrán una placa y un número, como a un perro –le dijo a Sal–. Quizás incluso me lleven a la perrera y me gaseen como a un perro, también.

Sal le había aconsejado que cumpliera con su obligación, diciéndole que llamaría menos la atención si obedecía las leyes. Cuando te detectaran, te dejarían en paz.

—Sí –le había dicho–. Ya me he dado cuenta de lo bien que funcionó eso en la Alemania nazi.

Sal se había limitado a sacudir la cabeza y prometerle que las cosas funcionarían.

Pero ¿qué hay de esto, Sal? No van a dejarme en paz, no funciona. Nueva York era el último lugar en el que esperaba que la policía la arrestara como as y, cuando hubo un descanso en el interrogatorio, así lo dijo.

—Pero no somos la policía –le había dicho el hombre guapo con amabilidad, haciendo que el corazón se le hundiera un poco más.

—¿N-no lo son? Pero ese tipo me enseñó una placa…

—¿Quién? Oh, él –el hombre, que le había dicho que lo llamara Roman, rio entre dientes–. Judas es un policía. Pero yo no lo soy. Y esto difícilmente es una comisaría de policía. ¿No se ha dado cuenta?

Jane torció el gesto ante su sonrisa ligeramente incrédula.

—No soy de aquí. Y vi lo que pasó hace unos meses en las noticias. Me imaginé que después de eso, la policía simplemente se había establecido donde se la necesitara o tuviera que hacerlo.

Bajó los ojos y contempló su regazo, donde las manos se entrelazaban como dos criaturas separadas en silencioso combate.

—No le habría hablado de Sal si hubiera sabido que no era la policía.

—¿Y eso qué hubiera cambiado, señorita Dow? ¿O puedo llamarla Jane, ya que no quiere que la llamen Water Lily?

—Haga lo que quiera –dijo con tristeza–, lo hará igualmente.

La sorprendió al levantarse y pedir a la gente del pasillo que trajeran un poco de café y algo de comer.

—Se me ocurre que la hemos mantenido demasiado rato aquí sin ofrecerle un refrigerio. La policía no haría eso por ti, Jane. Al menos, no la policía de Nueva York.

Respiró hondo y fue soltando el aire poco a poco.

—Claro. Entonces me imagino que me tomaré un café y seguiré mi camino.

El hombre no dejaba de sonreír.

—¿Adónde tienes que ir?

—Vine aquí, aquí a Nueva York, quiero decir, buscando a Jumpin' Jack Flash. Lo vi en las noticias...

—Olvídalo –la sonrisa seguía allí, pero los ojos eran fríos–. No puedes hacer nada por los demás.

—Pero...

—He dicho que *lo olvides*.

Volvió a mirarse el regazo.

—Vamos, Jane –su voz se suavizó–. Sólo estoy tratando de protegerte. Lo necesitas. No quiero ni imaginarme lo que un tipo atrabiliario como él le haría a un bocadito tan tierno como tú. Mientras que el Astrónomo tiene un uso para ti.

Volvió a levantar la cabeza.

—¿Un *uso*?

—Un uso para tu poder, debería haber dicho. Perdóname.

La risa de Jane fue breve y amarga.

—Un uso para mi poder es un uso para mí. Quizá *soy* inocente comparada con usted, pero no soy idiota. Sal solía advertirme sobre eso.

—Sí, pero Sal no era un as, ¿verdad? Era sólo un patético mariquita, uno de esa primitiva clase de jokers que siempre hemos tenido en el mundo. Uno de los errores de la naturaleza.

—¡No hable así de él! –rabió, la humedad empezaba a condensarse en su rostro y a correr por brazos y piernas. El hombre se le quedó mirando maravillado.

—¿Estás haciendo eso a propósito? ¿O sólo es una reacción ante el estrés?

Antes de que pudiera responder, el hombre rojo y la mujer oriental entraron con una bandeja de pequeños sándwiches, cuidadosamente elaborados. Jane se sosegó y observó cómo la pareja lo disponía todo en el escritorio e incluso servía el café.

—Recién salido de las cocinas de los Cloisters —dijo Roman señalando la bandeja—. Un as ha de conservar sus fuerzas.

—No, gracias.

Hizo un gesto con la cabeza a la pareja, que se apostó a cada lado de la puerta. Más agua fluyó por el rostro de Jane y goteó por las puntas de su pelo. Sus ropas estaban empezando a empaparse.

—Es agua extraída del aire que me rodea —le dijo a Roman, que estaba empezando a parecer alarmado—. Me pasa a veces, cuando estoy bajo presión o lo que sea.

—Luchar o huir —dijo—. La adrenalina produce sudor, lo que te hace ser más escurridizo y que sea más difícil atraparte. Probablemente sea el mismo principio el que funciona en este caso.

Lo miró con un nuevo respeto. Ni siquiera Sal había pensado en eso y había sido bastante listo, pues se le habían ocurrido todos aquellos experimentos para probar la profundidad y el alcance de su poder. Sólo gracias a Sal sabía que su poder era efectivo en cosas que estuvieran a no más de ochocientos metros de distancia. También había descubierto que podía hacer que los átomos se combinaran para producir agua y también convocar al agua que ya existía en los objetos, y él había sido el que había calculado que se necesitarían cuarenta y ocho horas para recuperarse después de agotar su poder, y quien la había entrenado para que supiera dosificar su energía de modo que no se agotara de golpe. «No es bueno estar completamente indefensa», había dicho, «no dejes que eso ocurra.» Y desde aquella vez, en su hogar, en Massachusetts, no había dejado que ocurriera y nunca lo haría. Sal veló por ella durante los dos días en que ella se había debatido entre el miedo y la esperanza pensando que el poder había desaparecido del todo. Pero Sal estuvo en lo cierto respecto a su retorno y ella había estado preparada para entregarse a él por completo.

Él la había rechazado. Una vez más se había ofrecido y él la había rehuido. No podía ser su amante, dijo, y no haría de padre. Tenía que ser responsable de sí misma, justo como todos los demás. Y entonces, como para rematarlo, había vuelto a su apartamento y se había ahogado en la bañera.

Como si fuera una idea sádica del bromista más sádico del mundo, Sal Carbone, su único amigo verdadero, había caído y se había golpeado la cabeza y respirado agua jabonosa hasta morir. Sólo cinco semanas atrás.

«Sal, eres mi alma gemela», le había dicho una y otra vez, y él había permitido que así fuera. Habían mantenido una extraña amistad, un encuentro de mentes, espíritus y corazón. Eran perfectos el uno para el otro excepto por el hecho de que él era gay. La segunda broma más cruel del mundo.

—Water Lily.

Aquel nombre la trajo bruscamente de vuelta al presente.

—Le dije que no me llamara así. Sólo Sal me llamaba Water Lily.

—La exclusividad de Sal expiró con él –el hombre se dulcificó de nuevo–. No importa, querida. Dime, ¿cuánto sabes exactamente de lo que ha estado pasando en los últimos meses?

—Lo mismo que cualquier otra persona –alargó el brazo tímidamente y tomó la taza de café que tenía más cerca–. Veo las noticias. Creo que ya lo mencioné.

—Bueno, no se ha acabado. En el próximo mes esta ciudad, este país, el mundo entero, verán algo que hará parecer lo que ocurrió hace unos meses como una merienda de la clase de catecismo. Sólo la gente que reclutamos tiene una posibilidad de acabar en el lado bueno del cementerio.

Más agua apareció en su rostro.

—Si no son la policía, ¿quiénes son?

El hombre sonrió con aire de aprobación mientras ella bebía el café.

—¿Qué sabes de los masones, Jane?

—¿Masones? ¿*Masones*? –pese a todo, estalló en risas–. ¡Mi padre era un masón! –se obligó a contener la risa antes de que se convirtiera en histérica–. ¿Qué tienen los masones que ver con nada?

—Rito escocés.

—¿Perdón? –la risa de Jane fue perdiendo potencia hasta desaparecer. La fría inexpresividad había regresado a la sonrisa del hombre.

—La afiliación de tu padre era probablemente el rito escocés. Nosotros somos egipcios. Los egipcios somos bastante diferentes.

Las risitas amenazaban con volver.

—Es curioso, no parece egipcio.

—No te pongas nerviosa, no te queda bien.

Echó un vistazo al hombre y la mujer que estaban junto a la puerta.

—Usted es el que lo sabe todo. Yo acabo de llegar –más humedad aflorando en su rostro y fluyendo por su cuello–. Y no puedo irme, ¿verdad?

—Te necesitamos, Jane –ahora sonaba casi amable. Tomó una servilleta de la mesa y se limpió la cara con ella.

—Te necesitamos desesperadamente. Tu poder podría ser decisivo.

—Mi poder –repitió pensativamente, recordando al chico en la cafetería cinco años atrás, las lágrimas agolpándose en sus ojos mientras gritaba. Él no había llorado ni un poco al conocer la noticia del suicidio de Debbie (exsanguinación por laceraciones infligidas a sí misma, jerga médica para decir que *se había cortado las venas y desangrado hasta morir* y oh, sí, la víctima estaba embarazada de trece semanas). Siempre se había preguntado qué habría pensado Debbie sobre lo que le había hecho a su novio infiel. Debbie había sido su mejor amiga antes de Sal, pero nunca rezaba a Debbie del mismo modo que a Sal, como si Debbie perteneciera a algún otro universo. Quizás era así. Y quizás aún había otro universo donde Debbie no se había quitado la vida cuando el padre del bebé la había rechazado, y por tanto, en el que no se necesitara que Jane obligara a salir las lágrimas del chico, en el que el virus wild card no se hubiera manifestado. Y quizás había incluso otro universo en el que Sal no se había ahogado en su propia bañera, dejándola sola con tanta necesidad de tener a alguien, algo, en quien confiar.

Quizá…

Observó al hombre que estaba sentado delante de ella. Quizá si los cerdos tuvieran alas, volarían como águilas.

—Te necesitamos –había dicho. No importa quiénes *fueran*. Masones egipcios, lo que sea. Qué bueno sería entregarse al cuidado de alguien y saber que velarían por ella y la protegerían.

¿Puedes entenderlo, Sal?, pensó dirigiéndose al gran vacío. *¿Puedes entender lo que se siente al estar completamente sola con un poder que te supera? Me necesitan, Sal, eso es lo que dicen. No me gustan –tú los odiarías–, pero cuidarán de mí y necesito a alguien que haga eso justo ahora. Estoy sola, Sal, no importa dónde estoy, y he llegado aquí por sendas perdidas y no hay otro sitio al que ir. ¿Lo sabes, Sal?*

No hubo respuesta del enorme vacío. Se encontró asintiendo al apuesto hombre.

—Está bien. Me quedaré. Quiero decir, sé que no me van a dejar marchar, pero me quedaré voluntariamente.

La sonrisa con la que le respondió casi sosegó su corazón.

—Entendemos la diferencia. Rojo y Kim Toy te llevarán a tu cuarto –se levantó y alargó la mano por encima del escritorio para tomar la suya–. Bienvenida, Jane. Ahora eres una de nosotros.

La retiró, poniendo ambas manos como si fueran una pistola.

—No, no lo soy –dijo firmemente–. Me quedo aquí por mi propia voluntad, pero eso es todo. No soy una de ustedes.

Aquella frialdad aterradora volvió a sus ojos. Dejó caer su mano.

—Muy bien. Te quedas, pero no eres uno de nosotros. También entendemos la diferencia aquí.

♣

La habitación que le dieron estaba en la esquina de una zona mayor de piedra lúgubre y fría convertida en un laberinto de habitaciones más pequeñas hechas con tabiques prefabricados, de yeso. Considerados, fueron a buscar sus pocos bienes mundanos al diminuto estudio que había alquilado y, también consideradamente, le proporcionaron una televisión y una cama. Miró las noticias, buscando más imágenes de Jumpin' Jack Flash. Por lo demás, se entretuvo produciendo pequeñas gotas de agua en las yemas de sus dedos y viendo cómo se estiraban y caían.

♠

—¿Es bonita? –preguntó el Astrónomo, sentado en su silla de ruedas junto a la tumba de Jean d'Alluye. Aún había un poco de sangre en la figura de piedra; el Astrónomo había sentido recientemente la necesidad de recargar su poder.

—Bastante bonita –Roman tomó un sorbo de vino con cierto desinterés y dejó a un lado la copa, cerca de la mesa del predicador. El

Astrónomo siempre le ofrecía cosas: bebida, drogas, mujeres. Siempre lo probaba por cortesía para después dejarlo a un lado, fuera lo que fuera. Exactamente cuánto tiempo más permitiría el Astrónomo que siguiera, era una incógnita. Tarde o temprano estaba condenado a hacer alguna extraña petición que implicara la degradación de Roman. Nadie salía ileso de una asociación con el Astrónomo. La atención de Roman vagó hasta centrarse en una zona sombría bajo un arco de ladrillo donde un ser ruinoso, escuálido y maldito llamado Deceso permanecía encorvado y pensativo, con su mirada sin fondo fijada en algo que nadie más podía ver. En otra parte de la habitación, cerca de uno de los faroles, Kafka hacía ruido impaciente. No podía evitar hacer ruido con aquel condenado exoesqueleto. Sonaba como una multitud de cucarachas rozando sus élitros. Roman no se molestaba en intentar esconder su disgusto ante la apariencia de Kafka. Y Deceso, bien, estaba más allá del disgusto. Pero ambos, Deceso y Kafka, habían pasado por las humillaciones que les había asignado el wild card, mientras que él sólo podía esperar y ver qué tenía el Astrónomo en mente para él. Esperaba que habría tiempo suficiente para saber por dónde tirar. Y luego estaba Ellie… Pensar en su mujer era como un puñetazo en el estómago. No, por favor, ya no más para Ellie. Contempló la copa de vino y rechazó por millonésima vez sucumbir al deseo de anestesia. *Si caigo –no, cuando caiga– lo haré en plena posesión de mis facultades.*

El Astrónomo rio de repente.

—Lo tuyo es el melodrama, Roman. Es tu buena pinta. Puedo imaginarte en otra vida rescatando a viudas y huérfanos de las tormentas –la risa menguó, dejando en su lugar una sonrisa maliciosa–. Ten cuidado con esa chica. Podrías acabar prematuramente convertido en el polvo que todos somos.

—Podría –la mirada de Roman se elevó hasta la galería superior. Las esculturas de madera italianas ya no estaban; no podía recordar qué aspecto tenían–. Pero no lo haré.

—¿Y qué te hace estar tan seguro?

—Ella es una bendita. Una buena chica. Una inocente joven de veintiún años, su alma no contempla el asesinato –demasiado tarde miró a Deceso quien lo contemplaba de un modo en que nadie querría que Deceso lo mirara.

Roman se apoyó en un pedestal roto. Sería horrible, pero no duraría, no realmente. La eternidad en unos pocos segundos. Al menos aquello lo situaría más allá del alcance del Astrónomo por todo el tiempo. Pero también significaba que no podría ayudar a Ellie. *Lo siento, querida*, pensó, y aguardó la oscuridad.

Un cuarto de segundo después, el Astrónomo alzó un dedo. Deceso se hundió en sí mismo y continuó mirando a la nada. Roman se obligó a no suspirar.

—Veintiuno –musitó el Astrónomo, como si alguien de su gente no acabara de escapar por poco de morir a manos de su particular máquina de asesinar–. Qué edad más hermosa. Llena de vida y de fuerza. No es la edad en que la cabeza está más centrada. Una edad impulsiva. ¿Estás seguro de que no estás ni un poquito asustado de sus impulsos, Roman?

Roman no pudo resistirse a echar un vistazo a Deceso, quien ya no le prestaba ninguna atención.

—No me importa jugarme la vida con alguien cuyo corazón está en el sitio adecuado.

—La vida –el Astrónomo rio entre dientes–. ¿Y qué me dices de algo de valor?

Roman se permitió responderle con una sonrisa.

—Discúlpeme, señor, pero si mi vida no tuviera algún valor para usted, ya me habría entregado a Deceso hace mucho tiempo.

El Astrónomo estalló en una sorprendente risotada.

—Cerebro y buena pinta. Eso es lo que te hace tan condenadamente útil para nosotros. Debe de ser lo que atrajo a tu mujer, ¿no crees?

Roman siguió riendo.

—Es muy probable.

◆

Sus sueños estaban llenos de extrañas imágenes, cosas que nunca antes había visto. Perturbaban su descanso, atravesando su mente con una urgencia que sentía directamente y que le recordaba las apasionadas súplicas de Roman para que se uniera a ellos. Quienesquiera que *fuesen ellos*. Masones egipcios. Sus sueños se lo dijeron todo sobre ellos. Y el Astrónomo.

El Astrónomo. Un hombrecillo, más bajo que ella, esquelético, con la cabeza demasiado grande. Lo que Sal habría llamado ojos de matón mientras hacía aquella señal con la mano, el índice y los meñiques extendidos, como cuernecillos, y los centrales doblados sobre la palma, una especie de cosa italiana. El rostro de Sal flotó por sus sueños brevemente y luego desapareció arrastrado.

Vio la entrada a alguna especie de iglesia: no, un templo, definitivamente no era una iglesia. Lo veía, pero no estaba allí, no podía haber estado allí; era una época antes de que naciera. Su presencia etérea recorrió una calle, de noche, y después subió levitando las escaleras del templo, más allá del hombre que estaba en la puerta y que parecía estar congelado. Vislumbró una enorme estancia iluminada por velas, dos columnas y un hombre en una tarima, luciendo un extraño atavío blanco y rojo por delante, justo antes de que empezaran los gritos.

No sólo gritos sino *gritos,* GRITOS, arrancados de la garganta de un alma perdida. El sonido la atravesó como una puñalada. Hubo tiempo para cambiar su perspectiva y girar como si fuera una cámara para ver que era el hombrecillo gritando, el Astrónomo, tambaleándose por el pasillo. Luego hubo una rápida sucesión de imágenes, la cara de un chacal, la cabeza de un halcón, otro hombre, cuyo ancho rostro era pálido; la luz reflejándose en las gafas del hombrecillo y después una especie de cosa, una criatura-cosa-baba-condenada-cosa-cosa-cosa.

Se encontró sentada en la cama, con los brazos extendidos ante su cara. «TIAMAT.» Inesperadamente, la palabra llegó hasta ella y sin haberlo deseado se quedó allí, prendida en la oscuridad. Se restregó la cara con ambas manos y volvió a estirarse.

El sueño regresó de inmediato, arrastrándola bajo su horrible fuerza. El hombrecillo de enorme cabeza le sonreía: no, no a ella, ella no estaba allí y se alegraba por ello; no quería que nunca le sonriera de aquella manera. Su punto de vista giró hacia atrás y vio que ahora él estaba de pie en la plataforma y a su alrededor vio varias figuras: Roman, el hombre rojo, la mujer oriental, una ruina de hombre, escuálido, que desprendía una sensación de muerte, una mujer con el reproche tan marcado en sus rasgos que dolía mirarla (de algún modo supo que la mujer era enfermera), un joven albino con el rostro prematuramente envejecido, una criatura masculina, pensó, que podría haber sido una cucaracha antropomórfica. De no ser por la gracia de Dios, pensó.

Dios aún está en la pausa del café, jovencita. Estaba mirando a la cara del hombre que la había traído aquí, el que se llamaba Judas. Era el único que podía verla. *Es sólo la suerte de la mano, cielo, y tú tuviste suerte. Y yo también. ¡Blackjack!*

Todo se volvió oscuro. Hubo la sensación de un movimiento increíblemente rápido. Algo la estaba impulsando hacia un diminuto punto de luz que estaba mucho más allá, en las tinieblas.

Y entonces, de repente, estaba allí; la luz pasaba de ser un puntito a una masa ardiente y ella impactaba de pleno a la velocidad del pensamiento. La luz se hacía añicos y ella caía suavemente por el suelo cubierto de musgo de un bosque. Rodó y acabó descansando dulcemente en la base de un gran árbol.

Bueno, pensó, *esto está mejor. Debo de haber perdido al Conejo Blanco, pero el Sombrerero Loco debería estar aquí cerca, por algún lado.* Cambió de posición y descubrió que tenía que agarrarse a una enorme raíz, lo que le impedía alejarse a la deriva.

Mira, susurró una voz muy cerca de su oído. Giró la cabeza, su cabello flotaba a su alrededor como si estuviera bajo el agua, pero no vio a nadie. *Mira. ¡Mira! ¡Mira y los verás!*

Una nube de niebla voló entre dos alerces, ante ella, y se desintegró, dejando atrás a un hombre vestido a la altura del refinamiento del siglo dieciocho. Su rostro era aristocrático, sus ojos tan penetrantes que contuvo el aliento mientras su mirada descansaba en ella. Pero no tenía nada que temer. Él se dio la vuelta; el aire que lo rodeaba tembló y una extraña máquina cobró vida. Parpadeó varias veces, tratando de verla con claridad, pero los ángulos se negaban a definirse. Por mucho que lo intentara, no podía decir si era grande y angulosa o pequeña y redondeada, esculpida en mármol o hecha de madera y jirones claveteados. Algo resplandeció y se separó de la máquina. Se maravilló: una parte de ella acaba de levantarse y se aleja.

No. Lo que creía que era parte de la máquina era un ser viviente. Quería apartar la mirada sólo por un momento, pero no podía. No iba a permitírselo. Alienígena. Con reminiscencias de otros alienígenas que había visto en las noticias en el ataque. *Jumpin' Jack Flash.* Dejó a un lado la idea firmemente.

El alienígena se volvió hacia el hombre y le tendió un brazo, o una especie de apéndice. Ahora parecía más una materia viviente que una parte de una máquina. El alienígena se transformó en algo vagamente bípedo aunque parecía mantener la forma sólo a base de pura voluntad: la hipótesis ergótica (¿de dónde había salido?). El apéndice rozó la máquina y se fundió con ella. Un momento después una protuberancia salió por el lado más cercano al hombre. Él lo agarró y con extremo cuidado lo sacó. El alienígena se encogió un poco, empequeñecido. Se dio cuenta de que había gastado una buena parte de su fuerza vital para darle al hombre... ¿qué?

El hombre se llevó la cosa a los labios, a la frente y luego la alzó sobre la cabeza. Brevemente, adoptó la forma de un hueso humano, de porra, de pistola y luego de algo más.

Shakti, susurró la voz. *Recuerda esto. El dispositivo Shakti.*

Nunca lo olvidaré, pensó. El sentimiento de deriva estaba empezando a abandonarla y ella fue asustándose.

Ahora, mira. Mira hacia arriba.

Sin querer, levantó la cabeza y miró al cielo. Su visión se disparó, corriendo a través de la luz del sol, a través del azul, a través de las nubes hasta que dejó la Tierra por completo y se encontró contemplando sólo las estrellas. Las estrellas se dispersaron ante ella hasta que se encontró mirando la oscuridad del espacio, y aun así, su visión seguía viajando.

Había algo delante de ella, invisible en las tinieblas. Algo... estaba tan lejos que no podía ni empezar a concebir la distancia. Estaba de camino a la Tierra. Había sido tan atrás en el tiempo como en 1777 cuando aquel hombre (*Cagliostro*, decía su mente, y no sé preguntó cómo lo sabía) había aceptado el objeto –Shakti– del alienígena y *a partir de entonces había ejecutado muchas maravillas, que se habían considerado milagrosas, incluyendo la lectura de mente, la levitación, la transustanciación, que sorprendían a las cortes europeas mientras apasionadamente reclutaba a francmasones egipcios.*

Se esforzó por absorber la información que fluía a raudales desde su sueño. No es que importara, porque cuando se levantara no recordaría nada. Así es como funcionaban los sueños, ¿no?

...porque quería una organización que protegiera el dispositivo Shakti y lo transmitiera de generación en generación sólo a los más dignos de

confianza, hasta que sus misterios pudieran ser desvelados y completados, cuando se necesitaría para la llegada a la Tierra de...

Algo se agitaba en la oscuridad, por delante. O quizá la oscuridad misma se retorcía agónicamente por tener que contener esta cosa, esta...

Para la llegada a la Tierra de...

Estalló sobre ella sin advertencia ni piedad, mucho peor de lo que había sido cuando rozó la mente del Astrónomo. Era la concentración, la solidificación de la forma más alta, más baja, más desarrollada, depurada y refinada del mal en el universo, un mal que hacía que las mayores atrocidades humanas parecieran insignificantes, un mal que no podía entender sino con sus entrañas, un mal que había estado precipitándose hacia este mundo durante miles de años, tragando todo lo que encontraba a su paso, un mal que llegaría en cualquier momento, en cualquier momento.

TIAMAT.

Se despertó gritando. Unas manos la sujetaban y trató de zafarse, retorciéndose, dando patadas. El agua la cubrió por completo, espesando el aire, empapando la cama y el colchón.

—Shhhhh, shhhh, está bien –dijo una voz. No era una voz del sueño, sino una voz femenina. La mujer oriental llamada Kim Toy estaba allí, tratando de calmarla como si fuera un niño delirante. Una luz se encendió; Kim Toy la envolvió en un abrazo lleno de serenidad. Se dejó abrazar y deseó que el agua que fluía sobre ambas dejara de manar.

—Estoy bien –dijo cuando pudo hablar. Su pelo húmedo goteaba en sus ojos, mezclándose con sus lágrimas. La cama entera estaba empapada, pero vio con cierto alivio que no se había extendido al resto de la estancia.

—Estabas gritando –dijo Kim Toy–. Pensaba que te estaban matando.

TIAMAT.

—Tuve una pesadilla.

Kim Toy le acarició suavemente el pelo mojado.

—¿Una pesadilla?

—Soñé que me tiraban una cubeta de gusanos a la cara.

♥

El Astrónomo soltó una carcajada.

—¡Oh, ella es excelente, realmente excelente!

El albino que estaba sentado en el suelo junto a la silla de ruedas lo miró suplicante.

—¿Ha sido un buen sueño, pues?

—¡Oh, sí, el sueño era excelente, también! —el Astrónomo le acarició el pelo blanco—. Lo has hecho bien, Revenante —el hombre sonrió, la piel prematuramente envejecida alrededor de sus ojos rosas se contrajo con patética alegría.

—Roman.

Al otro lado de la sombría estancia, Roman apartó los ojos de la pantalla de la computadora.

—Le daremos un poquito más de tiempo para que el horror cale en ella antes de que la presente al resto de nuestra pequeña confederación. Y que Kim Toy siga cuidando de ella.

Roman asintió, mirando subrepticiamente a la computadora.

—Mañana por la noche, Revenante —le dijo el Astrónomo al albino—, lo harás una vez más. Quiero que se despierte gritando las dos próximas noches.

Bajó los ojos rosas avergonzado.

—Vamos, vamos. Sabes que eres mejor que antes, cuando vendías sueños húmedos a pervertidos por diez dólares la dosis —el astrónomo rio entre dientes—. Eres uno de mis ases más útiles. Ahora vete y descansa un poco.

Tan pronto como el albino desapareció por una galería oscura, el Astrónomo se hundió en su silla de ruedas.

—Deceso —Deceso se situó a su lado al instante—. Sí, Deceso. Ambos lo necesitamos ahora mismo, ¿verdad? Llama al coche.

Roman se quedó ante la computadora mientras Deceso empujaba la silla del Astrónomo y lo sacaba al exterior. Para encontrar a alguna pobre desgraciada que trabajara en la calle y que no sabría que sería su último trabajo. Se negó a pensar en ello. No sentiría pena por ninguno de ellos, no lo haría. Todos ellos: Revenante, Kim Toy, Rojo, Judas, John F. X. Black, Coleman Hubbard (oh, había sido una buena pieza, la gran baza del Astrónomo, uno-cero-cero-uno), incluso aquel pedazo de inocencia que era Jane Water Lily: todos eran lo mismo, todos y cada uno de ellos. Peones en el juego del Astrónomo. Él también, pero sólo por Ellie, por tratar de protegerla.

ELLIE, tecleó, las letras resplandecieron en el monitor. TE QUIERO.

Las palabras TE QUIERO también centellearon brevemente en la pantalla antes de ser reemplazadas por ENTRADA NO VÁLIDA. PROGRAMA NULO.

♣

En algún lugar de la ciudad, Fortunato despertó, temblando, con la cara cubierta de sudor.

—Tranquilo. Tranquilo, cariño –la voz de Michelle era amable, sus manos suaves y cálidas–. Michelle está contigo. Estoy aquí, cariño, estoy aquí.

Fortunato se permitió acurrucarse en sus brazos y apretar su cara contra sus pechos perfectos.

—Son esos sueños otra vez, ¿no? No te preocupes. Estoy aquí –la acarició besándola, rozando su cálida piel y deseando que se durmiera. Después se deshizo de su abrazo y se encerró en el elegante baño.

Una vez estás dentro, estás dentro. Lo que has aprendido, no puede desaprenderse. El conocimiento es poder, y el poder puede atraparte. Tendría que llamar a Tachyon; mejor, ir al Village y despertarlo.

Eileen.

Fortunato apretó los ojos muy fuerte hasta que su recuerdo pasó. Debería haber dejado que Tachyon le diera algo, alguna especie de droga que lo hiciera olvidar para no seguir tropezándose con ella en su mente, pero de alguna manera no podía decidirse a hacerlo. Porque entonces se habría ido del todo. Se refrescó la cara con agua y se paró en el momento en que estaba secándose con una toalla, mirándose en el espejo. Por una fracción de segundo, vio otro rostro cubierto de agua; joven, femenino, enormes ojos verdes, pelo rojo oscuro, muy hermosa, desconocido para él, que pedía ayuda. No lo llamaba a él, exactamente, sino que se trataba de una llamada sin la menor esperanza en una respuesta. Rezando. Después el rostro desapareció y se quedó solo con su reflejo.

Presionó la cara en la toalla. Una toalla perteneciente a un conjunto suave, lujoso, que Michelle había comprado. Cuando lo trajo a casa, se habían frotado con todas ellas y hecho el amor.

Kundalini. Siente el poder.

(Lenore. Erika. Eileen. Las había perdido a todas.)

Salió al encuentro de Michelle.

♠

Jane aceptó una humeante taza de té verde de manos de Kim Toy y bebió de ella delicadamente.

—Brindo por la segunda noche seguida sin pesadillas —dijo con una débil sonrisa—. Espero.

La sonrisa con que le respondió Kim Toy era menos que afable. La chica debería haber estado hecha un flan después de los sueños que el Astrónomo le había enviado y eso era apenas una pequeña muestra de TIAMAT. El contacto real la habría vuelto permanentemente loca. Pero ahí estaba, esa pequeña inocente y frágil, bebiendo té y recuperando el color. Estaba hecha de una pasta más dura de lo que ninguno de ellos habría creído. Eran siempre los inocentes con quienes había que andarse con cuidado, pensó Kim Toy, con ironía. Su fuerza era como la de diez porque sus corazones eran puros y su sinceridad los hacía letales. Se preguntó si un pervertido retorcido como el Astrónomo tenía la menor idea o si estaba tan apartado de algo que se pareciera remotamente a la inocencia que ni siquiera podía concebir algo así. Cuando pensaba en cómo el Astrónomo recargaba su poder, sí, podía llegar a creer que era enteramente posible. ¿Qué sabía un maldito viejo enfermo sobre la inocencia?

Y ahora iba a dominar el mundo. Claro.

Pero ella lo creía. Era inamovible en ese punto. Había sido inamovible en ese punto. No, aún lo era. ¿O no? ¿Y a quién estaba llamando maldito viejo enfermo, en cualquier caso? Qué era, pues, cuando alterabas el cerebro de un hombre para que se enamorara de ti y, después, cuando había cumplido con su finalidad, lo licuabas, y la misma gente que se ocupaba de deshacerse de los cadáveres del Astrónomo también se deshacía de éste. Miró a Jane. No era de extrañar que prefiriera la compañía de las mujeres si no podía estar con Rojo.

Jane alargó el brazo y pulsó el botón de encendido del control remoto. La pantalla del televisor cobró vida entre centelleos.

—Vi *La Atalaya de Peregrine* anoche y no tuve esos sueños –dijo, con cierta timidez–. Ahora me ha hecho supersticiosa. Siento que tengo que verlo para evitar las pesadillas. Hasta si es una repetición.

Kim Toy asintió.

—Tú y más o menos un millón de personas.

—Sal adoraba estas tertulias. Especialmente *La Atalaya de Peregrine*. Decía que la miraba porque se moría por ver cómo se las arreglaban con las alas cada noche –hizo una pausa mientras un anuncio daba paso a los impresionantes rasgos de la propia Peregrine–. Sal decía que nunca lo decepcionaban.

—¿Quién?

—Su departamento de vestuario.

—Oh –Kim Toy guardó silencio y obedientemente vio el programa con la chica. A la media hora de empezado, la imagen de un apuesto hombre pelirrojo con ojos de castaño rojizo y un rostro afinado, esculpido, apareció en la pantalla, lo que hizo que Jane diera un salto en la silla.

—¡Ahí está! –se arrodilló cerca de la televisión–. Jumpin' Jack Flash. He seguido todas las historias sobre él. Es uno de mis héroes.

Kim Toy subió el volumen. El rostro del hombre se desvaneció y fue reemplazado por el set donde Peregrine estaba entrevistando a una mujer lujosamente vestida que sostenía una cámara de aspecto todavía más lujoso.

—Creo que ha capturado el espíritu de Jumpin' Jack Flash a la perfección –estaba diciendo Peregrine–. No debe de haber resultado fácil.

—Bueno, fue de lo más difícil porque fue una foto espontánea –dijo la otra mujer–. Lo creas o no, simplemente fui afortunada, estaba en el lugar adecuado en el momento adecuado. J. J. no sabía que le estaba tomando una foto, aunque después me dio permiso para usarla.

—¿J. J? –dijo Peregrine.

La fotógrafa bajó los ojos recatadamente.

—Así es como lo llaman sus íntimos.

—Seguro que sí –murmuró Kim Toy.

—¿Qué? –dijo Jane.

—Sus «íntimos». Por favor. Probablemente le dice a todas las mujeres con las que se acuesta que lo llamen J. J., sólo para poder seguirles la pista. Es más fácil que recordar sus nombres, y bastante menos problemático que marcarles las orejas o reunirlas y ponerles una etiqueta.

Jane parecía un poco herida. Uno de sus héroes, exacto. Kim Toy sacudió la cabeza. A su edad, la chica ya tardaba en aprender que ciertos héroes tenían, bueno, no exactamente los penes de barro, pero desde luego hiperactivos.

¿Como sus héroes, señora? ¿Como el Astrónomo, quizá? Kim Toy expulsó el pensamiento y se forzó a concentrarse en la entrevista. La fotógrafa parecía estar especializada en fotografiar ases. Más imágenes aparecieron en la pantalla; para deleite de Jane, Jumpin' Jack Flash reapareció varias veces entre tomas de Modular Man, el doctor Tachyon, el caparazón de la Gran y Poderosa Tortuga, Starshine y la propia Peregrine.

—Qué mal que no pueda hacerte una foto –dijo Kim Toy cuando aquel bloque del programa terminó y dio paso a otro anuncio.

Jane se encogió de hombros.

—Soy una joker.

—Estás empezando a enfadarme.

—Pero tengo la de perder. Una de las dos personas que más significaban para mí murió ahogada; la otra se desangró hasta morir –apartó los ojos de la televisión–. Sí, tengo la de perder y no tiene un pelo de gracia.

Kim Toy estaba a punto de responder cuando algo onduló en el aire a la derecha del aparato de televisión. Ambas mujeres permanecieron muy quietas mientras la imagen del Astrónomo se materializó de entre las sombras.

—Kim Toy. Jane. Quiero verlas.

No hacía falta responder. Kim Toy permaneció en cierto estado de atención, esperando que no se evidenciara su fastidio. Teatro barato en beneficio de Jane. El Astrónomo debe de haber pensado que era lo máximo para llegar tan lejos tratando de impresionarla. Podía haber conservado su energía y haber enviado a Rojo a buscarlas.

◆

El doctor Tachyon aún aparecía con su mejor estilo, incluso pasada la medianoche.

—Sabía que tenía algunos ases. Pero la máquina que describes por los sueños... bueno, existe y es muy antigua para nuestros parámetros.

Sus ojos se entornaron mientras estudiaba la frente abombada de Fortunato.

—Es bastante inusual en tu caso tener experiencias fuera del cuerpo espontáneamente, ¿no es así?

Fortunato se apartó de Tachyon (*condenado mariquita, justo lo que necesitamos, mariquitas del espacio exterior*) y observó por la ventana, en dirección a los Cloisters.

—Sólo vine a contártelo. Hay un huevo de poder concentrándose ahí. Me llama. El poder llama al poder.

—En efecto –murmuró Tachyon. Mariquitas del espacio exterior. Fortunato nunca lo apreciaría, pero nunca antes había visto a este alto y exótico terrícola en un estado tan abiertamente emocional.

—Están llamando a esa cosa que está ahí fuera. TIAMAT. Toda la organización ha existido durante siglos sólo con el fin de traer ese horror sobre nosotros –el suspiro de Tachyon fue profundo. De repente se sentía muy cansado. Cuarenta años de un horror tras otro, tenía todo el derecho a sentirse fatigado. Supo que Fortunato, allí de pie en su elegante salón, con su frente abombada y el poder prácticamente chisporroteando en el aire, no habría estado de acuerdo con él. ¿El poder llama al poder?

Oh, lo que podría haberles contado sobre eso, pensó Tachyon. Y si pudiera retroceder lo bastante como para ver el gran diseño del universo, lo que podría haber aprendido de su propia gente y del día del Wild Card y de la proximidad de TIAMAT o el Enjambre o lo que fuera. Quizás había un verdadero gran diseño del universo; o quizá sólo eran los poderes del wild card llamando al Enjambre. Por supuesto, eso querría decir que el virus había llamado al Enjambre antes incluso de que el virus siquiera existiera, pero Tachyon estaba acostumbrado a tratar con los absurdos del espacio y el tiempo. En cualquier caso, no es que nada de ello importara. Contempló a Fortunato, que estaba vigorizado por kundalini y la impaciencia. El tiempo de torturarse había pasado hacía mucho, mucho tiempo; ahora era la hora de hacer, hacer todo lo que pudiera y ni un poco menos. Para expiar, tal vez, el tiempo en que podría haber hecho más, pero había fallado.

Cuando le había fallado a Blythe.

Después de tantos años, la sensación de pérdida no había disminuido. No se había perdido en el fondo de una botella, no había desaparecido gracias al inacabable desfile de las amantes más hermosas. Sólo el trabajo que hacía en la clínica parecía proporcionarle algo de consuelo, inadecuado, pero mejor eso que nada.

Sus ojos se encontraron con los de Fortunato y reconoció la expresión en los ojos del otro.

—El poder llama al poder y la pena a la pena –ofreció a Fortunato la más descarnada de las sonrisas–. Todos hemos perdido algo que nos era precioso en esta batalla contra el horror. Pero con todo debemos seguir adelante, seguir adelante y hacer retroceder a la oscuridad. Si podemos.

Fortunato no le devolvió la sonrisa. Todo era pretexto para dar uno de sus condenados discursos maricas.

—Sí, claro –dijo bruscamente, dándose la vuelta–. Vamos allá y pateemos unos cuantos culos, tú y yo y ¿qué ejército?

Tachyon agarró el teléfono.

—Vamos a tener que llamarlos.

♥

El policía, en realidad, le había tirado una red por encima. Fue muy sorprendente que volviera a su forma humana, golpeándose codos y rodillas y arañándose la piel mientras rodaba y rodaba por la acera. El policía estaba riendo incluso cuando sacó su pistola y la metió por la red.

—No te hagas ilusiones sobre volver a cambiar –dijo el policía– o tendré que sacarte de tu miseria. Jesús, espera a que comprueben tu participación en los Cloisters. Casi no puedo creerlo.

Se estremeció dentro de la red, incapaz de apartar los ojos del cañón de la pistola. El policía verdaderamente le dispararía, no lo dudaba. En silencio, se maldijo por no contentarse, simplemente, con sobrevolar la ciudad disfrutando de las luces y de vez en cuando dar sustos de muerte a alguna pareja que estaba en alguna azotea.

¿Cuánta gente podía decir, últimamente, que un pterodáctilo les había pasado rozando?

El policía lo metió a empujones en la cajuela del coche y condujo por la ciudad, aún riéndose.

—No sé que querrá hacer contigo el Astrónomo, pero seguramente se divertirá. Eres el tiranosaurio más pequeño que jamás ha existido.

—Ornitosuco –murmuró, tragando saliva. Otro iletrado en materia de dinosaurios que llevaba una pistola. No estaba seguro de qué estar más asustado: de la pistola, de ese tal Astrónomo o de su propio padre, quien pronto descubriría que no estaba durmiendo en su habitación. Tenía sólo trece años y se suponía que no debía estar fuera a estas horas de la noche entre semana y mucho menos en forma de un veloz carnívoro del periodo Triásico.

♣

—Ven aquí, querida. Para que pueda verte mejor.

Jane vaciló. El aura de maldad que se había insinuado en sus sueños estaba definitivamente presente alrededor del hombre de la silla de ruedas. La humedad empezó a perlar ligeramente su rostro y su cuello. Miró a Kim Toy pero la atención de la mujer estaba en el Astrónomo, justo como la de todos los demás en la gran sala. Quienesquiera que fueran. Masones. Reconoció al hombre que la había traído; Judas, le había llamado Roman. Roman estaba sentado ante una computadora en un lado, cerca de una pared de ladrillos que parecía haber sido atacada con un pico. Pintada con espray dorado había la leyenda CÓMEME.

—Tienes un gran poder, querida –dijo el anciano–. Uno que podría ser muy útil para el visitante que viene hacia nosotros desde las estrellas. TIAMAT.

Se detuvo, aguardando su reacción. Permaneció de pie, incómoda, bajo su mirada. La iluminación adicional que habían traído y que habían clavado tan descuidadamente sólo había conseguido que las sombras de los rincones más alejados fueran mucho más oscuras. Tuvo la sensación de que cosas horribles estaban esperando a una señal de este Astrónomo para salir arrastrándose y devorarla. CÓMEME.

Puso un codo en su puño, presionando la otra mano contra su boca para que no empezara a reír y no pudiera parar.

—¿Te suena ese nombre, TIAMAT? –la incitó el Astrónomo. Jane apretó aún más su mano contra la boca y se encogió de hombros torpemente.

—Bien –dijo el anciano inclinándose ligeramente hacia delante–. Sería de gran ayuda si nos pudieras hacer una demostración de tu poder. Aparte de lo que hiciste en la calle con el hidrante –la miró entornando los ojos–. ¿O ya lo estás haciendo ahora, querida?

—Oh, realmente sutil –dijo en tono sombrío el hombre delgado que estaba de pie a la derecha del Astrónomo. Sus ojos hicieron pensar a Jane en lápidas–. Justo lo que necesitamos, un as cuyo enorme poder es sudar a mares. Dominación mundial, aquí vamos.

El Astrónomo rio entre dientes y Jane pensó que era el sonido más maléfico que jamás había oído.

—Vamos, vamos. Todos sabemos que es capaz de logros mucho mayores. ¿O no? Sí. Por ejemplo, es de esperar que puedas extraer toda el agua de un cuerpo dejando… bueno, no mucho –señaló al resto de las personas y rio de nuevo al ver la expresión de su cara–. No, creo que no. El único con el que no te importaría usarlo ahora mismo soy yo, y soy inmune.

Hizo una señal a Rojo, que desapareció tras uno de los arcos de ladrillo. Poco después, reapareció, guiando a un par de hombres que empujaban una jaula con ruedas hasta el centro de la estancia. Jane pestañeó varias veces, incapaz de creer lo que veían sus ojos con aquella luz tan escasa.

Había un dinosaurio en la jaula. Un *Tyrannosaurus rex*, de unos noventa centímetros de alto.

Mientras miraba, le enseñó unos dientes de aspecto amenazador y se movió, adelante y atrás, detrás de las barras, sus pequeños brazos replegados cerca de su cuerpo escamoso. Un ojo de reptil contempló a Jane con un destello de inteligencia.

—Una criatura cruel –dijo el Astrónomo–. Si lo dejáramos salir, te arrancaría la pierna de un mordisco. Mátalo. Extráele toda el agua de su cuerpo.

Jane bajó los brazos, aún tenía los puños apretados.

—Oh, vamos ya –otra de aquellas risitas malévolas–. No me digas que se te enternece el corazón con cada dinosaurio callejero que se te presenta.

—Hay alguien ahí –dijo ella–. ¿Quiere una muestra de mi poder? ¡Aquí tiene un primer plano!

Casi sucedió algo. Se había concentrado en una zona justo delante de la cara del Astrónomo, con la intención de lanzarle un galón de agua a los ojos. El aire se difuminó momentáneamente y después se aclaró. El anciano echó atrás la cabeza y estalló en carcajadas.

—Tenías razón, Roman, ¡le sale la bravuconería en los momentos más inesperados! Te lo dije, mi querida amiga, que tu poder no funcionará si yo no quiero. No importa cuánto poder *tengas*. Yo tengo *más*. ¿No es cierto, Deceso?

El escuálido hombre dio un paso adelante, dispuesto a obedecer alguna orden. El Astrónomo sacudió la cabeza.

—Hay otro esperándonos, mucho más receptivo. No intentará tirarnos una cubeta de agua a la cara.

Jane se limpió la cara sin efecto. El agua estaba empezando a acumularse alrededor de sus pies. El Astrónomo la contemplaba, impasible.

—Tener poder real es ser capaz de usarlo, ser capaz de hacer ciertas cosas, sin importar lo horribles que te parezcan. Hay más poder del que puedes imaginar en ser capaz de hacer tales cosas, o ser capaz de hacer que alguien las haga –señaló la jaula. Jane siguió el movimiento y entonces tuvo que llevarse las dos manos a la boca para evitar que se le escapara un grito.

El tiranosaurio había sido sustituido por un chico de no más de doce y trece años, de pelo castaño claro, ojos azules grisáceos y una pequeña marca de nacimiento rosa en la frente. Eso ya habría sido bastante sorprendente, sólo que además estaba completamente desnudo. Estaba acuclillado junto a las barras, haciendo lo que podía para taparse.

—No hay más tiempo para intentar cortejarte, querida mía –dijo el Astrónomo y cualquier pretensión de amabilidad desapareció de su voz–. TIAMAT está muy cerca ahora y no podemos perder ni siquiera un momento tratando de seducirte para que te unas a nosotros. Es una pena; que hubieras matado a un niño, aun bajo la apariencia de un peligroso dinosaurio, te habría atado a nosotros de un modo traumático, pero completo. Si tuviera tan sólo unas pocas semanas más, habrías sido nuestra sin dolor. Ahora es cuestión de elegir entre tu vida y tu pequeña y valiente ética. Tienes tanto tiempo para decidir como el que tarde en cruzar esta sala. No me cabe duda de que elegirás. Ojalá que tu ética te sostenga en la otra vida. Si es que hay una –hizo una señal al hombre delgado–. Deceso…

Varias cosas sucedieron a la vez. El hombre cucaracha se adelantó con un potente zumbido y gritando «¡No!», justo al mismo tiempo que el agua salpicaba el rostro de Deceso con la suficiente fuerza para derribarlo y entonces otra voz, increíblemente alta, vociferó:

—¡Soy la gran y poderosa tortuga! ¡Salgan todos en son de paz, están rodeados y no hace falta que nadie salga herido!

Y entonces, increíblemente, Jane creyó haber oído algo que se parecía al antiguo tema musical de los dibujos de Mickey Mouse: *Here I come to save the daaaaaaaay!* A ello le siguieron unos maullidos escandalosos que iban de los bajos más extremos a unos agudos que hacían estallar los tímpanos, sacudiendo todo el edificio. Hubo un estrépito cuando la jaula se estampó contra el suelo, dejando salir al chico. Jane se esforzó por mantener el equilibrio y alcanzar al chico en medio del caos general de gente tratando de huir en todas direcciones. Se convirtió en otro dinosaurio de poco más de medio metro, éste muy esbelto y de aspecto ágil, con dedos delgados y acabados en garras. Se forzó a agarrarle los dedos mientras se escabullía hacia ella.

—¡Tenemos que salir de aquí! –dijo sin aliento y de un modo algo más que innecesario, y miró a su alrededor. Deceso y el Astrónomo habían desaparecido. El pequeño dinosaurio la arrastró por la estancia hacia una sombría galería bajo el pasaje abovedado. De la mano de un dinosaurio, pensó mientras huían por la galería. Esto sólo puede pasar en Nueva York.

No se dio cuenta de que Kafka se afanaba en seguirlos.

♠

Fue una visión de lo más bonita, dijo más tarde la Gran y Poderosa Tortuga. Ases de todas las clases emergiendo de entre los árboles que rodeaban a los Cloisters, abatiéndose sobre los masones que se desparramaron desde el edificio por los caminos de ladrillo adentrándose en los arruinados jardines.

Había visto casi toda la batalla. Una de las cosas que se perdió, no obstante, fue a Jane y el chico dinosaurio deslizándose a lo largo de una parte de una columnata que rodeaba un área exterior ahora tomada por las malas hierbas. Vieron a la Tortuga surcando el cielo por encima de ellos y varios ases con coloridas vestimentas aferrándose a su caparazón. Uno de los ases señaló hacia abajo, algo; inmediatamente después, estaba flotando suavemente hacia la tierra, gracias al poder de la Tortuga. Jane oyó que el pequeño dinosaurio siseaba alarmado. Cuando se volvió para ver cuál era el problema, había vuelto a convertirse en niño, su desnudez cubierta por las sombras.

—¡Es la Tortuga! –susurró a Jane–. Sólo con que pudiéramos atraer su atención, podría sacarte de aquí!

—¿Y qué pasa contigo?

Como respuesta, volvió a convertirse en dinosaurio, éste musculoso y casi feroz, parecido al tiranosaurio. Resultaba vagamente familiar a Jane, quien no podía distinguir un cocodrilo de un caimán. Intentó recordar el nombre. Ali-algo-o-lo-que-sea. Ali o alicaído, pues aunque tenía un aspecto malhumorado, no era mayor que un pastor alemán. Gruñó y la empujó con sus zarpas de tres garras, apremiándola por el sendero de piedra que rodeaba el jardín atestado de hierbajos. Hubo otro de aquellos grotescos aullidos; Jane lo sintió vibrar a través de ella y el pequeño *alosaurio* –recordó súbitamente, sin ninguna razón– rugió en respuesta, agarrándose la cabeza con las zarpas, dolorido. Se inclinó, tratando de confortarlo o abrazarlo, cuando hubo una ráfaga de plumas, un destello de metal y después una mujer extraordinariamente hermosa posada en un muro bajo de mármol.

—¡Peregrine! –jadeó Jane.

El alosaurio emitió un pequeño sonido de excitación al observar a la mujer alada con ojos desorbitados.

—Es mejor salir de aquí –dijo Peregrine de buen humor–. Aullador va a gritar hasta derribar este lugar. ¿Pueden arreglárselas, tú y tu, ehem, lagartito?

—Es un chico. Quiero decir, es un niño de verdad, un as...

El alosaurio bramó, bien manifestando su acuerdo bien su protesta, porque se había referido a él como niño.

—Feroz, verdaderamente feroz –Peregrine sonrió a Jane mientras se impulsaba hacia arriba, batiendo el aire con sus enormes alas–. Lo mejor es que salgan ya. Lo digo en serio –gritó y se elevó, con sus famosas garras de titanio en alto.

Jane y el alosaurio corrieron por el descuidado jardín y se fueron por otra columnata. Oyó que el pequeño dinosaurio se caía y se detuvo, entrecerrando los ojos en la oscuridad.

—¿Qué pasa?

Apenas pudo distinguir una silueta humana.

—He de cambiar. Necesito un corredor más rápido, me estoy cansando. El Hypsilophodon es mejor que el alosaurio para correr.

Un momento después sintió unas largas zarpas que la agarraban suavemente y tiraban de ella. Éste tenía, más o menos, el tamaño de un canguro grande.

—No creo que vayamos por el buen camino para salir de aquí– resopló cuando llegaron a una zona poco iluminada con unas escalinatas que bajaban. El dinosaurio se transformó en chico brevemente antes de tomar la forma de un pterodáctilo y deslizarse por las escaleras. Jane sólo pudo trotar tras él. Al pie de las escaleras, el pterodáctilo, súbitamente, dio una batida y volvió hacia ella. Como acto reflejo, se agachó, tropezó y cayó al suelo justo a tiempo para encontrarse cara a cara con un hombre aún más guapo que Roman. Llevaba un overol azul marino y un gorro pegado al cráneo y había armas que parecían directamente fijadas a sus hombros.

—Hola –dijo–. ¿No te vi cuando el simio se escapó?

Jane pestañeó, negando con la cabeza, deslumbrada.

—¿Qué? No...

Y entonces, las armas de aquel hombre giraron siguiendo la trayectoria del pterodáctilo que volaba en círculo sobre ellos.

—¡No! ¡Sólo es un chico, *un buen chico*!

—Oh, de acuerdo, entonces bien –dijo el hombre, sonriéndole–. Ustedes dos, deben irse.

Jane pasó corriendo ante él, el pterodáctilo rozando su cabeza.

—¿Estás segura de que no te vi cuando el mono se escapó? –le gritó por detrás.

No habría tenido aliento para contestarle incluso si hubiera querido hacerlo. El pterodáctilo surcaba el aire por delante de ella cuando sintió que sus piernas empezaban a debilitarse. Jadeando, avanzó a tropezones, contemplando cómo la distancia entre ella y el pterodáctilo empezaba a aumentar.

El pterodáctilo viró bruscamente para doblar una esquina de la sala y desapareció. Medio segundo después hubo un destello de luz azul, un chirrido y un golpe sordo. Jane se paró de sopetón, apoyándose en la pared de piedra. *Por favor*, rezó, *al niño no. Que no hagan daño al niño y que hagan lo que quieran conmigo.* Se obligó a salir adelante, usando la pared como apoyo y echó un vistazo desde la esquina.

Había cambiado, de nuevo era un niño cuando cayó al suelo, pero podía ver su pecho desnudo bajando y subiendo mientras respiraba. El hombre-cucaracha se cernía sobre él con un arma de aspecto repugnante que parecía un aguijón.

—He tenido que detenerlo –dijo el hombre-cucaracha, mirándola–. No está realmente herido. Volverá en sí en pocos minutos. De verdad. Necesito tu ayuda.

Tendió la mano que tenía libre a Jane. Ella dio un paso adelante. El rostro era inhumano, pero los ojos no. Justo antes de que le estrechara la mano, la retiró.

—Sólo pretendía que fuera un gesto. No me toques. Despiértalo y ven conmigo.

Jane se arrodilló junto al chico inconsciente.

◆

Judas estaba junto a la tumba tapándose los oídos con las manos, incapaz de despejar su cabeza lo suficiente como para decidir qué hacer. Cada vez que intentaba pensar, uno de esos horribles aullidos lo estremecían. Habría jurado que le sangraban los oídos.

El caos estaba más allá de lo creíble. La gente del Astrónomo había estado entrando y saliendo de la gran sala como un hatajo de perdedores cobardes, que es lo que en verdad eran. Había sabido que eran unos cobardes desde el principio, había sido policía el tiempo suficiente para reconocer esa clase. Era suficiente para hacer que una persona quisiera cambiar de bando y empezara a hacer limpieza él mismo, y quizá no era tan mala idea, con aquellos ases asaltando el lugar; claro, tenía la placa, tenía la pistola, podía declarar que estaba de incógnito, quién iba a molestarse en comprobarlo, al menos esta noche. Claro.

Miró a su alrededor y vio a Rojo y Kim Toy dirigiéndose a una de las galerías que estaban en penumbra, tratando de encontrar una salida. Podía empezar por ellos o por cualquier otro, pensó, y desenfundó su pistola.

—¡Alto! ¡Alto o disparo!

Kim Toy giró la cabeza bruscamente, su larga y lisa cabellera oscura voló con el movimiento. Judas cambió el blanco y apuntó a la cara de Rojo.

—¡He dicho que no se muevan!

Rojo se protegió la cabeza con la mano cuando Judas estaba a punto de apretar el gatillo y entonces, de repente, estaba enamorado. Los pájaros cantaban. Anidando en su cerebro y el mundo entero era hermoso, en especial Kim Toy, la más excitante y exótica de las mujeres. Tiró la pistola y avanzó trastabillando hacia ella, amándola tanto que le dolió cuando se alejó de él junto a Rojo.

Realmente, le sangraban los oídos, pero ahora ya no le importaba como para reparar en ello.

♥

Como todas las estancias de este lugar, ésta le recordaba a una capilla. Vio un lugar donde podría haberse alzado un altar o una pila bautismal; ahora estaba ocupado por una máquina.

—Has visto esto en un sueño –dijo Kafka a Jane, posando una mano en uno de los ángulos imposibles de la máquina. Jane tuvo que apartar la vista: la locura que era su silueta amenazaba con descomponer su visión. Observó la forma más prosaica de la torre de una computadora cercana que albergaba un gran monitor, oscuro y silente, encima de ella.

—El dispositivo Shakti –dijo ella.

—Sí. El dispositivo Shakti –hizo una mueca cuando otro de aquellos horribles aullidos atravesó desgarradoramente el edificio–. Esta noche quizá muramos todos, pero esto debe ser protegido.

Los labios de Jane se retorcieron en un gesto de desagrado.

—Esa criatura TIAMAT…

—Nuestra única oportunidad…

Hubo un rumor cuando el chico –Chico Dinosaurio, le había dicho– se envolvió con una sábana del catre de Kafka y se arropó con él. Le había pedido que permaneciera en su forma humana para que pudiera hablar con él y había aceptado a regañadientes siempre que el hombre cucaracha le diera algo con lo que envolverse.

—No sé cuánto crees que puedes confiar en este tipo –dijo el chico–, pero yo, desde luego, no lo haría.

Unas pisadas resonaron fuera, en el vestíbulo, y Roman entró a la carrera, con los ojos desorbitados.

—La torre de la computadora, ¿está bien?

Sin esperar una respuesta, apartó a Kafka de un empujón, saliendo en desbandada hacia la computadora.

—¡Ellie! ¡Estoy aquí, Ellie, estoy aquí!

Kafka se dirigió hacia él.

—¿Dónde está el Astrónomo?

—Que se vaya al diablo –dijo Roman y apartó a Kafka–. ¡Que se vayan al diablo él y todos ustedes!

Otro aullido hizo estremecer el edificio y ambos cayeron juntos sobre la computadora. Uno de los paneles se desprendió y fue a parar a manos de Roman, exponiendo parte de los circuitos de la computadora.

—¡Mierda! –dijo el chico–. ¡Qué asco!

Incluso con la escasa luz, Jane pudo ver los latidos de los circuitos, la textura de los paneles y la humedad que había allí, la carne viviente mezclada con la maquinaria muerta, inorgánica. ¿O la misma carne se había hecho inorgánica? Jane se tapó los ojos con la mano, sintiéndose mareada.

—¡Water Lily!

La advertencia de Kafka llegó justo cuando sintió las manos que la agarraban por detrás. La hicieron girar y se encontró viendo fijamente la mirada sepulcral de Deceso. Ella le puso las manos en los hombros y durante un momento absurdo fue como si se estuvieran abrazando.

—¿Tienes miedo a morir? –le preguntó.

En tal extremo, no encontró que su pregunta estuviera fuera de lugar.

—Sí –dijo simplemente.

Algo en su rostro cambió y soltó su agarre ligeramente.

—¡Water Lily! –volvió a gritar Kafka, con la voz llena de desesperación. Pero seguía en pie, seguía viva, con una mano en el rostro demacrado de Deceso. Él se apartó de su toque.

—Duele, ¿verdad?

—Todo duele –dijo bruscamente y la apartó de un empujón. Cayó de espaldas al suelo cerca de la máquina de Kafka y empezó a incorporarse de nuevo cuando una gruesa vidriera explotó hacia dentro, rociando la estancia con esquirlas multicolores. Se cubrió la cabeza con ambos brazos mientras se echaba al suelo; una larga llama rugió por toda la sala, quemando madera y piedra. Oyó que alguien gritaba. Hubo una especie de rumor cuando Kafka se arrastró por el suelo hasta ella y la apremió para que se acercara a la máquina.

—La única cosa… –jadeó. Otro aullido los sacudió como si fuera un terremoto– …TIAMAT… protege… necesito tu ayuda para que TIAMAT…

Lo apartaron violentamente de ella; oyó cómo chillaba con el contacto. Entonces alguien la ayudó a ponerse de pie y vio a Kafka caer de espaldas por una patada en la cabeza.

—¡Nooooo! –gritó–. ¡No le hagas daño, no…!

Había visto los ojos caobas un millar de veces, la más reciente, esta noche. Movió los labios, pero no pudo articular ningún sonido. Los ojos caobas se arrugaron con una rápida sonrisa antes de que la empujara a un lado.

—Aparta, cielo, no quiero que te mezcles con… –se giró y empezó a apuntar a Kafka y el dispositivo Shakti y el chico, quien había vuelto a convertirse en dinosaurio, un estegosaurio esta vez, y que también estaba de una manera evidente en la línea de fuego. Jane se esforzó por recuperar su voz y las palabras adecuadas aparecieron, diciendo tal vez la única cosa que podría haber evitado que los convirtiera a todos en cenizas:

—¡J. J., *no*!

Jumpin' Jack Flash se giró hacia ella, con la mandíbula desencajada por la sorpresa.

Un momento después aún estaba más sorprendido al ver que estaba cubierta de agua.

♣

Fortunato había estado entrando y saliendo de todas y cada una de
las salas, galerías y recovecos, buscando ases o cualquier otra persona, con el marica del espacio exterior pisándole los talones. Por
ahora, sólo habían encontrado una especie de payaso arrastrándose
por el suelo de piedra mientras le salía sangre de los oídos. El marica
del espacio había querido pararse y examinarlo, pero Fortunato había arreglado eso. Esto no era la clínica al mediodía, había dicho, y
arrastró al mariquita del espacio agarrándolo del elegante cuello de
su abrigo de mariquita —marica, sí, claro, hombre, vamos a hablar
mariquita, llamas mariquita a tu hombre Crowley, y ya que estamos
en ello, cómo es que levantaste a ese chico de entre los muertos,
hablando de mariquitas—, cortó el flujo de pensamiento firmemente
mientras corría por un estrecho corredor.

—Fortunato, ¿dónde, qué estás intentando hacer? —resopló Tachyon.

—Lo siento —dijo Fortunato por encima del hombro.

—¿Sientes a quién?

—Él hizo a Eileen. Y Balsam. Y a muchos otros —se tambaleó
mientras Aullador lanzaba uno de aquellos largos y horribles gritos.
Tachyon se tropezó con él y casi cayeron los dos.

—Mierda, desearía que se callara de una maldita vez —murmuró
Fortunato. De repente paró y agarró a Tachyon por la pechera de
su abrigo de mariquita—. Escucha, quédate atrás. Es todo mío, ¿lo
entiendes?

Tachyon alzó los ojos hasta la frente abombada de Fortunato, sus
ojos oscuros, llenos de ira. Después él mismo se quitó de encima las
manos de Fortunato.

—Nunca te había visto así.

—Sí, bueno, pues entonces es que no has visto una mierda —gruñó
Fortunato y siguió avanzando, con el marica del espacio detrás de él.

♠

Durante varios momentos inacabables, pareció como si nadie supiera qué hacer. Roman se había puesto de pie y estaba escudando la
desprotegida computadora con su cuerpo. Kafka se había escabullido

hasta la máquina Shakti; el pequeño estegosaurio estaba mirando a un lado y otro. Hasta Jumpin' Jack Flash parecía estar paralizado, mirando a Jane y la extraña máquina y Kafka y Roman y de nuevo a Jane.

Después se apartó de ella, y el tiempo se reanudó y estaba estirando un brazo hacia la máquina de Kafka.

—A él no –dijo Jane desesperadamente y trató de alcanzarlo justo cuando Deceso decía, casi demasiado bajo para oírlo:

—Ey. Tú.

Antes de que Jumpin' Jack Flash pudiera reaccionar, el estegosaurio fluctuó adoptando la forma de un niño desnudo y luego la de un tiranosaurio, y se lanzó al otro lado de la estancia para enterrar sus dientes en el muslo de Deceso. Deceso gritó y cayó de espaldas, forcejeando con el tiranosaurio. Kafka empezó a gritar; hubo un remolino de luz, un destello, y el Astrónomo se alzaba en medio de la sala. Ahora su cabeza parecía salida de una pesadilla: tenía un hocico extrañamente curvado, orejas rectangulares y ojos rasgados, pero Jane sabía que era el Astrónomo. Oyó que Kafka decía: «¡El dios Setekh!», ya fuera con miedo o alivio. El Astrónomo sonrió a Jane y vio que la sangre manchaba sus labios y dientes. Ahora no había ninguna silla de ruedas; parecía estar lleno de vitalidad y energía. Como si confirmara sus pensamientos, de repente la levantó metro y medio por los aires.

Jumpin' Jack Flash dio un paso atrás, alzó las dos manos y entonces pareció desconcertado. El Astrónomo agitó un dedo ante él como si fuera un niño travieso y centró su atención en Deceso que aún estaba revolcándose por el suelo con el tiranosaurio. Un momento después, el tiranosaurio volvía a ser un chico desnudo.

—¡Oh, mierda! –chilló el chico, y se retorció hasta librarse de Deceso, luchando por alcanzar la puerta. Justo cuando la alcanzó, un alto hombre negro con la frente abombada apareció en el umbral. Jane se quedó sin aliento, no por su apariencia, sino por el aura de poder que lo envolvía; podía sentir las fuerzas desatadas saturando el aire.

—Te he percibido –dijo el Astrónomo–, agitándote en los bordes, aquí y allá.

—Algo más que agitándome, hijo de puta.

El hombre se irguió, de modo que parecía incluso más alto y extendió los brazos hacia el Astrónomo, como si fuera a abrazarlo. El Astrónomo descendió levemente, aún sonriendo.

—Disfrutaría mucho haciéndote recorrer los pasos... –dijo el Astrónomo, y de repente se echó hacia atrás, flotando por la habitación hasta la máquina de Kafka. Giró bruscamente los puños hacia arriba. El hombre alto avanzó tambaleándose unos pocos pasos, paró y se quedó plantado con los pies bien separados.

—No seas tímido, Fortunato. Acércate más.

La fuerza sobre Fortunato parecía hacerse más fuerte.

Jumpin' Jack Flash miró a Jane:

—Si conoces algún otro truco además de ahogarte solita, cielo –dijo en voz baja–, será mejor que lo uses.

Otro hombre apareció de repente en el umbral. Jane apenas había tenido tiempo para reparar en el improbable cabello rojo y la llamativa ropa antes de que hubiera incluso más rojo, un cuerpo entero de color rojo, derribando a aquel hombre. Las dos formas rodaron y rodaron por el suelo, Rojo tratando de sujetar al hombre más pequeño. Entonces Kim Toy estaba allí, tirando de su marido, diciéndole que se olvidara, que se olvidara y punto y que se fueran de allí.

Cerca de la máquina de Kafka, el Astrónomo y Fortunato estaban aún equilibrados en su lucha contra el otro. Jane tuvo la impresión de que el Astrónomo estaba ganando por poco. La tensión en el rostro de Fortunato se intensificó con el extraño resplandor que lo rodeaba y después con los cuernos que se proyectaron desde su frente abombada. Como respuesta, el cuerpo del Astrónomo asumió una forma animal, como de galgo, con una enorme cola bífida alzándose como si fuera venenosa. Su miedo empezó a acrecentarse y no había nadie a quien asirse, nadie que le ofreciera refugio o consuelo o escape.

El chico dinosaurio, delgado y con una larga cola, volvió a entrar a la carga a la habitación y aterrizó sobre Rojo, quitándoselo de encima al hombre con el traje elegante. Kim Toy saltó hacia atrás y entonces una cuarta persona vino a confundir más las cosas, lanzándose sobre Kim Toy. Con conmoción, Jane vio que era Judas. La sangre manaba de sus oídos, pero no parecía darse cuenta cuando se arrodilló sobre las piernas de Kim Toy, le sujetó el pecho con una mano y entonces, de un modo absurdo, empezó a desabrocharse los pantalones.

Jane meneó la cabeza incrédula. Era una extraña visión del infierno, el Astrónomo, Roman, aquella computadora obscena, Kafka, la máquina Shakti, el dinosaurio y Rojo y el hombre negro con cuernos y el otro hombre –Tachyon, ahora lo reconoció, parecía estar aturdido– y Jumpin' Jack Flash, incapaz de hacer nada, y aquel sórdido patán que los había llevado hasta allí –a quien había permitido llevarla allí, se corrigió a sí misma, como un perro con una correa corta–, el patán que estaba intentando violar a Kim Toy en medio de una lucha por todas sus vidas.

Todo esto le pasó por la mente en un segundo y el poder se acumuló sin esfuerzo y brotó de ella.

Esta vez Judas fue el único que no se dio cuenta de lo que estaba haciendo. Nunca lo supo, incluso cuando lo golpeó, que todo lo que pretendía hacerle era cegarlo llenándole los ojos de lágrimas, pero el poder había estado acumulándose sin una liberación adecuada durante demasiado tiempo y ella estaba demasiado asustada y su miedo era demasiado intenso. Nunca lo supo, ni siquiera cuando lo levantó. Y entonces ya *no* estaba, y en su lugar había una forma hecha de polvo que quedó brevemente suspendida en el aire durante un momento imposible antes de desintegrarse. La humedad salpicó las paredes, el suelo y a Kim Toy.

Jane intentó gritar, pero sólo emitió un débil suspiro. Todo se paró; hasta la lucha entre el Astrónomo y Fortunato pareció disminuir ligeramente. Entonces Jumpin' Jack Flash gritó:

—¡Que nadie se mueva o volverá hacerlo!

Jane estalló en lágrimas. Toda la estancia estalló en lágrimas; de repente, había un aguacero en la habitación, el agua se esparcía en todas las direcciones. Jumpin' Jack Flash se lanzó a la ventana y se quedó suspendido en medio del aire.

—¡Ahógalos o detente! –gritó. Y entonces la detuvo un gesto del Astrónomo. Obsequió a Jane otra de sus aterradoras sonrisas.

—Hazlo otra vez. Por mí.

Sintió cómo la manejaba una mano invisible y que el poder se concentraba en su interior, apuntando al hombre negro, Fortunato, quien ya no estaba allí, sino tras el Astrónomo, de pie sobre la máquina Shakti con los dos brazos levantados. Y Kafka gritó «¡NO!» y la palabra reverberó en la mente de Jane mientras el poder salía de ella contra su voluntad, desviado en el último momento con la última brizna de fuerza, de modo que pasó de largo de todos, incluido el Astrónomo y golpeó la computadora justo cuando la máquina Shakti se desplomaba con un sonido que se parecía demasiado a un grito humano.

La fuerza de Fortunato se descargó de nuevo sobre la máquina y hubo otro grito, esta vez muy humano, cuando el horrible circuito viviente de la computadora se convirtió en polvo que cayó sobre los brazos y el pecho de Roman.

Fortunato se giró hacia el Astrónomo, tratando de alcanzarlo. La forma animal se desvaneció, dejando de nuevo al Astrónomo en su apariencia humana y muy pequeña. Gesticuló en el aire por unos instantes y la luz que le rodeaba empezó a atenuarse.

—¡Estúpido! —susurró, pero el susurro penetró la habitación entera y a todos quienes estaban en ella—. Estúpido negro ciego e idiota —los miró a todos—. Todos morirán gritando —y entonces, como el humo, se esfumó.

—¡Espera! Espera, ¡maldita sea! —Deceso luchaba por ponerse en pie, apretándose la pierna que ya casi estaba curada—. Me lo prometiste, maldito seas, ¡me lo prometiste!

Bajo sus coléricos alaridos, los sollozos de Roman ofrecían un extraño contrapunto.

Jane sintió que sus rodillas empezaban a ceder. No le quedaba nada. Incluso con su poder, no tenía más fuerza. Tachyon estaba a su lado, ayudándola a mantenerse en pie.

—Vamos —dijo suavemente, tirando de ella hacia la puerta. Sintió que algo fluía sobre la incipiente histeria que se apoderaba de su mente, como una cálida manta. Medio en trance, dejó que la sacara de la sala. Con otra parte de su mente, oyó a Kafka llamarla, y en la distancia, sintió pena por no poder responderle.

◆

Desde el refugio de una arboleda, observó el final de lo que se había acabado conociendo como la Gran Batida de los Cloisters. De vez en cuando, atisbaba a Peregrine cayendo en picada cerca de la torre o volando en círculos alrededor del caparazón de la Tortuga, a veces acompañada por un grácil, aunque bastante pequeño (a sus ojos) pteranodon. Columnas de fuego salieron disparadas en la noche, explotando por los tejados, quemando la piedra. Vanamente, buscó vislumbrar a Kafka o Deceso en los grupos de masones, pensó, sacudiendo la cabeza ante lo absurdo de la idea; masones, agrupados con esmero y puestos fuera de peligro por el poder de la Tortuga.

—Al final, intenté cuidar de alguien. Intenté cuidar del niño –murmuró, sin preocuparse de que Tachyon, que estaba a su lado, supiera de qué estaba hablando o no. Pero lo sabía.

Podía sentir su presencia navegando entre sus pensamientos, rozando sus recuerdos de Debbie y Sal y cómo Judas la había encontrado. Y allá donde tocaba, dejaba la calidez del consuelo y la comprensión.

Aullido soltó otro de sus horribles gritos, pero fue corto. Debería haber llorado, sólo que parecía que por ahora no le quedaban lágrimas.

♥

Un poco después, unas voces familiares la devolvieron a la conciencia. Jumpin' Jack Flash estaba allí con el chico dinosaurio, quien había escogido otra extraña forma que no conocía. («Iguanodonte», le susurró Tachyon. «Haz como que te interesa», y de algún modo lo hizo.) Fortunato emergió de una entrada que parpadeaba con un fuego en extinción; pasó por encima de fragmentos incandescentes y encontró la manera de llegar hasta ellos, con un aspecto de cansancio incluso mayor del que Jane sentía.

—Perdidos –le dijo a Tachyon–. La cucaracha, ese tipo muerto, el otro. Ese hombre rojo y su mujer. Se han escapado, a menos que la Tortuga los haya recogido –señaló con la barbilla a Jane–. ¿Cuál es su historia?

Miró más allá de él, hacia los Cloisters en llamas, trató de recomponerse, buscó el poder. Aún quedaba una cantidad sorprendente, suficiente para lo que quería hacer.

El agua se derramó sobre lo peor de las llamas, ayudando un poco, no mucho. Finalmente, sí había un incendiario cuando necesitabas a uno, pensó, mirando a Jumpin' Jack Flash.

—No gastes tu energía –dijo, y como una confirmación, oyó el sonido de los coches de bomberos acercándose.

—Nací en una estación de bomberos –dijo-. A mi madre no le dio tiempo de llegar al hospital.

—Fascinante –dijo-, pero tengo que irme bastante pronto.

Miró a Tachyon.

—Yo, ehem, me gustaría saber cómo sabías, ehem, por qué me llamaste J. J.

Se encogió de hombros.

—J. J., Jumpin' Jack. Es más rápido –esbozó una levísima sonrisa-. Eso es todo. No nos conocemos. De verdad.

Su cara expresó un gran alivio.

—Ah. Bien, escucha, algún día, pronto, podríamos quedar y…

—Sesenta minutos –dijo Tachyon-. Diría que estás a punto de que se te acabe el tiempo. Lo que llamaríamos el factor Cenicienta. Cuando el *viaje* se termina.

Jumpin' Jack Flash le dedicó una mirada asesina antes de elevarse en el aire. Un halo de llamas ardió a su alrededor mientras desaparecía rugiendo en la oscuridad. Jane se quedó mirándolo durante un momento y después bajó los ojos con tristeza:

—Casi le hice daño antes. Hice daño a alguien.

—Yo… –Tachyon la rodeó con sus brazos-. Apóyate en mí. Todo está bien.

Suavemente, retiró sus brazos.

—Gracias. Pero ya basta de apoyarme –¿*De acuerdo, Sal?*

Se giró hacia los Cloisters ardientes y siguió vertiendo agua en lo peor de las llamas.

♣

Acurrucado en un callejón, Deceso se estremeció. Su pierna estaba bastante mal pues no estaba completamente curada, pero se curaría; sabía cómo odiaba al Astrónomo por abandonarlo, por atraerlo con sus promesas y sus favores en primer lugar. TIAMAT, demonios. Conseguiría poner a ese maldito viejo retorcido delante de TIAMAT si llegaba aquí, y eso era una promesa. Se llevaría a aquel viejo maldito en una danza que lo llevaría al infierno con él.

Cayó en un semidelirio. No muy lejos, pero sin que Deceso lo supiera, Kafka observó la destrucción de los Cloisters. Cuando el agua se derramó sobre las llamas de la nada, se alejó, esforzándose por que la fría esterilidad del odio se quedara en él.

El cometa del señor Koyama

♣ ♦ ♠ ♥

por Walter Jon Williams

Parte uno: marzo de 1983

E N JUNIO DE 1981, UN EJECUTIVO DE TERCERA GENERACIÓN de Mitsubishi, Koyama Eido, inició su jubilación en medio de los extravagantes elogios y merecido respeto de sus colegas y subordinados. Acabó extravagantemente borracho, pagó a su amante, y el mismo día siguiente puso en marcha el plan en que había estado trabajando durante casi cuarenta años. Se trasladó con su esposa a una casa que había construido en la isla de Shikoku. La casa estaba situada en un terreno accidentado en la parte sur de la isla y era difícil acceder a él; al señor Koyama le costó una extraordinaria cantidad de dinero que le instalaran el teléfono y los suministros; y la casa se construyó en un estilo inusual, con un tejado plano que no soportaría bien las inclemencias del tiempo; pero al señor Koyama no le importaba nada de todo eso. Lo que le importaba era que se encontraba en un lugar tan remoto que no había contaminación lumínica, que estaba orientada al Pacífico por el este y al canal de Bungo por el suroeste, y que era mejor *ver* encima del agua.

En una cabina construida en aquel tejado plano, el señor Koyama instaló un telescopio reflectante de catorce pulgadas que había construido con sus propias manos. Cuando hacía buen tiempo lo sacaba a la plataforma y observaba el cielo, las estrellas y planetas y lejanas galaxias y tomaba fotografías cuidadosamente estudiadas de ellos, que revelaba en su cuarto oscuro y después colgaba en sus paredes. Pero simplemente observar el cielo no era bastante: el señor Koyama quería más. Quería que algo llevara su nombre.

Todos los días, pues, justo después del ocaso y antes del amanecer, el señor Koyama subía a su tejado con un par de binoculares navales Fujinan que había comprado en Chiba a un excapitán de submarino, muerto de hambre, en 1946. Pacientemente, envuelto en un abrigo de cálida lana, centraba el objetivo de cinco pulgadas de sus lentes en el cielo y lo inspeccionaba cuidadosamente. Estaba buscando cometas.

En diciembre de 1982 encontró uno, pero desgraciadamente tuvo que compartir el mérito con Seki, un buscador de cometas de cierta reputación, quien lo había descubierto algunos días antes. El señor Koyama estaba disgustado por haberse perdido el Seki-Koyama 1982p por unas setenta y dos horas, pero siguió buscando, prometiendo mayor dedicación y vigilancia. Quería uno solo para él.

Marzo de 1983 empezó frío y lluvioso: el señor Koyama temblaba debajo de su sombrero y su abrigo mientras examinaba el cielo noche tras noche. Un brote de gripe lo mantuvo apartado del tejado hasta el veintidós y le molestó descubrir que Seki e Ikeya habían descubierto juntos un nuevo cometa mientras estaba en la cama. Mayor dedicación y vigilancia, prometió de nuevo.

La mañana del veintitrés, el señor Koyama finalmente encontró su cometa. Allí, cerca del sol que aún no había salido del todo, vio una bola de luz difusa. Dio un respingo, agarró con fuerza las Fujinan y volvió a mirar al cielo para confirmar el avistamiento. No debería haber nada en esa parte del cielo.

Con el corazón desbocado, el señor Koyama bajó a su estudio y tomó el teléfono. Llamó a la oficina de telégrafos y envió un cable a la Unión Astronómica Internacional. (Los telegramas son de rigor con la uai; una llamada telefónica se consideraría vulgar.) Ofreciendo vagas plegarias a una multitud de dioses en los que ya no profesaba ninguna verdadera fe, el señor Koyama regresó al tejado con la extraña sensación de que su cometa habría desaparecido mientras no miraba. Suspiró aliviado.

El cometa seguía allí.

♠

La confirmación de la UAI llegó dos días después y confirmó lo que el señor Koyama ya sabía por sus propias observaciones: Koyama 1983D era una auténtica bala. Se alejaba del sol como un murciélago salido del infierno.

Informes posteriores indicaron toda clase de anomalías. Un análisis espectrográfico rutinario indicó que el Koyama 1983D era decididamente raro, en efecto: en vez de los habituales hidroxilos y carbono, el cometa del señor Koyama registraba grandes cantidades de oxígeno, nitrógeno, hidrógeno, carbono, silicio y varias sales minerales. En resumen, todo lo que era necesario para la vida orgánica.

Una tempestuosa controversia surgió de inmediato a propósito del cometa Koyama. ¿Hasta qué punto era anómalo? Y ¿era la vida orgánica posible en las frías y polvorientas inmediaciones de la Nube Oort? Equipos de la BBC, la NBC y la televisión soviética entrevistaron al señor Koyama. Salió un perfil suyo en la revista *Time*. Ofreció modestas declaraciones sobre su condición de aficionado y su perplejidad ante todo el alboroto; pero en su fuero interno estaba más satisfecho de lo que había estado nunca, incluyendo el nacimiento de su primogénito. Su mujer lo observaba merodear por casa con los aires de un veinteañero y la amplia sonrisa de un payaso.

Cada mañana y cada noche, el señor Koyama estaba en el tejado. Iba a ser difícil superar esto, pero lo iba a intentar.

Parte dos: octubre de 1985

La astronomía recibía más atención en estos días, con la reaparición del P/Halley 1982i, pero el señor Koyama mantuvo el equilibrio ante las turbulencias. Ahora era un veterano. Había descubierto cuatro cometas más desde el Koyama 1983D y se había asegurado un lugar prominente en la historia astronómica. Cada uno de ellos había sido denominado como cometa «tipo Koyama» por su extraña espectrografía y por moverse con una velocidad de murciélago infernal. Los cometas tipo Koyama habían sido descubiertos por toda clase de aficionados, siempre pegados al sol.

La controversia no había cesado; de hecho, se había intensificado. ¿Era posible que el sistema solar estuviera experimentando una tormenta de cometas que contenían elementos orgánicos o era un hecho bastante común del que, de algún modo, nadie se había dado cuenta hasta ahora? Fred Hoyle sonrió y dictó una declaración del tipo ya-lo-había-dicho, reiterando su teoría de semilleros cósmicos que contenían vida orgánica, y hasta sus más encarnizados oponentes concedieron que el molesto viejo de Yorkshire podría haber ganado esta ronda.

El señor Koyama recibió muchas invitaciones para hablar; las declinó todas. El tiempo que pasara hablando significaría tiempo alejado de su observatorio del tejado. Hasta ahora, el récord de cometas descubiertos era nueve y lo ostentaba un ministro australiano. El señor Koyama iba a ganar ese honor para Japón o morir en el intento.

Parte tres: finales de junio de 1986

ALLÍ: OTRO COMETA APENAS VISIBLE, SIGUIENDO AL SOL EN EL CIELO. Con aquél eran seis. El señor Koyama bajó a su estudio y llamó a la oficina de telégrafos. Su pulso se aceleró. Necesitaba desesperadamente confirmación de éste, no confirmación del avistamiento, sino de la espectrografía.

El señor Koyama estaba escalando posiciones en las listas de avistadores de cometas y estaba en un periodo de mayor y más excitada observación del cielo: la gente miraba mucho el cielo en estos días, esperando encontrar el oscuro pariente no reflectante del Enjambre que presumiblemente acechaba por ahí. Pero la perspectiva del número seis no era lo que excitaba al señor Koyama –en esta época, estaba bastante hastiado de encontrar nuevos cometas. Lo que necesitaba era la confirmación de su nueva teoría.

El señor Koyama aceptó las felicitaciones del telegrafista y colgó el teléfono. Observó con el ceño fruncido la carta celeste que tenía sobre el escritorio. Sugería algo que sospechaba había sido el único en darse cuenta. Era el tipo de cosas de las que sólo se daban cuenta las personas que pasaban la noche en los tejados, contando las horas y los días, quitándose el rocío y observando pedacitos de noche a través de largas lentes refractivas.

Los cometas tipo Koyama parecían poseer no sólo extraños componentes orgánicos y una velocidad inusual, sino también una periodicidad aún más extraña. Cada tres meses, más o menos, un nuevo cometa tipo Koyama aparecía cerca del sol. Era como si la Nube Oort estuviera expulsando una bola de compuestos orgánicos para marcar cada nueva estación terrestre.

Sonriendo, el señor Koyama saboreó la idea de la sensación que causaría su observación, el pánico entre los cosmógrafos, tratando de elaborar nuevas formas que lo explicaran. Su lugar en la astronomía estaría asegurado. Los cometas Koyama estaban demostrando ser tan regulares como los planetas. En cierto modo, pensó, tenía suerte de que el Enjambre hubiera llegado a la Tierra porque de no ser así la observación podría haberse hecho antes.

La idea resonó poco a poco en su mente. La sonrisa del señor Koyama se convirtió en un gesto circunspecto. Miró su carta y ejecutó algunas operaciones matemáticas mentalmente. Frunció aún más el ceño. Sacó una calculadora de bolsillo y confirmó sus cálculos. Su corazón se desbocó. Se sentó lentamente.

El Enjambre: un duro caparazón de kilómetros de largo protegiendo vastas cantidades de biomasa. Algo así sería vulnerable a los cambios de temperatura. Si se acercaba al sol, tendría que haber purgado el exceso de calor de algún modo. El resultado sería una fluorescencia no muy distinta a la de un cometa.

Supongamos que el Enjambre estuviera en una rápida órbita con el sol en un foco y la Tierra en el otro. Con la Tierra moviéndose alrededor del sol la órbita sería complicada, pero no imposible. Pero con todos los avistamientos de los cometas tipo Koyama, sería posible determinar la localización aproximada del Enjambre. Unos pocos cientos de misiles con cabezas de hidrógeno acabarían con la Guerra de los Mundos a lo bárbaro.

Hijodeputa, masculló el señor Koyama, una palabrota que había aprendido de los soldados durante la ocupación. ¿A quién demonios tenía que avisar de esto?, se preguntó. La UAI era un foro inadecuado. ¿Al primer ministro? ¿Al Jieitai?

No. No tendrían ninguna razón para creer a un oscuro hombre de negocios jubilado que llamaba delirando sobre el Enjambre. Sin duda, debían estar más que hartos de ese tipo de llamadas.

Mientras descolgaba el teléfono y empezaba a marcar, el señor Koyama sintió que su corazón empezaba a venirse abajo. Su lugar en la historia de la astronomía estaba asegurado, lo sabía, pero no como él quería. En vez de seis cometas, lo único que había descubierto era un condenado montón de levaduras.

Al filo de la muerte

♣ ♦ ♠ ♥

por John J. Miller

I

B RENNAN SIGUIÓ EL MERCEDES LLENO DE GARZAS INMACULADAS
hasta la puerta del cementerio en un BMW gris que había robado a la banda tres días antes. Se paró varios metros detrás,
con las luces apagadas, mientras una de las Garzas salía del Mercedes y abría la caída puerta de hierro forjado del camposanto. Esperó
hasta que entraron en el cementerio, entonces salió sigilosamente
del BMW, agarró su arco y la aljaba con flechas del asiento trasero, se
caló la capucha en la cabeza y cruzó la calle tras ellos.

La valla de ladrillo de casi dos metros alrededor del camposanto
estaba manchada por la mugre de la ciudad y se desmoronaba por el
paso del tiempo. La saltó con facilidad y se dejó caer en el interior
sin el menor ruido.

El Mercedes estaba en algún punto cercano del centro del cementerio. El conductor apagó el motor y las luces mientras Brennan
observaba. Las puertas del coche se abrieron y se cerraron estrepitosamente. No podía oír ni ver nada significativo desde donde estaba
apostado. Tenía que acercarse a las Garzas.

La noche era oscura, a cada tanto la luna llena quedaba oculta por
espesas nubes, que no dejaban de moverse. Los árboles que crecían
sin control dentro del cementerio tapaban la mayor parte de la luz
que llegaba de la ciudad. Se movió lentamente en la oscuridad, los
sonidos de su avance los cubría el viento soplando a través de las
ramas con centenares de voces susurrantes.

Una sombra moviéndose entre las sombras se situó tras una vieja
lápida inclinada como un diente torcido en la boca de un gigante

descuidado. Observó cómo tres de las Garzas entraban en un mausoleo que había sido la joya de la corona del cementerio. El monumento de una familia otrora rica y ahora olvidada se había hundido en la decadencia como el resto del camposanto. Su cantería de mármol había sido devorada por la lluvia ácida o las defecaciones de pájaros, su recubrimiento de oro se había descamado durante aquellos años de abandono. Una de las Garzas se quedó atrás mientras los demás cruzaban la puerta de hierro forjado y entraban en el mausoleo. Cerró la puerta tras los otros y se apoyó en la fachada del sepulcro. Encendió un cigarrillo y su cara brilló fugazmente a la luz del cerillo. Era Chen, el lugarteniente de las Garzas a quien Brennan había estado siguiendo las dos últimas semanas.

Brennan se agazapó detrás de la lápida, con el ceño fruncido. Desde Vietnam sabía que Kien estaba canalizando heroína a Estados Unidos a través de una banda callejera de Chinatown, denominada las Garzas Inmaculadas. Había investigado la banda y se había pegado a Chen, quien parecía estar bastante alto en la organización, con la esperanza de encontrar pruebas convincentes que conectaran a las Garzas con Kien. Había sido testigo de una docena de delitos durante las últimas semanas, pero no había descubierto nada que concerniera a Kien.

Había una cosa inexplicable. En las últimas semanas había visto una increíble afluencia de heroína en la ciudad. Había tanta que el precio en la calle cayó en picada y se produjo un récord de casos de sobredosis. Las Garzas Inmaculadas, a través de quienes la droga fluía, estaban vendiendo a precios de saldo, robando clientes de un lado y otro a la Mafia y a la gente de Harlem de Sweet William. Pero Brennan había sido incapaz de descubrir cómo estaban consiguiendo su mercancía tan barata y en tanta cantidad.

Esconderse detrás de una lápida no lo estaba llevando a ninguna parte. Las respuestas, si es que el camposanto tenía alguna, estarían en el mausoleo.

Se decidió, sacó una flecha de la aljaba que llevaba sujeta al cinturón con un velcro y la colocó en la cuerda de su arco. Respiró hondo, serenamente, una vez, dos, contuvo el aliento y se puso en pie. Al hacerlo, entrevió el nombre grabado en la desgastada piedra de la lápida. Arquero. Esperó que no fuera un presagio.

No fue un tiro difícil, pero aun así recurría a su entrenamiento zen para despejar su mente y equilibrar sus músculos. Apuntó unos centímetros por debajo y un poco a la izquierda de la punta encendida del cigarrillo y cuando llegó el momento adecuado dejó que la cuerda se deslizara entre sus dedos.

El suyo era un arco compuesto de cuatro poleas con levas elípticas que, una vez que se alcanzaba el punto máximo de estiramiento, reducía la tensión inicial de cincuenta y cuatro a veintisiete kilos. La cuerda de nailon vibró, lanzando el proyectil a la noche como un halcón que se abate sobre un objetivo desprevenido. Oyó un ruido sordo y un gruñido estrangulado cuando la flecha dio en el blanco. Se deslizó entre las sombras como un animal cauteloso y corrió hacia donde Chen yacía desplomado contra la pared del mausoleo.

Se demoró lo suficiente para asegurarse de que Chen estaba muerto y dejó una de sus cartas, un as de picas plastificado, clavada en la punta de la flecha que sobresalía de la espalda de Chen.

Colocó otra flecha en su arco y abrió con un chirrido la puerta de hierro forjado que sellaba el interior de la tumba. Dentro, una escalinata descendía unos doce escalones hasta otra sala nimbada por la luz tenue, constante, que ardía en una cámara más allá. Esperó un momento, escuchando, después bajó las escaleras en silencio. Se paró en la puerta de la cámara interior para volver a escuchar. Alguien estaba moviéndose dentro. Contó hasta veinte, lentamente, pero sólo oía silenciosas pisadas arañando el suelo. Había llegado hasta aquí. No tenía sentido retroceder ahora.

Brennan cruzó la puerta agazapándose y apareció apoyándose en una rodilla, la cuerda del arco tensada hasta la altura de su oreja. Un hombre que lucía los colores de las Garzas Inmaculadas estaba en la sala. Estaba contando bolsas de plástico que contenían polvo blanco y apuntando el recuento en una hoja de papel sujeta en un portapapeles. Abrió la boca perplejo justo cuando Brennan soltó la flecha. Le dio en lo alto del pecho y lo hizo caer de espaldas encima del montón de llaves.

Brennan cruzó la estancia de un salto, pero la Garza estaba tan muerta como todos los demás moradores del cementerio cuando la alcanzó. Brennan levantó la vista del cadáver y echó una ojeada a su alrededor.

¿Qué les había pasado a los dos Pájaros de Nieve que habían entrado en el sepulcro? Habían desaparecido sin dejar rastro. O más probablemente, pensó Brennan, a través de una puerta oculta en una de las paredes.

Se colgó el arco a la espalda y examinó las paredes, pasando la mano por encima, buscando juntas o grietas ocultas, golpeando y escuchando en busca de un sonido hueco. Había acabado con una pared sin hallar nada y estaba empezando con la siguiente cuando oyó un débil silbido de aire a su espalda y sintió una brisa cálida, húmeda.

Dio media vuelta. La expresión de asombro en su cara coincidía con la de los dos hombres que habían aparecido de la nada en medio del mausoleo. Uno, que lucía los colores de las Garzas, llevaba unas alforjas sobre cada hombro. El otro, un joker delgado, de aspecto reptiliano, llevaba lo que parecía ser una bola para jugar a los bolos. Brennan se dio cuenta, con cierta perplejidad, de que se habían volatilizado. Y ahora habían vuelto.

La Garza que cargaba con las pesadas alforjas estaba más cerca de él. Brennan descolgó el arco, lo blandió como un bate de beisbol y conectó con el lado de la cabeza de la Garza. El hombre cayó al suelo con un gemido, desplomándose junto al contenedor de madera cargado de heroína.

El joker retrocedió, siseando. Era más alto que Brennan y delgado rayando en lo demacrado. Su cráneo carecía de pelo, su nariz era una ligera protuberancia con un par de fosas nasales que se ensanchaban. Unos incisivos demasiado largos sobresalían de su mandíbula superior. Miró a Brennan sin pestañear. Cuando abrió su boca sin labios y siseó, dejó al descubierto una lengua bífida que se agitó frenéticamente en dirección a Brennan. Apretó la bola más fuerte.

Sólo que, como Brennan se dio cuenta, no era una bola para jugar a los bolos lo que el joker sostenía. Era del tamaño y la forma adecuada, pero no tenía agujeros para los dedos y, mientras Brennan miraba, el aire a su alrededor empezó a palpitar con pequeños parpadeos de fulgurante energía. Era una especie de dispositivo que había permitido al joker y su compañero materializarse en el mausoleo. Lo estaban usando para traer heroína de algún otro lugar. Y el joker estaba empezando a activarla de nuevo.

Brennan blandió su arco contra el joker, quien lo esquivó con facilidad y grácil fluidez. El halo alrededor del artefacto se estaba haciendo más brillante. Brennan dejó caer su arco y se acercó, decidido a arrebatarle el dispositivo al joker antes de que pudiera escapar o volver la energía de aquella cosa contra él.

Agarró al joker con facilidad, pero descubrió que su oponente era inesperadamente fuerte. El joker se retorció y forcejeó en manos de Brennan con una extraña fluidez, como si sus huesos fueran del todo flexibles. Se lanzaron el uno contra el otro por un momento y entonces Brennan se encontró mirando fijamente al joker, sus caras a unos pocos centímetros.

El joker sacó su larga y grotesca lengua, acariciando el rostro de Brennan de un modo prolongado, casi sensual. Brennan se apartó, estremecido, involuntariamente, exponiendo su cuello y su garganta al joker, que era más alto. El reptiloide se abalanzó hacia delante, renunciando a agarrar el extraño dispositivo, y pegó su boca al cuello de Brennan, donde se curvaba hacia el hombro.

Brennan sintió los dientes del joker perforándole la piel. El joker abrió la boca, inyectando saliva en la herida. La zona alrededor de la herida se adormeció de inmediato y Brennan fue presa del pánico.

Una oleada de fuerza, inducida por el terror, le permitió librarse del abrazo del joker. Sintió que su carne se desgarraba y que la sangre corría por su garganta y su pecho. El entumecimiento se extendió rápidamente por su lado derecho.

El joker dejó que Brennan se alejara con el dispositivo. Sonrió con crueldad y se relamió la sangre de su barbilla con su colgante lengua bífida.

Me envenenó, pensó Brennan, reconociendo los síntomas de una neurotoxina de acción rápida. Sabía que estaba en problemas. No era un as. No tenía una protección o defensa especiales, ninguna armadura o constitución fortalecida. El joker confiaba en la eficacia de su veneno. Dio un paso atrás para ver morir a Brennan. Éste sabía que necesitaba ayuda rápido. Sólo había una persona que podía ser capaz de revertir el daño que el veneno ya estaba causando en su cuerpo.

Ahora estaría en la clínica de Tachyon en Jokertown, pero no había modo de llegar hasta ella. Ya le estaba resultando difícil mantenerse

en pie conforme su corazón bombeaba el veneno a cada célula de
su cuerpo.

Mai podría ayudarlo, si podía llegar a ella.

Brennan gritó silenciosamente su nombre con una oleada de desesperada energía.

¡Mai!

Fue vagamente consciente de la correspondiente pulsación de
energía en el dispositivo que apretaba contra el pecho. Resultaba cálido y reconfortante al abrazarlo. La sonrisa del joker se convirtió en
una mueca. Siseó y saltó hacia delante. Brennan no podía moverse,
pero no importaba.

Hubo un instante de desgarradora desorientación que su cuerpo
y su mente entumecidas sólo sintieron a medias y después estaba en
un corredor bien iluminado y pintado en tonos suaves. Mai estaba
de pie, hablando con un hombre pequeño, menudo, vestido como
un petimetre y que tenía el largo pelo rojo rizado.

Se giraron y se quedaron mirándolo atónitos. Brennan, él mismo,
estaba más allá de una sensación así.

—Veneno –dijo con voz ronca, a través de sus labios rígidos, pesados y se desplomó dejando caer el artefacto y sumergiéndose en una
profunda oscuridad.

◆

Era una oscuridad arremolinada, llena de estrellas, impregnada de
los olores almizclados de la selva. Los puntos de luz dispersa por su
conciencia eran las puntas de los cigarrillos de sus hombres y las
lejanas estrellas esparcidas en la noche vietnamita. A su alrededor
todo era silencio, roto tan sólo por los suaves sonidos de las respira-
ciones y los ruidos de los animales en las profundidades de la jungla.
Echó una ojeada a la esfera luminosa de su reloj. Las cuatro a.m.
Gulgowski, su sargento superior, se agachó junto a él en la maleza.

—Es tarde –susurró Gulgowski.

Brennan se encogió de hombros.

—Los helicópteros siempre llegan tarde. Lo traerán.

El sargento gruñó evasivamente. Brennan sonrió a la noche. Gulgowski era siempre el pesimista, siempre el que veía el lado oscuro

de las cosas. Pero eso nunca lo detenía a la hora de hacer todo lo posible cuando las cosas se ponían feas, nunca le impedía animar a los demás cuando sentían que no había esperanza.

De la lejanía llegó el sonido de rotación de un helicóptero. Brennan se giró hacia él, sonrió. Gulgowski escupió silenciosamente en el suelo de la jungla.

—Que los hombres estén listos. Y pégate a ese maletín. Costó un montón conseguirlo.

Mendoza, Johnstone, Big Al... tres de los diez hombres del equipo que Brennan había encabezado en un ataque contra los cuarteles regionales del Vietcong estaban muertos. Pero habían conseguido su objetivo. Habían capturado documentos que probaban lo que él había sospechado durante mucho tiempo. Había hombres, tanto en el ejército vietnamita como en el ejército de Estados Unidos, que estaban sucios, que estaban trabajando con el enemigo. Sólo había podido echar un vistazo a los papeles antes de meterlos en el maletín, pero le habían confirmado sus sospechas de que el mayor ladrón, el más vil traidor era el general Kien, de las Fuerzas Armadas de la República del Vietnam. Esos papeles harían que lo colgaran.

El helicóptero aterrizó en el claro y Gulgowski, agarrando la prueba que condenaría a una veintena de hombres como traidores, siguió a los otros en su trayecto a casa. Brennan aguardó en la maleza, vigilando el sendero por el que esperaba que el Vietcong llegara persiguiéndolos de un momento a otro. Satisfecho por fin por haber eludido la persecución, volvió al claro mientras una fulminante lluvia de balas estallaba inesperadamente en la noche.

Oyó los gritos de sus hombres, dio media vuelta y sintió un abrasador rayo de dolor cuando una bala le rozó la frente. Cayó y su rifle salió despedido en la oscuridad. Los tiros habían llegado del claro. Del helicóptero.

Se dejó caer silenciosamente en el suelo, observando el claro con ojos nublados por el dolor. Sus hombres yacían bajo la luz de las estrellas. Todos habían caído. Otros hombres andaban entre ellos, buscando. Parpadeó quitándose la sangre de los ojos cuando uno de los hombres que buscaban, vestido con uniforme del estilo de las Fuerzas Armadas de la República del Vietnam, disparó a Gulgowski en la cabeza con una pistola mientras el sargento intentaba levantarse.

El haz de una linterna reveló el rostro del asesino. Era Kien. Brennan se tragó una sarta de maldiciones cuando vio que uno de sus secuaces sacaba a la fuerza el maletín de la rígida mano de Gulgowski y se lo entregaba. Kien lo revolvió inspeccionándolo, asintió satisfecho y después, metódicamente, quemó su contenido. Mientras los papeles ardían, Kien observó detenidamente la jungla, buscándolo, sabía Brennan. Maldijo la parálisis que dominaba su cuerpo, haciéndolo temblar como si tuviera fiebre. Lo último que recordaba era a Kien caminando hacia el helicóptero y, después, la conmoción lo llevó a la inconsciencia.

No había luz en esta oscuridad, sino repentinas manos de fuego helado en sus mejillas. Ardían con un roce suave. Sintió que todo su dolor y su pena y su ira le eran retirados a través de ellas, poco a poco, lentamente, alejados de él como un manto gastado. Suspiró hondo, contento por permanecer en aquella oscuridad curativa, un mar de inefable serenidad que se apoderó de él. Había acabado, pensó, con la lucha, con la muerte. De todos modos, ninguno de los asesinatos había hecho ningún bien. El Mal vivía. El Mal y Kien. Mató a mi padre, pero no puedo, no debería, hacerle daño. Está mal hacer daño a otro ser consciente, mal…

Confuso, Brennan se forzó a abrir los ojos. No estaba en Vietnam. Estaba en un hospital. No, en la clínica de Jokertown del doctor Tachyon. Una cara se apretaba contra la suya, con los ojos cerrados, la boca bien apretada. Joven, femenina, hermosa de una manera serena, aunque ahora tocada por un extremo dolor. Mai. Su larga cabellera brillante envolvía su rostro como las alas de un pájaro. Sus manos estaban apretadas contra sus mejillas. Por su dorso la sangre corría entre los dedos extendidos.

Estaba usando su poder wild card para tomar el cuerpo dañado de Brennan para sí, repararlo y ordenarle que hiciera lo mismo. Habían mezclado sus mentes y sus seres y él, por un momento, se convirtió en parte de ella mientras ella se convertía en parte de él. En una confusa mezcla de recuerdos, experimentó la pena de Mai ante la muerte de su padre a manos de los hombres de Kien.

Abrió los ojos y le sonrió con la serenidad de una madonna.

—Hola, capitán Brennan —dijo en una voz tan baja que sólo él pudo oír—. Ya vuelves a estar bien.

Retiró las palmas de sus mejillas y la mixtura de mentes acabó con la ruptura del contacto físico. Suspiró, echando ya de menos su contacto, echando de menos la serenidad que ni en un millar de años podría encontrar por su cuenta.

El hombre que había estado con Mai en el corredor llegó al lado de su cama. Era el doctor Tachyon.

—Corrimos peligro por un momento –dijo Tachyon, con una expresión de preocupación en su rostro–. Gracias al Ideal por Mai... –dejó que su voz se fuera apagando, observando a Brennan detenidamente–. ¿Qué pasó? ¿Cómo llegaste a conseguir el modulador de singularidad?

Brennan se incorporó con cuidado. El entumecimiento había desaparecido de su cuerpo, pero aún se sentía mareado y desorientado por el tratamiento de Mai.

—¿Así es como se llama? –preguntó.

Tachyon asintió.

—¿Qué es?

—Un dispositivo de teletransportación. Uno de las artefactos más raros de la galaxia. Pensé que había desaparecido, perdido para siempre.

—¿Es tuyo, entonces?

—Lo tuve durante un tiempo.

Tachyon le contó a Brennan la historia del itinerante modulador de singularidad, al menos, lo que sabía de ella.

—¿Cómo lo consiguieron las Garzas?

—¿Eh? –la mirada de Tachyon pasó de Brennan a Mai–. ¿Garzas?

—Una banda callejera de Chinatown. Las Garzas Inmaculadas. También son conocidos como los Pájaros de Nieve porque controlan una buena parte del tráfico de drogas duras de la ciudad. Por lo que parece, usaban este dispositivo modulador para el contrabando de heroína. Se lo quité a ellos, pero me hirió uno de sus más... extraordinarios agentes.

—Desapareció cuando aterrizamos en Harlem –dijo Tachyon–. ¿Quizás había una Garza entre la multitud que nos rodeaba?

—¿Y que la agarrara, al darse cuenta de lo que era? No parece probable –dijo Brennan en voz baja, su mirada se centró en su interior–. No es en absoluto probable. Además, Harlem no es territorio de las Garzas. Tienen agentes allí, pero no muchos.

—Bueno, sea como sea, ha aparecido y me alegro –dijo Tachyon–. Proporciona la posibilidad de una espléndida alternativa al estúpido plan de Lankester de atacar el Enjambre en el espacio.

—El Enjambre –Brennan estaba enterado de la invasión de los alienígenas semiconscientes que habían intentado establecer una base en la Tierra durante los últimos meses, pero la lucha contra ellos hasta ahora lo había pasado por alto–. ¿Qué uso puede tener esto, este modulador contra el Enjambre?

—Es una larga historia –Tachyon suspiró y se pasó la mano por la cara–. Un hombre del Departamento de Estado llamado Lankester está a cargo de la Fuerza de Trabajo Anti-Enjambre. Me ha estado molestando durante semanas para que use mi influencia con los ases para convencerlos de que ataquen a la Madre del Enjambre, la fuente de los ataques del Enjambre, que está en una órbita excéntrica alrededor del sol. Es una idea sin sentido, por supuesto. Sería un suicidio incluso para los ases más poderosos atacar a esa cosa. Sería como mosquitos lanzándose contra un elefante. El modulador de singularidad, sin embargo, presenta algunas posibilidades interesantes.

—¿Puede teletransportar a un hombre tan lejos? –preguntó Brennan, entreviéndolo él mismo.

—Alguien que lo desconociera por completo, como, digamos, tú mismo –dijo Tachyon– podría usar el modulador para teletransportarse en distancias cortas. Haría falta un poderoso telépata para alcanzar a la Madre del Enjambre, pero podría hacerse. Un hombre podría desplazarse en el interior de la cosa. Un hombre armado con, digamos, un dispositivo táctico nuclear.

Brennan asintió.

—Ya veo.

—Estaba seguro de que lo harías. Estoy explicándote todo esto porque, hablando en términos prácticos, el modulador de singularidad es tuyo.

Brennan apartó los ojos de Tachyon para mirar a Mai, quien estaba de pie, en silencio, al lado de su cama y después de nuevo a Tachyon. Tenía la sensación de que Mai le había explicado a Tachyon algo acerca de él, pero sabía que Mai le contaría al doctor sólo lo que tenía que contarle. Y sólo porque confiaba en él.

—Estoy en deuda contigo –dijo Brennan–. Es tuyo.

Tachyon asió el antebrazo de Brennan de un modo cálido, amigable.

—Gracias –dijo. Echó un vistazo a Mai, miró a Brennan de nuevo–. Sé que estás envuelto en una especie de *vendetta* con gente aquí en la ciudad. Mai me contó algo al explicarme su propia historia y habilidades. Sin detalles. No eran necesarios –hizo una pausa–. Conozco demasiado bien las deudas de honor.

Brennan asintió. Creía a Tachyon y, hasta cierto punto, confiaba en él. Tachyon tal vez no estaba conectado con Kien, pero uno de los ases que había estado con él –la Tortuga, Fantasy o Trips– sí. Uno de ellos debía de haber robado el modulador y entregado a Kien. Y Brennan, algún día, de algún modo, descubriría qué as había sido.

II

Brennan dejó la clínica un poco antes de la medianoche y se fue a casa, al apartamento de una sola habitación en los límites de Jokertown que era su base de operaciones. Una sensación de desorden generalizado reinaba en el apartamento, que consistía en un baño, una zona de cocina, una zona de sala de estar con un sofá cama, una antigua mecedora y un banco de trabajo evidentemente hecho a mano repleto de equipo que cualquier arquero reconocería.

Estiró el sofá cama, se desnudó y se dejó caer con un suspiro de agotamiento. Durmió veinticuatro horas, completando el proceso de curación que Mai había iniciado. Estaba vorazmente hambriento cuando se levantó y estaba preparándose una comida cuando oyó un ligero golpe en la puerta. Espió por la mirilla. Era, como esperaba, Mai, la única persona que sabía dónde vivía.

—¿Problemas? –preguntó Brennan, viendo preocupación en sus rasgos habitualmente plácidos. Se hizo a un lado para dejar que entrara en la habitación.

—No sé. Creo que sí.

—Explícamelo –se situó detrás del mostrador que dividía la zona de la cocina del resto del apartamento y vertió agua de la tetera que silbaba en la estufa en dos pequeñas tazas de té, sin asas. Eran de porcelana, pintadas a manos con los colores de un sueño. Eran más antiguas que Estados Unidos y los objetos más preciosos que Brennan poseía. Pasó una a Mai, que estaba sentada en la mecedora, y se sentó en la cama deshecha, frente a ella.

—Es el doctor Tachyon –bebió del té caliente, aromático, ordenando sus ideas–. Se ha estado comportando… raro.

—¿De qué manera?

—Ha estado brusco, exigente. Y está descuidando a sus pacientes.

—¿Desde cuándo?

—Ayer, desde que volvió de su reunión con el hombre del Departamento de Estado. Hay algo más –equilibró la preciosa taza de té en su regazo y agarró un periódico plegado que llevaba en el bolso que había dejado junto a la mecedora.

—¿Viste esto?

Brennan negó con la cabeza.

Los titulares pregonaban TACHYON LIDERARÁ ATAQUE DE ASES CONTRA AMENAZA ESPACIAL. Una fotografía bajo las letras en negritas mostraba a Tachyon junto a un hombre identificado como Alexander Lankester, jefe de la Fuerza de Trabajo Anti-Enjambre. El artículo que lo acompañaba afirmaba que Tachyon estaba reclutando ases para que lo siguieran en un ataque contra la Madre del Enjambre, que estaba orbitando alrededor de la Tierra más allá del alcance de los misiles balísticos. El Capitán Trips y Modular Man ya habían accedido a acompañarlo.

Algo estaba mal, pensó Brennan. Tachyon había esperado que el modulador de singularidad acabara con la petición de un ataque tan inútil. En cambio, parecía como si estuviera sucediendo lo opuesto.

—¿Crees que el gobierno lo está chantajeando para que haga esto? –preguntó Brennan–. ¿O que le está controlando la mente de algún modo?

—Es posible –Mai se encogió de hombros–, lo único que sé es que podría necesitar ayuda.

La miró durante un buen rato y ella le devolvió la mirada con total serenidad.

—¿No tiene amigos?

—Muchos de sus amigos son jokers pobres, indefensos. Otros son difíciles de contactar. O quizá no estén inclinados a actuar con rapidez si el gobierno está implicado de algún modo.

Brennan se levantó y le dio la espalda mientras llevaba su taza de té de vuelta al mostrador. La red de relaciones humanas estaba extendiéndose, atrapándolo en sus pegajosas garras una vez más. Tiró los posos de su té en el fregadero y observó el fondo de la taza de té. Era el azul de un estanque perfecto, sin fondo, el azul de un cielo vacío, infinito. Mirarlo era como contemplar el vacío. Era agradable en su rotunda tranquilidad, pero no, se dio cuenta Brennan, su particular senda hacia la iluminación.

Se dio la vuelta para volver a encararse con Mai, con una decisión tomada.

—Está bien. Echaré un ojo. Pero no tengo ni idea de cosas como el control mental. Necesitaré algo de ayuda.

Tomó el teléfono y marcó un número.

♥

Brennan raramente había sido visto en las dependencias públicas del Palacio de Cristal, aunque había pasado más de una noche en las habitaciones del tercer piso. Elmo lo saludó cuando entró, sin hacer ningún comentario acerca de la maleta que llevaba. El enano le indicó la mesa de la esquina, donde Chrysalis estaba sentada con un hombre vestido con jeans negros y una chamarra de cuero negro. Tenía unas facciones hermosas, simétricas, excepto por su prominente frente.

—Tú –dijo Fortunato cuando Brennan llegó a su mesa. Miró a Brennan y luego a Chrysalis. Ella lo contempló con una mirada desafiante, la sangre latiendo continuamente a través de las arterias de su garganta cristalina. Miró a Brennan y asintió con frialdad, sin mostrar el menor signo de la pasión que Brennan conocía por el tiempo que pasaba en el tercer piso del Palacio.

—Éste es Yeoman –dijo cuando Brennan tomó asiento en la mesa–. Creo que tiene cierta información que podría resultarte interesante.

Fortunato frunció el ceño. Su último encuentro no había sido exactamente cordial, aunque en realidad no había una enemistad entre los dos.

—Se dice que has estado buscando un modo de llegar al Enjambre. Sé de algo que podría ayudar.

—Escucharé.

Brennan le habló del modulador de singularidad. No le contó mentiras, pero sombreó algunas cosas hábilmente, después de haber sido entrenado por Chrysalis en cuanto al modo que tal vez influiría más en Fortunato para que lo ayudara a investigar el extraño comportamiento de Tachyon.

—¿Qué puedes hacer además de vaciar tu mente? –preguntó Fortunato cuando Brennan acabó con su historia.

—Puedo cuidar de mí mismo. Y de la mayoría de los otros que podrían intentar interferir con nosotros.

—¿Eres ese asesino loco sobre el que han estado especulando los periódicos últimamente?

Brennan buscó en el bolsillo trasero de sus pantalones y sacó una carta. La dejó boca arriba en la mesa ante Fortunato. El brujo proxeneta la miró, asintió.

—Yo y Black Shadow somos los únicos ases de picas que conozco –alzó los ojos hacia Brennan–, pero supongo que hay espacio para uno más. Lo único que no entiendo es qué sacas de todo esto –dijo, girándose hacia Chrysalis.

—Si esto funciona, lo que yo quiera. De ambos… –Fortunato gruñó. Se puso en pie.

—Sí. Siempre lo haces. Bien, vamos. Será mejor que comprobemos si ese Beau Brummell alienígena aún tiene el cerebro en su sitio –Brennan los condujo a través de la oscuridad de la madrugada hasta el apartamento de Tachyon. Por el rabillo del ojo atisbó, de vez en cuando, a Fortunato estudiándolo, pero el as eligió no hacer preguntas. Fortunato no lo había aceptado aún, se daba cuenta Brennan, y aún se mostraba cauteloso y vigilante, por no decir que abiertamente desconfiado. Pero estaba bien. Él tampoco estaba seguro de Fortunato.

Estacionó el BMW en el callejón junto al edificio de apartamentos de Tachyon. Él y Fortunato salieron y miraron el edificio.

—¿Vamos por la puerta delantera –preguntó Fortunato– o por la de servicio?

—Cuando hay elección, siempre ha sido mi política ir por la de atrás.

—Hombre listo –murmuró Fortunato–, hombre listo.

Fortunato miró con expresión suspicaz, pero no dijo nada cuando Brennan sacó su caja de la cajuela del bmw, la abrió, se colgó el arco compuesto a la espalda y después se sujetó la aljaba de flechas al cinturón.

—Vamos.

Hicieron su camino por la parte trasera del edificio de apartamentos y Fortunato quemó un poco de su energía psíquica haciendo bajar la escalera de incendios. Subieron ágilmente por ella hasta que llegaron a la ventana del apartamento de Tachyon y espiaron el interior de la habitación.

La vivienda, iluminada por una lámpara de mesita volcada, era un caos. La había revuelto alguien que, en su impaciente búsqueda, no se había molestado a volver a colocar las cosas en su sitio. Brennan y Fortunato se miraron.

—Aquí pasa algo raro –murmuró Fortunato.

La ventana estaba cerrada, pero eso no fue obstáculo para Brennan. Retiró un círculo de cristal del panel inferior con un cortador de vidrio, alargó la mano, abrió la ventana y silenciosamente se deslizó al interior. Extendió un brazo para evitar que Fortunato entrara y se puso un dedo en los labios. Escucharon durante un momento, pero no oyeron nada.

Brennan entró primero, saltando del alféizar tan silenciosamente como un gato, con su arco en la mano izquierda y la derecha suspendida cerca de la aljaba sujeta a su cinturón con velcro. Fortunato lo siguió haciendo suficiente ruido como para que Brennan se le quedara mirando de modo acusador. El as se encogió de hombros y Brennan abrió la marcha por la habitación. En el pasillo que conducía a la cocina, la zona de la sala y la habitación de invitados oyeron una serie de golpes, ruidos huecos y ocasionales sonidos de destrozos, como si la descuidada o indiferente persona que estaba registrando estuviera revolviendo en las otras habitaciones del apartamento.

Avanzaron silenciosamente por el pasillo, rebasaron la puerta cerrada de la habitación de invitados. El pasillo se abría a la sala del apartamento, que parecía tan devastada como un parque de remolques después de un tornado. Un hombre menudo, bajito, con pelo rojo rizado estaba sacando metódicamente los libros de los estantes, buscando detrás de ellos.

—Tachyon —dijo Brennan en voz alta.

Se giró y miró a los dos en el pasillo, totalmente tranquilo, sin el menor sobresalto. Se dirigió hacia ellos sin expresión alguna en su rostro.

De repente, Fortunato puso una mano en la parte baja de la espalda de Brennan y lo empujó, tirándolo sobre la alfombra.

—¡No es Tachyon! —gritó.

Durante los siguientes segundos a Brennan le pareció que estaba viendo una película en video de cámara rápida. Fortunato le estaba haciendo algo al tiempo. Se convirtió en un cohete borroso que salió disparado por los aires hacia el ser que parecía Tachyon, pero cayó a un lado con la misma rapidez en el momento en que los dos se tocaron.

Brennan sacó una flecha y disparó agachado.

La flecha estaba rematada con un código de color de plumas negras y rojas. Su astil era de aluminio hueco, relleno con explosivos plásticos. Su punta era un detonador sensible a la presión. La flecha era demasiado pesada para ser aerodinámicamente estable en largas distancias, pero la cosa que se hacía pasar por Tachyon estaba a menos de ocho metros de distancia.

La flecha de Brennan impactó en lo alto del pecho y explotó, proyectando una lluvia de carne y un fluido verde por toda la habitación. La cosa salió despedida hacia atrás por el impacto. Su parte superior desapareció, dejando un par de piernas que se movían espasmódicamente unidas a un tronco del que se desparramaban órganos inhumanos y fluía un espeso icor verde. Pasaron algunos instantes antes de que las piernas cesaran en sus intentos de andar.

—¿Qué era esa cosa? —gritó Brennan por encima del rumor que llenaba sus oídos.

—Maldita sea si lo sé —dijo Fortunato, levantándose de donde había ido a caer—. Intenté leerle la mente, pero no tenía mente. Nada humano, en cualquier caso.

—Se parecía a Tachyon.

Brennan dijo en voz más baja, con su oído volviendo a la normalidad.

—Hasta el menor detalle —frunció el ceño, miró a Fortunato.

—No han controlado la mente de Tachyon. Lo han sustituido.

—¿Cuándo fue la última vez que lo viste, estando seguro de que era el verdadero Tachyon?

—Ayer. En la clínica. Antes de que acudiera a una reunión en el Hotel Olympia con ese tal Lankester del Departamento de Estado.

—Vamos a comprobarlo.

♣

El frágil anciano de pelo blanco con el uniforme de botones lanzó a Brennan por encima de su cabeza y lo estampó contra la pared. Brennan impactó con fuerza contra el muro y se deslizó sobre la alfombra, jadeando como un perro tratando de respirar. Estaba en un aprieto.

El botones se cernió sobre él, sin expresión alguna en su arrugada cara. Brennan se puso de rodillas, con los pulmones ardiendo, y vio los ojos del botones en blanco. El botones retrocedió tambaleándose, haciendo girar sus brazos como si estuviera atrapado en un huracán. Realizó una asombrosa danza frenética y se estrelló con la ventana del final del pasillo, atravesándola. Fue un largo camino hasta la calle.

Brennan se incorporó mientras Fortunato flexionaba sus dedos. Sujetó el brazo de Brennan y dijo:

—No hay mente a la que controlar, pero los puedes manipular.

—Probablemente alguien ha oído todo eso –jadeó Brennan mientras el aire volvía a sus pulmones.

—Podría haber dejado que te hiciera papilla.

—Eso es –tomó una profunda y agradecida bocanada de aire–. Necesitamos ser algo más discretos durante un rato.

Se pararon ante una de las habitaciones.

—¿Qué hay de ésta? –preguntó Fortunato.

Brennan se encogió ligeramente de hombros. Fortunato puso la mano en la manija y proyectó su mente. Las llaves chasquearon y los pernos se levantaron y la puerta se abrió.

—Tardarán un poco en localizarnos –dijo el as al entrar en la oscura habitación de hotel–. ¿Cuántos agentes crees que tienen?

—No sabría decirlo –apuntó Brennan, estirando cuidadosamente su dolorida espalda–. Desde luego, más de los que sospechaba.

—Pensaba que eras subrepticio a tope.

Brennan meneó la cabeza. El plan había sido explorar la planta donde la habitación de Lankester estaba situada, reunir tanta información como pudiera mientras Fortunato usaba sus poderes mentales para supervisar su avance desde el hueco de la escalera. El falso botones lo había detectado y atacado casi de inmediato. Todo lo que Brennan pudo hacer fue aguantar hasta que Fortunato llegó.

—Sería mejor que intentáramos con nuestro plan alternativo –dijo Brennan.

—Puede que nos lleve cierto tiempo.

Fortunato se acomodó en una de las camas dobles, con las piernas cruzadas, la espalda recta y las manos colgando a los lados. Miró al frente, a la nada. Brennan permaneció de pie entre él y la puerta, escuchando los sonidos del pasillo, mientras sacaba su arco y una aljaba de flechas de la caja que Fortunato le había guardado mientras él exploraba el hotel.

Fortunato pareció hundirse en un trance no muy distinto, pensó Brennan, al de un discípulo de zen descendiendo al zazen, el estado de meditación. Tras unos momentos, unos cuernos de carnero se materializaron en la abombada frente de Fortunato, brillantes y borrosos en la oscuridad.

Brennan lo observó con los labios fruncidos. Su entrenamiento zen le había enseñado que la magia no existía, pero tenía una prueba de lo contrario justo ante sus ojos. ¿Era la magia, tal vez, ciencia sin explicación?

Brennan guardó la pregunta para meditar sobre ella más adelante cuando Fortunato abrió bruscamente los ojos. Eran pozos de oscuridad, sus pupilas se habían dilatado tanto que casi habían engullido los iris. Su voz era ronca, un tanto alterada.

—Están a nuestro alrededor, esas cosas –dijo–. Al menos veinte. Quizá más. No son humanas, ni siquiera de esta Tierra. Sus mentes, si quieres llamarlas así, son alienígenas, absolutamente más allá de mi experiencia.

—¿Son criaturas del Enjambre?

Fortunato se levantó con grácil facilidad y fluidez, se encogió de hombros.

—Podría ser. Pensé que lo mejor que podían hacer eran moles que se parecieran al Pillsbury Doughboy. Pensaba que los botones y esa mierda estaban más allá de su alcance.

—Quizás han refinado su técnica –Brennan levantó una mano, puso la oreja sobre la puerta. Las pisadas en el pasillo pasaron de largo mientras él y Fortunato esperaron en silencio–. ¿Y qué hay de Tachyon?

Fortunato frunció el ceño.

—Hice contacto con una mente humana. Una recamarera. No se dio cuenta de que está pasando algo raro. Está un poco molesta porque los huéspedes de esta planta no le están dando buenas propinas. Ninguna propina, de hecho. También toqué ligeramente algo junto a los ascensores. Podría haber sido la mente de Tachyon, pero había un manto sobre ella, una valla a su alrededor. Sólo pude captar ideas vagas, filtradas. Estaban llenas de cansancio. Y dolor.

—¿Podría ser Tachyon?

—Podría ser.

Brennan respiró hondo.

—¿Algún plan?

—Se me han acabado.

Se miraron. Brennan palpó el carcaj que tenía al lado.

—Ojalá tuvieras un arma –dijo.

—La tengo. Varias –se dio unos golpecitos en la frente–. Y todas están aquí.

Esperaron hasta que hubo silencio en el pasillo, entonces abrieron la puerta y se movieron con rapidez. Corrieron tan sigilosamente como pudieron por el pasillo del hotel, giraron a la derecha cuando se convirtió en una T y se encontraron junto a los ascensores. En un hueco, a un lado, había algo que parecía un armario de servicio. Brennan preparó una flecha y tensó el arco mientras Fortunato abría la puerta con un gesto.

Brennan bajó el arco.

—¡Dulce Cristo que estás en el Cielo! –murmuró. Fortunato lo miró, a él y al armario alternativamente, y se quedó helado.

Tachyon estaba dentro. Su pelo, empapado en sudor, caía sobre su rostro en rizos deshechos. Sus ojos miraban fijamente a través de la maraña de pelo. Estaban hinchados e inyectados en sangre y miraban con dolor y fatiga. Habían quitado las estanterías y la ropa blanca del armario, haciendo sitio a Tachyon y la cosa que lo abrazaba. Tachyon estaba apretado contra una enorme y purpúrea masa de biomasa que lo sujetaba con una veintena de tentáculos viscosos por el cuello, el pecho, los brazos y las piernas. La cosa palpitaba rítmicamente, ondulando como una señora gorda saltando en una cama de agua.

Tachyon estaba colocado en un hueco de su superficie que lo sujetaba con toda seguridad, siguiendo perfectamente sus contornos y dimensiones. Su ojos se centraron en Fortunato, se movieron rápidamente hacia Brennan.

—¡Ayuda! –graznó, moviendo los labios por unos instantes antes de conseguir articular algún sonido.

Brennan se agachó, sacó el cuchillo que llevaba en una funda en el tobillo y cortó los tentáculos que ataban a Tachyon. Era como cortar goma dura y elástica, pero la seccionó con total determinación, ignorando las crecientes pulsaciones de aquella cosa y el líquido verdoso que le salpicaba a él y a Tachyon.

Le llevó un minuto seccionar los tentáculos, pero incluso entonces seguían aferrándose a Tachyon. Fue entonces cuando Brennan se dio cuenta de las ventosas que se adherían a los lados del cuello y la nuca de Tachyon.

—¿Cómo te sacamos? –preguntó.

—Sólo jalen –susurró Tachyon.

Brennan lo hizo y Tachyon empezó a gritar.

El doctor finalmente quedó libre. Se desplomó en brazos de Brennan, apestando a sudor y miedo y secreciones alienígenas. Estaba mortalmente pálido y sangraba profusamente por los lugares donde las ventosas se le habían pegado. Las heridas no parecían serias, pero Brennan se dio cuenta de que no había modo de decir lo dañinas que podían ser en verdad.

—¡Ojo! –dijo Fortunato–, tenemos compañía –Brennan miró al pasillo. Una docena de simulacros de humanos se acercaban, vestidos como botones, recamareras y hombres y mujeres comunes y corrientes con vestidos y trajes. En medio de ellos estaba Lankester, del Departamento de Estado. Brennan arrastró a Tachyon al ascensor mientras las criaturas avanzaban a paso constante, con los rostros sosegados y definitivamente carentes de emoción.

Fortunato se unió a él, con rostro preocupado.

—¿Qué hacemos ahora?

—Llama al ascensor.

Las cosas estaban a seis metros cuando oyeron la campanilla del ascensor que llegaba.

—Agárralo –dijo Brennan, tirando el cuerpo inerte, apenas consciente, de Tachyon a los brazos de Fortunato. Sacó una flecha de su aljaba mientras la puerta del ascensor se abría con un susurro. Dentro había tres shriners de mediana edad vestidos con conservadores trajes de negocios y sombreros. Miraron a Fortunato con ojos desorbitados cuando arrastró a Tachyon al interior.

Fortunato los miró.

—Al sótano, por favor –dijo. El que estaba junto al panel de mandos lo pulsó automáticamente mientras Fortunato evitaba que la puerta se cerrara poniendo el pie. Brennan colocó tres flechas explosivas en medio de las criaturas, que no dejaban de avanzar. La primera dio a Lankester en el pecho. La segunda y la tercera explotaron a su izquierda y derecha, llenando de sangre y protoplasma todo el pasillo del hotel. Cayó en el ascensor y Fortunato dejó que la puerta se cerrara.

Brennan se apoyó en su arco y respiró profundamente, aliviado. Los shriners se acurrucaron temerosos en una esquina del ascensor.

Fortunato los miró.

—¿Es su primera vez en la ciudad?

III

—¿Así que Lankester había sido sustituido por uno de esos retoños del Enjambre de nueva generación hace cierto tiempo? –preguntó Brennan. Tachyon asintió y bebió un buen trago de la taza que Mai le había dado. Estaba llena de espeso café negro, generosamente mezclado con brandy.

—Antes de que me reuniera con él, con eso. Por eso estaba impulsando ese plan de ataque loco. Sabía que no seríamos capaces de hacer verdadero daño a la Madre del Enjambre, pero un ataque de ese tipo haría creer a todo el mundo que se estaba haciendo algo concreto para combatir la amenaza –hizo una pausa, bebió otro largo trago de la taza–. Y hay otra cosa. La Madre del Enjambre podría querer especímenes de ases.

Brennan lo miró con curiosidad.

—¿Especímenes?

—Para descomponer y replicar con su propia biomasa.

—Diablos –murmuró Fortunato–. Quiere crear sus propios ases.

Estaban en el despacho de Tachyon en la clínica. Tachyon se había recuperado, pero aún estaba pálido y tembloroso por la ordalía que había pasado. Había un vendaje alrededor de su cuello, donde la criatura del Enjambre había fijado sus ventosas.

—¿Y ahora qué? –preguntó Brennan.

Tachyon suspiró, dejó la taza a un lado.

—Atacamos a la Madre del Enjambre.

—¿Qué? –dijo Fortunato–. ¿Esa cosa del Enjambre te ha sorbido los sesos? Acabas de decir que es una locura atacar a la Madre.

—Lo era. Lo es. Pero es la mejor opción que tenemos –miró a Fortunato, que parecía abiertamente incrédulo, y luego a Brennan, que parecía inexpresivamente indiferente–. Miren, el Enjambre ha iniciado una nueva oleada de ataques mucho más sofisticada que los anteriores. No hay modo de decir hasta dónde ha logrado infiltrarse en el gobierno.

—Si pudieron sustituir a Lankester –murmuró Brennan–, ¿de quién más se habrán apoderado?

—Exactamente. ¿A quién tienen? –Tachyon se estremeció–. Las posibilidades son alucinantes. Si pudiera llegar a sustituir a suficientes personas en lugares clave para llevarlo a cabo, no pensaría en otra cosa más que en iniciar un intercambio nuclear a escala mundial y esperar simplemente los milenios necesarios hasta que la superficie del planeta fuera de nuevo habitable.

—Es evidente que no podemos confiar en nadie del gobierno para que nos ayude a atacar a la Madre del Enjambre. Tendremos que hacerlo por nuestra cuenta.

—¿Y cómo lo haremos? –preguntó Fortunato en un tono que indicaba que no estaba del todo convencido por los argumentos de Tachyon.

—Tenemos el modulador de singularidad –dijo Tachyon, alzando la voz con impaciencia–. No obstante, necesitamos un arma. Los taquisianos hemos usado con éxito armas biológicas contra la Madre del Enjambre en el pasado, pero las ciencias biológicas de ustedes no son lo bastante avanzadas como para producir el arma adecuada. A lo mejor se me ocurre algo...

—Hay un arma –dijo una voz tranquila. Los tres hombres se giraron y miraron a Mai, quien había estado escuchando en silencio su conversación. Tachyon la observó fijamente y después se irguió en su silla, derramando parte del café con brandy por la pechera de su bata de brocado–. No digas tonterías –dijo bruscamente.

Fortunato miró a Tachyon y después a Mai.

—¿Qué es esta mierda?

—Nada –dijo Tachyon–. Mai trabaja conmigo en la clínica. Ha usado su poder para curar a algunos de mis pacientes, pero está fuera de cuestión que ella se vea implicada en esto.

—¿Cuál poder?

Mai alzó las manos, con las palmas hacia arriba.

—Puedo tocar el alma de una persona –dijo–. Nos convertimos en una sola persona y encuentro la enfermedad que hay en ella. Tomo la enfermedad y la alivio, suavizando las curvas de los patrones vitales y reparando las rupturas. Entonces los dos podemos volver a estar bien.

—¿Significado, en cristiano? –preguntó Fortunato.

—Manipula material genético –dijo Tach con un suspiro–. Puede moldearlo casi de cualquier modo que visualice. Supongo que podría usar ese poder en la Madre del Enjambre de modo inverso, para causar una disrupción general a gran escala.

—¿Puede provocar un cáncer a la Madre? –preguntó Fortunato.

—Probablemente podría –admitió Tachyon–, si permitiera que se metiera en esto, lo que no va a pasar. Sería terriblemente peligroso para una mujer.

—Sería terriblemente peligroso para cualquiera –dijo Fortunato bruscamente–. Si es la mejor opción contra la Madre y está deseosa de intentarlo, yo digo que la dejemos.

—¡Y yo lo prohíbo! –dijo Tachyon, derramando café de la taza al golpear el brazo de su silla.

—No te corresponde a ti prohibirlo –dijo Mai–. Debo hacerlo. Es mi karma.

Brennan negó con la cabeza.

—Es su decisión –dijo lentamente. Deseaba poder estar de acuerdo con Tachyon, pero Brennan sabía que no podía interferir con el karma de Mai, el camino que había elegido para su iluminación. Pero, decidió Brennan, no emprendería ese camino sola.

—Está decidido, pues –dijo Fortunato sin inmutarse–. Llevamos a Mai hasta la Madre del Enjambre y le pega una dosis fatal de cáncer. Yo también voy a ir. Quiero un trozo de esa maldita para mí.

Tachyon miró a Fortunato, a Mai y a Brennan, y vio que no había nada que pudiera decir que los hiciera cambiar de opinión.

—Muy bien –suspiró. Se giró hacia Fortunato–. Tendrás que alimentar el modulador de singularidad –dijo Tachyon–. No puedo hacerlo yo mismo–. Se pasó los dedos por su pelo rizado–. La criatura del Enjambre agotó algunos de mis poderes al tratar de succionar mis recuerdos para el doble de Tachyon. No podemos permitirnos esperar hasta que vuelvan.

»Puedo, de todos modos, transportar a un grupo de abordaje cerca de la Madre del Enjambre con *Baby*. Fortunato puede llevar al grupo al interior de la Madre del Enjambre. Se necesitará velocidad y sigilo, pero los asaltantes necesitarán cierta protección. Modular Man, quizás, o a lo mejor uno de los amigos de Trips...»

Brennan meneó la cabeza.

—Dices que se necesitará velocidad y sigilo. Si envías a Modular Man allí disparando sin parar, activará las defensas de la Madre del Enjambre en un momento.

Tachyon se masajeó la frente, cansado.

—Tienes razón. ¿Alguna sugerencia?

—Por supuesto –Brennan respiró hondo. Esto se estaba alejando de las razones originales por las que había venido a la ciudad, pero no podía permitir que Mai se enfrentara al Enjambre sin él. No lo permitiría–. Yo.

—¿Tú? –dijo Tachyon vacilante–. ¿Estás preparado?

—Estaba preparado para rescatarte de aquella masa amorfa –prorrumpió Fortunato.

Miró a Brennan, la duda que había en sus ojos fue reemplazada por la certeza.

—Lo he visto en acción. Puede cuidar de sí mismo –Tachyon asintió con decisión–. Está decidido, pues –se giró hacia Mai–. No me gusta enviar a una mujer al peligro, pero estás en lo cierto. Eres la única que tiene una oportunidad de destruir a la Madre del Enjambre.

—Haré lo que tenga que hacer –dijo tranquilamente.

Tachyon asintió con solemnidad y tomó sus manos entre las suyas, pero un escalofrío recorrió a Brennan al oír sus palabras. Estaba seguro de que Tachyon había captado un significado completamente distinto al suyo.

♠

El despegue fue algo que Brennan catalogó como una experiencia interesante. No estaría dispuesto a experimentarlo de nuevo, pero la visión de la Tierra en las pantallas panorámicas de *Baby* era una escena de sobrecogedora belleza que guardaría consigo para el resto de su vida. Casi se sentía indigno de su visión y deseaba que Ishida, su roshi, pudiera verlo.

Había otras tres personas en la fantasía de las Mil y una noches que era la sala de control de Tachyon. Éste conducía su nave en silencio. Aún estaba dolorido por los maltratos que le había causado el Enjambre. Brennan pudo ver que seguía adelante movido sólo por pura fuerza de voluntad. Su cara estaba marcada por el cansancio y una tensión inusual.

Fortunato prácticamente crepitaba con una energía impaciente, nerviosa. Había pasado el tiempo previo al despegue cargando sus pilas, como él decía. Ahora estaba listo e impaciente para la acción.

Sólo Mai parecía calmada e impasible. Estaba sentada tranquilamente en el sofá de la sala de control, con las manos en el regazo, observándolo todo con despreocupado interés. Brennan observó cómo observaba. Ella había aceptado rápidamente el plan de Tachyon. Cómo lo llevaría a cabo, no obstante, era otra cosa muy distinta. Aquella idea le preocupaba.

Al cabo de un rato, Tachyon habló; la tensión y el cansancio le rasgaban la voz.

—Aquí está.

Brennan echó una ojeada por encima del hombro de Tachyon a la monstruosidad globular que llenaba las pantallas delanteras de *Baby*.

—Es inmensa –dijo–. ¿Cómo nos orientaremos en ella?

Tachyon se giró hacia Fortunato.

—Instruye al modulador de singularidad para que los deje en medio de esa cosa. Deberías acabar bastante cerca de donde quieren estar. Puedes encontrar el centro neurálgico rastreando su mente –Tachyon sintió que la nave de su mente le tironeaba el cerebro. *¿Qué pasa, Baby?*

Nos estamos acercando al rango de detección de la Madre del Enjambre.

Gracias, se giró hacia los demás.

—Será mejor que se preparen. Ya casi es la hora.

Fortunato sacó el modulador de singularidad de la mochila en que Tachyon lo había escondido en la habitación de invitados de su apartamento. En el fondo de la mochila había una .45 automática en una funda sobaquera.

—¿Qué es esto? –dijo Fortunato. Miró a Tachyon.

—Podrías necesitarla –dijo el doctor–. Impulsar este salto va a pedirte más de lo que crees.

Fortunato tocó la culata del arma, miró a Tachyon. Se encogió de hombros.

—Qué diablos –dijo, y se la sujetó.

Sopesó el modulador de singularidad y él y Brennan y Mai formaron un círculo. Todos ayudaron a sujetar el modulador. Brennan miró a Mai. Ella le devolvió el gesto, mirándolo fijamente. Por el rabillo del ojo vio en las pantallas un brillante destello de luz saliendo de la Madre del Enjambre. *Baby* osciló cuando el rayo de partículas orgánicamente generadas la impactó, pero sus pantallas defensivas se mantuvieron. Brennan sintió un leve susurro en su mente.

Recuerda. No debes permitir que Mai o Fortunato sean capturados por la Madre del Enjambre.

Alzó los ojos hacia Tachyon, quien lo miró fijamente por un momento y luego se dio la vuelta hacia su pantalla.

—¡Vayan! –gritó Tachyon.

Fortunato cerró los ojos, con el ceño fruncido por la concentración. Los cuernos de carnero espectrales brillaron a los lados de su cabeza. Brennan sintió un súbito dolor, una sensación de desgarro como si le estuvieran arrancando todas y cada una de las células de su cuerpo. No podía respirar con pulmones que ya no existían, no podía relajar unos músculos que habían sido descompuestos en sus moléculas constituyentes y proyectados a centenares de metros en el vacío. Ahogó un grito y su conciencia se estrelló contra un muro de náusea. El trayecto estaba siendo peor que su excursión a la clínica, pues pareció durar una eternidad, aunque Tachyon había dicho que un viaje en su modulador de singularidad no duraba nada.

Entonces, de nuevo, volvía a ser un todo. Él y Mai y Fortunato estaban en un corredor tenuemente iluminado por células azules y verdes fosforescentes situadas en el techo y las paredes translúcidas. Viscosos tentáculos bajo sus pies, presumiblemente conductos para lo que fuera que sirviera como sangre y nutrientes. El aire era caliente y pegajosamente húmedo y olía como a un invernadero desastrado. Su contenido de oxígeno fue suficiente para que Brennan se sintiera mareado hasta que ajustó su respiración. Se sentía ligero, aunque definitivamente había un campo gravitacional. La Madre del Enjambre, se dio cuenta, debía estar dando vueltas, produciendo la gravedad artificial que era necesaria para el crecimiento orgánico dirigido.

—¿Están bien? –preguntó a sus compañeros.

Mai asintió, pero Fortunato respiraba entrecortadamente. Su cara era una máscara cenicienta.

—El... marica del espacio tenía razón... –jadeó–. Esto es una salvajada.

Sus manos temblaban al devolver el modulador a la mochila.

—Relájate... –empezó Brennan y guardó silencio.

Delante, en algún lugar del retorcido, tortuoso corredor, se oyó un vasto sonido de succión.

—¿Por dónde tenemos que ir? –preguntó Brennan en voz baja.

Fortunato se concentró con todo su poder.

—Puedo percibir una especie de mente ahí delante –señaló en dirección del sonido de succión–. Si es que puede llamarse mente...

—Genial –murmuró Brennan. Descolgó su arco.

—Escucha –Fortunato agarró el brazo de Mai–. Podrías ayudarme...

—No hay tiempo para eso –dijo Brennan–. Además, Mai necesitará toda su energía para atravesar esta cosa. Y yo también..

Fortunato empezó a decir algo, pero el sonido de succión que se oía más y más fuerte se les vino encima de repente cuando una grotesca masa verde y amarilla de protoplasma rodó por un recodo del corredor tubular, en su dirección. Tenía una veintena de ventosas situadas al azar sobre un cuerpo globular que prácticamente llenaba el pasaje.

—¡Cristo! –juró Fortunato–. ¿Qué es esa cosa?

Estaba pegado a un lado del pasillo, recorriendo la pared y el suelo con una miríada de bocas succionadoras que estaban rodeadas por centenares de cilios de treinta centímetros.

—No lo sé y no quiero descubrirlo –dijo Brennan–. Vámonos.

Seleccionó una flecha y la colocó, sin tensarla, en la cuerda de su arco y empezó a bordear la cosa. Mai y Fortunato lo siguieron cautelosamente. La cosa siguió arrastrándose. Los cilios de las bocas que estaban de su lado temblaron ansiosos cuando pasaron, pero la criatura no hizo ningún tipo de movimiento hacia ellos.

Brennan suspiró aliviado.

La penumbra azul fosforescente teñía los alrededores con cierto sentido de irrealidad mientras seguían el corredor adentrándose en la Madre del Enjambre. El aire estancado estaba tan saturado por los aromas de cosas vivas que a Brennan le recordó a las junglas de Vietnam. Siguió mirando a un lado y a otro, crispándose con nerviosismo, sintiendo como si estuviera en la mira del rifle de un francotirador. No podía quitarse la sensación ominosa, opresiva, de que los estaban vigilando.

Siguieron el sinuoso pasaje durante media hora en tenso silencio, siempre a la expectativa, pero sin que se enfrentaran realmente a un ataque letal de las máquinas de matar de la Madre del Enjambre. Se pararon cuando el corredor se bifurcó en una y. Las dos ramas parecían conducir a la dirección a la que necesitaban ir.

—¿Por dónde?

Fortunato se frotó su frente abombada con cansancio.

—Puedo oír un millar de pequeños gorjeos. No mentes reales, al menos no mentes conscientes, pero su ruido me está volviendo loco. La grande está por ahí delante, en algún lugar.

Brennan echó un ojo a Mai. Ella lo miró plácidamente, como si deseara dejar que él tomara todas las decisiones. Brennan lanzó una moneda mentalmente y salió cara.

—Por aquí –dijo, tomando el ramal de la derecha.

No habían avanzado ni cien metros cuando Brennan se dio cuenta de que había algo diferente en este pasadizo. El aire olía más dulce, casi empalagoso. Era difícil respirar, pero al mismo tiempo era casi embriagador. El olor se hizo más fuerte conforme avanzaron.

—No estoy seguro de que me guste esto –dijo Brennan.

—¿Tenemos elección? –preguntó Mai. Brennan la miró y se encogió de hombros. Siguieron, doblaron una curva cerrada en el pasaje y se pararon, contemplando la escena que tenían ante ellos.

El pasaje se ensanchaba unos doce metros. A ambos lados, colgando cerca del techo, había docenas de grotescos retoños del Enjambre con las extremidades encogidas y enormes e hinchados abdómenes. Se estaban alimentando de lo que parecían pezones hinchados que sobresalían de las paredes del pasadizo.

A su vez, criaturas del Enjambre de todos los tamaños y descripciones se hacinaban alrededor de cada uno de los retoños colgantes, compitiendo por un lugar en los tubos vacíos que colgaban de sus abdómenes hinchados. Las criaturas del Enjambre iban desde entidades minúsculas, como insectos, a monstruosidades tentaculares que debían de pesar varias toneladas. Había centenares de ellas.

—Parece que se están alimentando –susurró Fortunato.

Brennan asintió.

—No podemos pasar por aquí. Tendremos que retroceder e intentarlo por el otro ramal.

Empezaron a desandar el camino por el pasaje y de repente se pararon cuando oyeron un tranquilo zumbido, como si viniera de una multitud de pequeñas alas, moviéndose hacia ellos por el camino por donde habían venido.

—Mierda –dijo Fortunato incrédulo–. Estamos atrapados en medio de un maldito cambio de turno.

—La primera criatura del Enjambre a la que vimos nos ignoró –dijo Brennan–. Quizás éstas también lo hagan.

Se pegaron a la pared del pasadizo –Brennan encontró que era cálida y maleable al tacto– y se quedaron tan quietos y escondidos como pudieron. Esperaron.

Una legión de criaturas insectoides zumbaban por el pasillo. Medían entre diez y quince centímetros, tenían los cuerpos segmentados y alas grandes y membranosas. Los primeros pocos pasaron de largo y fueron directos a la cámara de alimentación y Brennan pensó que estaban a salvo. Pero entonces uno se paró y se posó en Mai. Otro se le unió, luego otro y otro. Ella los miró con calma. Uno se posó en el hombro de Brennan. Lo contempló. Las partes de su boca consistían en múltiples configuraciones maxilares. Un juego de mandíbulas empezó a desgarrar el tejido de la camisa de Brennan mientras otro se metía fragmentos de tela en la pequeña boca.

Brennan se sacudió con disgusto aquella cosa y la pisó. Crujió sonoramente bajo su pie, como una cucaracha, pero dos ya habían ocupado su lugar en el cuerpo de Brennan. Oyó a Fortunato blasfemar y supo que también se le estaban subiendo.

—Vamos a tratar de alejarnos de ellas –dijo en voz baja, pero aquello no hizo ningún bien. Los bichos los siguieron y se fueron posando sobre los tres en cantidades cada vez mayores–. Corran –gritó Brennan y salieron del corredor.

Parte del enjambre siguió hacia la cámara de alimentación, pero muchos los siguieron por el pasadizo en una nube que zumbaba con furia. Brennan los iba golpeando mientras corrían, derribando a algunos. Se quitó de una palmada a los que se arrastraban encima de él, pero había muchos que ocupaban el lugar de los que derribaba o aplastaba. Se posaban en su cara y sus manos y podía sentir sus miles de piececitos arrastrándose por todo su cuerpo. Parecían estar interesados, sobre todo, en su ropa y, lo que era más importante, en su arco y sus flechas. Era como si fueran carroñeros preparados para eliminar la materia inorgánica. Pero aquello no los hacía más inofensivos. Brennan sintió sus afiladas mandíbulas desgarrarle la carne a veces sí y a veces no. El zumbido de sus alas y el castañeteo de sus mandíbulas llenaban sus oídos. Tenían que escapar de ellos.

Llegaron al punto en que el pasadizo se dividía en forma de Y, buscando desesperadamente algo, lo que fuera, que les permitiera librarse de los pequeños carroñeros.

Fortunato corrió por el otro ramal del pasadizo y Brennan y Mai lo siguieron. El suelo estaba resbaladizo por la humedad. Su superficie era irregular. La humedad se concentraba en charcos superficiales de donde salía una fina pulverización de líquido cuando los cruzaban. El líquido era cálido y claro, aunque turbio. Fueron avanzando por el corredor, salpicando, y el enjambre de insectos pareció retirarse. Fortunato se dejó caer en un estanque poco profundo que se había formado en uno de los huecos más hondos, y rodó a un lado y a otro, quitándose y aplastando a los insectoides que tenía encima.

Brennan y Mai se unieron a él. Brennan mantuvo los labios fuertemente cerrados, pero el líquido turbio lo empapó de la cabeza a los pies. Parecía y olía como agua tibia con finas partículas suspendidas en ella. Brennan no estaba particularmente ansioso por ingerir ni una gota.

Brennan miró a sus compañeros, que estaban echados en el charco. Parecía que a su ropa la hubiera atacado una legión de polillas y tenían numerosos cortes y arañazos, pero nadie parecía gravemente herido. El enjambre de persistentes insectoides flotaba por encima de sus cabezas, emitiendo un zumbido que, de algún modo, a Brennan le parecía colérico.

—¿Cómo nos libramos de ellos? –se preguntó, irritado.

—Puede que me quede bastante para enviar a estos pequeños bastardos a algún lado –masculló Fortunato.

—No sé… –empezó Brennan, y no tuvo ocasión de acabar.

La superficie bajo sus pies cedió cuando un esfínter se abrió. Todo el líquido del pasadizo fue tragado y ellos con él. Brennan tuvo tiempo de respirar hondo y agarrar fuerte su arco. Alargó la mano y sujetó a Mai del tobillo mientras la oscuridad los succionaba y él caía en espiral detrás de ella, maldiciendo al ver que perdía la mitad de las flechas de su aljaba.

Había más líquido en el pasaje del que había pensado. Estaban atrapados en un vertiginoso vórtice, sin aire para respirar ni luz para ver. Brennan atrajo con fuerza el tobillo de Mai, recordando la silenciosa advertencia de Tachyon.

Cayeron salpicando en una gran cámara, totalmente sumergida en un charco de líquido del tamaño de una piscina olímpica. Brennan y Mai flotaron hasta la superficie tratando de no hundirse, mirando a un lado y otro. Por suerte esta cámara estaba iluminada por la misma fosforescencia azul del pasaje superior. Fortunato salió a flote y se unió a ellos, luchando contra una corriente que lo estaba arrastrando hasta la otra punta del estanque.

—¿Qué demonios es esto? –preguntó Fortunato.

Brennan descubrió que era difícil encogerse de hombros mientras tratabas de mantenerte a flote.

—No sé. ¿Un reservorio, quizá? Todas las criaturas vivientes necesitan agua para sobrevivir.

—Al menos esos bichos se han ido –dijo Fortunato.

Emprendió el camino hacia un lado de la cámara y Brennan y Mai lo siguieron.

Ascendieron trabajosamente la vertiente, lentos y con cautela porque la superficie era húmeda y resbaladiza. Finalmente se dejaron caer, jadeando, para descansar un momento. Brennan atendió las peores picaduras de los bichos con vendas del pequeño botiquín de primeros auxilios que llevaba en el cinturón.

—¿Y ahora por dónde?

Fortunato tardó un momento en orientarse y luego señaló:

—Por ahí.

Avanzaron por el vientre de la bestia. Fue un trayecto de pesadilla a través de un extraño reino de monstruosidades orgánicas. El pasadizo que siguieron se abría en vastas estancias donde criaturas parecidas a hombres gimoteaban con idiotez medio formada, colgadas por medio de cordones umbilicales de techos pulsantes; conducía por galerías donde sacos de biomasa indiferenciada temblaban como repugnante gelatina mientras aguardaban a que la voluntad de la Madre del Enjambre los esculpiera. Algunos de éstos estaban lo bastante desarrollados para ser conscientes de la presencia de los intrusos, pero aún estaban unidos al cuerpo de la Madre por cordones umbilicales protoplasmáticos. Chasquearon y gruñeron y sisearon cuando Brennan y los otros pasaron a su lado, y éste se vio forzado a atravesar con sus flechas los cerebros de unas cuantas criaturas más persistentes.

No todo tenía las inhumanas figuras de los retoños del Enjambre. Algunos eran parecidos a humanos en la forma y la apariencia, con rostros. Rostros humanos reconocibles. Estaba Ronald Reagan, con el pelo peinado hacia atrás y un tic en el ojo. Estaba Maggie Thatcher, con aspecto severo e inflexible. Y estaba la cabeza de Gorbachov, con su marca de nacimiento de color fresa y todo, sobre una masa de tembloroso protoplasma que era tan blando y esponjoso como un cuerpo humano esculpido de masa de rosquillas.

—¡Dulce Jesús! –dijo Fortunato–. Parece que hemos llegado justo a tiempo.

—Eso espero –murmuró Brennan.

El pasadizo empezó a estrecharse y tuvieron que agacharse y finalmente ponerse a gatas y arrastrarse. Brennan miró hacia atrás, a Fortunato, y el as les hizo un gesto para que siguieran.

—Está adelante. Puedo sentir cómo late: alimentarse y crecer, alimentarse y crecer.

La carne del túnel era elástica y cálida. A Brennan le desagradaba tocarla, pero se obligó a seguir avanzando. El túnel se estrechó hasta que fue tan angosto que Brennan se dio cuenta de que no podría apuntar con su arco. Estaban indefensos y dirigiéndose al área más peligrosa de la Madre del Enjambre, a su centro neurálgico. Se abrió paso a empujones por un pasadizo de carne viva durante casi cien metros, Mai y Fortunato siguiéndole, hasta que aparecieron en un espacio abierto. Fortunato prosiguió y ambos ayudaron a Mai a bajar.

Miraron a su alrededor. Era una cámara pequeña. Apenas había sitio para los tres y el enorme órgano de tres lóbulos y de color gris rosáceo que pendía del centro de la estancia gracias a una red de tentáculos fibrosos que penetraban en el suelo, techo y paredes.

—Esto es –murmuró Fortunato con voz agotada–. El centro neurálgico de la Madre del Enjambre. Su cerebro o su núcleo o como quieran llamarlo.

Él y Brennan se giraron hacia Mai. Ella avanzó y Brennan la tomó del brazo.

—Mátala –la instó–, mátala y vámonos de aquí.

Ella lo miró tranquilamente. Podía ver su reflejo en sus enormes ojos oscuros.

—Sabes que he jurado no dañar nunca a otro ser consciente –dijo con calma.

—¿Estás loca? –gritó Fortunato–. ¿A qué hemos venido aquí?

Brennan le soltó el brazo y ella se dirigió hacia el órgano suspendido en la red de fibras nerviosas. Fortunato miró a Brennan.

—¿Está loca esta perra?

Brennan negó con la cabeza, incapaz de hablar, sabiendo que iba a perder a otro. No importaba cómo acabara todo esto, estaba perdiendo a otro.

Mai se deslizó entre los tentáculos y colocó sus palmas contra la carne de la Madre del Enjambre. La sangre empezó a manar del órgano de la criatura alienígena.

—¿Qué está haciendo? –preguntó Fortunato, debatiéndose entre el miedo, la ira y la maravilla.

—Fundiéndose.

El estrecho túnel que los había llevado al santuario de la Madre del Enjambre empezó a dilatarse. Brennan volvió la cara hacia la abertura.

—¿Qué está pasando?

Brennan colocó una flecha en la cuerda de su arco.

—La Madre del Enjambre está resistiendo –dijo y bloqueó todo lo que lo rodeaba, bloqueó a Fortunato, bloqueó incluso a Mai de su mente. Estrechó el foco de su ser hasta que la boca del túnel fue todo su universo. Levantó el arco a su mejilla y permaneció tan tenso y preparado como la flecha, listo para dispararse al corazón del enemigo.

Las máquinas de matar llenas de colmillos y garras de la Madre del Enjambre se derramaron por la abertura. Brennan disparó. Sus manos se movieron sin dirección consciente, apuntando, tensando, disparando. Los cuerpos se amontonaban en la boca del túnel y los despejaban las criaturas que trataban de abrirse paso al interior y las detonaciones de las flechas explosivas. El tiempo dejó de fluir. Nada importaba salvo la perfecta coordinación entre cuerpo y objetivo, nacida de la unión de carne y espíritu.

Pareció una eternidad, pero los recursos de la Madre del Enjambre no eran inagotables. Las criaturas dejaron de venir cuando a Brennan le quedaban tres flechas. Se quedó mirando el corredor durante más de un minuto antes de darse cuenta de que no había más objetivos a la vista y bajó el arco.

Le dolía la espalda y los brazos le quemaban como si estuvieran ardiendo. Miró a Fortunato. El as lo miró fijamente, sacudió la cabeza sin decir palabra. La conciencia de Brennan regresó del estanque donde su entrenamiento zen la había sumergido.

Un movimiento repentino captó su atención y se dio la vuelta. Su mano bajó a la aljaba del cinturón, pero paró antes de sacar una flecha. En la boca del túnel había tres figuras, del tamaño de un hombre, con la forma de un hombre. Una sensación de dislocación recorrió a Brennan como un viento helado, y bajó el arco. Los reconocía.

—¿Gulgowski? ¿Mendoza? ¿Minh?

Avanzó como en sueños y ellos pasaron por encima y entre los cuerpos despanzurrados de los retoños del Enjambre, a su encuentro. Brennan estaba paralizado, atrapado entre la alegría y la incredulidad.

—Sabía que vendrías –dijo Minh, el padre de Mai–. Sabía que nos rescatarías de Kien.

Brennan asintió. Un sentimiento de inmensa fatiga se apoderó de él. Se sentía como si su cerebro estuviera separado del resto de su cuerpo, como si de algún modo hubiera quedado atrapado entre capas de algodón. Debería haber sabido todo este tiempo que Kien estaba tras el Enjambre. Debería haberlo sabido.

Gulgowski levantó el maletín que portaba.

—Aquí tenemos las pruebas que necesitamos para atrapar al bastardo, capitán. Venga y eche un vistazo.

Brennan bajó el arco, se acercó para mirar el maletín que Gulgowski le tendía, ignorando los tiros tras él, ignorando el rumor de una explosión que reverberaba por el corredor.

Gulgowski, dándole el maletín, se tambaleó. Brennan lo miró. Era extraño. Ahora sólo tenía un ojo. El otro había volado de un disparo y un espeso fluido verde caía lentamente por su mejilla. Pero todo estaba bien. Brennan parecía recordar que a Gulgowski le habían disparado antes en la cabeza, y vivía. Aquí estaba, después de todo. Miró el maletín. El asa se mezclaba con la misma carne de la mano de Gulgowski. Eran una sola cosa. La boca del maletín estaba llena de hileras de dientes afilados. Saltó hacia él, castañeteando los dientes.

Sintió una repentina conmoción cuando algo se arrojó a sus rodillas por detrás. Cayó al suelo y yació con las mejillas pegadas al suelo de la cámara, sintiendo su palpitante calidez y miró hacia atrás molesto.

Fortunato lo había derribado. El as aflojó su apretón sobre Brennan, de rodillas, y volvió a sacar la .45. Brennan alzó la vista hacia sus hombres. Fortunato los hizo saltar en pedazos, un trozo de cara aquí, un poco de brazo allá. Fortunato blasfemaba en un flujo constante mientras disparaba la .45 y los hombres de Brennan volvían a morir. Brennan sintió un arrebato de ira tremenda. Se incorporó a medias y cerró los ojos. El rugido del arma de fuego paró cuando Fortunato expulsó un cargador vacío, pero el olor de la pólvora estaba en el aire, el trueno del arma de fuego en sus oídos, y el caliente y húmedo aroma de la jungla en su nariz. Abrió los ojos de nuevo. Espantosas caricaturas de hombres, rostros y partes del cuerpos arrancadas, goteando líquido verde, se dirigían tambaleándose hacia él. No eran sus hombres. Mendoza había muerto en el asalto a los cuarteles del Vietcong. A Gulgowski lo habían asesinado más tarde aquella misma noche. Y Minh había sido liquidado años después por los hombres de Kien en Nueva York.

Aunque su mente aún estaba nublada, Brennan agarró el arco y disparó su última flecha explosiva a los simulacros. Impactó en la caricatura de Minh y explotó, proyectando trocitos de biomasa por todas partes. La onda expansiva derribó a Brennan y abatió también a los otros dos simulacros.

Brennan respiró hondo y se limpió la baba y el protoplasma desbaratado de su cara.

—La Madre del Enjambre tomó sus imágenes de tu mente –dijo Fortunato–. Las otras criaturas sólo estaban ganando tiempo para que pudiera preparar esa especie de muñecos de cera andantes.

Brennan asintió, con expresión dura y resuelta. Le dio la espalda a Fortunato y miró a Mai.

Casi había desaparecido, prácticamente cubierta por la carne gris rosácea de la criatura alienígena. Su mejilla se apoyaba en el palpitante órgano y la mitad de la cara que Brennan podía ver estaba intacta. Su ojo estaba abierto y claro.

—¿Mai?

El ojo se movió, siguiendo el sonido de su voz, y se centró en él. Sus labios se movieron.

—Tan enorme –susurró–, tan admirable y enorme –la luz en la cámara se atenuó un momento, luego volvió–. No –murmuró Mai–. No haremos eso. Hay un ser consciente en la nave. Y la misma nave es también una entidad viviente.

El suelo de la cámara tembló, pero la luz permaneció. Mai volvió a hablar, más para sí misma que para Brennan o Fortunato.

—Haber vivido tanto tiempo sin pensamiento… haber ejercido tanto poder sin consecuencia… haber viajado tan lejos y visto tanto sin ser consciente… esto cambiará… todo cambiará…

El ojo volvió a centrarse en Brennan. Hubo un reconocimiento en él que se apagó mientras ella hablaba.

—No llores, capitán. Una de nosotras se ha entregado para salvar su planeta. La otra ha renunciado a su raza para salvar... ¿quién sabe qué? Quizás algún día el universo. No estés triste. Recuérdanos cuando mires el cielo de la noche, y recuerda que estamos entre las estrellas, tanteando, considerando, descubriendo, pensando un sinfín de cosas maravillosas.

Brennan pestañeó para limpiarse las lágrimas mientras el ojo del rostro de Mai se cerraba.

—Adiós, capitán.

El modulador de singularidad empezó a desprender chispas. Fortunato descolgó la mochila de su espalda. Miró en ella, sorprendido.

—No estoy haciéndolo yo. Ella... eso.

Estaban de vuelta en el puente de la nave de Tachyon. Los tres hombres se miraron.

—¿Lo consiguieron? –preguntó Tachyon tras un momento.

—Oh, sí, hombre –dijo Fortunato desplomándose en un escabel cercano–. Oh, sí.

—¿Dónde está Mai?

Brennan sintió una punzada de ira que lo atravesó como un cuchillo.

—La dejaste ir –maldijo, dando un paso hacia Tachyon, con las manos cerradas en puños temblorosos. Pero sus ojos decían a quién culpaba en verdad por la pérdida de Mai. Todo su cuerpo se estremeció como un perro sacudiéndose el agua, después se dio media vuelta abruptamente. Tachyon lo contempló, luego se giró hacia Fortunato.

—Vamos a casa –dijo Fortunato.

Al cabo de un rato, Brennan recordaría las palabras de Mai y se preguntaría qué filosofías, qué reinos del pensamiento podría desentrañar a través de los siglos el espíritu de una gentil chica budista fundida con la mente y el cuerpo de una criatura de un poder casi inimaginable. Al cabo de un rato, lo recordaría. Pero ahora, con un sentido del dolor y la pérdida que le resultaba tan familiar como su propio nombre, no sentía nada de ello. Sólo se sentía al filo de la muerte.

Jube: siete

♣ ♦ ♠ ♥

LGUIEN LLAMÓ A LA PUERTA. VESTIDO CON UN PAR DE bermudas a cuadros y una camiseta de los Brooklyn Dodgers, Jube recorrió sigilosamente el sótano y espió a través de la mirilla.

El doctor Tachyon estaba en el descansillo, vestido con un traje blanco de verano con amplias solapas encima de una camisa verde intenso. Su corbata de moño naranja hacía juego con el pañuelo de su bolsillo y la larga pluma de su sombrero blanco. Sostenía una bola de jugar a bolos.

Jube descorrió el cerrojo, retiró la cadena, levantó el gancho, giró la llave de la cerradura y pulsó el botón del medio de la perilla. La puerta se abrió. El doctor Tachyon entró con desenvoltura en el apartamento, pasándose la bola de una mano a la otra. Después la lanzó por el suelo de la sala de estar. Fue a descansar contra la pata del transmisor de taquiones. Tachyon saltó y entrechocó los talones de sus botas en el aire.

Jube cerró la puerta, pulsó el botón, giró la llave, bajó el gancho, pasó la cadena y echó el cerrojo antes de darse la vuelta. El hombre pelirrojo se quitó ceremoniosamente el sombrero e hizo una reverencia.

—El doctor Tachyon, a su servicio –dijo.

Jube emitió un gorjeante sonido de consternación.

—Los príncipes taquisianos nunca están al servicio de nadie –dijo–. Y el blanco no es su color. Demasiado, ehem, falto de color. ¿Tuviste algún problema?

El hombre se sentó en un sofá.

—Hace un frío que cala aquí –se quejó–. ¿Y a qué huele? No estarás intentando guardar ese cuerpo que te di, ¿no?

—No –dijo Jube–. Sólo es, ehem, un poco de carne que se descompuso.

La silueta del hombre empezó a ondular y hacerse borrosa. En un abrir y cerrar de ojos había crecido veinte centímetros y ganado más de veinte kilos, el pelo rojo se había vuelto largo y gris, los ojos lilas se habían vuelto negros y una barba rala había brotado de una mandíbula cuadrada.

Se agarró la rodilla con las manos.

—Ningún problema, en absoluto –declaró en una voz mucho más grave que la de Tachyon–. Vine como una araña con cabeza humana y les dije que tenía pie de atleta. En los ocho pies. Nadie, salvo Tachyon, tocaría un caso así, de modo que me metieron detrás de una cortina y fueron a buscarlo. Me convertí en la Gran Enfermera y me escabullí al vestuario de mujeres desde el laboratorio. Cuando lo llamaron, fue al sur y yo al norte, con su cara. Si alguien estaba mirando los monitores de seguridad, vieron al doctor Tachyon entrando a su laboratorio, eso es todo –alzó las manos apreciativamente, girándolas arriba y abajo–. Es una sensación de lo más extraña. Quiero decir, puedo ver mis manos cuando camino, nudillos hinchados, pelo en los nudillos, uñas sucias. Obviamente, hay implicada alguna clase de transformación física. Pero cada vez que paso por delante de un espejo, veo quien se supone que soy, justo como todos los demás –se encogió de hombros–. La bola estaba tras una mampara de cristal. La habían estado examinando con escáneres, manipuladores remotos, rayos x, cosas así. Me la metí debajo del brazo y me largué tan campante.

—¿Te dejaron salir y ya está? –Jube no podía creerlo.

—Bueno, no precisamente. Pensé que ya estaba libre cuando Troll pasó a mi lado y me dijo buenas tardes del modo más amable que puedas imaginarte. Incluso pellizqué a una enfermera y actué con culpabilidad sobre asuntos que no eran mi culpa, lo que me imaginé que acabaría de asegurar las cosas –se aclaró la garganta–. Después el ascensor llegó al primer piso y cuando estaba saliendo, el auténtico Tachyon apareció. Me dio un buen susto.

Jube se rascó un colmillo.

—¿Qué hiciste?

Croyd se encogió de hombros.

—¿Qué podía hacer? Estaba justo delante de mí y mi poder no lo iba a engañar ni por un momento. Me convertí en Teddy Roosevelt, esperando que aquello pudiera confundirlo, y deseé con todas mis fuerzas estar en cualquier otro lado. Y de repente, allí estaba.

—¿Dónde? –Jube no estaba seguro de querer saberlo.

—Mi antigua escuela –dijo Croyd tímidamente–. Noveno curso, clase de álgebra. El mismo pupitre en el que me sentaba cuando Jetboy estalló sobre Manhattan en el 46. Tengo que decir que no recuerdo que ninguna de las chicas tuviera ese aspecto cuando estaba en noveno –sonaba un poco triste–. Me habría quedado en la clase, pero causó cierta conmoción ver a Teddy Roosevelt apareciendo de repente en clase apretando una bola para jugar a los bolos. Así que me fui y aquí estoy. No te preocupes, he cambiado dos veces de tamaño y cuatro de cuerpo –se puso de pie, estirándose–. Morsa, tengo que decírtelo, nunca es aburrido trabajar para ti.

—Tampoco es que te pague el salario mínimo –dijo Jube.

—Le diste en el blanco –admitió Croyd–. Y ahora que lo mencionas… ¿conoces a Veronica? Una de las chicas de Fortunato. Tuve la idea de llevarla al Aces High y ver si podía hablar con Hiram para que nos sirviera su costillar de cordero.

Jube tenía las gemas en el bolsillo. Las contó en la mano del Durmiente.

—Sabes –dijo Jube cuando los dedos de Croyd se cerraron sobre su paga– que podrías haberte quedado el dispositivo. Quizás habrías obtenido algo más de otra persona.

—Con esto me sobra –dijo Croyd–. Además, no juego a los bolos. Nunca aprendí a llevar la cuenta. Creo que tiene que ver con el álgebra.

Su silueta osciló brevemente y de repente Jimmy Cagney estaba allí de pie, vestido con un elegante traje azul claro con una flor en la solapa. Mientras subía las escaleras a la calle, empezó a silbar el tema central de un viejo musical llamado *Never Steal Anything Small*.

Jube cerró la puerta, pulsó el botón, giró la llave, bajó el gancho y pasó la cadena. Mientras echaba el cerrojo oyó unas suaves pisadas detrás de él y se giró.

Rojo estaba temblando dentro de una camisa hawaiana amarilla y verde robada del armario de Jube. Había perdido toda su ropa en el ataque a los Cloisters. La camisa era tan grande que parecía un balón desinflado.

—¿Ése es el artefacto? –preguntó.

—Sí –replicó Jube. Cruzó la habitación y levantó la esfera negra con cuidadosa reverencia. Era cálida al tacto. Jube había visto la rueda de prensa televisada cuando el doctor Tachyon volvió del espacio para anunciar que la Madre del Enjambre ya no era una amenaza. Tachyon habló elocuentemente y en detalle sobre su joven colega Mai y su gran sacrificio, su valor en el interior de la Madre, su generosa humanidad. Jhubben se encontró más interesado en lo que el taquisiano no había dicho. Le restó importancia a su propio papel en todo el asunto, y no mencionó cómo Mai había conseguido entrar en el interior de la Madre del Enjambre para efectuar la fusión de la que hablaba tan conmovedoramente. Los reporteros parecieron asumir que Tachyon simplemente había volado con *Baby* hasta la Madre y había atracado allí. Jube sabía más.

Cuando el Durmiente despertó, decidió seguir una corazonada.

—Odio decirlo, pero a mí me parece que es una bola para jugar a los bolos –dijo Rojo amigablemente.

—Con esto puedo enviar las obras completas de Shakespeare a la galaxia que llaman Andrómeda –le explicó Jube.

—Amigo mío –dijo Rojo–, sólo nos las devolverían y te dirían que no se ajustan a sus actuales necesidades.

Estaba en mucho mejor forma ahora que cuando había aparecido en el portal de Jube, tres semanas después de que los ases hubieran destrozado el nuevo templo, vestido con un horroroso poncho apolillado, guantes de trabajo, una máscara de esquiar que le tapaba toda la cara y unos anteojos de sol. Jube no lo reconoció hasta que se quitó los anteojos para mostrar la piel roja alrededor de los ojos. «Ayúdame», le había dicho. Y después se había desplomado.

Jube lo había arrastrado al interior y cerrado la puerta. Rojo había estado demacrado y febril. Tras huir de los Cloisters (Jube se había perdido todo el asunto, hecho por el que estaba profundamente agradecido), Rojo había puesto a Kim Toy en un autobús a San Francisco, donde tenía unos viejos amigos en Chinatown que la esconderían. Pero no había discusión acerca de ir con ella. Su piel lo hacía demasiado reconocible; sólo en Jokertown podía esperar encontrar el anonimato. Se le había acabado el dinero al cabo de diez días en la calle y desde entonces había estado comiendo de los botes de basura detrás de La Cocina de Peludo. Con Roman arrestado y Matthias muerto (pulverizado por algún as nuevo cuyo nombre había sido cuidadosamente ocultado a la prensa), el resto del círculo interior era objeto de una cacería en toda la ciudad.

Jube podría haberse desentendido. En cambio, lo alimentó, lo limpió, lo cuidó hasta que recuperó la salud. Dudas y recelos le corroían. Algo de lo que había aprendido sobre los masones lo aterraba, y los grandes secretos que se entreveían eran mucho, mucho peores. Quizá debería llamar a la policía. El capitán Black se había quedado horrorizado por la participación de uno de sus hombres en la conspiración y había jurado públicamente atrapar a todos y cada uno de los masones de Jokertown. Si encontraban a Rojo allí, las cosas irían mal para Jube.

Pero Jube recordaba la noche en que él y otros doce habían sido iniciados en los Cloisters, recordaba la ceremonia, las máscaras de halcón y chacal y el frío resplandor de lord Amón al alzarse por encima de ellos, austero y terrible. Recordaba el sonido de TIAMAT cuando los iniciados pronunciaron la palabra por primera vez, y recordaba la leyenda que el Venerable Maestro les contó acerca de los sagrados orígenes de la Orden, de Giuseppe Balsamo, llamado Cagliostro, y el secreto que le había confiado el Hermano Refulgente en un bosque inglés.

Ningún otro secreto había recibido aquella noche entre las noches. Jube sólo era un iniciado de primer grado, y las más altas verdades se reservaban para el círculo interior. Pero ya había sido bastante. Sus sospechas se habían confirmado y cuando Rojo en su delirio había mirado al otro lado de la habitación de Jube y gritado «¡*Shakti!*», la certeza había sido absoluta.

No podía abandonar al masón al destino que merecía. Los padres no abandonaban a sus hijos, por muy depravados y corruptos que devinieran con el paso de los años. Los hijos podían ser retorcidos, confusos e ignorantes, pero seguían siendo sangre de tu sangre, el árbol nacido de tu semilla. El profesor no abandonaba al alumno. No había nadie más; la responsabilidad era suya.

—¿Vamos a estar aquí de pie todo el día? –preguntó Rojo mientras el modulador de singularidad hormigueaba entre las palmas de las manos de Jube–. ¿O vamos a ver si funciona?

—Perdona –dijo Jube.

Levantando un panel curvado del transmisor de taquiones, deslizó el modulador en el campo matricial. Empezó a alimentarlo con su célula de fusión y observó cómo el flujo de energía envolvía el modulador. Un fuego de san Telmo recorrió de arriba abajo la extraña geometría de la máquina. Las lecturas fluyeron sobre una brillante superficie metálica en una secuencia puntiaguda que Jube había medio olvidado, y desaparecieron en unos ángulos que parecían haberse curvado del modo equivocado.

Rojo volvió de golpe al catolicismo irlandés y se santiguó.

—Jesús, María y José –dijo.

Funciona, pensó Jhubben. Debería haber estado exultante. En cambio, se sentía débil y confundido.

—Necesito una copa –dijo Rojo.

—Hay una botella de ron añejo debajo del fregadero.

Rojo encontró la botella y llenó dos vasos con ron y hielo picado. Bebió el suyo de un trago. Jube se sentó en el sofá, vaso en mano, y miró detenidamente el transmisor de taquiones, su sonido agudo y leve, apenas audible bajo el rumor del aire acondicionado.

—Morsa –dijo Rojo después de rellenarse el vaso–, te había tomado por un lunático. Un lunático amigable, claro, y te estoy agradecido por acogerme y todo, estando la policía detrás de mí como está. Pero cuando te vi construir tu propia máquina Shakti, bueno, quién me culparía por pensar que estabas un poco escaso de materia gris –bebió un trago de ron–. La tuya es cuatro veces mayor que la de Kafka –dijo–. Parece un mal modelo. Pero nunca vi que la de la cucaracha se iluminara de esta manera.

—Es más grande porque la construía con piezas electrónicas primitivas –le explicó Jube. Extendió las manos, tres gruesos dedos y un pulgar grueso y chato–. Y estas manos son incapaces de hacer trabajo delicado. El dispositivo de los Cloisters se habría encendido con la energía adecuada –miró a Rojo–. ¿Cómo esperaba el Venerable Maestro hacer eso?

Rojo meneó la cabeza.

—No te lo puedo decir. Claro, eres un príncipe que ha salvado mi dulce trasero rojo, pero aún eres un príncipe de primer grado, ya me entiendes.

—¿Podría un iniciado de primer grado construir una máquina Shakti? –le preguntó Jube–. ¿Cuántos grados pasaste antes de que te explicaran siquiera que el dispositivo existía? –meneó la cabeza– No importa, me sé el chiste. ¿Cuántos jokers se necesitan para encender una bombilla? Uno, mientras su nariz sea de corriente alterna. El Astrónomo iba a dotar de energía a la máquina él mismo.

La expresión de la cara de Rojo fue toda la confirmación que Jube necesitaba.

—Se suponía que el Shakti de Kafka otorgaría a la orden el dominio sobre la Tierra –dijo el masón.

—Ya –dijo Jube.

El Hermano Refulgente entregó el secreto a Cagliostro en el bosque y le dijo que lo mantuviera a salvo, que lo transmitiera de generación en generación hasta la llegada de la Hermana Oscura. Probablemente el Hermano Refulgente había entregado a Cagliostro otros artefactos; sin duda, le había entregado una fuente de poder: no había modo de que el wild card taquisiano hubiera sido previsto hacía dos siglos.

—Inteligente –dijo Jube en voz alta–, sí, pero aun así un hombre de su tiempo. Primitivo, supersticioso, avaricioso. Usaba las cosas que le habían entregado para el beneficio personal.

—¿Quién? –preguntó Rojo, confundido.

—Balsamo –replicó Jube. Balsamo había inventado el resto solo, el mito egipcio, los grados, los rituales. Tomó las cosas que le habían explicado y las retorció para su propio uso–. El Hermano Refulgente era un ly'bahr –anunció.

—¿Qué? –dijo Rojo.

—Un ly'bahr –le dijo Jube–. Son ciborgs, Rojo, más máquina que carne, increíblemente poderosos. Los jokers del espacio, no hay dos que se parezcan, pero no te gustaría encontrarte con uno de ellos en un callejón. Algunos de mis mejores amigos son ly'bahr –se dio cuenta de que estaba parloteando, pero fue incapaz de parar–. Oh, sí, podría haber sido alguna otra especie, quizás un kreg, o incluso uno de mi raza con un traje espacial de metal líquido. Pero creo que fue un ly'bahr. ¿Sabes por qué? TIAMAT.

Rojo simplemente se quedó mirándolo.

—TIAMAT –repitió Jhubben, no quedaba en él ni rastro del quiosquero, ni en la voz ni en los gestos, hablaba como debería hablar un
científico de la Red–. Una deidad asiria. Busqué eso. Pero ¿por qué
llamar a la Hermana Oscura por ese nombre? ¿Por qué no Baal o Da-
gon o uno de los otros diosecillos de pesadilla que los humanos han
inventado? ¿Por qué es la definitiva palabra de poder *asiria* cuando
el resto de la mitología que Cagliostro eligió es egipcia?

—No sé –dijo Rojo.

—Yo sí. Porque TIAMAT se parece vagamente a algo que el Hermano Refulgente dijo. *Thyat M'hruh.* Oscuridad para la raza. El término
ly'bahr para designar al Enjambre –Jube rio. Había estado contando chistes durante treinta y tantos años, pero nadie había oído su
risa de verdad. Sonaba como el graznido de una foca–. El Señor del
Comercio nunca les habría dado el dominio del mundo. No damos
nada gratis. Pero se lo habríamos vendido. Habrían sido una élite de
altos sacerdotes, con dioses que de verdad escucharían y produci-
rían milagros a petición.

—Estás loco, amigo mío –dijo Rojo con jocosidad forzada–. El dispositivo Shakti iba a…

—*Shakti* sólo significa poder –dijo Jhubben–. Es un trasmisor de
taquiones y eso es lo único que ha sido siempre –se levantó del sofá
y se movió pesadamente para situarse junto a la máquina–. Setekh la
vio y me perdonó. Pensó que era un extraviado, un residuo de alguna
rama extinguida. Probablemente sintió que sería sabio mantenerme
cerca por si algo le pasaba a Kafka. Estaría aquí ahora, pero cuando
TIAMAT se dirigió a las estrellas, el dispositivo Shakti debió de pare-
cerle en cierto modo irrelevante.

—Claro, ¿y no es así?

—No. El transmisor ha sido calibrado. Si envío la llamada, la oirán
en el puesto avanzado más próximo de la Red en cuestión de semanas. Unos pocos meses después, la *Oportunidad* vendrá.

—¿Qué oportunidad es ésa, hermano? –preguntó Rojo.

—El Hermano Refulgente vendrá –le explicó Jhubben–. Su carruaje es del tamaño de la isla de Manhattan y ejércitos de ángeles
y demonios y dioses luchan a su entera disposición. Más les vale.
Tienen contratos que los atan, todos ellos.

Rojo entornó los ojos, bizqueando.

—Me estás diciendo que no se ha acabado –dijo–. Aún puede pasar, incluso sin la Hermana Oscura.

—Podría, pero no pasará –dijo Jube.

—¿Por qué no?

—No tengo intención de enviar la llamada –quería que Rojo entendiera–. Pensaba que éramos la caballería. Los taquisianos usaron a tu raza como animales experimentales. Pensaba que éramos mejor que eso. No lo somos. ¿No lo ves, Rojo? *Sabíamos que vendría*. Pero no habríamos sacado ningún provecho si nunca llegaba, y la Red nunca da nada gratis.

—Creo que lo estoy captando –dijo Rojo. Agarró la botella, pero el ron se había acabado–. Necesito otra copa –dijo–. ¿Y tú?

—No –dijo Jube.

Rojo fue a la cocina. Jube le oyó abrir y cerrar armarios. Cuando salió, tenía un enorme cuchillo en las manos.

—Envía el mensaje –dijo.

—Fui a ver a los Dodgers una vez –le dijo Jube. Estaba cansado y decepcionado–. Tres strikes y estás fuera del juego, ¿no es así como lo dicen? Los taquisianos, mi propia cultura y ahora la humanidad. ¿Hay alguien que se preocupe por algo más que no sea ellos mismos?

—No estoy bromeando, Morsa –dijo Rojo–. No quiero hacer esto, amigo mío, pero los irlandeses somos un hatajo de tercos. Ey, los polis *nos están persiguiendo ahí fuera*. ¿Qué clase de vida es ésa para mí y para Kim Toy, te pregunto? Si es una elección entre comer en botes de basura y dominar el mundo, me quedaré con el mundo siempre –agitó el cuchillo–. Envía el mensaje. Después nos olvidaremos de esto y podremos pedir una pizza y contarnos algunos chistes, ¿de acuerdo? Puedes ponerle carne podrida a tu mitad.

Jube rebuscó bajo su camisa y sacó una pistola. Era de un intenso tono rojo y negro, translúcido, sus líneas eran suaves y sensuales pero, de algún modo, perturbadoras, y su cañón, tan fino como un lápiz. Puntos de luz parpadeaban en su interior y se ajustaba perfectamente a la mano de Jube.

—Basta, Rojo –dijo–. No serás tú quien domine el mundo. Serán el Astrónomo y Deceso o tipos exactamente igual que ellos. Son unos bastardos, me lo dijiste tú mismo.

—Todos somos bastardos –le dijo Rojo–. Y los irlandeses no son tan tontos como dicen: eso es una pistola de juguete, amigo mío.

—Se la di al chico de arriba por Navidad –dijo Jube–. Su tutor me la devolvió. No se rompería, ya ves, pero el metal es tan duro que Doughboy rompía todo lo demás de la casa cuando jugaba con ella. Volví a ponerle la célula de energía y llevaba el arnés siempre que iba a los Cloisters. Me hacía sentir un poco más valiente.

—No quiero hacer esto –dijo Rojo.

—Tampoco yo –replicó Jhubben.

Rojo dio un paso al frente.

♦

El teléfono sonó un buen rato. Por fin, alguien lo respondió al otro lado.

—¿Hola?

—Croyd –dijo Jube–, siento molestarte. Es sobre un cadáver…

Esta obra se imprimió y encuadernó
en el mes de febrero de 2018,
en los talleres de Impregráfica Digital, S.A. de C.V.,
Calle España 385, Col. San Nicolás Tolentino,
C.P. 09850, Iztapalapa, Ciudad de México.